Curzio Malaparte
DIE HAUT ROMAN

Aus dem Italienischen von
Hellmut Ludwig

Verlag Volk und Welt
Berlin

ISBN 3-353-00044-5

1. Auflage
Lizenzausgabe des Verlages Volk und Welt, Berlin 1986
für die Deutsche Demokratische Republik
mit Genehmigung vom S. Fischer Verlag GmbH,
Frankfurt am Main
L. N. 302, 410/104/86
Copyright © 1950 by Stahlberg Verlag, Karlsruhe
Alle Rechte vorbehalten vom S. Fischer Verlag GmbH,
Frankfurt am Main
Titel der italienischen Originalausgabe: *La Pelle*,
erschienen bei Arnoldo Mondadori Editore, Mailand 1949
Printed in the German Democratic Republic
Einbandentwurf: Hans-Joachim Petzak
Satz, Druck und Einband: Karl-Marx-Werk Pößneck V 15/30
LSV 7351
Bestell-Nr. 648 633 3

00920

Der Erinnerung an Colonel Henry H. Cumming,
Universität Virginia, und an alle tapferen, guten,
anständigen Soldaten Amerikas,
meine Waffengefährten von 1943–45,
die vergebens für die Freiheit Europas gefallen sind.

Wenn die Sieger Tempel und Götter
der Besiegten achten,
dann vielleicht erliegen sie nicht
dem eigenen Sieg.

Aischylos

Ce qui m'intéresse n'est pas toujours
ce qui m'importe.

Paul Valéry

1 Die Pest

Es waren die Tage der »Pest« in Neapel. Jeden Nachmittag um fünf Uhr, nach einer halben Stunde *punchingball* und einer heißen Dusche in der Sporthalle der P. B. S., Peninsular Base Section, gingen Colonel Jack Hamilton und ich zu Fuß zur Piazza San Ferdinando hinab; mit den Ellbogen mußten wir uns einen Weg durch die Menschenmenge bahnen, die sich vom frühen Morgen bis zur abendlichen Sperrstunde lärmend auf der Via Toledo drängte.

Wir waren sauber gekleidet, gebadet, wohlgenährt, Jack und ich, inmitten dieser elenden, schmutzigen, verhungerten, in Lumpen gekleideten, fürchterlichen Volksmassen Neapels, die von den aus allen Rassen der Erde bestehenden Soldatenscharen der Befreierheere hin und her gestoßen und in allen Sprachen, in allen Dialekten der Welt beschimpft wurden. Die Ehre, als erste befreit zu werden, hatte das Schicksal, unter allen Völkern Europas, dem neapolitanischen Volke zuteil werden lassen: und um eine so wohlverdiente Belohnung festlich zu begehen, hatten meine armen Neapolitaner nach drei Jahren Hunger, Seuchen, wütender Bombardements dem Vaterland zuliebe die heißersehnte und beneidete, ehrenvolle Aufgabe bereitwillig übernommen, die Rolle eines besiegten Volkes zu spielen, zu singen, in die Hände zu klatschen, vor Freude zwischen den Ruinen ihrer Häuser zu tanzen, fremde bis zum Vortage noch feindliche Fahnen zu schwenken und aus den Fenstern Blumen über die Sieger zu streuen.

Aber trotz der allgemeinen aufrichtigen Begeisterung gab es nicht einen einzigen Neapolitaner in ganz Neapel, der sich als Besiegter gefühlt hätte. Ich vermöchte nicht zu erklären, wie dieses seltsame Gefühl in der Volksseele entstanden war. Es stand außer Zweifel, daß Italien, und somit auch Neapel, den Krieg verloren hatte. Es ist sicher weit schwieriger, einen Krieg zu verlieren, als ihn zu gewinnen. Einen Krieg gewinnen – das können alle, aber nicht alle sind fähig, ihn zu verlieren. Doch genügt es nicht, den Krieg zu verlieren, um das Recht zu haben, sich als besiegtes Volk zu fühlen. In ihrer von alters her überkommenen Weisheit, die aus der schmerzensvollen Erfahrung vieler Jahrhunderte gespeist wurde, und in ihrer aufrichtigen Bescheidenheit maßten sich meine armen Neapolitaner nicht das Recht an, sich als besiegtes Volk zu fühlen. Es war das ohne Zweifel ein schwerer Mangel an Takt. Aber konnten die Alliierten mit dem Anspruch auftreten, die Völker zu befreien, und sie gleichzeitig zwingen, sich als Besiegte zu fühlen? Entweder frei oder besiegt. Es wäre ungerecht, dem neapolitanischen Volk einen Vorwurf daraus zu machen, wenn es sich weder frei noch besiegt fühlte.

Während ich neben Colonel Hamilton einherging, kam ich mir in meiner englischen Uniform erstaunlich lächerlich vor. Die Uniformen des italienischen Befreiungskorps waren alte englische khakifarbene Monturen, die vom britischen Oberkommando an Marschall Badoglio geliefert und intensiv grün, eidechsenfarben, umgefärbt worden waren, wohl um die Blutflecken und Durchschüsse zu überdecken. Es waren tatsächlich Uniformen, die man den vor El Alamein und Tobruk gefallenen britischen Soldaten abgenommen hatte. An meiner Jacke waren die Löcher von drei Maschinengewehr-Durchschüssen zu sehen. Mein Netzhemd, meine Bluse, meine Unterhose waren blutbefleckt. Selbst meine Schuhe stammten von der Leiche eines englischen Soldaten. Als ich sie das erstemal anzog, verspürte ich unter der Fußsohle ein Stechen. Ich dachte anfangs, daß sich im Schuh ein Stückchen Knochen des Toten festgesetzt habe. Es war ein Nagel. Es wäre wohl besser gewesen, wenn es sich wirklich um ein Stückchen Knochen des Gefallenen gehandelt hätte; es wäre viel leichter für mich gewesen, ihn zu entfernen. Ich brauchte eine halbe Stunde, um eine Zange aufzutreiben und den Nagel herauszuziehen. Man kann es nicht anders behaupten: er hatte für uns wirklich gut geendet, dieser unsinnige Krieg. Er konnte sicherlich nicht besser enden. Unser Selbstgefühl als besiegte Soldaten war gerettet: nunmehr kämpften wir an der Seite der Alliierten, um mit ihnen zusammen ihren Krieg zu gewinnen, nachdem wir den unseren verloren hatten; es war deshalb nur natürlich, daß wir in die Uniformen der von uns getöteten alliierten Soldaten gekleidet waren.

Als es mir endlich gelang, den Nagel zu entfernen und den Schuh anzuziehen, war die Kompanie, deren Führung ich übernehmen sollte, schon seit einer Weile im Hof der Kaserne angetreten. Die Kaserne war ein altes Kloster in der Gegend von Torretta, jenseits der Mergellina, im Laufe der Jahrhunderte und durch die Bombardements arg baufällig geworden. Der Hof in Form eines Kreuzganges war auf drei Seiten von einem Portikus mit mageren Säulen aus grauem Tuff umgeben, auf der vierten Seite von einer hohen gelben Mauer, bedeckt von Moderflecken und großen Marmortafeln, auf denen unter großen schwarzen Kreuzen lange Kolonnen von Namen eingemeißelt waren. Das Kloster war während einer früheren Cholera-Epidemie Lazarett gewesen, und dies waren die Namen der an der Cholera Gestorbenen. An der Mauer stand in großen schwarzen Buchstaben geschrieben: Requiescant in pace.

Oberst Palese wollte mich persönlich meinen Soldaten vorstellen, in einer jener traulichen Zeremonien, an denen alte Militärs so sehr hängen. Er war ein großer, hagerer Mann mit schlohweißen Haaren. Er drückte mir schweigend die Hand und seufzte wehmütig lächelnd. Die Soldaten – sie waren fast alle sehr jung und hatten sich gegen die Alliierten in Afrika und Sizilien gut geschlagen, und aus diesem Grunde hatten die Alliierten sie dazu ausgewählt, die Keimzelle des italienischen Befreiungskorps zu stellen – standen im Hofe angetreten, dort vor uns, und blickten auf mich. Sie trugen gleichfalls Uniformen, die man den vor El Alamein und Tobruk gefallenen englischen Soldaten abgenommen hatte, ihre Schuhe waren Schuhe von Toten. Ihre Gesichter waren bleich und abgezehrt, die Augen weiß und ohne Bewegung, aus einer weichen, trüben Materie gebildet. Sie blickten starr auf mich, ohne, schien es mir, mit den Wimpern zu zucken.

Oberst Palese gab ein Zeichen mit dem Kopf, und der Feldwebel brüllte: »Kompanie, stillgestanden!« Der Blick der Soldaten ruhte schwer auf mir, mit der schmerzlichen Intensität des Blicks einer toten Katze. Ihre Gliedmaßen wurden regungslos, sie erstarrten im Stillgestanden. Die Hände, die die Gewehre preßten, waren weiß und blutleer: die schlaffe Haut der Fingerspitzen hing herab wie das Leder eines zu weiten Handschuhs.

9

Oberst Palese ergriff das Wort und sprach: »Ich stelle euch euren neuen Hauptmann vor . . .«, und während er sprach, betrachtete ich diese italienischen Soldaten in ihren den englischen Gefallenen abgenommenen Uniformen, betrachtete die blutleeren Hände, die bleichen Lippen, die weißen Augen. Verschiedentlich, an der Brust, am Leib, an den Beinen wiesen ihre Uniformen schwarze Blutflecken auf. Plötzlich bemerkte ich mit Entsetzen, daß diese Soldaten tot waren. Sie dünsteten einen bleichen Geruch nach moderndem Stoff aus, nach faulendem Leder, nach in der Sonne dörrendem Fleisch. Ich sah Oberst Palese an, er war gleichfalls tot. Die Stimme, die von seinen Lippen kam, war feucht, kalt, klebrig, wie jene gräßlichen Gurgeltöne, die aus dem Munde eines Toten dringen, wenn man ihm mit der Hand auf den Magen drückt.

»Lassen Sie rühren«, sagte Oberst Palese zu dem Feldwebel, als er seine kurze Ansprache beendet hatte. »Kompanie, rührt euch!« brüllte der Unteroffizier. Die Soldaten ließen sich, den linken Fuß wegsetzend, in eine lässige und müde Haltung gleiten und betrachteten mich mit weichem, abwesendem Blick. »Und jetzt«, sagte Oberst Palese, »wird euer neuer Hauptmann kurz zu euch sprechen.« Ich öffnete die Lippen, und ein entsetzliches Gurgeln drang mir aus dem Mund, es waren spröde, schwerfällige, schlaffe Worte. Ich sprach: »Wir sind die Freiwilligen der Freiheit, die Soldaten des neuen Italien. Wir müssen die Deutschen bekämpfen, sie aus unserem Hause jagen, sie über unsere Grenzen zurückwerfen. Die Blicke aller Italiener sind auf euch gerichtet: wir müssen die in den Schmutz gesunkene Fahne wieder emporheben, müssen allen ein Beispiel in dieser Schmach sein, uns der Stunde, die heute schlägt, und der Aufgabe, die das Vaterland uns anvertraut, würdig erweisen.« Als ich geendet hatte, sprach Oberst Palese zu den Soldaten: »Jetzt wird einer von euch wiederholen, was euer Hauptmann gesagt hat. Ich will sicher sein, daß ihr es verstanden habt. Du«, sagte er, auf einen Soldaten deutend, »wiederhole, was euer Hauptmann gesagt hat.«

Der Soldat schaute mich an, er war bleich und hatte die blutleeren, dünnen Lippen eines Toten. Er sprach langsam, mit einem gräßlichen Gurgeln in der Stimme: »Wir müssen uns der Schmach und Schande Italiens würdig erweisen.«

Oberst Palese trat zu mir heran, sagte mit leiser Stimme: »Die haben begriffen« und entfernte sich schweigend. Unter seiner linken Achsel breitete sich ein schwarzer Blutfleck langsam über das Tuch der Uniform aus. Ich betrachtete diesen sich allmählich vergrößernden Blutfleck, folgte mit den Augen diesem alten italienischen Oberst in seiner Uniform eines gefallenen Engländers, ich schaute ihm nach, wie er sich langsam unter dem Knirschen seiner einem toten englischen Soldaten abgenommenen Stiefel entfernte, und der Name Italiens hinterließ mir einen üblen Geschmack im Munde wie ein Stück verdorbenen Fleisches.

»This bastard people«, zischte Colonel Hamilton zwischen den Zähnen, während er sich einen Weg durch die Menge bahnte.

»Weshalb sprichst du so, Jack?«

Gegenüber dem Augusteum angelangt, bogen wir gewohnheitsmäßig, jeden Tag, in die Via Santa Brigida ein, wo sich die Menge nicht so drängte, und blieben einen Augenblick stehen, um wieder zu Atem zu kommen.

»This bastard people«, sagte Jack, indem er seine in dem fürchterlichen Gedränge verzerrte Uniform in Ordnung brachte.

»Don't say that, sprich nicht so, Jack.«

»Why not? This bastard, dirty people.«

»Oh, Jack! Ich bin auch ein Bastard, ich bin auch ein schmutziger Italiener. Aber ich bin stolz darauf, ein schmutziger Italiener zu sein. Es ist nicht unsere Schuld, wenn wir nicht in Amerika geboren sind. Ich bin sicher, daß wir ein *bastard, dirty people* auch sein würden, wenn wir in Amerika geboren wären. Don't you think so, Jack?«

»Don't worry, Malaparte«, sagte Jack, »sei mir nicht böse. Life is wonderful.«

»Ja, das Leben ist etwas Herrliches, Jack, ich weiß es. Aber sprich nicht so, don't say that.«

»Sorry«, sagte Jack und schlug mir auf die Schulter, »ich wollte dich nicht kränken. Man sagt halt so. I like Italian people. I like this bastard, dirty, wonderful people.«

»Ich weiß, Jack, daß du diesem armen, unglücklichen, wunderbaren Volk wohlwillst. Kein Volk auf Erden hat je so viel gelitten wie das neapolitanische Volk. Es erduldet Hunger und Knechtschaft seit zwanzig Jahrhunderten und klagt nicht. Es flucht niemandem, haßt niemanden: nicht einmal sein Elend. Christus war Neapolitaner.«

»Red kein dummes Zeug«, sagte Jack.

»Das ist kein dummes Zeug. Christus war Neapolitaner.«

»Was hast du heute, Malaparte?« fragte Jack und sah mich mit seinen gutmütigen Augen an.

»Nichts. Was soll ich haben?«

»Du bist finsterer Stimmung«, sagte Jack.

»Weshalb sollte ich schlechter Stimmung sein?«

»I know you, Malaparte. Du bist schlecht gelaunt heute.«

»Ich bin traurig wegen Cassino, Jack.«

»Zum Teufel mit Cassino, the hell with Cassino.«

»Ich bin traurig, wirklich traurig über das, was bei Cassino vorgeht.«

»The hell with you«, sagte Jack.

»Es ist wirklich ein Jammer, daß es euch bei Cassino so schlecht ergeht.«

»Shut up, Malaparte.«

»Sorry. Ich wollte dich nicht kränken, Jack. I like Americans. I like the pure, the clean, the wonderful American people.«

»Ich weiß, Malaparte. Ich weiß, daß du die Amerikaner gern hast. But, take it easy, Malaparte. Life is wonderful.«

»Zum Teufel mit Cassino, Jack.«

»Oh yes. Zum Teufel mit Neapel, Malaparte, the hell with Naples.«

Ein seltsamer Geruch hing in der Luft. Es war nicht der Geruch, der gegen Sonnenuntergang aus den Gassen um den Toledo, von der Piazza delle Carrette, von Santa Teresella degli Spagnoli herabdringt. Es war nicht der Geruch der Fischbratereien, der Weinschenken, der aus einem Eck geteerter Hausmauer bestehenden Bedürfnisanstalten im Gewühl der stinkenden finsteren Gassen der volkreichen Viertel, oberhalb der Via Toledo nach San Martino hinauf. Es war nicht jener bleiche, dumpfe, klebrige Geruch aus tausend Ausdünstungen, *de mille délicates puanteurs*, wie Jack sagte, den die an den Tabernakeln der Gassenecken, zu Füßen der Jungfrau aufgehäuften, verwelkten Blumen zu bestimmten Tagesstunden über die ganze Stadt hin ausbreiten. Es war nicht der Geruch des Scirocco nach Schafkäse und verdorbenem Fisch. Es war auch nicht jener Geruch nach gesottenem Fleisch, der aus den Bordellen gegen Abend sich über Neapel legt, jener Geruch, »*sombre comme une aisselle, pleine d'une ombre chaude vaguement obscène*«, aus dem Jean-Paul Sartre, während er eines Tages die Via Toledo hinabging, die »*parenté immonde de l'amour et de la nourriture*« herausspürte. Nein, es war nicht jener Geruch nach gesottenem Fleisch, der zur Stunde des Sonnenuntergangs über Neapel hängt, »*quand la chair des femmes a l'air bouillie sous la crasse*«. Es war ein Geruch von außerordentlicher Reinheit und Leichtigkeit: mager, schwebend, durchscheinend, ein Geruch nach staubendem Meer, nach salziger Nacht, ein Geruch nach einem alten Wald aus Bäumen von Pappe und Leim.

In Scharen zogen zerzauste, geschminkte Frauen, von Gruppen bleichhändiger Neger gefolgt, die Via Toledo auf und nieder, spalteten die Menschenmenge mit ihrem schrillen Geschrei: »Ehi, Joe! Ehi, Joe!« An den Ecken der Seitengassen standen in langen Reihen, eine jede hinter der Rückenlehne eines Stuhles, die *capere*, die dienstbereiten Frisiermädchen. Auf diesen Stühlen saßen, den Kopf mit geschlossenen Augen auf die Lehne zurückgebogen oder vornüber auf die Brust geneigt, athletische Neger mit kleinem, rundem Kopf, mit ihren hellgelben Schuhen, leuchtend wie die Füße der vergoldeten Engelsstatuen in der Kirche Santa Chiara. Die *capere*, zeternd, einander mit schneidender, seltsam gutturaler Stimme zuschreiend, singend oder unter äußerstem Stimmaufwand mit den an Fenstern und Balkonen wie in einer Theaterloge lehnenden Gevatterinnen streitend, tauchten ihre Kämme in das wollige gekräuselte Negerhaar, zogen, mit beiden Händen zupackend, die Kämme zu sich hin, spuckten auf die Zinken, um sie leichter gleiten zu machen, gossen sich Ströme von Brillantine auf die Handteller, striegelten und glätteten den wilden Haarwuchs der Patienten wie die Masseusen.

Gruppen zerlumpter Gassenjungen, vor ihren mit Splittern von Perlmutt, von Seemuscheln und Spiegelscherben überzogenen Holzkästen kniend, trommelten mit den Kanten ihrer Bürsten auf die Kastendeckel, ununterbrochen schreiend: »Sciuscià! Schuschà! Shoe-shine! Shoe-shine!«, und packten indessen im Fluge mit der fleischlosen, gierigen Hand nach einem Hosenbein der Negersoldaten, die, in den Hüften sich wiegend, vorüberschlenderten. Die Marokkaner kauerten gruppenweise längs der Hauswände, in ihre dunklen Mäntel gehüllt, in den blatternarbigen Gesichtern blinkten die gelben Augen aus den dunklen, runzligen Augenhöhlen; mit fiebernden Nüstern schnoberten sie den mageren Geruch aus der staubigen Luft.

Häßliche, zerlumpte Frauen, mit bemalten Lippen, mit abgezehrten, schminkeverkrusteten Wangen, abscheuerregend und erbarmungswürdig, standen an den Straßenecken herum und boten den Vorübergehenden ihre traurige Ware feil: Knaben und Mädchen von acht bis zehn Jahren, denen die Marokkaner, Inder, Algerier, Madagassen prüfend unter die Kleider tasteten oder mit der Hand zwischen die Knöpfe der kleinen Hosen griffen. Die Frauen priesen gellend: »Two dollars the boys, three dollars the girls!«

»Sei ehrlich: möchtest du so ein Mädchen zu drei Dollar?« fragte ich Jack.

»Shut up, Malaparte.«

»Das ist gar nicht teuer, ein Mädchen für drei Dollar. Ein Kilo Lammfleisch kostet sehr viel mehr. Ich glaube bestimmt, daß ein Mädchen in London oder New York mehr als hier kostet, nicht wahr, Jack?«

»Tu me dégoûtes«, sagte Jack.

»Drei Dollar, das sind kaum dreihundert Lire. Wieviel mag ein Mädchen von acht oder zehn Jahren wiegen? Fünfundzwanzig Kilo? Bedenke, daß ein Kilo Lamm auf dem schwarzen Markt fünfhundertfünfzig Lire kostet! Das sind fünf Dollar und fünfzig Cents.«

»Shut up!« schrie Jack.

Die Preise für Mädchen und Jungen waren seit ein paar Tagen gefallen und sanken noch weiter. Während die Preise für Zucker, für Öl, für Mehl, Fleisch, Brot gestiegen waren und immer weiter anzogen, sank der Preis für menschliches Fleisch von Tag zu Tag. Ein Mädchen zwischen zwanzig und fünfundzwanzig Jahren, das vor einer Woche bis zu zehn Dollar wert gewesen war, kostete jetzt kaum vier Dollar, Knochen inbegriffen. Der Grund für einen derartigen Preissturz des Menschenfleisches auf dem Neapolitaner Markt lag wohl in der Tatsache, daß in Neapel Frauen aus allen Gegenden Süditaliens zusammenströmten. Während der letzten Wochen hatten die Großhändler einen starken Posten sizilianischer Frauen auf den Markt geworfen. Es war nicht lauter frisches Fleisch, aber die Spekulanten wußten, daß Negersoldaten einen raffinierten Geschmack haben und dem nicht mehr ganz frischen Fleisch den Vorzug geben. Wie dem auch sei, das sizilianische Fleisch war nicht mehr gefragt, und sogar die Neger lehnten es schließlich ab: Neger machen sich nichts aus weißen Frauen, wenn sie allzu schwarz sind. Aus Calabrien, aus Apulien, aus der Basilicata, aus dem Molise kamen jeden Tag, auf Karren, die mit armen klapprigen Eselchen bespannt waren, auf Lastwagen der Alliierten und zum größten Teil zu Fuß, Scharen gesunder, kräftiger Mädchen nach Neapel, fast alle vom Land, von der magischen Kraft des Goldes angelockt. Und so waren die Preise für Menschenfleisch auf dem Neapolitaner Markt ins Rutschen geraten, und man war in Sorge, daß dies ernste Folgen für das gesamte Wirtschaftsleben der Stadt haben könne. Nie hatte man ähnliches gesehen in Neapel. Es war eine Schande, sicherlich, eine Schande, über die der größte Teil des braven neapolitanischen Volkes errötete. Aber weshalb erröteten nicht auch die alliierten Behörden, die doch die Herren von Neapel waren? Zum Ausgleich war Negerfleisch im Preise gestiegen, und diese Tatsache trug, glücklicherweise, dazu bei, ein gewisses Gleichgewicht auf dem Markt wiederherzustellen.

»Wieviel kostet heute Negerfleisch?« fragte ich Jack.

»Shut up«, antwortete Jack.

»Stimmt es, daß das Fleisch eines schwarzen Amerikaners mehr kostet als das eines weißen Amerikaners?«

»Tu m'agaces«, antwortete Jack.

Ich hatte bestimmt nicht die Absicht, Jack zu beleidigen, noch auch nur, ihn aufzuziehen, und auch nicht, es an Achtung gegenüber dem amerikanischen Heere fehlen zu lassen, *the most lovely, the most kind, the most respectable Army in the world.* Was ging es mich schon an, wenn das Fleisch eines schwarzen Amerikaners mehr kostete als das eines weißen Amerikaners? Ich mag die Amerikaner gern, was immer auch ihre Hautfarbe sein mag, und ich habe es hundertmal während des Krieges bewiesen. Weiße oder Schwarze, ihre Seele ist hell, sehr viel heller als die unsere. Ich mag die Amerikaner gern, weil sie gute Christenmenschen sind, aufrichtige Christenmenschen. Weil sie glauben, daß Christus immer auf der Seite derjenigen sei, die recht haben. Weil sie glauben, daß es eine Schuld ist, unrecht zu haben, daß es unmoralisch ist, unrecht zu haben. Weil sie glauben, daß sie allein Ehrenmänner sind und daß alle Völker Europas, mehr oder weniger, unredlich sind. Weil sie glauben, daß ein besiegtes Volk ein Volk von Schuldigen ist, daß die Niederlage eine moralische Verurteilung ist, ein Akt der göttlichen Gerechtigkeit.

Ich mag die Amerikaner gern, aus diesen und aus vielen anderen Gründen, von denen ich nicht spreche. Ihr Sinn für Menschlichkeit, ihre Großzügigkeit, die Ehrlichkeit und reine Einfalt ihrer Ideen, ihrer Empfindungen, die Aufrichtigkeit ihres Gebarens gaben mir in diesem schrecklichen Herbst 1943, der so voller Demütigungen und trauriger Begebnisse für mein Volk war, die Illusion, daß die Menschen das Böse hassen, gaben mir die Hoffnung auf ein besseres Menschsein, die Gewißheit, daß nur die Güte – die Güte und Unschuld dieser prächtigen Jungens von jenseits des Atlantik, die in Europa gelandet waren, um die Bösewichter zu bestrafen und die Guten zu belohnen – die Völker wie den Einzelmenschen von ihren Sünden erlösen könne.

Unter all meinen amerikanischen Freunden war mir der Oberst im Generalstab Jack Hamilton der liebste. Jack war ein Mann von achtunddreißig Jahren, groß, hager, bleich, elegant, von wohlbeherrschten, beinahe europäischen Umgangsformen. Anfangs wirkte er vielleicht mehr wie ein Europäer als wie ein Amerikaner, aber das war nicht der Grund, weshalb ich ihm zugetan war; und zugetan war ich ihm wie einem Bruder. Doch trat nach und nach, je besser man ihn kennenlernte, sein amerikanisches Wesen klar und entscheidend hervor. Er war in Südkarolina geboren – »Ich hatte als Amme«, sagte Jack, »une négresse par un démon secouée« –, aber er war nicht nur das, was man in Amerika unter einem Mann aus dem Süden versteht. Er war von gebildeter, raffinierter Geistigkeit und gleichzeitig in einer fast kindlichen Weise simpel und unschuldig naiv. Er war, will ich damit sagen, Amerikaner im vornehmsten Sinne des Wortes: einer der achtungswürdigsten Menschen, die mir in meinem Leben begeg-

nischen, lichten Gestalten des hellenistischen, jugendlichen, geistreichen, »modernen« Griechenlands vorziehe, das er als ein französisches Griechenland, ein Griechenland des 18. Jahrhunderts bezeichnete. Und da ich ihn fragte, welches nach seinem Urteil das amerikanische Griechenland gewesen sei, antwortete er lachend: »das Griechenland Xenophons«; und er begann lächelnd, ein eigenartiges und geistvolles Porträt Xenophons als »eines virginischen Edelmanns« zu zeichnen, das eine verkappte Satire, in der Art Doktor Johnsons, auf gewisse Hellenisten der Bostoner Schule war.

Jack hatte für die Bostoner Hellenisten nur unnachsichtige spöttische Verachtung. Eines Morgens fand ich ihn unter einem Baume sitzend, ein Buch auf den Knien, neben einer der schweren Batterien an der Cassino-Front. Es waren die trüben Tage der Cassino-Schlacht. Es regnete, seit zwei Wochen tat es nichts als regnen. Lastwagenkolonnen brachten amerikanische Soldaten, in weiße Tücher aus grobem Leinen eingenäht, zu den kleinen Soldatenfriedhöfen, die längs der Via Appia und der Via Casilina entstanden. Um die Seiten seines Buches vor dem Regen zu schützen – es war eine Chrestomatie griechischer Dichtung aus dem 18. Jahrhundert, in weiches Leder gebunden, mit Goldschnitt, das ihm der gute Gaspare Casella, der bekannte neapolitanische Verleger und Antiquar, der Freund Anatole France', geschenkt hatte –, saß Jack vornüber gebeugt, das kostbare Buch mit den Zipfeln seines Regenmantels bedeckend.

Ich entsinne mich, daß er mir lächelnd sagte, Simonides werde in Boston nicht als großer Dichter anerkannt. Und er setzte hinzu, Emerson behaupte in seiner Grabrede auf Thoreau, daß *»his classic poem on Smoke suggests Simonides, but is better than any poem of Simonides«*. Er lachte herzlich, als er meinte: »Ah, ces gens de Boston! Tu vois ça? Thoreau ist in Boston größer als Simonides!«, und dabei lief ihm der Regen in den Mund und vermischte sich mit seinen Worten und seinem Lachen.

Sein amerikanischer Lieblingsdichter war Edgar Allan Poe. Mitunter, wenn er etwas mehr Whisky als gewöhnlich getrunken hatte, geschah es, daß er die Verse von Horaz mit denen Poes verwechselte und vermengte, und er wunderte sich höchlichst, Annabell Lee und Lydia in ein und derselben Strophe zu begegnen. Oder es unterlief ihm eine Verwechslung des »Sprechenden Blattes« der Madame de Sévigné mit einem der sprechenden Tiere La Fontaines.

»Es war kein Tier«, sagte ich zu ihm, »es war ein Blatt, das Blatt eines Baumes.«

Und ich zitierte ihm die Stelle aus jenem Brief, in dem Madame de Sévigné den Wunsch äußerte, daß sich in ihrem Park in der Bretagne ein sprechendes Blatt finden möchte.

»Aber das ist absurd«, meinte Jack, »ein Blatt, das spricht! Ein Tier, das versteht man – aber ein Blatt!«

»Um Europa zu verstehen«, sagte ich, »ist cartesianische Vernunft nichts nütze. Europa ist ein mysteriöses Land, voll undurchdringlicher Geheimnisse.«

»Ah, Europa! Was für ein erstaunliches Land!« rief Jack. »Ich brauche Europa, um mich als Amerikaner zu fühlen.«

Doch war Jack keiner dieser *Américains de Paris*, denen man auf jeder Seite in Hemingways Erzählung »Fiesta« begegnet, die um 1925 das »Select« von Montparnasse bevölkerten, die Ford Madox Fords Teenachmittage und Sylvia Beachs Library verschmähten und von denen Sinclair Lewis mit Bezug auf gewisse Gestalten Eleanor Greens sagt, daß »sie wie intellektuelle Flüchtlinge der Rive Gauche um 1925 wirkten oder wie T. S. Eliot, Ezra Pound oder Isadora Duncan, *iridescent flies caught in the black web of an ancient and amoral European culture«*. Jack gehörte auch nicht in die Reihe der dekadenten Jünglinge von jenseits des Atlantik, die sich um die amerikanische Zeitschrift »Transition« sammelten, welche um das Jahr 1925 in Paris erschien. Nein, Jack war weder ein *déraciné* noch auch ein *décadent:* er war ein in Europa verliebter Amerikaner.

Er empfand für Europa eine Hochachtung, die aus Liebe und Bewunderung zusammengesetzt war. Aber trotz seiner Bildung und trotz seines liebevollen Verständnisses für unsere Tugenden und unsere Schwächen hatte auch er wie fast alle Amerikaner einen Anflug von Minderwertigkeitskomplex Europa gegenüber, der sich nicht so sehr in der Unfähigkeit äußerte, unser Elend und unsere Schmach zu verstehen und zu verzeihen, als in der Furcht vor dem Verstehen, in der Scham vor dem Verstehen. Bei Jack trat dieser *inferiority complex*, diese Arglosigkeit, diese wundervolle Schamhaftigkeit vielleicht offener zutage als bei vielen anderen Amerikanern. Sooft er in einer Gasse Neapels, in einem Dorfe um Capua, um Caserta oder auf der Straße nach Cassino irgendeinem betrüblichen Zeugnis unseres Elends, unserer physischen und moralischen Erniedrigung, unserer Verzweiflung – des Elends, der Erniedrigung und Verzweiflung nicht Neapels oder Italiens allein, sondern ganz Europas – gegenüberstand, errötete Jack.

Und weil er in dieser Art erröten konnte, deshalb liebte ich Jack wie einen Bruder. Für diese so zutiefst, so echt amerikanische erstaunliche Schamhaftigkeit war ich Jack dankbar, und allen GIs des Generals Clark, allen Kindern, allen Frauen, allen Männern Amerikas. Dieses Amerika, dieser leuchtende, so ferne Horizont, dies unerreichbare Gestade, dieses glückliche, verbotene Land! Zuweilen sagte er errötend bei dem Versuch, seine Beschämung zu verbergen: »this bastard dirty people«; es geschah dann, daß ich auf sein Erröten sarkastisch reagierte, mit bitteren Worten, voll schmerzlichen, bösen Lachens, was ich sofort bereute und was mich die ganze Nacht über innerlich bedrückte. Er hätte es vielleicht lieber gesehen, wenn ich zu weinen begonnen hätte: meine Tränen wären ihm sicherlich natürlicher erschienen als mein Sarkasmus, weniger grausam als meine Bitterkeit. Doch hatte ich ebenfalls etwas zu verbergen. Selbst wir in diesem unserem elenden Europa empfinden Furcht und Scham vor unserer Beschämung.

Es war im übrigen nicht meine Schuld, wenn das Negerfleisch jeden Tag im Preise stieg. Ein toter Neger kostete nichts, kostete weit weniger als ein toter Weißer. Weniger sogar als ein lebender Italiener! Er kostete ungefähr soviel wie zwanzig Hungers gestorbene neapolitanische Kinder. Es war wirklich seltsam, daß ein toter Neger so wenig kostete. Ein toter Neger ist ein sehr schöner Toter: er ist glänzend glatt, massig, gewaltig und nimmt, am Boden ausgestreckt, fast den doppelten Raum ein, den ein toter Weißer benötigen würde. Auch wenn dieser Neger zu seinen Lebzeiten in Amerika nur ein armer Schuhputzer in Harlem gewesen war oder Kohlenschlepper im Hafen oder Heizer bei der Eisenbahn, als Toter bedeckte er fast ebensoviel Raum wie einst die großen prächtigen Leichen der homerischen Helden. Ich empfand im Grunde Befriedigung, wenn ich daran dachte, daß der Leichnam eines Negers nahezu ebensoviel Erde bedeckt wie der tote Achill, wie der tote Hektor oder der tote Ajax. Und ich konnte mich nicht mit dem Gedanken abfinden, daß ein toter Neger so wenig wert war.

Aber ein lebender Neger kostete sehr viel. Der Preis für lebende Neger war in Neapel seit einigen Tagen von zweihundert Dollar auf tausend Dollar gestiegen und tendierte, noch weiter zu steigen. Es genügte zu beobachten, mit was für gierigen Augen arme Leute einen Neger betrachteten, einen lebendigen Neger, um zu verstehen, daß der Preis für lebende Neger sehr hoch war und weiterhin anstieg. Der Traum aller armen Neapolitaner, besonders der *scugnizzi*, der Gassenjungen, war es, sich einen *black* kaufen zu können, sei es auch nur für wenige Stunden. Die Jagd auf Negersoldaten war das Lieblingsspiel der Jungen. Neapel war für die *scugnizzi* ein endloser afrikanischer Urwald, mit einem durchdringenden warmen Duft nach süßen Pfannkuchen, ein Wald, in dem ekstatische Neger, sich in den Hüften wiegend, die Augen zum Himmel erhoben, umherstolzierten. Wenn es einem *scugnizzo* gelang, einen Neger am Rockärmel zu fassen und ihn hinter sich her von Bar zu Bar, von Weinschenke zu Weinschenke, von Bordell zu Bordell zu schleifen, durch das Gewirr der Gassen um Toledo und Forcella, dann schrien ihm aus allen Fenstern, von allen Türschwellen, von allen Straßenecken hundert Münder, hundert Augen, hundert Hände zu: »Verkauf mir deinen Black! Ich geb dir zwanzig Dollar!, dreißig Dollar!, fünfzig Dollar!« Es war das, was man *the flying market* nannte, den Fliegenden Markt. Fünfzig Dollar war der höchste Preis, den man bezahlte, um sich einen Neger einen Tag lang zu kaufen, das heißt für wenige Stunden: die Zeit, die nötig war, um ihn betrunken zu machen, ihm alles abzunehmen, was er am Leibe hatte, von der Mütze bis zu den Schuhen, und ihn dann, wenn es Nacht geworden war, nackt auf dem Pflaster einer Gasse liegenzulassen.

Der Neger hatte nicht den geringsten Verdacht. Er merkte es gar nicht, wie er gekauft und jede Viertelstunde weiterverkauft wurde, arglos und glücklich ging er daher, ganz stolz auf seine wie Gold leuchtenden Schuhe, auf seine geschniegelte Uniform, seine gelben Handschuhe, seine Ringe und seine

Goldzähne, auf seine großen weißen Augen, quallig und durchscheinend wie die eines Polypen. Er kam lächelnd daher, den Kopf auf die Schultern zurückgelehnt, mit den Blicken einer grünen Wolke nachhängend, die über den meeresfarbenen Himmel dahinsegelte, der mit der weißen Schere seiner gezackten Zähne scharf gegen den zerfransten blauen Saum der Dächer abstach, gegen die nackten Beine der sich über das Geländer der Terrassen herabbeugenden Mädchen, gegen die in den Terracottatöpfen auf den Fenstersimsen wuchernden roten Nelken. Er ging daher wie ein Schlafwandler, mit hellem Entzücken all die Gerüche, Farben, Geschmäcke und Klänge in sich aufnehmend, all die Vorstellungen, die die Süße des Lebens ausmachen: den Duft der Garküchen, des Weines, der gebackenen Fische, den Anblick einer schwangeren Frau auf der Schwelle ihres Hauses, eines Mädchens, das sich den Rücken kratzt, eines anderen, das in seinem Busen einen Floh zu fangen versucht, das Weinen eines Kindes in der Wiege, das Lachen eines *scugnizzo*, das Widerspiel der Sonnenstrahlen an einer Scheibe, den Gesang aus einem Grammophon, die Fegefeuerflammen aus gepreßtem Papier, in denen zu Füßen der Jungfrau, in den Tabernakeln an den Straßenecken, die Verdammten schmoren, einen Jungen, der mit dem blitzenden Messer seiner schneeweißen Zähne aus einer Melonenscheibe wie aus einer Harmonika einen Halbmond grüner und roter Farbklänge vor dem grauen Himmel einer Mauer heraushebt, ein Mädchen, das, am Fenster stehend, sich kämmt, »ohi Mari« dabei singt und sich im Himmel wie in einem Spiegel betrachtet.

Der Neger bemerkt es gar nicht, daß der Junge, der ihn an der Hand führt, der ihm das Handgelenk streichelt, unaufhörlich leise auf ihn einredet und ihm mit sanften Augen ins Gesicht schaut, von Zeit zu Zeit wechselt – wenn der Junge nämlich seinen *black* an einen anderen *scugnizzo* verkaufte, legte er sorgfältig die Hand seines Negers in die des neuen Käufers und verschwand in der Menschenmenge. Der Preis eines Negers auf dem Fliegenden Markt wurde nach seiner Großzügigkeit und Leichtigkeit im Geldausgeben berechnet, nach seiner Leistungsfähigkeit im Essen und Trinken, nach seiner Art zu lächeln, eine Zigarette anzuzünden, eine Frau anzuschauen. Hundert erfahrene, gierige Augen folgten jeder Bewegung des

Negers, zählten die Geldscheine, die er aus der Tasche zog, hefteten sich auf seine rosig schwarzen Finger mit den bleichen Nägeln. Es gab *scugnizzi*, die in dieser eingehenden, blitzschnellen Berechnung wahre Meister waren – ein Junge von zehn Jahren, Pasquale Mele, hatte sich mit dem Kauf und Wiederverkauf von Negern auf dem Fliegenden Markt binnen zweier Monate etwa sechstausend Dollar verdient, mit denen er ein Haus in der Nähe der Piazza Olivella erwarb. Während der Neger von Bar zu Bar, von Osteria zu Osteria, von Bordell zu Bordell schwankte, während er lächelte, trank, aß, während er die Arme eines Mädchens streichelte, fiel es ihm nicht auf, daß er zu einer Tauschware geworden war, hatte er nicht die leiseste Ahnung, daß er wie ein Sklave gekauft und verkauft wurde.

Es war sicherlich nicht sehr ehrenvoll für die Neger im amerikanischen Heer, *so kind, so black, so respectable*, den Krieg gewonnen zu haben, als Sieger in Neapel an Land gegangen zu sein und nun verkauft und verhandelt zu werden wie arme Sklaven. Aber in Neapel ereignen sich diese Dinge seit tausend Jahren: es ist das gleiche, was den Normannen geschah, den Anjous, den Aragoniern, Karl VIII. von Frankreich, selbst Garibaldi, selbst Mussolini. Das neapolitanische Volk wäre seit vielen Jahrhunderten Hungers gestorben, wenn ihm nicht von Zeit zu Zeit der Glücksfall widerführe, alle diejenigen, Italiener oder Ausländer, kaufen und verkaufen zu können, die in Neapel als Sieger und als Herren zu landen begehren.

Wenn es nur ein paar Dutzend Dollar kostete, auf dem Fliegenden Markt für wenige Stunden einen Negersoldaten zu kaufen, so kostete es sehr viel Geld, ihn für einen oder zwei Monate zu kaufen: von dreihundert bis zu tausend Dollar und darüber. Ein amerikanischer Neger war eine Goldmine. Besitzer eines Negersklaven zu sein, das bedeutete, ein sicheres Einkommen zu haben, eine Quelle leichten Gewinns; es bedeutete, das Problem des Weiterlebens gelöst zu haben, häufig auch, reich zu werden. Das Wagnis war zwar nicht gering, denn die M. P., die nichts von europäischen Verhältnissen verstand, hatte eine unerklärliche Abneigung gegen den Negerhandel. Aber trotz der M. P. wurde der Handel mit Negern in Neapel in hohen Ehren gehalten. Es gab keine neapolitanische Familie, wie arm sie auch sein mochte, die nicht ihren Negersklaven besaß.

Der Besitzer eines Negers behandelte seinen Sklaven wie einen lieben Gast: er bot ihm zu trinken und zu essen, füllte ihn mit Wein und mit Backwerk, hieß ihn zum Klang eines alten Grammophons mit seinen Töchtern tanzen, ließ ihn in seinem Bett schlafen, zusammen mit der ganzen Familie, Männlein und Weiblein, in einem dieser gewaltigen Betten, die den größten Teil eines jeden neapolitanischen *basso* einnehmen. Und der Neger kam jeden Abend von neuem und brachte seine Geschenke an: Zucker, Zigaretten, Spam, Bacon, Brot, weißes Mehl, Wäsche, Strümpfe, Schuhe, Uniformen, Decken, Mäntel und Berge von Karamellen. Dem *black* behagte dieses ruhige Leben in der Familie, diese aufrichtige liebevolle Aufnahme, das Lachen der Frauen und Kinder, der gedeckte Tisch unter der Lampe, der Wein, die Pizza, die süßen Pfannkuchen. Nach einigen Tagen verlobte sich der vom Glück begünstigte Neger, der zum Sklaven dieser armen gutherzigen neapolitanischen Familie geworden war, mit einer der Töchter seines Herrn und kam jeden Abend wieder, mit Kisten von Corned beef, Säcken mit Zucker und Mehl, Kartons mit Zigaretten, mit Schätzen aller Art als Brautgeschenken, die er den Verpflegungslagern entwendete und die der Vater und die Brüder seiner Braut an die Händler des schwarzen Marktes verkauften. Man konnte auch weiße Sklaven kaufen, im Dschungel Neapels, doch brachten sie wenig ein und waren deshalb billiger. Aber ein Weißer aus dem P. X. kostete soviel wie ein schwarzer *driver*.

Die *drivers* waren die teuersten. Ein schwarzer Fahrer kostete bis zu zweitausend Dollar. Es gab *drivers*, die der Braut ganze Lastwagen voll Mehl und Zucker, Autoreifen, Fässer voll Benzin zum Geschenk brachten. Ein schwarzer *driver* schenkte eines Tages seiner Verlobten, Concetta Esposito, aus dem Vicolo della Torretta am Ende der Riviera di Chiaia, einen schweren Panzerwagen, einen Sherman. In zwei Stunden war der in das Innere eines Hofes gefahrene Panzer auseinandergeschraubt und zerlegt. In zwei Stunden verschwand er, blieb keine Spur von ihm übrig: nur ein Ölfleck auf dem Steinpflaster des Hofes. Im Hafen von Neapel wurde eines Nachts ein Liberty-Schiff gestohlen, das einige Stunden zuvor im Geleitzug mit weiteren zehn Schiffen aus Amerika eingelaufen war: es wurde nicht nur die Fracht gestohlen, sondern das gesamte Schiff. Ganz Neapel, von Capodimonte bis Posillipo, wurde bei solcher Neuigkeit von einem gewaltigen Gelächter erschüttert, wie von einem Erdbeben. Man sah die Musen, die Grazien, Juno und Minerva und Diana und alle Göttinnen des Olymp, die sich allabendlich auf den Wolken oberhalb des Vesuvs versammelten, um Neapel zu betrachten und die Abendkühle zu genießen, wie sie sich vor Lachen mit beiden Händen den Busen hielten; und Venus ließ mit dem Blitz ihrer weißen Zähne den Himmel erzittern.

»Was kostet wohl, Jack, ein Liberty-Schiff auf dem schwarzen Markt?«

»Oh, ça ne coûte pas cher, you damned fool!« gab Jack errötend zurück.

»Ihr habt gut daran getan, Posten an Deck eurer Kreuzer aufzustellen. Wenn ihr nicht aufpaßt, wird man euch noch die ganze Flotte stehlen.«

»The hell with you, Malaparte.«

Wenn wir, wie jeden Abend, am Ende der Via Toledo vor dem berühmten Café Caflish angelangt waren, das die Franzosen beschlagnahmt hatten, um dort ihr *foyer du soldat* einzurichten, verlangsamten wir unsere Schritte, um die Soldaten des Generals Juin miteinander reden zu hören. Wir freuten uns, Französisch sprechen zu hören, von französischen Lippen. Jack sprach immer französisch mit mir. Als ich sofort nach der Landung der Alliierten in Salerno zum Verbindungsoffizier zwischen dem italienischen Befreiungskorps und dem Großen Hauptquartier der Peninsular Base Section ernannt worden war, hatte mich Jack, der Oberst im Generalstab Jack Hamilton, sofort gefragt, ob ich Französisch spräche, und auf mein »Oui, mon Colonel«, war er vor Freude errötet. »Vous savez«, sagte er zu mir, »il fait bon de parler français. Le français est une langue très respectable. C'est très bon pour la santé.« Zu jeder Stunde des Tages hielt sich auf dem Gehsteig vor dem Café Caflish eine Menge Soldaten und Matrosen auf, Algerier, Marokkaner, Senegalesen, Madagassen, Tahitianer, Indochinesen, aber ihr Französisch war nicht das La Fontaines, und wir vermochten auch nicht ein Wort davon zu verstehen. Bisweilen aber glückte es uns, wenn wir scharf hinhörten, das eine oder andere Wort im Pariser oder Marseiller Akzent zu erhaschen. Jack errötete vor Freude und ergriff mich am Arm: »Écoute, Malaparte«, sagte er, »écoute, voilà du français, du véritable français!« Beide blieben wir gerührt stehen, diesen französischen Stimmen, den französischen Worten, dem Akzent von Ménilmontant oder von der Canebière zu lauschen, und Jack meinte dann wohl: »Ah, que c'est bon! Ah, que ça fait du bien!«

Häufig machten wir einander Mut und traten über die Schwelle des Café Caflish. Jack näherte sich schüchtern dem französischen Unteroffizier, der das *foyer du soldat* leitete, und fragte ihn errötend: »Est-ce que, par hasard ... est-ce qu'on a vu par là le lieutenant Lyautey?«

»Non, mon Colonel«, antwortete der Unteroffizier, »on ne l'a pas vu depuis quelques jours. Je regrette.«

»Merci«, sagte Jack, »au revoir, mon ami.«

»Au revoir, mon Colonel«, grüßte der Sergeant.

»Ah, que ça fait du bien, d'entendre parler français!« sagte Jack, während er, im Gesicht rot vor Freude, das Café Caflish verließ.

Jack und ich gingen öfters zusammen mit dem Captain Jimmy Wren, aus Cleveland, Ohio, heiße, frisch aus dem Ofen kommende »Taralli« essen, in einer Backstube am Pendino Santa Barbara, jener langen, sanft ansteigenden Treppengasse, die von Sedile di Porto nach dem Kloster Santa Chiara hinaufführt.

Der Pendino ist eine grausige Gasse, nicht so sehr wegen ihrer Enge – sie ist zwischen die hohen, grün verschimmelten Mauern alter verwahrloster Häuser eingeschnitten –, auch nicht wegen der Dunkelheit, die ewig dort herrscht, mag die Sonne noch so hell am Himmel stehen, sondern wegen ihrer seltsamen Bewohner.

Berühmt ist der Pendino der heiligen Barbara nämlich wegen der vielen Zwerginnen, die dort hausen. Sie sind so klein, daß sie einem Manne mittlerer Größe kaum bis ans Knie reichen. Sie sind abstoßend und verrunzelt und gehören zu den häßlichsten Zwerginnen in aller Welt. Es gibt in Spanien sehr schöne, in den Gliedmaßen und Gesichtszügen wohlproportionierte Zwerginnen. In England habe ich einige wirklich sehr schöne angetroffen, rosig und blond anzusehen, wie *Vénus en miniature*. Aber die Zwerginnen des Pendino Santa Barbara sind schauererregend, und alle, selbst die jüngsten, sehen aus wie uralte Greisinnen, so welk ist ihr Gesicht, so runzlig ihre Stirn, so spärlich und farblos die wirren Haare.

Was am meisten in dieser stinkenden Gasse erstaunt, unter dieser abschreckenden Bewohnerschaft von Zwerginnen, ist die Schönheit der Männer: sie sind hochgewachsen, haben tiefschwarze Augen und Haare, gemessene edle Bewegungen, helle klangvolle Stimmen. Männliche Zwerge sieht man nicht auf dem Pendino der heiligen Barbara; was uns vermuten läßt, daß die Zwerge bereits in der Wiege sterben oder daß die Verkürzung der Körpermaße ein monströses Erbe ist, das hier das Schicksal den Frauen vorbehalten hat.

Diese Zwerginnen sitzen den ganzen Tag auf der Schwelle ihrer *bassi* oder zusammengekauert auf winzigen Schemeln neben den Türen ihrer Wohnhöhlen und schnattern untereinander mit ihren Froschstimmen. Ihre körperliche Kleinheit tritt besonders im Vergleich zu den Möbeln in Erscheinung, die ihre finsteren Behausungen anfüllen: Kommoden, Kästen, gewaltige Schränke, Betten, die wie die Lagerstätten von Riesen aussehen. Um an diese Möbel zu gelangen, klettern die Zwerginnen auf die Stühle, auf die Bänke, ziehen sich mit der Kraft ihrer Arme empor und nehmen die Lehnen der hohen Eisenbettstellen zu Hilfe. Und wer zum erstenmal die Treppen des Pendino der heiligen Barbara hinaufgeht, kommt sich vor wie Gulliver im Lande Lilliput oder wie ein Besuch am Madrider Hofe unter den Zwergen von Velázquez. Die Stirn dieser Zwerginnen ist von denselben tiefen Runzeln ausgehöhlt, die die Stirn der grausigen alten Weiber Goyas durchfurchten. Unwillkürlich wird man hier an Spanien erinnert, denn spanisch wirkt das ganze Viertel, überall wähnt man noch den Spuren der langen kastilischen Fremdherrschaft über Neapel zu begegnen, und Luft Altspaniens atmen die Straßen, die Gassen, die Häuser, die Paläste, der intensive, süße Geruch, die gutturalen Stimmen, die langhingezogenen klingenden Klagelaute, die von einem Balkon zum anderen hinüber und herüber tönen und die blökende Stimme der Grammophone aus den dunklen Behausungen.

Die Taralli sind kleine Brezeln aus süßem Teig. Der Backofen, in der Mitte der Treppengasse des Pendino, der alle Stunden die duftenden, krossen Taralli von sich gibt, ist in ganz Neapel berühmt. Wenn der Bäcker die lange Holzschaufel in das glühende Maul des Ofens senkt, laufen die Zwerginnen herbei und strecken ihre kleinen, dunklen, runzligen Affenhände aus: laut schreiend mit ihren heiseren Stimmen, greifen sie die köstlichen, heißen, dampfenden Taralli und zerstreuen sich wieder hastig krabbelnd über die Gasse, um die Taralli in Gefäßen aus leuchtend buntem Blech zu bergen; dann setzen sie sich auf die Schwellen ihrer Höhlen, das Blechgefäß auf den Knien, um auf Käufer zu warten, und überall hört man ihr Singen: »Oh li taralli! Oh li taralli belli cauri!« Der Duft der Taralli breitet sich über den ganzen Pendino der Santa Barbara, die auf den Schwellen kauernden Zwerginnen schnattern und lachen durcheinander. Und eine, wohl eine junge, singt in einer hohen Fensteröffnung lehnend und sieht aus wie eine dicke Spinne, die ihren haarigen Kopf aus einer Mauerspalte hervorzwängt.

Kahlköpfige, zahnlose Zwerginnen laufen die schlüpfrigen Treppen auf und nieder, auf Stöcke, auf Krücken gestützt, auf ihren kurzen Beinchen schwankend, das Knie bis zum Kinn emporbringend, wenn sie eine Stufe ersteigen, oder sie schleppen sich auf allen vieren daher, winselnd oder geifernd, wie kleine Höllenungeheuer von Brueghel oder Bosch. Eines Tages sahen Jack und ich eine auf der Schwelle ihrer Behausung sitzen mit einem kranken Hund in den Armen. Auf diesem Schoß, zwischen diesen Armen erschien uns der Hund wie ein riesiges Tier, wie ein wildes Ungeheuer. Eine ihrer Gefährtinnen kam hinzu, und alle beide ergriffen den kranken Hund, die eine an den Hinterbeinen, die andere am Kopf, und so trugen sie ihn mit großer Anstrengung in den Bau hinein – es sah aus, als trügen sie einen verwundeten Dinosaurier. Die Stimmen, die aus dem Dunkel der Höhlen hervordringen, sind kreischende, kehlige Stimmen, und das Schreien der entsetzlich anzusehenden Kinder, winzig und runzlig wie alte Stoffpuppen, tönt wie das Miauen sterbender Katzen. Wenn du das Innere einer dieser Höhlen betrittst, siehst du in dem stinkigen Halbdunkel diese großen Kakerlaken mit dem enormen Kopf umherkriechen, und du mußt achtgeben, sie nicht unter der Sohle deiner Schuhe zu zertreten.

Manchmal sahen wir einige dieser Zwerginnen die Stufen des Pendino hinaufsteigen, wie sie an einem Zipfel der Hosen riesige amerikanische Soldaten, weiße und schwarze, mit staunenden Kinderaugen, daherschleppten und in ihre Höhlen hineinzogen – die Weißen waren, Gott sei Dank, betrunken. Mich schauderte, wenn ich mir die seltsame Paarung dieser mächtigen Männer mit den kleinen Höllenungeheuern auf den hohen gewaltigen Betten vorstellte.

Und ich sagte zu Jimmy Wren: »Es freut mich zu sehen, daß diese häßlichen Zwerginnen und eure Soldaten einander so sympathisch sind. Freut es dich nicht auch, Jimmy?«

»Natürlich, es freut mich auch«, antwortete Jimmy, wütend seinen Chewing-gum kauend.

»Glaubst du, daß sie sich heiraten werden?« fragte ich.

»Weshalb nicht?« knurrte Jimmy.

»Jimmy ist ein guter Kerl«, warf Jack ein, »aber man darf ihn nicht reizen. Er fängt sofort Feuer.«

»Ich bin auch ein guter Kerl«, bemerkte ich, »und ich freue mich bei dem Gedanken, daß ihr aus Amerika gekommen seid, um die italienische Rasse zu verbessern. Ohne euch wären diese armen Zwerginnen alte Jungfern geblieben. Allein wären wir armen Italiener nicht damit fertig geworden. Um so besser, daß ihr aus Amerika gekommen seid, um sie zu heiraten.«

»Sicher wirst du zum Hochzeitsgelage eingeladen werden«, sagte Jack, »du könntest eine prächtige Festrede halten.«

»Sicher, Jack, eine wunderbare Hochzeitsrede. Aber meinst du nicht, Jimmy, die alliierten Militärbehörden sollten die Ehe zwischen diesen Zwerginnen und euren prächtigen Soldaten fördern? Es wäre eine große Sache, wenn eure Soldaten diese armen Zwerginnen heiraten könnten. Ihr seid eine zu hochgewachsene Menschenrasse. Amerika muß sich auf unser Niveau herablassen, don't you think so, Jimmy?«

»Yes, I think so«, gab Jimmy, mich von der Seite anblickend, zurück.

»Ihr seid zu hochgewachsen«, sagte ich, »zu schön. Es ist unmoralisch, daß es auf der Welt eine Rasse so großer, so schöner, so gesunder Männer gibt. Es würde mich freuen, wenn alle amerikanischen Soldaten solche Zwerginnen heirateten. Diese *Italian brides* würden einen mächtigen Erfolg haben, in Amerika. Die Zivilisation Amerikas braucht kürzere Beine.«

»The hell with you«, rief Jimmy, auf die Erde spuckend.

»Il va te caresser la figure, si tu insistes«, bemerkte Jack.

»Ja, ich weiß. Jimmy ist ein guter Kerl«, sagte ich und lachte innerlich.

Es bedrückte mich, so zu lachen. Aber ich wäre glücklich gewesen, wirklich glücklich, wenn alle amerikanischen Soldaten eines Tages nach Amerika zurückgekehrt wären, alle häßlichen Zwerginnen Neapels, Italiens, Europas am Arme mit sich führend.

Die »Pest« war in Neapel am 1. Oktober 1943 ausgebrochen, am gleichen Tage, an dem die alliierten Heere als Befreier in diese unglückliche Stadt eingezogen waren. Der 1. Oktober 1943 ist ein denkwürdiges Datum in der Geschichte Neapels; denn es bezeichnet den Beginn der Befreiung Italiens und Europas von der Angst, der Schmach und den Leiden der Sklaverei und des Krieges, und es brach an genau demselben Tag die furchtbare Pest aus, die sich von dieser unseligen Stadt nach und nach über ganz Italien und ganz Europa ausbreitete.

Die grausame Verdächtigung, die entsetzliche Krankheit sei von den Befreiern selbst in Neapel eingeschleppt worden, ist sicherlich ungerecht; doch wurde sie im Herzen des Volkes zur Gewißheit, als man in einer mit abergläubischem Schrecken gemischten Verwunderung bemerkte, daß die alliierten Soldaten seltsamerweise immun gegen die Ansteckung waren. Sie gingen rosig, ruhig, lächelnd wie immer inmitten der Menschenmenge der Verpesteten einher, ohne die abscheuliche Krankheit zu bekommen, die ihre Opfer lediglich unter der Zivilbevölkerung dahinraffte, nicht nur in der Stadt, sondern selbst auf dem Lande, und sich in den befreiten Gebieten wie ein Ölfleck ausbreitete, je weiter die alliierten Heere in harter Arbeit die Deutschen nach Norden drängten.

Doch war es streng verboten, unter Androhung schwerer Strafen, öffentlich zu unterstellen, die Pest sei von den Befreiern nach Italien eingeschleppt worden. Und es war gefährlich, dies im Bekanntenkreis auszusprechen, sei es auch nur leise flüsternd, denn unter den vielen widerwärtigen Symptomen dieser Pest war die widerwärtigste die wahnwitzige Gier, die genießerische Wollust des Denunzierens. Sofort nach erfolgter Ansteckung wurde ein jeder zum Spion gegen Vater und Mutter, gegen Geschwister, gegen die eigenen Kinder, gegen den Mann und den Geliebten, gegen Verwandte und gegen die nächsten Freunde – doch niemals sich selbst gegenüber. Eines der überraschendsten und abstoßendsten Kennzeichen dieser denkwürdigen Pest war es in der Tat, daß sich das menschliche Gewissen in eine ekelhafte, stinkende Beule verwandelte.

Um die Krankheit zu bekämpfen, hatten die englischen und amerikanischen Militärbehörden kein anderes Mittel gefunden, als den alliierten Soldaten das Betreten der am meisten infizierten Stadtteile zu verbieten. An allen Mauern las man das *off limits* und *out of bounds*, mit dem fürstlichen Emblem der Pest darüber: ein schwarzer Kreis, in den zwei gekreuzte Stäbe hineingemalt waren, ähnlich den beiden gekreuzten Knochen unter dem Totenschädel auf den Schabracken der Leichenwagen.

Binnen kurzem wurde die ganze Stadt als *off limits* erklärt, außer wenigen Straßen im Zentrum. Aber die von den Befreiern am häufigsten aufgesuchten Stadtviertel waren gerade diejenigen des *off limits*, das heißt die am meisten verseuchten und deshalb verbotenen, denn es liegt in der Natur des Menschen und insbesondere der Soldaten aller Zeiten und jedweden Heeres, verbotenen Dingen vor erlaubten den Vorzug zu geben – derart, daß die ansteckende Seuche, sei sie nun von den Befreiern nach Neapel eingeschleppt oder durch sie in der Stadt von einem Ort zum andern, von den infizierten zu den gesunden Gegenden weitergetragen worden, sehr bald ein erschreckendes Ausmaß annahm, dem ihre groteske, grauenerregende Erscheinungsform als makabres Volksfest, als Jahrmarkt des Todes einen sündhaften, fast teuflischen Charakter gab: das Tanzen betrunkener Neger und halb- oder ganz nackter Frauen auf den Plätzen und Straßen, zwischen den Ruinen der durch die Bomben zerstörten Häuser; die rasende Gier zu trinken, zu essen, zu genießen, zu singen, zu lachen, zu prassen und zu schmausen, dies alles durchsetzt von dem gräßlichen Gestank, den die Hunderte und aber Hunderte der unter den Trümmern begrabenen Leichen ausströmten.

Es war eine im Wesen anders geartete, aber nicht weniger

schreckliche Epidemie als jene, die im Mittelalter von Zeit zu Zeit Europa verheerten. Das Besondere dieser neuesten Seuche war, daß sie nicht den Körper zerstörte, sondern die Seele. Die einzelnen Körperteile blieben, dem Anschein nach, unversehrt, aber in die Hülle gesunden Fleisches eingeschlossen, verdarb und verfaulte die Seele. Es war eine Art moralischer Pest, vor der es anscheinend keinerlei Schutz gab. Die ersten, die der Ansteckung erlagen, waren die Frauen, die in jedem Volke die schwächste Stelle in der Abwehr des Lasters sind, eine jedem Übel offenstehende Tür. Und das schien um so verwunderlicher und schmerzlicher, als während der Jahre der Knechtschaft und des Krieges bis hin zum Tage der versprochenen und ersehnten Befreiung die Frauen, nicht nur in Neapel, sondern in ganz Italien, in ganz Europa, in dem allgemeinen Elend und Unglück den Beweis größerer Würde und größerer Seelenstärke geliefert hatten als die Männer. In Neapel hatten sich wie in jeder anderen Gegend Europas die Frauen den Deutschen nicht ergeben. Lediglich die Prostituierten hatten mit den Feinden ihren Handel getrieben, und nicht einmal öffentlich, sondern insgeheim, sei es, um sich nicht den harten Rückwirkungen des Volksempfindens auszusetzen, sei es, daß selbst ihnen dieser Handel als das schmachvollste Verbrechen erschienen war, das eine Frau in diesen Jahren begehen konnte.

Und nun hatte, unter der Einwirkung dieser scheußlichen Pest, die als erstes die weibliche Empfindung für Ehre und Würde untergrub, hemmungslose Prostitution die Schande in jede Hütte und in jeden Palast getragen. Doch weshalb sollte man das als Schande bezeichnen? So mächtig war die verheerende Kraft der Ansteckung, daß es eine preiswürdige Tat geworden war, sich zu prostituieren, nahezu ein Beweis von Vaterlandsliebe, und alle, Männer wie Frauen, schienen, weit entfernt, darüber zu erröten, sich der eigenen wie der allgemeinen Verworfenheit zu brüsten. Viele zwar, welche die Verzweiflung ungerecht machte, entschuldigten beinahe die Pest: sie unterstellten, daß die Frauen diese Krankheit nur zum Vorwand nähmen, sich zu verkaufen, daß sie in der Pest die Rechtfertigung für ihre Schande suchten.

Aber tieferer Einblick in die Natur der Krankheit erwies in der Folge, daß ein derartiger Verdacht boshaft war. Denn die ersten, die mit ihrem Geschick haderten, waren die Frauen; und viele habe ich selbst darüber weinen und diese grausame Pest verfluchen hören, die sie mit unwiderstehlicher Gewalt trieb, sich wie Hündinnen zu prostituieren, wogegen ihre schwache Tugend machtlos war. So sind nun einmal die Frauen geschaffen: sie suchen, häufig mit Tränen, die Rechtfertigung ihrer Schande und das Mitleid zu erkaufen – doch diesmal muß man ihre Rechtfertigung gelten lassen und Erbarmen mit ihnen haben.

Wenn dies das Geschick der Frauen war, so war das Geschick der Männer nicht weniger entsetzlich und erbarmungswürdig. Kaum angesteckt, verloren sie jegliche Selbstachtung; sie ergaben sich unwürdigsten Geschäften, begingen die schmutzigsten Handlungen, krochen bäuchlings im Kot vor ihren »Befreiern« – die von soviel unerbetener Unterwürfigkeit angewidert waren – und küßten ihnen die Schuhe, nicht nur um für die Leiden und Demütigungen, die sie in den Jahren der Knechtschaft und des Krieges erduldet hatten, Verzeihung zu erlangen, sondern um der Ehre willen, von den neuen Herren mit Fußtritten behandelt zu werden; sie bespuckten die Fahnen ihres eigenen Vaterlandes, verkauften öffentlich ihre Frauen, ihre Töchter, ihre Mütter. All dies, so hieß es, um das Vaterland zu retten. Und selbst wer dem Anschein nach immun gegen die Krankheit war, zog sich ein ekelhaftes Leiden zu, das ihn dazu trieb, sich zu schämen, Italiener zu sein, und sogar, der menschlichen Gattung anzugehören. Man muß zugeben, daß sie alles taten, um der Bezeichnung Mensch unwürdig zu werden. Sehr wenige waren es, die sich intakt erhielten, als vermöchte die Krankheit nichts über ihr Gewissen; sie gingen eingeschüchtert, verängstigt umher, von allen verachtet, als unerwünschte Zeugen der allgemeinen Schande. Der Verdacht, später die Gewißheit, daß die Pest von den Befreiern selbst nach Europa eingeschleppt worden war, hatte im Volk tiefen aufrichtigen Schmerz erregt. Obgleich es alte Tradition der Besiegten ist, die Sieger zu hassen, empfand das neapolitanische Volk keinen Haß gegen die Alliierten. Es hatte sie sehnsüchtig erwartet, hatte sie mit Freuden empfangen. Seine tausendjährige Erfahrung mit Kriegen und Invasionen von Fremden hatte es gelehrt, daß es Brauch der Sieger ist, die Besiegten in Knechtschaft zu halten. Statt der Knechtschaft hatten ihm die Alliierten die Freiheit gebracht. Und das Volk hatte sofort diesen prachtvollen, jungen, schönen, wohlgepflegten Soldaten mit den weißen Zähnen und den roten Lippen Zuneigung entgegengebracht. In allen Jahrhunderten der Invasionen, der gewonnenen und verlorenen Kriege hatte Europa noch nie so elegante, saubere, höfliche, stets frisch rasierte Soldaten zu Gesicht bekommen, mit tadellosen Uniformen, mit sorgfältig geknüpften Krawatten, mit stets frischer Wäsche, mit ewig neuen blanken Schuhen. Nicht eine zerrissene Stelle an Hosen oder Ärmeln, nicht ein fehlender Knopf in diesen prachtvollen Armeen, die wie Venus aus dem Schaum des Meeres hervorstiegen. Nicht ein Soldat, der ein Furunkel, einen hohlen Zahn, ein einfaches Bläschen im Gesicht gehabt hätte. Man hatte niemals, in ganz Europa nicht, so desinfizierte Soldaten gesehen, ohne die kleinste Mikrobe, weder zwischen den Falten der Haut noch zwischen den Falten des Gewissens. Und was für Hände! Weiß, gepflegt, stets mit fleckenlosen Handschuhen aus Wildleder geschützt. Aber was dem neapolitanischen Volk am meisten zu Herzen ging, waren die liebenswürdigen Umgangsformen der Befreier, besonders der Amerikaner, ihre gewandten, höflichen Manieren, ihr Sinn für Menschlichkeit, ihr unschuldiges, herzliches Lachen ehrlicher, gutmütiger, argloser, großer Kinder. Wenn es jemals eine Ehre war, einen Krieg zu verlieren, so war es sicher eine große Ehre, für die Neapolitaner und für alle anderen besiegten Völker Europas, den Krieg gegen so höfliche, elegante, schmucke, so gutartige und großzügige Soldaten verloren zu haben.

Und doch wurde alles, was diese erstaunlichen Soldaten berührten, augenblicklich verdorben. Kaum, daß die unglücklichen Bewohner der befreiten Länder ihren Befreiern die Hand drückten, begannen sie zu faulen, übel zu riechen. Es genügte, daß ein alliierter Soldat sich aus seinem Jeep beugte, um einer Frau zuzulächeln, um ihr flüchtig übers Gesicht zu streicheln, damit diese Frau, die sich bis zu diesem Augenblick ihres Wertes bewußt und rein geführt hatte, sich in eine Prostituierte verwandelte. Es genügte, daß ein Kind einen Bonbon, den es von einem amerikanischen Soldaten geschenkt bekommen hatte, in den Mund steckte, damit seine unschuldige Seele verdorben wurde.

Die Befreier waren selbst über diese Heimsuchung erschreckt und betroffen. »Menschlich ist es, Mitleid mit den Geschlagenen zu haben«, so heißt es bei Boccaccio in der Einleitung zu seinem »Decamerone«, wo er von der furchtbaren Pest in Florenz von 1348 spricht. Aber die alliierten Soldaten, vor allem die Amerikaner, hatten vor dem jammervollen Schauspiel der Pest in Neapel Mitleid nicht nur mit dem unglücklichen neapolitanischen Volk, sie hatten Mitleid auch mit sich selbst. Denn bereits seit einiger Zeit hatte sich in ihr unschuldiges gutartiges Gemüt der Argwohn eingeschlichen, daß die entsetzliche Ansteckung in ihrem aufrichtigen, schüchternen Lachen liege, in ihrem Blick voll menschlicher Sympathie, in ihren liebevollen Zärtlichkeiten. Die Pest entstammte ihrem Mitleid, ihrem Wunsch, diesem unseligen Volk zu helfen, seine Leiden zu lindern, ihm in seinem schaurigen Unglück zu Hilfe zu kommen. Die Krankheit lag in eben dieser, dem besiegten Volk brüderlich hingestreckten Hand.

Vielleicht stand es geschrieben, daß die Freiheit Europas nicht aus der Befreiung, sondern aus der Pest geboren werden sollte. Vielleicht stand es geschrieben, daß, wie die Befreiung aus den Leiden des Krieges und der Knechtschaft hervorgegangen war, die Freiheit aus den neuen und furchtbaren Leiden der von der Befreiung eingeschleppten Pest hervorgehen sollte. Freiheit verlangt einen hohen Preis. Einen sehr viel höheren als Knechtschaft. Und dieser Preis wird nicht mit Gold, nicht mit Blut, nicht mit den edelsten Opfertaten abgegolten, sondern mit Feigheit, mit Prostitution, mit Verrat, mit aller Fäulnis der Menschenseele.

Auch an diesem Tage betraten wir das Innere des *foyer du soldat*, und Jack, der sich dem französischen Unteroffizier genähert hatte, fragte schüchtern, fast wie im Vertrauen, »si on avait vu par là le lieutenant Lyautey«.

»Oui, mon Colonel, ich habe ihn eben vorhin gesehen«, antwortete der Unteroffizier lächelnd, »warten Sie einen Augenblick, mon Colonel, ich gehe nachsehen, ob er noch da ist.«

»Voilà un sergent bien aimable«, sagte Jack zu mir, vor Freude errötend, »die französischen Unteroffiziere sind die liebenswürdigsten der Welt.«

»Je regrette, mon Colonel«, sagte nach kurzer Zeit zurückkommend der *sergent*, »Leutnant Lyautey ist gerade fortgegangen.«

»Merci, vous êtes bien aimable«, dankte Jack, »au revoir, mon ami.«

»Au revoir, mon Colonel«, erwiderte der Unteroffizier lächelnd.

»Ah, es tut gut, französisch sprechen zu hören«, sagte Jack, während wir das Café Caflish verließen. Sein Gesicht strahlte vor kindlicher Freude, und in diesem Augenblick fühlte ich, daß ich ihn wirklich gern hatte. Es freute mich, daß ich einen Mann gern hatte, der besser war als ich, ich hatte immer nur Verachtung und Groll gegen Männer empfunden, die besser als ich selber waren, und jetzt war es das erste Mal, daß es mich freute, einen Mann, der besser war als ich, zu lieben.

»Gehen wir das Meer anschauen, Malaparte.«

Wir überquerten die Piazza Reale und lehnten uns an die Brustwehr am Ende der Scesa del Gigante. *»C'est un des plus anciens parapets de l'Europe«*, zitierte Jack, der seinen Rimbaud ganz und gar auswendig wußte.

Es war die Stunde des Sonnenuntergangs, und das Meer nahm nach und nach die Farbe des Weines an, was bei Homer die Farbe des Meeres ist. Doch dort draußen, zwischen Sorrent und Capri, erglühten das Wasser und die hohen Steilküsten und die Berge und die Schatten der Berge langsam zur lebendigen Farbe der Korallen, wie wenn die Korallenwälder, die den Meeresgrund bedecken, langsam aus ihrer feuchten Tiefe emporstiegen und den Himmel mit dem Widerschein dunkel gewordenen Blutes übergössen. Der Felsenhang von Sorrent, überwuchert von Zitronen- und Orangengärten, erhob sich, abseits des Meeres, wie zu grünem Marmor versteinertes Zahnfleisch, und die versinkende Sonne schoß vom anderen Horizont her ihre kraftlos gewordenen Pfeile schräg darauf und ließ den warmen goldenen Glanz der Orangen und das kalte blaugrüne Blitzen der Zitronen aufleuchten.

Ähnlich einem alten, abgefleischten, von Regen und Wind gebleichten Knochen stand der Vesuv einsam und nackt im unendlichen wolkenlosen Himmel und begann nach und nach in einem rosigen Licht unkenntlicher Herkunft zu glimmen, wie wenn das in seinem Körper glühende Feuer durch die harte, wie Elfenbein leuchtende, farblose Lavakruste hindurchschiene – bis schließlich der Mond den Rand des Kraters wie die Schale eines Eies zerbrach und sich hell und ekstatisch in wunderbarer Ferne aus dem blauen Abgrund des Abends heraufhob. Vom fernsten Horizont kamen, von Winden getrieben, die ersten Schatten der Nacht heran. Und, sei es durch die magische Lichtstrahlung des Mondes oder durch die kalte Grausamkeit dieser abstrakten, geisterhaften Landschaft, es lag eine zarte unbestimmte Trauer über dieser Stunde, fast wie die Vorahnung eines glücklichen Todes.

Zerlumpte Jungen, auf der über dem Meer aufragenden steinernen Brüstung sitzend, sangen und richteten ihre Blicke nach oben, den Kopf leicht auf die Schultern zurückgeneigt. Ihre Gesichter waren abgezehrt und bleich, die Augen vor Hunger erloschen. Sie sangen, wie Blinde singen, mit emporgerecktem Gesicht, mit himmelwärts gerichteten Augen. Der Hunger des Menschen hat eine wunderbar sanfte und reine Stimme. Nichts Menschliches ist in der Stimme des Hungers. Es ist eine Stimme, die einer geheimnisvollen Zone der Menschennatur entstammt, dorther, wo jenes tiefe Lebensgefühl wurzelt, das das Leben selbst ist, unser geheimstes und lebendigstes Leben. Die Luft war klar und lag süß auf den Lippen. Eine leichte Brise, nach Algen und Salz duftend, wehte vom Meere her, der schmerzende Schrei der Möwen ließ den goldenen Widerschein des Mondes auf den Wellen erzittern, und dort drüben, fern am Horizont, versank das bleiche Gespenst des Vesuvs allmählich im silbernen Kelche der Nacht. Das Singen der Kinder machte diese grausame, unmenschliche Landschaft, so fern dem Hunger und der Verzweiflung der Menschen, noch reiner, noch abstrakter.

»Es ist keine Güte«, sagte Jack, »kein Erbarmen in dieser wunderbaren Natur.«

»Es ist eine bösartige Natur«, sagte ich, »sie haßt uns, sie ist unsere Feindin. Sie haßt die Menschen.«

»Elle aime nous voir souffrir«, sprach Jack mit leiser Stimme.

»Sie schaut auf uns mit ihren kalten Augen, voll eisigem Haß und voll Verachtung.«

»Gegenüber dieser Natur«, sagte Jack, »fühle ich mich schuldbeladen, mit Schmach und Schande bedeckt, ein elender Wicht. Es ist keine christliche Natur. Sie haßt die Menschen, weil sie leiden.«

»Sie ist eifersüchtig auf die Leiden der Menschen«, sagte ich.

Ich hatte Jack gern, weil er der einzige unter meinen amerikanischen Freunden war, der sich schuldvoll, beschämt und elend vorkam gegenüber der grausamen, unmenschlichen Schönheit dieses Himmels, dieses Meeres, dieser fern am Horizont ruhenden Inseln. Er war der einzige, der begriff, daß diese Natur nicht christlich ist, daß sie jenseits der Grenzen des Christentums liegt, daß diese Landschaft nicht das Antlitz Christi ist, sondern das Abbild einer Welt ohne Gott, in der die Menschen allein gelassen sind, um ohne Hoffnung zu leiden; der einzige, der begriff, wieviel Geheimnisvolles Geschichte und Leben des neapolitanischen Volkes bergen und wie wenig sie vom Willen der Menschen abhängig sind. Es gab unter meinen amerikanischen Freunden viele intelligente, gebildete, empfängliche junge Männer; aber sie verachteten Neapel, Italien, Europa, sie verachteten uns, weil sie glaubten, daß wir allein für unser Elend und unser Unglück, für unsere Verbrechen, für unsere verräterischen und feigen Handlungen verantwortlich seien. Sie verstanden nicht, was es Geheimnisvolles und Unmenschliches in unserem Elend und unserem Unglück gibt. Manche behaupteten: »Ihr seid keine Christen, ihr seid Heiden.« Und sie legten einen leicht verächtlichen Ton in dieses Wort »Heiden«. Ich mochte Jack gern, weil er allein begriff, daß das Wort »Heiden« nicht ausreicht, die tiefen, uralten, geheimnisvollen Gründe für unsere Leiden zu erklären; daß unser Elend, unser Unglück, unsere Schande, unsere Art, elend zu sein und glücklich zu sein, die Gründe selbst für unsere Größe und unsere Verworfenheit außerhalb der christlichen Moral liegen.

Obgleich er sich als Schüler Descartes' bezeichnete und zu behaupten liebte, daß er sich allein und stets der Vernunft anvertraue und glaube, daß die Vernunft alles durchdringen und aufhellen könne, war seine Haltung gegenüber Neapel, Italien, Europa achtungsvolle und zugleich argwöhnische Zuneigung. Wie für alle Amerikaner war Neapel für ihn eine unerwartet schmerzliche Enthüllung gewesen. Er hatte geglaubt, an der Küste einer von der Vernunft beherrschten, vom menschlichen Gewissen geleiteten Welt zu landen – und hatte sich unvermittelt in einem mysteriösen Land befunden, wo nicht die Vernunft, nicht das Gewissen, sondern dunkle unterirdische Kräfte die Menschen zu regieren und die Geschehnisse ihres Lebens zu steuern schienen.

Jack hatte ganz Europa bereist, aber er war niemals in Italien gewesen. Er war in Salerno am 9. September 1943 vom Verdeck eines LST, eines Ausbootungsprahms, an Land gestiegen, im Lärm und Rauch der Explosionen, unter dem heiseren Geschrei der am sandigen Gestade bei Paestum unter dem Feuer deutscher Maschinengewehre hin und her rennenden Soldaten. In seinem idealen Europa Descartes', auf dem »Alten Kontinent« Goethes, vom Geist und von der Vernunft geleitet, war Italien immerhin die Heimat seines Vergil, seines Horaz, und bot seiner Vorstellungskraft die gleiche heitere, grüne, blaue Landschaft seines Virginia, wo er seine Studien vollendet, wo er den größten Teil seines Lebens zugebracht, wo er sein Haus hatte, seine Familie, seine Bücher. In dem Italien seines Herzens bildeten die säulenumzogenen Höfe der Landhäuser Virginias und die Marmorsäulen des Forums, Vermont Hill und der Palatin eine ihm vertraut gewordene Landschaft, in der das leuchtende Grün der Wiesen und Wälder sich mit dem weißen Glanz des Marmors vereinte, unter einem klaren, blauen Himmel, ähnlich jenem, der sich über dem Kapitol wölbt.

Als Jack in der Morgenfrühe des 9. September 1943 vom Verdeck eines LST auf den Strand von Paestum gesprungen war, sah er vor seinen Augen eine wunderbare Erscheinung in der roten Staubwolke, die von den Ketten der Panzer, von den Explosionen der deutschen Granaten, von dem Durcheinander von See herandrängender Menschen und Maschinen aufgewirbelt wurde: die Säulen des Neptuntempels inmitten der von Myrten und Zypressen bestandenen Ebene vor dem Hintergrund der nackten Berge des Cilento, die den Bergen Latiums gleichen. Ah, dies war Italien, das Italien Vergils, das Italien des Aeneas! Und er hatte geweint vor Freude, geweint vor religiöser Ergriffenheit, hatte sich auf dem sandigen Ufer auf die Knie geworfen, wie Aeneas, als er aus dem trojanischen Dreiruderer am Sandgestade der Tibermündung an Land stieg, vor den Bergen mit ihren Burgen und weißen

Tempeln auf dem grünen Hintergrund der alten lateinischen Wälder.

Doch die klassische Szenerie der dorischen Tempelsäulen Paestums verbarg seinen Blicken ein verstecktes geheimnisvolles Italien – verbarg Neapel, dieses erste grauenhafte und wunderbare Abbild eines unbekannten Europa, eines Europa außerhalb cartesianischer Vernunft, jenes anderen Europa, von dem er bis zu diesem Tage nur eine unbestimmte Ahnung gehabt hatte und dessen Geheimnisse, dessen Mysterien jetzt, da er nach und nach in sie eindrang, ihn erstaunten und erschreckten.

»Neapel«, sagte ich zu ihm, »ist die geheimnisvollste Stadt Europas, es ist die einzige Stadt der antiken Welt, die nicht untergegangen ist wie Ilion, wie Ninive, wie Babylon. Es ist die einzige Stadt der Welt, die nicht in dem ungeheuren Schiffbruch der antiken Kultur versunken ist. Neapel ist ein Pompeji, das niemals verschüttet wurde. Es ist keine Stadt, es ist eine Welt. Die antike, vorchristliche Welt, die völlig unbeschädigt an der Oberfläche der modernen Welt daliegt. Eure Panzer laufen Gefahr, in dem schwarzen Ablagerungsschlick des Altertums zu versinken. Ihr konntet für eure Landung in Europa keinen gefährlicheren Ort wählen als Neapel. Wenn ihr in Belgien, in Holland, in Dänemark oder gar in Frankreich gelandet wäret, so würde euer Geist der Wissenschaft, eure Technik, euer gewaltiger Reichtum an materiellen Hilfsmitteln euch vielleicht den Sieg nicht nur über das deutsche Heer, sondern selbst über den europäischen Geist gegeben haben, über dieses andere, verborgene Europa, von dem Neapel ein mysteriöses Abbild, das nackte Gespenst ist. Aber hier, in Neapel, bringen uns eure Panzer, eure Kanonen, eure Fahrzeuge zum Lachen. Altes Eisen. Erinnerst du dich, Jack, an die Worte jenes Neapolitaners, der am Tage eures Einzugs in Neapel auf der Via Toledo eure endlosen Panzerkolonnen vorbeiziehen sah? ›Welch schöner Schrott!‹ Eure besondere amerikanische Daseinsweise zeigt sich hier entblößt, schutzlos, gefährlich verwundbar. Ihr seid nichts als große Kinder, Jack. Ihr könntet Neapel nicht verstehen, ihr werdet Neapel niemals verstehen.«

»Je crois«, sagte Jack, »que Naples n'est pas impénetrable à la raison. Je suis cartésien, hélas!«

»Glaubst du vielleicht, daß Descartes' Vernunft dir helfen kann, beispielsweise Hitler zu verstehen?«

»Weshalb gerade Hitler?«

»Weil auch Hitler ein Element des Mysteriums Europa ist, weil auch Hitler zu diesem anderen Europa gehört, in das cartesianische Vernunft nicht einzudringen vermag. Glaubst du also, Hitler nur mit Hilfe Descartes' erklären zu können?«

»Je l'explique parfaitement«, erwiderte Jack.

Da erzählte ich ihm jenen bekannten Heidelberger Witz, den die Studenten der deutschen Universitäten einander lachend überliefern. Auf einem Kongreß deutscher Wissenschaftler in Heidelberg waren nach langer Diskussion alle einig geworden in der Behauptung, daß man die Welt allein mit den Mitteln der Vernunft erklären könne. Am Ende der Diskussion erhob sich ein alter Professor, der sich bisher in Schweigen gehüllt hatte, seinen Zylinder tief in die Stirn gedrückt, und sagte: »Können Sie, die alles zu erklären wissen, mir sagen, wieso mir heute nacht dieses Ding am Kopf gewachsen ist?« Vorsichtig nahm er den Zylinder vom Kopf und wies eine Zigarre vor, eine echte Havanna, die aus seinem kahlen Schädel herausragte.

»Ah, ah, c'est merveilleux!« sagte Jack lachend, »du möchtest also behaupten, daß Hitler eine Havanna-Zigarre ist?«

»Nein, ich will sagen, daß Hitler *wie* jene Havanna-Zigarre ist.«

»C'est merveilleux! un cigare!« sagte Jack. Und wie von einer plötzlichen Eingebung befallen, setzte er hinzu: »Have a drink, Malaparte.« Aber dann korrigierte er sich und sagte auf französisch: »Allons boire quelque chose.«

Die Bar der P. B. S. war voller Offiziere, die uns schon um viele Gläser voraus waren. Wir setzten uns in eine Ecke und begannen zu trinken. Jack schaute in sein Glas hinein und lachte, schlug sich mit der Faust aufs Knie und lachte, und alle Augenblicke rief er aus: »C'est merveilleux! un cigare!« Bis seine Augen einen dunklen Glanz bekamen, und er mich lachend fragte: »Tu crois vraiment qu'Hitler...«

»Mais oui, naturellement.«

Dann gingen wir zum Abendessen und setzten uns an die lange Tafel der Senior Officers der P. B. S. Alle Offiziere waren lustiger Stimmung und lachten mir wohlwollend zu, denn

ich war *the bastard Italian liaison officer, this bastard son of a gun.*
Später begann Jack die Geschichte vom Kongreß der deutschen Wissenschaftler an der Universität Heidelberg zu erzählen, und alle Senior Officers der P. B. S. sahen mich verwundert an und riefen: »What? A cigar? Do you mean that Hitler
is a cigar?«

»He means that Hitler is a Havana cigar«, sagte Jack lachend.

Und Colonel Brand reichte mir quer über den Tisch eine
Zigarre herüber und sagte mit einem Lächeln der Sympathie:
»Rauchen Sie gern Zigarren? Dies ist eine echte Havanna.«

2 Die Jungfrau von Neapel

»Hast du jemals eine Jungfrau gesehen?« fragte Jimmy mich eines Tages, als wir die Backstube am Pendino di Santa Barbara verließen und die köstlichen heißen und krossen Taralli mit Behagen knabberten.

»Doch, aber nur von ferne.«

»No, I mean, aus der Nähe. Hast du niemals eine Jungfrau aus der Nähe gesehen?«

»Nein, aus der Nähe niemals.«

»Come on, Malaparte«, sagte Jimmy.

Anfangs wollte ich ihm nicht folgen, ich wußte, daß er mir etwas Schmerzendes, etwas Demütigendes zeigen werde, irgendein erschütterndes Zeugnis physischer und moralischer Erniedrigung, zu der der Mensch in seiner Verzweiflung gelangen kann. Ungern wohne ich einem Schauspiel menschlicher Niedrigkeit bei, es widersteht mir, wie ein Richter oder ein Zuschauer dazusitzen und Menschen zuzuschauen, wie sie zu den untersten Stufen der Verworfenheit hinabsteigen: ich fürchte immer, sie könnten sich umwenden und mir zulächeln.

»Come on, come on, don't be silly«, rief Jimmy, im Labyrinth der Gassen um die Forcella vor mir hergehend.

Es macht mir wenig Freude zu sehen, wie weit der Mensch sich erniedrigen kann, um zu leben. Mir war der Krieg lieber als die »Pest«, die nach der Befreiung uns alle beschmutzt, verdorben, gedemütigt hatte, alle, Männer, Frauen, Kinder. Vor der Befreiung hatten wir gekämpft und gelitten, um nicht zu sterben. Jetzt kämpften und litten wir, um zu leben. Es besteht ein tiefer Unterschied zwischen dem Kampf, um nicht zu sterben, und dem Kampf, um zu leben. Menschen, die kämpfen, um nicht zu sterben, bewahren ihre Würde, verteidigen sie eifersüchtig, alle, Männer, Frauen, Kinder, mit grimmiger Entschlossenheit. Die Männer beugten ihre Stirn nicht. Sie flohen in die Berge, in die Wälder, lebten in Höhlen, kämpften wie Wölfe gegen die Eindringlinge. Sie kämpften, um nicht zu sterben. Es war ein edler, ein würdiger, ein ehrlicher Kampf. Die Frauen warfen ihren Körper nicht auf den schwarzen Markt, um sich Lippenstift, seidene Strümpfe, Zigaretten oder Brot zu erkaufen. Sie litten Hunger, doch sie verkauften sich nicht. Sie verkauften ihre Männer nicht an den Feind. Lieber sollten ihre Kinder Hungers sterben, als daß sie sich verkauften, als daß sie ihre Männer verkauften. Nur Prostituierte verkauften sich an den Feind. Vor der Befreiung litten die Völker Europas mit bewunderungswürdiger Selbstachtung. Sie kämpften erhobenen Hauptes. Sie kämpften, um nicht zu sterben. Und wenn Menschen kämpfen, um nicht zu sterben, klammern sie sich mit der Kraft der Verzweiflung an alles, was den lebendigen, ewigen Teil des menschlichen Lebens bildet, das Wesen, den edelsten und reinsten Bestand des Lebens: Würde, Stolz, Freiheit des eigenen Gewissens. Sie kämpfen, um sich die eigene Seele zu erhalten.

Aber nach der Befreiung hatten die Menschen kämpfen müssen, um zu leben. Es ist eine demütigende, entsetzliche Sache, eine schmachvolle Notwendigkeit, zu kämpfen, um zu leben. Nur um zu leben. Nur um die nackte Haut zu retten. Es ist nicht mehr der Kampf gegen die Verknechtung, der Kampf für die Freiheit, für die Menschenwürde, für die Ehre. Es ist der Kampf gegen den Hunger. Es ist der Kampf um ein Stück Brot, um etwas Feuerung, um einen Fetzen, die eigenen Kinder damit notdürftig zu bedecken, um etwas Stroh, sich darauf auszustrecken. Wenn Menschen kämpfen, um zu leben, hat alles, selbst eine leere Blechdose, ein Zigarettenstummel, eine Orangenschale, ein aus dem Abfall aufgelesener Kanten harten Brotes, ein abgefleischter Knochen, einen enormen, entscheidenden Wert. Die Menschen sind jeder Gemeinheit fähig, um zu leben: aller Schandtaten, aller Verbrechen, um zu leben. Für ein Stück Brot ist jeder von uns bereit, seine eigene Frau, seine eigenen Töchter zu verkaufen, seine Mutter zu besudeln, Brüder und Freunde zu verkaufen, sich mit einem anderen Mann zu prostituieren. Er ist bereit, sich auf die Knie zu werfen, auf dem Boden zu kriechen, dem die Schuhe zu lecken, der unsern Hunger stillen kann, den Rücken unter der Peitsche zu krümmen, sich lächelnd die angespuckte Wange abzuwischen; und er hat ein demütiges, weiches Lächeln, einen Blick voller Hoffnung wie ein hungriges Tier, eine nimmermüde Hoffnung.

Mir war der Krieg lieber als die Pest. Von einem Tag auf den andern, binnen weniger Stunden, waren alle, Männer, Frauen, Kinder, von der schrecklichen Seuche angesteckt. Was das Volk wunderte und erschreckte, war der plötzliche, heftige, unentrinnbare Charakter dieser rasenden Epidemie. Die Pest hatte in wenigen Tagen mehr vermocht als die Tyrannei in zwanzig Jahren allgemeiner Erniedrigung, als der Krieg in drei Jahren Hunger, Trauer, blutiger Leiden. Dieses Volk, das in den Straßen sich selbst, seine Ehre, seinen Körper, das Fleisch seiner Kinder verhandelte – konnte dies dasselbe Volk sein, das wenige Tage zuvor, in den gleichen Straßen, so großartige Beweise von Mut und Haß gegen die Deutschen gegeben hatte?

Als die Befreier am 1. Oktober 1943 die ersten Häuser der Vorstädte bei Torre del Greco erreichten, hatte Neapels Bevölkerung in einem vier Tage währenden wilden Kampf die Deutschen bereits aus der Stadt vertrieben. Die Neapolitaner hatten sich schon Anfang September, in den ersten Tagen nach dem Waffenstillstand, gegen die Deutschen empört; doch dieser erste Aufstand war mit unerbittlicher Härte im Blute erstickt worden. Die Befreier, auf die das Volk sehnsüchtig wartete, waren an einigen Stellen ins Meer zurückgeworfen worden, an anderen, bei Salerno, leisteten sie, an die Küste festgekrallt, Widerstand: die Deutschen hatten ihren Mut und ihre eiserne Härte wiedergefunden. Als gegen Ende September die Deutschen begannen auf den Straßen die Männer zusammenzutreiben und sie auf Lastwagen zu verladen, um sie als Sklavenherden nach Deutschland zu verfrachten, hatten die Neapolitaner, von Scharen erbitterter Frauen mit dem Schlachtruf *»Li ómmene no!«* aufgereizt und angetrieben, sich ohne Waffen gegen die Deutschen geworfen, sie in die Gassen abgedrängt und massakriert, sie von der Höhe der Dächer, von den Terrassen, aus den Fenstern heraus mit Lawinen von Ziegeln, Steinen, Möbelstücken, kochendem Wasser gejagt. Gruppen beherzter Jungen stürzten sich auf die Panzer, mit beiden Armen brennende Strohbündel schwingend, und starben bei dem Versuch, diese stählernen Schildkröten in Brand zu setzen. Mädchen mit unschuldiger Miene zeigten lächelnd den im Bauch ihrer sonnenglühenden Panzer eingeschlossenen durstleidenden Deutschen lockende Traubenbüschel: und sobald diese die Turmluken öffneten und sich hinausbeugten, um die freundlich dargebotene Gabe in Empfang zu nehmen, wurden sie aus dem Hinterhalt von den Jungen mit einem Hagel von Handgranaten, die man feindlichen Gefangenen abgenommen hatte, umgebracht. Viele der Jungen und Mädchen ließen bei diesen grausamen, beherzten Kriegslisten ihr Leben.

Umgestürzte Fahrzeuge und Straßenbahnwagen behinderten in den Straßen den Durchzug deutscher Kolonnen, die zur Verstärkung der bei Eboli und Cava dei Tirreni Widerstand leistenden Truppen herangezogen wurden. Denn das Volk Neapels fiel nicht den zurückweichenden Deutschen in den Rücken; es griff sie an, waffenlos, während noch die Schlacht bei Salerno andauerte, und es war Wahnsinn, für ein Volk ohne Waffen, geschwächt durch drei Jahre Hunger und fortgesetzter heftiger Bombardements, sich dem Durchzug der deutschen Kolonnen entgegenzustellen, die Neapel durchquerten, um gegen die in Salerno gelandeten Alliierten zu ziehen. Die Kinder und Frauen waren die Unerbittlichsten in diesen vier Tagen erbarmungslosen Kampfes. Viele Leichen deutscher Soldaten, die ich selbst zwei Tage nach der Befreiung noch unbestattet daliegen sah, zeigten die Spuren wüster Kratz- und Bißwunden an Gesicht und Kehle: deutlich waren noch die Abdrücke der Zähne im Fleisch zu erkennen. Manche waren durch Scherenwunden entstellt. Manche lagen in einer Blutlache, lange Nägel in den Kopf getrieben. Mangels anderer Waffen schlugen die Jungen große Nägel, mit schweren Steinen hämmernd, solchen von zehn, zwanzig wütenden Kindern zu Boden gerissenen deutschen Soldaten in den Kopf.

»Come on, come on, don't be silly!« rief Jimmy, im Labyrinth der Gassen um die Forcella vor mir hergehend.

Mir war der Krieg lieber als die Pest. In wenigen Tagen war Neapel ein Abgrund von Schmach und schmerzender Schande geworden, eine Hölle der Verworfenheit. Und doch war es der entsetzlichen Seuche nicht gelungen, bei den Neapolitanern jene erstaunliche Fähigkeit des Herzens abzutöten, die in ihnen so viele Jahrhunderte des Hungers und der

Knechtschaft überlebt hat. Nichts wird je vermögen, diese ererbte wundervolle Fähigkeit zu menschlichem Erbarmen im neapolitanischen Volke auszutilgen. Es hatte nicht nur Erbarmen mit den anderen, sondern auch mit sich selbst. Es kann in einem Volk keinen Sinn für Freiheit geben, wenn es nicht das Gefühl menschlichen Mitleids besitzt. Selbst diejenigen, die ihre eigene Frau, ihre eigenen Töchter verkauften, selbst die Frauen, die sich für ein Päckchen Zigaretten preisgaben, selbst die Jungens, die sich für eine Schachtel Karamellen prostituierten, hatten dies Mitleid mit sich selbst. Es war eine ganz besondere Empfindung, eine erstaunliche Fähigkeit des Mitleids. Wegen dieser Empfindung, nur wegen dieser alten unsterblichen Fähigkeit des Mitleidens, werden sie frei sein, eines Tages: freie Menschen.

»Oh, Jimmy, they love freedom«, sagte ich, »sie lieben die Freiheit, they love freedom so much! They love American boys, too. They love freedom, American boys, and cigarettes, too. Auch die Kinder lieben die Freiheit und die Karamellen, Jimmy, auch die Kinder haben Erbarmen mit sich selbst. Es ist etwas Großartiges, Jimmy, Karamellen zu essen, statt Hungers zu sterben. Don't you think so, you too, Jimmy?«

»Come on«, sagte Jimmy und spuckte aus.

So ging ich mit Jimmy, die »Jungfrau« zu sehen. Es war in einem *basso*, einer Wohnhöhle, am Ende einer Gasse in der Gegend der Piazza Olivella. Vor der Tür des elenden Hauses war eine kleine Ansammlung alliierter Soldaten, zum großen Teil Neger. Es waren auch drei oder vier amerikanische Soldaten darunter, einige Polen und ein paar englische Matrosen. Wir stellten uns in die Reihe und warteten, bis wir dran waren.

Nach etwa einer halben Stunde Wartens, alle zwei Minuten einen Schritt vorrückend, befanden wir uns an der Türschwelle. Das Innere des Raumes war unseren Blicken durch einen roten, geflickten, schmutzig-klebrigen Vorhang entzogen. Auf der Schwelle stand ein Mann mittleren Alters, schwarz gekleidet, sehr mager, mit bleichem Gesicht, ungepflegtem Bartwuchs; auf seinen dichten grauen Haaren saß obenhin ein alter sorgfältig gebügelter, schwarzer Filzhut. Er hielt beide Hände vor die Brust, zwischen die Finger ein kleines Bündel Banknoten gepreßt.

»One dollar each«, sagte er, »hundert Lire pro Person.«

Wir traten ein und sahen uns um. Es war das übliche neapolitanische *interno:* ein fensterloser Raum, mit einer kleinen Tür im Hintergrund, ein gewaltiges Bett längs der Rückwand und die anderen Wände entlang eine Art Spiegeltisch, ein schäbiger, weißgelackter, metallener Waschtisch, eine große Truhe und, zwischen Bett und Truhe, ein Tisch. Auf dem Spiegeltisch stand eine große Glasglocke, welche die bunten Wachsstatuetten einer Heiligen Familie barg. An den Wänden hingen volkstümliche Öldrucke mit Szenen aus »Cavalleria rusticana« und »Tosca«, ein Vesuv mit der Rauchsäule, die aussah wie der Kopfputz eines für das Piedigrotta-Fest aufgezäumten Pferdes, und Fotografien von Frauen, Kindern, alten Leuten, die nicht als Lebende, sondern als Tote abgebildet waren, auf dem Totenbett, von Blumen umrahmt. In der Ecke zwischen Bett und Spiegeltisch stand ein kleiner Altar mit dem Bild der Madonna und brennendem Öllämpchen. Über das Bett war eine riesige Decke aus himmelblauer Seide gebreitet, deren langer goldbestickter Fransensaum den Fußboden aus grüner und roter Majolika streifte. Auf dem Bettrand saß ein Mädchen und rauchte.

Sie saß auf dem Bett und ließ die Beine baumeln, sie rauchte hingegeben, schweigend, die Ellbogen auf die Knie gestemmt, das Gesicht mit den Händen stützend. Sie schien sehr jung zu sein, aber ihre Augen waren alt und etwas verlebt. Sie war in jener barocken Manier der *Capere*, der volksreichen Stadtviertel frisiert, die den Kopfputz der neapolitanischen Madonnen des 17. Jahrhunderts zum Muster nehmen. Die schwarzen Haare, kraus und glänzend, durch Kämme und Bänder aufgebauscht und mit Werg gepolstert, waren turmartig aufgeschichtet, fast als trüge sie auf der Stirn eine hohe schwarze Mitra. Etwas Byzantinisches war in ihrem langen, schmalen, blassen Gesicht, dessen Blässe durch die dick aufgetragene Schminke hindurchschimmerte, und byzantinisch war der Schnitt der großen schrägen, tiefschwarzen Augen unter der hohen, glatten Stirn. Aber die wulstigen Lippen, durch ein kräftiges Rouge noch vergrößert, brachten etwas unbestimmt Sinnliches und Freches in die zarte Trauer dieses Ikonengesichtes. Sie trug ein rotseidenes Kleid mit maßvollem Ausschnitt. Ihre Strümpfe waren aus fleischfarbener Seide, und die kleinen fleischigen Füße waren in ein Paar zerrissener und ausgetretener Hausschuhe vergraben. Das Kleid hatte lange, an den Handgelenken eng schließende Ärmel, und um den Hals hing eine jener alten, verblaßten Korallenketten, die in Neapel der Stolz eines jeden armen Mädchens sind.

Das Mädchen rauchte schweigend, den Blick mit abweisendem Stolz starr auf die Tür gerichtet. Trotz der Aufdringlichkeit ihres roten Seidenkleides, dem barocken Aufputz des Haares, den großen fleischigen Lippen und ihrer zerrissenen Hausschuhe hatte ihr vulgäres Wesen nichts Persönliches. Es schien vielmehr der Reflex der vulgären Umgebung zu sein, dieser vulgären Atmosphäre, die sie ganz einhüllte und doch eben nur streifte. Sie hatte ein sehr kleines, zartes Ohr, so weiß und durchscheinend, daß es wie aus Wachs nachgebildet zu sein schien. Als ich eintrat, heftete das Mädchen ihren Blick auf meine drei Hauptmanns-Sterne und lächelte verächtlich, das Gesicht leicht zur Wand hin kehrend. Wir waren etwa zehn Personen in dem Raum. Der einzige Italiener war ich. Niemand sprach.

»That's all. The next in five minutes«, sagte die Stimme des Mannes, der hinter dem roten Vorhang auf der Türschwelle stand; dann schob der Mann durch einen Spalt des Vorhangs das Gesicht ins Zimmer und fragte: »Ready? Fertig?«

Das Mädchen warf die Zigarette zu Boden, ergriff mit den Fingerspitzen die Zipfel ihres Kleides und hob es langsam hoch: zuerst erschienen die Knie, eng von der knappen Seidenhülle der Strümpfe umschlossen, dann die nackte Haut der Schenkel, dann der Schatten des Schamhügels. Sie blieb einen Augenblick in dieser Stellung – eine traurig stimmende Veronika, mit strenger Miene, den Mund verächtlich halb geöffnet. Dann legte sie sich langsam hintenüber, streckte sich auf dem Bett aus und öffnete ganz ruhig und allmählich die Beine. Wie es das grausig anzusehende Hummerweibchen bei der Liebeswerbung macht, wenn es langsam die Zange seiner Scheren öffnet und das Männchen mit seinen kleinen, runden, schwarz leuchtenden Augen anstarrt und bewegungslos drohend verharrt, so tat das Mädchen, indem es langsam die schwarze und rosige Zange des Fleisches öffnete, so verharrte und die Zuschauer fest anblickte. Tiefes Schweigen herrschte im Raum.

»She is a virgin. You can touch. Put your finger inside. Only one finger. Try a bit. Don't be afraid. She doesn't bite. She is a virgin. A real virgin«, sprach der Mann, seinen Kopf durch den Vorhangspalt ins Zimmer schiebend.

Ein Neger streckte die Hand aus und probierte mit dem Finger. Irgendwer lachte, es schien, als erhebe er Einspruch. Die »Jungfrau« rührte sich nicht, aber sie warf dem Neger einen haßerfüllten, angstvollen Blick zu. Ich sah mich um: alle waren bleich, alle waren bleich vor Angst und Haß.

»Yes, she is like a child«, sagte der Neger mit heiserer Stimme und ließ den Finger langsam kreisen.

»Get out the finger«, sprach der durch den Spalt des roten Vorhangs gezwängte Kopf des Mannes.

»Really, she is a virgin«, sagte der Neger, als er seinen Finger zurückzog.

Unvermittelt schloß das Mädchen die Beine mit sanftem Patschen der Knie, richtete sich mit einem Druck der Hüften wieder auf, streifte sich das Kleid nach unten und nahm blitzschnell einem englischen Matrosen, der dicht am Bettrand stand, die Zigarette aus dem Mund.

»Get out, please«, sprach der Kopf des Mannes, und wir gingen alle langsam, einer hinter dem andern, durch die kleine rückwärtige Tür des Raumes hinaus, verlegen und beschämt mit den Füßen über den Boden schlurfend.

»Ihr dürftet zufrieden sein, Neapel in diesem Zustand zu sehen«, sagte ich zu Jimmy, als wir im Freien waren.

»Es ist bestimmt nicht meine Schuld«, antwortete Jimmy.

»O nein«, sagte ich, »es ist sicher nicht deine Schuld. Doch es muß eine große Befriedigung für euch sein, euch in einem solchen Land als Sieger zu fühlen – wie könntet ihr euch sonst, ohne solche Erlebnisse, als Sieger fühlen? Sag die Wahrheit, Jimmy, ihr würdet euch ohne solche Schauspiele nicht als Sieger fühlen?«

»Neapel ist stets so gewesen«, sprach Jimmy.

»Nein, es ist niemals so gewesen«, sagte ich, »solche Dinge hat man in Neapel noch nie erlebt. Wenn euch diese Dinge nicht gefielen, wenn solche Schauspiele euch nicht ergötzten, würden sie in Neapel nicht geschehen«, sagte ich, »würde man solche Schauspiele in Neapel nicht zu sehen bekommen.«

»Wir sind es doch nicht, die Neapel gemacht haben«, erwiderte Jimmy, »wir haben es schon fix und fertig vorgefunden.«

»Ihr habt Neapel nicht gemacht«, sagte ich, »aber es ist niemals so gewesen, Neapel. Wenn Amerika den Krieg verloren hätte, bedenke, wie viele amerikanische Jungfrauen, in New York oder Chicago, für einen Dollar ihre Beine öffnen würden. Wenn ihr den Krieg verloren hättet, befände sich eine amerikanische Jungfrau auf diesem Bett, anstelle dieses armen Neapolitaner Mädchens.«

»Red keine Dummheiten«, rief Jimmy, »selbst wenn wir den Krieg verloren hätten, würde man solche Dinge in Amerika nicht erleben.«

»Man würde noch Schlimmeres in Amerika erleben, wenn ihr den Krieg verloren hättet«, sagte ich; »um sich als Helden zu fühlen, haben alle Sieger es nötig, solche Dinge zu sehen. Sie haben es nötig, den Finger in ein armes, besiegtes Mädchen zu stecken.«

»Red keine Dummheiten«, rief Jimmy.

»Mir ist es lieber, den Krieg verloren zu haben und wie dieses arme Mädchen auf dem Bett zu sitzen, als hinzugehen und den Finger zwischen die Beine eines armen Mädchens zu stecken, um die Freude und den Stolz eines Siegers zu empfinden.«

»Du bist auch mitgekommen, sie anzusehen«, sagte Jimmy, »weshalb bist du denn mitgekommen?«

»Weil ich ein Feigling bin, Jimmy, weil ich es ebenfalls nötig habe, solche Dinge zu erleben, um zu merken, daß ich ein Besiegter bin, daß ich ins Unglück gestürzt bin.«

»Weshalb legst du dich nicht auch auf jenes Bett«, fragte Jimmy, »wenn du solchen Gefallen daran hast, dich auf der Seite der Besiegten zu befinden?«

»Sprich die Wahrheit, Jimmy, würdest du gern einen Dollar ausgeben, um zuzusehen, wenn ich die Beine breitmache?«

»Nicht einen Cent würde ich ausgeben, um dich anzusehen!« rief Jimmy, auf den Boden spuckend.

»Weshalb nicht? Wenn Amerika den Krieg verloren hätte, würde ich drüben sofort hingehen, um zu sehen, wie die Nachkommen Washingtons vor den Siegern die Beine öffnen.«

»Shut up«, schrie Jimmy und faßte mich heftig am Arm.

»Weshalb würdest du nicht mich ansehen kommen, Jimmy?

Alle Soldaten der Fünften Armee würden mich ansehen kommen. Auch General Clark. Auch du würdest hinkommen, Jimmy. Du würdest nicht einen Dollar bezahlen, sondern zwei, sondern drei Dollar, um zu sehen, wie sich ein Mann die Hosen aufknöpft und die Beine breitmacht. Alle Sieger haben es nötig, solche Dinge zu erleben, um sicher zu sein, den Krieg gewonnen zu haben.«

»Ihr seid alle eine Herde von Verrückten und Schweinen, ihr in Europa«, rief Jimmy, »da hast du, was ihr seid.«

»Sag mir die Wahrheit, Jimmy: wenn du nach Amerika zurückgehst, nach Hause, nach Cleveland, Ohio, wird es dir Spaß machen, zu berichten, daß der Finger von euch Siegern durch den Triumphbogen der Beine armer italienischer Mädchen eingegangen ist.«

»Don't say that«, sprach Jimmy leise.

»Verzeih mir, Jimmy, es tut mir leid, deinet- und meinetwegen. Es ist weder eure Schuld noch die unsere, ich weiß. Aber es tut mir weh, an gewisse Dinge zu denken. Du hättest mich nicht zu dem Mädchen mitnehmen dürfen. Ich hätte nicht mit dir gehen sollen, dies Grausige anzuschauen. Es ist mir leid, Jimmy, deinet- und meinetwegen. Ich komme mir elend und feige vor. Ihr Amerikaner seid gute Kerle, und gewisse Dinge begreift ihr besser als mancher andere. Nicht wahr, Jimmy, manche Dinge begreifst auch du?«

»Yes, I understand«, sagte Jimmy mit leiser Stimme und drückte mir kräftig den Arm.

Ich kam mir sehr viel elender und feiger vor als am 8. September 1943, damals, als wir unsere Waffen und unsere Fahnen den Siegern zu Füßen werfen mußten. Es waren alte verrostete Waffen, das ist wahr, aber es waren teure Erinnerungsstücke, und wir alle, Offiziere wie Soldaten, hingen an diesen lieben Familienerinnerungen. Es waren alte Gewehre, alte Säbel, alte Kanonen aus jener Zeit, in der die Frauen Krinolinen trugen und die Männer hohe Zylinderhüte, taubenblaue Redingoten und Knopfstiefeletten. Mit diesen Stutzen, mit diesen rostüberzogenen Säbeln, mit diesen Bronzekanonen hatten unsere Großväter mit Garibaldi, mit Viktor Emanuel, mit Napoleon III. gegen die Österreicher, für die Freiheit und Unabhängigkeit Italiens gekämpft. Auch die Fahnen waren altersgrau und außer Mode. Manche hatten ein ehrwürdiges Alter; das waren die Fahnen der Republik Venedig, die auf den Masten der Galeeren bei Lepanto geweht hatten, auf den Mauertürmen von Famagusta und Candia; das waren die Banner der Republik Genua, der Freien Städte Mailand, Crema, Bologna, die auf den Kriegswagen in den Schlachten gegen den deutschen Kaiser Friedrich Barbarossa geweht hatten. Es waren die von Sandro Botticelli gemalten Standarten, die Lorenzo der Prächtige den Florentiner Bogenschützen geschenkt hatte; es waren die von Luca Signorelli gemalten Standarten Sienas. Es waren die von Michelangelo gemalten römischen Kapitolsfahnen. Da war auch die an Garibaldi von den Italienern in Valparaiso überreichte Fahne und die Fahne der Römischen Republik von 1849. Da waren weiter die Fahnen von Vittorio Veneto, von Triest, von Fiume, von Zara, aus Äthiopien, aus dem Spanischen Krieg. Es waren ruhmreiche Fahnen, sie gehörten zu den ruhmreichsten Fahnen zu Lande und zur See. Weshalb sollten nur die englischen, amerikanischen, russischen, französischen, spanischen Fahnen ruhmreich sein? Auch die italienischen Fahnen sind ruhmreich. Wenn sie ohne Ruhm wären, welchen Genuß hätten wir daran finden können, sie in den Schmutz zu werfen? Es gibt kein Volk auf Erden, das sich nicht wenigstens einmal den Genuß gegönnt hätte, die eigenen Fahnen den Siegern zu Füßen zu werfen. Auch den ruhmreichsten Fahnen begegnet es, in den Schmutz geworfen zu werden. Der Ruhm, das, was die Menschen Ruhm nennen, ist häufig mit Schmutz besudelt.

Es war ein herrlicher Tag für uns gewesen, jener 8. September 1943, als wir unsere Waffen und unsere Fahnen nicht nur den Siegern, sondern auch den Besiegten zu Füßen geworfen hatten. Nicht nur zu Füßen der Engländer, der Amerikaner, der Franzosen, der Russen, der Polen und aller anderen, sondern auch zu Füßen des Königs, Badoglios, Mussolinis, Hitlers. Zu Füßen aller, der Sieger wie der Besiegten. Auch zu Füßen derjenigen, die gar nichts damit zu tun hatten, die nur dort saßen und dem Schauspiel zuschauten. Auch zu Füßen der Vorübergehenden und all derer, die die Laune packte, dem ungewohnten, unterhaltsamen Schauspiel eines Heeres beizuwohnen, das die eigenen Waffen und die eigenen Fahnen dem ersten besten vor die Füße warf. Nicht etwa, daß unser Heer schlechter oder besser als viele andere gewesen wäre. In diesem ruhmreichen Kriege war es, seien wir gerecht, nicht nur den Italienern zugestoßen, dem Feinde den Rücken zu zeigen: sondern allen, Engländern, Amerikanern, Deutschen, Russen, Franzosen, Jugoslawen, allen, Siegern wie Besiegten. Es gab kein Heer in der Welt, das in diesem herrlichen Krieg sich nicht eines Tages den Genuß gegönnt hätte, die eigenen Waffen und die eigenen Fahnen in den Schmutz zu werfen.

In dem von der huldreichen Majestät des Königs und von Marschall Badoglio unterzeichneten Befehl stand genau dies geschrieben: »Italienische Offiziere und Soldaten, werft eure Waffen und eure Fahnen heldenhaft dem ersten besten vor die Füße.« Da war kein Irrtum möglich. Es stand genau geschrieben »heldenhaft«. Auch die Worte »dem ersten besten« standen ganz deutlich geschrieben, um keinen Zweifel aufkommen zu lassen. Sicher, es wäre weit besser für alle, Sieger wie Besiegte, gewesen und weit besser auch für uns, wenn wir den Befehl, die Waffen wegzuwerfen, nicht erst 1943, sondern 1940 oder 1941 erhalten hätten, als es in Europa Mode war, die Waffen dem Sieger vor die Füße zu werfen. Alle hätten »bravo« gerufen. Es ist zwar richtig, daß auch am 8. September 1943 alle »bravo« riefen. Aber sie riefen »bravo«, weil sie, mit gutem Gewissen, nichts anderes sagen konnten.

Es war wirklich ein sehr schönes Schauspiel, ein unterhaltsames Schauspiel gewesen. Wir alle, Offiziere wie Soldaten, bemühten uns um die Wette, wer am »heldenhaftesten« Waffen und Fahnen in den Schmutz werfe, allen vor die Füße, Siegern und Besiegten, Freunden und Feinden, sogar zu Füßen der Passanten, sogar zu Füßen derjenigen, die, in Unkenntnis, um was es sich handle, stehenblieben und uns verwundert anschauten. Lachend warfen wir unsere Waffen und unsere Fahnen in den Schmutz und eilten dann augenblicklich, sie wieder aufzuheben und von neuem zu beginnen. »Es lebe Italien!« schrie die Menge begeistert, diese gutmütige, lachende, lärmende, lustige italienische Volksmenge. Alle, Männer, Frauen, Kinder, schienen trunken vor Freude, alle klatschten in die Hände und schrien: »Weiter, bravo, weiter!«, und wir, müde, verschwitzt, die Augen leuchtend vor männnlichem Stolz, das Gesicht strahlend vor patriotischer Begeisterung, warfen Waffen und Fahnen heldenhaft Siegern und Besiegten vor die Füße und beeilten uns, sie augenblicklich wieder aufzuheben, um sie abermals in den Dreck zu werfen. Selbst die alliierten Soldaten, die Engländer, die Amerikaner, die Russen, die Franzosen, die Polen klatschten in die Hände, überschütteten uns mit Karamellen und schrien: »Bravo, weiter, es lebe Italien!« Und wir warfen mit homerischem Gelächter Waffen und Fahnen in den Schmutz und beeilten uns, sie augenblicklich wieder aufzuheben, um von vorne zu beginnen.

Es war wirklich ein herrliches Fest, ein unvergeßliches Fest. In drei Jahren Krieg hatten wir uns niemals so gut unterhalten. Am Abend waren wir todmüde, konnten den Mund nicht mehr bewegen, so sehr hatten wir gelacht, aber wir waren stolz, unsere Pflicht erfüllt zu haben. Als das Fest zu Ende war, stellten wir uns in Reih und Glied auf und zogen so, ohne Waffen, ohne Fahnen, zu den neuen Schlachtfeldern, um mit den Alliierten diesen selben Krieg zu gewinnen, den wir mit den Deutschen bereits verloren hatten. Wir marschierten erhobenen Hauptes, singend, stolz, die Völker Europas gelehrt zu haben, daß es nunmehr keine andere Art gebe, Kriege zu gewinnen, als die eigenen Waffen, die eigenen Fahnen heldenhaft in den Schmutz zu werfen, »dem ersten besten vor die Füße«.

Ich fühlte mich elend und feige wie an jenem Tage, als ich in Neapel die Gradoni di Chiaia hinaufstieg. Die Gradoni sind jene lange breite Straßentreppe, die von der Via Chiaia nach Santa Teresella degli Spagnoli hinaufführt, das elende Stadtviertel, in dem vorzeiten die Kasernen und Freudenhäuser der spanischen Soldaten gelegen waren. Es war ein Scirocco-Tag, und auf den von Haus zu Haus gespannten Leinen flatterten die zum Trocknen aufgehängten Wäschestücke wie Fahnen im Winde: Neapel hatte nicht seine Fahnen den Siegern und Besiegten vor die Füße geworfen. Während der Nacht hatte ein Brand einen großen Teil des prächtigen Palastes der Herzöge von Cellamare in der Via Chiaia niedergelegt, nicht weit von den Gradoni, und in der heißen feuchten Luft hing noch der trockene Geruch verbrannten Holzes und kalten Rauchs. Der Himmel war grau, es schien ein Himmel aus schmutzigem, mit Moderflecken durchsetztem Papier zu sein.

An Scirocco-Tagen, bei vermodertem, grindigem Himmel, bietet Neapel einen gleichzeitig elenden und anmaßenden Anblick. Die Häuser, Straßen und Menschen zeigen eine niedergeschlagene, boshafte Unverfrorenheit. Dort unten, über dem Meer, glich der Himmel einer grün und weiß gesprenkelten Eidechsenhaut, mit der kühlen, dunklen Feuchtigkeit, die der Haut der Reptilien eigen ist. Graue Wolken mit grünlichen Rändern fleckten über das schmutzige Blau des Horizonts, den die heißen Scirocco-Böen mit ölig gelben Streifen durchzogen. Das Meer hatte die grünbraune Farbe der Haut einer Kröte. Dem Rachen des Vesuvs entströmte ein dichter gelber Rauch, der an der niedrigen Wölbung des Wolkenhimmels zurückprallend wie die Krone einer gewaltigen, von schwarzen Schatten und grünen Spalten zerrissenen Pinie breitlief. Und die Weinpflanzungen, hingestreut über die purpurnen Felder erkalteter Lava, die Pinien und Zypressen, tief in der Aschenwüste wurzelnd, von der sich finster gewaltsam das Grau, das Rot, das Blau der an den Flanken des Vulkans emporkletternden Häuser abhob, nahmen düstere, stumpfe Farbtönungen an in dieser in einen grünlichen, durch gelbe und purpurne Lichtscheine unterbrochenen Halbschatten getauchten Landschaft.

Der Scirocco bringt die Haut des Menschen zum Schwitzen, die Backenknochen glänzen auf den in kaltem Schweiß gebadeten Gesichtern, auf denen schwarzer Flaum einen undeutlichen schmutzigen Schatten um Augen, Lippen, Ohren breitet. Selbst die Stimmen klingen fett und träge, und die Worte bekommen einen vom Üblichen abweichenden Sinn, eine geheimnisvolle Bedeutung, fast wie Worte eines verpönten Jargons. Die Menschen gehen schweigend dahin, wie von heimlicher Angst bedrückt, und die Kinder verbringen lange Stunden auf dem Boden sitzend, ohne zu sprechen, an einer Brotkruste oder einer fliegenbedeckten Frucht knabbernd oder die geborstenen Mauern betrachtend, an denen sich die den alten Verputz durchfressenden Moderflecken wie reglose Eidechsen abzeichnen. Auf den Fenstersimsen lodern qualmend die Nelken in den Terracottagefäßen, und eine singende Frauenstimme dringt hier und dort ins Freie; langsam fliegt der Gesang von Fenster zu Fenster und ruht sich wie ein ermüdeter Vogel auf den Gesimsen aus.

Der Geruch nach kaltem Rauch vom Brand des Palastes Cellamare wogte in der schweren klebrigen Luft; traurig atmete ich diesen Geruch einer eroberten, geplünderten, den Flammen überlassenen Stadt, den ewigen Geruch des im Brand der Häuser und Scheiterhaufen qualmenden Ilion; hingestreckt lag es dort an der Küste des von feindlichen Schiffen bedeckten Meeres, unter einem modergefleckten Himmel, und die Banner der siegreichen Völkerscharen, die von allen Punkten der Erde zu der langen Belagerung herbeigeeilt waren, schimmelten in dem fetten, übelduftenden Wind, der von einem fernen Horizont ächzend daherfuhr.

Ich ging die Via Chiaia zum Meer hinab, inmitten von Scharen alliierter Soldaten, die sich auf den Gehsteigen drängten, stießen, vorwärtspreßten, in hundert seltsamen, unbekannten Sprachen schreiend, längs dem Ufer des tosenden Fahrzeugstroms, der lärmend durch die enge Straße brauste. Ich kam mir erstaunlich lächerlich vor in meiner grünen Uniform, die unsere eigenen Gewehre durchlöchert hatten und die man der Leiche eines bei El Alamein oder Tobruk gefallenen englischen Soldaten abgenommen hatte. Ich kam mir verloren vor in dieser feindseligen Menge fremder Soldaten, die mich weiterstießen, mich mit Ellbogen und Schultern rammten, um mich beiseite zu werfen, und sich umwandten, verächtlich auf die Goldlitzen meiner Uniform blickten und mit gereizter Stimme schrien: »You bastard, you son of a bitch, you dirty Italian officer.«

Ich überlegte weitergehend: Wer weiß, wie man auf französisch *you bastard, you son of a bitch, you dirty Italian officer* übersetzen mag? Und wie man es auf russisch, auf serbisch, auf polnisch, auf dänisch, auf holländisch, auf norwegisch, auf arabisch übersetzt? Wer weiß, dachte ich, wie man es auf brasilianisch übersetzt? Und auf chinesisch? Und auf indisch, auf Bantu, auf madagassisch? Wer weiß, wie man es auf deutsch übersetzt? Und ich lachte bei dem Gedanken, daß sich diese Redewendung der Sieger sicherlich auch sehr gut deutsch übersetzen ließe, sogar auf deutsch, denn selbst die deutsche Sprache war, im Vergleich zur italienischen, die Sprache eines Siegervolkes. Ich lachte bei dem Gedanken, daß alle Sprachen der Erde, sogar Bantu und Chinesisch, sogar Deutsch, die Sprachen siegreicher Völker waren und daß nur wir, nur wir

Italiener, in der Via Chiaia in Neapel und in allen Straßen aller Städte Italiens, eine Sprache gebrauchten, die nicht die eines siegreichen Volkes war. Und ich fühlte mich stolz erhoben, ein armer *Italian bastard* zu sein, ein armseliger *son of a bitch*.

Ich suchte, mich unter der Menschenmenge umschauend, nach irgend jemandem, der sich ebenfalls stolz erhoben fühlte, ein armer *Italian bastard*, ein armseliger *son of a bitch* zu sein – ich sah allen Neapolitanern ins Gesicht, denen ich begegnete, wie sie ebenfalls in dieser lärmenden Menge von Siegern verloren umherirrten, ebenfalls die Ellbogen in die Rippen bekamen und beiseite gestoßen wurden: diese armen blassen und mageren Männer, diese Frauen mit den abgezehrten, weißen, durch Schminke unnatürlich belebten Gesichtern, diese grazilen Kinder mit enormen, gierigen und verängstigten Augen, und ich fühlte mich stolz, ein *Italian bastard* wie sie zu sein, ein *son of a bitch* wie sie.

Doch etwas in ihren Gesichtern, in ihren Blicken demütigte mich. Es war etwas an ihnen, was mich tief betroffen machte. Es war unverfrorener Stolz, der elende, schreckliche Stolz des Hungers, der anmaßende und zugleich unterwürfige Stolz des Hungers. Sie litten nicht seelisch, sondern nur körperlich. Sie litten keine andere Art von Buße als die des Fleisches. Und unversehens fühlte ich mich allein und fremd unter dieser Menge von Siegern und armen verhungerten Neapolitanern. Ich schämte mich, nicht Hunger zu leiden. Ich errötete, weil ich nichts war als ein *Italian bastard*, ein *son of a bitch* und nichts Schlimmeres. Ich empfand es als Schande, daß ich nicht auch ein armer verhungerter Neapolitaner war: und mir mit den Ellbogen Platz schaffend, entkam ich dem Sog der Menge und setzte den Fuß auf die erste Stufe der Gradoni di Chiaia.

Die lange Treppenstraße war voller Frauen, die wie auf den Stufen eines Amphitheaters eine neben der anderen saßen; scheinbar saßen sie dort, um irgendeinem prächtigen Schauspiel zuzuschauen. Sie saßen da und lachten, unterhielten sich mit lauter Stimme oder aßen Obst, rauchten, lutschten Karamellen oder kauten Chewing-gum: manche vorgebeugt, die Ellbogen auf die Knie gestützt, das Gesicht auf den gefalteten

Händen; andere zurückgelehnt, die Arme auf die nächstobere Stufe gestemmt, wieder andere sich leicht zur Seite neigend; und alle schrien, riefen einander beim Namen, wechselten ein paar Worte, mehr gestaltlose Laute des Mundes als Worte, mit Gefährtinnen, die weiter unten oder weiter oben saßen, oder mit dem schreienden Publikum der von den Balkonen und Fenstern über die Gasse sich herabbeugenden alten Weiber, die, zerzaust, schmutzig, die zahnlosen Münder zu unflätigem Grinsen verzogen, mit den Armen gestikulierten und Witze und Schmähworte hinabschrien. Die auf der Straßentreppe sitzenden Frauen brachten sich gegenseitig das Haar in Ordnung; sie trugen es alle zu hohen Türmen von Haar und Werg aufgebaut, mit Nadeln und Schildpattkämmen zusammengehalten und mit Blumen und künstlichen Geflechten umkränzt, in der Art, wie die Wachsmadonnen der Tabernakel an den Straßenecken frisiert sind.

Diese Ansammlung von Frauen, die auf der Treppe ähnlich der Engelsleiter in Jakobs Traum saßen, schien dort zu irgendeinem Fest zusammengekommen, zu irgendeinem Schauspiel, in dem sie gleichzeitig Darsteller und Zuschauer waren. Mitunter begann eine von ihnen ein Lied zu singen, einen dieser melancholischen neapolitanischen Gassenhauer, das sogleich von Gelächter zugedeckt wurde, von heiseren Stimmen, von gutturalen Zurufen, die wie Hilfeschreie oder Schmerzensschreie klangen. Doch irgend etwas Würdevolles ging von diesen Frauen aus, von der unterschiedlichen Art, wie sie sich gaben, bald obszön, bald komisch, bald feierlich, selbst von dieser Art ungeordneter bühnenmäßiger Aufreihung. Etwas unbestimmt Edles zeigte sich in gewissen Bewegungen, in der Art, die Arme zu heben, um sich mit den Fingerspitzen die Schläfen zu berühren, um sich mit beiden fetten, doch gelenkigen Händen das Haar zu ordnen, in der Art, das Gesicht umzuwenden, den Kopf auf die Schulter zu beugen, wie um die Stimmen und zotigen Worte besser hören zu können, die von oben, von den Balkonen und Fenstern herabdrangen, und sogar in ihrer Art, zu sprechen und zu lächeln. Plötzlich, als ich den Fuß eben auf die unterste Stufe setzte, verstummten alle, und eine seltsame Stille legte sich leicht und zitternd, wie ein riesiger, bunter Schmetterling, auf die mit Frauen dicht besetzte Straßentreppe.

Vor mir her gingen ein paar Negersoldaten in ihren prall sitzenden Khaki-Uniformen, sich auf ihren Plattfüßen wiegend, die in feinen Schuhen aus gelbem Leder, leuchtend wie Goldschuhe, steckten. Sie stiegen langsam aufwärts, inmitten der plötzlichen Stille, mit der einsam ruhigen Würde des Negers; und im gleichen Maße, wie sie die Stufen emporstiegen, in dem engen Mittelgang, der quer durch die stumme Menge sitzender Frauen frei geblieben war, sah ich die Beine dieser Unseligen sich langsam öffnen, sich in gräßlicher Weise auseinanderspreizen und den schwarzen Schamhügel zwischen dem rosigen Schimmer nackten Fleisches darbieten. »Five dollars! Five dollars! « begannen sie plötzlich alle gleichzeitig zu schreien, mit gellendem Stimmaufwand, doch ohne Gesten, und dieses Fehlen der Gesten gab den Stimmen und Worten den obszönen Ton. »Five dollars! Five dollars!« Je weiter die Neger hinaufstiegen, desto stärker schwoll der Lärm an, die Stimmen wurden höher, heiserer gellte das Schreien der Megären, die von Balkonen und Fenstern, die Neger aufmunternd, ebenfalls schrien: »Five dollars! Five dollars! Go, Joe! Go, Joe! Go, go, Joe, go!«

Doch kaum waren die Neger vorbeigegangen, kaum hatten ihre goldenen Füße eine Stufe hinter sich gelassen, da schlossen sich die Beine der auf dieser Stufe sitzenden Mädchen langsam, wie die Zangen brauner Meerkrebse, wie die Schalen einer rosigen Muschel, und die Mädchen, die Arme schüttelnd, wandten sich mit geballten Fäusten nach rückwärts und riefen den Negern zotige Schmähworte nach, mit grimmiger, lachender Wut. Bis erst ein Neger, dann ein anderer und dann noch einer stehenblieb, im Nu von zehn, zwanzig Händen gepackt. Und ich stieg die Triumphleiter der Engel weiter hinauf, die geradewegs in den Himmel führte, in jenen moderndern Himmel, dem der Scirocco Fetzen grünlicher Haut entriß und krächzend über das Meer hinstreute.

3 Perücken

Zum erstenmal packte mich die Angst, angesteckt zu sein und ebenfalls ein Opfer der Pest zu werden, als ich mit Jimmy zum »Perücken«-Verkäufer ging. Ich fühlte mich von der ekligen Krankheit gerade in dem erniedrigt, was bei einem Italiener die empfindlichste Stelle ist, im Geschlecht. Die Zeugungsorgane haben stets eine große Bedeutung im Leben der lateinischen Völker gehabt, und besonders im Leben des italienischen Volkes, in der Geschichte Italiens. Die eigentliche italienische Fahne ist nicht die Trikolore, sondern der Sexus, der männliche Sexus. Der Patriotismus des italienischen Volkes ist ganz in diesem verwurzelt, im Geschlechtlichen. Ehre, Moral, Religion, Familienkult haben dort ihren Ausgangspunkt, zwischen den Beinen, dort, im Sexus, der in Italien aufs schönste entwickelt ist, würdig unserer alten, ruhmreichen Kulturüberlieferung. Kaum hatte ich die Schwelle des »Perücken«-Ladens überschritten, da fühlte ich, daß die Pest mich in dem erniedrigte, was jedem Italiener das einzige, das wahre Italien bedeutet.

Der »Perücken«-Verkäufer hatte seine Budike neben dem Ceppo di Forcella, in einem der finstersten und schmutzigsten Stadtviertel Neapels.

»Ihr seid alle verkommen, hier in Europa«, sagte Jimmy zu mir, während wir das Gewirr der Gassen durchwanderten, das wie verschlungene Eingeweide die Piazza Olivella umgibt.

»Europa ist die Heimat des Menschen«, meinte ich, »es gibt in der Welt keine Menschen, die mehr Mensch sind als die, die Europa hervorbringt.«

»Menschen? Ihr haltet euch für Menschen, ihr?« rief Jimmy lachend und schlug sich mit der flachen Hand auf den Schenkel.

»Ja, Jimmy, es gibt in der Welt keine Menschen, die mehr Mensch sind als die, die Europa hervorbringt.«

»Ein Haufen verkommener Bastarde, das seid ihr«, rief Jimmy.

»Wir sind ein herrliches Volk von Besiegten, Jimmy«, sagte ich.

»A lot of dirty bastards«, sagte Jimmy, »im Grunde seid ihr froh, den Krieg verloren zu haben; ist es nicht so?«

»Du hast recht, Jimmy, es ist ein wahres Glück für uns, den Krieg verloren zu haben. Das einzige, was uns in einige Verlegenheit bringt, ist dies: es wird unsere Sache sein, die Welt zu regieren. Es sind die Besiegten, die die Welt regieren, Jimmy. Es trifft sich immer so nach einem Kriege. Es sind stets die Besiegten, welche die Kultur in die Siegerländer bringen.«

»What? Wollt ihr vielleicht die Kultur nach Amerika bringen?« rief Jimmy und sah mich verwundert und gereizt an.

»Genau so ist es, Jimmy. Auch als Athen das Glück und die Ehre hatte, von den Römern besiegt zu werden, war es gezwungen, die Kultur nach Rom zu bringen.«

»The hell with your Athens, the hell with your Rome!« rief Jimmy und warf mir einen schiefen Blick zu.

Jimmy wanderte durch diese schmutzigen Gassen, unter diesem zerlumpten Volk mit einer Eleganz, einer Unbekümmertheit, wie sie nur Amerikanern eigen ist. Allein die Amerikaner können sich mit so freier und lächelnder Grazie unter schmutzigen, verhungerten, unglücklichen Menschen bewegen. Das ist kein Zeichen von Unempfindlichkeit: es ist ein Zeichen von Optimismus und gleichzeitig von Arglosigkeit. Die Amerikaner sind keine Zyniker, sie sind Optimisten. Und Optimismus ist schon an sich ein Zeichen von Arglosigkeit. Wer das Böse weder tut noch denkt, ist geneigt, nicht so sehr die Existenz des Bösen zu leugnen, als es vielmehr abzulehnen, an die Zwangsläufigkeit des Bösen zu glauben und nicht anzunehmen, das Böse sei unumgänglich und unheilbar. Die Amerikaner glauben, daß man Elend, Hunger, Leiden, daß man all dies bekämpfen kann, daß man vom Elend, vom Hunger, vom Leiden genesen kann, daß es gegen jedes Übel ein Heilmittel gibt. Sie wissen nicht, daß das Böse unheilbar ist. Sie wissen nicht, obgleich sie in vielem Betracht die christlichste Nation der Welt sind, daß ohne das Böse Christus nicht möglich ist. *No love, no nothin'*. Ohne das Böse gibt es keinen Christus. Je weniger Böses in der Welt ist, desto weniger ist von Christus in der Welt. Die Amerikaner sind gut. Gegenüber dem Elend, dem Hunger, dem Leid ist ihre erste Regung, denjenigen zu helfen, die Elend, Hunger und Leid erdulden. Es gibt kein Volk in der Welt, das einen so starken, so aufrichtigen Sinn für menschliche Solidarität besitzt. Aber Christus fordert von den Menschen Erbarmen, nicht Solidarität. Solidarität ist keine christliche Empfindung.

Jimmy Wren, aus Cleveland, Ohio, Leutnant des Signal Corps, war wie die große Mehrzahl amerikanischer Offiziere und Soldaten ein guter Kerl. Wenn ein Amerikaner gut ist, dann ist er der beste Mensch der Welt. Es war nicht Jimmys Schuld, wenn das neapolitanische Volk litt. Jenes schreckliche Schauspiel von Leid und Elend vermochte weder sein Auge noch sein Herz zu beschmutzen. Jimmy hatte ein ruhiges Gewissen. Wie alle Amerikaner war er, kraft des Widerspruchs, der einer jeden materialistischen Zivilisation eigentümlich ist, ein Idealist. Dem Bösen, dem Elend, dem Hunger, dem physischen Leiden schrieb er moralische Natur zu. Er sah nicht deren ferne historische und wirtschaftliche Ursachen, sondern nur ihre augenscheinlich moralischen Gründe. Was hätte er tun können, um zu versuchen, die entsetzlichen physischen Leiden des neapolitanischen Volkes, der Völker Europas zu lindern? Alles, was Jimmy tun konnte, war, einen Teil der moralischen Verantwortung für ihre Leiden auf sich selbst zu nehmen: nicht als Amerikaner, aber als Christ. Vielleicht wäre es besser zu sagen: nicht nur als Christ, sondern auch als Amerikaner. Und dies ist der eigentliche Grund, weshalb ich die Amerikaner liebe, weshalb ich den Amerikanern tief dankbar bin und sie für das großmütigste, reinste, sittlich beste und uneigennützigste Volk der Erde halte, für ein einzigartiges Volk.

Jimmy hätte bestimmt nicht die tiefen moralischen und religiösen Gründe einsehen können, die ihn veranlaßten, sich zu seinem Teil für die Leiden anderer verantwortlich zu fühlen. Er war sich wohl nicht einmal bewußt, daß das Opfer Christi einen jeden von uns zur Verantwortlichkeit für die Leiden der Menschheit anhält, daß Christsein jeden von uns verpflichtet, sich gegenüber allen unseresgleichen als Christus zu empfinden. Weshalb hätte er diese Dinge wissen sollen? *Sa chair n'était pas triste, hélas! et il n'avait pas lu tous les livres.* Jimmy war ein ehrlicher Junge, in mittlerer sozialer Stellung, von durchschnittlicher Bildung. Im bürgerlichen Leben war er Ange-

stellter einer Versicherungsgesellschaft. Seine Bildung hatte
ein Niveau, das weit unter dem Bildungsgrad eines beliebigen
Europäers seiner Stellung lag. Man konnte sicher nicht verlangen, daß ein kleiner amerikanischer Angestellter, der in
Italien gelandet war, um gegen die Italiener zu kämpfen, um
sie für ihre Sünden und ihre Verbrechen zu bestrafen, sich zu
einem Christus gegenüber dem italienischen Volke machte.
Man konnte nicht einmal verlangen, daß er bestimmte grund-
legende Einsichten in die moderne Zivilisation habe: daß beispielsweise die kapitalistische Gesellschaft – wenn man das
christliche Mitleid und Überdruß und Unbehagen am christlichen Mitleid außer Betracht läßt, denn das sind nur der modernen Welt eigentümliche Empfindungen – die am ehesten
mögliche Form des Christentums ist; daß es ohne Existenz des
Bösen Christus nicht geben kann; daß die kapitalistische Gesellschaft auf das Gefühl gegründet ist, ohne die Existenz lei-
dender Wesen den eigenen Besitz und das eigene Glück nicht
voll genießen zu können; daß der Kapitalismus ohne das Alibi
des Christentums sich nicht zu halten vermöchte.

Aber jedem Europäer seiner Stellung, und leider auch meiner Stellung, war Jimmy in einem überlegen: daß er Würde
und Freiheit des Menschen achtete, daß er das Böse weder tat
noch dachte und daß er sich moralisch verantwortlich fühlte
für die Leiden anderer.

Jimmy ging lächelnd weiter, und ich fühlte, wie mein Gesicht kalt und verschlossen war.

Vom Meer her blies der klare Nordostwind, der Greco, und
ein frischer Salzgeruch durchschnitt die stickige Luft in den
Gassen. Es war, als höre man über Dächer und Terrassen das
zitternde Rascheln des Laubes, das hingezogene Wiehern der
Fohlen, das nie abreißende Kichern der Mädchen, all die tausend jugendlichen, glücklichen Laute hinweghuschen, die auf
dem Kamm der Wellen unter dem Hauch des Greco auf-
jauchzen. Der Wind fuhr in die Wäschestücke, die auf den
quer über die Gassen gezogenen Seilen zum Trocknen hingen,
wie hinter Segel. Von allen Seiten tönte das Geräusch flügel-
schlagender Tauben, das Schwirren der Wachteln in einem
Kornfeld.

Die Menschen saßen vor den Eingängen ihrer kümmerlichen Behausungen und sahen schweigend auf uns, folgten uns lange mit ihren Blicken; es waren fast nackte Kinder, es waren alte Leute, weiß und durchsichtig wie im Keller gezogene Pilze, es waren Frauen mit aufgeblähten Bäuchen und abgezehrten, aschgrauen Gesichtern, bleiche, hohlwangige Mädchen mit welken Busen und hageren Hüften. Alles um uns war ein Funkeln von Augen im grünen Halbschatten, ein stummes Lachen, ein Blitzen von Zähnen, ein lautloses Gestikulieren; die Gesten schnitten durch dieses Licht wie durch schmutziges Wasser, durch dieses bei Sonnenuntergang gespensterhafte Aquarienlicht in den engen Gassen Neapels. Die Menschen sahen schweigend nach uns, wie Fische öffneten und schlossen sie den Mund.

Gruppenweise schliefen Männer in zerfetzten Uniformen auf dem Steinpflaster neben den Türen der schäbigen Häuser. Es waren italienische Soldaten, meist Sardinier oder Lombarden, fast alles Flieger vom nahen Flugplatz Capodichino, die, um nach der Auflösung des Heeres nicht den Deutschen oder Alliierten in die Hände zu fallen, sich in die Gassen Neapels geflüchtet hatten, wo sie von der Mildtätigkeit dieses ebenso armen wie hilfsbereiten Volkes lebten. Streunende Hunde, vom scharfen Schlafgeruch angelockt, von jenem Geruch klebriger Haare und säuerlichen Schweißes, beschnüffelten die Schlafenden, nagten an ihren zerrissenen Schuhen und zerfetzten Uniformen, leckten an den Schatten, die die im Schlaf zusammengekauerten Körper an die Mauern warfen.

Keine Stimme ließ sich vernehmen, nicht einmal das Weinen eines Kindes. Eine seltsame Stille lastete über der vom beizenden Schweiß des Hungers klebrig feuchten Stadt, ähnlich dem geheimnisvollen Schweigen, das griechischer Dichtung entströmt, wenn der Mond langsam dem Meer entsteigt. Und schon hob sich über dem fernen Rand des Horizonts bleich und glasig der Mond empor gleich einer Rose, und der Himmel duftete wie ein Garten. Von der Schwelle ihrer Behausungen hoben die Menschen ihren Blick zu der Rose hin, die langsam aus dem Meer heraufstieg. Zu jener auf die seidenblaue Decke des Himmels gestickten Rose. In einem Zipfel der Decke war links, mehr nach unten, der Vesuv in Rot und Gelb kostbar eingearbeitet, und oben, etwas nach rechts, auf dem undeutlichen Schatten der Insel Capri sah man die goldgewirkten Worte des Gebetes, *Ave maris stella*. Wenn der Himmel einer schönen Bettdecke gleicht, aus blauer Seide, fein bestickt wie der Mantel der Madonna, dann ist der Neapolitaner glücklich: schön wäre es, so zu sterben, an einem so heiter-prächtigen Abend.

Plötzlich sahen wir an der Einmündung einer Gasse einen schwarzen Wagen herankommen und anhalten, von zwei Pferden gezogen, die mit silbernen Schabracken bedeckt waren und einen stolzen Federschmuck trugen wie die Streitrosse der Paladine Frankreichs. Zwei Männer saßen auf dem Bock: der die Zügel führte, ließ die Peitsche knallen, der andere stand auf, blies in ein gekrümmtes Horn, das einen rauhen, schmetternden Ton von sich gab, und schrie mit heiserer Stimme: »Poggioreale, Poggioreale!« Es war der Name des Friedhofs und zugleich des Gefängnisses von Neapel. Ich war ein paarmal in den Kerkern Poggioreales eingesperrt gewesen, und dieser Name verschlug mir jetzt den Atem. Der Mann wiederholte mehrmals seinen gellenden Ruf, bis zuerst ein unklares Brausen und dann nach und nach ein Zetern, ein Gelärm aus der Gasse hervordrang und sich schließlich lautschallendes Jammern über die Häuser hinbreitete.

Es war die Stunde der Toten, die Stunde, in der die Karren der städtischen Müllabfuhr, die wenigen Karren, die von den fortgesetzten heftigen Bombenangriffen dieser Jahre verschont worden waren, von Gasse zu Gasse, von Haus zu Haus fuhren, um die Toten einzusammeln, genauso, wie sie vor dem Kriege herumgefahren waren, um die Abfälle abzuholen. Das Elend der Zeit, die öffentliche Unordnung, die große Sterblichkeit, die Habgier der Spekulanten und Tatenlosigkeit der Behörden, die allgemeine Korruption waren derart, daß einen Toten christlich zu bestatten fast unmöglich geworden war und nur wenigen Bevorzugten zugebilligt wurde. Einen Toten auf einem eselbespannten Wägelchen nach Poggioreale zu schaffen kostete zehntausend, fünfzehntausend Lire. Und da man sich in den ersten Monaten alliierter Besetzung befand und der »Mann auf der Straße« noch nicht Zeit genug gehabt hatte, mit dem unerlaubten Handel des schwarzen Marktes ein paar Groschen zusammenzukratzen, konnte sich das einfache Volk den Luxus nicht erlauben, seinen Toten das christliche Begräbnis zu geben, dessen sie, wenn auch arm, doch wert waren. Fünf, zehn und oft fünfzehn Tage blieben die Leichen in den Häusern, in Erwartung des Müllwagens: langsam zersetzten sie sich auf den Betten, bei dem warmen, qualmenden Licht der Wachskerzen, und lauschten den Stimmen der Angehörigen, dem Zischen der Kaffeekanne und des Bohnentopfes auf dem mitten im Raume flackernden Kohlenfeuer, dem Geschrei der nackt auf dem Boden herumkugelnden Kinder und dem Stöhnen der auf den Gefäßen kauernden Alten, in dem warmen, feucht dampfenden Gestank der Exkremente, ähnlich jenem, der den bereits in Auflösung begriffenen Leichen entströmt.

Bei dem Ruf des *monatto,* des Totengräbers, bei dem Ertönen seines Hornes erhob sich aus den Gassen ein Stimmengewirr, ein frenetisches Geschrei, der ächzende Hymnus der Totenklage und der Gebete. Ein Schwarm von Männern und Frauen tauchte aus einer der Höhlen hervor, eine rohgezimmerte, lange Kiste auf die Schultern gestemmt − denn Holz war sehr knapp, und die Särge bestanden daher aus alten, ungehobelten Brettern, aus Schranktüren und wurmstichigen Fensterläden −; sie liefen, laut weinend und schreiend, wie wenn eine große Gefahr herannahe, sie drängten sich mit wütendem Eifer um den Sarg, als befürchteten sie, daß irgendwer käme, ihnen den Leichnam streitig zu machen, ihn ihren Armen, ihrer Liebe zu entreißen. Und dies Laufen, dies Schreien, diese eifersüchtige Angst, dies Sichumwenden und ängstliche Spähen, als wenn sie verfolgt würden, gab der seltsamen Leichenfeier die zwielichtige Atmosphäre eines Diebstahls, die Bewegungen einer Entführung, den Unterton eines verbotenen Geschehens.

Durch eine dieser Gassen kam, ein totes, in ein Bettuch eingehülltes Kind auf den Armen tragend, fast laufend, ein bärtiger Mann, dicht gefolgt und bedrängt von einer Schar von Frauen, die sich Haare und Kleider rauften, sich heftig mit den Händen auf Brust, Bauch und Schenkel schlugen und ein durchdringendes, stöhnendes Geheul erhoben: es klang nicht mehr wie menschliches Klagen, sondern wie ein tierisches Heulen, wie das Brüllen einer verwundeten Bestie. Die Menschen kamen vor die Türen, schrien und gestikulierten, und durch die weit offenen Türen sah man verängstigte Kinder, die sich in ihrem Bett aufrichteten oder dalagen und das

Gesicht der Tür zuwandten, sah man schrecklich abgemagerte und abgezehrte Frauen, sah man noch lüstern ineinander verschlungene Paare, und alle folgten mit aufgerissenen Augen dem lärmenden Leichenzug, der durch die Gasse zog. Um den bereits vollen Wagen entbrannte indessen der Streit der Neuankommenden, die sich untereinander in die Haare gerieten, um für ihren Toten etwas Platz zu schaffen. Und dieser Streit um den Wagen verursachte ein Getöse, als wäre in den elenden Gassen der Forcella ein Volksaufstand losgebrochen.

Es war nicht das erste Mal, daß ich einem Streit um einen Leichnam beiwohnte. Während des schweren Bombenangriffs auf Neapel am 28. April 1943 hatte ich mich in die mächtige Grotte geflüchtet, die an der Via Santa Lucia hinter dem alten Hôtel de Russie in den Monte Echia hineinführt. In der Grotte drängte sich schreiend und stoßend eine riesige Menschenmenge. Ich befand mich unversehens neben dem alten Marino Canale, der seit vierzig Jahren den kleinen Dampfer zwischen Neapel und Capri kommandierte, und neben Kapitän Cannavale, ebenfalls aus Capri, der seit drei Jahren auf Militärtransportern zwischen Neapel und Libyen hin- und herfuhr. Cannavale war diesen Morgen von Tobruk zurückgekommen und fuhr jetzt in Urlaub nach Hause. Mir machte diese Neapolitaner Volksmenge Angst. »Wir wollen hier fortgehen. Man ist im Freien, unter den Bomben, sicherer als hier drinnen mitten unter all diesen vielen Menschen«, sagte ich zu Canale und Cannavale. »Weshalb? Die Neapolitaner sind brave Leute«, meinte Cannavale. »Ich behaupte nicht, daß sie böse Menschen sind«, antwortete ich, »aber wenn sie Angst bekommen, ist diese Menge fürchterlich. Sie wird uns zerquetschen.« Cannavale sah mich verwundert an: »Ich bin sechsmal abgesoffen und doch nicht im Meer umgekommen. Weshalb sollte mir das hier geschehen?« sagte er. »Hm! Neapel ist schlimmer als das Meer«, gab ich zurück. Ich ging hinaus und zog an einem Arm Marino Canale mit mir, der mir in die Ohren brüllte: »Sie sind verrückt! Sie wollen unbedingt, daß ich sterben soll!«

Die kahle, verödete, reglose Straße lag vor uns, in das gleiche blauschwarze, kalte Licht getaucht, das manche Aufnahmen in Kulturfilmen so unwirklich beleuchtet. Das Blau des Himmels, das Grün der Bäume, das Türkis des Meeres, das

Gelb, Rosa und Ocker der Häuserfassaden war ausgelöscht; alles war weiß und schwarz, in einem grauen Staub ertränkt, ganz ähnlich der Asche, die während eines Vesuvausbruchs langsam auf Neapel herniederrieselt. Die Sonne war ein heller Fleck auf einem endlosen, schmutziggrauen Tuch. Einige hundert Liberators flogen in großer Höhe über unseren Köpfen, die Bomben fielen hier und dort mit dumpfem Aufschlag in die Stadt, Häuser stürzten mit scheußlichem Krachen in sich zusammen. Wir begannen in der Mitte der Straße in Richtung der Via Chiatamone zu laufen, als in kurzen Abständen zwei Bomben hinter uns fielen, genau vor den Eingang der Grotte, die wir vor wenigen Augenblicken erst verlassen hatten: der Luftdruck der Explosion warf uns zu Boden. Ich wälzte mich auf den Rücken und verfolgte mit den Augen die Liberators, die sich in Richtung Capri entfernten. Ich sah auf die Uhr: es war ein Viertel nach zwölf. Die Stadt lag da wie ein von einem Fußgänger breitgetretener Kuhfladen.

Wir setzten uns an den Rand des Bürgersteigs, und lange sprach keiner ein Wort. Man hörte ein unheimliches Schreien von der Grotte her, aber es klang gedämpft und weit weg. »Der Arme«, meinte Marino Canale, »er kam in Urlaub nach Hause. Hundertmal hat er in drei Jahren die Überfahrt zwischen Italien und Afrika gemacht, und nun stirbt er, lebendig begraben.« Wir standen auf und näherten uns dem Eingang der Höhle. Die gemauerte Wölbung war eingestürzt, ein wüstes Geheul drang aus dem Erdinnern hervor. »Dort drinnen bringen sie einander um«, sagte Marino Canale. Wir streckten uns am Boden aus und lauschten mit den Ohren an den Trümmern. Nicht Hilferufe, sondern der Lärm eines wilden Handgemenges dröhnte aus dem Innern des Riesengrabes. »Sie schlagen sich tot, sie schlagen sich tot!« schrie Marino Canale und weinte und hämmerte mit den Fäusten gegen die Erd- und Steinmassen. Ich setzte mich auf den Bürgersteig und zündete mir eine Zigarette an. Es war nichts anderes zu machen.

Indessen kamen aus der Gasse des Pallonetto Scharen angsterfüllter Menschen, die sich auf die Trümmer stürzten und mit den Nägeln zu graben begannen. Es sah aus wie eine Herde von Hunden, die nach einem Knochen wühlen. Endlich trafen die Bergungsmannschaften ein: eine Kompanie

Soldaten, ohne Werkzeuge, aber zum Ausgleich mit Gewehren und Maschinenpistolen bewaffnet. Die Soldaten waren todmüde, ihre Uniformen zerschlissen, ihre Schuhe zerfetzt; sie warfen sich fluchend zu Boden und begannen zu schlafen.

»Zu welchem Zweck seid ihr hergekommen?« fragte ich den Offizier, der die Kompanie führte.

»Wir haben für Sicherheit und Ordnung zu sorgen.«

»Ah! Gut! Ihr werdet sie hoffentlich alle erschießen, wenn man sie herauszieht, diese Verbrecher, die sich dort haben begraben lassen.«

»Wir haben Befehl, die Menschenmenge fernzuhalten«, erwiderte der Offizier, mich groß anschauend.

»Nein, ihr habt Befehl, die Toten zu erschießen, wenn man sie aus diesem Grab herausholt.«

»Was wollen Sie von mir?« fragte der Offizier und fuhr sich mit der Hand über die Stirn, »seit drei Tagen haben meine Leute kein Auge zugetan und seit zwei Tagen nichts zu essen bekommen.«

Gegen fünf Uhr kam ein Lazarettwagen des Roten Kreuzes mit einigen Krankenträgern sowie eine Pionierkompanie mit Hacken und Schaufeln. Gegen sieben Uhr wurden die ersten Toten geborgen. Sie waren aufgebläht, violett gefärbt, bis zur Unkenntlichkeit entstellt. Alle wiesen Merkmale ungewöhnlicher Verwundungen auf; ihre Gesichter, Hände und Oberkörper waren zerbissen und zerkratzt, viele hatten Stichwunden. Ein Polizeikommissar mit etlichen Agenten stellte sich neben die Toten und begann sie mit lauter Stimme zu zählen: »siebenunddreißig ... zweiundfünfzig ..., einundsechzig ...«, während die Beamten die Taschen nach Papieren durchsuchten. Ich dachte, er wolle sie verhaften. Ich hätte mich bestimmt nicht gewundert, wenn er die Toten verhaftet hätte. Seine Stimme klang wie die eines Polizeikommissars, der einen Übeltäter anfaucht, um ihm die Handschellen anzulegen. Er schrie: »Die Ausweise! Die Papiere!« Ich überlegte, welchen Verdruß die armen Toten haben würden, falls ihre Papiere nicht in Ordnung wären.

Um Mitternacht waren über vierhundert Tote und etwa einhundert Verletzte geborgen. Gegen ein Uhr kamen ein paar Soldaten mit einem Scheinwerfer. Ein weißer, blendender Lichtkegel fraß sich durch den Eingang der Höhle. Bei passender Gelegenheit sprach ich einen Mann an, der die Bergungsarbeiten zu leiten schien:

»Warum lassen Sie nicht mehr Krankenwagen kommen? Einer allein nützt nicht viel.«

Es war ein städtischer Ingenieur, ein tüchtiger Mann. »In ganz Neapel sind uns nur zwölf Ambulanzen geblieben. Die anderen hat man nach Rom geschickt, wo man sie gar nicht braucht. Armes Neapel! Zwei Angriffe jeden Tag, und nicht einmal Krankenwagen. Es sind Tausende von Toten heute, am meisten sind, wie immer, die dichtbewohnten Viertel betroffen. Und mit zwölf Ambulanzen, was kann ich da anfangen? Wir brauchten tausend.«

Ich meinte: »Beschlagnahmen Sie ein paar tausend Fahrräder. Die Verletzten können zu Rad ins Lazarett fahren, meinen Sie nicht?«

»Schon, aber die Leichen? Die Verletzten können zu Rad ins Lazarett fahren, aber die Toten?« entgegnete der Ingenieur.

»Die Toten können zu Fuß gehen«, sagte ich, »und wenn sie keine Lust haben zu laufen, einen Tritt in den Hintern. So ist es doch.«

Der Ingenieur sah mich sonderbar an: »Sie wollen scherzen. Ich nicht. Aber es wird so ausgehen, wie Sie sagen. Wir werden die Toten mit Fußtritten in den Hintern auf den Friedhof treiben.«

»Sie verdienen es nicht besser. Sie schaffen uns all diese Ungelegenheiten, die Toten. Immer nur Tote, Tote, Tote! Überall Tote. Seit drei Jahren sieht man nichts als Tote auf den Straßen Neapels. Und wie eingebildet sie noch sind! Als ob es nichts anderes gäbe als sie auf der Welt. Jetzt muß endlich einmal Schluß damit gemacht werden! Sonst: Marsch auf den Friedhof, mit einem Tritt ins Gesäß, und Ruhe jetzt!«

»Ja, genauso. Gebt Ruhe jetzt!« wiederholte der Ingenieur und streifte mich mit einem seltsamen Blick.

Wir zündeten uns eine Zigarette an und rauchten, ohne zu sprechen, den Blick auf die Toten gerichtet, die im blendenden Licht des Scheinwerfers auf dem Gehsteig nebeneinandergereiht lagen. Mit einem Male erscholl ein gräßliches Geschrei. Die Menge hatte den Ambulanzwagen gestürmt und bewarf Krankenträger und Soldaten mit Steinen.

»Es endet stets so«, sagte der Ingenieur, »die Menge verlangt, daß die Toten ins Lazarett gebracht werden. Sie meinen, die Ärzte könnten die Leichen mit irgendeiner Injektion oder durch künstliche Beatmung wieder zum Leben erwecken. Aber die Toten sind tot. Noch mehr tot als so können sie nicht sein! Sehen Sie nicht, wie sie zugerichtet sind? Das Gesicht zerquetscht, das Gehirn zu den Ohren heraushängend, die Gedärme in den Hosen. Aber so ist das Volk: es will, daß seine Toten ins Lazarett gebracht werden, nicht auf den Friedhof. Ja, der Schmerz macht die Leute wahnsinnig.«

Ich bemerkte, daß er zugleich sprach und weinte. Er weinte, wie wenn es nicht er selbst wäre, sondern irgendwer neben ihm. Anscheinend merkte er selbst nicht, daß er weinte, war wohl sicher, daß ein anderer dort neben ihm stehe und statt seiner weine.

Ich fragte ihn: »Warum weinen Sie? Es ist vergeblich.«

»Das ist mein einziges Vergnügen, zu weinen«, sagte der Ingenieur.

»Vergnügen? Sie wollten sagen Trost.«

»Nein, ich will sagen Vergnügen. Wir haben wohl auch das Recht, lustig zu sein, wir auch, hin und wieder«, und er begann zu lachen, »weshalb versuchen Sie es nicht ebenfalls?«

»Ich kann nicht. Wenn ich bestimmte Dinge sehe, muß ich mich erbrechen. Mein Vergnügen ist es, mich zu erbrechen.«

»Da sind Sie besser dran als ich«, sagte der Ingenieur. »Erbrechen erleichtert den Magen, Weinen nicht. Könnte ich mich doch erbrechen!« Er ging davon und bahnte sich mit den Ellbogen einen Weg durch die Masse, die schrie und drohend fluchte.

Inzwischen kamen aus den entfernteren Stadtteilen, von der Forcella, vom Vomero, von der Mergellina, angelockt durch das grausige Gerücht des Riesengrabes in Santa Lucia, Scharen von Frauen und Kindern und zogen Wagen aller Art hinter sich her, sogar mit Schubkarren kamen sie. Auf diese Vehikel warfen sie wahllos Tote und Verwundete. Der Zug dieser Fahrzeuge setzte sich endlich in Bewegung, und ich ging hinter ihm drein.

Unter diesen Unglücklichen befand sich auch der arme Cannavale, und es tat mir weh, ihn so allein mitten unter diesem Haufen von Toten und Verletzten seinem Schicksal zu überlassen. Er war ein guter Kerl gewesen, Cannavale, er hatte mir stets viel Sympathie bezeigt, er war einer der wenigen gewesen, die mir in aller Öffentlichkeit entgegenkamen und die Hand schüttelten, als ich aus der Verbannung von den Liparischen Inseln zurückkehrte. Doch jetzt war er tot. Kann man je wissen, was für Empfindungen ein Toter hat? Vielleicht hätte er es mir in alle Ewigkeit nachgetragen, wenn ich ihn allein gelassen hätte und nicht bei ihm geblieben wäre, jetzt wo er tot war, und ihn nicht ins Lazarett begleitet hätte. Es wissen ja alle, was für Egoisten die Toten sind. Nur sie allein gibt es auf der Welt, alle anderen zählen nicht. Eifersüchtig sind sie, und neidvoll, und alles verzeihen sie den Lebenden – nur nicht, daß diese noch am Leben sind. Sie möchten, daß alle ihresgleichen wären, voll von Würmern und mit hohlen Augen. Sie sind blind und sehen uns nicht; wenn sie nicht blind wären, würden sie sehen, daß auch wir voll von Würmern sind. Oh, die Verfluchten! Sie behandeln uns wie Sklaven, sie möchten, daß wir immer zu ihren Diensten bereit stünden, immer gewärtig ihres Winks, stets gewillt, alle ihre Launen zu befriedigen, uns zu verneigen, den Hut abzunehmen, »Ihr gehorsamster Diener« zu flüstern. Versucht es, einem Toten etwas abzuschlagen, ihm zu sagen, daß ihr keine Zeit mit Toten zu verlieren habt, daß ihr anderes zu tun habt, daß die Lebenden ihre eigenen Angelegenheiten zu erledigen haben, daß sie auch gegen Mitlebende Pflichten zu erfüllen haben und nicht nur gegen die Toten, versucht es, ihnen zu sagen, daß nunmehr, wer tot ist, ruht, und wer lebt, sich tröstet. Versucht es, dies einem Toten zu sagen, und ihr werdet sehen, was euch geschieht. Er wird euch stellen wie ein tollwütiger Hund, er wird versuchen, euch zu beißen, euch mit seinen Krallen das Gesicht zu zerkratzen. Die Polizei müßte die Toten fesseln, statt darauf aus zu sein, den Lebenden Handschellen anzulegen. Sie müßte sie mit Stahlfesseln an den Handgelenken in die Särge sperren und den Leichenzügen ein Aufgebot tüchtiger Schergen folgen lassen, um die ehrenwerten Bürger vor der Wut dieser Verdammten zu beschützen; denn sie haben eine schreckliche Gewalt, die Toten, und könnten die Eisen sprengen, den Sarg zerschlagen und sich hinausstürzen, um allen das Gesicht zu zerkratzen, Freunden und Verwandten. Man müßte sie mit Handschellen an den Gelenken begraben und ganz tiefe Gräben ausheben und diese mit schweren Steinen auffüllen, die Särge sicher befestigen und die Erde darüber ordentlich festtrampeln, damit die Verfluchten nicht herauskommen können, die Menschen zu beißen. Ah, schlaft in Frieden, ihr Verdammten! Schlaft in Frieden, wenn ihr könnt, und laßt die Lebenden in Ruhe! Schlaft, schlaft in Frieden, und laßt sie in Ruhe!

Dies waren meine Gedanken, während ich dem Zug der Handwagen nachging, durch Santa Lucia hinauf, über San Ferdinando, durch den Toledo, über die Piazza della Carità. Eine abgezehrte und abgerissene Volksmenge folgte unter Jammern und Verwünschungen dem Zug; die Frauen rauften sich die Haare, krallten sich die Nägel ins Gesicht, entblößten sich die Brüste, hoben die Augen zum Himmel und heulten wie Hunde. Die aber, die der große Lärm unvermittelt aus dem Schlafe riß, beugten sich aus den Fenstern, gestikulierten und schrien, und überall hörte man nichts als Weinen und Verwünschungen, nichts als flehende Rufe zur Jungfrau und zu San Gennaro. Es weinten alle, denn ein Trauerfall ist in Neapel eine allgemeine Trauer, nicht die eines einzelnen oder weniger oder vieler, sondern aller, und der Schmerz eines jeden ist ein Schmerz der ganzen Stadt, der Hunger eines einzelnen ist der Hunger aller. Es gibt keinen privaten Schmerz in Neapel und kein privates Elend; alle leiden, und einer weint für den anderen, und es gibt keine Angst, es gibt keinen Hunger, es gibt weder Cholera noch Massensterben, das dieses gute, unglückliche, hilfsbereite Volk nicht als gemeinsamen Besitz, als gemeinsames Vermächtnis an Tränen empfindet. *»Tears are the chewing-gum of Naples«*, hatte Jimmy eines Tages zu mir gesagt. Jimmy wußte nicht, daß, wenn die Tränen nicht nur der Chewing-gum der Neapolitaner, sondern auch des amerikanischen Volkes wären, Amerika wirklich ein großes und glückliches Land, ein großes Land der Menschlichkeit wäre.

Als der Leichenzug endlich das Lazarett »Ospedale dei Pellegrini« erreicht hatte, wurden die Toten und Verletzten wahllos im Hofe abgeladen, der bereits von vielen jammernden Menschen angefüllt war – es waren die Verwandten und Freunde der Verwundeten und Toten aus den anderen Stadtteilen –, und vom Hof wurden sie in die Gänge und Flure hineingetragen.

Der Morgen graute bereits, und ein leichter Geruch nach grünem Moder lag über der Haut der Gesichter, über dem Verputz der Mauern, über dem fahlen Himmel, den hier und dort der herbe Morgenwind aufriß; durch die Wolkenrisse sah man einen rosigen Schimmer, gleich dem neu sich bildenden Fleisch in einer tiefen Wunde. Die Menge blieb abwartend im Hofe, betete laut und unterbrach hin und wieder das Gebet, um den Tränen freien Lauf zu lassen, um sich in lautem Weinen Luft zu machen.

Gegen zehn Uhr morgens brach der Tumult los. Des langen Wartens müde und in ihrer Ungeduld, über die Angehörigen etwas zu erfahren, ob diese nun wirklich tot wären oder ob es noch Hoffnung auf Rettung gäbe, mißtrauisch, von den Ärzten und Krankenpflegern hintergangen zu werden, begann die Menge zu heulen, zu fluchen, Steine gegen die Fensterscheiben zu schleudern; durch den Druck ihres eigenen Gewichtes brach sie schließlich die Tür auf. Sobald die schweren Torflügel nachgaben, ebbte das gellende wilde Geschrei plötzlich ab; schweigend wie ein Rudel Wölfe, keuchend, zähneknirschend, von Tür zu Tür spähend, überschwemmte die Menge das Lazarett und stürmte gesenkten Kopfes durch die Gänge des alten Gebäudes, das die Zeit und langes Leerstehen hatte stinkig und dreckig werden lassen.

Als die Menge einen Kreuzgang erreichte, von dem aus ein Strahlenkranz dunkler Korridore ausging, brach sie in einen Entsetzensschrei aus und blieb wie vor Grauen angewurzelt stehen. Auf den Boden geworfen, auf Bergen von Abfall, blutigen Kleidungsstücken, faulendem Stroh emporgeschichtet, lagen Hunderte und aber Hunderte entstellter Kadaver mit aufgedunsenen, gasgeblähten Köpfen, blauen, grünen, violetten Gesichtern, zerquetscht und zerschunden, mit abgetrennten oder durch die Gewalt der Explosionen ausgerissenen Gliedern. In einer Ecke des Kreuzganges erhob sich eine Pyramide aus Köpfen mit weit aufgerissenen Augen, klaffenden Mündern. Hier stürzte sich die Menge mit lautem Aufschrei, mit wütendem Weinen und wildem Stöhnen auf die Toten, rief sie mit grauenvoller Stimme beim Namen, schlug sich um diese kopflosen Rümpfe, diese zerfetzten Glieder, diese abgetrennten Köpfe, diese jammervollen Überreste, die Liebe und Erbarmen wiederzuerkennen glaubten.

Kein Mensch wohl sah je einen so wilden erbitterten Kampf, so erbarmenerweckendes Getümmel. Jeder einzelne Leichenteil war von zehn, von zwanzig dieser Wahnsinnigen umkämpft, die aus Schmerz und mehr noch aus Angst, den eigenen Toten von jemand anderem fortgetragen, ihn von einem Rivalen gestohlen zu sehen, den Verstand verloren hatten. Und was die Bomben nicht vermocht hatten, das führte hier diese makabre Raserei, dieses irre, leidenschaftliche Mitleiden zu Ende. Denn zerfleischt, verstümmelt, zerfetzt, von hundert gierigen Händen in Stücke gerissen, wurde jeder Leichnam die Beute von zehn, von zwanzig Wahnsinnigen, die, von Scharen heulender Menschen verfolgt, davoneilten und die jammervollen Überreste an die Brust drückten, die sie der wilden Leidenschaft der anderen zu entreißen vermochten. Das wütende Handgemenge zog sich von den Höfen und Gängen des Pellegrini-Lazaretts in die Straßen und Gassen hinaus, bis es schließlich in der Tiefe der Wohnhöhlen ein Ende fand, wo Erbarmen und Liebe sich endlich in Tränen und Trauerzeremonien um die verstümmelten Kadaver auflösen konnten.

Der Totenkarren war bereits in dem dunklen Gewirr der Forcella-Gassen verschwunden, und das Jammern der Angehörigen, die dem Trauerwagen folgten, verlor sich allmählich in der Ferne. Negersoldaten glitten die Mauern entlang oder blieben auf den Schwellen der »Bassi« stehen und verglichen den Preis eines Mädchens mit demjenigen eines Päckchens Zigaretten oder einer Dose Corned beef. Auf allen Seiten hörte man im Dunkel Flüstern und heisere Stimmen und Seufzer und das Geräusch gleitender Schritte. Der Mond entzündete seinen silbrigen Widerschein an den Rändern der Dächer und den Balkongeländern; er stand noch zu tief, um in die Gassen hineinzuleuchten. Jimmy und ich gingen schweigend durch dieses dichte, stickige Dunkel, bis wir an ein Haus mit halboffener Tür gelangten. Wir stießen sie auf und blieben auf der Schwelle stehen.

Das Innere des schmutzigen Raumes war von dem weißen, grellen Licht einer Azetylen-Lampe erhellt, die auf der Marmorplatte einer Kommode stand. Zwei Mädchen in aufdringlich leuchtenden seidenen Kleidern standen vor dem Tisch in der Mitte des Raumes. Auf dem Tisch waren »Perücken« aufgehäuft, das schienen sie auf den ersten Blick zu sein, in jeder Form und Größe. Es waren Büschel langer blonder, sorgfältig gekämmter Haare, ich weiß nicht, ob Werg, Seide oder echtes Frauenhaar, jeweils um eine Art großes Knopfloch aus rotem Atlas befestigt. Manche dieser »Perücken« waren goldblond, manche hellblond, manche mehr rostrot, manche in jenem brennenden Farbton, der nach Tizian benannt wird; und die eine war gekräuselt, die andere onduliert, wieder andere lockig wie das Haar eines Kindes. Die Mädchen unterhielten sich lebhaft, mit schrillen Aufschreien, sie streichelten diese eigenartigen »Perücken«, nahmen sie von einer Hand in die andere und fuhren sich damit gegenseitig übers Gesicht, als ob sie einen Fliegenwedel oder Roßschweif in Händen hätten.

Sie waren üppige Schönheiten, diese beiden Mädchen, ihre dunkle Gesichtsfarbe lag unter einer dicken, weißen Schicht von Schminke und Puder verborgen, so daß sich das Gesicht wie eine Gipsmaske vom Halse abhob. Sie hatten krauses, glänzendes Haar von gelblicher Färbung, was für die Verwendung von Wasserstoff zeugte, denn die Haarwurzeln, die man unter dem Flittergold wahrnahm, waren schwarz. Auch die Augenbrauen waren schwarz, und schwarz war der Haarflaum auf dem Gesicht, das, bei seiner weißen Puderkruste, um die Oberlippe und längs der Backenknochen bis zu den Ohren hin natürlicher und dunkler wurde, wo es dann unvermittelt in die Farbe des Wergs überging und sich mit dem gefärbten Blond der Haare vermischte. Sie hatten lebhafte, tiefschwarze Augen und natürlich korallenrote Lippen, denen das Rouge den roten Schimmer des Blutes nahm und sie stumpf wirken ließ. Sie lachten und wandten sich bei unserem Eintreten um, wobei sie beinahe verschämt die Stimme dämpften, sofort die »Perükken« aus der Hand legten und eine gespielte Gleichgültigkeit zur Schau trugen, mit der flachen Hand die Falten ihrer Kleider glättend oder mit zuchtvoller Geste das Haar ordnend.

Ein Mann stand hinter dem Tisch; sobald er uns eintreten sah, beugte er sich nach vorn, stützte die Hände auf den Tisch und lehnte sich mit dem ganzen Körpergewicht darauf, als müsse er seine Ware beschirmen. Währenddessen gab er mit den Augen einer dicken, ungekämmten Frau einen Wink, die auf einem Stuhl vor einem häßlichen kleinen Ofen saß, auf

dem eine Kaffeemaschine summte. Die Frau stand mit gemä-
ßigter Eile auf, sammelte den ganzen »Perücken«-Haufen ge-
schwind in den Bausch ihres Rockes ein und ließ ihn hastig in
der Kommode verschwinden.

»Do you want me?« fragte der Mann, sich an Jimmy wendend.

»No«, sagte Jimmy, »I want one of these strange things.«

»That's for women«, sagte der Mann, »das sind Sachen für
Frauen, nur für Frauen, only for women. Not for gentlemen.«

»Not for what?« fragte Jimmy.

»Not for you. You American officers. Not for American
officers.«

»Get out those things«, sagte Jimmy.

Der Mann strich sich mit der Hand über den Mund und
sah Jimmy einen Augenblick nachdenklich an. Er war von un-
scheinbarer Statur, hager, schwarz gekleidet, mit dunklen, ste-
chenden Augen im aschgrauen Gesicht. Er sprach langsam: »I
am an honest man. What do you want from me? Was wollen
Sie von mir?«

»Those strange things«, antwortete Jimmy.

»Sti fetiente«, sagte der Mann, ohne mit der Wimper zu
zucken, als spräche er mit sich selbst, »so ein lästiger Kerl.«
Und lächelnd setzte er hinzu: »Well, I'll show you. I like Americans. Tutti fetiente. I'll show you.«

Bisher hatte ich kein Wort gesprochen. »Wie geht's deiner
Schwester?« fragte ich ihn jetzt auf italienisch.

Der Mann blickte auf mich, erkannte meine Uniform und
grinste. Anscheinend war er befriedigt und fühlte sich sicherer. »Es geht ihr gut. Gott sei Dank, Signor Capitano«, erwiderte er mit verständnisvollem Lächeln. »Sie sind kein Amerikaner, Sie sind ein Mensch wie ich und begreifen mich. Aber
diese Nervensäge, ma sti fetiente!« Er gab mit dem Kopf der
Frau ein Zeichen, die mit dem Rücken gegen die Kommode
gelehnt wie in Abwehrstellung stehengeblieben war.

Die Frau öffnete die Kommode, nahm die »Perücken« heraus und verteilte sie sorgfältig auf dem Tisch. Ihre feiste Hand
war bis zur Wurzel von einem lebhaften Safrangelb.

Jimmy nahm eins dieser »strange things« und besah es sich
aufmerksam.

»Das sind keine Perücken«, sagte er.

»Nein, das sind keine Perücken«, bestätigte der Mann.

»Wozu dienen sie?« fragte Jimmy.

»Sie sind für eure Neger«, sagte der Mann, »euren Negern gefallen blonde Frauen, und die Neapolitanerinnen sind dunkel.«

Er wies auf vier lange Seidenbänder, die mit einem Ende am Saum des atlasroten Knopflochs angenäht waren, dann wandte er sich zu einem der Mädchen und sagte: »Zeig du es ihm, der Nervensäge.«

Das Mädchen lachte, und obgleich sie mit Gesten gespielter Schamhaftigkeit abwehrte, nahm sie die »Perücke«, die der Mann ihr reichte, und hielt sie sich vor den Bauch. Sie lachte, und ihre Kameradin lachte ebenfalls.

Jimmy erfaßte die »Perücke« an den vier Bändern und hielt sie sich gegen den Bauch.

»Ich verstehe nicht, wozu sie dienen soll«, sagte er, während die beiden Mädchen sich vor Lachen die Hand gegen die Lippen preßten.

»Zeig ihm, wie es gemacht wird«, sagte der Mann zu dem Mädchen.

Das Mädchen ging und setzte sich auf den Bettrand, hob ihren Rock hoch, breitete die Beine auseinander und hielt sich die »Perrücke« an die Scham. Es war eine unheimliche Sache, es schien wirklich eine Perücke zu sein, dieses Büschel blonder Haare, die ihr den ganzen Bauch bedeckten und über den halben Schenkel hinabreichten.

Das andere Mädchen lachte und sagte: »For negroes, for American negroes.«

»What for?« rief Jimmy und riß die Augen auf.

»Negroes like blondes«, sagte der Mann, »ten dollars each. Not expensive. Buy one.«

Jimmy hatte die Faust durch diese Art von großem Knopfloch aus rotem Atlas gezwängt, und während er die »Perücke« um sein Handgelenk kreisen ließ, lachte er, mit hochrotem Kopf, weit vorgebeugt; alle Augenblicke schloß er die Augen, wie wenn dieser Lachanfall ihm Herzbeschwerden verursache.

»Stop, Jimmy«, sagte ich.

Der durch das Knopfloch der »Perücke« gesteckte Arm war durchaus nichts Lächerliches, es war etwas Trauriges, Grauenvolles.

»Auch die Frauen haben den Krieg verloren«, meinte der Mann mit einem seltsamen Lächeln, und wieder strich er sich langsam mit der Hand über den Mund.

»Nein«, sagte Jimmy, ihn gerade anschauend, »nein, nur die Männer haben den Krieg verloren. Only men.«

»Women too«, sagte der Mann, indem er die Augen zusammenkniff.

»Nein, nur die Männer«, widersprach Jimmy mit harter Stimme.

Plötzlich sprang das Mädchen vom Bett, und Jimmy mit einem traurigen, bösen Ausdruck ins Gesicht schauend, schrie sie: »Viva l'Italia! Viva l'America!« und brach in konvulsivisches Lachen aus, das ihr den Mund häßlich verzog.

Ich sagte zu Jimmy: »Let's go, Jimmy.«

»That's right«, meinte Jimmy. Er steckte sich die »Perücke« in die Tasche, warf einen Tausendlireschein auf den Tisch und sagte, mich am Ellbogen fassend: »Let's go.«

Am Ende der Gasse begegneten wir einer M. P.-Streife mit ihren weißgestrichenen Gummiknüppeln. (Ohne zu sprechen, gingen sie ihres Weges, sie hatten sicher einen Fang tief im Forcella-Viertel vor, dem Zentrum des schwarzen Marktes. Von Terrasse zu Terrasse, von Fenster zu Fenster wurde über unseren Köpfen der Alarmruf der Wachtposten weitergegeben, die von einer Gasse zur anderen dem Heer des schwarzen Marktes das Kommen der M. P. meldeten: »Mammà e Papà! Mammà e Papà.« Auf diesen Ruf hin ging im Innern der Häuser Lärm und Getrappel los, Türen öffneten und schlossen sich, Fenster knarrten.

»Mammà und Papà! Mammà und Papà!«

Der Warnruf flatterte leicht und heiter im silbernen Schein des Mondes, und die *Mammà* und *Papà* glitten schweigend die Mauer entlang, in ihren Händen leuchteten die Gummiknüppel.

Unter der Tür des Hôtel du Parc, wo sich die amerikanische Offiziersmesse der P. B. S. befand, sagte ich zu Jimmy: »Viva l'Italia! Viva l'America!«

»Shut up!« sagte Jimmy und spuckte wütend aus.

Als Colonel Jack Hamilton mich den Speisesaal betreten sah, winkte er mir, ich solle mich zu ihm an den großen Tisch der

Senior Officers setzen. Colonel Brand sah von seinem Teller auf, um meinen Gruß zu erwidern, und lächelte mir freundlich zu. Er hatte ein schönes, rosiges Gesicht, von weißem Haar gekrönt, und seine blauen Augen, sein schüchternes Lächeln, seine Art, freundlich um sich zu schauen, verliehen seiner heiteren Miene einen unschuldigen und gutmütigen, fast kindlichen Ausdruck.

»Wundervoller Mondschein heute abend«, sagte Colonel Brand.

»Wirklich wundervoll«, antwortete ich hocherfreut.

Colonel Brand glaubte, daß es einen Italiener freuen müsse, wenn ein Ausländer äußerte »heute abend ist wundervoller Mondschein«; denn er hatte die Vorstellung, daß die Italiener den Mond liebten, als sei er ein Stück Italien. Er war kein sehr intelligenter Mann, noch auch sonderlich gebildet, aber er bezeigte eine ungewöhnliche Freundlichkeit; ich war ihm dankbar für die wohlwollende Art, mit der er gesagt hatte »wundervoller Mondschein heute abend«, da ich fühlte, wie er mir mit diesen Worten sein freundschaftliches Mitgefühl für das Unglück, die Leiden und Demütigungen des italienischen Volkes ausdrücken wollte. Gern hätte ich ihm »danke schön« gesagt, aber ich fürchtete, er werde nicht begreifen, weshalb ich »danke schön« sagte. Gern hätte ich ihm über den Tisch hin die Hand gereicht und gesagt: »Ja, das wahre Vaterland der Italiener ist der Mond, unser einziges Vaterland jetzt.« Aber ich fürchtete, daß die anderen an unserem Tisch sitzenden Offiziere alle, außer Jack, den Sinn meiner Worte nicht verstehen würden. Es waren brave Boys, ehrlich, einfach, sauber, wie es nur Amerikaner sein können; doch sie waren überzeugt, daß auch ich, wie alle Europäer, die schlechte Angewohnheit hätte, jedem meiner Worte einen Nebensinn zu geben, und ich befürchtete, sie würden in meinen Worten einen anderen Sinn suchen als den, den sie hatten.

»Wirklich wundervoll«, wiederholte ich.

»Ihr Haus in Capri muß zauberhaft sein bei solchem Mondschein«, sagte Colonel Brand leicht errötend, und alle anderen Offiziere sahen mich lächelnd an. Sie kannten alle mein Haus in Capri. Sooft wir aus den unseligen Bergen um Cassino zurückkehrten, lud ich sie alle in mein Haus ein, und mit ihnen einige unserer französischen, englischen, polnischen

Kameraden: General Guillaume, den Stabsarzt André Lichwitz, den Leutnant Pierre Lyautey, den Major Marchetti, den Oberst Gibson, den Leutnant Fürst Lubomirski, Adjutanten des Generals Anders, den Oberst Michailowski, der Ordonnanzoffizier Marschall Pilsudskis gewesen und jetzt Offizier der amerikanischen Armee war; zwei, drei Tage verbrachten wir dort, wir lagen auf den Klippen, wir fischten, wir saßen in der Halle um den Kamin und tranken oder streckten uns auf der Terrasse aus und sahen in den blauen Himmel.

»Wo bist du heute gewesen? Ich habe dich den ganzen Nachmittag gesucht«, fragte mich Jack leise.

»Ich war mit Jimmy spazieren.«

»Irgend etwas stimmt mit dir nicht. Was hast du?« sagte Jack, indem er mich prüfend ansah.

»Nichts, Jack.«

Auf den Tellern dampfte die übliche Tomatensuppe, der übliche überbackene Spam, der übliche gekochte Mais. Die Gläser waren mit dem üblichen Kaffee, mit dem üblichen Tee, mit dem üblichen Ananassaft gefüllt. Ich fühlte einen Knoten im Hals und rührte keine Speise an.

»Dieser arme König«, erzählte Major Morris, aus Savannah, Georgia, »hatte sich bestimmt keinen solchen Empfang erwartet. Neapel war doch immer eine sehr königstreue Stadt.«

»Warst du heute in der Via Toledo, als der König ausgepfiffen wurde?« fragte mich Jack.

»Welcher König?« sagte ich.

»Der König von Italien«, sagte Jack.

»Ah, der König von Italien.«

»Man hat ihn heute auf dem Toledo ausgepfiffen«, erzählte Jack.

»Wer hat ihn ausgepfiffen? Die Amerikaner? Wenn es die Amerikaner gewesen sind, haben sie schlecht daran getan.«

»Die Neapolitaner haben ihn ausgepfiffen«, sagte Jack.

»Da haben sie recht getan«, sagte ich. »Was erwartete er sich denn? Einen Blumenregen?«

»Was kann sich ein König heutzutage von seinem Volk erwarten?« meinte Jack. »Gestern Blumen, heute ein Pfeifkonzert, morgen wieder Blumen. Ich frage mich, ob das italienische Volk weiß, was für ein Unterschied zwischen Blumenwerfen und Pfeifkonzert besteht.«

»Ich bin froh«, sagte ich, »daß es Italiener gewesen sind, die ihn ausgepfiffen haben. Die Amerikaner haben kein Recht, den König von Italien auszupfeifen. Sie haben kein Recht, einen Negersoldaten zu fotografieren, wie er im Schloß von Neapel auf dem Thron des italienischen Königs sitzt, und die Fotografie in ihren Zeitungen zu veröffentlichen.«

»Ich kann dir nicht unrecht geben«, sagte Jack.

»Die Amerikaner haben kein Recht, im Schloß in die Ekken des Thronsaales zu urinieren, wie sie es getan haben. Wir waren beide zusammen dort, wir sahen, wie sie das taten. Nicht einmal wir Italiener haben das Recht, etwas Derartiges zu tun. Wir haben das Recht, unseren König auszupfeifen, ihn meinetwegen an die Wand zu stellen. Aber nicht, in die Ecken des Thronsaales zu urinieren.«

»Und du, hast du niemals Blumen geworfen, für den König von Italien?« fragte Jack mit freundschaftlicher Ironie.

»Nein, Jack, ich habe ein sauberes Gewissen, was den König angeht. Ich habe ihm nie auch nur eine einzige Blume zugeworfen.«

»Hättest du ihn heute ausgepfiffen, wenn du in der Via Toledo dabeigewesen wärst?« fragte Jack.

»Nein, Jack, ich hätte nicht gepfiffen. Es ist eine Schande, einen besiegten König auszupfeifen, selbst wenn es der eigene König ist. Wir alle, nicht nur der König, haben den Krieg verloren, wir alle, und besonders diejenigen, die ihm gestern Blumen streuten und ihn heute auspfeifen. Ich habe ihm nie eine Blume zugeworfen. Deswegen hätte ich, wenn ich heute in der Via Toledo gewesen wäre, auch nicht gepfiffen.«

»Tu as raison, à peu près«, gab Jack zu.

»Your poor king«, sagte Colonel Brand, »es tut mir leid für ihn.« Und mir freundlich zunickend, setzte er hinzu: »Und auch für euch.«

»Thanks a lot for him«, antwortete ich. Doch etwas im Ton meiner Worte mußte falsch geklungen haben, denn Jack sah mich merkwürdig an und sagte leise: »Du verbirgst mir irgend etwas. Ça ne va pas, ce soir, avec toi.«

»Nein, Jack, ich habe gar nichts«, sagte ich und begann zu lachen.

»Weshalb lachst du?« fragte Jack.

»Es tut einem gut, hin und wieder zu lachen«, sagte ich.

»Ich lache auch gern, hin und wieder«, meinte Jack.

»Die Amerikaner«, sagte ich, »weinen nie.«

»What? Les Américains ne pleurent jamais?« fragte Jack verwundert.

»Americans never cry«, wiederholte ich.

»Ich habe nie darüber nachgedacht«, sagte Jack. »Findest du wirklich, daß die Amerikaner niemals weinen?«

»They niver cry«, sagte ich.

»Who never cries?« fragte Colonel Brand.

»Die Amerikaner«, sagte Jack lachend. »Malaparte behauptet, daß die Amerikaner niemals weinen.«

Alle sahen mich verwundert an, und Colonel Brand sagte: »Very funny idea.«

»Malaparte hat immer irgendwelche drolligen Ideen«, sagte Jack, wie um mich zu entschuldigen, während alle lachten.

»Es ist keine drollige Idee«, verteidigte ich mich, »es ist eine tief traurige Idee. Die Amerikaner weinen niemals.«

»Starke Männer weinen nicht«, sagte Major Morris.

»Die Amerikaner sind starke Männer«, sagte ich und begann zu lachen.

»Have you ever been in the States?« fragte mich Colonel Brand.

»Nein, ich bin nie in Amerika gewesen«, antwortete ich.

»Sehen Sie, das ist der Grund, weshalb Sie annehmen, daß die Amerikaner niemals weinen«, sagte Oberst Brand.

»Good gosh!« rief Major Thomas, aus Kalamazoo, Michigan. »Good gosh! In Amerika ist zur Zeit das Weinen Mode. Tears are fashionable. Der berühmte amerikanische Optimismus wäre lächerlich ohne Tränen.«

»Ohne Tränen«, meinte Colonel Eliot, aus Nantucket, Massachussets, »wäre der amerikanische Optimismus nicht lächerlich, er wäre ungeheuerlich.«

»Ich denke, ungeheuerlich ist er selbst mit den Tränen«, sagte Colonel Brand, »das ist meine Meinung, seit ich nach Europa gekommen bin.«

»Ich dachte, in Amerika sei es verboten, zu weinen«, sagte ich.

»Nein, in Amerika ist es nicht verboten, zu weinen«, antwortete Major Morris.

»Nicht einmal sonntags«, warf Jack lachend dazwischen.

»Wenn es in Amerika verboten wäre, zu weinen«, sagte ich, »wäre es ein wunderbares Land.«

»Nein, in Amerika ist es nicht verboten, zu weinen«, wiederholte Major Morris und sah mich mit strenger Miene an. »Und eben deswegen ist Amerika wohl auch ein so wunderbares Land.«

»Have a drink, Malaparte«, sagte Colonel Brand, indem er ein silbernes Fläschchen aus der Tasche zog und mir in mein Glas etwas Whisky einschenkte. Dann schenkte er auch den andern etwas Whisky in die Gläser und in sein eigenes und wandte sich mit freundschaftlichem Lächeln an mich: »Don't worry, Malaparte. Hier sind Sie unter Freunden. We like you. You are a good chap. A very good one.« Er hob sein Glas, und indem er zum Zeichen der Sympathie ein Auge zukniff, sprach er den Trinkspruch der Amerikaner: »Mud in your eye«, was besagt: »Dreck in dein Auge.«

»Mud in your eye«, wiederholten alle, die Gläser erhebend.

»Mud in your eye«, rief ich, während mir die Tränen in die Augen traten.

Wir tranken und sahen einander lächelnd an.

»Ihr seid ein sonderbares Volk, ihr Neapolitaner«, meinte Colonel Eliot.

»Ich bin kein Neapolitaner, und ich bedaure das«, sagte ich. »Das neapolitanische Volk ist ein wundervolles Volk.«

»Ein sehr sonderbares Volk«, wiederholte Colonel Eliot.

»Wir alle in Europa«, sagte ich, »sind mehr oder weniger Neapolitaner.«

»Erst setzt ihr euch in die Nesseln, und dann weint ihr«, erwiderte Colonel Eliot.

»Man muß stark sein«, sagte Colonel Brand. »God helps . . .«, und er wollte sicherlich sagen, daß Gott den starken Menschen hilft, doch er unterbrach sich, und den Blick auf den in einer Ecke des Saales stehenden Rundfunkempfänger gerichtet, sagte er: »Hören Sie!«

Der Sender der P. B. S. übertrug eine Komposition, die sehr an eine Chopinsche Melodie erinnerte.

»I like Chopin«, sagte Colonel Brand.

»Meinen Sie, daß es wirklich Chopin ist?« fragte ich ihn.

»Of course it's Chopin!« rief Colonel Brand in einem Ton tiefer Verwunderung.

»Was denken Sie denn, was es ist?« rief Colonel Eliot mit leichter Ungeduld in der Stimme. »Chopin ist Chopin.«

»Ich hoffe, es ist nicht Chopin«, sagte ich.

»Im Gegenteil, ich hoffe, daß es Chopin ist«, meinte Oberst Eliot, »es wäre sehr merkwürdig, wenn es nicht Chopin wäre.«

»Chopin ist sehr volkstümlich in Amerika«, sagte Major Thomas, »einige seiner Blues sind großartig.«

»Hear, hear«, sagte Colonel Brand, »of course it's Chopin!«

»Yes, it's Chopin«, stimmten die anderen bei und sahen mich mit vorwurfsvoller Miene an. Jack lachte und kniff die Augen zusammen.

Es war eine Art Chopin, aber es war nicht Chopin. Es war ein Konzert für Klavier und Orchester, wie es ein Chopin geschrieben hätte, wenn er nicht Chopin gewesen, oder ein Chopin, der nicht in Polen geboren wäre, sondern in Chicago oder in Cleveland, Ohio, oder wie es vielleicht ein Vetter, ein Schwager, ein Onkel Chopins geschrieben hätte, aber eben nicht Chopin selbst.

Die Musik schwieg, und die Stimme des Ansagers des P.B.S.-Senders verkündete: »Sie hörten das Warschauer Konzert von Addinsell, ausgeführt vom Philharmonischen Orchester Los Angeles unter der Leitung von Alfred Wallenstein.«

»I like Addinsell's Warsaw Concerto«, sagte Colonel Brand, der vor Freude und Stolz rot geworden war.

»Addinsell ist unser Chopin. He's our American Chopin.«

»Vielleicht mögen Sie auch Addinsell nicht?« fragte mich Oberst Eliot mit einem herablassenden Unterton in der Stimme.

»Addinsell ist Addinsell«, entgegnete ich.

»Addinsell ist unser Chopin«, wiederholte Colonel Brand in einem kindlich triumphierenden Ton.

Ich schwieg und sah Jack an. Dann sagte ich bescheiden: »Ich bitte Sie, mir zu verzeihen.«

»Don't worry, don't worry, Malaparte«, sagte Oberst Brand, indem er mir auf die Schulter klopfte, »have a drink.« Aber seine Silberflasche war leer, und er schlug lachend vor, in der Bar etwas zu trinken. Mit diesen Worten stand er auf, und wir folgten ihm alle in die Bar.

Jimmy saß an einem Tisch neben dem Fenster, inmitten einer Gruppe junger Luftwaffen-Offiziere, und zeigte seinen

Freunden etwas Blondes, ein Büschel Haare, das ich sofort wiedererkannte. Jimmy lachte laut, mit hochrotem Gesicht, und die Luftwaffen-Offiziere, gleichfalls mit roten Köpfen, lachten und schlugen einander mit der Hand auf die Schulter.

»Was ist das?« fragte Major Morris, der an Jimmys Tisch herantrat und neugierig die »Perücke« betrachtete.

»That's an artificial thing«, sagte Jimmy lachend, »a thing for negroes.«

»What for?« rief Colonel Brand; er beugte sich über Jimmys Schulter und besah sich *the thing*.

»For negroes«, sagte Jimmy, während alle um ihn lachten.

»For negroes?« fragte Colonel Brand.

»Ja«, sagte ich, »for American negroes.« Ich riß Jimmy die »Perücke« aus den Händen, steckte die Finger durch das Knopfloch aus rotem Atlas und machte obszöne Bewegungen. »Look«, sagte ich, »that's a woman, an Italian woman, a girl for negroes.«

»Oh, shame!« rief Colonel Brand und wandte angewidert die Augen ab. Er war rot im Gesicht vor Scham, aus verletztem Schamgefühl.

»Seht nur, wie weit es mit unseren Frauen gekommen ist«, rief ich, während mir die Tränen über die Wangen liefen, »sehen Sie, was man aus einer Frau gemacht hat, aus einer italienischen Frau: ein Büschel blonder Haare für Negersoldaten. Sehen Sie her, ganz Italien ist nichts als ein Büschel blonder Haare.«

»Sorry«, sagte Oberst Brand, während alle schweigend auf mich starrten.

»Das ist nicht unsere Schuld«, meinte Major Thomas.

»Das ist nicht eure Schuld, das weiß ich«, sagte ich, »es ist nicht eure Schuld. Ganz Europa ist nichts als ein Büschel blonder Haare. Ein Kranz blonden Haares für eure Siegerstirnen.«

»Don't worry, Malaparte«, sagte Colonel Brand mit freundlicher Stimme; er hielt mir ein Glas hin: »Have a drink.«

»Have a drink«, rief Major Morris und schlug mir auf die Schulter.

»Mud in your eye«, sagte Colonel Brand, sein Glas erhebend. Seine Augen waren feucht von Tränen, und er sah mich lächelnd an.

»Mud in your eye, Malaparte«, riefen die anderen, ihre Gläser erhebend.

Die Brust war mir wie zugeschnürt: immer noch hielt ich diesen entsetzlichen Gegenstand fest in der Hand. »Mud in your eye«, sagte ich, Tränen in den Augen.

4 Die Rosen aus Fleisch

Kaum war die Befreiung Neapels bekannt geworden, da strömten, wie von geheimnisvoller Stimme gerufen, wie angelockt vom süßen Geruch neuen Leders und Virginiatabaks, jenem Duft blonder Frauen, der über dem amerikanischen Heere zu schweben scheint, die schmachtenden Scharen der Homosexuellen nicht nur Roms und Italiens, sondern ganz Europas zu Fuß durch die deutschen Linien, über die verschneiten Abruzzen, durch die Minenfelder, ohne der Gefahr der Gewehrsalven deutscher Fallschirmjäger zu achten, den alliierten Armeen nach Neapel entgegen.

Die durch das tragische Kriegsgeschehen zerschlagene Internationale der Invertierten fand sich in jenem ersten Zipfel eines von den stattlichen alliierten Soldaten befreiten Europa wieder zusammen. Es war noch kein Monat seit der Befreiung Neapels vergangen, und schon war Neapel, die berühmte, prächtige Hauptstadt des ehemaligen Königreichs Beider Sizilien, zur Hauptstadt der europäischen Homosexualität geworden, zum wichtigsten internationalen Sammelpunkt des verbotenen Lasters, zu dem großen Sodom, wohin aus Paris, aus London und New York, aus Kairo, aus Rio de Janeiro, aus Rom und Venedig die Invertierten der ganzen Welt zusammenstrebten. Die Homosexuellen, die mit den englischen und amerikanischen Militärtransporten gelandet waren, und jene, die in Scharen über die Berge der Abruzzen aus allen noch in deutscher Hand befindlichen Ländern Europas eintrafen, erkannten einander an der Witterung, am Ton der Sprache, an einem Blick: und mit lautem Freudenschrei sanken sie sich in die Arme, wie Vergil und Sordello in Dantes »Inferno«; die Straßen Neapels widerhallten von ihren weichen, etwas heiseren, femininen Stimmen. »Oh dear, oh sweet, oh darling!« Die Schlacht um Cassino wütete, lange Kolonnen von Verwundeten wurden des Nachts zur Via Appia hinabgetragen, Tag und Nacht schaufelten die Bataillone schwarzer Erdarbeiter Gräber auf den Soldatenfriedhöfen: durch die Straßen Neapels aber zogen die liebreichen Scharen der Narzissus-Jünger mit ihrem wiegenden Gang, mit gierigen Blicken auf die stattlichen amerikanischen und englischen Soldaten mit den breiten Schultern und rosigen Gesichtern, die sich mit den gelockerten Bewegungen eben aus den Händen von Masseuren kommender Athleten ihren Weg durch die Menge bahnten.

Die durch die deutschen Linien nach Neapel zusammengeströmten Invertierten waren die Blüte der europäischen Raffinesse, die Aristokratie der verbotenen Liebe, die *upper ten thousand* des sexuellen Snobismus; sie legten mit unvergleichlicher Haltung Zeugnis ab von alldem, was an Hochgezüchtetem und Erlesenem in der tragischen *décadence* der europäischen Kultur unterging. Sie waren die Götter eines außerhalb der Natur, doch nicht außerhalb der Geschichte gestellten Olymp.

Sie waren wirklich die späten Enkel jener glänzenden Narzissus-Jünglinge der Viktorianischen Zeit, die mit ihren engelhaften Gesichtern, ihren weißen Armen, ihren langen Oberschenkeln eine ideale Brücke zwischen dem Präraffaelismus der Rossetti und Burne-Jones und den neuen ästhetischen Theorien Ruskins und Walter Paters, zwischen der Moral Jane Austens und derjenigen Oscar Wildes hergestellt hatten. Viele gehörten zu jener seltsamen Generation, die von dem vornehmen bürgerlichen Adel Amerikas bei der Überschwemmung der Rive Gauche um 1920 auf den Straßen von Paris abgesetzt worden war und deren von Alkohol und Drogen verwüstete Gesichter sich wie auf einer byzantinischen Malerei in der Galerie der Gestalten aus den ersten Romanen Hemingways und aus den Spalten der Zeitschrift »Transition« übereinanderschieben. Ihre Blume war nicht mehr die Lilie der Liebenden Verlaines, des »*pauvre Lelian*«, sondern die Rose der Gertrude Stein, »*a rose is a rose is a rose is a rose*«.

Ihre Sprache, die Sprache, in der sie sich mit wunderbarer Weichheit, mit zartesten Schattierungen der Stimme ausdrückten, war nicht mehr das Oxford-Englisch, das in den Jahren zwischen 1930 und 1939 bereits verfiel, und auch nicht das eigentümliche Idiom, das wie alte Musik in den Versen Walter de la Mares und Rupert Brookes erklingt, das heißt, das Englisch der letzten humanistischen Tradition der Zeit

Eduards VII.; es war das Elisabethanische Englisch der Sonette, die Sprache bestimmter Gestalten aus Shakespeares Lustspielen. Es war die Sprache des Theseus, im »Sommernachtstraum«, wenn er das späte Sinken des alten Mondes beklagt und das Heraufkommen des neuen erwartet: *»Oh, methinks, how slow this old moon wanes!«* Oder die Sprache Hippolytas, wenn sie dem Fluß des Traumes die vier Nächte überläßt, die sie noch vom Glück der Hochzeitsnacht trennen: *»four nights will quickly dream away the time.«* Oder die Sprache des Herzogs Orsino in »Was ihr wollt«, wenn er unter den Männerkleidern Violas ihr freundlicheres Geschlecht errät. Es war die geflügelte, hingewischte, ätherische Sprache, leichter als der Wind, duftiger als das Wehen über einer Frühlingswiese, die verträumte Sprache, die Art, in Reimen zu sprechen, wie sie die glücklich Liebenden in den Lustspielen Shakespeares haben, diese wundervollen Liebenden, denen Porzia im »Kaufmann von Venedig« ihr musikgetränktes Schwanensterben neidet: *»A swanlike end, fading in music.«*

Oder es war die gleiche schwingende Sprache, die von Chateaubriands René bis zu Jean Giraudoux reicht, die Sprache Baudelaires in ihrer strawinskischen Ausprägung bei Proust, voll liebevoller und boshafter Kadenzen, die an das laue Klima gewisser Proustscher *intérieurs*, gewisser morbider Landschaften erinnert, an die weiche Herbststimmung, woran die müde Empfindungsfähigkeit moderner Homosexueller so reich ist. Wenn sie französisch sprachen, so flossen falsche Töne ein, nicht etwa so, wie es beim Singen vorkommt, sondern wie es beim Sprechen im Traume geschieht: sie legten den Ton zwischen ein Wort und das andere, zwischen eine Note und die andere, wie es Proust, Giraudoux, Valéry tun. In ihren hohen, verschleierten Stimmen kam jene Art eifersüchtigen Genießens zum Ausdruck, mit der man den leicht fauligen Geruch einer verwelkten Rose, den gleichen Geschmack einer überreifen Frucht kostet. Aber mitunter lag auch eine gewisse Härte in ihrem Tonfall, etwas anmaßend Stolzes, wenn anders es richtig ist, daß der eigentümliche Hochmut der Invertierten nur die Kehrseite der Demütigung ist. Hochmütig trotzen sie der gedemütigten, unterwürfigen Gebrechlichkeit ihrer femininen Natur. Sie haben die Grausamkeit der Frau, den grausamen Überschwang hingebender Treue wie die Heldinnen Tassos, jenes Pathetische, Sentimentale, jenes Sinnliche und Falsche, das die Frau unbemerkt der menschlichen Natur beimengt. Sie geben sich nicht damit zufrieden, in der Natur Helden des Aufruhrs gegen die göttlichen Gesetze zu sein; sie streben danach, etwas mehr zu sein: Helden, die als Helden verkleidet sind. Sie sind wie Amazonen *déguisées en femmes.*

Die Kleider, die sie am Leibe hatten, von der Witterung verblichen, vom mühseligen Wandern durch die Abruzzenwälder zerrissen, standen in vollendetem Einklang mit der gewollten Vernachlässigung ihrer Eleganz, mit der Gewohnheit, die Hosen ohne Gürtel zu tragen, die Schuhe ohne Schnürbänder, die Strümpfe ohne Sockenhalter, Krawatte, Hut, Handschuhe abzuschaffen, mit offener Jacke zu gehen, die Hände in den Taschen, mit schwingenden Schultern, mit ihrem gelösten Gebaren, befreit nicht von dem Zwang, nach der Sitte gekleidet zu sein, sondern eher von einem Zwang moralischer Natur.

Doch die Freiheitsideen, die zu jener Zeit in ganz Europa in der Luft lagen, besonders aber in den noch von Deutschen beherrschten Ländern, schienen sie nicht überheblich, sondern demütig gemacht zu haben. Inmitten der offenen allgemeinen Sittenverderbnis machten diese Jünger des Narziß in ihrer Kontrastwirkung nahezu den Eindruck wenn nicht tugendsamer, so doch schamhafter junger Leute. Die gewisse ihnen eigentümliche Raffinesse wirkte bei der unverhohlenen öffentlichen Schamlosigkeit wie zur Schau getragene elegante Schüchternheit.

Wenn etwas auf die weibliche, verschämte Weichheit ihres Benehmens, auf ihr scheues Schmachten, vor allem auf ihre erniedrigten, verworrenen Ideen von Freiheit, Frieden und brüderlicher Liebe zwischen Menschen und Völkern einen Schatten von Unsauberkeit warf, so war es die unter ihnen offen zur Schau gestellte Gegenwart von jungen Männern, die augenscheinlich Arbeiter waren, die Gegenwart jener proletarischen Epheben mit gelocktem, kohlschwarzem Haar, roten Lippen und dunklen, leuchtenden Augen, die vor dem Kriege niemals gewagt hätten, sich mit den vornehmen Narzissus-Jünglingen öffentlich zu zeigen. Die Gegenwart dieser jungen Arbeiter legte zum erstenmal bloß, daß dieses Laster keine sozialen Unterschiede kennt, obgleich es diese Tatsache für gewöhnlich als seine verborgenste Seite zu verstecken sucht; sie zeigte, daß die Wurzeln dieses Übels bis tief in die untersten Bevölkerungsschichten hinabreichen, bis in den Humus des Proletariats. Die bisher verheimlichten Berührungspunkte zwischen dem hohen Adel der Invertierten und der proletarischen Homosexualität lagen allen Blicken schamlos offen. Eben diese unverhüllten Beziehungen wirkten wie eine offene Herausforderung an Sitte und Anstand, an Vorurteile, an die moralischen Gebote und Gesetze, welche die Invertierten der oberen Klassen gegenüber den Außenstehenden, und vor allem gegenüber den Außenstehenden der niederen Klassen, im allgemeinen mit eifersüchtiger Heuchelei zu achten vorgeben.

Aus diesem unverhüllten Kontakt mit den versteckten rätselhaften Dekadenz-Erscheinungen proletarischer Schichten entstand bei ihnen eine Befleckung, die nicht nur, was die äußeren Sitten anlangt, sozialer Natur war, sondern vor allem auch im Hinblick auf ihre Ideen oder besser auf ihre intellektuelle Haltung. Diese selben vornehmen Narzissus-Jünglinge, die sich bisher als dekadente Ästheten aufgeführt hatten, als die letzten Vertreter einer müden, lust- und empfindungsgesättigten Zivilisation, hatten die Beweggründe für ihren kraftlosen »bürgerlichen« Ästhetizismus bei Novalis, beim Grafen Lautréamont, bei Oscar Wilde gesucht, bei Diaghilew, bei Barrès, bei Rainer Maria Rilke, bei D'Annunzio, bei Cocteau, bei Marcel Proust – ebenso wie bei Jacques Maritain, bei Gide und bei Strawinsky: nunmehr gaben sie sich als »marxistische« Ästheten und predigten den Marxismus, wie sie bisher den abgegriffensten Narzißmus gepredigt hatten, entliehen die Gründe für ihren neuen Ästhetizismus bei Karl Marx, bei Lenin, bei Stalin, bei Schostakowitsch und sprachen verächtlich von bürgerlichem Sexualkonformismus als von einer Art trotzkistischer Verirrung. Sie wähnten, im Kommunismus einen Berührungspunkt mit den Arbeiter-Epheben gefunden zu haben, eine verkappte Mittäterschaft, eine neue Bindung nicht nur sexueller, sondern moralischer und sozialer Natur. Aus »Feinden der Natur«, wie sie Mathurin Régnier bezeichnet hatte, waren sie zu »Feinden des Kapitalismus« geworden. Wer hätte je gedacht, daß eine der Folgen dieses Krieges die marxistische Päderastie werden sollte?

Der größte Teil dieser Arbeiter-Epheben hatte die Arbeits-anzüge mit alliierten Uniformen vertauscht, unter denen sie, wegen ihres besonderen Schnittes, den enganliegenden ameri-kanischen Uniformen mit ihrem straffen Sitz an Schenkel und Hüften den Vorzug gaben. Doch trugen viele von ihnen wei-terhin ihre Overalls, prahlten selbstgefällig mit ihren ölbe-schmierten Händen und waren die verderbtesten und arro-gantesten von allen; es lag ohne Zweifel ein gut Teil boshafter Heuchelei oder raffinierter Perversion in dieser Vorliebe für die Arbeitskleidung, die somit zur Livree, zur Maskerade ge-worden war. Sie empfanden in ihrem Innersten nicht nur eine bedauernde und herausfordernde Verachtung, sondern eine Art weiblicher Eifersucht, einen bösen finsteren Groll gegen diese vornehmen Narzissusjünger, die sich als Kommunisten gebärdeten, den Kragen ihrer Seidenhemden weit zurückge-schlagen über die Umschläge ihrer Tweed-Jackets trugen, an den Füßen schweinslederne Mokassins von Franceschini oder Hermès, und sich die geschminkten Lippen mit riesigen, sei-denen, initialbestickten Taschentüchern tupften. Es war jede Spur des starken Gefühls verschwunden, das die Arbeiterju-gend treibt, den Reichtum, die Eleganz, die Vorrechte der an-deren zu hassen und gleichzeitig zu verachten. An die Stelle dieses männlichen Gefühls sozialer Natur waren weiblicher Neid und weibliches Begehren getreten. Auch sie bekannten sich als Kommunisten, auch sie suchten im Marxismus eine soziale Rechtfertigung für ihre geschlechtliche »Emanzipa-tion«, aber sie machten sich nicht klar, daß ihr prahlerisch be-tonter Marxismus nichts anderes war als ein unbewußter pro-letarischer Bovarysmus, der sich zur Homosexualität umgebo-gen hatte.

Gerade in diesen Tagen war in einer obskuren Neapolitaner Druckerei, von einem Verleger kostbarer und seltener Bücher besorgt, eine Sammlung von Kriegsgedichten aus der Feder einer Gruppe junger englischer Lyriker erschienen, die sich in die Schützengräben und Fuchslöcher von Cassino verbannt sahen. Die *fairy band* der aus allen Teilen Europas durch die deutschen Linien nach Neapel geeilten Invertierten und die in den Heeren der Alliierten befindlichen Homosexuellen – auch in den alliierten Heeren wie in jedem anderen achtung-gebietenden Heere fehlten Homosexuelle keineswegs; es gab sie in jeder Art und in jeder sozialen Stellung, Soldaten, Offiziere, Arbeiter, Studenten – hatten sich auf diese Gedichte mit einem Ungestüm gestürzt, das bewies, daß in ihnen der alte »bürgerliche« Ästhetizismus noch nicht erstorben war. Um diese Gedichte zu lesen, oder besser, zu deklamieren, versammelten sie sich in jenen wenigen Salons der Neapolitaner Aristokratie, die einer nach dem anderen in den bombengeschädigten und ausgeplünderten alten Palazzi sich wieder auftaten; oder sie kamen im Saal des Restaurants Baghetti in der Via Chiaia zusammen, den sie zu ihrem privaten Klub erkoren hatten. Diese Gedichte vermochten sicherlich nicht dazu beizutragen, ihren noch lebendigen Narzißmus mit ihrem neuen »marxistischen« Ästhetizismus auszusöhnen. Es waren Gedichte von einer kalten, gläsernen Schlichtheit, voll jenes trauernden Gleichmuts dem Kriege gegenüber, der den jungen Leuten in allen Heeren, auch den jungen deutschen Soldaten, eigentümlich war. Die reine und kalte Melancholie dieser Verse war weder getrübt noch aufgetaut von der Hoffnung auf den Sieg, hatte von den Fieberschauern der Revolte keinen Sprung bekommen. Nach der ersten Begeisterung legten die vornehmen Narzissusjünger und ihre jungen Proletarierepheben diese Gedichte beiseite, zugunsten der jüngsten Veröffentlichungen von André Gide, den sie »unseren Goethe« nannten, oder von Paul Eluard, von André Breton, von Jean-Paul Sartre, von Pierre-Jean Jouve, die den von Algerien herüberkommenden Zeitschriften der französischen Widerstandsbewegung entstammten.

Vergeblich suchten sie in diesen Schriften das rätselhafte Zeichen, das geheime Losungswort, das ihnen die Tore zu jenem Neuen Jerusalem erschließen sollte, an dem ohne Zweifel in einigen Winkeln Europas gebaut wurde und das, so hofften sie, in seinen Mauern alle jungen Menschen aufnehmen sollte, die mit dem Volk und für das Volk an der Rettung der abendländischen Kultur und am Triumph des Kommunismus zusammenzuarbeiten begehrten. – Sie bezeichneten ihren homosexuellen Marxismus als Kommunismus. – Doch nach einiger Zeit spürten sie den plötzlichen, stark empfundenen Drang, sich in intimer Weise unter die Arbeiterschaft zu mischen, neue Nahrung für ihren unstillbaren Hunger nach neuen und »leidvollen« Erlebnissen und neue Rechtfertigungen für ihr marxistisches Gebaren zu finden, er trieb sie zu neuem Suchen und zu neuen Erfahrungen, die geeignet wären, ihnen die Langeweile zu vertreiben, welche der ungebührlich lange Stillstand der Operationen vor Cassino in ihren hochwohlgeborenen Gemütern auszulösen begann.

Auf den Randsteigen der Piazza San Ferdinando versammelte sich zu jener Zeit allmorgendlich eine Anzahl junger Männer in jammervollem Zustand, die sich den ganzen Tag vor dem Café Van Boole e Feste herumtrieben und sich erst am Abend zur Sperrstunde verliefen.

Es waren ausgemergelte, bleiche, in zusammengebettelte Uniformstücke und Lumpen gekleidete junge Leute – zum größten Teil Offiziere und Soldaten des geschmähten, zerschlagenen italienischen Heeres, die den Massakern und der Schande der deutschen oder alliierter Gefangenenlager entkommen und nach Neapel geflohen waren, in der Hoffnung, Arbeit zu finden oder sich von Marschall Badoglio anwerben lassen zu können, um an der Seite der Alliierten zu kämpfen. Sie stammten fast alle aus den noch von den Deutschen beherrschten mittel- und norditalienischen Provinzen und waren dadurch verhindert, in ihre Heimat zu gelangen; sie hatten alles mögliche versucht, um sich dieser ungewissen, demütigenden Situation zu entziehen, doch wurden sie in den Kasernen, wo sie sich zur Aufnahme meldeten, abgewiesen. Arbeit fanden sie nicht, und es war ihnen jetzt nur noch die eine Hoffnung geblieben, den Entbehrungen und Demütigungen nicht zu erliegen. Und inzwischen starben sie Hungers. In zerrissene Lumpen gekleidet, dieser mit einem Paar deutscher oder amerikanischer Hosen, ein anderer mit einer zerschlissenen Ziviljacke oder mit einer verfärbten und zerrissenen Wollbluse, ein dritter mit einem Combat-Jacket, der Feldbluse der britischen Soldaten – so versuchten sie, Kälte und Hunger zu überlisten, indem sie auf den Gehsteigen der Piazza San Ferdinando hin- und hergingen, in der Erwartung, irgendein alliierter Sergeant könnte sie für Arbeiten im Hafen oder irgendwelche andere schwere Schufterei dingen.

Diese Jungen waren Gegenstand des Mitgefühls nicht der Passanten, die gleicherweise verhungert und bedauernswert waren, auch nicht der alliierten Soldaten, die ein gewisses ver-

legenes Gereiztsein über diese unwillkommenen Beweisstücke
der Hilflosigkeit ihres Sieges nicht verbargen – wohl aber der
Prostituierten, die sich unter der Vorhalle des San Carlo-
Theaters und in der Galleria Umberto herumtrieben und sich
um die *pick-up points* drängten. Immer wieder näherte sich die
eine oder andere dieser Unglücklichen den Gruppen hungri-
ger junger Leute und bot ihnen Zigaretten oder Keks oder ein
paar Scheiben Brot an, was diese Jungens meistens mit unwil-
liger oder niedergeschlagener Höflichkeit ablehnten.

Unter diesen Bedauernswerten gingen die vornehmen Narzissus-Jünglinge auf die Suche nach neuen Rekruten für ihre
fairy band; anscheinend dünkte es sie ein großer Wurf oder
wer weiß was für ein Heldenstück oder höchst begehrenswer-
tes Ziel, diese obdachlosen, brotlosen Jungen, die sich in ihrer
Verzweiflung nicht mehr auskannten, zu verführen. Vielleicht
war es deren verwildertes Aussehen, ihr struppiger Bart, ihre
vor Hunger und Schlaflosigkeit glänzenden Augen und ihre
zerfetzten Kleider, was bei den Narzissus-Aristokraten seltsame Wünsche und raffinierte Lüste wachrief. Vielleicht waren Not und Elend dieser Unglücklichen gerade die »leidvollen Erlebnisse«, die ihrem marxistischen Ästhetentum noch
fehlten? Das Leiden anderer muß wohl zu irgend etwas dien-
lich sein.

Es war mitten in eben dieser Menge von Unglücklichen,
daß ich eines Tages, als ich am Café Van Boole e Feste vorbei-
ging, Jeanlouis zu bemerken glaubte, den ich seit einigen Monaten nicht gesehen hatte und jetzt weniger an seinem Aussehen als an seiner Stimme, seiner flötenden, etwas heiseren
Stimme, wiedererkannte. Auch Jeanlouis erkannte mich wieder und kam auf mich zu. Ich fragte ihn, was er in Neapel mache, und gerade hier. Er erwiderte, daß er vor etwa einem Monat aus Rom geflohen sei, um sich den Nachforschungen der
deutschen Polizei zu entziehen, und er begann mir mit anmu-
tiger Stimme die Wechselfälle und Gefahren seiner Flucht
durch die Abruzzen zu schildern.

»Was wollte von dir wohl die deutsche Polizei?« fragte ich
ihn barsch.

»Ah, du weißt nicht . . .!« antwortete er und erzählte, daß
das Leben in Rom zur Hölle geworden sei, daß alle sich versteckten oder flohen, aus Angst vor den Deutschen, daß das

Volk sehnlichst auf die Ankunft der Alliierten warte, daß er in Neapel viele alte Freunde wiedergetroffen habe, daß er viele neue Bekanntschaften unter den englischen und amerikanischen Offizieren und Soldaten gemacht habe, »des garçons exquis«, sagte er. Unvermittelt begann er von seiner Mutter zu sprechen, der alten Contessa B. – Jeanlouis stammte aus einer der ältesten und vornehmsten Familien des Mailänder Adels –, und erzählte mir, sie habe sich in ihr Haus am Comer See zurückgezogen und verboten, daß in ihrer Gegenwart über die für Italien und Europa so umwälzenden Ereignisse gesprochen werde; sie empfange ihre Freunde, wie wenn der Krieg ein üblicher mondäner Klatsch sei, über den in ihrem Salon höchstens höflich nachsichtig zu lächeln erlaubt sei. »Simonetta«, sagte er – Simonetta war seine Schwester –, »hat mir aufgetragen, dir freundliche Grüße auszurichten.« Und plötzlich schwieg er still.

Ich schaute ihm in die Augen, und Jeanlouis wurde rot.

»Laß diese armen Jungens in Frieden«, sagte ich, »schämst du dich nicht?«

Jeanlouis blinkte mit den Augenlidern und heuchelte unschuldiges Erstaunen.

»Welche Jungens?« fragte er.

»Du tätest gut daran, sie in Frieden zu lassen«, sagte ich, »es ist eine Schande, mit dem Hunger der anderen sein Spiel zu treiben.«

»Ich verstehe nicht, was du sagen willst«, antwortete er achselzuckend. Doch sogleich sprach er weiter, daß diese armen Jungen Hunger litten, daß er und seine Freunde sich vorgenommen hätten, ihnen zu helfen, daß er viele freundschaftliche Beziehungen zu Engländern und Amerikanern habe und daß er hoffe, etwas für diese armen Jungens tun zu können. »Meine Pflicht als Sozialist«, schloß er, »ist es, zu versuchen, diese unglücklichen jungen Leute daran zu hindern, Werkzeuge der bürgerlichen Reaktion zu werden.«

Ich sah ihn lange erstaunt an, und Jeanlouis, die Augen niederschlagend, fragte mich: »Weshalb siehst du mich so an? Was hast du?«

»Hast du ihn persönlich kennengelernt«, sagte ich, »den Grafen Karl Marx?«

»Wen?« fragte Jeanlouis.

»Den Grafen Karl Marx. Ein Name von gutem Klang, die Marxens. Älter als dein eigener Name.«

»Du brauchst dich nicht über mich lustig zu machen. Gib es auf«, meinte Jeanlouis.

»Wenn Marx kein Graf war, würdest du bestimmt kein Marxist sein.«

»Du verstehst mich nicht«, sagte Jeanlouis, »der Marxismus . . . Man braucht kein Arbeiter zu sein und kein Lump, um Marxist zu werden.«

»Ja«, sagte ich, »man muß ein Lump werden, um ein Marxist zu sein wie du. Laß diese Jungens in Frieden, Jeanlouis. Sie haben Hunger, aber sie würden lieber stehlen, als mit dir ins Bett gehen.«

Jeanlouis blickte mich spöttisch lächelnd an. »Entweder mit mir oder mit einem andern . . .«, sagte er.

»Weder mit dir noch mit einem andern. Laß sie in Frieden. Sie haben Hunger.«

»Entweder mit mir oder mit einem andern«, wiederholte Jeanlouis, »du weißt nicht, was der Hunger vermag.«

»Du bist widerlich«, sagte ich.

»Weshalb sollte ich dir widerlich sein?« sagte Jeanlouis. »Was kann ich dafür, wenn sie Hunger haben? Gibst du ihnen zu essen, diesen Jungens? Ich helfe ihnen, ich tue, was ich kann. Man muß schließlich einander helfen. Und überhaupt, was hast du mit diesen Dingen zu schaffen?«

»Der Hunger vermag gar nichts«, sagte ich. »Wenn du glaubst, auf den Hunger der anderen zählen zu können, täuschst du dich. Mit zwanzig Jahren leiden die Menschen nicht wegen ihres eigenen Hungers, sondern wegen des Hungers der anderen. Frage deinen Grafen Marx, ob es nicht wahr ist, daß ein Mann sich nicht prostituiert, nur weil er Hunger hat. Für einen jungen Mann von zwanzig Jahren ist der Hunger keine persönliche Angelegenheit.«

»Du kennst die Jungen von heute nicht«, sagte Jeanlouis, »ich würde dich gern näher mit ihnen zusammenbringen. Sie sind viel besser und viel schlimmer, als du glaubst.« Er erzählte mir, daß er sich mit einigen seiner Freunde in einem Hause auf dem Vómero verabredet habe und daß es ihn freuen würde, wenn ich mitkäme. Ich träfe dort einige sehr interessante junge Leute, er sei jedoch nicht sicher, ob sie mir gefallen würden oder nicht, rate mir aber in jedem Fall, die Gelegenheit zu benutzen, sie kennenzulernen, weil ich nach ihnen mehr oder weniger auch die übrigen beurteilen könne, da ich schließlich nicht das Recht hätte, die Jugend zu verurteilen, ohne sie überhaupt zu kennen. »Komm mit«, sagte er, »und du wirst sehen, daß wir alles in allem nicht schlechter sind als die Männer deiner Generation. Jedenfalls sind wir das, wozu ihr uns gemacht habt.«

So gingen wir in ein Haus auf dem Vómero, wo sich einige junge kommunistische Intellektuelle zu treffen pflegten, Jeanlouis' Freunde. Es war ein häßliches bürgerliches Haus, in seiner Einrichtung von dem typisch schlechten Geschmack des Neapolitaner Bürgertums. An den Wänden hingen Bilder aus der Neapolitaner Schule vom Ende des vorigen Jahrhunderts, von dicken Ölfarben triefend und leuchtend gefirnißt, und im Rahmen des Fensters, dort unten, zu Füßen des Monte Echia, hinter den Bäumen des Parco Grifeo und der Via Caràcciolo, stand das Meer, das Castel dell'Ovo und fern am Horizont das gespenstisch blaue Capri. Die Meerlandschaft, von diesem vulgär bürgerlichen Wohnraum aus gesehen, stand in törichtem Einklang zu diesen Möbeln, zu den Bildern und Fotografien an den Wänden, zum Grammophon, zum Radioapparat, zu dem Kronleuchter in nachgeahmtem Murano-Kristall, der von der Ecke herab in der Mitte des Zimmers über dem Tische schwebte.

Es war ebenfalls eine bürgerliche Landschaft, was im Ausschnitt des Fensters stand, ein bürgerliches Interieur, das in die Natur hineingepreßt und im Vordergrund mit jungen Leuten bevölkert war, die, amerikanische Zigaretten rauchend und aus zierlichen Mokkatäßchen schlürfend, auf dem Diwan saßen, auf den mit rotem Atlas bezogenen Armstühlen, über Marx und Gide, über Eluard und Sartre sprachen und Jeanlouis in ekstatischer Bewunderung anhimmelten. Ich hatte mich in eine Ecke des Zimmers gesetzt und beobachtete die Gesichter, die Hände, die Bewegungen, die sich vor dem Hintergrund dieser fernen Perspektiven von Wasser und Himmel abhoben. Es waren alles junge Leute zwischen achtzehn und zwanzig Jahren, anscheinend Studenten, und die Armut der Familien, denen sie angehörten, war nicht nur aus den abgetragenen, fleckigen und hier und da schlecht gestopften Anzügen erkennbar, sondern auch aus der Vernachlässigung im Persönlichen, dem unrasierten Bart, den schmutzigen Nägeln, dem langen, ungepflegten Haar, das über die Ohren hing und im Nacken bis in den Hemdkragen hinabreichte. Ich fragte mich, was zu Lasten der Armut und was zu Lasten der Koketterie ging bei dieser Vernachlässigung, wie sie damals unter den jungen kommunistischen Intellektuellen bürgerlicher Herkunft Mode war und noch heute Mode ist.

Unter diesen Studenten befanden sich auch einige junge Arbeiter und ein Mädchen von höchstens sechzehn Jahren, außerordentlich dick und mit weißer sommersprossiger Haut; sie schien mir, ich weiß nicht warum, in anderen Umständen zu sein. Sie saß in einem kleinen Sessel neben dem Grammophon, die Ellbogen auf die Knie gestemmt und das breite Gesicht in die Hände gestützt; sie richtete ihren Blick bald auf diesen, bald auf jenen und starrte ihn an, ohne mit der Wimper zu zucken. Ich erinnere mich nicht, daß sie sich während der ganzen Zeit, die wir in diesem Raum verbrachten, an der Diskussion beteiligte, außer am Schluß, als sie zu ihren Genossen sagte, sie seien eine Trotzkistenbande. Und dies Wort genügte, das Fest zu stören und die Versammlung auseinanderzusprengen.

Die jungen Leute kannten mich dem Namen nach und wußten von mir, und natürlich zeigten sie, wie gering sie von mir dachten, indem sie mich als ein verachtenswertes Wesen behandelten, das ihren Ideen und Empfindungen, ja ihrer Sprache verständnislos gegenüberstand. Sie diskutierten miteinander, wie wenn sie eine mir unbekannte Sprache sprächen, und die wenigen Male, die sie sich an mich wandten, redeten sie langsam, als ob es ihnen Mühe mache, die Worte in einer Sprache zu finden, die nicht die ihre war. Sie blickten einander bedeutungsvoll an, als bestünden zwischen ihnen wer weiß welche geheimen Gemeinsamkeiten, und ich sei nicht nur ein Außenstehender, sondern ein Unglücklicher, Bedauernswerter. Sie sprachen über Picasso, über Eluard, über Gide, über Aragon wie über liebe Freunde, mit denen sie seit langem vertraulichen Umgang hätten. Ich war schon im Begriff, sie daran zu erinnern, daß sie diese Namen wahrscheinlich zum erstenmal in meiner literarischen Zeitschrift »Prospettive« gelesen hatten, in der ich während jener drei Kriegsjahre die verpönten Verse der Dichter des französischen *maquis* nach und nach veröffentlicht hatte; sie stellten sich jetzt, als vermöchten sie sich nicht einmal an den Titel zu erinnern – als Jeanlouis unvermittelt von sowjetischer Literatur und Musik zu sprechen begann.

Er stand gegen den Tisch gelehnt, und sein bleiches Gesicht, in dem jene zarte und doch männliche Schönheit erstrahlte, die in der jungen Generation mancher Familien des italienischen Hochadels so häufig ist, bildete einen seltsamen Kontrast zu der gezierten Weichheit des Tonfalls, zu der gezwungenen Anmut der Gesten, zu allem, was seine Stimme, ja der unbestimmte mehrdeutige Sinn seiner Worte an erstaunlich Weiblichem enthielt. Jeanlouis hatte die romantische männliche Schönheit, die Stendhal so gefiel, die Schönheit seines Fabrizio del Dongo. Er hatte den Kopf des Antonius, in elfenbeinfarbenen Marmor gemeißelt, und den langen Ephebenkörper alexandrinischer Statuen, kurze, weiße Hände, ein stolzes und weiches Auge mit leuchtend dunklem Blick, rote Lippen und das verächtliche Lächeln, das Winckelmann als einen äußersten Grenzfall von Haß und Erbitterung für sein reines Ideal griechischer Schönheit zuließ. Ich fragte mich voller Verwunderung, wie denn aus meiner starken, mutigen, männlichen Generation von Männern, die im Krieg, im Bürgerkrieg, im Einzelwiderstand gegen die Tyrannei der Diktatoren und der Masse hart geworden war, aus einer männlichen Generation, die nicht zum Sterben resignierte und sicherlich trotz aller Leiden und Erniedrigungen der Niederlage nicht besiegt war, eine so verderbte, zynische, feminine, so still und sanft verzweifelte Generation hervorgehen konnte, in der Jungens wie Jeanlouis die Blüte darstellten, die an der äußersten Grenze des Bewußtseins unserer Zeit aufgebrochen war.

Jeanlouis hatte über sowjetische Kunst zu sprechen begonnen, und ich in meiner Ecke lächelte ironisch, als ich von diesen Lippen Namen wie Prokofjew, Konstantin Simonow, wie Schostakowitsch, Jessenin oder Bulgakow aussprechen hörte, aussprechen mit dem gleichen schmachtenden Akzent, in dem ich ihn bis vor wenigen Monaten die Namen Proust oder Apollinaire, Cocteau oder Valéry hatte aussprechen hören. Einer dieser Jünglinge äußerte, daß das Thema der Symphonie »Die Belagerung Leningrads« von Schostakowitsch das

Motiv eines Kampfliedes der deutschen SS wunderbar wieder-
gebe, den rauhen Ton ihrer grausamen Stimmen, den kaden-
zierten Rhythmus ihres schweren Schritts auf Rußlands heili-
ger Erde – die Worte »Rußlands heilige Erde«, in dem weichen, müden neapolitanischen Tonfall gesprochen, klangen
falsch in diesem rauchgefüllten Zimmer, vor dem in den toten
Himmel des Fensters hineinragenden blutlosen spöttischen
Gespenst des Vesuvs. Ich warf ein, das Thema der Schostako-
witsch-Symphonie sei das gleiche wie das der Fünften Symphonie Tschaikowskis, und alle protestierten wie aus einem
Munde: sie sagten, daß ich natürlich von der proletarischen
Musik eines Schostakowitsch nichts verstünde, nichts von dessen »musikalischer Romantik«, nichts von dessen beabsichtig-
ten Anklängen an Tschaikowski. »Oder besser«, sagte ich, »an
die bürgerliche Musik Tschaikowskis«. Meine Worte riefen
bei den jungen Leuten Enttäuschung und Empörung hervor,
und alle wandten sich gegen mich, schrien wirr durcheinander
und suchten einander zu übertönen: »Bürgerlich? Was hat
Schostakowitsch mit bürgerlicher Musik zu tun? Schostakowitsch ist Proletarier, ist ein Mann von reiner Gesinnung.
Heutzutage hat niemand mehr das Recht, gewisse Vorstellungen über den Kommunismus zu haben. Es ist eine Schande.«
Hier kam Jeanlouis seinen Freunden zu Hilfe und begann
ein Gedicht von Jaime Pintor zu deklamieren, einem jungen
Lyriker, der vor wenigen Tagen den Tod gefunden hatte, als
er versuchte, durch die deutschen Linien zu gelangen, um
nach Rom zurückzukehren. Jaime Pintor war nach Capri gekommen, um mich aufzusuchen, und wir hatten lange über
Benedetto Croce gesprochen, über den Krieg, über Kommunismus, über die junge italienische Literatur und über Croces
merkwürdige Ideen zur modernen Literatur – Benedetto
Croce, der mit seiner Familie nach Capri geflüchtet war, hatte
in jenen Tagen Marcel Proust entdeckt und sprach nur noch
über »Le côté de Guermantes«, das er zum erstenmal gelesen
hatte. »Ich möchte hoffen«, sagte einer dieser Jungen, mich
herablassend musternd, »daß Sie Jaime Pintor nicht als einen
bürgerlichen Dichter beurteilen werden. Sie haben kein
Recht, einen Toten zu beleidigen. Jaime Pintor war ein kom-
munistischer Dichter. Einer von den besten und reinsten.« Ich
entgegnete, daß Jaime Pintor jenes Gedicht geschrieben habe,

als er noch Faschist und Angehöriger der Waffenstillstandskommission in Frankreich war. »Was hat das zu besagen?« rief der Jüngling, »Faschist oder nicht Faschist – Pintor ist stets ein echter Kommunist gewesen. Es genügt, seine Gedichte zu lesen, um das zu erkennen.« Ich wandte ein, daß die Verse Pintors und vieler anderer junger Lyriker seiner Art weder faschistisch noch kommunistisch seien. »Mir will scheinen«, sagte ich, »daß dies das höchste Lob ist, das man ihm spenden kann, wenn man die Erinnerung an ihn hochhalten will.«

»Die italienische Literatur ist faul bis ins Mark«, sagte Jeanlouis; er strich sich mit seiner kleinen weißen Hand, deren Nägel rosig leuchteten, übers Haar. Einer der Jünglinge bemerkte, alle italienischen Schriftsteller, außer den kommunistischen, seien verlogen und feige. Ich antwortete, daß es das einzige echte Verdienst der jungen kommunistischen Schriftsteller und der jungen faschistischen Schriftsteller sei, Kinder unserer Zeit zu sein und die Verantwortung für ihr Alter und ihre Umgebung mitzutragen – das heißt verdorben zu sein wie alle anderen. »Das ist nicht wahr!« schrie der junge Mann aufbrausend; er sah mir mit zornigem, drohendem Blick ins Gesicht: »Der Glaube an den Kommunismus bewahrt vor jeder Verdorbenheit, er ist, wenn überhaupt, eine Sühne.« Ich erwiderte, daß es sich also sicher lohne, zur Messe zu gehen. »Was?« schrie der junge Arbeiter, der seinen blauen Monteuranzug trug. »Es lohnt sich also, zur Messe zu gehen«, wiederholte ich.

»Man merkt«, sagte einer der anderen jungen Herren, „daß Sie einer besiegten Generation angehören.«

»Zweifellos«, erwiderte ich, »und ich bekenne mich dazu. Eine besiegte Generation ist eine sehr viel ernsthaftere Sache als eine Generation von Siegern. Was mich angeht«, setzte ich hinzu, »so schäme ich mich ganz und gar nicht, einer besiegten Generation anzugehören, in einem besiegten und zerstörten Europa. Was mir leid tut, ist nur, fünf Jahre Gefängnis und Verbannung erlitten zu haben. Und für was? Für nichts.«

»Ihre Galeerenjahre«, sagte der Junge, »verdienen keinerlei Achtung.«

»Und weswegen?«

»Weil Sie sie um keiner edlen Sache willen erlitten haben.«

Ich antwortete, daß ich die Galeere um der Freiheit der Kunst willen erduldet hätte.

»Ah, also für die Freiheit der Kunst, nicht für die Freiheit des Proletariats!« rief der Junge.

»Ist das vielleicht nicht das gleiche?« fragte ich.

»Nein, das ist nicht das gleiche«, erwiderte der andere.

»Richtig«, schloß ich, »das ist nicht das gleiche, und darin liegt der Kern des Übels.«

In diesem Augenblick betraten zwei junge englische Soldaten und ein amerikanischer Corporal den Raum. Die beiden Soldaten waren sehr jung und schüchtern und betrachteten Jeanlouis mit verschämter Bewunderung. Der amerikanische Unteroffizier war ein Student aus Harvard, er war mexikanischer Abstammung und sprach über Mexiko, über die Indios, über den Maler Diaz und über den Tod Trotzkis. »Trotzki war ein Verräter«, sagte Jeanlouis. Ich mußte lachen. »Bedenke, was deine Mutter dazu sagen würde«, sagte ich, »wenn sie dich über einen Menschen schlecht sprechen hörte, den du nicht kennst, und dazu noch über einen Toten. Denke an deine Mutter!« Und ich lachte. Jeanlouis errötete. »Was hat meine Mutter damit zu tun?« sagte er. »Ist deine Mutter«, antwortete ich, »vielleicht nicht Trotzkistin?« Jeanlouis warf mir einen erstaunten Blick zu. Plötzlich öffnete sich die Tür, und mit einem freudigen Aufschrei stürzte sich Jeanlouis mit ausgebreiteten Armen auf einen jungen englischen Leutnant, der auf der Schwelle stand. »Oh, Fred!« rief Jeanlouis und umarmte den Neuangekommenen.

Wie wenn der Wind sich dreht und die abgefallenen Blätter aufwirbelt und hierhin und dorthin trägt, so wirkte das Hereinkommen Freds: all die jungen Leute sprangen auf, begannen, von einer seltsamen Erregung erfaßt, im Zimmer durcheinanderzulaufen, doch sobald sie Freds Stimme hörten, der Jeanlouis' liebevolle Begrüßung humorvoll erwiderte, beruhigten sich alle und setzten sich wieder still nieder. Fred war der siebente Graf von W., Tory-Mitglied des Oberhauses und, wie es hieß, intimer Freund Sir Anthony Edens. Er war hochgewachsen, blond, von rosiger Gesichtsfarbe, hatte gelichtetes Haar. Er konnte nicht älter als dreißig Jahre sein. Er sprach mit langsamer tiefer Stimme, die ab und zu in weiblich schrille Töne überschlug und in zartem Flüsterton erstarb oder, wie Gérard de Nerval von Sylvias Stimme sagt, in jenem »frisson modulé« ausklang, der für die Anmut des jetzt aus der Mode gekommenen Oxforder Akzents so bezeichnend war.

Sobald sich Fred auf der Türschwelle gezeigt hatte, war Jeanlouis' Benehmen völlig verändert, und wie er hatten auch seine jungen Freunde ihre Haltung gewechselt: sie wirkten verschüchtert und unruhig und betrachteten Fred nicht so sehr mit Achtung als mit Eifersucht und schlecht verhohlener Gereiztheit. Die Unterhaltung zwischen Fred, Jeanlouis und mir ging zu meinem Erstaunen und Ärger in eine mondäne Tonart über. Fred suchte mich hartnäckig zu überzeugen, daß ich zweifellos seinen Vater gekannt haben müsse – es sei unmöglich, daß ich ihm niemals begegnet sei. »Kennen Sie den Herzog von Blair Atholl?« – »Ja, sicher.« – »Dann ist es unmöglich, daß Sie meinen Vater nicht kennengelernt haben, der mit dem Herzog von Blair Atholl ein und dieselbe Sache ist.« Ich war vor vielen Jahren Gast des Duke of Blair Atholl auf seinem Schloß in Schottland gewesen, doch erinnerte ich mich nicht, bei dieser Gelegenheit Freds Vater, dem alten Lord N., sechstem Grafen von W., begegnet zu sein. Mein Besuch im Schloß des Duke of Blair Atholl war mir noch in lebhafter Erinnerung wegen eines Zwischenfalls, der sich zutrug, als wir nach einer Rebhuhnjagd Tee tranken. Wir saßen zusammen auf einer Rasenfläche vor dem Schloß, als eine ganze Familie von Hirschen, irgendwie in Panik versetzt, im Galopp aus dem Dickicht im Park hervorbrach und die Gäste in regellose Flucht trieb, wobei sie Tische und Stühle in die Luft schleuderten und die alte Lady Margaret S. zu Boden warfen.

»Ah, ah, the poor old sweet Lady Margaret!« rief Fred lachend und begann, ich weiß nicht welche Anekdote zu erzählen, in der Lady Margarets Name häufig zusammen mit dem von Edward Marsh vorkam, Winston Churchills langjährigem Sekretär, dessen Name durch ein schönes, warmherziges Vorwort mit der bereits klassisch gewordenen Sammlung der Gedichte Rupert Brookes verbunden ist.

Hier hielt Fred inne und wandte sich an Jeanlouis; mit merkwürdig weicher Stimme begann er eine Unterhaltung über London, über Schauspieler, über dunkle Affären aus der Theater- und mondänen Welt, über Noël Coward, über Ivor Novello und über G., über A., über W., über L.; er verflocht die Initialen seines eigenen mit den Initialen jener geheimnisvollen Namen und stickte in die Luft, wie auf einem unsichtbaren Tuch, mit leichten langsamen Bewegungen seiner durchsichtigen Hände, das Profil mir unbekannter Gestalten und Figuren, die durch den Nebel eines sagenhaften London geisterten, wo die unwahrscheinlichsten Taten und merkwürdigsten Abenteuer geschahen. Dann wandte er sich plötzlich wieder an mich, wie um das unterbrochene Gespräch weiterzuführen, und fragte mich, ob das Diner in Torre del Greco auf morgen oder auf einen anderen Tag festgesetzt sei. Jeanlouis gab ihm mit hochgezogenen Brauen ein Zeichen, und Fred schwieg still, wobei er leicht errötete und mich erstaunt ansah.

»Ich glaube, auf morgen, nicht wahr, Jeanlouis?« sagte ich ironisch.

»Ja, auf morgen«, antwortete Jeanlouis mit unsicherer Stimme und warf mir einen zornigen Blick zu, »aber was hast du dabei zu suchen? Wir haben einen einzigen Wagen, einen Jeep, und sind bereits zu neunen. Es tut mir leid, aber für dich ist kein Platz.«

»Ich fahre mit dem Wagen von Oberst Hamilton«, sagte ich, »du wirst doch sicherlich nicht verlangen, daß ich bis Torre del Greco zu Fuß gehen soll.«

»Du würdest gut daran tun, zu Fuß zu gehen«, sagte Jeanlouis, »da dich ja schließlich niemand eingeladen hat.«

»Wenn Sie noch einen Wagen haben«, sagte Fred mit verlegener Miene, »wird für alle Platz sein. Mit Ihnen würden wir zehn sein: Jeanlouis, Charles, ich, Zizi, Georges, Lulú . . .«, und er zählte weiter an den Fingern die Namen einiger berühmter *corydons* von Rom, Paris, London, New York her. »Natürlich«, fügte er hinzu, »wäre es nicht unsere Schuld, wenn Sie sich . . ., wie soll ich sagen?, als Eindringling vorkämen.«

»Ich werde Ihr Gast sein«, antwortete ich, »wie könnte ich mich da unbehaglich fühlen?«

Ich hatte schon oftmals von *'a figliata* – dem Kälberbrüten – sprechen hören, jener berühmten Kulthandlung, die alljährlich insgeheim in Torre del Greco begangen wird, und zu der aus allen Teilen Europas die obersten Priester der geheimnisvollen Religion der Uranier zusammenkommen; doch war es mir nie gelungen, an diesem geheimen Ritus teilzunehmen.

Die Feier dieser uralten Zeremonie – der asiatische Kult der Uranierreligion wurde von Persien aus kurz vor Christi Geburt in Europa eingeführt, und bereits unter der Regierung des Tiberius wurde die Zeremonie der *figliata* in Rom selbst in vielen geheimen Tempeln gefeiert, deren ältester in der Suburra lag – war während des Krieges ausgesetzt worden, und jetzt, nach der Befreiung, war es das erste Mal, daß dieser mysteriöse Ritus wieder zu Ehren kam. Der Zufall kam mir zu Hilfe, und ich wußte ihn zu nützen.

Jeanlouis schien irritiert und beinahe beleidigt über meine Unverfrorenheit, aber er wagte nicht, die Pforten des verbotenen Tempels vor mir zuzuschlagen, und vertraute wohl mehr auf meine befriedigte Wißbegierde als auf meine enttäuschte Neugier. Fred, der mich anfangs für einen Eingeweihten gehalten hatte und mich jetzt als Laien entdeckte, schien belustigt über dieses sein Mißverständnis und erwies sich als *good sport;* im Grunde genoß er die Verlegenheit Jeanlouis' und belächelte sie mit der seinem Geschlecht eigenen Boshaftigkeit, die die vornehmste Empfindung der uranischen Seele ist. Aber Jeanlouis' junge Freunde, die kein Englisch verstanden und daher den Sinn unserer Rede nicht begriffen hatten, schauten mißtrauisch und, wie mir schien, sogar mit bösen Blicken auf uns.

»Ist nichts mehr zu trinken da?« fragte Jeanlouis laut mit erzwungener Heiterkeit, um die Aufmerksamkeit seiner Freunde von dem peinlichen Zwischenfall abzulenken. Der amerikanische Corporal hatte eine Flasche Whisky mitgebracht, und wir machten uns alle ans Trinken; als diese Flasche leer war, wandte sich der junge Arbeiter im Monteuranzug an Jeanlouis und forderte zudringlich brüsk: »Heraus mit dem Geld, du hast's ja reichlich, und hier fehlt der Sprit.« Jeanlouis zog Geld aus der Tasche, gab es dem Jungen und bat ihn, sich zu beeilen. Der Junge ging und kehrte bald darauf mit weiteren vier Flaschen Whisky zurück, die wir rasch von Hand zu Hand und von Glas zu Glas wandern ließen. Die Jungens waren sehr bald angeheitert, ihre Schüchternheit war zusammen mit dem Anflug von Eifersucht und Feindseligkeit verschwunden, und schon lächelten sie, sprachen aufeinander ein und liebkosten sich gegenseitig ohne jede schamhafte Zurückhaltung.

Jeanlouis hatte sich auf den Diwan neben Fred gesetzt und sprach leise mit ihm, wobei er ihm die Hand streichelte. »Wir wollen tanzen!« schrie einer der Jünglinge; das Mädchen, das bis zu diesem Augenblick neben dem Grammophon gesessen und schweigend geraucht hatte, stand auf, legte eine Platte auf den Apparat, und in dem qualmigen Zimmer erklang die heisere süße Stimme Sinatras. Fred sprang auf, packte Jeanlouis um die Hüfte und begann zu tanzen. Alle taten es ihm nach, der junge Arbeiter im Werkanzug nahm sich den amerikanischen Unteroffizier, weitere Paare bildeten sich, und so schmachtend waren die Bewegungen, das Lächeln, das Wiegen in den Hüften, die Art, wie sie sich in den Armen hielten, mit dem Knie das Knie des Partners suchten, daß sie wie Paare tanzender Frauen wirkten. .

Dann geschah etwas, was ich nicht erwartet hatte, obwohl ich dunkel spürte, daß etwas dieser Art von einem Augenblick zum andern eintreten könne. Das Mädchen, das sich neben dem Grammophon wieder niedergesetzt hatte und Jeanlouis mit haßsprühenden Augen zusah, sprang plötzlich auf und schrie: »Ihr Schufte, ihr Feiglinge, ihr seid eine Bande von Trotzkisten und Feiglingen!«, stürzte auf Fred los und versetzte ihm einen Schlag mitten ins Gesicht.

Am Abend des 25. Juli 1943 saß der Legationssekretär der Kgl. Italienischen Botschaft in Berlin, Michele Lanza, bequem in einem Klubsessel am offenen Fenster der kleinen Junggesellenwohnung des Presseattachés Christiano Ridomi.

Es herrschte eine erstickende Hitze; die beiden Freunde hatten das Licht gelöscht und das Fenster weit geöffnet, sie saßen in dem dunklen Zimmer, rauchten und unterhielten sich. Angela Lanza war mit ihrem Töchterchen vor einigen Tagen nach Italien gefahren, um den Sommer in ihrer Villa in der Nähe des Comer Sees zu verbringen – die Familien der ausländischen Diplomaten hatten Berlin Anfang Juli verlassen, nicht nur, um der schwülen Hitze des Berliner Sommers, sondern vor allem, um den Luftangriffen zu entgehen, die jeden Tag heftiger wurden. Auch Michele Lanza hatte, wie die anderen Beamten der Botschaft, die Gewohnheit angenommen, die Nacht im Hause bald dieses, bald jenes Kollegen zuzubringen, um nicht während der träg schleichenden Nachtstunden, in sein Zimmer gesperrt, allein bleiben zu müssen, sondern die

Aufregungen und Gefahren eines Bombenangriffs mit einem Freunde, mit einem menschlichen Wesen zu teilen.

An diesem Abend befand sich Lanza in Ridomis Haus, und die beiden Freunde saßen im Dunkel und sprachen über die Schreckenstage von Hamburg. Die Berichte des dortigen italienischen Konsuls schilderten entsetzliche Tatsachen. Die Phosphorbomben hatten ganze Viertel dieser Stadt in Brand gesetzt und eine große Zahl von Todesopfern gefordert – soweit noch nichts Ungewohntes, auch Deutsche sind sterblich. Aber Tausende und Tausende von Unglücklichen, mit brennendem Phosphor übergossen, hatten sich, in der Hoffnung, auf diese Weise das sie verzehrende Feuer löschen zu können, in die Kanäle gestürzt, die Hamburg in allen Richtungen durchziehen, in den Fluß, in den Hafen, in die Teiche und selbst in die Brunnen der öffentlichen Anlagen, oder sie hatten sich in den Splittergräben, die zur vorläufigen Deckung im Fall eines unvorhergesehenen Angriffs überall auf Straßen und Plätzen ausgehoben waren, mit Erde zuschütten lassen; dort krallten sie sich an der Uferböschung oder an Booten und Kähnen fest, hielten sich bis zum Munde unter Wasser getaucht, blieben bis zum Hals in die Erde eingegraben und warteten, daß die deutschen Behörden irgendeine Hilfe und irgendein Mittel gegen dieses heimtückische Feuer ausfindig machen würden. Denn Phosphor wirkt in der Art, daß er sich wie ein klebriger Aussatz an der Haut festfrißt und nur bei der Berührung mit Luft zu brennen anfängt. Sobald diese Unglücklichen einen Arm aus der Erde oder dem Wasser hervorstreckten, loderte dieser Arm wie eine Fackel auf. Um sich gegen diese Marter zu schützen, waren die Unglücklichen gezwungen, unter Wasser getaucht oder in die Erde eingegraben zu bleiben wie die Verdammten in Dantes »Inferno«. Rettungskommandos zogen von einem zum andern, gaben ihnen zu trinken und zu essen, banden sie mit Tauen ans Ufer, damit sie nicht, von Müdigkeit überwältigt, untersinken und ertrinken müßten; man versuchte bald diese, bald jene Salbe und Einreibung, doch vergeblich: sobald man einen Arm oder ein Bein oder eine Schulter behandelte, die einen Augenblick lang aus dem Wasser oder der Erde herausgestreckt wurden, leckten die Flammen sofort wieder empor gleich züngelnden Schlangen, und es fand sich kein Mittel, um das Weiterfressen dieses brennenden Aussatzes einzudämmen.

Ein paar Tage lang bot Hamburg einen Anblick wie Dite, die Höllenstadt Dantes. Überall auf den Straßen, auf den Plätzen, in den Kanälen, in der Elbe, ragten Tausende und Tausende von Köpfen aus dem Wasser und aus der Erde, und diese Köpfe, wie unter dem Beil des Henkers gefallen, blauschwarz vor Angst und vor Schmerzen, bewegten die Augen, öffneten den Mund, sprachen. Zwischen diesen entsetzlichen Köpfen, die im Pflaster der Straßen staken oder auf der Oberfläche der Wellen trieben, kamen und gingen Tag und Nacht die Angehörigen der Verdammten, eine abgezehrte und abgerissene Menschenmenge, die leise sprachen, als wollten sie diesen quälenden Todeskampf nicht stören; sie brachten Speisen, Getränke, Salben, der eine ein Kissen, um es einem Verwandten oder Freund unter den Nacken zu schieben, ein anderer setzte sich neben einen Eingegrabenen und verschaffte ihm mit einem Fächer Erleichterung gegen die Gluthitze des Tages, ein anderer hielt ihm zum Schutz gegen die Sonnenstrahlen einen Schirm über den Kopf, trocknete ihm die schweißgebadete Stirn, netzte ihm die Lippen mit einem angefeuchteten Taschentuch oder ordnete ihm mit einem Kamm das Haar; und wieder andere beugten sich aus einem Kahn oder vom Ufer des Kanals oder Flusses herab und versuchten, die an den Seilen hängenden und in der Strömung treibenden Verdammten irgendwie zu trösten. In Scharen liefen überall die Hunde umher und bellten, leckten ihren eingegrabenen Herren das Gesicht oder sprangen ins Wasser, um ihnen zu Hilfe zu kommen. Bisweilen wurden einige der Verdammten von Ungeduld oder Verzweiflung übermannt und versuchten, laut aufschreiend aus dem Wasser oder ihrem Erdloch herauszukommen und der Qual dieses vergeblichen Wartens ein Ende zu setzen; doch sogleich, bei der geringsten Luftzufuhr, loderten ihre Glieder auf, und grausige Schlägereien tobten zwischen diesen Verzweifelten und ihren Angehörigen, die mit Fäusten, mit Steinen und Stöckchen oder mit dem ganzen Gewicht ihres Körpers sich abmühten, diese grausigen Köpfe wieder ins Wasser oder in die Erde hineinzupfählen.

Am mutigsten und geduldigsten waren die Kinder; sie weinten nicht, sie schrien nicht, sie schauten mit ruhigen Blicken umher, sahen dem gräßlichen Schauspiel zu und zeigten ihren Angehörigen die erstaunliche Resignation der Kinder, die stets Nachsicht mit der Machtlosigkeit der Erwachsenen haben und Mitleid mit denen, die ihnen nicht helfen können. Sobald die Nacht hereingebrochen war, erhob sich ringsumher ein Wispern und Flüstern, wie wenn Gras im Winde rauscht, und die Tausende und aber Tausende von Köpfen betrachteten mit angsterfüllten Blicken den Himmel.

Am siebten Tage wurde Befehl gegeben, die Zivilbevölkerung von den Stellen zu entfernen, wo die Verdammten in die Erde gegraben waren oder im Wasser schwammen. Die Scharen der Verwandten und Freunde entfernten sich schweigend, von Soldaten und Sanitätspersonal schonend abgeschoben. Die Verdammten blieben allein. Entsetztes Stammeln, Zähneknirschen, ersticktes Weinen ging von ihren schauerlichen Köpfen aus, die längs der Kanal- und Flußufer, in den verlassenen Straßen und Plätzen aus dem Wasser und aus der Erde hervorragten. Den ganzen Tag über sprachen diese Köpfe miteinander, weinten, schrien, mit dem Mund knapp über dem Boden, schnitten gräßliche Grimassen, zeigten den Polizisten und Wachtposten an den Straßenecken die Zunge; es sah aus, als äßen sie Erde und spuckten Steine. Dann sank die Nacht herein. Geheimnisvolle Schatten geisterten zwischen den Verdammten, beugten sich lautlos über sie. Lastwagenkolonnen mit abgeblendeten Scheinwerfern fuhren heran und hielten. Von allen Seiten tönte das Geräusch von Hacken und Schaufeln, das Plätschern des Wassers, das dumpfe Aufschlagen der Ruder in den Kähnen, augenblicklich erstickte Aufschreie, kurze Jammer- und Hilferufe und das trockene Knakken von Pistolen.

Lanza und Ridomi saßen da und sprachen über die Hamburger Schreckenstage; Lanza schauerte am Fenster zusammen, forschend glitt sein Blick über den hellen Sternenhimmel. Dann stand Ridomi auf und schaltete das Radio ein, um die letzten Nachrichten aus Rom zu hören. Eine Frauenstimme sang in klingender metallischer Einsamkeit, von ein paar Streichinstrumenten begleitet – es war eine warme Stimme, sie vibrierte über dem kalten Summen der Violinen und Celli aus Aluminium mit stählernen Saiten. Plötzlich brach der Gesang ab, die Instrumente schwiegen, und in diese plötzliche Stille hinein rief eine heisere Stimme: »Achtung!

Achtung! Heute abend um achtzehn Uhr wurde auf Befehl Seiner Majestät des Königs der Regierungschef Mussolini verhaftet. Seine Majestät der König hat den Marschall Badoglio beauftragt, die neue Regierung zu bilden.« Lanza und Ridomi sprangen auf und standen sich in dem dunklen Zimmer einige Augenblicke erstarrt gegenüber. Die Stimme begann wieder zu singen. Ridomi schüttelte sich, schloß das Fenster und machte Licht.

Die beiden Freunde sahen sich an, sie waren bleich und atmeten schwer. Lanza lief zum Telefon und rief die Italienische Botschaft an. Der diensthabende Beamte wußte nichts: »Wenn es ein Scherz ist«, meinte er, »so ist es ein sehr schlechter Scherz.« Lanza fragte ihn, ob der Botschafter Alfieri, der seit einigen Tagen in Rom war, um an der Sitzung des Großen Rates teilzunehmen, die Botschaft angerufen habe. Der diensthabende Beamte antwortete, der Botschafter habe um fünf Uhr angerufen, wie jeden Tag, um zu erfahren, ob es etwas Neues gebe. »Danke«, sagte Lanza und rief im Propaganda-Ministerium an: Scheffer war nicht da. Er läutete bei dem Gesandten Schmidt an: nicht da. Bei dem Gesandten Baron von Stumm: nicht da. Die beiden italienischen Diplomaten starrten einander an. Man mußte genauere Nachrichten einholen, Eile war geboten. Wenn die Nachricht von der Verhaftung Mussolinis richtig war, würde die deutsche Reaktion nicht auf sich warten lassen und sehr eindeutig sein. Man mußte an einen sicheren Ort flüchten, um sich den ersten Gewalttätigkeiten, die stets am gefährlichsten sind, zu entziehen. Ridomi schlug vor, sich in die Spanische Botschaft oder in die Schweizer Gesandtschaft zu flüchten; aber wenn die Nachricht falsch war? Ganz Berlin hätte über sie beide gelacht. Schließlich beschlossen die beiden Diplomaten, eine gemeinsame Berliner Freundin anzurufen, Gerda von H., die viele Beziehungen zu ausländischen Diplomaten und Nazi-Kreisen unterhielt. Vielleicht würde Gerda ihnen raten und ihnen helfen können, ihnen für ein paar Tage, für ein paar Stunden Asyl gewähren, bis sich die Lage geklärt hätte.

»Oh, lieber Lanza«, antwortete Gerda von H., »ich war eben im Begriff, Sie anzurufen. Bei mir hier sind gerade ein paar liebe Freundinnen, kommen Sie doch, sagen Sie Ridomi, er soll nicht den faulen Mann spielen, wir werden einen sehr netten Abend haben. Kommen Sie gleich, ich erwarte Sie.« Lanza hatte seinen Wagen vor der Haustür gelassen, die beiden Freunde stürzten die Treppen hinunter, sprangen ins Auto und brausten durch die Nacht davon, zur Wohnung Gerda von H.s. Sie flohen, als sei ihnen bereits die Gestapo auf den Fersen. Gerda wohnte draußen in Westend. Die Straßen waren dunkel und menschenleer. Je weiter sie in die Wohnviertel des Westens hinausfuhren, desto dichter wurde die diesige Luft, das grüne Haar der Linden schwamm unter der dunstigen Fläche des bestirnten Himmels, die tausend fernen Geräusche der Stadt lösten sich in diesem blauen Brodem wie ein Tropfen Tinte in einem Glas Wasser, nur eine leichte, klingende Farbe hing in dem durchsichtigen Gewebe des Nebels.

Gerda von H. trug ein langes, hellblaues Kleid, das in geraden, weichen Falten wie Kannelüren einer dorischen Säule bis auf die Füße hinabfiel. Ihre blonden, an den Schläfen hochgekämmten Haare waren auf dem Kopf zusammengefaßt wie bei Nausikaa frisch nach dem Bad im Meer. Etwas Meerhaftes lag tatsächlich in ihren langsamen breiten Bewegungen, in ihrer Art, beim Gehen die Knie zu heben und bei jedem Schritt den Kopf zurückzuwerfen, als schreite sie wirklich am Strand des Meeres entlang. Gerda von H. war dem klassischen Schönheitsideal treu geblieben, das in Deutschland um 1930 in Mode war: sie war Schülerin von Curtius in Bonn gewesen, hatte sich eine Zeitlang in einem kleinen Kreis von Intellektuellen und Ästheten dem Stefan-George-Kult ergeben und schien sich in dieser konventionellen Landschaft der Dichtung Stefan Georges zu bewegen und zu atmen, in der die klassizistische Architektur Winckelmanns und die Szenenbilder aus dem zweiten Teil des Faust als Hintergrund für die geisterhaften Musen Hölderlins und Rainer Maria Rilkes dienen. Ihr Haus war, um ihre antiquierte Redeweise zu gebrauchen, ein Tempel, in dem sie, an einen Berg von Kissen hingelagert, ihre Gäste empfing, inmitten einer Gruppe von jungen Frauen auf dicken Teppichen zu ihren Füßen, *»comme un bétail pensif sur le sable couché«*. Ein leuchtendes Lächeln schwebte um ihren melancholischen Mund; ihre Augen waren rund, ihr Blick warm und schwer.

Gerda von H. nahm Lanza bei der Hand, und mit dem

leichten Schritt ihrer nackten Füße betrat sie den Salon, in dem fünf junge Mädchen versammelt waren; Mädchen mit langen, knabenhaften Körpern, schmalen Gesichtern, mit hohen hellen Stirnen über dem ruhigen, glasklaren Blick der blauen Augen. Sie hatten hellrote Lippen, kaum überdunkelt von dem zarten, grünen Reflex, den die Lippen blonder Frauen bisweilen haben, und kleine, rosige Ohren gleich feinen Korallengebilden. Doch etwas Unbestimmtes lag in diesen Gesichtern, wie das, was an Verschwommenem und Nebelhaftem in einem durch den Spiegel gesehenen Gesicht erscheint, wo der Kontrast mit dem kalten Glanz des Kristalls das Gegenbild fremd und ferngerückt wiedergibt. Sie trugen Abendkleider, in deren weitem Ausschnitt sich die von der Sonne vergoldeten Schultern rund, glatt, honigfarben zeigten. Sie hatten etwas grobe Fesseln, wie sie deutschen Mädchen eigen sind, doch die Beine waren gut geformt, schlank und beweglich, mit leicht vorstehendem, etwas dürrem Knie. Diejenige unter ihnen, die sich am ungezwungensten gab und wie Diana unter den Jagdnymphen wirkte, erzählte, sie hätten den ganzen Tag am Wannsee mit ihrem Boot verbracht und seien jetzt noch trunken von Sonne. Sie lachte, warf den Kopf zurück, und diese Bewegung enthüllte einen sehnigen Hals, eine breite und muskulöse Brust wie bei einer Amazone.

Der Sekt war lauwarm. In dem Zimmer mit den wegen der Verdunkelung geschlossenen Fenstern lastete eine feuchte Schwüle, mit beizendem Tabaksdunst durchsetzt; die jungen Frauen und die beiden italienischen Diplomaten sprachen über Rom, über Venedig, über Paris. Diejenige, die als Diana bezeichnet wurde, war vor wenigen Tagen aus Paris zurückgekommen und sprach über die Franzosen in einem Ton, der Lanza und Ridomi unangenehm überraschte: es war darin ein Unterton gekränkter Liebe und böswilliger Eifersucht. Es schien, daß sie in Frankreich verliebt war und es gleichzeitig haßte. Nicht anders liebt eine betrogene Frau. »Die Franzosen hassen uns«, sagte Gerda von H., »weshalb hassen sie uns?« Lanza und Ridomi machten Konversation, doch ihr Geist war abwesend, ihre Gedanken kreisten um das Ereignis, das sie bewegte, und sie wechselten hin und wieder einen beunruhigten Blick. Schon zehnmal war Lanza im Begriff gewesen, Gerda und ihren Freundinnen den Grund ihres Verwirrtseins zu gestehen, doch ein dunkles Furchtempfinden hielt ihn jedesmal zurück. Indessen verging die Zeit, und die Ungewißheit im Herzen der beiden italienischen Diplomaten wurde zur Beklommenheit.

Schon wollte sich Lanza erheben, Gerda beiseite nehmen, ihr die Wahrheit sagen, sie um Rat und Hilfe bitten, und schon erhob er sich, schon ging er auf sie zu, als Gerda die Arme öffnete, ihm eine Hand auf die Schulter legte und fragte: »Wollen Sie tanzen?«

»Ja, ja«, riefen darauf die Mädchen, und eine von ihnen stellte das Radio an.

»Es ist spät«, sagte Ridomi, »alle Sender haben bereits Schluß gemacht.«

Aber das Mädchen drehte am Knopf, fand an einer Stelle den Sender Rom, und der Klang eines Tanzorchesters erfüllte den Raum. »Tutta una notte con te«, sang eine Frauenstimme.

»Wunderbar!« sagte Gerda, »Rom hat noch Musik.«

»Canterá ancora per poco«, sagte Ridomi; »nur noch kurze Zeit.«

»Warum?« fragte Gerda.

»Weil . . .«, setzte Ridomi an, aber er schwieg wieder, aus jenem dunklen Furchtempfinden, das sich in ihm und seinem Begleiter nach und nach zur Angst verdichtete.

In den Ohren der beiden italienischen Diplomaten klang diese Stimme ganz fern und leicht, kaum eben wie ein in der Nacht schwimmender Klangnebel; die beiden Freunde zitterten innerlich, sie fürchteten, von einem Augenblick zum anderen werde diese weiche Stimme heiser und hart werden und die schreckliche Nachricht herausschreien.

»Tanzen Sie mit meiner Freundin«, sagte Gerda und wies Lanza in die Arme derjenigen, die Diana zu sein schien; ihre Hand zog, mit unschuldiger Anmut, den dicken trägen Ridomi zu sich her. Die vier anderen Mädchen hatten unter sich Paare gebildet und tanzten schmachtend, Brust und Hüften fest gegeneinandergepreßt. Lanzas Partnerin drückte sich gegen seine Brust und schaute ihm lächelnd in die Augen, wobei sie immer wieder die Lider schloß. Lanza fühlte an der eigenen Brust das Auf und Nieder ihres kleinen unentwickelten Busens, spürte das Gleiten ihrer Hüften gegen die seinen, den Druck ihres festen Bauches; aber seine Gedanken waren anderwärts, in seiner Vorstellung gerieten die unklaren Bilder Mussolinis, des Königs und Badoglios miteinander ins Gemenge, verwirrten sich, lösten sich – sie rollten zu Boden, versuchten einander Handfesseln anzulegen, wie Gaukler, die auf dem Teppich ihre Späße vorführen.

Unvermittelt brach die Musik ab, die weiche Frauenstimme schwieg, und eine heisere, keuchende Stimme meldete sich: »Bevor wir die Proklamation des Marschalls Badoglio verlesen, geben wir eine Zusammenfassung der letzten Nachrichten. Gegen sechs Uhr nachmittags wurde der Chef der Regierung, Mussolini, auf Befehl Seiner Majestät des Königs verhaftet ... Der neue Regierungschef, Marschall Badoglio, hat den folgenden Aufruf an das italienische Volk erlassen ...«

Bei dieser Stimme, bei diesen Worten ließ Lanzas Partnerin ihn los, stieß ihn mit einem Schlag ihrer Hand von sich weg, was Lanza wie ein Faustschlag vorkam. Die anderen Paare lösten sich aus ihrer Umarmung, und vor den Augen der beiden sprachlosen italienischen Diplomaten ereignete sich die seltsamste Sache der Welt. Bewegungen, Haltung, Lächeln, Stimme, Blick der Mädchen machten Zug um Zug eine erstaunliche Verwandlung durch: die blauen Augen verdüsterten sich, das Lächeln erlosch auf den unversehns blaß und schneidend gewordenen Lippen, die Stimmen wurden rauh und tief, die vor kurzem noch schmachtenden Bewegungen erstarrten, die eben noch vollen und runden Arme wurden hart und eckig; es war, wie wenn ein vom Winde niedergebrochener Baumast nach und nach seinen Lebenssaft einbüßt, den grünen Schimmer verliert, das Leuchten seiner Rinde, die ganze Zartheit seines pflanzlichen Lebens, und hart und rauh wird. Aber was beim Ast des Baumes in langsamer Folge geschieht, vollzog sich bei den Mädchen in einem einzigen Augenblick. Lanza und Ridomi standen den jungen Frauen mit demselben fassungslosen Entsetzen gegenüber wie Apollo der Daphne, als sie sich aus einem jungen Mädchen in einen Lorbeerbaum verwandelte. Diese so blonden und sanften Mädchen verwandelten sich in wenigen Augenblicken in Männer. Sie *waren* Männer.

»Ach so!« sagte mit harter Stimme die eine, die eben noch Diana zu sein schien und nun die beiden Diplomaten mit drohendem Blick musterte. »Ach so! Ihr glaubt vielleicht, ihr könntet euch so ohne weiteres aus der Schlinge ziehen? Ihr glaubt, der Führer läßt euch Mussolini verhaften, ohne euch den Schädel einzuschlagen?« Und zu den Kameraden gewandt: »Wir fahren sofort zum Flugplatz, sicher hat unsere Staffel bereits Einsatzbefehl bekommen. In einigen Stunden werden wir Rom bombardieren.«

»Jawohl, Herr Hauptmann«, antworteten die vier Luftwaffenoffiziere, die Hacken zusammenschlagend. Der Hauptmann und seine Kameraden verbeugten sich wortlos vor Gerda von H., und ohne die beiden verdutzten Italiener eines Blickes zu würdigen, gingen sie in größter Eile mit männlichem Schritt hinaus; ihre Stiefel knallten über den Fußboden.

Bei dem plötzlichen Aufschrei des Mädchens, bei ihren Worten, ihrer Geste, beim Klatschen der Ohrfeige lösten sich die jungen Leute aus der Umarmung; von den Gesichtern fiel die weibliche Maske, die schmachtende Hingabe löste sich; was an den Bewegungen, den Blicken, dem Lächeln Frauenart entsprochen hatte, war abgeschüttelt, in wenigen Augenblicken waren sie wieder zu Männern geworden; drohend scharten sie sich um das Mädchen, das bleich und keuchend in der Mitte des Zimmers stand und Fred mit haßerfülltem Blick ansah.

»Schufte!« schrie sie. »Ihr seid eine Bande von trotzkistischen Schuften – ja, das seid ihr!«

»Wie? Was? Was hat sie gesagt?« schrien die Jungens. »Wir sollen Trotzkisten sein? Und warum? Was ist ihr denn in den Kopf gestiegen? Sie ist verrückt!«

»Nein, sie ist nicht verrückt«, sagte Fred, »sie ist eifersüchtig«, und er brach in ein gellendes Gelächter aus, so daß mir schien, als müsse es von einem Augenblick zum andern in Weinen übergehen.

»Ha, ha, ha!« echoten die anderen jungen Herren. »Sie ist eifersüchtig! Ha, ha, ha!«

Jeanlouis war inzwischen auf das Mädchen zugegangen; behutsam legte er ihr seinen Arm um die Schultern, und indem er sie begütigend streichelte, flüsterte er ihr etwas ins Ohr, worauf sie, ganz weiß im Gesicht vor Aufregung, mit leichtem Kopfnicken ihr Einverständnis zu erkennen gab. Ich hatte mich erhoben und beobachtete lächelnd die Szene.

»Und der dort, was will der von uns hier?« rief das Mädchen plötzlich und stieß Jeanlouis von sich fort; sie sah mir herausfordernd ins Gesicht. »Wer hat ihn hier hereingelassen? Schämt er sich nicht, sich hier bei uns aufzuhalten?«

»Ich schäme mich ganz und gar nicht«, sagte ich lachend, »weshalb sollte ich mich denn schämen? Ich befinde mich gern in Gesellschaft braver Jungens. Sind das denn nicht im Grunde alles brave Jungens?«

»Ich verstehe nicht, worauf Sie anspielen wollen«, bemerkte mit anmaßendem Blick einer der jungen Leute, indem er so dicht an mich herantrat, daß er mich fast berührte.

»Seid ihr vielleicht keine braven Jungens?« sagte ich, wobei ich ihm die flache Hand auf die Brust legte. »Aber ja doch, ihr seid alle brave Jungens, wenn es euch nicht gäbe, wäre niemand da, der den Krieg gewonnen hätte.« Lachend ging ich zur Tür und stieg die Treppen hinab.

Jeanlouis holte mich auf der Straße ein.

Er war etwas verlegen, und lange Zeit sprachen wir kein Wort. Schließlich sagte er: »Du durftest sie nicht beschimpfen. Sie leiden darunter.«

»Ich habe sie nicht beschimpft«, erwiderte ich.

»Du durftest nicht sagen, daß sie die einzigen sind, die den Krieg gewonnen haben.«

»Haben sie den Krieg vielleicht nicht gewonnen?«

»Ja, in einem gewissen Sinne ja«, sagte Jeanlouis, »aber sie sind bedrückt.«

»Sie sind bedrückt? Und wovon?«

»Sie sind bedrückt«, sagte Jeanlouis, »wegen alldem, was in diesen Jahren geschehen ist.«

»Du willst sagen wegen des Faschismus, wegen des Krieges, wegen der Niederlage?«

»Ja, auch deswegen«, sagte Jeanlouis.

»Das ist ein feiner Vorwand«, sagte ich, »konntet ihr keinen besseren finden?«

»Weshalb stellst du dich, als verstündest du nicht?«

»Aber ja«, sagte ich, »ich verstehe sehr gut. Ihr stellt euch hin und ergebt euch der Hurerei aus Verzweiflung, aus Jammer darüber, daß ihr den Krieg verloren habt. Ist es nicht so?«

»Nein, ganz so ist es nicht, aber das macht nichts«, entgegnete Jeanlouis.

»Und Fred? Ist Fred auch bedrückt? Stellt er sich vielleicht hin und macht sich zur Hure, weil England den Krieg gewonnen hat?«

»Weshalb beschimpfst du ihn? Weshalb nennst du ihn Hure?« fragte Jeanlouis, mit einer trotzigen Bewegung.

»Wenn er leidet, dann leidet er wie eine Hure.«

»Rede keine Dummheiten«, sagte Jeanlouis, »du weißt sehr gut, daß in all diesen Jahren die jungen Menschen mehr als die anderen gelitten haben.«

»Auch als sie Hitler und Mussolini Beifall klatschten und denen nachspuckten, die in die Zelle wanderten?«

»Aber verstehst du nicht, daß sie gelitten haben? Verstehst du nicht, worunter sie leiden?« schrie Jeanlouis. »Verstehst du nicht, daß sie alles, was sie tun, nur deshalb tun, weil sie leiden?«

»Das ist wirklich eine schöne Entschuldigung«, sagte ich, »zum Glück sind nicht alle jungen Leute so wie du. Nicht alle jungen Leute treiben Hurerei.«

»Es ist nicht unsere Schuld, wenn wir soweit gebracht wurden«, sagte Jeanlouis.

Er hatte meinen Arm genommen und ging an meiner Seite, indem er sich mit seinem ganzen Körpergewicht auf mich stützte, genau wie es eine Frau tut, die irgend etwas verziehen haben will, oder ein müdes Kind.

»Und dann, weshalb nennst du uns Huren? Wir sind keine Huren, das weißt du. Es ist ungerecht, uns Huren zu nennen.«

Er sprach mit weinerlicher Stimme, mit genau der Stimme einer Frau, die bemitleidet sein will, mit der Stimme eines müden Kindes.

»Verlegst du dich jetzt aufs Weinen? Wie willst du denn, daß man euch nennen soll?«

»Es ist nicht unsre Schuld. Du weißt sehr gut, daß es nicht unsre Schuld ist«, sagte Jeanlouis.

»Nein, es ist nicht eure Schuld«, sagte ich. »Wenn es lediglich eure Schuld wäre, meinst du, ich würde mit dir über gewisse Dinge sprechen? Es ist immer die alte Geschichte nach einem Krieg. Die Jugend reagiert auf den Heroismus, auf die Phrasen von Opfer und von Heldentod, und sie reagiert immer auf die gleiche Weise. Aus Widerwillen gegen Heldentum, gegen die hohen Ideale, gegen die Ideale des Heroismus, weißt du, was junge Leute wie du da tun? Sie wählen stets den leichtesten Weg der Auflehnung, den der Feigheit, der moralischen Gleichgültigkeit, der weibischen Selbstbespiegelung. Sie halten sich für Rebellen, für Desillusionierte, für Emanzipierte, für Nihilisten und sind nichts weiter als Huren.«

»Du hast kein Recht, uns Huren zu nennen«, rief Jeanlouis, »die Jungens verdienen Achtung. Du hast nicht das Recht, sie zu beschimpfen.«

»Das ist nur ein Spiel mit Worten. Solche wie dich habe ich nach dem vorigen Kriege Tausende gekannt, die glaubten, Dadaisten oder Surrealisten zu sein, und auch nichts anderes waren als Huren. Du wirst es nach diesem Kriege erleben, wie viele glauben werden, Kommunisten zu sein. Wenn die Alliierten ganz Europa befreit haben, weißt du, was sie vorfinden werden? Eine Masse enttäuschter, verdorbener, verzweifelter junger Menschen, die Päderasten spielen werden, wie wenn sie Tennis spielten. Es ist immer die gleiche Geschichte nach einem Krieg. Junge Leute wie du enden aus Müdigkeit und Widerwillen gegen den Heroismus fast immer in der Päderastie. Sie gehen hin und ergeben sich der Homosexualität, um sich selbst zu beweisen, daß sie vor nichts Angst haben, daß sie die Vorurteile und Konventionen des Bürgertums überwunden haben, daß sie wirklich frei sind, freie Männer, und sie merken gar nicht, daß selbst das nur eine andere Art ist, den Helden zu spielen. Ah, ah, ah, stets über Helden zu stolpern! Und all dies mit der Entschuldigung, sie hätten das Heldentum satt!«

»Wenn du all das, was in diesen Jahren geschehen ist, Heroismus nennen willst!« sagte Jeanlouis leise.

»Und wie möchtest du es nennen? Was glaubst du, was Heroismus ist?«

»Eure bürgerliche Verlogenheit, da hast du das ganze Heldentum«, sagte Jeanlouis.

»Auch nach den proletarischen Revolutionen tritt immer dasselbe ein«, sagte ich, »die jungen Herren wie du glauben, daß sie auf ihre Art Revolutionäre sind, wenn sie Päderasten werden.«

»Wenn du auf den Trotzkismus anspielen willst«, sagte Jeanlouis, »so täuschst du dich: wir sind keine Trotzkisten.«

»Ich weiß wohl, daß ihr auch keine Trotzkisten seid«, sagte ich, »ihr seid arme Jungens, die sich schämen, ›Bourgeois‹ zu sein, und auch nicht den Mut haben, Proletarier zu werden. Ihr meint, Päderast zu werden sei eine Methode wie jede andere, um Kommunist zu sein.«

»Hör auf! Wir sind keine Päderasten«, schrie Jeanlouis, »wir sind keine Päderasten, hast du verstanden?«

»Es gibt tausend Arten, Päderast zu sein«, sagte ich, »sehr oft ist die Päderastie nichts als ein Vorwand. Ein schöner Vorwand, das kann man nicht anders sagen. Ihr werdet ohne Zweifel Leute finden, die eine literarische oder politische oder philosophische Theorie ersinnen, die euch rechtfertigt. An Kupplern fehlt es niemals.«

»Wir wollen freie Menschen sein«, sagte Jeanlouis, »nennst du das wohl Päderast sein?«

»Ich weiß«, sagte ich, »ich weiß, daß ihr euch für die Freiheit Europas opfert.«

»Du bist ungerecht«, sagte Jeanlouis. »Wenn wir das sind, was du sagst, ist es eure Schuld. Ihr seid es, die ihr uns dazu gemacht habt. Was seid ihr denn imstande gewesen zu tun, ihr alle? Ein wunderschönes Beispiel habt ihr uns gegeben! Zu nichts weiter seid ihr imstande gewesen, als euch von diesem Hanswurst von Mussolini einsperren zu lassen. Weshalb habt ihr keine Revolution gemacht, wenn ihr den Krieg nicht wolltet?«

»Krieg oder Revolution, da ist wenig Unterschied. Es ist immer die gleiche Fabrik von armseligen Helden wie du, wie ihr.«

Jeanlouis begann mit tückischer, böser Miene zu lachen. »Wir sind keine Helden«, sagte er, »Helden widern uns an. Mütter, Väter, Fahne, Ehre, Vaterland, Opfer: alles Kehricht. Man nennt uns Huren und Päderasten: ja, vielleicht sind wir Huren, sind wir Päderasten, und noch Schlimmeres; aber wir geben uns keine Rechenschaft darüber. Und das genügt uns. Wir wollen frei sein, das ist alles. Wir wollen unserem Leben einen Sinn, einen Zweck geben.«

»Ich weiß«, sagte ich lächelnd, mit leiser Stimme, »ich weiß, daß ihr tüchtige Jungens seid.«

Wir waren indessen vom Vómero zur Piazza dei Martiri hinabgestiegen und bogen dort in den Vicolo della Cappella Vecchia ein, um zur Via Calascione hinaufzusteigen. Dort, wo die

Rampa Caprioli beginnt, liegt der kleine Platz der Cappella Vecchia, wie ein großer Hof, der auf der einen Seite von dem steilen Abhang des Monte di Dio beherrscht wird und auf der anderen durch die Mauer der Synagoge und die hohe Fassade des Palazzo, in dem lange Jahre hindurch Emma Hamilton wohnte. Aus jenem Fenster dort oben hatte Admiral Horace Nelson, die Stirn an die Scheiben gedrückt, den Golf von Neapel betrachtet, die am Horizont schwebende Insel Capri, die Palazzi auf dem Monte di Dio, den vom Grün der Pinien und Reben bedeckten Hügel des Vómero. Die hohen Fenster dort oben, steil über Chiatamone, waren die Fenster der Wohnung Lady Hamiltons. Bald im Kostüm der Insulanerinnen von Zypern, bald in dem der Frauen von Nauplia, bald im Kostüm der Mädchen des Epirus mit den weiten roten Hosen und bald im griechisch-venezianischen Kostüm Korfus, das Haar unter einem Turban von blauer Seide verborgen wie auf dem Bilde der Angelika Kauffmann, so tanzte Emma vor Sir Horace: und der klagende Ruf der Orangenverkäufer drang aus dem grünen und blauen Schlund der Gassen des Chiatamone herauf.

Ich war mitten auf dem kleinen Platz der Cappella Vecchia stehengeblieben und blickte dort hinauf zu den Fenstern Lady Hamiltons. Fest drückte ich Jeanlouis' Arm. Ich wollte den Blick nicht abwenden, mich nicht umschauen. Ich wußte, was ich dort sehen würde, vor uns, am Fuße der Mauer, die auf der Seite der Synagoge den Platz abschließt. Ich wußte, daß dort vor uns, wenige Schritte von mir – ich hörte das spröde Lachen der Kinder, die heiseren Stimmen der *goumiers* – sich der Kindermarkt befand, daß auch an diesem Tage, zu dieser Stunde, in diesem Augenblick, Knaben von acht bis zehn Jahren halb nackt vor den marokkanischen Soldaten saßen, die sie aufmerksam prüften und aussuchten und über den Preis mit den abstoßend häßlichen, zahnlosen Frauen feilschten, deren hohle, welke Gesichter eine dicke Schicht Schminke bedeckte und die mit diesen kleinen Sklaven Menschenhandel trieben.

Niemals hatte man ähnliches in Neapel erlebt in all den Jahrhunderten des Elends und der Sklaverei. Man hatte mit allem gehandelt in Neapel, seit jeher, aber niemals mit Kindern. Man hatte in Neapel niemals Kinder auf der Straße verkauft. In Neapel sind die Kinder heilig. Sie sind das einzig

Heilige, was es in Neapel gibt. Das neapolitanische Volk ist ein großmütiges Volk, das menschlichste unter allen Völkern der Erde, es ist das einzige Volk in der Welt, wo auch die ärmste Familie mit ihren Kindern, mit ihren zehn, mit ihren zwölf Kindern ein Waisenkind aus dem Ospedale degli Innocenti aufnimmt und großzieht: und dieses ist von allen das unantastbarste, das bestgekleidete, das besternährte, weil es das »Kind der Madonna« ist und den anderen Kindern Glück bringt. Man konnte alles über die Neapolitaner sagen, alles, aber nicht, daß sie ihre Kinder auf der Straße verkauften.

Und jetzt, auf der Piazetta della Cappella Vecchia, im Herzen von Neapel, zu Füßen der vornehmen Palazzi des Monte di Dio, des Chiatamone, der Piazza dei Martiri, neben der Synagoge, da kamen marokkanische Soldaten, um sich für billige Münze neapolitanische Kinder zu erhandeln.

Sie betasteten sie, hoben ihnen die Kleider hoch, griffen mit ihren langen geübten Fingern zwischen die Knöpfe der kurzen Hosen und feilschten mit den Fingern deutend um den Preis.

Die Kinder saßen längs der Mauer und sahen den Käufern ins Gesicht; sie lachten und kauten Karamellen, aber sie hatten nicht die sonst gewohnte quecksilbrige Fröhlichkeit der neapolitanischen Kinder, sie sprachen nicht miteinander, sie schrien nicht, sie sangen nicht, sie schnitten keine Fratzen und Grimassen. Man sah, daß sie Angst hatten. Die Mütter, oder vielmehr diese knochigen, gefärbten Weiber, die sich Mütter nannten, hielten sie fest am Arm, fast als fürchteten sie, die Marokkaner nähmen sie ihnen weg, ohne zu zahlen; dann griffen sie nach dem Geld, zählten es, entfernten sich, den Jungen fest am Arm führend, und ein *goumier* folgte ihnen nach mit seinem blatternarbigen Gesicht, den funkelnden düsteren Augen unter dem über den Kopf geworfenen Zipfel des braunen Mantels.

Ich schaute dort hinauf, zu den Fenstern der Emma Hamilton, und wollte den Blick nicht wenden. Ich sah die Fetzen blauen Himmels, welche die hohe Terrasse an Lady Hamiltons Haus umrandeten; und Jeanlouis neben mir schwieg. Aber ich spürte, wie er nicht schwieg, weil er sich vor mir genierte, er schwieg, weil eine dunkle Kraft ihn überwältigte, weil ihm das Blut in die Schläfen stieg, weil es ihn würgte.

Plötzlich sagte er: »Ich habe wirklich Mitleid mit diesen armen Kindern.«

Da wandte ich mich um und sah ihm ins Gesicht. »Du bist ein Feigling«, sagte ich.

»Weshalb nennst du mich Feigling?« fragte Jeanlouis.

»Du empfindest Mitleid, nicht wahr? Bist du wirklich sicher, daß es Mitleid ist? Ist es nicht vielleicht etwas anderes?«

»Was soll es denn sein?« sagte Jeanlouis und warf mir einen unterwürfigen und bösen Blick zu.

»Du würdest dir wohl auch ganz gern eines dieser armen Kinder kaufen, nicht wahr?«

»Was ginge es dich schon an, wenn ich mir einen Jungen kaufte?« meinte Jeanlouis. »Besser ich als ein marokkanischer Soldat. Ich gäbe ihm zu essen, würde ihn kleiden, ihm ein Paar Schuhe kaufen, ich würde ihn nichts entbehren lassen. Es wäre ein Akt christlicher Nächstenliebe.«

»Ah, es wäre ein Akt christlicher Nächstenliebe, nicht wahr?« sagte ich, während ich ihm ruhig in die Augen sah. »Du bist ein Heuchler und ein Feigling.«

»Mit dir kann man nicht einmal einen Scherz machen«, sagte Jeanlouis. »Und dann: was ist es für dich denn überhaupt von Bedeutung, ob ich ein Feigling und Heuchler bin? Glaubst du etwa das Recht zu haben, den Moralisten zu spielen, du und die andern deinesgleichen? Glaubst du etwa, du wärst selbst kein Feigling und kein Heuchler, wie?«

»Ja sicher, ich bin ebenfalls ein Feigling und Heuchler wie so viele andere«, sagte ich. »Und was weiter? Ich schäme mich durchaus nicht, ein Mensch meiner Zeit zu sein.«

»Nun also, weshalb hast du nicht den Mut, über diese Kinder das zu wiederholen, was du über mich gesagt hast?« fragte Jeanlouis, indem er meinen Arm packte und mich mit Tränen in den Augen ansah. »Weshalb sagst du nicht, daß diese Kinder sich zu Huren gemacht haben, unter dem Vorwand von Faschismus, von Krieg und Niederlage? Los, nur Mut, weshalb behauptest du nicht, daß diese Kinder Trotzkisten sind?«

»Eines Tages werden aus diesen Kindern Männer geworden sein«, sagte ich, »und wenn Gott will, werden sie uns den Schädel einschlagen, dir, mir und allen denen, die uns gleichen. Sie werden uns den Schädel einschlagen, und sie werden recht haben.«

»Sie würden recht haben«, entgegnete Jeanlouis, »aber sie werden es nicht tun. Wenn diese Kinder zwanzig Jahre alt sind, werden sie niemandem den Schädel einschlagen. Sie werden es machen wie wir, sie werden es machen wie ich und wie du. Auch wir sind verkauft worden, als wir in ihrem Alter waren.«

»Meine Generation ist im Alter von zwanzig Jahren verkauft worden. Aber nicht aus Hunger, sondern wegen etwas Schlimmerem. Aus Angst.«

»Die jungen Leute wie ich sind verkauft worden, als sie noch Kinder waren«, sagte Jeanlouis, »und heute schlagen sie niemandem den Schädel ein. Die dort werden es machen, wie wir es gemacht haben: sie werden zu unseren Füßen kriechen und uns die Schuhe lecken. Und sie werden glauben, freie Menschen zu sein. Europa wird ein Land freier Menschen sein; ja, das wird Europa sein.«

»Zum Glück werden sich diese Kinder immer daran erinnern, daß sie aus Hunger verkauft wurden. Und sie werden verzeihen. Aber wir werden nie vergessen, daß wir wegen etwas Schlimmerem verkauft worden sind: aus Angst.«

»Sag nicht solche Dinge. Man darf solche Dinge nicht sagen«, meinte Jeanlouis mit leiser Stimme und drückte mir den Arm. Ich hörte, wie seine Stimme zitterte.

Ich wollte zu ihm sagen »danke, Jeanlouis, ich danke dir, daß du leidest«, ich wollte ihm sagen, daß ich den Grund für so viele Dinge einsähe und daß ich Mitgefühl mit ihm hätte; da hob ich zufällig den Blick, und ich sah den Himmel. Es ist eine Schmach, daß es in der Welt einen solchen Himmel gibt. Es ist eine Schmach, daß der Himmel in manchen Augenblicken so ist, wie der Himmel an diesem Tag war, in diesem Augenblick. Das, was mir einen Schauder von Angst und Ekel über den Rücken jagte, waren nicht diese kleinen an der Mauer der Cappella Vecchia hockenden Sklaven, waren nicht diese Frauen mit ihren hohlen, welken schminkeverkrusteten Gesichtern, waren nicht die marokkanischen Soldaten mit den schwarzen, funkelnden Augen und den langen, knochigen Fingern: es war der Himmel, der blaue, leuchtende Himmel über den Dächern, über den Trümmern der Häuser, über den grünen Bäumen mit ihren unzähligen zwitschernden Vögeln. Es war dieser hohe Himmel aus roher Seide, aus dem kalten, leuchtenden Blau, über den das Meer einen fernen, undeutlichen grünen Schimmer gelegt hatte – dieser zarte und grausame Himmel, der über dem Posillipo-Hügel in sanfter Krümmung rosig und mild wurde wie die Haut eines Kindes.

Dieser Himmel erschien am zartesten und grausamsten dort oben, längs dem Rande der Mauer, an deren Fuß die kleinen Sklaven hockten. Die Mauer, die den Hof der Cappella Vecchia abschließt, steigt senkrecht und hoch auf. Das Alter und der Wechsel der Jahreszeiten haben eine Unzahl von Sprüngen in ihren Verputz gerissen, der vorzeiten zweifellos die gleiche rote Farbe hatte wie die Häuser in Pompeji und Herculanum, die von den neapolitanischen Malern als Bourbonisch-Rot bezeichnet wird. Zeit, Regen, Sonne, mangelnde Pflege haben dieses lebhafte Rot gebleicht und kraftlos werden lassen und ihm die Farbe des Fleisches gegeben, hier rosig, dort hell, anderwärts durchscheinend wie eine Hand vor einer brennenden Kerze. Und mochten es nun die Sprünge, die grünen Moderflecken oder die weißen, elfenbeinfarbenen, gelben Töne sein, die hier und dort den alten Verputz durchsetzen, oder das Spiel des Lichtes, das sich alle Augenblicke änderte durch den wechselnden Widerschein der dauernden ruhelosen Bewegung des nahen Meeres oder durch die schweifende Unruhe des Windes, der, je nachdem er vom Berg oder vom Strand her weht, das Licht verschieden färbt – mir schien es, als habe die hohe alte Mauer Leben, als sei sie etwas Lebendiges, eine Mauer aus Fleisch, auf der sich alle Abenteuer menschlichen Fleisches spiegelten, von der rosigen Unschuld der Kindheit bis zur grünen und gelben Melancholie des sinkenden Alters. Mir kam es vor, als ob diese lebendige Mauer Stück für Stück dahinwelke; es kamen und gingen darauf die weißen, die grünen, die elfenbeinfarbenen, die blaßgelben Schattierungen, wie sie dem menschlichen Fleisch eigentümlich sind, wenn es schon müde, schon alt, schon von Runzeln durchfurcht ist, schon nahe dem letzten wunderbaren Abenteuer der Auflösung. Langsam liefen dicke Fliegen planlos über die Mauer aus Fleisch und summten. Die reife Frucht des Tages wurde überreif, verdarb, und in die müde, durch die ersten Schatten des Abends schon gebrochene Luft legte der Himmel, der grausame Himmel Neapels, so rein und so zart, ahnungsvolles Bedauern und ein wehmütig flüchtiges

Glück. Wieder einmal starb der Tag. Und eins nach dem anderen flüchteten sie wieder in die milde Wärme der Nacht wie Hirsche und Rehe und Eber in den Wald: die Klänge, die Farben, die Stimmen, jener Geschmack des Meeres, jener Geruch des Lorbeers und Honigs, die den Geschmack und Duft des neapolitanischen Lichtes bilden.

Plötzlich öffnete sich ein Fenster in der Mauer, und eine Stimme rief meinen Namen. Es war Pierre Lyautey, der mir aus dem Fenster des Stabsquartiers der Marokkaner-Division General Guillaumes zurief. Wir gingen hinauf, und Pierre Lyautey, hochgewachsen, athletisch knochig, das Gesicht rissig vom Frost in den Bergen Cassinos, kam uns auf der Treppe entgegen und öffnete seine mächtigen Arme zur Begrüßung.

Pierre Lyautey war ein alter Freund von Jeanlouis' Mutter, der Gräfin B. Sooft er nach Italien kam, versäumte er nie, ein paar Tage oder Wochen am Comer See zu verbringen, wo in der Villa der Gräfin B., einem hervorragenden Bau Piermarinis, des Erbauers der Scala in Mailand, nach angestammtem Recht Napoleons Schlafzimmer für ihn reserviert war, das Eckzimmer mit dem Blick über den See auf Bellaggio hinüber, das Bett, in dem Stendhal eine Nacht mit Angela Pietragrua verbracht hatte, und der kleine Mahagony-Schreibtisch, an dem Giuseppe Parini sein berühmtes Gedicht »Der Tag« geschrieben hatte.

»Ah, que vous êtes beau!« rief Pierre Lyautey, als er Jeanlouis umarmte, den er seit Jahren nicht gesehen hatte. Und er setzte hinzu, daß er Jeanlouis zuletzt gesehen habe, »quand il n'était qu'un Eros« und ihn jetzt wiedertreffe, »qu'il était un . . .«; ich erwartete, daß er sagen werde »un héros«, doch er verbesserte sich rechtzeitig und sagte ». . . un Apollon«. Es war gerade Tischzeit, und General Guillaume lud uns an seine Tafel.

Mit seinem apollinischen Profil, seinen roten Lippen, den schwarzen, leuchtenden Augen in der Marmorblässe des Gesichts und mit seiner weichen Stimme machte Jeanlouis einen tiefen Eindruck auf die französischen Offiziere. Es war das erstemal, daß sie nach Italien kamen, und zum erstenmal erschien ihnen männliche Schönheit in dem ganzen Glanz des antiken griechischen Ideals. Jeanlouis war ein vollendetes Beispiel dessen, was italienische Zivilisation auf dem Gebiete männlicher Schönheit in langen Jahrhunderten der Bildung, des Reichtums, der Verfeinerung, der körperlichen und geistigen Auslese, der moralischen Gleichgültigkeit und aristokratischen Freiheit gezüchtet hatte. Ein Auge, geschult an der langsamen ungestörten Entwicklung des klassischen Schönheitsideals der italienischen Malerei und Plastik vom 15. bis zum 19. Jahrhundert, hätte in Jeanlouis' Antlitz die die Sinnlichkeit der »männlichen Bildnisse« der Renaissance überlagernde edle und melancholische Maske der italienischen und besonders der lombardischen Romantik – Jeanlouis stammte aus einer der ältesten und vornehmsten Familien des lombardischen Adels – vom Anfang des 19. Jahrhunderts wahrgenommen, das auch in der Lombardei durch die Nachwirkungen Napoleons romantisch und liberal war. Diese französischen Offiziere standen wie Stendhal vor Fabrizio del Dongo. Und auch sie bemerkten nicht, ebensowenig wie einst Stendhal, daß Jeanlouis' Schönheit, wie die Fabrizios, eine Schönheit ohne Ironie und ohne Hemmungen moralischer Natur war.

Die erstaunliche Erscheinung eines lebenden Apoll – in diesem neapolitanischen Wohnraum mit seinen drolligen gutbürgerlichen Möbeln, an dieser Tafel –, die Erscheinung eines so vollkommenen Modells klassischer männlicher Schönheit war für die französischen Offiziere die Offenbarung eines verbotenen Mysteriums. Alle blickten schweigend auf Jeanlouis. Und ich fragte mich mit einer Verwirrung, deren Grund ich selbst nicht erkennen konnte, ob sie sich darüber Rechenschaft gaben, wie sehr dies bewunderungswürdige »Phantom« klassischer italienischer Zivilisation in ihrem letzten Triumph, wo sie bereits von den Gärstoffen krankhafter, weiblicher Empfindsamkeit unterhöhlt und gedemütigt, vom Mangel an vornehmen Empfindungen, starken Leidenschaften, hohen Idealen ausgedörrt, das Abbild jenes schleichenden Übels war, an dem ein großer Teil der europäischen Jugend aller Länder, der siegreichen wie der besiegten, krankte: die heimliche Tendenz, die Ideale der Freiheit, welche die Ideale aller jungen Männer Europas zu sein schienen, in die Sucht nach sinnlicher Befriedigung umzuschmelzen, die moralischen Forderungen in die Ablehnung jeder Verantwortung, die sozialen und politischen Pflichten in leere, intellektualistische Spitzfindigkeiten, die neuen proletarischen Glaubenssätze in die zweideutigen Lehren eines in Selbstbestrafung ausgearteten Narzissusgeistes. – Was dabei seltsam erschien, war die Tatsache, daß Barrès einem Jeanlouis und den jungen Leuten seiner Generation ebenso fern stand wie André Gide, jener Gide, der sagt: »*Moi, cela m'est égal, parce que j'écris ›Paludes‹.*«

Die marokkanischen Ordonnanzen, die bei Tisch zu bedienen hatten, konnten ihre verzückten Augen von Jeanlouis gar nicht mehr lassen, und ich sah in diesen Augen ein wildes Begehren aufflammen. Für diese Männer aus der Sahara und aus den Bergtälern des Atlas war Jeanlouis lediglich ein Objekt der Lust. Ich lachte innerlich – ich konnte nicht anders als lachen, es war stärker als ich; übrigens war nichts Schlimmes dabei, über eine so merkwürdige, so traurige Idee zu lachen –, wenn ich mir Jeanlouis und all diese jungen »Helden« vorstellte, wie sie inmitten der anderen, der kleinen Sklaven auf dem Platz vor der Cappella Vecchia saßen, an jene Mauer aus Fleisch gekauert, die sich Stück für Stück im sinkenden Licht auflöste, nach und nach wie ein Fetzen verwesten Fleisches in der Nacht versank.

In meinen Augen war Jeanlouis das Abbild dessen, was leider gewisse »Eliteschichten« der jungen Generationen in diesem Europa sind, das durch das Leid nicht gereinigt, sondern verdorben, durch die erlangte Freiheit nicht erhoben, sondern erniedrigt wurde: eine verkäufliche Jugend. Weshalb sollten sie denn nicht auch eine »verkäufliche Jugend« sein? Auch wir waren verkauft worden, als wir jung waren. Es ist das Schicksal der jungen Menschen in diesem Europa, aus Angst oder aus Hunger auf der Straße verkauft zu werden. Es ist doch notwendig, daß die Jugend sich vorbereitet oder sich daran gewöhnt, ihre Rolle im Leben oder im Staate darzustellen. Eines Tages, früher oder später, wenn alles gutgehen sollte, werden die jungen Menschen auf der Straße für etwas sehr viel Schlimmeres als Angst oder Hunger verkauft werden.

Und als ob die Macht dieser meiner schmerzlichen Gedanken den Sinn der anderen Tischgenossen auf den gleichen Gegenstand lenkte, fragte mich General Guillaume unvermittelt, weshalb die italienischen Behörden diesen Kindermarkt nicht nur nicht verböten, sondern so täten, als sähen sie diesen Schandfleck überhaupt nicht. »Es ist eine Schande«, sagte er, »ich habe hundertmal diese schamlosen Weiber und ihre unglücklichen Kinder fortjagen lassen, ich habe hundertmal die italienischen Behörden darauf hingewiesen, ich habe persönlich sogar mit Kardinal Ascalesi, dem Erzbischof von Neapel, darüber gesprochen. Alles umsonst. Ich habe meinen *goumiers* verboten, diese Kinder anzurühren, ich habe ihnen gedroht, sie erschießen zu lassen, wenn sie nicht gehorchten. Die Versuchung ist zu stark für sie. Ein *goumier* wird nie verstehen können, daß es verboten sein soll, das zu kaufen, was man öffentlich auf dem Markt feilbietet. Es ist Sache der italienischen Behörden, hier einzuschreiten, die entmenschten Mütter zu verhaften, diese Kinder in einer Anstalt unterzubringen. Ich kann dazu nichts tun.« Er sprach langsam, ich fühlte, wie ihn die Worte schmerzten, während er sprach.

Ich mußte lachen. Diese entmenschten Mütter verhaften! Diese Kinder in einer Anstalt unterbringen! Es gab nichts mehr in Neapel, nichts mehr in Europa, alles war beim Teufel, alles zerstört. Wohnungen, Kirchen, Krankenhäuser, Mütter, Väter, Söhne, Tanten, Großmütter, Vettern, alles »kaputt«. Ich lachte, es schmerzte mich sogar im Magen, so heftig lachte ich, so bitter lachte ich. Die italienischen Behörden! Eine Bande von Dieben und Feiglingen, die bis zum gestrigen Tage die arme Menschheit im Namen Mussolinis hinter Schloß und Riegel gesetzt hatten und jetzt im Namen Roosevelts, Churchills und Stalins dasselbe taten. Die bis zum gestrigen Tage den Herrn gespielt hatten im Namen der Diktatur und nun den Herrn spielten im Namen der Freiheit. Was lag den italienischen Behörden daran, wenn ein paar entmenschte Mütter ihre Kinder auf der Straße feilhielten? Eine Herde von Feiglingen, alle, vom ersten bis zum letzten, zu eifrig damit beschäftigt, den Siegern die Stiefel zu lecken, als daß sie sich mit solchen Lappalien abgeben konnten. »Die Mütter verhaften?« sagte ich. »Welche Mütter? Ihnen verbieten, ihre eigenen Kinder zu verkaufen? Und warum? Gehören sie denn nicht ihnen, die Kinder? Gehören sie vielleicht dem Staat, der Regierung, der Polizei, den Gewerkschaften, den politischen Parteien? Sie gehören ihren Müttern, und die Mütter haben das Recht, damit zu machen, was ihnen gut scheint. Sie haben Hunger, und sie haben das Recht, ihre Kinder zu verkaufen, um ihren Hunger zu stillen. Besser, sie zu verkaufen, als sie zu essen. Sie haben das Recht, eines oder zwei Kinder von zehnen zu verkaufen, um für die andern acht zu essen zu haben. Und dann, was für Mütter? Von welchen Müttern wollen Sie sprechen?«

»Ich weiß nicht«, sagte General Guillaume, tief erstaunt, »ich spreche von jenen Unglücklichen, die ihre Kinder auf den Straßen verkaufen.«

»Welche Mütter?« fragte ich. »Von welchen Müttern sprechen Sie? Sind das Mütter, jene da? Sind das Frauen? Und die Väter? Haben sie keinen Vater, diese Kinder? Sind das vielleicht Männer, diese Väter? Und wir, sind wir vielleicht Männer, wir?«

»Écoutez«, sagte General Guillaume, »ich pfeife auf eure Mütter, auf eure Väter, auf euer verdammtes Land. Aber die Kinder, ah, das geht zu weit! Wenn heute in Neapel die Kinder verkauft werden, so ist das ein Zeichen, daß sie immer verkauft worden sind. Es ist eine Schande für Italien.«

»Nein«, sagte ich, »in Neapel sind die Kinder nie verkauft worden. Ich hätte niemals geglaubt, daß es der Hunger so weit bringen könnte. Aber die Schuld trifft nicht uns.«

»Wollen Sie behaupten, es sei unsere Schuld?« fragte General Guillaume.

»Nein, es ist nicht eure Schuld. Es ist die Schuld der Kinder.«

»Der Kinder? Welcher Kinder?« sagte General Guillaume.

»Der Kinder, dieser Kinder. Sie wissen nicht, was für eine schreckliche Gesellschaft die Kinder in Italien sind. Und nicht nur in Italien, sondern in ganz Europa. Sie sind es, die ihre Mütter zwingen, sie auf dem Markt öffentlich zu verkaufen. Und wissen Sie, warum? Um Geld zu machen, um ihre Freundinnen auszuhalten und ein luxuriöses Leben zu führen. Heutzutage gibt es kein Kind in ganz Europa, das nicht seine Freundin hätte, Pferde, Autos, Schlösser und Bankkonto. Lauter Rothschilds. Sie können sich gar keine Vorstellung davon machen, bis zu welchem Grad moralischer Verworfenheit die Kinder gelangt sind, unsere Kinder, in ganz Europa. Natürlich, niemand will, daß man das sagt. Es ist verboten, solche Dinge in Europa auszusprechen. Aber es ist so. Wenn die Mütter nicht ihre Kinder verkauften, wissen Sie, was geschehen würde? Die Kinder würden, um zu Geld zu kommen, ihre Mütter verkaufen.«

Alle sahen mich verwundert an. »Es gefällt mir nicht, daß Sie so sprechen«, meinte General Guillaume.

»Ach, es gefällt Ihnen nicht, daß ich die Wahrheit sage? Aber was wissen Sie von Europa? Bevor Sie in Europa landeten, wo waren Sie da? In Marokko oder in irgendeiner anderen Gegend Nordafrikas. Was wissen die Amerikaner oder die Engländer davon? Sie waren in Amerika, in England, in Ägypten. Was können sie von Europa wissen, die in Salerno gelandeten Alliierten? Glauben sie vielleicht, daß es noch Kinder gibt in Europa? Daß es noch Väter, noch Mütter, noch Söhne, Brüder, Schwestern gibt? Einen Haufen fauligen Fleisches, das werdet ihr in Europa finden, wenn ihr es befreit haben werdet. Niemand will, daß man es sagt, niemand will davon hören, aber es ist die Wahrheit. Das, das ist Europa heutzutage: ein Haufen fauligen Fleisches.«

Alle schwiegen, und General Guillaume betrachtete mich starr mit seinen dunklen Augen. Er hatte Mitleid mit mir, er konnte nicht verbergen, daß er Mitgefühl mit mir hatte, und mit den vielen anderen, mit all den anderen meinesgleichen. Es war das erstemal, daß ein Sieger, ein Feind, Mitgefühl mit mir hatte und mit allen anderen meinesgleichen. Doch General Guillaume war Franzose, war Europäer, war ebenso Europäer wie ich selbst, und auch seine Stadt, dort in irgendeinem Teil Frankreichs, war zerstört, auch sein Haus lag in Trümmern, auch seine Familie lebte in Angst und Schrecken, auch seine Kinder hatten Hunger.

»Unglücklicherweise«, sagte General Guillaume nach langer Pause, »sind Sie nicht der einzige, der so spricht. Selbst der Erzbischof von Neapel, Kardinal Ascalesi, sagt dasselbe, was Sie sagen. Es müssen schreckliche Dinge vorgegangen sein in Europa, daß es soweit mit euch gekommen ist.«

»Nichts ist in Europa vorgegangen«, sagte ich.

»Nichts?« sagte General Guillaume. »Und der Hunger, die Bombenangriffe, die Erschießungen, die Massaker, die Angst, der Terror, all das ist nichts für Sie?«

»Oh, das ist nichts«, sagte ich, »das sind Dinge zum Lachen: der Hunger, die Bombenangriffe, die Erschießungen, die Konzentrationslager, alles Dinge zum Lachen, Lappalien, alte Geschichten. In Europa, da kennen wir diese Dinge seit Jahrhunderten. Wir haben uns langsam daran gewöhnt. Diese Dinge sind es nicht, die uns so zugerichtet haben.«

»Was also hat euch denn so zugerichtet?« fragte General Guillaume mit leicht belegter Stimme.

»Die Haut.«

»Die Haut? Welche Haut?« fragte General Guillaume weiter.

»Die Haut«, erwiderte ich mit leiser Stimme, »unsere Haut, diese verfluchte Haut. Sie ahnen nicht einmal, wessen ein Mensch fähig ist, welcher Heldentaten und welcher Gemeinheiten, um seine Haut zu retten. Dies, diese widerliche Haut, sehen Sie?« Und bei diesen Worten faßte ich mit zwei Fingern die Haut auf meinem Handrücken und zog sie hin und her. »Einst erduldete man den Hunger, die Folter, die schrecklichen Qualen und Entbehrungen, man tötete und man starb, man litt und man ließ leiden, um die Seele zu retten, die eigene Seele und die der anderen. Man war jeder Größe und jeder Gemeinheit fähig, um die Seele zu retten. Nicht nur die eigene Seele, sondern auch die der anderen. Heute leidet man und macht leiden, tötet man und stirbt, vollbringt man wunderbare Dinge und entsetzliche Dinge, nicht etwa, um die eigene Seele, sondern um die eigene Haut zu retten. Man wähnt, für die eigene Seele zu kämpfen und zu leiden, aber in Wahrheit kämpft und leidet man für die eigene Haut, nur für die eigene Haut. Alles übrige zählt nicht. Man wird zum Helden für eine sehr armselige Sache heutzutage! Für eine abscheuliche Sache. Die menschliche Haut ist eine abscheuliche Sache. Sehen Sie. Sie ist eine widerwärtige Sache. Und man muß überlegen, daß die Welt voller Helden ist, die bereit sind, ihr Leben für eine solche Sache zu opfern!«

»Tout de même . . .«, sagte General Guillaume.

»Sie können nicht leugnen, daß im Vergleich zu allem übrigen . . . Heute wird in Europa alles verkauft: Ehre, Vaterland, Freiheit, Gerechtigkeit. Sie müssen zugeben, daß es dann recht nebensächlich ist, seine eigenen Kinder zu verkaufen.«

»Sie sind ein anständiger Mensch«, sagte General Guillaume, »Sie würden doch Ihre Kinder nicht verkaufen.«

»Wer weiß?« antwortete ich leise. »Es handelt sich nicht darum, ein anständiger Mensch zu sein, es besagt gar nichts, wenn man rechtschaffen ist. Das ist keine Frage des persönlichen Anstands. Es ist die moderne Zivilisation, diese Zivilisation ohne Gott, welche die Menschen zwingt, ihrer eigenen Haut eine solche Bedeutung beizumessen. Es ist nichts als die Haut, was heute zählt. An Sicherem, an Faßbarem, an Unbestreitbarem gibt es nichts außer der nackten Haut. Sie ist das einzige, was wir besitzen. Was uns gehört. Das vergänglichste Ding, das es in der Welt gibt. Nur die Seele ist unsterblich, o Jammer! Aber was gilt die Seele heutzutage? Nichts als die Haut zählt. Alles besteht aus menschlicher Haut. Auch die Fahnen der Heere sind aus menschlicher Haut. Man schlägt sich nicht mehr für Ehre, für Freiheit, für Gerechtigkeit. Man schlägt sich für die Haut, für diese widerwärtige Haut.«

»Sie würden Ihre Kinder nicht verkaufen«, wiederholte General Guillaume mit einem Blick auf seinen Handrücken.

»Wer weiß?« sagte ich. »Wenn ich einen kleinen Sohn hätte, vielleicht würde ich hingehen und ihn verkaufen, um mir amerikanische Zigaretten kaufen zu können. Man muß mit der eigenen Zeit gehen. Wenn man schon verkommen ist, muß man bis zum Letzten verkommen sein.«

5 Adams Sohn

Am nächsten Tag brachte mich Colonel Jack Hamilton mit seinem Wagen nach Torre del Greco. Der Gedanke, an einer *figliata*, der uralten Kulthandlung der Uranier, teilzunehmen, belustigte ihn und stimmte ihn gleichzeitig bedenklich. Sein Puritaner-Gewissen machte ihn argwöhnisch, doch war es mir schließlich gelungen, seine Bedenken beiseite zu schieben. War er denn nicht Amerikaner, ein Sieger, ein Befreier? Was befürchtete er also? Es war seine Pflicht, keine Gelegenheit zu versäumen, dieses mysteriöse Europa, das zu befreien die Amerikaner gekommen waren, kennenzulernen.

»Das wird dir helfen, Amerika besser zu verstehen, wenn du wieder nach Hause zurückkehrst«, sagte ich zu ihm.

»Wie soll mir das denn helfen, Amerika besser zu verstehen?« erwiderte Jack. »Das hat doch gar nichts mit Amerika zu tun.«

»Spiel nicht den Harmlosen«, sagte ich, »was würde euch denn die Befreiung Europas nützen, wenn sie euch nicht helfen könnte, Amerika zu begreifen?«

In Jacks *Plymouth* hatten auch Georges, Jeanlouis und Fred Platz genommen. Georges war erst vor ein paar Tagen nach Neapel gekommen und brachte neue Nachrichten aus Rom und Paris mit. Er hatte sich nicht, wie alle anderen, durch die deutschen Linien in den Abruzzen geschlichen, er war über See gekommen, auf einem englischen Küstenwachtschiff, das ihn auf der Höhe von Ravenna auf offener See erwartet hatte.

Ich hatte den Grafen Georges de la V. vor vielen Jahren in Paris im Hause der Herzogin von Clermont-Tonnerre kennengelernt; sie wohnte damals in der Rue Raynouard in Passy, und er erschien dort von Zeit zu Zeit zusammen mit Max Jacob, mit dem er sehr befreundet war. Georges war einer der bekanntesten *corydons* von Europa; in jungen Jahren hatte er zu den schönsten Pariser *mignons* gehört, wie sie der junge Marcel Proust in seinen mondänen Gesellschaftsberichten schildert, wenn sie in den Salons des Faubourg sich hinter den Rückenlehnen der Sessel verstecken, wie in den Szenen ländlicher Feste bei Boucher und Watteau die jugendlichen Hirten, goldgelockt und mit Seidenbändern geschmückt, hinter den Schultern der Nymphen. In väterlicher Linie mit Robert de Montesquiou und mütterlicherseits mit dem napoleonischen Adel verwandt, vereinte Georges in sich nicht nur die glänzende Tradition gewisser freier Sitten des 18. Jahrhunderts mit jener grobschlächtigen Sinneslust, die vom Kaiserreich über Louis-Philippe sich bis zu Thiers' *grands bourgeois* fortpflanzt, sondern entschuldigte beinahe, und korrigierte in gewissem Sinne, die so häufigen Auswüchse männlichen Verhaltens in der Geschichte der Dritten Republik. Man muß einsehen, daß solche Persönlichkeiten geeigneter sind, die Entwicklung der Sitten einer Gesellschaft verständlich zu machen, als etwa die Politiker. Unter dem Zepter Fallières geboren, unter dem aufgehenden Stern Diaghilews herangewachsen, im Zeichen Jean Cocteaus zum Mann geworden, legte Georges kein Zeugnis ab von dem Verfall der Sitten im republikanischen Frankreich, sondern von dem höchsten Glanz, von der letzten Verfeinerung der Bildung, der Formen, der Sitten, die Frankreich ohne die Dritte Republik erreicht hätte. Graf Georges de la V., jetzt etwa im vierzigsten Lebensjahre, gehörte auf Grund allgemeiner Anerkennung zu jener auserlesenen Gruppe hochgebildeter und – man darf sagen – freier Geister, die in den Augen Europas die *muflerie*, die Mittelmäßigkeit der Männer der Dritten Republik, entschuldigte und milderte und die dazu bestimmt schien, die unvermeidliche *muflerie* der Männer der Vierten Republik zu rechtfertigen, welche zwangsläufig aus der Befreiung Frankreichs und Europas hervorgehen mußte.

»Ist Georges auch Marxist?« flüsterte ich Jeanlouis ins Ohr.

»Natürlich«, antwortete Jeanlouis.

Dieses »natürlich« machte mich unschlüssig und leicht betreten. Ich konnte mich nicht an den Gedanken gewöhnen, daß der Marxismus nichts weiter sei als ein Vorwand, um die Sittenfreiheit der jungen Generationen Europas zu rechtfertigen. Dieser Vorwand mußte einen tieferen Grund verbergen. Man weiß, daß nach jedem Kriege, nach jeder Revolution wie nach einer Hungersnot oder einer Pestepidemie die Sitten verfallen. Bei jungen Leuten ist die Sittenverderbnis ebenso eine moralische wie eine physiologische Tatsache und überschreitet leicht die Grenzen der Normalität. Ihr häufigster Ausdruck ist die Homosexualität in ihrer unter jungen Männern gewöhnlich verbreitetsten Form eines »Hedonismus des Geistes« – ich gebe hier die Worte eines katholischen Schriftstellers wieder, der dieses Problem mit feinster Einfühlung behandelt –, »in der Form eines Dandytums zum Gebrauch für intellektuelle Anarchisten, einer Methode, sich der Bereicherungen des Lebens zu bedienen und sich seiner selbst zu erfreuen«.

Diesmal war indessen die Sittenverderbnis in der europäischen Jugend dem Kriege vorausgegangen, nicht gefolgt. Sie war eine Ankündigung, ein Vorbote des Krieges gewesen, fast eine Vorbereitung der europäischen Tragödie, nicht ihre Folge. Schon lange vor den schmerzlichen Ereignissen von 1939 schien es, als ob die europäische Jugend einem Losungswort folgte, Opfer eines Planes sei, eines Programms, das von langer Hand vorbereitet und mit der kalten Berechnung eines zynischen Geistes geleitet wurde. Man hätte sagen können, daß ein Fünfjahresplan der Homosexualität zur Korrumpierung der europäischen Jugend bestand. Das gewisse, zweideutige Etwas in der Haltung, im Auftreten, in den Äußerungen, im Tone der Freundschaften, im sozialen Durcheinander junger Bürgerlicher und junger Arbeiter, das einträchtige Beieinander von bürgerlicher und proletarischer Sittenverderbnis waren Erscheinungen, die schon lange vor dem Kriege in einem betrüblichen Ausmaß spürbar geworden waren. Vor allem in Italien – wo in gewissen Kreisen junger Intellektueller und Künstler, besonders bei Malern und Lyrikern, die Päderastie verbreitet war, was man für kommunistische Gesinnung hielt – war dieses Phänomen der Öffentlichkeit von gründlichen Beobachtern und Sachkennern, sogar von Politikern unterbreitet worden, die doch im allgemeinen den außerhalb des engeren politischen Interessenkreises liegenden Tatsachen gleichgültig gegenüberstehen.

Was mich besonders überraschte, war die Tatsache, daß die Sittenverderbnis der Jugend sowohl in der bürgerlichen wie in der Arbeiterklasse – doch mehr in jener als in dieser, wo man einen natürlichen Bovarysmus bestimmter Schichten der Arbeiterjugend, die einen engeren Kontakt mit der bürgerlichen Jugend haben, in Rechnung stellen muß – sich unter dem Vorwand des Kommunismus entfaltete; fast als sei geschlechtliche Inversion, auch die nicht vollzogene, sondern nur gespielte und rhetorische, unumgänglich für die Einweihung in kommunistische Gedankengänge. Da mir das Problem von grundlegender Wichtigkeit zu sein schien, hatte ich mich bereits wiederholt gefragt, ob dies spontan eintrat, aus innerer moralischer und physiologischer Verderbtheit, als Reaktion auf die Formen, Sitten, Vorurteile und absterbenden bürgerlichen Ideale, oder nicht vielmehr als Folge einer eindringlichen, zynischen, skrupellosen Propaganda, welche von ferne geleitet wurde und darauf abzielte, das soziale Gewebe Europas aufzulösen, in Voraussicht dessen, was die verschwommenen Gemüter unserer Zeit als die große Revolution der Neuzeit feiern.

Man kann vielleicht einwenden, daß dieses Phänomen nur ein scheinbares ist, daß der Kommunismus der Jungen, genau wie ihre affektierte und behauptete, aber mehr gespielte als vollzogene sexuelle Inversion, nichts weiter ist als eine Form intellektualistischen Dandytums, einer snobistischen Herausforderung gegenüber den bürgerlichen Vorurteilen und guten Sitten, und daß die Jugend heute die Rolle der Invertierten spielt, wie sie zur Zeit Byrons und Mussets die Rolle romantischer Helden oder später die verkommener Dichter und neuerdings die raffinierter Des Essaintes' gespielt hat. Jedenfalls verfolgten mich diese Gedanken und stärkten in mir den Wunsch, an der *figliata* teilzunehmen, nicht nur aus gewöhnlicher Neugier, sondern um mir darüber klarzuwerden, inwieweit das Laster besorgniserregend, welches sein eigentlicher Geist und was an Neuem in ihm enthalten sei.

Wie groß war nicht meine Überraschung, als mir Jeanlouis später erzählte, daß Georges eine Art politischer Persönlichkeit sei – sogar, nach Jeanlouis' Worten, ein Held! –, der im Verlaufe des Krieges den Alliierten wertvolle Dienste geleistet hatte und noch leistete. Er hatte sich im Sommer 1940 in London befunden, war im Fallschirm über französischem Gebiet abgesetzt worden, hatte sich seit 1940 dreimal über Spanien und Portugal wieder nach England begeben und war immer wieder als Fallschirmspringer nach Frankreich zurückgekehrt, um dort Aufgaben von besonderer Schwierigkeit und Wichtigkeit durchzuführen; die Alliierten legten so großen Wert auf ihn, daß sie ihn an die Spitze des *maquis* der Invertierten Europas stellten.

Die Vorstellung, wie Georges im weißen Schatten des steil über seinem Haupte aufragenden gewaltigen Schirms vom Himmel herabschwankte, mit seinen rosigen Händen und rundlichen Hüften rudernd, die Vorstellung von diesem blonden Cupido, der zur Erde herniederschwebte und das Gras mit der Spitze seines zierlichen Fußes streifte wie ein Engel den Rand einer Wolke, machte mich – ich schäme mich, es zu sagen –, machte mich lachen. Ich weiß, es ist unehrerbietig, über einen Heroen zu lachen; aber es gibt Helden, die zum Lachen reizen, selbst wenn sie Helden der Freiheit sind. Es gibt andere, die weinen machen, und ich weiß nicht, ob sie besser oder schlechter sind als jene. Heutzutage haben wir nur zu lachen oder zu weinen in Europa – die einen über die anderen. Ein schlechtes Zeichen. Aber um mich zu entschuldigen, füge ich hinzu, daß meine Art zu lachen zum Glück nichts Boshaftes in sich barg.

Die über ganz Europa und natürlich auch in Deutschland und der Sowjetunion verstreuten Invertierten hatten sich als sehr wertvolle Elemente für den englischen und amerikanischen Spionagedienst erwiesen, da sie von Beginn des Krieges an eine besonders heikle und gefährliche politische und militärische Tätigkeit entfalteten. Die Invertierten bilden bekanntlich eine Art internationaler Bruderschaft, eine geheime Gesellschaft, die von den Gesetzen einer empfänglichen und tiefen Freundschaft bestimmt wird und unabhängig ist von der Anfälligkeit und sprichwörtlichen Unbeständigkeit sexueller Bindungen. Die Liebe der Invertierten ist, Gott sei Dank, jenseits des einen und des anderen Geschlechts und wäre ein vollkommenes Gefühl, völlig frei von jeder Art menschlicher Knechtung – sei es durch Tugenden oder durch Fehler, die dem Menschen eigen sind –, wenn nicht Launen und Hysterismen und gewisse hämische und bedauerliche üble Züge sie beherrschten, die ihrem Altjungferngemüte zuzurechnen sind. Der berühmte General Donovan, dessen rechter Arm Georges in allen Fragen geworden war, die den *maquis* der Homosexuellen betrafen, hatte selbst noch aus den Schwächen der geschlechtlichen Inversion bis zu dem Grade Vorteile zu ziehen gewußt, daß er daraus ein hervorragendes Kampfinstrument zu schmieden verstand. Wenn eines Tages den Außenstehenden Einblick in die Geheimnisse dieses Krieges gegeben werden kann, wird es vielleicht möglich sein zu erfahren, wie viele Menschenleben dank den geheimen Zärtlichkeiten der über alle Länder Europas verstreuten *mignons* geschont werden konnten. Alles ist in diesem furchtbaren, merkwürdigen Kriege in Betrieb gesetzt worden, um den Sieg zu erzwingen, alles, sogar die Päderastie; sie verdient somit die Achtung eines jeden aufrichtigen Freundes der Freiheit. Gewisse Moralisten werden vielleicht nicht dieser Meinung sein: aber man kann nicht verlangen, daß alle Helden von unanfechtbaren Sitten und wohldefinierbaren Geschlechtes sind. Es gibt kein obligatorisches Geschlecht für Helden der Freiheit.

Die Idee des *maquis* der Invertierten war eine Idee Georges' gewesen. Ihm gebührt das Verdienst, in allen von den Deutschen besetzten Ländern und sogar in Deutschland selbst dieses Netz junger *mignons* organisiert zu haben, die der edlen Sache der Freiheit Europas so viele wertvolle Dienste leisteten. In diesen Novembertagen 1943 war Georges heimlich von Paris nach Néapel gekommen, um mit dem alliierten Oberkommando in Caserta den Aktionsplan für Italien abzustimmen. Es ist Georges zu verdanken, wenn der berühmte Oberst Dollmann, der eigentliche Kopf Hitlers in Rom, zu guter Letzt den jungen *mignons* ins Netz ging, das Georges geduldig um ihn gewoben hatte.

Dollmann war ein sehr schöner und ebenso grausamer Mann – beides Eigenschaften, die ihn dafür bestimmten, Georges' raffinierten Künsten zum Opfer zu fallen. Er war in einen jungen Mann aus dem römischen Hochadel verliebt, und diese unsinnige Leidenschaft machte ihn zum Verräter. Dollmann ist es dann gewesen, der in der Schweiz ohne Wissen Hitlers und Mussolinis jene geheimen Abmachungen traf, welche die industriellen Betriebe Norditaliens vor der Zerstörung bewahrten und die zum Ausbleiben des Widerstandes und zur Kapitulation der deutschen Truppen während der alliierten Offensive in Oberitalien im April 1945 führten.

An diesen Verhandlungen hat Georges entscheidenden Anteil gehabt; er handelte wie ein Held aus einem Drama Corneilles, der er war und der er, hoffe ich, heute noch ist. Er hatte sich gleichfalls in Dollmanns jungen Freund verliebt, doch er wußte seine Liebe der Sache der Freiheit Europas zum Opfer zu bringen. Welcher Opfer ist ein Invertierter nicht fähig, wenn es um die Sache der Freiheit geht!

Georges, der neben Jack saß, stützte eine Hand auf dessen Arm und erzählte ihm von Paris, von Frankreich, vom Leben an der Seine während der Besatzungszeit, von den deutschen Offizieren und von den Soldaten auf den Champs-Elysées und an den Tischen des Maxim's, des Larue, des Deux Magots. Er sprach über Paris, über die Liebschaften, den Klatsch, die Skandalaffären von Paris, und Jack drehte sich alle Augenblicke nach mir um: »Tu entends? On parle de Paris.« Jack war selig, mit einem richtigen Franzosen französisch schwatzen zu können, obgleich er sich wiederholt in der Lage befand wie François de Seryeuse gegenüber Mrs. Wayne im »Bal du Comte d'Orgel«: Georges gebrauchte Ausdrücke, die Jack für Fehler im Französischen hielt. Georges sprach über die schöne junge Gräfin V., seine Cousine, mit Haß und Eifersucht, über André Gide mit heimlicher Abneigung, über Jean Cocteau mit liebevoller Verachtung, über Jean-Paul Sartre und seine »Fliegen« mit gespielter Gleichgültigkeit und über die alte Herzogin von P. auf eine Art, wie eine alte Jungfer von ihrem Hund erzählt: daß er die Grippe gehabt habe, daß es ihm jetzt besser gehe, daß die Verdauung regelmäßig sei, daß er sich im Spiegel anzubellen pflege. Die alte Herzogin von P., die ihr Spiegelbild anbellte, machte auf Jack einen starken Eindruck; immer wieder wandte er sich nach mir um: »Tu entends? C'est marrant, n'est-ce pas?«

Schließlich begann Georges von den Pariser *zazous* zu sprechen.

»What?« fragte Jack. »Les zazous? Qu'est-ce que c'est que les zazous?«

Georges mußte zunächst über Jacks arglose Unwissenheit lachen, doch dann verdüsterte sich seine Miene allmählich, während er erzählte, daß die *zazous* exzentrische junge Leute von siebzehn bis zwanzig Jahren seien, auffallend gekleidet, mit Golfschuhen, enganliegenden und bis halb zum Schienbein herauf umgeschlagenen Hosen, überlanger Jacke, häufig aus Samt, das Hemd mit hohem, engem Kragen. Sie trugen das Haar lang, bis über den Hals hinab an Stirn und Schläfen in einer Art gekämmt, die an die Frisur der Marie-Antoinette erinnerte. Die *zazous* waren zuerst gegen Ende 1940 hier und dort in Paris aufgetreten, am häufigsten in dem Muette genannten Viertel in der Gegend der Place Victor Hugo – in einer Bar an diesem Platz hatten sie ihr Hauptquartier – und hatten sich dann in dichten Scharen auf der Rive Gauche gezeigt und sich in den Bars und Cafés um Saint-Germain-des-Prés niedergelassen; doch blieben ihr bevorzugter Standort die eleganten Viertel der Muette und der Champs-Elysées.

Sie stammten gewöhnlich aus Familien des wohlhabenden Bürgertums und waren anscheinend völlig unberührt von den mannigfachen Sorgen, die zu jener Zeit die Gemüter der Franzosen bedrückten. Sie zeigten kein besonderes Interesse, weder für Kunst noch für Literatur noch für den Sport und am allerwenigsten für Politik, wenn man schon den schmutzigen Machenschaften jener Jahre diesen Namen geben will. Für all das, was der Ausdruck Flirt bezeichnet und zu verstehen gibt, zeigten sie betonte Gleichgültigkeit, obgleich sie für gewöhnlich weibliche *zazous* in ihrer Begleitung oder besser in ihrem Gefolge hatten, die ebenfalls in jugendlichem Alter und ebenfalls exzentrisch gekleidet waren, mit langer, bis zum Schoß hinabreichender Bluse und kurzem kniefreiem Rock. Sie sprachen in der Öffentlichkeit niemals mit lauter Stimme, sondern stets gedämpft, fast flüsternd, und ihre Unterhaltung drehte sich immer um das Kino; weniger um Darsteller und Darstellerinnen als um Regisseure und die Filme selbst. Sie verbrachten ihre Nachmittage in den Kinos, und in den verdunkelten Sälen hörte man dann ihr leises Geflüster, die kurzen Kehllaute, mit denen sie einander anriefen.

Daß irgend etwas mit ihnen, bei ihren geheimen Konventikeln, ihrem mysteriösen Kommen und Gehen nicht stimmte, schien durch die Tatsache bewiesen zu werden, daß die Polizei häufig ihre gewohnheitsmäßigen Versammlungsorte besuchte. »Allez, allez travailler, les fils à papa«, meinten die Flics begütigend, während sie die *zazous* zur Türe drängten. Die französische Polizei hatte in jenen Jahren wenig Neigung, sich sehr findig zu zeigen, und die deutsche Polizei maß den *zazous* keine große Bedeutung bei. Man kann nicht sagen, ob es sich bei der französischen Polizei um Ahnungslosigkeit oder stillschweigende Mittäterschaft handelte, doch war es bekannt, daß alle *zazous*, wenn auch flüsternd, sich als Gaullisten bekannten. Im Laufe der Zeit widmeten sich viele von ihnen allerlei kleinen Geschäften, besonders dem Schwarzhandel mit amerikanischen und englischen Zigaretten. Und gegen Ende des Jahres 1942 geschah es öfter, daß die Polizei in den Taschen der *zazous* nicht nur ein paar Päckchen Camel oder Players beschlagnahmen konnte, sondern auch in England gedruckte Flugblätter mit gaullistischer Propaganda. »Lausbübereien«, sagten manche; und das war auch die Ansicht der französischen Polizei, die keine Unannehmlichkeiten schaffen wollte.

Ob hinter den *zazous* der berühmte amerikanische General Donovan stand oder nicht, war damals nicht leicht festzustellen; heute ist kein Zweifel mehr daran möglich. Die *zazous* bildeten ein Netz, in engem Kontakt mit dem amerikanischen und dem britischen Intelligence Service. Doch damals schienen sie für die Augen der Pariser nichts anderes zu sein als exzentrische junge Leute, die aus einer natürlichen Reaktion gegen das beschwerliche Leben jener Jahre eine bequeme und lustige Mode aufbrachten und denen man höchstens vorwerfen konnte, daß sie sich als Modelöwen und Dandies gebärdeten und sich gleichgültig zeigten gegenüber den gemeinsamen Leiden und Bedrängnissen wie auch gegenüber der Härte und Überheblichkeit der Deutschen; und das in einer eingeschüchterten, gedemütigten bürgerlichen Gesellschaft, die nur das eine Ziel hatte, keine Unannehmlichkeiten, weder mit den Deutschen noch mit den Alliierten, vor allem aber nicht mit den ersteren, zu bekommen. Über die Gepflogenheiten der *zazous* konnte man nichts Bestimmtes behaupten, vor allem nichts Schlechtes. Ihre Umgangsformen und ihr Auftreten waren wohl ebenfalls durch den Mythos der individuellen Freiheit bestimmt, die den größten Teil der Glaubenslehre der Homosexuellen ausmacht. Doch unterschieden sie von den Invertierten nicht so sehr die moralischen Grundsätze als die politische Zielsetzung: denn die *zazous* bezeichneten sich als Gaullisten, und die Homosexuellen wollten Kommunisten sein.

»Ah! Ah! Les zazous! Tu entends?« rief Jack, zu mir gewandt. »Les zazous! Ah! Ah! Les zazous!«

»Je n'aime pas les zazous«, rief Georges dazwischen, »sie sind Reaktionäre.«

Ich mußte lachen und flüsterte Jeanlouis ins Ohr: »Er ist eifersüchtig auf die *zazous*.«

»Eifersüchtig auf diese Taugenichtse?« antwortete Jeanlouis mit tiefer Verachtung. »Während die in Paris die Helden markieren, sterben wir für die Freiheit.«

Ich schwieg, da ich nicht wußte, was antworten. Man weiß nie, was man Leuten, die für die Freiheit sterben, antworten soll.

»Und Matisse? Was macht Matisse?« fragte Jack. »Und Picasso?«

Georges antwortete ihm lächelnd mit seiner Turteltaubenstimme. Alles wurde auf seinen Lippen Anlaß zu irgendwelchem Klatsch; auch Picasso, Matisse, der Kubismus, die französische Malerei während der deutschen Besatzung boten Georges den Ansatzpunkt für eine wunderliche Arabeske von Klatschereien und leichtfertigen Ausstreuungen.

»Und Rouault? Und Bonnard? Und Jean Cocteau? Und Serge Lifar?« fragte Jack weiter.

Als der Name Serge Lifar fiel, verfinsterte sich Georges' Gesicht; er ließ einen dumpfen Klagelaut vernehmen, seine Stirne neigte sich auf Jacks Schulter, und seine rechte Hand beschrieb in der Luft eine langsame undeutliche Geste. »Ah, ne m'en parlez pas, je vous en supplie!« Seine Stimme klang schwach und tiefbewegt.

»Oh, sorry«, sagte Jack, »ist ihm irgendein Unglück zugestoßen? Ist er vielleicht verhaftet – erschossen?«

»Pire que ça«, sagte Georges.

»Schlimmer als das?« fragte Jack ganz ungläubig.

»Il danse!« rief Georges.

»Er tanzt?« Jack war mächtig überrascht, weil er sich nicht klarzumachen vermochte, wie es in Paris für einen Tänzer ein so großes Unglück sein konnte, wenn er auftrat.

»Hélas, il danse!« wiederholte Georges, mit vor Erregung, Zorn und Widerwillen bebender Stimme.

»Sie haben ihn tanzen sehen?« fragte Jack im gleichen Ton, wie wenn er gefragt hätte: »Sie haben ihn sterben sehen?«

»Hélas, oui!« antwortete Georges.

»Il y a longtemps de cela?« fragte Jack leise.

»Am Abend, ehe ich Paris verließ«, erwiderte Georges, »je vais le voir danser tous les soirs, hélas! Ganz Paris läuft, um ihn tanzen zu sehen. Car il danse, hélas!«

»Il danse, hélas!« wiederholte Jack und drehte sich nach mir um; »il danse, tu comprends?« sagte er mit triumphierender Stimme. »Il danse, hélas!«

Als wir Torre del Greco erreichten, war es vier Uhr nachmittags. Wir bogen zum Hafenviertel ab und hielten vor einem Gitter am Ende einer Sackgasse, zwischen hohen Mauern, an einer Stelle, wo die Weingärten und Orangenpflanzungen bis ans Meeresufer hinabreichen. Wir drückten das Tor auf und betraten einen großen Obstgarten, der ein armseliges Fischerhaus umgab, dessen Mauern in einem müden pompejanischen Rot getüncht waren. Die eine Fassade des Hauses umschloß den Bogen einer Loggia, und vor der Loggia zog sich durch die ganze Länge des Gartens ein Laubengang hin, dessen Spalier noch das Kleid des von erster herbstlicher Kälte versengten Weinlaubes trug. Zwischen seinen roten Blättern glänzten hier und dort blonde Traubenbüschel hervor, die im letzten Feuer des sterbenden Sommers gereift waren. Unter dem Laubengang war ein ländlich einfacher Tisch gedeckt, mit einem grobleinenen Tischtuch, Tafelgeschirr aus kunstloser Majolika und Bestecken mit beinernen Griffen; mehrere Flaschen Weißwein standen bereit; es war Wein von den Hängen des Vesuvs, der durch die schwarze Lava des Vulkans und die klare Meeresluft seine wundervolle Kraft, sein schlankes und zartes Aroma erhält.

Jeanlouis' Freunde erwarteten uns; sie saßen auf den im Garten verstreuten Marmorbänken – die Häuser, die Gärten und Pflanzungen in diesem Teil der neapolitanischen Campagna am Fuße des Vesuvs weisen sehr viel Marmorgerät auf, das aus den Ausgrabungen von Herculanum und Pompeji stammt. Die Freunde empfingen Georges, Fred und Jeanlouis mit lautem Freudengeschrei und kamen ihnen mit offenen Armen entgegen, wiegten sich in den Hüften und bewegten den Kopf in zierlichen schmachtenden Wendungen. Sie umarmten einander, flüsterten sich ins Ohr, schauten sich zärtlich in die Augen; es schien, als hätten sie sich seit hundert Jahren nicht gesehen, wo sie sich doch erst vor kurzem, vielleicht vor einer Stunde getrennt hatten. Alle, einer nach dem andern, küßten Georges die Hand, der diese Ehrerbietung mit königlicher Huld entgegennahm und in stolzer Herablassung lächelte. Als die Zeremonie der Umarmungen ein Ende hatte, verklärte sich Georges' ganzes Wesen; er schien zu erwachen, öffnete die Augen, blickte mit gespieltem Erstaunen umher, begann zu zwitschern, die Federn zu schütteln und ging trippelnden Schritts von einem zum andern, wodurch er wie ein Sperling wirkte, der unsichtbare Zweige entlanghüpft. Längs der Schatten, die die Weinreben des Laubengangs auf den Boden zeichneten, sprang er tatsächlich von einem Schattenstreifen zum anderen und schien hier und dort in vogelhafter Zierlichkeit nach den zwischen dem roten Laub hervoräugenden blonden Weinbeeren zu picken.

Jack und ich hatten uns abseits auf eine Marmorbank gesetzt, um diese unverhüllten zierlichen Liebesregungen nicht zu stören, und Jack lachte kopfschüttelnd: »Do you really think«, sagte er, »tu crois vraiment . . .«

»Natürlich«, sagte ich.

»Ah! ah! ah! C'est donc ça ce que vous appelez des héros, en Europe?«

»Ihr seid es gewesen«, sagte ich, »die daraus Helden gemacht haben. Hattet ihr wirklich unsere Päderasten nötig, um den Krieg zu gewinnen? Glücklicherweise haben wir auf dem Gebiet des Heroismus hier in Europa noch Besseres zu bieten.«

»Meinst du nicht, daß ihr auch auf dem Gebiet der Homosexualität noch Besseres zu bieten hättet?« fragte Jack.

»Ich fange an zu glauben, daß die Päderasten die einzigen sind, die den Krieg gewonnen haben.«

»Ich fange auch an, das zu glauben«, sagte Jack und schüttelte lachend den Kopf.

Georges und seine Freunde gingen inzwischen im Garten spazieren; sie flüsterten miteinander und warfen unruhige und ungeduldige Blicke in Richtung auf das Haus.

»Auf was warten sie?« fragte Jack. »Glaubst du, daß sie jemanden erwarten? Langsam beginne ich Angst zu bekommen; mir ahnt, daß diese Geschichte übel ausgeht.«

Ich hatte mich umgeblickt und zum Strand hinabgeschaut; leise sagte ich: »Sieh aufs Meer, Jack.«

Das Meer, an die Küste festgeklammert, schaute mich starr an. Es schaute mich starr an mit seinen großen, grünen Augen, es keuchte wie ein an den Strand festgeklammertes Tier; es strömte einen seltsamen Geruch aus, den starken Geruch eines Tieres der Wildnis. Fern, gegen Westen, wo die Sonne bereits in einen diesigen Horizont hinabsank, wiegten sich auf der Reede des Hafens Hunderte von Schiffen, in einen dichten, grauen Nebel gehüllt, den der weiße Schimmer gleitender Möwen durchschnitt. Andere Schiffe kreuzten weit draußen in den Gewässern des Golfs, schwarz abgehoben gegen das durchsichtig blaue Gespenst der Insel Capri; und ein Sturm, der nach Scirocco schmeckte, schob allmählich den Himmel mit blauschwarzen Wolken zu, die von schwefligen Blitzen, von unerwarteten schmalen, grünen Sprüngen, von grellen schwarzen Leuchtspuren auseinandergerissen wurden, und trieb vereinzelte weiße Segel vor sich her, die sich in den Hafen von Castellammare flüchten wollten. Die Szene war von einem düsteren Leben erfüllt, mit den qualmenden Schiffen am Horizont, mit den vor den grünen und gelben Blitzen des schwarzen Sturmes fliehenden Segeln, mit der fern über den blauen Abgrund des Himmels irrenden Insel: es war eine mythische Landschaft; und am Rande dieser Landschaft weinte Andromeda, irgendwo an eine Klippe gefesselt, wurde das Meerungeheuer irgendwo von Perseus erschlagen.

Das Meer schaute mich fest an mit seinen großen, flehenden Augen, keuchend wie ein verwundetes Tier, und ich erschauerte. Es war das erstemal, daß das Meer mich in dieser Weise ansah. Es war das erstemal, daß ich den Blick dieser grünen Augen mit einer so drückenden Trauer, mit einer solchen Angst, mit einem so einsamen Schmerz auf mir lasten fühlte. Es schaute mich fest an und keuchte; es war wirklich wie ein ans Ufer festgeklammertes, verwundetes Tier, und ich zitterte vor Entsetzen und vor Mitgefühl. Ich war es müde, die Menschen leiden zu sehen, sie ächzend, blutüberströmt sich an der Erde dahinschleppen zu sehen; ich war es müde, ihr Stöhnen zu hören, die verwunderten Worte, wie sie Sterbende im Todeskampf lächelnd flüstern. Ich war es müde, die Menschen leiden zu sehen, die Tiere, die Bäume, den Himmel, die Erde, das Meer, ich war ihrer Leiden müde, ihrer sinnlosen, vergeblichen Leiden, ihrer Ängste, ihres endlosen Todeskampfes. Ich war es müde, Grauen zu empfinden, müde, Mitleid zu haben. Ach, das Mitleid! Ich schämte mich, Mitleid zu empfinden. Und doch zitterte ich vor Mitleid und vor Grauen. Am Bug des weitgeschwungenen Golfes stand nackt und gespenstisch der Vesuv, die Flanken von Feuer- und Lavaschründen zerkratzt, aus tiefen Wunden blutend, aus denen Flammen und Rauchschwaden hervorwogten. Das Meer, an das Ufer geklammert, schaute mich fest an mit seinen großen, flehenden Augen, keuchend, ganz bedeckt von grünen Schuppen wie ein gewaltiges Reptil. Und ich zitterte vor Mitgefühl und Grauen, als ich das dumpfe Stöhnen des Vesuvs hoch über den Himmel schweben hörte.

Doch um uns her schufen die dunkelleuchtenden Blätter der Zitronen- und Orangenbäume und das silbrige Flimmern der Ölbäume unter der Meeresbrise im düsteren Schein der schon versinkenden Sonne einen Platz des Friedens, eines hellen, ausgeglichenen Friedens inmitten der aufgewühlten, drohenden Natur. Von dem kleinen Haus herüber drang der Duft von frischem Fisch und eben fertiggebackenem Brot, klangen das Klirren des Geschirrs und die gedämpften Worte einer freundlichen Frauenstimme.

Ein alter Fischer trat aus dem Haus und rief, zu unseren Freunden gewandt, die tiefer im Garten sich mit geheimnisvollem Getue unterhielten, daß alles bereit sei. Ich dachte, daß es sich um das Essen handele, setzte mich neben Jack an den Tisch und füllte unsere Gläser mit Wein. Der Wein hatte einen zarten und lebhaften Geschmack, er verströmte das süße Aroma wilder Kräuter; ich erkannte in diesem Geschmack und in diesem Aroma den heißen Atem des Vesuvs, das Wehen des Windes durch die herbstlichen Weingärten, die auf den schwarzen Lavafeldern und der grauen toten Aschenwüste des trockenen Vulkans um Boscotrecase herum verstreut liegen. »Trink«, forderte ich Jack auf, »dieser Wein ist aus den Trauben des Vesuvs gekeltert, er hat den geheimnisvollen Geschmack des Höllenfeuers, den Geruch der Lava, der Lapilli und der Asche, die Herculanum und Pompeji begruben. Trink ihn, Jack, diesen alten, heiligen Wein.«

Jack hob das Glas an seine Lippen und sagte: »A strange people, you are!«

»A strange, a miserable, a marvellous people . . .«, erwiderte ich, das Glas erhebend. Doch in diesem Augenblick bemerkte ich, daß unsere Freunde verschwunden waren. Der Klang gedämpfter Stimmen kam aus dem Innern des Hauses, ein langgedehntes Wimmern, eine Art singenden Stöhnens, fast ein schmerzlich feierliches Lied, ähnlich dem Stöhnen einer Gebärenden auf dem Motiv eines Liebesliedes moduliert. Neugierig geworden, standen wir auf, gingen, ohne Geräusch zu machen, zum Haus hinüber und traten ein. Der Klang der Stimmen und dieses seltsame Stöhnen kamen aus dem oberen Stockwerk. Wir stiegen lautlos die Treppe hinauf, stießen eine Tür auf und blieben auf der Schwelle stehen.

Es war ein armes Fischerzimmer; ein riesiges Bett füllte es beinahe aus, und darin lag unter einer gelbseidenen Decke ein nicht sofort erkennbares menschliches Wesen, Mann oder Frau. Der Kopf verschwand fast in einer spitzenumsäumten weißen Haube, die mit einem breiten, blauen Band unter dem Kinn gebunden war; er ruhte in der Mitte eines üppigen Kissens mit weißseidenem Bezug wie ein abgetrennter Kopf auf einem silbernen Teller. In dem von Sonne und Wind verbrannten Gesicht leuchteten große, dunkle Augen. Der breite Mund war über den roten Lippen von einem schwarzen Schnurrbart überschattet. Es war ohne Zweifel ein Mann, ein junger Mann von nicht mehr als zwanzig Jahren. Er stöhnte singend mit offenem Munde, er drehte ruhelos den Kopf auf dem Kissen, von einem Fleck zum andern, bewegte außerhalb der Decke die muskulösen Arme, die die Ärmel eines Frauennachthemdes prall ausfüllten; wie wenn er das Andringen irgendeines grausamen Schmerzes nicht mehr aushalten könne, sang er stöhnend »Ohi! Ohi misera me!« und preßte beide Hände auf den seltsam gewölbten Bauch, wirklich den Leib einer schwangeren Frau.

Jeanlouis und seine Freunde umstanden diensteifrig und verängstigt das Bett, auf ihren Gesichtern malte sich die Sorge, wie sie Familienangehörige am Lager einer Gebärenden bedrückt. Der eine kühlte mit feuchten Lappen dem Patienten die Stirn, ein anderer hielt ihm ein mit Essig und Riechstoffen getränktes Taschentuch unter die Nase, ein dritter legte Handtücher, Verbandstoffe, Leinenbinden zurecht, ein vierter machte sich an zwei kleinen Wasserbecken zu schaffen; eine alte Frau mit runzligem Gesicht, wirrem grauem Haar, mit gemessen bedachtsamen Gesten, die dem besorgten Wackeln ihres Kopfes, den beklemmenden Seufzern, dem flehend zum Himmel gehobenen Blick widersprachen, schöpfte heißes Wasser mit zwei Krügen, die sie taktmäßig hob und senkte. Alle anderen liefen unbeherrscht im Zimmer hin und her, drängten und stießen einander, preßten den Kopf zwischen die Hände und riefen: »Mon Dieu, mon Dieu!«, sooft der Kreißende einen schrilleren Ton, ein qualvolleres Stöhnen ausstieß.

In der Mitte des Raumes stand Georges und hielt ein gewaltiges Paket Verbandmull in den Händen, wovon er mit feierlichen Bewegungen große Flocken abzupfte, die, in die Luft geworfen, langsam neben ihm niederfielen wie weicher Schnee aus einem leuchtend warmen Himmel. Er stand da wie eine Statue der Angst und des Schmerzes. »Ohi! Ohi misera me!« stöhnte der Gebärende und schlug sich mit beiden Händen auf den aufgeblähten Leib, der wie eine Trommel widerhallte, und der dumpfe Aufprall der kräftigen Seemannsfäuste auf dem Leib einer schwangeren Frau drang grausam an Georges' Ohren; er schloß die Augen, sein Gesicht war fahl, er bebte und seufzte: »Mon Dieu! Ah! Mon Dieu!«

Als Jeanlouis und seine Freunde uns bemerkten, die wir unter der Tür stehengeblieben waren und den ungewöhnlichen Vorgang betrachteten, stürzten sie mit einem einzigen Schrei auf uns los: mit schüchternen Gesten, mit schamhafter Gewalt, mit hundert Arten tobender oder zierlicher Bewegungen, mit sanften Stößen, die wie Liebkosungen wirkten, unter Stöhnen, das Entsetzen ausdrücken sollte und doch beinahe lustvoll klang, versuchten sie, uns aus der Tür zu drängen. Und vielleicht wäre ihnen ihre Absicht gelungen, wenn nicht plötzlich ein gellender Aufschrei das Zimmer erfüllt hätte. Alle wandten sich um, und mit unterdrückten Lauten des Schmerzes und Erschreckens scharten sie sich um das Bett.

Bleich, mit weitaufgerissenen Augen, beide Hände fest gegen die Schläfen gepreßt, warf der Gebärende den Kopf auf dem Kissen hin und her und schrie mit gellender Stimme. Blutiger Schaum stand ihm auf den Lippen, dicke Tränen rollten über das braune, männliche Gesicht und hingen in seinem schwarzen Bart. »Cicillo! Cicillo!« schrie die Alte und

warf sich über das Bett, grub mit den Händen unter der Bettdecke, prustete, schnalzte mit der Zunge, schmatzte hemmungslos mit den Lippen, verdrehte die Augen, brachte gur-
gelnde, stöhnende Laute hervor und arbeitete fieberhaft an
dem aufgeblähten Leib, der sich bald hob und bald senkte
und unter der seidenen Decke in grotesken Bewegungen wak-
kelte. Immer wieder heulte die Alte: »Cicillo, Cicillo! Hab
keine Angst, ich bin hier«, und es war, als habe sie mit beiden
Händen irgendein unter den Kissen verborgenes greuliches
Ungeheuer ergriffen und versuche, es zu ersticken. Cicillo lag
da, mit breiten Beinen, Schaum vor dem Mund, rief die Heiligen an: »San Gennaro, San Gennaro aiutatemi!« und drehte
mit blinder Gewalt den Kopf hierhin und dorthin, vergebens
von Georges gehalten, der weinend und ihn mit hingebungs-
voller Zartheit in den Armen haltend zu verhindern suchte,
daß er sich am Eisengestell des Bettes den Kopf verletzte.
Dann war es, als zöge die Alte mit beiden Händen Cicillo
etwas aus dem Leib, und endlich zerrte sie mit triumphieren-
dem Aufschrei einen Gegenstand hervor, hob ihn in die Höhe
und zeigte allen eine Art kleinen Ungetüms, von dunkler
Farbe, mit runzligem Gesicht und mit roten Flecken bedeckt.
Bei diesem Anblick bemächtigte sich aller eine stürmische
Freude, sie umarmten einander unter Tränen, küßten sich auf
den Mund und drängten sich springend und schreiend um die
Alte, die ihre Finger in das dunkle runzlige Fleisch des Neugeborenen krallte, es himmelwärts hob, als wolle sie es irgendeiner Gottheit zum Geschenk darbringen, und schrie: »O benedetto! O benedetto dalla Madonna! O figlio miracoloso!« –
bis alle wie besessen im Zimmer durcheinanderrannten, das
soeben geborene Kind bejubelten und mit gellenden Stimmen, den Mund bis zu den Ohren aufreißend und mit geschlossenen Fäusten sich die Augen reibend, zu quarren und
zu weinen anhuben: »Ih!, ih!, ih!, ih!« Das Neugeborene
wurde den Krallen der Alten entrissen, ging von Hand zu
Hand und landete schließlich auf Cicillos Kopfkissen; er
setzte sich im Bett auf, das schöne, männliche, bärtige Gesicht
war von einem sanften, mütterlichen Lächeln verklärt, und er
nahm die Frucht seines Leibes in seine muskulösen Arme.
»Figlio mio!« schrie er und drückte sich das kleine Ungetüm
an die haarige Brust, bedeckte sein Gesicht mit Küssen,

wiegte es in den Armen und trällerte dazu; und schließlich streckte er es mit dem süßesten Lächeln Georges hin.

Diese Geste bedeutete bei dem Ritus der *figliata*, daß Georges die Ehre der Vaterschaft gebühre; dieser nahm das Neugeborneene in die Arme, begann es zu herzen, zu liebkosen, zu küssen, bewunderte es mit Tränen in den glückstrahlenden Augen. Ich schaute das Kind an und schauderte zusammen. Es war eine antike Holzstatuette, ein roh gemeißelter Fetisch; es glich einem der phallischen Bildnisse, wie sie an die Wände pompejanischer Häuser gemalt sind. Der Kopf war winzig und formlos, die Arme kurz und knochig, der Bauch aufgebläht, ohne jegliche Proportion, und unterhalb des Bauches ragte ein Phallus von nie gesehener Form und Größe hervor, wie der Kopf eines Giftpilzes, rot und mit kleinen weißen Flecken besät. Nachdem Georges das kleine Ungetüm lange betrachtet hatte, hielt er es sich dicht ans Gesicht, drückte die Lippen auf den Kopf des Giftpilzes und begann ihn zu küssen und hineinzubeißen. Er war bleich, erhitzt, keuchte, seine Hände zitterten. Alle drängten sich um ihn, winselnd, mit den Händen gestikulierend, und bemühten sich um die Wette, den ekelhaften Phallus mit einem wütenden Eifer, der aufreizend und grauenhaft wirkte, zu küssen.

In diesem Augenblick rief unten von der Treppe her eine Männerstimme: »I spaghetti! I spaghetti!«, und der Duft von Pasta asciutta und Tomatenmark folgte der Stimme ins Zimmer. Bei diesem Ruf warf Cicillo die Beine aus dem Bett, stützte sich in halber Umarmung auf Georges' Schulter, hielt mit der anderen Hand schamhaft das Hemd auf der Brust zusammen, erhob sich, setzte die Füße auf den Boden: ganz langsam, mit gezierten Bewegungen, mit weinerlichen Seufzern, mit schmachtenden Blicken, gestützt und von zehn liebevollen Armen gehoben, so bewegte er sich vorwärts; die Alte warf ihm einen rotseidenen Hausrock um die Schultern, und er schritt stöhnend durch die Tür. Wir alle folgten ihm.

Das Mahl begann. Zuerst kamen die Spaghetti, dann gebackener Fisch und *calamari* – Tintenfische –, Rindsbraten auf Genueser Art, dann als Abschluß die *pastiera*, eine neapolitanische Torte mit stark gezuckerter Quarkfüllung. Jack und ich saßen am Ende des Tisches, beobachteten schweigend, mehr beunruhigt als erheitert, das Gebaren der einzelnen Mitspieler dieser einzigartigen Komödie und erwarteten jeden Augenblick einen ungewöhnlichen Zwischenfall. Alle aßen und tranken guter Dinge und in gehobener Stimmung, die, anfangs sehnsüchtig, nach und nach hitziger wurde und sich zur Liebestollheit, zu eifersüchtigem Grollen steigerte. Bei einem unbedachten Wort Georges', der mit rotem Kopf, die Stirne an Cicillos Schulter gelehnt, seine Freunde und Rivalen mit bösen Blicken musterte, begann Jeanlouis mit einemmal, wie mir schien aus Verärgerung, zu weinen; wie groß war meine Verwunderung, als ich bemerkte, daß sein Schmerz tief und echt war, daß er wirklich litt. Ich rief ihn beim Namen, und alle sahen überrascht und irritiert zu mir herüber, als hätte ich eine kunstvoll angelegte und gespielte Szene gestört. Jeanlouis hörte nicht auf zu weinen und schien sich erst zu beruhigen, als Cicillo sich geziert von seinem Stuhl erhob, zu ihm hintrat und, nach einem Kuß hinters Ohr, ihm die Haare zu streicheln begann, wobei er leise und mit dem Ausdruck äußerster Zärtlichkeit auf ihn einsprach, sichtlich gerührt, doch weniger von dem Wunsch getrieben, Jeanlouis zu trösten, als von dem tückischen Verlangen, die Eifersucht seiner Rivalen zu erregen.

Stehend und aus der Nähe gesehen, erschien Cicillo sehr viel jünger, als er vorhin im Bette liegend gewirkt hatte. Er war ein Bursche von nicht mehr als achtzehn Jahren und sehr schön. Aber was mich wunderte, war die vollkommene Natürlichkeit seiner Gebärden und seines Tonfalls, seine Miene eines jeder Rolle gewachsenen Schauspielers. Nicht nur schien er keineswegs schüchtern oder befangen über seinen seltsamen Kopfputz oder wegen der Rolle, die er spielte, sondern er zeigte sich beinahe stolz auf seine Verwandlungs- und Darstellungskunst.

Nachdem er Jeanlouis eine Zeitlang gestreichelt hatte, nahm er seinen Platz am Kopfende der Tafel wieder ein, und binnen kurzem – sei es durch die Hitze des Essens, sei es durch das Feuer des Weins oder die anregende Meeresluft – verlor er Zug um Zug von seiner, wenn man so sagen darf, weiblichen Schamhaftigkeit. Seine Augen flackerten, seine Stimme wurde immer lauter, gewann männliche, klangvolle Schattierungen, unter der sonnenverbrannten Haut strafften sich die Muskeln, schon sah man sie an Schultern und Armen spielen, die Hände wurden allmählich männlich kräftig, die Finger plump und hart. Diese Feststellung mißfiel mir – mir schien, daß eine solche Veränderung allzu unverhüllt betonte, was die ganze Komödie Unangenehmes hatte, die Anklänge, die sie herausstellte oder verbarg. Doch gehörte, wie ich später erfuhr, auch diese unerwartete Metamorphose zur *figliata*, war sogar der heikelste Augenblick des Ritus; es gab keine *figliata*, die nicht mit der Zeremonie, sagen wir, des »Handkusses« endete.

Wirklich begann Cicillo von einem gewissen Zeitpunkt an, mit Stimme und Gesten die Teilnehmer des Gelages zu erregen, er mischte mit zärtlichen Worten und Ausrufen gemeine Witze und Schmähreden, bis er schließlich aufstand, sich mit breiter herrscherlicher Geste die Haube vom Kopfe nahm, wie wenn es sich um eine Krone handele, sich stolz umblickte, die Lippen zu einem triumphierenden und verächtlichen Lächeln verzog, den schwarzgelockten Kopf schüttelnd, und dann auf das Haus zustürzte, durch die Tür rannte, ein kreischendes Lachen hören ließ und verschwand. Alle erhoben sich, folgten ihm mit schrillen Lauten des Schmerzes und der Verzückung und verschwanden im Innern des Hauses.

»Come on!« rief Jack, indem er mich am Arm packte und mit sich zerrte. Ich bemerkte, daß er bleich war und ihm große Schweißtropfen auf der Stirne perlten. Wir liefen die Treppe hinauf und erreichten die Tür.

Cicillo hatte sich mit breiten Beinen aufs Bett geworfen und sah, den Kopf mit den Armen stützend, Georges mit einem Blick an, in dem etwas Spöttisches und zugleich Drohendes blitzte. Georges stand aufrecht vor ihm, regungslos, heftig keuchend, mit dem Rücken fast gegen die Gruppe seiner Freunde gelehnt, die ihn mit dem Oberkörper gegen seine Schultern stützend hielten. Plötzlich fiel Georges mit einem Aufschrei, der mir unerwartet, grauenerregend ins Ohr gellte, vor Cicillo auf die Knie und versenkte mit einem Winseln lustvoller Pein seinen Kopf zwischen dessen Schenkel.

Mit langsamer, behäbiger, fast boshafter Bewegung drehte sich der junge Mann um, legte sich mit dem Gesicht aufs Bett, die mageren, muskulösen Hinterbacken darbietend; mit wildem Schreien und Stöhnen küßte und biß ihm Georges die Oberschenkel, während er gleichzeitig sich hastig auszuziehen begann, die Knöpfe aufriß, die Hosen herabließ, und alle, schreiend und stöhnend, sich die Knöpfe aufrissen, die Hosen herabließen, auf die Knie stürzten, sich küßten, einander in die Hinterbacken bissen und mit kindischem, wildem Gewinsel auf allen vieren durch das Zimmer krochen.

Jack packte mich mit äußerster Kraft am Arm, kalkweiß im Gesicht. Ich sah, wie ihm die Lippen zitterten, die Augen trüb wurden, die Schläfen anschwollen. »Go on, Malaparte, go on!« stammelte er. »Oh, go on, Malaparte! Gib ihm einen Tritt, tritt ihn in den Hintern, Malaparte! Ich kann nicht mehr, tritt ihn in den Hintern, oh, go on, Malaparte, go on!«

»Ich kann nicht, Jack«, antwortete ich, »ich kann wirklich nicht, ich bin nur ein Italiener, ein armer Besiegter, ich kann einen Helden nicht in den Hintern treten. Georges ist ein Held, Jack, ein Held der Freiheit, Jack, ich bin nur ein armer Unglücklicher. Ein armer Besiegter hat nicht das Recht, einen Helden der Freiheit in den Hintern zu treten, Jack, ich hab kein Recht dazu, Jack, ich schwöre dir, daß ich kein Recht dazu habe, Jack.«

»Oh, go on, Malaparte!« stammelte Jack, er war kalkweiß im Gesicht und zitterte. »Je m'en fous des héros, Malaparte, oh! Je t'en supplie, jette-lui ton pied dans le derrière, oh, Malaparte! Gib allen diesen Helden einen Tritt in den Hintern, ich darf nicht, ich bin Amerikaner, Generalstabsoberst, ich darf keinen Skandal machen, aber du, Malaparte, oh! Malaparte, toi, tu peux, tu es un Italien, tu es chez toi, oh, Malaparte, go on. Malaparte, go on!«

»Ich kann nicht, Jack«, sagte ich, »ich kann diese Helden der Freiheit nicht in den Hintern treten, auch ich pfeife auf die Helden, aber ich kann nicht, Jack, ich kann wirklich nicht! . . .«

»Ah, du hast Angst!« stammelte Jack und preßte mit aller Kraft meinen Arm.

»Ja, ich habe Angst, Jack, ich gestehe es, ich habe Angst. Du weißt nicht, wie wir schon gelitten haben wegen dieser feinen Rasse von Helden! Du weißt nicht, wie feige und bösartig diese Rasse von Helden ist! Sie würden sich rächen, sie würden mich ins Zuchthaus bringen, sie würden mich zugrunde richten. Jack, du weißt nicht, wie feige und bösartig Homosexuelle sind, wenn sie darauf aus sind, die Helden zu spielen!«

»Du hast Angst! Du bist auch ein Feigling! Go on, you bastard!« stammelte Jack und starrte mir mit funkelnden Augen ins Gesicht.

»Ich habe Angst, Jack, ich gebe es zu, aber ich bin kein Feigling, Jack, ich bin ein armer Unglücklicher, ein Besiegter, Jack, und ich habe Angst. Auch ich würde sie mit Wonne und Begeisterung in den Hintern treten, aber ich habe Angst. Du weißt nicht, Jack, was für ein Gesindel diese Heldenrasse ist!«

»Oh, go on, Malaparte, go on!« stammelte Jack, der mir die Nägel in den Arm krallte. »Oh, je t'en supplie, Malaparte, go on, go on!«

»Ich kann nicht, Jack, ich kann nicht, ich habe Angst. Du bist Amerikaner, du bist ein amerikanischer Oberst, du kannst alles tun, was du willst. Jack, aber ich bin nichts als Italiener, besiegt und gedemütigt, und ich kann es nicht, Jack! Du weißt nicht, was für ein tückisches Lumpengesindel Päderasten sind, wenn sie darauf aus sind, Helden der Freiheit zu spielen! Oh, verzeih mir, Jack, aber ich kann nicht, ich kann wirklich nicht, Jack!«

»Go on, Malaparte! Je t'en supplie, go on!« stammelte Jack. Und plötzlich stieß er mich mit einem Faustschlag zur Seite, stürzte sich auf Georges und versetzte ihm einen gewaltigen Fußtritt in das fette, rosige Hinterteil. »Salauds! Cochons!« schrie Jack und teilte wahllos Fußtritte aus, während er die Holzstatuette, die er Cicillo aus den Händen gerissen hatte, wie eine Keule durch die Luft kreisen ließ. Jack schien von einer so blinden Wut besessen, daß ich Angst um ihn bekam. Während Georges und seine Freunde mit gellendem Weibergeschrei und fistelndem Stöhnen sich zu Füßen des Bettes am Boden zusammendrängten – der einzige, der weder Erstaunen noch Angst zeigte, war Cicillo: auf dem Bettrand sitzend, sah er Jack mit einem bewundernden Blick an und rief: »Che bell'uomo! Was für ein prachtvoller Mann!« –, ergriff ich Jack an den Schultern, umklammerte ihn mit den Armen, hob ihn beinahe in die Höhe und strengte mich an, ihn zurückzureißen, ihn zur Tür zu drängen. Endlich gelang es mir, seiner Herr zu werden, ihn die Treppe hinunterzuzerren, ihn in den Wagen zu drängen. Ich setzte mich ans Steuer, ließ den Motor anspringen, wendete, gelangte auf die enge Straße und ließ den Wagen laufen.

»Oh, Malaparte!« ächzte Jack, die Hände vor dem Gesicht, »man kann so etwas nicht mitansehen, non, on ne peut pas!«

»Du Glücklicher«, sagte ich zu ihm, »du Glücklicher, du bist ein aufrechter Mann, Jack! I like you, I like you very much. Du bist wirklich ein tüchtiger, anständiger, unverdorbener Amerikaner, Jack! You are a wonderful American, Jack!«

Jack schwieg, er starrte vor sich hin. Ich bemerkte, daß er einen schwarzroten Gegenstand in der Faust hielt.

»Was hast du in der Hand?« fragte ich.

Jack öffnete die Faust; auf dem flachen Handteller lag der unförmige, ekelhafte Phallus des Neugeborenen.

»I am sorry, Malaparte«, sagte Jack errötend, »ich hätte nicht tun sollen, was ich getan habe.«

»Du hast sehr richtig gehandelt, Jack«, sagte ich, »du bist ein tüchtiger Junge, Jack.«

»Ich hatte wohl kein Recht zu tun, was ich getan habe«, sagte Jack, »ich hatte kein Recht, sie zu beleidigen.«

»Du hast sehr recht gehandelt, Jack«, sagte ich.

»Nein, ich hatte kein Recht dazu«, meinte Jack, »ich hatte kein Recht, sie zu mißhandeln und zu treten.«

»Du bist ein Sieger, Jack«, sagte ich, »du bist ein Sieger, Jack. A winner!«

»A winner?« fragte Jack. Er schleuderte den gräßlichen Gegenstand, den er in der Faust hielt, aus dem Fenster. »Ein Sieger? Treibe keinen Spott mit mir, Malaparte. A winner!«

6 Der Schwarze Wind

Als der Morgen graute, begann der Schwarze Wind zu wehen; ich erwachte schweißgebadet. Noch im Schlaf hatte ich seine trübsinnige, seine schwarze Stimme erkannt. Ich trat ans Fenster, suchte an den Mauern, auf den Dächern, auf dem Straßenpflaster, an den Blättern der Bäume, am Himmel über Posillipo die Zeichen seiner Gegenwart. Wie ein Blinder, der tastend einhergeht, die Luft streichelnd und die Gegenstände mit ausgestreckten Händen betastend, so macht es der Schwarze Wind; denn er ist blind und sieht nicht, wo er geht, und bald berührt er jene Mauer, bald jenen Zweig, bald ein menschliches Antlitz und bald den Strand und bald den Berg, und er hinterläßt in der Luft und an den Gegenständen die schwarze Spur seiner flüchtigen Liebkosung.

Es war nicht das erstemal, daß ich die Stimme des Schwarzen Windes hörte, und ich erkannte sie sogleich. Ich erwachte, schweißgebadet, ich trat ans Fenster und schaute prüfend über die Häuser, über das Meer, über den Himmel, nach den hohen Wolken über dem Meer.

Das erstemal, als ich seine Stimme hörte, befand ich mich in der Ukraine, im Sommer 1941. Ich befand mich im Kosakengebiet am Dnjepr, und eines Abends, als die alten Kosaken im Dorfe Konstantinowka pfeiferauchend unter den Türen ihrer Häuser saßen, sagten sie zu mir: »Schau den Schwarzen Wind, dort hinten.« Der Tag lag im Sterben, die Sonne versank in der Erde, drüben, weit am Horizont. Die letzten Sonnenstrahlen trafen, rot und durchsichtig, die obersten Zweige der weißen Birken, und zu dieser traurigen Stunde, da der Tag stirbt, war es, daß ich zum erstenmal den Schwarzen Wind sah.

Er war wie ein schwarzer Schatten, wie der Schatten eines schwarzen Pferdes, der unsicher durch die Steppe irrte, hierhin und dorthin, und bald sich vorsichtig dem Dorf näherte, bald sich ängstlich davonmachte. Etwas wie der Flügel eines

Nachtvogels berührte die Bäume, die Pferde, die Hunde, die außerhalb des Dorfes umherstreiften und sofort eine dunkle Farbe annahmen, sich nachtschwarz färbten. Die Stimmen der Menschen und der Tiere waren wie Fetzen schwarzen Papiers, die durch die rosenrote Luft der Dämmerung flatterten.

Ich ging zum Fluß hinüber, das Wasser war dicht und dunkel. Ich blickte zu den schmalen Blättern eines Baumes hinauf, und das Laub war glänzend und schwarz. Ich hob einen Stein auf, und der Stein in meiner Hand war schwarz und schwer, undurchdringlich für den Blick, wie ein Klumpen Nacht. Die Mädchen, die von den Feldern zu den langen, niedrigen Dächern der Kolchose heimkehrten, hatten schwarze, glänzende Augen, die Laute ihres frischen, freien Lachens stoben in die Luft hinauf wie schwarze Vögel. Und doch war der Tag noch hell. Die Bäume, die Stimmen, die Tiere, die Menschen, im noch hellen Tage bereits so schwarz, erfüllten mich mit bohrendem Grauen.

Die alten Kosaken, mit runzligem Gesicht, den großen Haarschopf in der Mitte des glattrasierten Schädels zusammengebunden, meinten: »Es ist der Schwarze Wind, der Tschornij wetjer« und schüttelten den Kopf, sahen dem Schwarzen Wind zu, wie er kreuz und quer über die Steppe schweifte wie ein scheuendes Pferd. Ich sagte: »Vielleicht ist es der Abendschatten, der diesen Wind schwarz färbt.« Die alten Kosaken schüttelten den Kopf: »Nein, es ist nicht der Abendschatten, der den Wind färbt. Es ist der Tschornij wetjer, der alles schwarz färbt, was er berührt.« Und sie lehrten mich die Stimme des Schwarzen Windes erkennen, und seinen Geruch, und seinen Geschmack. Sie nahmen ein Lamm auf den Arm, bliesen in die schwarze Wolle, die Wurzeln des Fells waren weiß. Sie nahmen ein Vögelchen in die Hand, bliesen durch die schwarzen weichen Federn, die Wurzeln der Federn zeigten gelbe, rote, blaue Tönungen. Sie bliesen über den Verputz eines Hauses, und unter dem schwarzen flaumigen Belag, den die Liebkosung des Windes dort zurückgelassen hatte, zeigte sich der weiße Schimmer des Kalks. Sie gruben die Finger in die schwarze Mähne eines Pferdes, und zwischen den Fingern zeigten sich braune Haare. Sooft einer der schwarzen Hunde, die auf dem kleinen Dorfplatz herumtollten, an eine windgeschützte Stelle hinter einer Bretterwand oder einer Mauer geriet, flammte der Pelz zu der flachsblonden Farbe auf, wie sie Kosakenhunde haben, und erlosch, sobald der Hund wieder in den Wind zurückrannte. Ein alter Mann scharrte mit den Fingern einen weißen Stein aus der Erde, hob ihn in der geballten Hand hoch und schleuderte ihn in den Windstrom: es war wie ein erloschener Stern, ein schwarzer Stern, der in der klaren Strömung des Tages versank. So lernte ich den Schwarzen Wind erkennen am Geruch, welcher der Geruch dürren Grases ist, am Geschmack, kräftig und bitter wie der Geschmack von Lorbeerblättern, und an der Stimme, die rätselhaft traurig ist, randvoll von tiefer Nacht.

Am Tage darauf ritt ich nach Dorogow, drei Stunden von Konstantinowka. Es war schon spät, und mein Pferd war müde. Ich ritt nach Dorogow, um jene berühmte Kolchose zu besichtigen, wo die besten Pferde der ganzen Ukraine gezüchtet werden. Ich war von Konstantinowka gegen fünf Uhr nachmittags aufgebrochen und hoffte, vor Einbruch der Nacht in Dorogow anzukommen. Aber die kürzlichen Regengüsse hatten den Weg in einen schlammigen Graben verwandelt und die Brücken der in dieser Gegend so häufigen Wasserläufe hinweggespült, was mich zwang, weite Strecken am Ufer auf und ab zu reiten, auf der Suche nach einer Furt. Und ich war noch sehr weit von Dorogow, als die Sonne ganz hinten am Horizont mit einem dumpfen Aufprall in die Erde versank. Die Sonne geht in der Steppe unvermittelt unter, sie fällt ins Gras wie ein Felsblock, mit dem resonanzlosen Schall eines Steines, der zu Boden schlägt. Nachdem ich Konstantinowka verlassen hatte, schloß ich mich einer Gruppe ungarischer Reiter an, die nach Stalino unterwegs waren. Sie saßen zu Pferde, lange Pfeifen rauchend, von Zeit zu Zeit hielten sie an und sprachen miteinander. Sie hatten weiche, singende Stimmen. Ich glaubte, sie berieten über den einzuschlagenden Weg, aber auf einmal fragte mich der Unteroffizier, der sie führte, auf deutsch, ob ich mein Pferd verkaufen wolle. Es war ein Kosakenpferd, es kannte jeden Geruch, jeden Geschmack, jede Stimme der Steppe. »Es ist mein Freund«, antwortete ich, »ich verkaufe meine Freunde nicht.« Der ungarische Unteroffizier schaute mich lächelnd an: »Es ist ein schönes Pferd«, sagte er, »aber es hat Sie sicher nicht viel Geld gekostet. Können Sie mir sagen, wo Sie es gestohlen haben?« Ich wußte, wie man Pferdediebe antwortet. »Ja, es ist ein schönes Pferd«, sagte ich, »es galoppiert wie der Wind, den ganzen Tag, ohne zu ermüden, aber es hat die Lepra.« Ich sah ihm ins Gesicht und lachte. »Es hat die Lepra?« fragte der Unteroffizier. »Glaubst du mir nicht?« sagte ich. »Wenn du mir nicht glaubst, fasse es an, und du wirst sehen, wie du die Lepra von ihm bekommen wirst.« Und indem ich mit der Fußspitze meinem Pferde die Flanke streichelte, ritt ich langsam davon, ohne mich umzuwenden. Ich hörte sie lachen und rufen und eine ganze Zeitlang hinter mir her schimpfen; dann sah ich aus den Augenwinkeln, daß sie zum Fluß hin abgebogen waren und dicht aufgeschlossen und mit den Armen fuchtelnd davongaloppierten. Etliche Meilen weiter begegnete ich einigen rumänischen Reitern, die plündernd herumgestreut waren und, quer über die Sättel geworfen, Haufen von seidenen Schlafröcken und Schafpelzen mit sich führten, die sie sicher in einem der Tatarendörfer gestohlen hatten. Sie fragten mich, wohin ich wolle. »Nach Dorogow«, antwortete ich. Sie würden mich gerne bis Dorogow begleiten, sagten sie, um mich im Falle irgendeiner unliebsamen Begegnung zu schützen, denn in der Steppe trieben sich ungarische Plünderer herum; aber ihre Pferde seien müde. Sie wünschten mir gute Reise und ritten weiter, schauten von Zeit zu Zeit zurück und winkten zum Abschied mit den Händen.

Es wurde schon dunkel, als ich weit vor mir Lichterschein bemerkte. Es war sicherlich die Ortschaft Dorogow. Plötzlich fiel mir der Geruch des Windes auf, und mein Herzschlag stockte. Ich betrachtete meine Hände, sie waren schwarz, dürr, wie verkohlt. Schwarz waren die wenigen, hier und da aus der Steppe aufragenden Bäume, schwarz die Steine, schwarz die Erde; aber die Luft war noch hell, sie flimmerte silbrig. Das letzte Feuer des Tages erstarb am Himmel hinter mir, und die wilden Rosse der Nacht galoppierten vom fernen Horizont im Osten her auf mich zu und wirbelten schwarze Staubwolken auf.

Ich fühlte die schwarze Liebkosung des Windes über mein Gesicht streicheln, die schwarze Nacht des Windes mir den Mund füllen. Ein dichtes, zähflüssiges Schweigen stand wie brackiges Wasser über der Steppe. Ich beugte mich auf den

Hals meines Pferdes, ich sprach ihm leise ins Ohr. Das Pferd antwortete mit einem sanften Wiehern und wandte mir sein großes, schräges Auge zu, dieses große, dunkle Auge voll irrer und keuscher Melancholie. Jetzt war die Nacht bereits hereingesunken, die Lichter des Dorfes Dorogow waren schon nahe. Da vernahm ich auf einmal menschliche Stimmen hoch über meinem Kopf.

Ich schaute auf, und es schien mir, daß eine Doppelreihe von Bäumen an dieser Stelle die Straße einfaßte; die Zweige neigten sich auf mich nieder. Aber ich sah weder Stämme noch Zweige noch Blätter, ich bemerkte nur die Gegenwart von Bäumen um mich her, eine seltsame Gegenwart, wie etwas Starkes in der schwarzen Nacht, etwas lebendig Eingemauertes in der schwarzen Mauer der Nacht. Ich zügelte das Pferd und lauschte. Ich hörte wirklich über meinem Haupte sprechen, Menschenstimmen hoch über meinem Kopf die schwarze Luft durchdringen. »Wer da?« rief ich auf deutsch. »Wer da?«

Vor mir, weit dort drüben am Horizont, schimmerte eine leichte, rosige Helligkeit am Himmel. Die Stimmen glitten hoch über meinem Kopf hin, es waren wirklich menschliche Stimmen, deutsche, russische, jiddische Worte. Die Stimmen waren kräftig, wie sie miteinander sprachen, doch etwas kreischend, bisweilen hart, bisweilen kalt und zerbrechlich wie Glas, und häufig zerbrachen sie auf dem Grund der Worte mit dem Klirren von Glas, wenn es gegen Stein stößt. Sie sprachen miteinander, unterhielten sich über schlichte, menschliche Dinge, über Geschäfte, über ihre Frauen, über die Kinder, über die Freunde und über Reisen, über Geld, über Läden. Da rief ich noch einmal: »Wer da? Wer da?«

»Wer bist du? Was willst du? Wer ist das? Wer ist's?« antworteten ein paar Stimmen über mir.

Der Streifen am Horizont war rosig und durchsichtig wie die Schale eines Eies, es war wirklich, als kröche ein Ei dort hinten am Horizont langsam aus dem Schoß der Erde.

»Ich bin ein Mensch, ich bin ein Christenmensch«, sagte ich. Ein kreischendes Lachen lief über den schwarzen Himmel und verlor sich fern in der Nacht. Und eine Stimme, stärker als die anderen, rief: »Ah, du bist also ein Christ, du?« Ich antwortete: »Ja, ich bin ein Christ.« Und die Stimme schrie:

»Ha, ha, ha, du schämst dich nicht, ein Christ zu sein?« Ich rief zurück: »Nein, ich schäme mich nicht, ein Christ zu sein.« Ein höhnisches Lachen antwortete meinen Worten, flatterte über meinen Kopf hin, wurde leiser und verlosch allmählich draußen in der Nacht.

»Du schämst dich nicht, ein Christ zu sein?« rief die Stimme.

Ich schwieg. Über den Hals meines Pferdes gebeugt, das Gesicht in die Mähne vergraben, blieb ich still.

»Weshalb antwortest du nicht?« rief die Stimme. Ich schwieg und schaute in den Horizont, der sich langsam aufhellte. Ein goldenes Leuchten, durchsichtig wie die Schale eines Eies, breitete sich langsam weiter am Himmel aus. Es war wirklich ein Ei, das dort hinten geboren wurde, nach und nach aus dem Erdinnern heraus zur Welt kam, allmählich aus dem Boden wuchs, sich langsam aus dem tiefen, schwarzen Grab der Erde erhob.

»Warum schweigst du?« rief die Stimme.

Und ich hörte hoch über meinem Kopf ein Rascheln, wie von Zweigen im Winde, ein Murmeln, wie von Blättern im Winde, und ein wütendes Lachen und harte Worte durch den schwarzen Himmel schneiden, ich spürte etwas wie einen Flügel mir übers Gesicht fahren. Es waren sicherlich Vögel, es waren große, schwarze Vögel, vielleicht Raben, die aus dem Schlaf geschreckt aufflogen und flüchtend mit den fetten, schwarzen Flügeln ruderten. »Wer seid ihr?« rief ich. »Um Gottes willen, antwortet doch!« Der helle Schein des Mondes ergoß sich über den Himmel. Es war wirklich ein Ei, das dort hinten aus dem Schoß der Nacht geboren wurde, es war wirklich ein Ei, das aus dem Schoß der Erde kam und sich langsam am Horizont erhob. Allmählich sah ich die Bäume, welche die Straße einfaßten, aus der Nacht heraustreten, sich gegen den übergoldeten Himmel aufrecken und schwarze Schatten sich dort oben zwischen den Zweigen bewegen.

Ein Schrei des Entsetzens erstickte in meiner Kehle. Es waren gekreuzigte Menschen. Es waren Menschen, die an die Baumstämme genagelt waren, die Arme in Kreuzform, die Füße zusammengebunden, am Stamm mit langen Nägeln befestigt oder mit Draht, der um ihre Knöchel gewickelt war. Einige von ihnen ließen den Kopf auf die Schulter hängen,

andere auf die Brust; manche hoben das Gesicht, um den auf-
steigenden Mond zu betrachten. Fast alle waren mit dem
schwarzen Kaftan der Juden bekleidet, manche waren nackt,
und ihr Fleisch glänzte keusch in der dunstigen Kälte des
Mondlichts. Gleich dem lebensträchtigen Ei, das in den etruskischen Grabstätten in Tarquinia die Toten zwischen zwei
Fingern emporhalten als Symbol der Fruchtbarkeit und Un-
vergänglichkeit, so hob sich der Mond aus der Erde, verströmte sich über den Himmel, weiß und kalt wie ein Ei, und
beleuchtete die bärtigen Gesichter, die schwarzen Augenhöhlen, die weit aufgerissenen Münder, die verrenkten Glieder
der gekreuzigten Menschen.

Ich richtete mich in den Steigbügeln auf, streckte die
Hände zu einem von ihnen hinauf und versuchte mit den Fin-
gern die Nägel herauszureißen, die seine Füße durchbohrten.
Doch Stimmen der Empörung erhoben sich ringsum, und der
Gekreuzigte heulte auf: »Berühre mich nicht, du Verfluchter!«

»Ich will euch nichts zu Leide tun«, rief ich, »laßt mich um
Gottes willen euch zu Hilfe kommen.«

Ein fürchterliches Lachen tönte vom Baum herab, von
Kreuz zu Kreuz, und ich sah die Köpfe sich hin und her wenden, die Bärte wackeln, die Münder sich öffnen und schließen; und ich hörte das Knirschen der Zähne.

»Uns zu Hilfe kommen?« rief die Stimme von oben. »Und
weshalb? Vielleicht, weil du Mitleid mit uns hast? Weil du ein
Christ bist? Los, antworte: weil du ein Christ bist? Und
glaubst, daß dies ein guter Grund sei? Hast du Mitleid mit
uns, weil du ein Christ bist?« Ich schwieg, und die Stimme
hob wieder an: »Waren es vielleicht keine Christen wie du, die
uns ans Kreuz schlugen? Sind es vielleicht Hunde, Pferde
oder Ratten gewesen, die uns an diese Bäume nagelten? Ha,
ha, ha, ein Christ!«

Ich beugte den Kopf über den Hals des Pferdes und
schwieg.

»Los, antworte: mit welchem Recht verlangst du, uns zu
Hilfe zu kommen? Mit welchem Recht verlangst du, Erbarmen mit uns zu haben?«

»Ich bin es nicht gewesen«, schrie ich, »ich bin es nicht gewesen, der euch an diese Bäume genagelt hat. Ich bin es nicht
gewesen!«

»Ich weiß es«, sagte die Stimme mit einem nicht zu beschreibenden Klang von Sanftmut und von Haß, »ich weiß, es sind die anderen gewesen, es sind alle anderen deinesgleichen gewesen.«

In diesem Augenblick kam von fern her ein Stöhnen, es war ein lautes und starkes Wehklagen. Es war ein jugendliches Weinen, unterbrochen von Todesröcheln, und ein Murmeln kam von Baum zu Baum auf uns zu. Gepeinigte Stimmen riefen: »Wer ist's, wer ist's? Wer stirbt denn dort?« Und andere klagende Stimmen antworteten, folgten einander von Kreuz zu Kreuz, bis zu uns her: »Es ist David, es ist David, Samuels Sohn, es ist David, Samuels Sohn, es ist David, es ist David . . .« Mit diesem von Baum zu Baum wiederholten Namen drang verhaltenes Schluchzen zu uns, ächzendes, heiseres Weinen, Seufzen, Fluchen, Schmerz- und Wutschreie.

»Er war noch ein Kind!« sagte die Stimme.

Da hob ich die Augen, und beleuchtet von dem schon hochstehenden Mond, von dem kalten weißen Widerschein jenes am dunklen Himmel schwebenden Eises, sah ich den, der mit mir sprach: es war ein nackter Mann, mit silbernem, bärtigem, abgezehrtem Gesicht. Er hatte die Arme zum Kreuz ausgebreitet, die Hände waren an zwei dicke vom Stamm des Baumes abstehende Äste genagelt. Er sah starr auf mich, mit funkelnden Augen, und plötzlich rief er: »Was ist denn euer Mitleid wert? Was sollen wir wohl mit eurem Mitleid anfangen? Wir spucken darauf, auf euer Mitleid, ja napliwaju, ja napliwaju!« Und wutbebende Stimmen wiederholten ringsum: »Ja napliwaju! Ja napliwaju! Ich spucke darauf, ich spucke darauf!«

»Um Gottes willen«, rief ich, »jagt mich nicht weg! Laßt mich euch von euren Kreuzen nehmen! Stoßt meine Hand nicht zurück; es ist die Hand eines Menschen!«

Ein böses Lachen erhob sich um mich, ich hörte die Zweige über meinem Kopf seufzen, ein gräßliches Zittern durch die Blätter raunen.

»Ha, ha, ha, habt ihr gehört?« rief der gekreuzigte Mann. »Habt ihr gehört? Er will uns vom Kreuz nehmen! Und er schämt sich dessen nicht! Unreine Rasse der Christen! Ihr foltert uns, ihr nagelt uns an die Bäume, und dann kommt ihr, um uns euer Mitleid anzubieten! Ihr möchtet eure Seele retten, was? Ihr habt Angst vor der Hölle? Ha, ha, ha!«

»Jagt mich nicht weg«, schrie ich, »stoßt meine Hand nicht zurück, um Gottes willen!«

»Du willst uns vom Kreuz nehmen?« sprach der Gekreuzigte wieder mit ernster und trauriger Stimme. »Und dann? Die Deutschen werden uns erschlagen wie Hunde. Und auch dich, dich werden sie wie einen toll gewordenen Hund erschlagen.«

»Sie werden uns wie Hunde erschlagen«, wiederholte ich für mich und ließ den Kopf sinken.

»Wenn du uns helfen willst, wenn du unsere Qualen abkürzen willst . . . schieß uns eine Kugel in den Kopf, einem nach dem andern. Los, warum schießt du nicht auf uns? Warum machst du nicht Schluß mit uns? Wenn du wirklich Erbarmen mit uns hast, schieße auf uns, gibt uns den Gnadenschuß. Los, warum schießt du nicht? Hast du vielleicht Angst, daß die Deutschen dich umbringen werden, weil du mit uns Erbarmen gehabt hast?« Während er so sprach, sah er starr auf mich, und ich fühlte, wie diese schwarzen funkelnden Augen mich durchbohrten.

»Nein, nein!« schrie ich. »Habt Erbarmen mit mir, verlangt nicht das von mir, um des Himmels willen! Verlangt nicht so etwas von mir, ich habe nie auf einen Menschen geschossen, ich bin kein Mörder! Ich will kein Mörder werden!« Und willenlos ließ ich den Kopf auf den Hals meines Pferdes sinken.

Die gekreuzigten Menschen schwiegen, ich hörte sie atmen, ich hörte ein heiseres Zischen durch ihre Zähne pfeifen, ich fühlte ihre Blicke auf mir lasten, ihre brennenden Augen mein tränengebadetes Gesicht versengen, meine Brust durchdringen.

»Wenn du Erbarmen mit mir hast, dann bring mich um«, rief der gekreuzigte Mann, »oh, gib mir einen Schuß in den Kopf! Oh, schieß mir eine Kugel in den Kopf, hab Erbarmen mit mir! Um des Himmels willen, töte mich, bring mich um, um des Himmels willen!«

Da hob ich unter körperlichen Qualen mit schmerzvoller Mühe die Arme, die eine gewaltige Last niederdrückte, brachte die Hand an die Seite und packte den Griff meiner Pistole. Langsam hob ich den Ellbogen, zog die Pistole aus ihrer Tasche, stemmte mich in die Steigbügel, die Linke in die Mähne des Pferdes gekrallt, um nicht aus dem Sattel zu gleiten, so schwach und betäubt und vom Grauen gewürgt fühlte ich mich. Ich hob die Pistole und zielte auf den Kopf des gekreuzigten Mannes: und in diesem Augenblick sah ich ihn an. Ich sah die schwarze Höhle seines zahnlosen Mundes, die gebogene Nase mit den blutverkrusteten Löchern, den zerrauften Bart, seine schwarzen funkelnden Augen.

»Ah, Verfluchter!« schrie der Gekreuzigte. »Ist das euer Mitleid? Könnt ihr nichts anderes tun, ihr Feiglinge? Ihr nagelt uns an die Bäume, und dann tötet ihr uns mit einem Schuß in den Kopf? Ist das euer Mitleid, ihr Feiglinge?« Und zweimal, dreimal spuckte er mir ins Gesicht.

Ich fiel in meinen Sattel zurück, während ein grausiges Lachen von Baum zu Baum flatterte. Die Sporen in die Flanke gedrückt, setzte das Pferd sich in Trab; mit geducktem Kopf, mit beiden Händen am Sattelknopf festgeklammert, ritt ich unter den gekreuzigten Menschen hindurch, und jeder von ihnen spuckte nach mir und schrie: »Feigling! Verfluchter Christ!« Ich fühlte, wie ihr Spucken mich ins Gesicht, auf die Hände traf, ich biß die Zähne zusammen, über den Hals des Pferdes gekrümmt, unter diesem Regen aus Speichel.

So erreichte ich Dorogow und fiel aus dem Sattel in die Hände einiger italienischer Soldaten der Besatzung dieses in der Steppe verlorenen Dorfes. Es waren Kavalleristen aus dem Regiment von Lodi, die ein blutjunger Leutnant aus der Lombardei kommandierte, er war beinahe noch ein Kind. In der Nacht packte mich das Fieber, und ich phantasierte bis zum Morgen, während der junge Offizier bei mir wachte. Ich weiß nicht, was ich im Delirium alles redete, doch als ich wieder zu Bewußtsein kam, sagte mir der Offizier, daß ich keinerlei Schuld an dem schrecklichen Los dieser Unglücklichen trüge und daß erst heute morgen eine deutsche Streife einen Bauern erschossen habe, der dabei erwischt wurde, wie er den Gekreuzigten zu trinken gab. Ich begann zu fluchen. »Ich will kein Christ mehr sein«, schrie ich, »es ekelt mich davor, ein Christ, ein verfluchter Christ zu sein!«, und ich schlug um mich, sie sollten mich gehen lassen, um diesen Unglücklichen zu trinken zu bringen, doch der Offizier und zwei seiner Soldaten drückten mich fest ins Bett. Ich wehrte mich lange, bis ich das Bewußtsein verlor; als ich wieder zu mir kam, hatte ich einen neuerlichen Fieberanfall und phantasierte den ganzen Tag und die folgende Nacht.

Am Tag darauf war ich zu schwach, um aufzustehen; ich blieb im Bett. Ich betrachtete durch die Fensterscheiben den weißen Himmel über der gelben Steppe, die grünen Wolken hinten am Horizont, ich vernahm die Stimmen der Bauern und der Soldaten, die am Gartenzaun vorübergingen. Der junge Offizier sagte gegen Abend zu mir, es sei Pflicht eines jeden von uns, zu versuchen, diese schrecklichen Dinge, da man sie nicht vermeiden könne, zu vergessen, damit man nicht Gefahr laufe, den Verstand zu verlieren; er setzte hinzu, daß er, wenn ich mich am nächsten Tage besser fühlte, mich begleiten werde, um die Kolchose Dorogow und das berühmte Pferdegestüt zu besichtigen. Doch ich dankte ihm für seine Freundlichkeit und sagte, daß ich so schnell wie möglich nach Konstantinowka zurückkehren wolle. Am dritten Tage stand ich auf, verabschiedete mich von dem jungen Offizier – ich erinnere mich, daß ich ihn umarmte und dabei zitterte –, und obwohl ich mich noch sehr schwach fühlte, kletterte ich in den Sattel und ritt, von zwei Soldaten begleitet, in den ersten Nachmittagsstunden nach Konstantinowka ab.

Wir ritten in leichtem Trab aus dem Dorf hinaus, und als wir in die von Bäumen flankierte Allee einbogen, schloß ich die Augen, gab meinem Pferd die Sporen und ritt in gestrecktem Galopp zwischen den beiden gräßlichen Reihen gekreuzigter Menschen hindurch. Ich beugte mich über meinen Sattel, hielt die Augen geschlossen und biß die Zähne zusammen. Plötzlich zügelte ich mein Pferd: »Was bedeutet dieses Schweigen«, rief ich, »weshalb ist alles so still?«

Ich hatte dieses Schweigen wiedererkannt. Ich öffnete die Augen und schaute um mich. Die gräßlichen Christusgestalten hingen kraftlos von ihren Kreuzen, die Augen weit aufgerissen, den Unterkiefer herabhängend, so schauten sie mich starr an. Der Schwarze Wind streifte hierhin und dorthin über die Steppe wie ein blindes Pferd, spielte mit den Lumpen, welche diese armen geschundenen und verrenkten Körper bedeckten, bewegte die Blätter an den Bäumen – und nicht das leiseste Geräusch schlich durch die Äste. Schwarze Raben hockten regungslos auf den Schultern der Toten und glotzten mich an.

Es war eine furchtbare Stille. Das Licht war tot, der Geruch des Grases, die Farbe des Laubes, der Steine, der über den grauen Himmel irrenden Wolken, alles war tot auf dem Grunde dieses unendlichen, hohlen, eisigen Schweigens. Ich spornte das Pferd, das sich aufbäumte und Galopp anschlug. Und ich jagte schreiend und weinend über die Steppe, in den Schwarzen Wind hinein, der ziellos durch den hellen Tag dahinirrte wie ein blindes Pferd.

Ich hatte dieses Schweigen wiedererkannt. Es war im Winter 1941 gewesen; um dem Krieg und den Menschen zu entfliehen, um von jener widerwärtigen Krankheit zu genesen, die der Krieg in den Herzen der Menschen wuchern läßt, hatte ich mich nach Pisa zurückgezogen, in ein totes Haus, am Ende einer der schönsten und leblosesten Straßen dieser wunderschönen, leblosen Stadt. Ich hatte Phöbus bei mir, meinen Hund Phöbus, den ich auf der Insel Lipari halbverhungert am Strande der Marina Corta aufgelesen, den ich in meinem einsamen Hause auf Lipari gepflegt und großgezogen hatte und der mein einziger Gefährte gewesen war während meiner öden Verbannungsjahre auf dieser trostlosen Insel, die meinem Herzen so teuer wurde.

Nie habe ich eine Frau so geliebt, nie einen Bruder, einen Freund, wie Phöbus. Er war ein Hund, der mir ähnlich war, ein Hund wie ich. Für ihn schrieb ich die liebevollen Seiten »Ein Hund wie ich« in einem meiner Bücher. Er war ein edles Tier, das edelste Geschöpf, dem ich je im Leben begegnet bin. Er gehörte jener Rasse von Windhunden, die, selten geworden und hochgezüchtet, im Altertum von der asiatischen Küste mit den ersten ionischen Wanderungen herübergekommen waren; die Hirten auf Lipari nennen sie *cerneghi*. Es sind jene Hunde, die die griechischen Bildhauer auf die Grabreliefs meißelten. »Sie jagen den Tod«, sagen die Hirten auf Lipari.

Sein Fell hatte die Farbe des Mondes, rötlich und golden schimmernd, die Farbe des Mondes auf dem Meer, die Farbe des Mondes auf dem dunklen Laub der Zitronen- und Orangenbäume, auf den Schuppen der toten Fische, die das Meer nach einem Sturm auf dem Ufer zurückließ, vor der Tür meines Hauses. Sein Fell hatte die Farbe des Mondes über dem griechischen Meer um Lipari, des Mondes in den Versen der Odyssee, des Mondes über diesem wilden Meere Liparis, das Odysseus durchsegelte, um das einsame Gestade des Aeolus zu erreichen, des Beherrschers der Winde – die Farbe des erloschenen Mondes, kurz vor der Morgendämmerung. Ich nannte ihn Caneluna, den Mondhund.

Er entfernte sich nie auch nur einen Schritt von mir. Er folgte mir wie ein Hund. Ich behaupte, daß er mir folgte *wie* ein Hund. Seine Gegenwart in meinem armseligen Hause auf Lipari, das pausenlos den Gewalten von Wind und Meer ausgesetzt war, hatte etwas Wundervolles an sich. Des Nachts beleuchtete er mein nacktes Zimmer mit dem hellen Schein seiner Mondaugen. Er hatte Augen von einem matten Blau, von der Farbe des Meeres, wenn der Mond untergeht. Ich empfand seine Gegenwart wie die eines Schattens, meines Schattens. Er war wie der Widerschein meines Geistes. Er half mir, allein durch seine Gegenwart, jene Menschenverachtung wiederzugewinnen, welche die erste Bedingung für gelassene Heiterkeit und das Weisesein im menschlichen Leben ist. Ich fühlte, daß er mir ähnlich war, daß er nichts anderes als das Bild meines inneren Lebens war. Das Porträt meiner selbst, alles dessen, was es an Tiefem, Persönlichem, Eigenstem in mir gibt: mein Unterbewußtsein und, sozusagen, mein Gespenst.

Durch ihn viel mehr als durch die Menschen, ihre Kultur und Eitelkeit, lernte ich, daß Moral keinen Lohn kennt, daß sie Selbstzweck ist, daß sie nicht einmal darauf aus ist, die Welt zu retten – nicht einmal die Welt zu retten! –, sondern nur immer neuen Vorwand für ihre Uneigennützigkeit, für ihr freies Spiel zu schaffen. Die Begegnung eines Menschen und eines Hundes ist immer die Begegnung zweier freier Geister, zweier Formen von Würde, von absichtsloser Moral. Die absichtsloseste und die romantischste aller Begegnungen. Eine jener Begegnungen, die der Tod mit seinem fahlen Glanze bestrahlt, ähnlich dem Schein des erloschenen Mondes über dem Meer, am grünen Himmel des dämmernden Morgens.

In ihm erkannte ich meine verborgensten Regungen wieder, meine ungewissesten Triebe, meine Zweifel, meine Kümmernisse, meine Hoffnungen. Mein war seine Würde gegenüber den Menschen, mein sein Mut und sein Stolz gegenüber dem Leben, mein seine Verachtung für die oberflächlichen Empfindungen des Menschen. Doch mehr als ich war er für die dunklen Ahnungen im Leben der Natur empfänglich, für die unsichtbare Anwesenheit des Todes, der stets schweigsam und argwöhnisch die Menschen umlauert. Er fühlte von fern her durch die nachtdunkle Luft die traurigen Schatten der Träume herankommen, welche toten Insekten gleichen, die der Wind von irgendwoher mit sich führt. Und in bestimmten Nächten verfolgte er, in meinem kahlen Zimmer auf Lipari zu meinen Füßen zusammengekauert, mit seinen Augen ein unsichtbares Schweben um mich, das sich näherte, sich entfernte, stundenlang blieb, um mich durch das Glas des Fensters zu belauern. Immer dann, wenn das geheimnisvoll Gegenwärtige sich mir näherte, bis es mir die Stirn streifte, bellte Phöbus drohend auf, mit gesträubtem Rückenhaar; und ich hörte ein klagendes Schreien sich in die Nacht hinaus entfernen und langsam ersterben.

Er war mir der liebste meiner Brüder, mein wirklicher Bruder, derjenige, der nicht verrät, der nicht demütigt. Ein Bruder, der liebt, der hilft, der versteht, der verzeiht. Nur wer lange Jahre der Verbannung auf einer wilden Insel durchlitten hat und bei der Rückkehr unter die Menschen sich wie ein Aussätziger gemieden und geflohen sieht von all denen, die eines Tages, nach dem Tode des Tyrannen, sich als Freiheitshelden gebärden werden – nur der weiß, was ein Hund einem Menschen bedeuten kann. Phöbus betrachtete mich oft mit einem edlen, traurigen Vorwurf in seinem liebevollen Blick. Ich empfand dann eine seltsame Beschämung, fast Reue über meine Niedergeschlagenheit, als schämte ich mich vor ihm. Ich fühlte, daß Phöbus mich in solchen Augenblicken verachtete; mit Schmerz, mit zärtlicher Zuneigung, doch bestimmt lag in seinem Blick ein Schatten von Mitleid und gleichzeitig von Verachtung. Er war nicht nur mein Bruder, sondern auch mein Richter. Er war der Wächter meiner Selbstachtung und zur selben Zeit, mit einem altgriechischen Worte ausgedrückt, mein Doryphorema.

Er war ein ernster Hund mit schwermütigen Augen. Jeden Abend verbrachten wir lange Stunden auf der hohen, windigen Treppe vor meinem Hause und blickten aufs Meer hinaus. Oh, das griechische Meer Siziliens, oh, der rote Felsen von Scilla, dort gegenüber Charybdis, und der schneebedeckte Gipfel des Aspromonte und die leuchtend weiße Schulter des Ätna, des sizilischen Olymp. Wirklich, es gibt, wie Theokrit singt, nichts Schöneres in der Welt, als von der Höhe einer Steilküste aus das Meer Siziliens zu betrachten. Auf den Bergen loderten die Hirtenfeuer, ins Meer hinaus glitten die Boote, aufwärts, dem Monde entgegen, und der klagende Ton der Seemuscheln, mit denen die Fischer sich über das Meer hin miteinander verständigen, verklang in dem silbrigen Mondnebel. Der Mond stieg über dem Felsen von Scilla empor, und der Stromboli, der hohe, unzugängliche Vulkan mitten im Meer, flammte wie ein einsamer Scheiterhaufen in der Tiefe des grünblauen Waldes der Nacht. Wir blickten aufs Meer hinaus, atmeten den herben Geruch des Salzes, den kräftigen, berauschenden Duft der Orangengärten, den Geruch der Ziegenmilch, den der brennenden Wacholderzweige der Feuerstellen und jenen warmen und tiefen Duft des Weiblichen, welcher der Geruch der sizilianischen Nacht ist, wenn die ersten Sterne sich bleich am Horizont heraufheben.

Eines Tages wurde ich, mit gefesselten Händen, von Lipari auf eine andere Insel gebracht und von dort, lange Monate später, nach Toscana. Phöbus folgte mir von ferne, er verbarg sich zwischen den Sardellenfässern und den Taurollen an Deck der »Santa Marina«, des kleinen Dampfers, der in größeren Abständen zwischen Lipari und Neapel verkehrt, und zwischen den Körben mit Fischen und Tomaten auf dem Motorboot, das zwischen Neapel, Ischia und Ponza Dienst tut. Mit dem Mut der Feiglinge, dem einzigen Grund, durch den selbst Knechtsnaturen sich das Recht auf Freiheit verdienen, blieben die Leute stehen, um mich mit vorwurfsvollen und verächtlichen Blicken anzuschauen und Beschimpfungen zwischen den Zähnen zu zischen. Nur die Lazzaroni, die auf den Hafenkais in Neapel in der Sonne lagen, lächelten mir verstohlen zu, während sie ausspuckten, den Polizisten zwischen die Stiefel. Ich schaute mich von Zeit zu Zeit um, zu sehen, ob Phöbus mir folgte, und ich sah ihn mit eingezogenem Schwanz längs der Mauern laufen, durch die Straßen Neapels, von der Immacolatella zum Molo Beverello, mit dem erstaunt traurigen Blick seiner hellen Augen.

Während ich in Neapel, zwischen den beiden Carabinieri, an den Händen gefesselt, durch die Via Parténope ging, kamen lächelnd zwei Damen auf mich zu; es waren die Frau Benedetto Croces und Minnie Casella, die Frau meines lieben Freundes Gaspare Casella, des Verlegers und Antiquars. Sie begrüßten mich mit der mütterlichen Liebenswürdigkeit italienischer Frauen, steckten mir Blumen zwischen die Handschellen, und Signora Croce bat die Carabinieri, sie möchten mir Gelegenheit geben, etwas zu trinken und mich zu stärken. Seit zwei Tagen hatte ich nichts Rechtes zu essen bekommen. »Laßt ihn wenigstens im Schatten gehen«, sagte Signora Croce. Wir hatten Juni, die Sonne schlug einem wie ein Hammer auf den Kopf. »Danke, ich brauche nichts«, sagte ich, »ich möchte nur, daß Sie meinem Hunde zu trinken gäben.« Phöbus war wenige Schritte hinter uns stehengeblieben und blickte Signora Croce mit fast schmerzlicher Eindringlichkeit ins Gesicht. Es war das erstemal, daß er das Gesicht menschlicher Güte, weiblicher Hilfsbereitschaft und Herzenshöflichkeit sah. Er schnupperte lange an dem Wasser, ehe er trank.

Als ich einige Monate später nach Lucca übergeführt wurde, kam ich in das dortige Gefängnis, wo ich lange verblieb. Und als ich, zwischen zwei Polizisten, herauskam, um an meinen neuen Verbannungsort gebracht zu werden, erwartete mich Phöbus vor dem Tor des Kerkers, dürr und verwahrlost. Seine Augen glänzten hell, voll grausiger Zärtlichkeit. Weitere zwei Jahre dauerte meine Verbannung, und zwei Jahre lang lebten wir in einem kleinen Hause mitten im Wald, in einem Zimmer wohnten Phöbus und ich, im andern die Carabinieri der Wache. Schließlich erlangte ich meine Freiheit wieder, das, was in jenen Zeiten Freiheit genannt wurde und für mich das gleiche bedeutete, wie wenn ich ein fensterloses Zimmer verließe, um einen engen Raum ohne Wände zu betreten. Wir ließen uns in Rom nieder; und Phöbus war traurig, es war, als bedrücke ihn das Schauspiel der Freiheit. Er wußte, daß Freiheit kein Menschenwerk ist, daß die Menschen nicht frei sein können, vielleicht nicht frei zu sein verstehen, daß die Freiheit, in Italien, in Europa, einen üblen Beigeschmack hat wie die Knechtschaft.

All die Zeit hindurch, die wir in Pisa verbrachten, blieben wir fast den ganzen Tag über zu Hause, und nur um die Mittagszeit machten wir einen Spaziergang längs des Flusses, längs des schönen Flusses von Pisa, des silberfarbenen Arno, auf den hellen und kühlen Uferpromenaden; dann gingen wir auf die Piazza dei Miracoli, den Platz der Wunder, auf dem sich der Schiefe Turm erhebt, der Pisa in der ganzen Welt berühmt gemacht hat. Wir bestiegen den Turm, und von dort oben blickten wir über die Küstenebene bis hin nach Livorno, bis nach Massa, und wir sahen die Pinienhaine und das Meer dort draußen, das leuchtende Augenlid des Meeres, und die Apuanischen Alpen, weiß schimmernd von Schnee und von Marmor. Das war meine Heimat, das war meine toskanische Heimaterde, das waren meine Wälder und das mein Meer, das waren meine Berge, das meine Felder, das meine Flüsse.

Gegen Abend gingen wir an den Arno und setzten uns auf die Uferbrüstung – dieselbe schmale Schutzmauer, die Lord Byron, während der Tage seines Exils in Pisa, frühmorgens im Sattel seines schönen Hengstes entlanggesprengt war, unter den Entsetzensschreien der braven Bürger –; wir sahen dem Strömen des Flusses zu, in dessen klaren Fluten das Laub dahertrieb, das der Winter von den Bäumen brannte, und wir starrten nach den silberhellen Wolken am uralten Himmel über Pisa.

Phöbus verbrachte lange Stunden zu meinen Füßen zusammengekauert, hin und wieder stand er auf, trottete zur Tür und wandte den Kopf zu mir. Ich ging ihm dann die Tür öffnen, und Phöbus lief hinaus, kehrte nach einer Stunde, nach zwei Stunden zurück, keuchend, das Haar vom Wind gestriegelt, die Augen geklärt von der kalten Wintersonne. Nachts hob er bisweilen den Kopf, um der Stimme des Flusses zu lauschen, der Stimme des Regens über dem Fluß. Wenn ich erwachte, spürte ich seinen warmen, leichten Blick auf mir, seine lebendige, liebevolle Gegenwart im dunklen Zimmer und seine traurige Stimmung, sein stilles Vorgefühl des Todes.

Eines Tages ging er hinaus und kam nicht zurück. Ich wartete auf ihn bis zum Abend, und als die Nacht hereingesunken war, lief ich durch die Straßen und rief seinen Namen. Spätnachts kam ich nach Hause zurück, ich warf mich aufs Bett, den Blick auf die angelehnte Tür gerichtet. Immer wieder trat ich ans Fenster und rief ihn lange, so laut ich rufen konnte. Beim Morgengrauen lief ich wiederum durch die öden Straßen, zwischen den stummen Fassaden der Häuser umher, die unter dem blauschwarzen Himmel wie aus schmutzigem Papier aufgestellt wirkten.

Sobald es Tag war, lief ich zum städtischen Hundeasyl. Ich

betrat einen grauen Raum, wo, in schmutzige Käfige gesperrt, Hunde winselten, deren Kehle noch die Spuren vom würgenden Zug der Schlinge des Hundefängers aufwies. Der Wärter meinte, daß mein Hund wohl unter einen Wagen geraten oder gestohlen oder von irgendeiner Rowdybande in den Fluß geworfen worden sei. Er riet mir, einen Rundgang bei allen Hundehändlern zu machen – wer weiß, ob Phöbus sich nicht im Zwinger irgendeines Hundezüchters befand?

Den ganzen Vormittag über lief ich von einem Hundehändler zum andern, und schließlich fragte mich ein Hundetrimmer in einem kleinen Geschäft bei der Piazza dei Cavalieri, ob ich in der Veterinärklinik der Universität gewesen sei, wohin die Hundediebe für wenige Groschen ihre Beute als medizinische Versuchsobjekte zu verkaufen pflegten. Ich eilte zur Universität, aber es war bereits zwölf Uhr vorbei, und die Veterinärklinik war geschlossen. Ich ging nach Hause zurück, ich spürte in den Augenhöhlen etwas Kaltes, Hartes, Glattes, als hätte ich Glasaugen.

Am Nachmittag ging ich wieder zur Universität und betrat die Veterinärklinik. Das Herz klopfte mir, ich konnte fast nicht gehen, so schwach war ich, so von Angst gewürgt. Ich fragte nach dem diensthabenden Arzt, ich nannte ihm meinen Namen. Der Arzt, ein blonder, kurzsichtiger junger Mann, mit müdem Lächeln, hörte mich höflich an und betrachtete mich lange, ehe er mir antwortete, daß er sein möglichstes tun wolle, um mir zu helfen.

Er öffnete eine Tür, wir traten in einen großen, sauberen, hellen Raum, mit blauem Linoleum auf dem Fußboden. Längs der Wände standen in Reihen nebeneinander, wie Betten in einer Kinderklinik, seltsame celloförmige Wiegen: in jeder dieser Wiegen lag auf dem Rücken ein Hund ausgestreckt, mit geöffnetem Bauch oder gespaltenem Schädel oder einer klaffenden Wunde auf der Brust.

Dünne Stahldrähte, auf dieselbe Art von Holzschrauben aufgezogen, wie sie bei Musikinstrumenten zum Spannen der Saiten dienen, hielten die Ränder dieser gräßlichen Wunden auseinander: man sah das freigelegte Herz schlagen, die Lungen mit dem Geäder der Bronchien ähnlich dem Geäst eines Baumes sich blähen, genau wie die Laubdecke eines Baumes unter dem Atem des Windes, man sah die rote, glänzende Leber sich ganz langsam zusammenzuziehen, sah ein leichtes Beben über die weiße und rosige Gehirnmasse laufen wie in einem beschlagenen Spiegel, sah das Gewirr der Därme sich träge lösen wie ein Knäuel von Schlangen beim Erwachen aus der Erstarrung. Und kein Laut entrang sich den halbgeschlossenen Rachen der gekreuzigten Hunde.

Bei unserem Eintritt hatten alle Hunde die Augen auf uns gerichtet, uns mit flehenden Blicken gemustert, Blicken voll herzzerreißenden Mißtrauens; sie folgten mit den Augen jeder unserer Bewegungen, schauten uns zitternd auf die Lippen. Unbeweglich mitten im Zimmer stehend, fühlte ich, wie mir das Blut eiskalt die Glieder emporstieg; nach und nach wurde ich zu Stein. Ich konnte die Lippen nicht öffnen, konnte keinen Schritt tun. Der Arzt legte mir die Hand auf den Arm und sagte »nur Mut«. Dieses Wort löste die Erstarrung meiner Glieder, langsam bewegte ich mich, beugte mich über die erste Wiege. Und wie ich langsam von Wiege zu Wiege schritt, kehrte mir das Blut ins Gesicht zurück, faßte das Herz neue Hoffnung. Plötzlich erblickte ich Phöbus.

Er lag auf dem Rücken ausgestreckt, der Bauch war geöffnet, eine Sonde in seine Leber eingeführt. Er starrte mich an, hatte die Augen voller Tränen. In seinem Blick lag etwas wundervoll Weiches. Er atmete leicht, mit halbgeschlossenem Mund, von einem gräßlichen Zittern geschüttelt. Er starrte mich an, ein grausamer Schmerz fraß in meiner Brust. »Phöbus«, rief ich leise. Und Phöbus sah mich mit dem wundervoll weichen Blick seiner Augen an. Ich sah Christus in ihm, sah Christus in ihm gekreuzigt, sah Christus mich mit den Augen unirdischer Milde anschauen. »Phöbus«, sagte ich leise, beugte mich über ihn, streichelte ihm den Kopf. Phöbus küßte meine Hand, er gab keinen Laut von sich.

Der Arzt trat neben mich, berührte mich am Arm: »Ich darf eigentlich den Versuch nicht unterbrechen«, sagte er, »es ist verboten. Aber für Sie . . . Ich werde ihm eine Spritze geben. Er wird nicht leiden.«

Ich ergriff die Hand des Arztes, ich sagte, während mir die Tränen über das Gesicht liefen: »Schwören Sie, daß er nicht leiden wird.«

»Er wird für immer einschlafen«, sagte der Arzt, »ich möchte, mein eigener Tod könnte so sanft sein wie der seine.«

Ich sagte: »Ich werde die Augen schließen. Ich will ihn nicht sterben sehen. Aber machen Sie schnell.«

»Nur einen Augenblick«, sagte der Arzt und entfernte sich geräuschlos, über den weichen Linoleumteppich gleitend. Er ging ans andere Ende des Zimmers und öffnete einen Schrank.

Ich blieb vor Phöbus stehen, ich zitterte heftig, die Tränen rollten mir übers Gesicht. Phöbus sah mich an, und nicht der leiseste Laut entrang sich seinem Munde, er sah mich an mit einer wunderbaren Milde in den Augen. Auch die anderen Hunde, in ihren Wiegen auf dem Rücken ausgestreckt daliegend, sahen mich an, alle hatten etwas seltsam Weiches in den Augen, und nicht der leiseste Seufzer kam von ihren Lippen.

Mit einemmal brach ein Schrei des Entsetzens aus meiner Brust: »Weshalb diese Stille?« schrie ich. »Was ist das für eine Stille?«

Es war eine fürchterliche Stille. Ein endloses Schweigen, eiskalt, tot, das Schweigen des Schnees.

Der Arzt näherte sich mir, eine Spritze in der Hand. »Bevor wir sie operieren«, sagte er, »schneiden wir ihnen die Stimmbänder durch.«

Ich erwachte schweißgebadet. Ich trat ans Fenster, blickte auf die Häuser, aufs Meer, auf den Himmel über dem Hügel des Posillipo, auf die Insel Capri, die am Horizont durch die rosigen Nebel der Morgendämmerung irrte. Ich hatte die Stimme des Windes wiedererkannt, seine schwarze Stimme. Schnell kleidete ich mich an, setzte mich auf den Rand des Bettes und wartete. Ich wußte, daß mich etwas Trauriges, etwas Schmerzhaftes erwartete, und ich konnte nicht verhindern, daß dieses Traurige, dieses Schmerzhafte auf mich zukam.

Gegen sechs Uhr hielt ein Jeep unter meinem Fenster, ich hörte an die Tür klopfen. Es war Leutnant Campbell von der P. B. S. Während der Nacht war durch Fernschreiben aus dem Großen Hauptquartier in Caserta der Befehl gekommen, ich solle mich beim Colonel Jack Hamilton an der Cassino-Front melden. Es war schon spät, wir mußten sofort aufbrechen. Ich hängte mir den Brotbeutel um, nahm den Riemen der Maschinenpistole über die Schulter und stieg in den Jeep.

Campbell war ein hochgewachsener blonder Junge, mit blauen, weißgefleckten Augen. Ich war bereits mehrere Male mit ihm an die Front gefahren, er gefiel mir wegen seines lächelnden Phlegmas, wegen seiner ruhigen Höflichkeit in gefährlichen Situationen. Er war ein ernster Junge, stammte aus Wisconsin, und er wußte wohl schon, daß er nicht mehr nach Hause zurückkehren sollte; er wurde das Opfer einer Mine, einige Monate später, auf der Straße zwischen Bologna und Mailand, zwei Tage vor dem Ende des Krieges. Er sprach wenig, war schüchtern und errötete leicht beim Sprechen.

Kurz nachdem wir über die Brücke bei Capua gefahren waren, begegneten wir den ersten Verwundetentransporten. Es waren die Tage der nutzlosen, blutigen Angriffe gegen die deutschen Stellungen bei Cassino. Dann gelangten wir in die Feuerzone. Schwere Geschosse platzten mit gräßlichem Lärm auf der Via Casilina. Am Check-point, drei Kilometer vor den ersten Häusern von Cassino, hielt uns ein Sergeant der M. P. an und hieß uns hinter einem Damm in Deckung gehen, in der Erwartung, daß der Hagel der Granaten sich lege.

Doch die Zeit verging, es wurde spät. Um den Artillerie-Beobachtungsstand zu erreichen, wo Colonel Hamilton uns erwartete, beschlossen wir, in die Via Casilina zu fahren, wo der Beschuß weniger lebhaft war. »Good luck«, tönte die Stimme des M. P.-Sergeants hinter uns.

Campbell steuerte den Jeep in einen Graben, kletterte den Straßendamm hinauf und nahm einen steinigen Abhang in Angriff; er fuhr durch den riesigen Olivenwald, der sich zwischen kahlen Erhebungen auf der Rückseite des Cassino gegenüberliegenden Hügelgeländes ausdehnt. Mehrere andere Jeeps hatten vor uns die gleiche Richtung genommen, das Gelände wies noch die frischen Radspuren auf. An manchen Stellen war der Boden lehmig, die Räder unseres Jeeps kreisten wütend im Leeren, und wir mußten uns langsam zwischen großen Felsbrocken, die über die Hänge verstreut lagen, hindurchschlängeln.

Mit einemmal sahen wir dort unten vor uns, in einem engen Tal zwischen zwei bewachsenen Felshängen, eine Fontäne von Steinen und Erde hochspritzen, und der dumpfe Schlag einer Explosion hallte zwischen den Bergen wider. »Eine Mine«, sagte Campbell, der versuchte den Radspuren zu folgen, um der Gefahr der Minen, die in diesem Gebiet sehr häufig waren, auszuweichen. An einer bestimmten Stelle hörten wir Stimmen und Jammerlaute und entdeckten zwischen den Olivenbäumen, etwa hundert Schritte vor uns, eine Gruppe von Männern um einen umgestürzten Jeep. Ein zweiter Jeep lag ein paar Schritte weiter, seine Vorderräder waren durch die Minenexplosion zertrümmert.

Zwei verwundete amerikanische Soldaten saßen im Gras, andere machten sich um einen rücklings am Boden liegenden Mann zu schaffen. Die Soldaten blickten verächtlich auf meine Uniform, und einer von ihnen, ein Sergeant, sagte zu Campbell: »What the hell is he doing here, this bastard?«

»A. F. H. Q.«, antwortete Campbell, »Italian liaison officer.«

»Steigen Sie aus«, sagte der Sergeant, sich in barschem Ton an mich wendend, »machen Sie dem Verwundeten Platz.«

»Was fehlt ihm?« fragte ich und sprang aus dem Jeep.

»Er ist am Bauch verwundet. Er muß sofort ins Lazarett gebracht werden.«

»Let me see«, sagte ich.

»Are you a doctor?«

»Nein, ich bin kein Arzt«, sagte ich und beugte mich über den Verwundeten.

Er war ein schmächtiger, blonder Junge, fast noch ein Kind, mit knabenhaftem Gesicht. Aus einer riesigen, klaffenden Wunde am Bauch quollen ihm die Eingeweide langsam über die Beine hinab und verschlangen sich zwischen den Knien zu einem großen blutigen Knäuel.

»Gebt mir eine Decke«, rief ich.

Ein Soldat brachte mir eine Decke, die ich dem Verwundeten über den Leib breitete. Dann nahm ich den Sergeant beiseite und sagte ihm, daß man den Verwundeten nicht transportieren könne, daß es besser sei, ihn nicht anzurühren, ihn dort zu lassen, wo er sich befand, und inzwischen Campbell mit dem Jeep nach einem Arzt zu schicken.

»Ich habe den anderen Krieg mitgemacht«, sagte ich, »habe Dutzende und Dutzende von solchen Verwundungen gesehen, da ist nichts zu machen. Es sind tödliche Verwundungen. Das einzige, worum wir uns bemühen müssen, ist, ihn nicht leiden zu lassen. Wenn wir ihn ins Lazarett schaffen, wird er uns unterwegs unter gräßlichen Schmerzen wegsterben. Es ist besser, ihn so sterben zu lassen, ohne daß er leidet. Es ist nichts anderes zu machen.«

Die Soldaten hatten sich um uns geschart und sahen mich schweigend an.

Campbell sagte: »Der Hauptmann hat recht. Ich werde nach Capua fahren, einen Arzt holen und werde die beiden Leichtverwundeten mitnehmen.«

»Wir können ihn nicht hier lassen«, sagte der Sergeant, »im Lazarett kann er vielleicht operiert werden, hier können wir nichts tun. Es ist ein Verbrechen, ihn einfach sterben zu lassen.«

»Er wird furchtbare Schmerzen ausstehen und sterben, ehe wir im Lazarett sind«, sagte ich, »hört auf mich, laßt ihn, wo er jetzt ist, und rührt ihn nicht an.«

»Sie sind kein Arzt«, erwiderte der Sergeant.

»Ich bin zwar kein Arzt«, sagte ich, »aber ich weiß, wie es mit ihm steht. Ich habe Dutzende von Soldaten mit solchen Bauchverletzungen gesehen. Ich weiß, daß man sie nicht anrühren darf, daß man sie nicht transportieren kann. Laßt ihn in Frieden sterben. Weshalb wollt ihr, daß er unnütz leiden soll?«

Die Soldaten schwiegen und sahen mich an. Der Sergeant sagte: »Wir können ihn nicht einfach so sterben lassen wie ein Tier.«

»Er wird nicht wie ein Tier sterben«, sagte ich, »er wird einschlafen wie ein Kind, ohne Schmerzen. Weshalb wollt ihr ihn noch quälen? Er wird trotzdem sterben, selbst wenn er lebend das Lazarett erreicht. Ihr könnt mir vertrauen, laßt ihn, wo er ist, macht ihm keine Schmerzen. Wenn der Arzt kommt, wird er mir recht geben.«

»Let's go«, sagte Campbell, zu den beiden Leichtverwundeten gewendet.

»Wait a moment, Lieutenant«, sagte der Unteroffizier, »warten Sie einen Augenblick. Sie sind amerikanischer Offizier, Sie müssen entscheiden. Jedenfalls sind Sie Zeuge, daß es nicht unsere Schuld ist, wenn der Junge stirbt. Es ist dann die Schuld dieses italienischen Offiziers.«

»Ich glaube nicht, daß es seine Schuld sein wird«, sagte Campbell, »ich bin kein Arzt, ich verstehe nichts von Verwundungen, aber ich kenne diesen italienischen Capitano und weiß, daß er ein anständiger Kerl ist. Was für ein Interesse kann er daran haben, uns zu raten, diesen armen Jungen nicht ins Lazarett zu bringen? Wenn er uns rät, ihn hierzulassen, so glaube ich, wir sollten ihm vertrauen und seinen Rat befolgen. Er ist zwar kein Arzt, aber er hat mehr Erfahrung mit Krieg und Verwundungen als wir.« Und zu mir gewendet, fuhr er fort: »Sind Sie willens, die Verantwortung dafür zu übernehmen, daß der Junge nicht ins Lazarett gebracht wird?«

»Ja«, erwiderte ich, »ich übernehme die volle Verantwortung dafür, daß er nicht ins Lazarett gebracht wird. Da er doch sterben muß, ist es besser, er stirbt, ohne viel zu leiden.«

»That's all«, sagte Campbell, »also los, fahren wir.«

Die zwei anderen Verwundeten stiegen in Campbells Jeep, der sich den steinigen Abhang hinunterschlängelte und rasch zwischen den Olivenbäumen verschwunden war.

Der Sergeant betrachtete mich einige Augenblicke schweigend, mit halbgeschlossenen Augen, dann sagte er: »Und nun? Was sollen wir tun?«

»Man muß den armen Jungen ablenken, ihn unterhalten. Ihm Geschichten erzählen, ihm keine Zeit lassen, darüber nachzudenken, daß er tödlich verwundet ist, damit er nicht merkt, daß er sterben muß.«

»Ihm Geschichten erzählen?« fragte der Sergeant.

»Ja, erzählt ihm lustige Geschichten, haltet ihn in guter Stimmung. Wenn ihr ihm Zeit laßt nachzudenken, wird er merken, daß er tödlich verwundet ist, wird er seine Wunde spüren, wird Schmerzen haben.«

»Ich mag Komödien nicht«, sagte der Sergeant, »wir sind keine *Italian bastards*, wir sind keine Komödianten. Wenn Sie den Clown machen wollen, tun Sie es. Aber wenn Fred stirbt, werden Sie es mit mir zu tun kriegen.«

»Warum beschimpfen Sie mich?« sagte ich. »Es ist nicht meine Schuld, wenn ich kein Vollblut bin, wie es alle Amerikaner sind, oder . . . alle Deutschen. Ich habe Ihnen schon gesagt, daß der arme Junge sterben muß aber ohne zu leiden. Ich kann dafür einstehen, daß er nicht leiden muß, aber nicht, daß er nicht sterben muß.«

»That's right«, sagte der Sergeant. Und zu den anderen gewendet, die mir schweigend zugehört hatten, sagte er, den Blick fest auf mich gerichtet: »Ihr seid alle Zeugen, daß dieses italienische Schwein behauptet . . .«

»Shut up!« schrie ich. »Schluß mit diesen blöden Beschimpfungen! Seid ihr nach Europa gekommen, um uns zu beschimpfen oder um gegen die Deutschen Krieg zu führen?«

»Anstelle dieses armen American boy«, sagte der Unteroffizier, die Augen halb schließend und mit geballten Fäusten, »an seiner Stelle müßte einer von euch hier liegen. Warum haut ihr die Deutschen nicht selbst aus eurem Lande hinaus?«

»Warum seid ihr nicht zu Hause geblieben? Niemand hat euch gerufen. Ihr hättet es uns überlassen sollen, mit den Deutschen fertig zu werden.«

»Take it easy«, sagte der Sergeant mit bösem Lachen, »ihr seid zu nichts zu gebrauchen, hier in Europa, ihr seid zu nichts anderem gut, als zu verhungern.«

Alle anderen begannen zu lachen und sahen mich an.

»Sicher«, sagte ich, »wir sind nicht gut genug ernährt, um Helden zu sein wie ihr. Aber ich bin hier bei euch, ich bin derselben Gefahr ausgesetzt wie ihr. Weshalb beschimpft ihr mich?«

»Bastard people«, knurrte der Sergeant.

»Eine prächtige Gesellschaft von Helden seid ihr«, sagte ich, »zehn deutsche Soldaten mit einem Unteroffizier genügen, um euch drei Monate lang aufzuhalten.«

»Shut up!« schrie der Sergeant und machte einen Schritt auf mich zu.

Der Verwundete stöhnte auf, und wir drehten uns alle nach ihm um.

»Er hat Schmerzen«, sagte der Sergeant und wurde bleich.

»Ja«, sagte ich, »er leidet. Er leidet, und wir sind schuld. Er schämt sich für uns. Statt ihm zu helfen, stehen wir hier und beschimpfen uns gegenseitig. Aber ich weiß wohl, weshalb ihr mich beschimpft. Weil ihr leidet. Ich bedaure, solche Worte zu euch gesagt zu haben. Denkt ihr, daß ich nicht auch leide?«

»Don't worry, Captain«, sagte der Sergeant mit unsicherem Lächeln und errötete leicht.

»Hello, boys!« rief der Verwundete, sich auf den Ellenbogen aufrichtend.

»Er ist neidisch auf Sie«, sagte ich, auf den Sergeant hindeutend, »er möchte auch gern verwundet sein wie Sie, damit er wieder nach Hause fahren kann.«

»Es ist wirklich eine Ungerechtigkeit«, rief der Sergeant

und schlug sich mit der flachen Hand an die Brust, »ich möchte gerne wissen, weshalb du nach Hause fahren darfst, nach Amerika, und wir nicht!«

Der Verwundete lächelte. »Nach Hause«, flüsterte er.

»Bald wird der Sanitätswagen kommen«, sagte ich, »und Sie nach Neapel ins Lazarett bringen. Und in ein paar Tagen werden Sie nach Amerika fliegen. Sie sind ein Glückskind.«

»Es ist wirklich eine Ungerechtigkeit«, sagte der Sergeant wieder, »du wirst nach Hause fahren, und wir sollen hierbleiben, bis wir verschimmeln. Schau her, wie wir alle aussehen werden, wenn wir noch länger in diesem verfluchten Cassino bleiben!« Er beugte sich nieder, nahm eine Handvoll Dreck, beschmierte sich das Gesicht damit, zerzauste sich mit beiden Händen die Haare und begann Grimassen zu schneiden. Alle Soldaten um uns her lachten, und der Verwundete lächelte.

»Die Italiener werden an unsere Stelle treten«, sagte ein Soldat, während er näher herankam, »und wir werden wieder nach Hause fahren.« Er streckte die Hand aus, ergriff meinen Alpini-Offiziershut mit der langen schwarzen Feder, drückte ihn sich auf den Kopf und begann vor dem Verwundeten zu tänzeln, Grimassen zu schneiden und zu schreien: »Vino! Spaghetti! Signorina!«

»Go on!« rief mir der Sergeant zu und gab mir einen Rippenstoß.

Ich errötete. Es widerstand mir, den Clown zu spielen. Aber ich mußte mitmachen, ich hatte selbst diese traurige Komödie vorgeschlagen, ich konnte mich jetzt nicht weigern, den Clown zu machen. Wenn es sich darum gehandelt hätte, den Clown zu spielen, um das Vaterland, die Menschheit, die Freiheit zu retten, würde ich mich geweigert haben. Wir wissen es alle in Europa, daß es tausend Arten gibt, den Clown zu spielen: auch den Helden zu spielen, den Feigling, den Verräter, den Revolutionär, den Erretter des Vaterlandes, den Märtyrer der Freiheit, das sind alles verschiedene Arten, den Clown zu machen. Auch einen Menschen an die Wand zu stellen und ihm ein paar Kugeln in den Leib zu schießen, auch den Krieg zu verlieren oder zu gewinnen, das sind wie vieles andere nur verschiedene Arten, den Clown zu machen. Aber jetzt konnte ich mich nicht weigern, den Clown zu spielen, um einem armen jungen Amerikaner zu helfen, ohne

Schmerzen zu sterben. In Europa, seien wir ehrlich, fällt es uns oft zu, aus viel geringerem Anlaß den Clown zu machen! Und schließlich war dies eine edle, großmütige Art, diese Rolle zu spielen, und ich konnte mich nicht weigern: es ging darum, einen Menschen vor Schmerzen und Leiden zu bewahren. Ich würde Erde essen, würde Steine beißen, ich würde Kot verschlingen, meine Mutter verraten, um einem Menschen oder einem Tier Leiden zu ersparen. Der Tod macht mir keine Angst; ich hasse ihn nicht, er ekelt mich nicht, er ist, im Grunde, etwas, was mich nichts angeht. Aber das Leiden hasse ich, und mehr das der anderen, bei Mensch oder Tier, als mein eigenes. Ich bin zu allem bereit, zu jeder Schandtat, zu jeder Heldentat, nur um ein menschliches Wesen nicht leiden zu lassen, nur um einem Menschen zu helfen, daß er nicht leiden muß, daß er ohne Schmerzen sterben kann. Und so, obgleich ich die Röte auf meiner Stirne brennen fühlte, war ich glücklich, den Clown spielen zu dürfen; und nicht um des Vaterlandes willen, der Menschheit, der nationalen Ehre, des Ruhms, der Freiheit willen, sondern um meiner selbst willen: um einem armen Jungen zu helfen, daß er nicht leiden mußte, daß er ohne Schmerzen sterben konnte.

»Chewing-gum! Chewing-gum!« schrie ich und begann vor dem Verwundeten zu tanzen; ich schnitt Grimassen, stellte mich, als ob ich einen gewaltigen Chewing-gum kaute, meine Zähne von einer klebrigen Masse von Gummifäden zusammengehalten würden, so daß ich den Mund nicht öffnen, nicht atmen, nicht sprechen, nicht spucken konnte. Bis ich schließlich, nach vieler Mühe, die Zähne auseinanderzubringen vermochte, den Mund aufzureißen und ein Triumphgeschrei auszustoßen: »Spam! Spam!« Bei diesem Schrei, der den fürchterlichen *spam* auf den Plan rief, die Mixtur aus Schweinefleisch, den Stolz Chicagos, die übliche, allgemein verhaßte Hauptnahrung des amerikanischen Soldaten, brachen alle in Lachen aus, und sogar der Verwundete wiederholte lächelnd: »Spam! Spam!«

Von plötzlicher Raserei ergriffen, begannen alle zu springen und zu tanzen, mit den Armen zu fuchteln, sich zu stellen, als ob auch ihre Zähne von einer klebrigen Masse von Gummifäden zusammengehalten würden, so daß sie nicht atmen und nicht sprechen konnten; mit beiden Händen am Unter-

kiefer ziehend, versuchten sie mit Gewalt, sich den Mund aufzureißen; und auch ich sprang herum, schrie im Chor mit den
anderen: »Spam! Spam!«, während dort drüben, hinter dem
Hügel, dumpf drohend, eintönig, die Artillerie von Cassino
ihr »Spam! Spam! Spam!« donnerte.

Mit einemmal ertönte frisch, klangvoll, fröhlich eine
Stimme aus der Tiefe des Olivenwaldes und drang, die hellen
sonnengefleckten Stämme entlangspringend, bis her zu uns:
»Ohoho! Ohoho!« Wir hielten inne und schauten in die Richtung, aus der die Stimme kam. Im silbrigen Glitzern der Oli-
venblätter, gegen den grauen, hier und da mit grünen Flecken
überzogenen Himmel erschien ein Neger und stieg gemäch-
lich zwischen dem rostroten Gestein und den grünblauen, ne-
belgeschwellten Wacholderstauden den Hang herab. Es war
ein hochgewachsener, sehniger junger Bursche mit sehr langen Beinen. Er trug einen Sack über den Schultern und ging
etwas vornüber geneigt, mit den Gummisohlen nur eben den
Boden berührend; er riß den Mund auf, schrie: »Ohoho!
Ohoho!« und wackelte mit dem Kopf, wie wenn ein mächtiger
heiterer Schmerz ihm das Herz zerrisse. Der Verwundete
drehte langsam den Kopf dem Neger zu, und ein kindliches
Lächeln stand auf seinen Lippen.

Als der Neger nur noch wenige Schritte von uns entfernt
war, blieb er stehen und setzte den Sack zu Boden, wobei man
das Klirren von Flaschen vernahm; er strich sich mit der
Hand über die Stirn und sagte mit seiner kindlichen Stimme:
»Oh, you are having a good time, isn't it?«

»Was hast du in dem Sack dort?« fragte der Sergeant.

»Kartoffeln«, antwortete der Neger.

»I like potatoes«, meinte der Sergeant. Und zu dem Verwundeten gewendet, setzte er hinzu: »Du magst auch gern
Kartoffeln, gelt?«

»Oh, yes!« sagte Fred lächelnd.

»Der Junge ist verwundet, und er mag Kartoffeln sehr
gern«, sprach der Sergeant weiter, »ich will hoffen, daß du
einem verwundeten Amerikaner eine Kartoffel nicht ab-
schlägst.«

»Kartoffeln sind nicht gut für Verwundete«, sagte der Neger mit weinerlicher Stimme, »Kartoffeln sind der Tod für
einen Verwundeten.«

»Gib ihm eine Kartoffel«, sagte der Sergeant mit drohender Stimme und gab gleichzeitig, während er dem Verwundeten den Rücken zukehrte, mit Lippen und Augen dem Neger geheimnisvolle Zeichen.

»Oh no, oh no!« sagte der Neger, der sich bemühte, die Zeichen des Sergeants zu verstehen, »Kartoffeln wären sein Tod.«

»Mach den Sack auf«, rief der Corporal.

Der Neger fing an zu jammern, mit dem Kopfe wackelnd, »Ohi! Ohi! Ohiohioi!«, und beugte sich indessen nieder, öffnete den Sack und zog eine Flasche Rotwein heraus. Er hielt sie in die Höhe, gegen das bißchen verschmierte Sonne, das den Nebel durchdrang, betrachtete sich zungenschnalzend den Inhalt, wobei er langsam den Mund weit öffnete, die Augen verdrehte, bis er ein paar tierische Laute ausstieß: »Uha! Uha! Uha!«, was alle mit kindlicher Begeisterung nachmachten.

»Gib her«, forderte der Sergeant. Er entkorkte die Flasche mit der Messerspitze, goß etwas Wein in ein Blechgefäß, das ein Soldat ihm hinreichte, und den Becher hochhaltend, sagte er zu dem Verwundeten: »Auf dein Wohl, Fred« und trank.

»Gib mir auch etwas«, sagte der Verwundete, »ich habe Durst.«

»Nein«, sagte ich, »Sie dürfen nicht trinken.«

»Warum nicht?« fragte der Sergeant, mit einem schiefen Blick auf mich, »ein Glas Wein wird ihm guttun.«

»Ein Mann mit einer Unterleibsverwundung darf nichts trinken«, sagte ich mit gedämpfter Stimme, »wollt ihr ihn umbringen? Der Wein wird ihm in den Gedärmen brennen, und er würde gräßlich zu leiden haben. Er würde vor Schmerzen schreien.«

»You bastard«, sagte der Sergeant.

»Gib mir einen Becher«, sagte ich laut, »ich will auch auf die Gesundheit dieses Glückskindes trinken.«

Der Sergeant reichte mir den neugefüllten Becher; ich hielt ihn in die Höhe und sagte: »Ich trinke auf Ihre Gesundheit und auf die Gesundheit Ihrer Lieben und all derer, die Sie auf dem Flugplatz erwarten werden. Auf das Wohl Ihrer Familie!«

»Thank you«, sagte der Verwundete lächelnd, »und auch auf Marys Wohl.«

»Wir wollen alle auf Marys Wohl trinken«, sagte der Sergeant. Und zum Neger gewandt: »Heraus mit den anderen Flaschen.«

»Oh no, oh no!« rief der Neger mit jammernder Stimme, »wenn ihr Wein wollt, geht ihn euch holen, wie ich's gemacht habe. Oh no, oh no!«

»Schämst du dich nicht, einem verwundeten Kameraden ein bißchen Wein abzuschlagen? Gib her«, sprach der Sergeant mit strenger Stimme, während er dem Sack die Flaschen entnahm, eine nach der andern, und den Kameraden hingab. Alle hatten ein Trinkgefäß aus ihren Brotbeuteln genommen, und wir hoben alle unsere Becher.

»Aufs Wohl der jungen, der lieben, der schönen Mary«, sagte der Sergeant mit erhobenem Becher, und wir tranken alle auf die Gesundheit der jungen, der schönen, der lieben Mary.

»Ich will auch auf Marys Gesundheit trinken«, sagte der Neger.

»Gewiß«, sagte der Sergeant, »und dann wirst du zu Ehren Freds ein Lied singen. Weißt du, warum du zu Ehren Freds singen sollst? Weil Fred in zwei Tagen nach Amerika fliegen wird.«

»Oho!« sagte der Neger, die Augen aufreißend.

»Und weißt du, wer ihn auf dem Flugplatz erwarten wird? Sag du es ihm, Fred«, setzte er, zu dem Verwundeten gewendet, hinzu.

»Mammy«, sagte Fred mit schwacher Stimme, »Daddy und mein Bruder Bob . . .«; hier unterbrach er sich und wurde blasser.

». . . dein Bruder Bob . . .« sagte der Sergeant.

Der Verwundete schwieg, atmete mühsam. Dann sprach er weiter: ». . . meine Schwester Dorothy, Tante Leonor . . .« und schwieg.

». . . und Mary . . .« sagte der Sergeant.

Der Verwundete nickte bejahend mit dem Kopf, er öffnete zögernd ein wenig die Lippen und lächelte.

»Und was würdest du tun«, fragte der Sergeant, sich an den Neger wendend, »wenn du Tante Leonor wärest? Du würdest natürlich auch auf den Flugplatz gehen, um Fred abzuholen, nicht wahr?«

»Oh, oh!« sagte der Neger, »Tante Leonor? Ich bin nicht Tante Leonor!«

»Was denn! Du bist nicht Tante Leonor?« fragte der Sergeant mit drohendem Blick auf den Neger, dem er mit dem Munde seltsame Zeichen machte.

»I'm not aunt Leonor!« sagte der Neger mit weinerlicher Stimme.

»Sure! You are aunt Leonor!« betonte der Sergeant, die Fäuste ballend.

»No, I'm not«, sagte der Neger kopfschüttelnd.

»Aber ja! Du bist Tante Leonor«, sagte der Verwundete lächelnd.

»Oh, yes! Aber sicher, ich bin Tante Leonor!« gab der Neger zu, den Blick zum Himmel richtend.

»Of course, you are aunt Leonor!« sagte der Sergeant, »you are a very charming old lady! Look, boys! Ist er nicht vielleicht eine liebe, alte Dame, die liebe, alte Tante Leonor?«

»Of course«, sagten die anderen, »he's a very charming old lady!«

»Good morning, gentlemen!« machte der Neger mit zierlicher Verbeugung und begann sich in den Hüften zu drehen, den Kopf hierhin und dorthin zu wenden, vor dem Verwundeten auf und ab zu spazieren, mit der einen Hand sich das Gesicht streichelnd, mit der anderen einen unsichtbaren Rock schürzend. »Oh, Lord«, sagte er, den Blick himmelwärts gerichtet, wie um zwischen den Wolken die Annäherung eines Flugzeuges zu erspähen, »oh, Lord! Wie mir das Herz klopft! Wie grausam, wie köstlich ist dieses lange Warten. Aber, halt ... mir scheint, ich höre ... ganz weit weg ... ganz oben, zwischen den Wolken ... Ja, ja, das ist Fred, mein lieber Fred, da, hört, da ist er!« Er neigte den Kopf, hielt sich die Hand horchend ans Ohr, während die anderen mit dem Munde das ferne Brummen eines Flugzeuges nachahmten, das allmählich näher kam, bis die Maschine niederging, zur Landung ansetzte. »Oh, Lord, oh, Lord!« sagte der Neger mit kleiner, spitzer Stimme, er trippelte mit zierlichen Schritten umher und bewegte mit feinen, leichten Gesten und gespreizten Fingern die Hände vor dem Gesicht. Es war jetzt eine nicht mehr komische, sondern traurige Anmut in seinen beschwingten Gesten, im Rhythmus seines Schrittes, in den kindlichen Bewegungen seines kleinen Schlangenkopfes mit dem tiefschwarzen, krausen Haar. Er spazierte auf und nieder, rief mit gebrochener Stimme: »Oh, Lord! Oh, Lord!«; nach und nach wurden seine tänzelnden Schritte leichter, begannen sich mit einem trockenen Geräusch der Gummisohlen vom lehmigen Boden zu lösen, die Knie beugten sich immer höher hinauf, bis sie fast den Leib berührten. Plötzlich warf der Neger den Kopf zurück, breitete die Arme aus, er schien sich den ganzen Himmel an die Brust drücken zu wollen, und er begann zu singen: »Oho! Oho! Oho!«, singend tanzte er, die Füße stampften in kräftigem Takt, er wiegte den Kopf mit geschlossenen Augen, es war, als stöhnte er vor Schmerz und freue sich zugleich.

»Look at the boy!« sagte der Sergeant, »schaut Fred an.«

Der Verwundete folgte dem Neger mit hellwachen Augen und lächelte. Er schien glücklich zu sein.

Eine Röte glänzte auf seiner Stirn, dicke Schweißtropfen rannen ihm über das Gesicht.

»Er hat Schmerzen«, sagte der Sergeant leise und packte heftig meinen Arm.

»Nein, er hat keine Schmerzen«, erwiderte ich.

»Er stirbt, sehen Sie nicht, daß er stirbt?« sagte der Sergeant mit gequälter Stimme.

»Er stirbt friedlich«, meinte ich, »ohne zu leiden.«

»You bastard«, sagte der Sergeant mit einem haßerfüllten Blick.

In diesem Augenblick stöhnte Fred laut auf und versuchte, sich auf den Ellbogen aufzurichten. Er war entsetzlich bleich geworden, die Farbe des Todes war unvermittelt auf seine Stirn getreten, seine Augen waren erloschen.

Alle schwiegen, auch der Neger schwieg, er starrte voll Entsetzen auf den Verwundeten.

Der Kanonendonner hallte tief und düster, dort drüben, hinter dem Hügel. Ich sah den Schwarzen Wind hier und dort zwischen den Ölbäumen geistern, die Blätter mit einem trüben Schatten färben, die Steine, die Sträucher. Ich sah den Schwarzen Wind, ich hörte seine schwarze Stimme und schauerte zusammen.

»Er stirbt, oh, er stirbt!« sagte der Sergeant, die Fäuste zusammenpressend.

Der Verwundete war zurückgesunken, hatte die Augen wieder geöffnet und blickte lächelnd um sich.

»Mich friert«, sagte er.

Es hatte zu regnen begonnen. Es war ein dünner, kalter Sprühregen, der auf den Blättern der Ölbäume weiches, gedehntes Murmeln hervorrief.

Ich zog mir den Mantel aus und wickelte ihn dem Verwundeten um die Beine. Auch der Sergeant zog seinen Mantel aus und bedeckte damit dem Verwundeten die Schultern.

»Fühlst du dich besser? Frierst du noch?« fragte der Sergeant.

»Danke, mir ist besser«, sagte der Verwundete und lächelte uns dankbar zu.

»Singen!« sagte der Sergeant zum Neger.

»Oh no«, sagte der Neger, »ich fürchte mich.«

»Singen!« schrie der Sergeant, die Fäuste ballend.

Der Neger wich einen Schritt zurück, aber der Sergeant packte ihn am Arm. »Ah, du willst nicht singen?« sagte er; »wenn du nicht singst, bring ich dich um.«

Der Neger setzte sich auf den Boden und fing an zu singen. Es war ein schwermütiges Lied, die Klage eines kranken Negers, der am Ufer eines Flusses sitzt, unter dem weißen Regen von Baumwollflocken.

Der Verwundete begann zu seufzen, die Tränen liefen ihm übers Gesicht.

»Shut up!« schrie der Sergeant den Neger an.

Der Neger verstummte und blickte auf den Sergeant, mit den Augen eines kranken Hundes.

»Dein Lied gefällt mir nicht«, sagte der Sergeant, »es ist traurig und hat keinen Sinn. Sing ein anderes.«

»But . . .« sagte der Neger, »that's a marvellous song!«

»Ich sage dir, daß es keinen Sinn hat!« schrie der Sergeant; »sieh Mussolini an: nicht einmal Mussolini gefällt dein Lied«; er deutete mit ausgestrecktem Finger auf mich.

Alle begannen zu lachen, und der Verwundete drehte den Kopf mit einem verwunderten Blick zu mir her.

»Ruhe!« rief der Sergeant. »Laßt Mussolini sprechen! Go on, Mussolini!«

Der Verwundete lachte, er war glücklich. Alle drängten sich dichter um mich, und der Neger meinte: »You're not Mussolini. Mussolini is fat. He's an old man. You're not Mussolini.«

»Was, du glaubst nicht, daß ich Mussolini bin?« sagte ich. »Schau mich an!«, und ich spreizte die Beine, stemmte die Hände in die Seiten, wiegte mich in den Hüften, warf den Kopf zurück, blies die Backen auf, und mit vorgerecktem Kinn und gewölbten Lippen legte ich los: »Schwarzhemden ganz Italiens! Der Krieg, den wir ruhmvoll verloren haben, ist endlich siegreich beendet. Unsere geliebten Feinde, dem Wunsche des ganzen italienischen Volkes willfahrend, sind endlich in Italien gelandet, um uns zu helfen, unsere verhaßten deutschen Verbündeten zu schlagen. Schwarzhemden ganz Italiens, viva l'America!«

»Viva Mussolini!« schrien alle lachend, und der Verwundete brachte die Arme unter der Decke hervor und klatschte matt in die Hände.

»Go on, go on!« rief der Sergeant.

»Camicie Nere di tutta Italia . . .«, schrie ich. Doch hier schwieg ich und folgte mit den Augen einer Gruppe von Mädchen, die zwischen den Ölbäumen zu uns herunterkamen. Einige waren Frauen, andere noch Kinder. In Fetzen deutscher und amerikanischer Uniformen gekleidet, die Haare über der Stirn mit einem Taschentuch bedeckt, kamen sie auf uns zu, aus ihren Höhlen und Hausruinen aufgescheucht, in denen zu jener Zeit die Bevölkerung der Gegend um Cassino wie die Tiere lebte, angelockt vom Echo unseres Gelächters, vom Gesang des Negers, wohl auch von der Hoffnung auf etwas Eßbares. Sie erweckten trotz allem nicht den Anschein von Bettlern, zeigten eher eine würdige und stolze Haltung: ich fühlte, wie ich rot wurde, und schämte mich über mich selbst. Nicht, daß ihr Elend, das Tierhafte an ihnen mich gedemütigt hätte; ich spürte, daß sie tiefer als ich in den Abgrund der Erniedrigung hinabgestiegen waren, daß sie mehr als ich litten und trotzdem im Blick, in den Gebärden, im Lächeln einen lebendigeren, nackteren Stolz hatten als ich. Sie traten herzu und standen in einer Gruppe zusammen, indem sie schweigend bald den Verwundeten, bald den einen oder den anderen von uns ansahen.

»Go on, go on!« sagte der Sergeant.

»Ich kann nicht«, sagte ich.

»Weshalb können Sie nicht?« fragte der Sergeant mit drohendem Blick.

»Ich kann nicht«, wiederholte ich. Ich fühlte, wie ich rot wurde, ich schämte mich über mich selbst.

»Wenn Sie nicht . . .«, sagte der Sergeant und machte einen Schritt auf mich zu.

»Schämen Sie sich nicht für mich?« fragte ich.

»Versteh ich nicht«, sagte der Sergeant, »weshalb sollte ich mich für Sie schämen?«

»Er hat uns zugrunde gerichtet, er hat uns in den Dreck geworfen, er hat uns mit Schande bedeckt; aber ich habe kein Recht, über unsere Schande zu lachen.«

»Ich verstehe Sie nicht. Wovon sprechen Sie denn?« fragte der Sergeant, mich verwundert anblickend.

»Ah, Sie verstehen nicht? Um so besser.«

»Go on«, sagte der Sergeant.

»Oh, please, Captain«, sagte der Verwundete, »please, go on!«

Ich sah lächelnd den Sergeant an. »Ich bitte um Entschuldigung«, sagte ich, »wenn es mir nicht gelingt, mich verständlich zu machen. Es tut nichts. I am sorry.« Und die Lippen wölbend, in den Hüften schaukelnd, den Arm zum römischen Gruß gereckt, rief ich: »Schwarzhemden! Unsere amerikanischen Verbündeten sind endlich in Italien gelandet, um uns zu helfen, unsere deutschen Verbündeten zu schlagen. Die heilige Fackel des Faschismus ist nicht erloschen! Unsere amerikanischen Verbündeten sind es, denen ich die heilige Fackel des Faschismus übergeben habe! Von den fernen Gestaden Amerikas aus wird sie auch weiterhin die Welt erleuchten. Schwarzhemden ganz Italiens, viva l'America fascista!«

Eine Lachsalve nahm meine Worte in Empfang. Der Verwundete klatschte in die Hände, und auch die Mädchen, in geschlossener Gruppe vor mir, klatschten in die Hände und sahen mich mit sonderbaren Augen an.

»Go on, please«, bat der Verwundete.

»Genug mit Mussolini«, sagte der Sergeant, »mir gefällt es nicht, wenn ich Mussolini schreien höre: ›Es lebe Amerika.‹« Und zu mir gewandt, setzte er hinzu: »Do you understand?«

»Nein, ich verstehe nicht«, sagte ich, »ganz Europa schreit: ›Es lebe Amerika.‹«

»I don't like it«, sagte der Sergeant. Er stellte sich vor die Mädchen und rief: »Signorine, ballare!«

»Ya, ya!« sprach der Neger, »vino, signorine!«; er zog eine kleine Mundharmonika aus der Tasche, setzte sie an die Lippen und begann zu spielen. Der Sergeant griff sich eines der Mädchen und begann zu tanzen; die anderen folgten seinem Beispiel. Ich setzte mich auf die Erde, neben den Verwundeten, und legte ihm meine Hand auf die Stirn. Sie war kalt und schweißgebadet.

»Sie sind lustig«, sagte ich. »Um den Krieg zu vergessen, muß man tanzen, hin und wieder.«

»Es sind tüchtige Jungens«, meinte der Verwundete.

»Oh ja«, sagte ich, »die amerikanischen Soldaten sind tüchtige Jungens. Sie haben ein schlichtes und gutes Herz. I like them.«

»I like Italian people«, sagte der Verwundete: er streckte die Hand aus und berührte mein Knie und lächelte.

Ich drückte seine Hand mit der meinen und wandte das Gesicht ab. Ich spürte einen Knoten in der Kehle und konnte fast nicht atmen. Ich kann kein menschliches Wesen leiden sehen. Ich möchte es lieber mit eigenen Händen umbringen als es leiden sehen. Mir stieg die Röte in die Stirn bei dem Gedanken, daß dieser arme Junge, der hier im Dreck lag, mit zerschossenem Leib, ein Amerikaner war. Ich hätte gewünscht, er wäre Italiener gewesen, Italiener wie ich, und nicht Amerikaner. Ich konnte den Gedanken nicht ertragen, daß dieser arme amerikanische Junge durch unsere Schuld litt, ja, auch durch meine Schuld litt.

Ich wandte das Gesicht ab und betrachtete dieses seltsame ländliche Fest, diese kleine Watteausche Szene, von Goya gemalt. Es war ein feines, lebendiges Bild: der auf der Erde liegende Verwundete, der Neger, der, an den Stamm eines Ölbaumes gelehnt, seine Harmonika blies, die zerlumpten, blassen, abgezehrten Mädchen in den Armen der stattlichen amerikanischen Soldaten mit ihren rosigen Gesichtern, in diesem silbrigen Olivenwald zwischen den nackten Hängen mit den roten Felsbrocken im grünen Gras, unter dem grauen, alten Himmel, von feinen blauen Adern durchfurcht, schlaff und runzlig, ein Himmel wie die Haut einer alten Frau. Und ich fühlte, wie die Hand des Sterbenden allmählich in meinen Händen erkaltete, mehr und mehr jeder Druck aus ihr entwich.

Da hob ich einen Arm und stieß einen Schrei aus. Alle hielten ein und sahen mich an, dann traten sie herzu und beugten sich über den Verwundeten. Fred hatte sich ausgestreckt und die Augen geschlossen. Wie eine weiße Maske war sein Gesicht.

»Er stirbt«, sagte der Sergeant leise.

»Er schläft. Er ist eingeschlafen, ohne zu leiden«, sagte ich, dem toten Jungen über die Stirne streichend.

»Rühren Sie ihn nicht an!« schrie der Sergeant; er riß mich brutal an einem Arm zurück.

»Er ist tot«, sprach ich leise, »schreien Sie nicht so.«

»Das ist Ihre Schuld, daß er tot ist!« brüllte der Sergeant. »Sie sind es gewesen, der ihn sterben ließ, Sie haben ihn umgebracht! Er ist durch Ihre Schuld gestorben, hier im Dreck, wie ein Vieh. You bastard!« Und er schlug mir mit der Faust ins Gesicht.

»You bastard!« schrien die anderen und umringten mich drohend.

»Er ist ohne Schmerzen gestorben«, sagte ich, »er ist gestorben, ohne zu merken, daß er starb.«

»Shut up, you son of a bitch!« schrie der Sergeant und schlug mir wieder ins Gesicht.

Ich taumelte auf die Knie, ein Blutstrom schoß mir aus dem Mund. Alle fielen über mich her und schlugen mich mit Fäusten und traten mich mit Füßen. Ich ließ mich schlagen, ohne mich zu wehren, ich schrie nicht, ich sagte kein Wort. Fred war gestorben, ohne zu leiden. Ich hätte mein Leben gegeben, um dem armen Jungen zu helfen, ohne Schmerzen zu sterben. Ich war auf die Knie gefallen, und alle traten und schlugen auf mich ein. Ich dachte nur daran, daß Fred ohne zu leiden gestorben war.

Dann hörten wir das Geräusch eines Wagens, das Kreischen von Bremsen.

»Was ist los?« brüllte Campbells Stimme.

Alle ließen von mir ab und schwiegen. Ich blieb auf den Knien neben dem Toten, das Gesicht mit Blut besudelt, und schwieg.

»Was hat dieser Mann getan?« fragte der Stabsarzt Schwartz, vom amerikanischen Lazarett in Caserta, der herzugekommen war.

»This Italian bastard«, rief der Sergeant mit einem haßerfüllten Blick auf mich, während ihm die Tränen übers Gesicht liefen, »dieses italienische Schwein ist es gewesen, das ihn hat sterben lassen. Er wollte nicht, daß wir ihn ins Lazarett brachten. Er hat ihn wie einen Hund verrecken lassen.«

Ich stand mühsam auf und blieb schweigend stehen.

»Weshalb haben Sie verhindert, daß er ins Lazarett gebracht wurde?« fragte Schwartz. Er war ein kleiner, blasser Mann mit dunklen Augen.

»Er wäre trotzdem gestorben«, sagte ich, »er wäre unterwegs gestorben, mit gräßlichen Schmerzen. Ich wollte nicht, daß er leiden sollte. Er hat eine Unterleibsverwundung. Er starb, ohne zu leiden. Er hat nicht einmal gemerkt, daß er starb. Er ist wie ein Kind gestorben.«

Schwartz sah mich wortlos an, dann beugte er sich über den Toten, hob die Decke auf, prüfte lange die gräßliche Wunde. Er ließ die Decke wieder fallen, wandte sich an mich und drückte mir schweigend die Hand.

Dann sagte er: »I thank you for his mother, ich danke Ihnen anstelle seiner Mutter.«

7 Dinner bei General Cork

»Der Flecktyphus«, sagte General Cork, »macht beunruhigende Fortschritte in Neapel. Wenn die Epidemie nicht nachläßt, werde ich gezwungen sein, die amerikanischen Truppen aus der Stadt herauszunehmen.«

»Weshalb machen Sie sich so viel Sorge darum?« fragte ich.

»Man sieht, Sie kennen Neapel nicht.«

»Es mag sein, daß ich Neapel nicht kenne«, sagte General Cork, »aber meine Sanitätsbeamten kennen die Laus, die den Flecktyphus verbreitet.«

»Das ist keine italienische Laus«, sagte ich.

»Und auch keine amerikanische«, erwiderte General Cork; »es handelt sich in der Tat um eine russische Laus. Sie wurde von italienischen Soldaten, die aus Rußland heimkehrten, nach Neapel eingeschleppt.«

»In wenigen Tagen«, sagte ich, »wird es keine einzige russische Laus mehr in Neapel geben.«

»I hope so«, sagte General Cork.

»Sie werden doch wohl nicht glauben, daß die neapolitanischen Läuse, die Läuse aus den Gassen der Forcella und des Pallonetto, sich von diesen paar kümmerlichen Russenläusen das Geschäft verderben lassen werden.«

»Ich bitte Sie«, sagte General Cork, »nicht so respektlos von den russischen Läusen zu reden.«

»Es war keinerlei politische Anspielung in meinen Worten«, erwiderte ich, »ich wollte damit nur sagen, daß die neapolitanischen Läuse diese armen Russenläuse bei lebendigem Leibe verspeisen werden und daß der Flecktyphus verschwinden wird. Sie werden ja sehen; ich kenne Neapel.«

Alles lachte, und Colonel Eliot meinte: »Es wird uns noch allen wie den russischen Läusen ergehen, wenn wir lange in Europa bleiben.«

Ein schüchternes Lachen machte die Runde um die Tafel.

»Und warum?« fragte General Cork. »Alle in Europa lieben die Amerikaner.«

»Ja, aber sie lieben keine russischen Läuse«, antwortete Colonel Eliot.

»Ich verstehe nicht, was Sie sagen wollen«, sagte General Cork, »wir sind keine Russen, wir sind Amerikaner.«

»Of course, we are Americans, thanks God!« sagte Colonel Eliot, »doch wenn die europäischen Läuse erst einmal die russischen Läuse aufgefressen haben, werden sie uns selbst verspeisen.«

»What?« rief Mrs. Flat.

»Aber wir sind nicht ... ehm ... I mean ... we are not ...«, begann General Cork und stellte sich, als müsse er in seine Serviette husten.

»Of course! we are not ... ehm ... I mean ... natürlich sind wir keine Läuse«, sagte Colonel Eliot errötend, während er triumphierend um sich blickte.

Alle platzten los vor Lachen, und sahen – wer weiß warum – auf mich. Ich fühlte mich so sehr als Laus, wie ich mich noch nie in meinem Leben gefühlt hatte.

General Cork wandte sich mit liebenswürdigem Lächeln an mich: »I like Italian people, but ...«

General Cork war ein echter Gentleman, ich will sagen ein echt amerikanischer Gentleman. Er besaß jene Arglosigkeit, jene Unschuld, jene moralische Durchsichtigkeit, die den *American gentleman* so menschlich und so anziehend machen. Er war kein gebildeter Mann, er verfügte nicht über die humanistische Bildung, die den guten Umgangsformen europäischer Gentlemen einen so vornehmen und poetischen Ton verleiht; aber er war ein »Mensch«, er hatte jene menschliche Eigenschaft, die den Männern Europas fehlt: er konnte erröten. Er hatte ein sehr leicht ansprechbares Zartgefühl und einen zuverlässigen, männlichen Sinn für die eigenen Grenzen. Auch er war wie alle guten Amerikaner überzeugt, daß Amerika die erste Nation der Welt sei und die Amerikaner das zivilisierteste, redlichste Volk der Erde; und natürlich verachtete er Europa. Aber er verachtete nicht etwa die besiegten Völker nur, weil sie besiegte Völker waren.

Ich hatte ihm einmal den bekannten Vers aus dem »Agamemnon« des Aischylos zitiert: »Wenn sie die Tempel und die Götter der Besiegten achten, dann können die Sieger sich retten«, und er hatte mich einen Augenblick schweigend angesehen. Dann hatte er mich gefragt, welche Götter denn die Amerikaner, um sich zu retten, in Europa achten müßten.

»Unseren Hunger, unser Elend, unsere Erniedrigung«, hatte ich ihm geantwortet.

General Cork hatte mir eine Zigarette angeboten, mir Feuer gegeben und dann lächelnd gesagt:

»Es gibt noch andere Götter in Europa, und ich weiß es zu würdigen, daß Sie sie mir verschwiegen haben.«

»Welche anderen?« fragte ich.

»Eure Verbrechen, eure Haß- und Streitsucht, und leider kann ich nicht hinzufügen: euren Stolz.«

»Wir haben keinen Stolz mehr, wir Europäer«, entgegnete ich.

»Ich weiß«, sagte General Cork, »und das ist sehr schade.«

Er war ein ausgeglichener, gerecht urteilender Mann; er machte einen noch jugendlichen Eindruck: obgleich er bereits die Fünfzig überschritten hatte, wirkte er noch nicht älter als vierzig. Groß, hager, gelenkig, kräftig, mit breiten Schultern und schmalen Hüften, hatte er lange Beine, lange Arme, schmale weiße Hände. Sein Gesicht war knochig, doch von frischer Farbe, die Adlernase vielleicht etwas zu groß im Vergleich zu dem knabenhaft feinen, fast zierlichen Mund – sie stand in seltsamem Widerspruch zu der blauen, jugendlichen Versonnenheit der Augen. Ich unterhielt mich sehr gern mit ihm, und er schien für mich nicht nur Sympathie, sondern Anerkennung zu haben. Sicherlich empfand er unklar, was ich schamhaft zu verbergen suchte: daß er für mich kein »Sieger«, sondern einfach »ein anderer Mensch« war.

»I like Italian people«, sagte General Cork, »but . . .«

»But . . .?« fragte ich.

»Die Italiener sind ein schlichtes, braves, herzliches Volk; besonders die Neapolitaner. Aber ich hoffe, daß nicht ganz Europa so ist wie Neapel.«

»Ganz Europa ist wie Neapel«, sagte ich.

»Wie Neapel?« rief General Cork tief erstaunt.

»Als Neapel eine der vornehmsten Hauptstädte Europas war, eine der größten Städte der Welt, hätten Sie alles gefunden in Neapel, da hätten Sie London gefunden, Paris, Madrid, Wien, da hätten Sie ganz Europa hier gefunden. Jetzt, wo seine Größe dahin ist, findet sich in Neapel nichts als Neapel. Was hoffen Sie in London, in Paris, in Wien anzutreffen? Sie werden Neapel finden. Es ist Europas Schicksal, Neapel zu werden. Wenn ihr eine Zeitlang in Europa bleibt, werdet ihr selbst zu Neapolitanern werden.«

»Good Gosh!« rief General Cork erbleichend.

»Europe is a bastard country«, sagte Colonel Brand.

»Was ich nicht verstehe«, meinte Oberst Eliot, »das ist, was wir eigentlich in Europa wollen. Brauchtet ihr wirklich uns, um die Deutschen zu verjagen? Weshalb jagt ihr sie nicht allein zum Teufel?«

»Weshalb sollten wir uns diese große Mühe machen«, sagte ich, »wenn ihr es doch gar nicht erwarten konntet, nach Europa zu kommen und für uns Krieg zu führen.«

»What? what?« rief es von allen Seiten des Tisches.

»Und wenn ihr in dieser Art weitermacht«, sagte ich, »werdet ihr schließlich noch Europas Söldner werden.«

»Söldner werden bezahlt«, sprach Mrs. Flat mit strengem Ton, »womit werdet ihr uns denn bezahlen?«

»Wir bezahlen mit unseren Frauen«, erwiderte ich.

Alle lachten; dann schwiegen sie und sahen mich betreten an.

»Sie sind ein Zyniker«, sagte Mrs. Flat, »Sie sind zynisch und unverfroren.«

»Es ist sehr unangenehm für Sie, was Sie da sagen. Und auch für uns«, meinte General Cork.

»Zweifellos«, sagte ich, »ist es hart für einen Europäer, gewisse Dinge auszusprechen. Doch weshalb sollten wir lügen, unter uns?«

»Das Merkwürdige«, sagte General Cork, wie um mich zu entschuldigen, »ist, daß Sie gar kein Zyniker sind. Sie sind der erste, der unter dem leidet, was Sie aussprechen. Sie lieben es aber, sich selbst weh zu tun.«

»Worüber wundern Sie sich?« fragte ich; »es ist immer so gewesen, leider: die Frauen der Besiegten gehen mit den Siegern zu Bett. Das gleiche wäre auch in Amerika geschehen, wenn Sie den Krieg verloren hätten.«

»Never! Nie!« rief Mrs. Flat, rot vor Entrüstung.

»Mag sein«, bemerkte Colonel Eliot, »aber ich rede mir ein, zu glauben, daß unsere Frauen sich anders betragen hätten. Irgendein Unterschied muß doch wohl bestehen zwischen uns und den Europäern, besonders zwischen uns und den romanischen Völkern.«

»Der Unterschied«, erwiderte ich, »besteht darin: die Amerikaner kaufen ihre Feinde, und wir, wir verkaufen sie.«

Alle sahen mich verwundert an.

»What a funny idea!« meinte General Cork.

»Ich habe den Verdacht«, sagte Major Morris, »daß die Europäer bereits mit unserem Verkauf begonnen haben, um sich für die Tatsache zu rächen, daß wir sie gekauft haben.«

»Genau so ist es«, gab ich zu, »erinnern Sie sich, was man über Talleyrand gesagt hat? Daß er alle diejenigen verkaufte, die ihn gekauft hatten. Talleyrand war ein großer Europäer.«

»Talleyrand? Wer war das?« fragte Oberst Eliot.

»He was a great bastard«, erwiderte General Cork.

»Er verachtete die Helden«, sagte ich, »er wußte aus Erfahrung, daß es in Europa leichter ist, ein Held zu sein als ein Feigling, daß jeder Vorwand recht ist, den Helden zu spielen, und daß Politik im Grunde nichts anderes ist als eine Heldenfabrik. An Rohstoff dazu fehlt es uns gewiß nicht: die besten Helden, *the most fashionable*, sind die aus Dreck. Viele von denen, die heute die Helden spielen und schreien: ›Hoch Amerika!‹ oder ›Hoch Rußland!‹, sind die gleichen, die gestern die Helden spielten und dazu schrien ›Hoch Deutschland!‹. Ganz Europa ist so. Die wirklichen Ehrenmänner sind jene, die weder ihr Heldentum noch ihre Feigheit zum Beruf erheben, jene, die gestern nicht schrien ›Hoch Deutschland!‹ und auch heute nicht schreien ›Hoch Amerika!‹ oder ›Hoch Rußland!‹. Vergessen Sie nie, wenn Sie Europa verstehen wollen, daß die wahren Helden sterben, daß die wahren Helden tot sind. Die lebenden . . .«

»Glauben Sie, daß es heute viele Helden in Europa gibt?« unterbrach mich Oberst Eliot.

»Millionen«, antwortete ich.

Alle begannen zu lachen und warfen sich tief in ihre Sessel zurück.

»Europa ist ein eigenartiges Land«, sagte General Cork, als sich das Gelächter der Tischgenossen am Ende der langen Tafel gelegt hatte, »ich begann Europa am gleichen Tage zu verstehen, als wir in Neapel an Land gingen. Das Menschengedränge in den Hauptstraßen war so groß, daß unsere Panzer nicht durchkamen, um die Deutschen zu verfolgen. Die Menge ging seelenruhig mitten auf der Straße spazieren, schwatzend und gestikulierend, als ob nichts wäre. Ich mußte in aller Eile große Plakate drucken lassen, in denen ich die Bevölkerung von Neapel höflich bat, die Gehsteige zu benutzen und die Fahrbahn der Straßen frei zu lassen, um es unseren Panzern zu ermöglichen, die Deutschen zu verfolgen.«

Ein dröhnendes Gelächter ertönte nach den Worten General Corks. Kein anderes Volk in der Welt kann so von Herzen lachen wie die Amerikaner. Sie lachen wie die Kinder, wie Schüler in den Ferien. Die Deutschen lachen nie für sich selbst, sondern immer für andere. Wenn sie bei Tische sind, lacht ein jeder mit für seinen jeweiligen Tischnachbarn. Sie lachen, wie sie essen: sie haben immer Angst, nicht genügend zu essen, sie essen stets für irgendeinen anderen. Und so lachen sie auch, als ob sie befürchteten, nicht genügend zu lachen. Aber sie lachen stets entweder zu früh oder zu spät, nie im rechten Augenblick – was ihrem Lachen diesen Beigeschmack des Unangebrachten, diesen falschen Ton verleiht, der so bezeichnend ist für all ihr Handeln, für all ihr Empfinden. Man möchte glauben, daß sie immer für jemanden lachen, der nicht im rechten Augenblick gelacht hat, oder für jemanden, der nicht vor ihnen gelacht hat, oder für jemanden, der nicht nach ihnen lachen wird. Die Engländer lachen, als ob sie allein zu lachen verstünden, als ob sie allein das Recht hätten zu lachen. Sie lachen wie alle Inselbewohner lachen: nur dann, wenn sie ganz sicher sind, daß sie von keinem Festlandsgestade aus beobachtet werden. Wenn sie argwöhnen, daß die Franzosen von den Steilküsten bei Calais oder Boulogne aus sie lachen sähen oder sich gar über sie lustig machen könnten, dann setzen sie sofort eine geflissentlich ernste Miene auf. Englands traditionelle Politik gegenüber Europa besteht ganz allein darin zu verhindern, daß von der Steilküste bei Calais oder Boulogne aus diese verdammten Europäer sie lachen sehen oder sich über sie lustig machen können. Die romanischen Völker lachen, um zu lachen, weil sie gerne lachen, weil nach ihrem Sprichwort »Lachen gutes Blut macht« und weil sie, mißtrauisch, eitel und stolz, wie sie sind, in der Tatsache, daß sie immer über andere lachen und nie über sich selbst, einen Beweis dafür sehen, daß es über sie nichts zu lachen gibt. Die Romanen lachen nie, um jemandem eine Freude zu bereiten. Auch sie lachen, wie die Amerikaner, für sich selbst; jedoch ist zum Unterschied vom Lachen der Amerikaner das ihre niemals ohne Zweck. Sie lachen immer über etwas. Aber die Amerikaner, ach, die Amerikaner, obgleich sie immer für sich lachen, so lachen sie doch häufig um nichts, manchmal mehr als notwendig, selbst wenn sie wissen, daß sie schon genug gelacht haben; und nie, vor allem nicht bei Tisch, im Theater oder im Kino, kümmern sie sich darum, zu erfahren, ob sie aus demselben Grunde lachen wie die andern. Sie lachen alle zusammen, seien es ihrer nun zwanzig oder hunderttausend oder zehn Millionen — doch stets jeder für sich allein. Und das, was sie von jedem anderen Volk der Erde unterscheidet, was am besten die Eigenart ihrer Sitten beweist, ihres sozialen Lebens, ihrer Kultur, das ist, daß sie niemals allein lachen.

Jetzt wurde das Gelächter der Tischgenossen unterbrochen, die Tür öffnete sich, und auf der Schwelle erschienen mehrere Diener in Livree, die mit beiden Händen mächtige Platten aus massivem Silber trugen.

Nach der dünnen Suppe von durchpassierten Karotten, mit Vitamin D gewürzt und einer zweiprozentigen Chlorlösung desinfiziert, erschien der entsetzliche *spam* auf der Tafel, jene pastetenartige Masse aus Schweinefleisch, Chicagos ganzer Stolz, in purpurne Streifen zerlegt, auf einem dicken Polster von gekochtem Mais. Ich erkannte, daß die Diener Neapolitaner waren, nicht so sehr an der blauen Livree mit den roten Aufschlägen des Hauses der Herzöge von Toledo als an dem Ausdruck des Abscheus und Entsetzens, der sich auf ihren Gesichtern lebhaft malte. Nie habe ich verachtungsvollere Mienen gesehen als diese. Es war die alte, tiefe, wägende und freie Verachtung neapolitanischer Dienerschaft gegenüber plumpem ausländischem Herrentum. Völker, die eine alte vornehme Überlieferung von Knechtschaft und Hunger haben, achten nur jene Herren, die über erlesenen Geschmack und glänzende Formen verfügen. Es gibt nichts Demütigenderes für ein in Knechtschaft gehaltenes Volk, als Herren mit plumpen Formen und grobem Geschmack zu haben. Unter seinen vielen fremden Herren hat das neapolitanische Volk lediglich zwei Franzosen ein gutes Gedächtnis bewahrt, Robert von Anjou und Joachim Murat, denn der erste verstand einen Wein zu wählen und eine Sauce zu beurteilen, und der andere wußte nicht nur, was ein englischer Sattel ist, sondern verstand auch, mit letzter Eleganz vom Pferde zu fallen. Was nutzt es, das Meer zu überqueren, ein Land zu besetzen, einen Krieg zu gewinnen, die Stirn mit dem Siegeslorbeer zu krönen, wenn man nicht weiß, wie man bei Tische sitzen soll? Was für eine Rasse von Helden waren denn diese Amerikaner, die ihren Mais verzehrten wie die Hühner?

Gebackener *spam* und gekochter Mais! Die Diener hielten die Platten mit beiden Händen, das Gesicht abgewandt, als trügen sie ein Medusenhaupt auf. Das Veilchenrot des *spam*, der, gebacken, schwärzliche Töne annimmt wie in der Sonne verwestes Fleisch, und das blasse Gelb des Maises mit den vielen weißen Adern, der sich beim Kochen zu Brei auflöst und jener Maismasse ähnlich wird, die manchmal den Kropf eines ertrunkenen Huhnes aufbläht, fanden ihren bleichen Widerschein in den hohen, beschlagenen Murano-Spiegeln, welche sich die Wände des Saales entlang mit alten sizilianischen Gobelins abwechselten.

Die Möbel, die vergoldeten Rahmen, die Porträts der spanischen Granden, Luca Giordanos Deckengemälde »Der Triumph der Venus«, der ganze gewaltige Saal im Palazzo des Herzogs von Toledo, wo General Cork an jenem Abend ein Essen gab, zu Ehren von Mrs. Flat, Kommandierender Generalin der WAC der Fünften Amerikanischen Armee, färbte sich nach und nach in dem veilchenroten Schimmer des *spam* und dem leblos mondlichtigen Widerschein des Maises. Die glanzvollen Erinnerungen des Hauses Toledo hatten niemals eine so trübselige Beschämung erlitten. Der Saal, der die »Triumphe« der Aragonier und der Anjous, die Feste zu Ehren Karls VIII. von Frankreich und Ferrantes von Aragon erlebt hatte, die Bälle, die Tournois d'amour des glänzenden Adels Beider Sizilien, er versank unmerklich sanft wie in einem verschwimmenden Licht bleicher Dämmerung.

Die Diener reichten die Platten den Tischgästen zur Bedienung, und die gräßliche Atzung begann. Ich betrachtete starren Blicks die Gesichter der Aufwartenden und versenkte mich in den Anblick ihres Unbehagens und ihrer Verachtung.

Die Diener trugen die Livree des Hauses Toledo, sie erkannten mich wieder, sie lächelten mir zu; ich war der einzige Italiener, der an diesem seltsamen Bankett teilnahm, ich war der einzige, der ihre Demütigung verstehen und teilen konnte. Gebackener *spam* und gesottener Mais! Und während ich ihre weißbehandschuhten Hände betrachtete, die vor Grausen wie gelähmt waren, bemerkte ich plötzlich auf dem Rand der Silberplatten eine Krone; aber es war nicht die Krone der Herzöge von Toledo.

Ich fragte mich, aus welchem Hause und durch welche Heirat, welche Erbschaft, welche Verbindung diese Silberplatten bis in den Palast der Herzöge von Toledo gekommen sein mochten, als ich, den Blick auf meinen Teller senkend, diesen wiederzuerkennen glaubte. Es war einer der Teller aus dem berühmten Porzellan-Service des Hauses Gerace. Ich dachte mit wehmütiger Empfindung an Jean Gerace, an sein schönes Palais am Monte di Dio, das eine Bombe zerfleischt hatte, an seine wer weiß wohin zerstreuten Kunstschätze. Meine Augen umwanderten den Rand der langen Tafel, und ich sah vor den Gästen die berühmten pompejanischen Porzellane von Capodimonte erstrahlen, denen Sir William Hamilton, Seiner Britischen Majestät Botschafter am Hofe von Neapel, den Namen Emma Hamiltons gegeben hatte; und mit dem Namen »Emma«, der höchsten, pathetischen Huldigung an die unglückliche Muse Horace Nelsons, werden seitdem in Neapel diese Teller bezeichnet, die Capodimonte nach dem einzigen von Sir William Hamilton bei den Ausgrabungen in Pompeji wiederaufgefundenen Muster hergestellt hat.

Ich war glücklich und bewegt, daß dieses Porzellan von so alter, erlauchter Abstammung, das einen so teuren Namen trug, die Tafel des tüchtigen Generals Cork schmückte. Ich lächelte freudig bei dem Gedanken, daß Neapel, besiegt, erniedrigt, von Bomben zertrümmert, von Schmach und Hunger gepeinigt, noch immer seinen Befreiern ein so freundliches Zeugnis seines alten Ruhms darzubieten vermochte. Welch ritterliche Stadt, dies Neapel! Welch vornehmes Land, dies Italien! Ich war stolz und bewegt, daß die Grazien, die Musen, die Nymphen, die Aphroditen, die Amoretten, die auf dem Rande dieses schönen Geschirrs einander verfolgten, das zarte Rosa ihres Fleisches, das feine Blau ihrer Gewänder, das kosende Gold ihres Haares mit dem weinroten Schimmer des entsetzlichen *spam* vermischten.

Dieser Spam kam aus Amerika, aus Chicago. Wie weit war Chicago von Neapel, in glücklichen Friedensjahren! Und jetzt war Amerika hier, in diesem Saal, Chicago war hier, auf diesen Tellern aus Capodimonte-Porzellan, die dem Andenken Emma Hamiltons geweiht waren. Ach, welch ein Unglück, so zu sein, wie ich bin! Dies Essen, in diesem Saal, an diesem Tisch, vor diesen Tellern kam mir vor wie ein Picknick auf einem Grabe.

Aus meiner Rührung rettete mich die Stimme General Corks.

»Glauben Sie«, fragte er mich, »daß es in Italien einen köstlicheren Wein gibt als diesen wundervollen Capriwein?«

An diesem Abend zu Ehren von Mrs. Flat war außer der gewohnten Dosenmilch, dem gewohnten Kaffee, dem üblichen Tee und dem üblichen Ananassaft auch Wein auf den Tisch gekommen. General Cork hatte für Capri eine fast verliebte Zuneigung, so daß er sogar als *a delicious Capri wine* den schlanken weißen Wein von Ischia bezeichnete, der nach dem Monte Epomèo, dem hohen erloschenen Vulkan im Herzen dieser Insel, benannt wird.

Sooft die Lage an der Cassino-Front General Cork in seinen Sorgen etwas Ruhe gewährte, rief er mich zu sich in sein Arbeitszimmer, und nachdem er mir eröffnet hatte, daß er müde sei, daß es ihm nicht gutgehe, daß er zwei, drei Tage Ruhe benötige, fragte er mich lächelnd, ob ich nicht glaube, daß die Luft von Capri ihm guttun würde. Ich antwortete: »Aber sicher, die Luft von Capri ist wie geschaffen, um amerikanische Generale wiederaufzufrischen!« Und dann, nach dieser üblich gewordenen kleinen Komödie, pflegten wir im Motorboot nach Capri aufzubrechen, zusammen mit Oberst Jack Hamilton oder irgendeinem anderen der Offiziere des Stabes.

Wir folgten der vom Vesuv beherrschten Küste bis gegen Pompeji, kreuzten den Golf von Castellammare bis auf die Höhe von Sorrent, und beim Anblick der in die Steilküste gegrabenen, gewaltigen tiefen Grotten sagte General Cork: »Ich verstehe nicht, wie die Sirenen in diesen feuchten und dunklen Höhlen leben konnten.« Und er bat mich um nähere Mitteilungen über diese *dear old ladies* mit derselben verlegenen

Neugier, wie er Colonel Jack Hamilton um Mitteilungen über Mrs. Flat gebeten hatte, ehe er sie einlud.

Mrs. Flat, diese *dear old lady*, hatte General Cork bescheiden zu verstehen gegeben, daß es sie sehr freuen würde, zu einem Essen »im Renaissance-Stil« eingeladen zu werden. General Cork hatte in zwei schlaflosen Nächten zu ergründen versucht, was »ein Essen im Renaissance-Stil« zu bedeuten habe. Am Abend, ehe man sich zu Tische setzte, hatte Cork Jack und mich in sein Zimmer gerufen und uns voller Stolz die Liste der Gerichte gezeigt.

Jack hatte General Cork darauf hingewiesen, daß bei einem Essen im Renaissance-Stil der Fisch nach dem Braten gereicht werden müsse, nicht vorher. Wirklich kam auf der Karte der gesottene Fisch nach dem *spam* und dem Mais. Was jedoch Jack beunruhigte, war der Name des Fisches:

»Sirene in Mayonnaise«.

»Sirene in Mayonnaise?« fragte Jack.

»Yes, a Siren ... I mean ... not an old lady of the sea ... of course!« antwortete General Cork etwas verlegen, »nicht eine von diesen Frauen mit Fischschwanz ... I mean ... not a Siren, but a siren ... I mean ... einen Fisch, einen richtigen Fisch, von jenen, die man in Neapel ›Sirenen‹ nennt.«

»Eine Sirene? Ein Fisch?« fragte Jack.

»A fish ... a very good fish«, sagte General Cork errötend. »Ein sehr guter Fisch. Ich habe ihn noch nie versucht, aber man sagt mir, es sei ein sehr guter Fisch.« Und zu mir gewandt, fragte er mich, ob diese Sorte Fisch für ein Essen im Renaissance-Stil geeignet sei.

»Um die Wahrheit zu sagen«, antwortete ich, »will mir scheinen, daß er eher für ein Essen im homerischen Stil geeignet ist.«

»In homerischem Stil?« fragte General Cork.

»I mean ... yes ... im homerischen Stil; aber eine Sirene ist schließlich in jeder Sauce gut«, antwortete ich, um ihn aus seiner Verlegenheit zu befreien; indessen fragte ich mich, was für eine Art Fisch das wohl sein mochte.

»Of course!« schloß General Cork mit einem Seufzer der Erleichterung.

Wie alle Generale der US-Army hatte auch General Cork einen heiligen Respekt vor Senatoren und amerikanischen

Frauenklubs. Unglücklicherweise war Mrs. Flat, die erst vor einigen Tagen im Flugzeug aus den Vereinigten Staaten eingetroffen war, um das Kommando der WAC der Fünften Armee zu übernehmen, die Frau des bekannten Senators Flat und Vorsitzende des aristokratischsten Bostoner Frauenklubs. General Cork war erschüttert.

»Es wird gut sein, wenn Sie sie einladen, ein paar Tage in Ihrem schönen Haus in Capri zu verbringen«, hatte er zu mir gesagt, mit dem Anschein, als gäbe er mir einen Rat, vielleicht aber in der Hoffnung, Mrs. Flat wenigstens für einige Tage aus dem Großen Hauptquartier zu entfernen.

Doch ich hatte ihn darauf hingewiesen, daß, wenn mein Haus Mrs. Flat gefiele, sie es zweifellos beschlagnahmen würde, um einen Frauenklub daraus zu machen, ein *rest camp* für ihre WAC.

»Ach, an diese Gefahr habe ich gar nicht gedacht«, hatte mir General Cork erbleichend geantwortet.

Er betrachtete mein Haus in Capri ein wenig als sein persönliches *rest camp*, und er war eifersüchtiger darauf als ich. Wenn er irgendeinen Bericht für das War Department zu schreiben oder einen Operationsplan ins reine zu bringen hatte, oder wenn er ein paar Tage Ruhe brauchte, rief er mich in sein Arbeitszimmer und fragte mich: »Meinen Sie nicht, daß etwas Capri-Luft mir guttun würde?«

Er wollte nie jemand anderen mitnehmen als Jack und mich, und bisweilen einen Adjutanten. Von Sorrent folgten wir der Küste bis auf die Höhe von Massalubrense, und von dort kreuzten wir die Bocche di Capri und hielten Kurs auf die Faraglioni.

Sobald das Vorgebirge der Punta del Massullo aus dem Meer auftauchte und auf der äußersten Spitze des Vorgebirges mein Haus sichtbar wurde, strahlte General Corks Gesicht in einem knabenhaften Lächeln.

»Ah, ich kann verstehen, daß hier die Sirenen wohnten«, sagte er, »das ist wirklich die Heimat der Sirenen!«

Und leuchtend vor Freude glitten seine Augen suchend nach den Höhlen in den Flanken des Monte Tiberio, nach den gewaltigen Klippen, die sich zu Füßen der schwindelnd steilen Wand Matromania aus den Fluten heben, und hinüber, nach Osten, zu den Sirenusen, den kleinen Inselchen vor Positano, welche die Fischer jetzt »li Galli« nennen und wo Diaghilews Schüler Massine einen alten wellen- und windgepeitschten Turm besitzt, der nur von einem stummen, verlassenen Pleyel mit modergrüner Tastatur bewohnt wird.

»Dort drüben liegt Paestum«, sagte ich, auf den langen sandigen Küstenstreifen deutend, der den Horizont nach Osten abschließt.

Und General Cork rief: »Ach, hier, hier möchte ich leben!«

Es gab in der Welt nur zwei Paradiese für ihn, Amerika und Capri, das er bisweilen mit dem liebevollen Namen »little America« bedachte. Capri wäre zweifellos für ihn ein vollkommenes Paradies gewesen, wenn diese Insel der Seligen nicht auch unter der Tyrannei einer erlesenen Schar von »extraordinary women«, wie sie Compton Mackenzie nennt, geschmachtet hätte – alle mehr oder weniger Gräfinnen, Marquisen, Herzoginnen, Fürstinnen, fast alle nicht mehr jung, aber noch häßlich, die weibliche Aristokratie Capris. Und man weiß ja, daß die moralische, intellektuelle und soziale Tyrannei alter häßlicher Frauen die schlimmste ist, die es in der Welt gibt.

Bereits dem Alter des zurücksehnenden Bedauerns und der Erinnerungen nahe, bereits der Selbstbemitleidung unterworfen, und von diesem ihrem komplizierten Gefühl, dem pathetischsten von allen, getrieben, in ihrer enggezogenen weiblichen Gesellschaft einen traurigen Trost für die Vergangenheit zu suchen, einen eitlen Ersatz der verlorenen Liebe, hatten sich diese verblichenen Schönheitsgöttinnen um eine römische Fürstin geschart, die in jüngeren Jahren viele Erfolge bei Männern und Frauen gehabt hatte. Diese Fürstin war groß und stark, hatte ein hartes Gesicht, eine heisere Stimme, und ein Anflug von Bart umschattete bereits ihr schlaffes Kinn. Aus Furcht vor drohenden Luftangriffen war sie aus Rom geflüchtet, denn sie mißtraute dem vom Vatikan für die Stadt des Caesar und des Petrus versprochenen Schutz, oder wie man damals zu sagen pflegte, sie zweifelte, daß der Regenschirm des Papstes ausreichen werde, Rom vor dem Regen der Bomben zu schützen. Nach Capri geflüchtet, hatte sie all das um sich versammelt, was übriggeblieben war von dieser Schar einst glänzender und jetzt gedemütigter und verblühter Liebesgöttinnen, die in den goldenen Zeiten der Marchesa Luisa Casati und Mimi Franchettis Capri zur Akropolis weiblicher

Anmut und Schönheit und der Liebe zwischen Frauen gemacht hatten.

Um ihre Tyrannei über die Insel aufzurichten, hatte die Principessa geschickt den Umstand auszunutzen verstanden, daß die Gräfin Edda Ciano und ihr Hof schöner junger Frauen ihre Vorzugsstellung durch die Kriegsereignisse eingebüßt hatten: sie waren wegen des großen Mangels an Männern, unter dem Capri in diesen Jahren litt, darauf beschränkt, die Liebe zu mimen und einander jene vier oder fünf jungen Männer streitig zu machen, die aus dem nahen Neapel nach Capri geeilt waren, um sich, wie sie sagten, das zu verdienen, wovon sie während des Krieges in Frieden leben konnten. Was aber am meisten der Principessa geholfen hatte, ihre Tyrannei über die ganze Insel zu behaupten, war die Ankündigung der bevorstehenden Landung der Amerikaner in Italien gewesen. Gräfin Edda Ciano und ihr jugendlicher Hofstaat hatten in großer Eile Capri verlassen und sich nach Rom zurückgezogen; und die Fürstin war alleinige Herrin der Insel geblieben.

Alltäglich, des Nachmittags, versammelten sich diese verblichenen Schönheitsgöttinnen in einer einsamen Villa der Piccola Marina, auf halbem Wege zwischen der Villa Teddy Geralds und der von Gracy Fields. Was sich bei diesen heimlichen Zusammenkünften zutrug, vermögen wir nicht zu ahnen. Anscheinend beschäftigten sie sich mit Musik, Literatur, Malerei, und – fügten manche hinzu – mit Whisky. Nicht in Zweifel gezogen werden kann, daß diese liebenswürdigen Damen, was Geschmack und Gefühle anlangt, selbst in diesen Kriegsjahren sich ihre Anhänglichkeit an Paris, London und New York bewahrt hatten, das heißt an die Rue de la Paix, an Mayfair und an Harper's Bazar, und wegen dieser ihrer Treue Hohn und Kränkungen aller Art erdulden mußten. In der Kunst waren sie D'Annunzio, Debussy und Zuloaga treu geblieben, die ihre Schiaparellis in Dingen der Dichtung, der Musik und der Malerei waren. Ebenso überholt war ihr Geschmack der Kleidung, der sich noch an den Modellen labte, welche die Marchesa Casati vor dreißig Jahren in ganz Europa berühmt gemacht hatte.

Sie trugen lange Jacken aus Tweed in der Farbe gerösteten Tabaks, violette Samtcapes und, um die runzligen Stirnen gewunden, hohe Turbane aus weißer und roter Seide, besät mit goldenen Klammern, Edelsteinen, Perlen, was sie der kymäischen Sibylle des Domenichino ähnlich machte. Ebenso trugen sie keine Röcke, sondern weite Hosen aus Lyoner Samt, in Grün oder Grünlichblau, unter denen die Füße zierlich hervorschauten, in goldene Sandalen gerahmt, wie die Füßchen der Königinnen auf den gotischen Miniaturen der Stundenbücher. In solcher Kleidung und dank ihrer feierlich starren Haltung wirkten sie wie Sibyllen oder Pythien, und mit eben diesen Namen wurden sie allgemein bezeichnet. Wenn sie in Capri über die Piazza gingen, streng und schicksalsträchtig, mit verschlossenen Mienen, harten Gesten, stolz und in sich gekehrt, sahen die Leute sie mit einem unbestimmten Gefühl der Unruhe vorüberziehen. Nicht so sehr Achtung wie Furcht strahlten sie aus.

Am 16. September 1943 landeten die Amerikaner auf Capri, und beim ersten Gerücht dieses glücklichen Ereignisses füllte sich die Piazza mit einer jubelnden Menschenmenge; und siehe, da kamen von der Straße zur Piccola Marina her, um ihre Principessa geschart, die gestrengen Sibyllen; sie drangen in die Menge ein, bahnten sich lediglich durch Rollen der Augen einen Pfad durchs Gedränge und nahmen in vorderster Linie Aufstellung. Als die ersten amerikanischen Soldaten in die Piazza einbogen, gebückt, die Maschinenpistolen im Anschlag, als erwarteten sie von einem Augenblick zum anderen auf den Feind zu treffen, und sich der Gruppe der Sibyllen gegenübersahen, blieben sie erschrocken stehen, und mehrere machten einen Schritt rückwärts.

»Hoch die Alliierten! Es lebe Amerika!« schrien die runzligen Schönheitsgöttinnen mit ihren heiseren Stimmen und warfen den »Befreiern« mit den Fingerspitzen Küsse zu. Als General Cork hinzukam, um die Scharen seiner bereits zurückweichenden Krieger anzufeuern, und sich unklugerweise zu weit vorwagte, wurde er von den Sibyllen umringt, von zehn Armen umschlungen, emporgehoben und wie eine Traglast abgeschleppt. Er verschwand, und man erfuhr nichts mehr von ihm bis zum späten Abend, als man ihn die Schwelle des Hotels Quisisana überschreiten sah, mit weit aufgerissenen Augen und verstörter, schuldbewußter Miene.

Am Abend darauf war im Quisisana ein großer Gala-Ball

zu Ehren der »Befreier«, und bei dieser Gelegenheit machte General Cork eine denkwürdige Geste. Er sollte den Ball mit der »First Lady« von Capri eröffnen, und es unterlag keinem Zweifel, daß die »Erste Frau« Capris die Principessa war. Während das Orchester des Quisisana »Star Dust« spielte, musterte General Cork wägend die reifen Schönheitsgöttinnen zu seiten der Principessa, die bereits lächelte, bereits langsam den Arm hob. Auf dem Gesicht General Corks lag noch der Schatten des Entsetzens vom vergangenen Abend.

Plötzlich erhellte sich seine Miene, sein Blick übersprang das Gehege von Sibyllen und blieb auf einem braunen Mädchen hängen, einem herausfordernden Ding mit schönen schwarzen Augen, breitem, rotem Mund, Wangen und Hals mit feinem, schwarzem Flaum bedeckt; unter die an der Tür zur Anrichte stehenden Hotelmädchen gemischt, beobachtete sie genießerisch das Fest. Es war Antonietta, die Garderobiere des Quisisana. General Cork lächelte, bahnte sich einen Weg durch die Sibyllen, quer durch die Reihen der hinter der Fürstin und ihren runzligen Nymphen sich drängenden schönen jungen Frauen mit ihren nackten Schultern und leuchtenden Augen, und eröffnete den Ball in den flaumigen Armen Antoniettas.

Es war ein Riesenskandal, unter dem noch heute die Faraglioni erzittern. Was für ein prächtiges Heer, das amerikanische! Was für ein erstaunlicher General, der General Cork! Den Atlantik zu überqueren, um die Eroberung Europas anzupacken, die feindlichen Armeen zu zersprengen, als Befreier in Neapel einzuziehen, Capri, die Insel der Liebe, zu erobern, den Sieg zu feiern und dabei den Ball mit der Garderobiere des Quisisana zu eröffnen! Die Amerikaner, das muß man zugeben, sind viel smarter als die Engländer. Als einige Monate später Winston Churchill nach Capri kam, ging er zum Essen nach den Tragara-Klippen, gerade unterhalb meines Hauses. Doch war er nicht so *chic* wie General Cork. Er hätte zum mindesten Carmelina zu Tische bitten sollen, das Hausmädchen der Trattoria dei Faraglioni.

Während der Tage, die General Cork in meinem Hause zubrachte, stand er bei Morgengrauen auf und ging allein im Hain an der Faraglioni-Seite spazieren, oder er kletterte die Felsen hinauf, die auf der Matromania-Seite steil über meinem Hause aufragen, oder er fuhr bei ruhiger See im Boot mit mir und Jack zum Fischen zwischen den Klippen unterhalb des Salto di Tiberio. Gern saß er an meinem Tisch, mit mir und mit Jack, vor einem Glas Capriwein aus den Gärten des Sordo. Mein Keller war wohlversehen mit Weinen und Likören, aber dem besten Burgunder, dem besten Bordeaux, den Weinen von Rhein und Mosel, dem königlichsten Cognac zog er den schlichten Landwein aus den Gärten des Sordo am Monte Tiberio vor. Abends, nach dem Essen, streckten wir uns vor dem Kamin aus, auf den Gemsenfellen, die die Steinplatten des Fußbodens bedecken: es ist ein riesiger Kamin, und hinter der Feuerstelle ist Jenaer Glas eingebaut. Durch die Flammen hindurch sieht man aufs Meer hinaus, im Mondschein heben sich die Faraglioni aus den Wellen, die Felsenwand der Matromania, und der Pinien- und Steineichenhain, der sich hinter meinem Hause erstreckt.

»Wollen Sie nicht Mrs. Flat Ihre Begegnung mit dem Feldmarschall Rommel erzählen?« meinte General Cork lächelnd zu mir.

Für General Cork war ich weder der Capitano Curzio Malaparte, *the Italian liaison officer*, noch der Autor von »Kaputt«; ich war Europa. Ich war Europa, ganz Europa, mit seinen Kathedralen, seinen Statuen, seinen Gemälden, seiner Musik, seinen Museen, seinen Bibliotheken, mit seinen siegreichen und verlorenen Schlachten, mit seinem unsterblichen Ruhm, seinen Weinen, seinen Speisen, seinen Frauen, seinen Helden, seinen Hunden, seinen Pferden, das gebildete, raffinierte, geistreiche, unterhaltsame, beunruhigende und unbegreifliche Europa. General Cork freute sich daran, Europa an seinem Tisch zu haben, in seinem Wagen, in seinem Befehlsstand an der Front von Cassino oder am Garigliano. Er freute sich, zu Europa sagen zu können: »Erzählen Sie mir von Schumann, von Chopin, von Giotto, von Michelangelo, von Raffael, von diesem damned fool of Baudelaire, von diesem damned fool of Picasso, von Jean Cocteau.« Es freute ihn, zu Europa sagen zu können: »Erzählen Sie mir in ein paar Worten die Geschichte Venedigs, erzählen Sie mir die Handlung der Göttlichen Komödie, erzählen Sie mir von Paris und vom Maxim's.« Es freute ihn, jeden Augenblick, bei Tisch, im Wagen, im Unterstand, im Flugzeug, zu Europa sagen zu können: »Erzählen

Sie mir ein bißchen, was der Papst für ein Leben führt, was sein Lieblingssport ist, sagen Sie mir, ob es wahr ist, daß die Kardinäle Mätressen haben.«

Eines Tages war ich zu Marschall Badoglio nach Bari gefahren, welches damals die Hauptstadt Italiens war, und ich war Seiner Majestät dem König vorgestellt worden, der mich höflich fragte, ob ich mit meiner Mission beim Alliierten Oberkommando zufrieden sei. Ich antwortete Seiner Majestät, daß ich zufrieden sei, daß aber in der ersten Zeit meine Lage sehr heikel gewesen war: anfangs war ich nichts weiter als *the bastard Italian liaison officer* gewesen, dann, nach und nach, war ich *this fellow* geworden, und nunmehr sei ich *the charming Malaparte.*

»Auch das italienische Volk«, sagte Seine Majestät der König mit traurigem Lächeln, »hat diese Verwandlung durchgemacht. Anfangs war es *the bastard Italian people*, jetzt ist es Gott sei Dank *the charming Italian people* geworden. Nur soweit ich selbst . . .«, fuhr er fort und hielt inne. Er wollte wohl sagen, daß er für die Amerikaner *the little king* geblieben war.

»Am schwierigsten ist es«, sagte ich, »diesen braven amerikanischen Jungens begreiflich zu machen, daß nicht alle Europäer Lumpen sind.«

»Wenn es Ihnen gelingt, sie davon zu überzeugen, daß es auch ehrliche Leute unter uns gibt«, sagte Seine Majestät der König mit geheimnisvollem Lächeln, »dann haben Sie bewiesen, daß Sie wirklich etwas können, und Sie werden sich um Italien wie um Europa sehr verdient gemacht haben.«

Doch war es nicht leicht, diese braven amerikanischen Jungens von gewissen Dingen zu überzeugen. General Cork fragte mich, was denn im Grunde dies Deutschland, Frankreich, Schweden eigentlich sei. »Graf Gobineau«, erwiderte ich, »hat Deutschland als das Indien Europas definiert.« »Frankreich«, erwiderte ich, »ist eine von Land umgebene Insel.« – »Schweden«, erwiderte ich, »ist ein Wald aus Tannen im Smoking.« Alle sahen mich verwundert an und riefen: »Funny!« Dann fragte er mich, rot werdend, ob es wahr sei, daß es in Rom ein Haus gäbe . . . ehm . . . I mean . . . ein Freudenhaus für Priester. Ich erwiderte: »Es heißt, daß es ein sehr elegantes derartiges Haus gibt, in der Via Giulia.« Alle sahen mich verwundert an und riefen: »Funny!« Dann fragte er mich, weshalb das italienische Volk vor dem Kriege keine Revolution gemacht habe, um Mussolini davonzujagen. Ich erwiderte: »Um Roosevelt und Churchill nicht zu betrüben, die vor dem Kriege große Freunde Mussolinis waren.« Alle sahen mich erstaunt an und riefen: »Funny!« Dann fragte er mich, was ein totalitärer Staat sei. Ich erwiderte: »Das ist ein Staat, in dem alles, was nicht verboten ist, obligatorisch ist.« Und alle sahen mich erstaunt an und riefen: »Funny!«

Ich war Europa. Ich war die Geschichte Europas, die Kultur Europas, die Dichtung, die Kunst, alle Ruhmestaten und alle Geheimnisse Europas. Und ich fühlte mich gleichzeitig unterdrückt, zerstört, erschossen, besetzt, befreit, ich fühlte mich als Feigling und Held, *bastard* und *charming*, Freund und Feind, Sieger und Besiegter. Und ich fühlte mich sogar als ein anständiger Mensch; aber es war schwierig, diesen redlichen Amerikanern begreiflich zu machen, daß es auch in Europa redliche Leute gibt.

»Wollen Sie nicht bitte Mrs. Flat erzählen«, sagte General Cork lächelnd, »wie Sie mit Marschall Rommel zusammengetroffen sind?«

In Capri kam eines Tages Maria, meine getreue Haushälterin, um mir zu melden, daß ein deutscher General, von seinem Adjutanten begleitet, in der Halle sei und mein Haus zu besichtigen wünsche. Es war im Frühsommer 1942, nicht lange vor der Schlacht von El Alamein. Mein Urlaub war zu Ende, ich mußte am nächsten Tag nach Finnland abreisen. Axel Munthe, der sich entschlossen hatte, nach Schweden zurückzukehren, hatte mich gebeten, ihn bis Stockholm zu begleiten. »Ich bin alt, Malaparte, ich bin blind«, hatte er mir gesagt, um mich zu erweichen, »bitte, begleiten Sie mich, wir werden im gleichen Flugzeug reisen.« Obwohl ich wußte, daß Axel Munthe trotz seiner schwarzen Augengläser nicht blind war – seine Blindheit war eine wohlberechnete Erfindung, um die romantischen Leser des »Buches von San Michele« empfänglicher zu stimmen; wenn es darauf ankam, konnte er sehr gut sehen –, konnte ich mich doch nicht gut weigern, ihn zu begleiten; und ich hatte ihm versprochen, am nächsten Tage mit ihm abzureisen.

Ich ging dem deutschen General entgegen und bat ihn in meine Bibliothek. Es war Feldmarschall Rommel. Mit einem

Blick auf meine Alpini-Uniform fragte er mich, an welcher Front ich stünde. »An der finnischen Front«, antwortete ich. »Ich beneide Sie«, sagte er, »ich leide sehr unter Hitze. Und in Afrika ist es zu heiß.« Er lächelte mit einem Anflug von Schwermut, nahm seine Mütze ab, fuhr sich mit der Hand über die Stirn. Ich sah mit Verwunderung, daß er einen sehr merkwürdig geformten Schädel hatte: übermäßig hoch, oder besser, nach oben verlängert; er glich einer riesigen gelben Birne. Ich führte ihn von Zimmer zu Zimmer, durch das ganze Haus, von der Bibliothek bis in den Keller, und als wir wieder in der mächtigen Vorhalle standen, deren Fenster auf die schönste Landschaft der Welt geöffnet waren, bot ich ihm ein Glas Vesuvwein an, aus den Rebgärten von Pompeji. Er hob sein Glas, sagte »Prosit« und trank in einem Zug aus; dann, bevor er ging, fragte er mich, ob ich mein Haus schon so, wie es sei, gekauft hätte, oder ob ich es selbst entworfen und gebaut hätte. Ich erwiderte − was nicht der Wahrheit entsprach −, daß ich es schon so, wie es sei, gekauft hätte. Und mit einer weiten Armbewegung zeigte ich auf die Steilwand der Matromania, auf die drei Riesenklippen der Faraglioni, auf die Sorrentiner Halbinsel, auf die Inseln der Sirenen, auf das verschwimmende Blau der Küste von Amalfi, auf den fernen goldenen Schimmer des Gestades von Paestum, und sagte zu ihm: »Ich habe die Landschaft entworfen.«

»Ach so!« sagte General Rommel, und nachdem er mir die Hand gereicht hatte, ging er.

Ich blieb unter der Tür stehen und sah ihm nach, während er die in den Felsen gesprengte steile Treppe hinabstieg, die von meinem Hause zur Stadt Capri führt. Plötzlich sah ich, wie er stehenblieb, sich mit einem Ruck umwandte, mich mit einem harten Blick lange anstarrte, dann wandte er sich wieder zurück und ging davon.

»Wonderful!« riefen alle rings am Tisch, und General Cork sah mich mit einem Blick voll Sympathie an.

»An Ihrer Stelle«, sagte Mrs. Flat mit kühlem Lächeln, »hätte ich einen deutschen General nicht in meinem Hause empfangen.«

»Weshalb nicht?« fragte ich erstaunt.

»Die Deutschen«, meinte General Cork, »waren damals die Verbündeten der Italiener.«

»Mag sein«, sagte Mrs. Flat mit verächtlicher Miene, »aber es waren Deutsche.«

»Sie sind Deutsche geworden, nachdem ihr in Salerno gelandet wart«, entgegnete ich, »damals waren sie ganz einfach unsere Verbündeten.«

»Sie hätten besser getan«, sagte Mrs. Flat, würdevoll ihr Haupt erhebend, »amerikanische Generale in Ihrem Haus zu empfangen.«

»Damals war es in Italien«, sagte ich, »nicht leicht, sich amerikanische Generale zu verschaffen, nicht einmal auf dem schwarzen Markt.«

»That's absolutely true«, gab General Cork unter allgemeinem Gelächter zu.

»Sie machen sich Ihre Antwort zu leicht«, sagte Mrs. Flat.

»Sie werden nie wissen, wie schwer eine solche Antwort ist«, erwiderte ich. »Jedenfalls hieß der erste amerikanische Offizier, der mein Haus betrat, Siegfried Reinhardt. Er war in Deutschland geboren, hatte 1914 bis 1918 im deutschen Heer gekämpft und war 1929 nach Amerika ausgewandert.«

»Folglich war er ein amerikanischer Offizier«, sagte Mrs. Flat.

»Sicher, er war ein amerikanischer Offizier«, gab ich lachend zu.

»Ich verstehe nicht, was Sie zu lachen haben«, sagte Mrs. Flat.

Ich wandte mich Mrs. Flat zu und sah sie an. Ich wußte nicht, weshalb, doch machte es mir Freude, sie anzusehen. Sie trug ein prächtiges Abendkleid aus violetter Seide, mit gelben Besätzen, tief ausgeschnitten; dieses Violett und dieses Gelb gaben ihrer Erscheinung etwas Priesterliches und zugleich traurig Feierliches bei der rosigen Blässe des Gesichts, dessen Wangen oben ein leichtes künstliches Rot zeigten, dem etwas gläsernen Schimmer ihrer runden grünen Augen, der hohen schmalen Stirn und der stumpf violetten Flamme ihres Haares. Dieses Haar war vor einigen Jahren zweifellos noch schwarz gewesen und nun seit kurzem gefärbt, zu jenem stumpfen Rotblond, unter dem die Friseure sich bemühen, graues Haar zu verbergen; doch diese Brandfarbe vermag nicht über die Jahre hinwegzutäuschen, sondern verrät sie nur, da sie deutlich zeigt, wie tief die Runzeln sind, wie erloschen die Augen, wie schlaff das rosige Wachs der Gesichtshaut.

Wie alle Red Cross-Damen und alle WAC des amerikanischen Heeres, die Tag für Tag im Flugzeug aus den Vereinigten Staaten eintrafen, mit der Hoffnung, siegreich im vollen Glanze ihrer Eleganz in Rom oder Paris einziehen zu können und dabei in den Augen ihrer europäischen Rivalinnen nicht schlecht abzuschneiden, hatte auch Mrs. Flat in ihrem Gepäck ein großes Abendkleid letzter Kreation mitgebracht, *summer 1943*, aus irgendeinem großen Atelier New Yorks. Sie saß aufrecht, steif, die Ellbogen angelegt, die Hände leicht auf den Tischrand gestützt, in der Haltung der Madonnen und Königinnen italienischer Gemälde des Quattrocento. Ihr Gesicht war licht und rein, es sah aus wie ein Gesicht aus altem Porzellan, hier und dort von der Zeit leicht beschädigt. Sie war eine nicht mehr junge Frau, doch nicht über Fünfzig, und wie es vielen Amerikanerinnen geschieht, wenn sie älter werden, war die rosige Farbe der Wangen nicht erloschen, nicht dunkler geworden, sondern heller, fast reiner, unschuldiger – so daß sie nicht wie eine gereifte Frau mit jugendlichem Äußeren wirkte, sondern im Gesicht wie ein durch Zauberkräuter und die Kunst fähiger Friseure älter gemachtes junges Mädchen, wie ein als alte Frau verkleidetes Mädchen. Was vollkommen rein war an diesem Gesicht, das Jugend und Alter sich streitig machten wie in einer Ballade Lorenzos des Prächtigen, das waren die Augen: Augen von einem schönen Meerwassergrün, worin die Empfindungen an die Oberfläche drängten wie grüne Algen in den Wellen.

Der weite Ausschnitt des Kleides ließ eine sehr weiße runde Schulter erkennen, und weiß waren auch die bis über den Ellbogen bloßen Arme. Sie hatte einen langen, schmiegsamen Hals, jenen Schwanenhals, der für Sandro Botticelli das Zeichen vollendeter weiblicher Schönheit war. Ich betrachtete Mrs. Flat, und es machte mir Freude, sie zu betrachten: vielleicht wegen dieses müden und gleichzeitig kindlichen Gesichtsausdrucks oder wegen des Ausdrucks von Stolz und hoheitsvoller Verachtung, den ihre Augen, ihr kleiner schmallippiger Mund und ihre leicht gefalteten Brauen zeigten.

So saß Mrs. Flat im Saale eines alten, vornehmen Neapolitaner Palazzo mit seiner feierlich prunkvollen Architektur.

Dieser Palazzo gehörte einer der berühmtesten Familien des neapolitanischen, ja des europäischen Adels; denn die Herzöge von Toledo standen weder den Colonna noch den Orsini nach, weder den Polignac noch den Westminster, außer, bei gewissen Anlässen, den Herzögen von Alba. Und vor dieser prächtig geschmückten Tafel, im Glanze der Gläser von Murano und des Porzellans von Capodimonte, unter der von Luca Giordano gemalten Decke, zwischen den mit den schönsten und kostbarsten arabisch-normannischen Gobelins Siziliens bekleideten Wänden bildete sie einen seltsam reizvollen Gegensatz. Mrs. Flat war das vollendete Abbild dessen, was eine Amerikanerin des Quattrocento gewesen wäre, die in Florenz am Hofe Lorenzos des Prächtigen oder in Ferrara am Hofe der Este oder in Urbino am Hofe der Della Rovere erzogen worden und deren Lieblingsbuch nicht das »Blue Book«, sondern der »Cortegiano« des Messer Baldassare Castiglione war.

War es die violette Farbe ihres Kleides, oder waren es die gelben Besätze – Violett und Gelb, wenn sie nicht in Gegensatz, sondern in Harmonie zueinander gesetzt sind, sind die beherrschenden Farben der chromatischen Landschaft der Renaissance –, oder war es die hohe schmale Stirn oder der rötlichweiße Schimmer des Gesichts, alles, selbst die lackierten Nägel, die hohe Frisur, die goldenen Clips am Busen, alles machte aus ihr eine amerikanische Zeitgenossin der Frauen des Bronzino, des Ghirlandaio, des Botticelli. Sogar die Anmut, die auf den schönen und geheimnisvollen Frauenbildnissen jener berühmten Maler zutiefst von Grausamkeit durchdrungen wirkt, gewann bei Mrs. Flat eine neue Unschuld, so daß sie ein wahres Ungeheuer an schamhafter Jungfräulichkeit zu sein schien. Und sie wäre zweifellos älter selbst als die Aphroditen und Nymphen Botticellis erschienen, wenn nicht etwas in ihrem Gesicht, im Leuchten ihrer porzellanähnlichen Haut, in ihren runden, grünen Augen mit dem großen, starren Blick, an gewisse bunte Abbildungen aus »Vogue« oder »Harper's Bazar« erinnert hätte, an die Reklame irgendeines Schönheits-Instituts oder einer Lebensmittelkonserven-Fabrik, oder besser, um Mrs. Flats Eigenliebe nicht zu sehr zu verletzten: wenn sie nicht an die moderne Kopie eines alten Bildes erinnert hätte, mit alldem, was ein zu glänzender oder zu neuer Firnis der modernen Kopie einer alten Leinwand nimmt oder hinzufügt, war es, so möchte ich am ehesten sagen, das gefälschte Bild eines großen Künstlers. Wenn ich nicht befürchten müßte, Mrs. Flat damit etwas Unangenehmes zu sagen, würde ich hinzufügen, daß es demselben Renaissance-Stil angehörte, der bereits durch barocken Geschmack verunreinigt ist, wie der berühmte »Weiße Saal« im Palais der Herzöge von Toledo, wo wir ebendiesen Abend an der Tafel General Corks zusammensaßen. Sie war ein wenig wie die Gestalt des Tutschewitsch in Tolstois »Anna Karenina«, der von dem gleichen Louis-XV-Stil war wie der Salon der Fürstin Betsy Twerskaja.

Aber was unter der Maske des Renaissance-Stils in Mrs. Flat die moderne Frau verriet, *in tune with our time*, eine typische Amerikanerin, das waren die Stimme, die Gesten und der Stolz, der aus jedem ihrer Worte, aus ihrem Blick, aus ihrem Lächeln sprach: ihre Stimme war dünn und schneidend, die Gesten gebieterisch und *sophisticated* zugleich, der Stolz ungeduldig und durch jenen besonderen Snobismus von Park Avenue gesteigert, für den es keine anderen achtungswürdigen Wesen gibt als Fürsten und Fürstinnen, Herzöge und Herzoginnen, mit einem Wort, den »Adel«, und mehr den falschen »Adel« als den wirklichen. Mrs. Flat saß hier, an unserem Tisch, neben General Cork – und doch, wie fern von uns! Sie flog im Geiste in den erhabenen Sphären, wo wie goldhelle Sterne die Prinzessinnen, Herzoginnen und Marquisen des alten Europa glänzen. Sie saß aufrecht, den Kopf leicht zurückgeworfen, den Blick starr auf eine unsichtbare schwimmende Wolke an einem unsichtbaren blaugrünen Himmel gerichtet; ihrem Blicke folgend, bemerkte ich jetzt, daß Mrs. Flat ihre Augen auf ein an der gegenüberliegenden Wand hängendes Bild geheftet hielt, das die junge Fürstin von Teano darstellte, Großmutter mütterlicherseits des Herzogs von Toledo, die um 1860 mit ihrer Schönheit und Anmut die letzten trüben Tage des Hofes der Bourbonen in Neapel verschönt hatte. Und ich konnte das Lächeln nicht unterdrücken, als ich beobachtete, daß die Fürstin von Teano ebenso aufrecht, mit leicht zurückgeworfenem Kopf und himmelwärts gerichteten Augen dasaß, in der gleichen Haltung wie Mrs. Flat.

General Cork begegnete meinem Lächeln, folgte meinem Blick und lächelte ebenfalls.

»Unser Freund Malaparte«, sagte General Cork, »kennt alle Fürstinnen Europas.«

»Really?« rief Mrs. Flat, vor Freude rot werdend und langsam ihren Blick mir zuwendend. Zwischen ihren zu bewunderndem Lächeln geöffneten Lippen sah ich das schimmernde Weiß der Zähne, das helle Blitzen dieser wunderbaren amerikanischen Zähne, über welche die Jahre nichts vermögen und die geradezu echt wirken, so weiß, so ebenmäßig und unberührt sind sie. Dieses Lächeln blendete mich, es ließ mich mit einem Angstschauer die Lider schließen.

Es war das schreckliche Blitzen der Zähne, das in Amerika das erste glückliche Anzeichen des Alters ist, der letzte Blitz, den jeder Amerikaner, während er lächelnd ins Grab steigt, als Abschiedsgruß der Welt der Lebenden zusendet.

»Nicht alle, glücklicherweise!« antwortete ich, die Augen öffnend.

»Kennen Sie die Prinzessin Esposito?« fragte Mrs. Flat, »sie ist die ›First Lady‹ von Rom, eine wirkliche Prinzessin.«

»Die Fürstin Esposito?« erwiderte ich; »es gibt keine Fürstin mit einem solchen Namen.«

»Möchten Sie etwa behaupten, daß es die Prinzessin Carmela Esposito nicht gibt?« sagte Mrs. Flat, die Brauen runzelnd und mich mit kalter Herablassung musternd. »Sie ist eine liebe Freundin von mir. Wenige Monate vor dem Kriege war sie mein Gast in Boston, zusammen mit ihrem Gemahl, dem Fürsten Gennaro Esposito. Sie ist eine Cousine Ihres Königs und besitzt selbstverständlich einen prächtigen Palast in Rom, unmittelbar neben dem königlichen Schloß. Ich erwarte mit Ungeduld die Zeit, daß Rom befreit sein wird, um ihr sofort die Grüße der Frauen Amerikas zu überbringen.«

»Es tut mir leid, aber eine Fürstin Esposito gibt es nicht und kann es nicht geben«, antwortete ich. »Esposito ist der Name, den das Istituto degli Innocenti seinen Findelkindern verleiht, den Söhnen und Töchtern unbekannter Eltern.«

»Ich hoffe nicht, daß Sie mich glauben machen wollen«, sagte Mrs. Flat, »in Europa kennten alle Prinzessinnen die eigenen Eltern.«

»So weit will ich meine Behauptung nicht treiben«, antwortete ich, »ich wollte damit nur sagen, daß man in Europa von Prinzessinnen, wenn es sich um echte Prinzessinnen handelt, weiß, wie sie geboren werden.«

»Bei uns, in den Staaten«, sagte Mrs. Flat, »fragte man bei niemandem, nicht einmal bei einer Prinzessin, je danach, wie er geboren wurde. Amerika ist ein demokratisches Land.«

»Esposito«, sagte ich, »ist ein sehr demokratischer Name. In den Gassen von Neapel heißen alle Leute Esposito.«

»I don't care«, entgegnete Mrs. Flat, »es liegt mir gar nichts daran, zu wissen, ob in Neapel alle Leute Esposito heißen. Ich weiß nur, daß meine Freundin Principessa Carmela Esposito eine echte Prinzessin ist. Es ist sehr merkwürdig, daß Sie sie nicht kennen. Sie ist eine Cousine Ihres Königs, und das genügt mir. In Washington hat man mir im State Department gesagt, daß sie sich während des Krieges sehr gut geführt habe. Sie ist es gewesen, die Ihren König überredete, Mussolini zu verhaften. Sie ist eine richtige Heldin.«

»Wenn sie sich während des Krieges gut geführt hat«, meinte Colonel Eliot, »so besagt das, daß sie keine richtige Prinzessin ist.«

»Sie ist eine Prinzessin«, sagte Mrs. Flat, »a real princess.«

»In diesem Kriege«, sagte ich, »haben sich alle Frauen Europas, Prinzessinnen wie Hausmeisterinnen, sehr gut geführt.«

»That's true«, stimmte General Cork mir bei.

»Die Frauen, die Beziehungen mit Deutschen hatten«, sagte Colonel Brand, »sind verhältnismäßig wenige.«

»Sie haben sich also viel besser als die Männer benommen«, behauptete Mrs. Flat.

»Sie haben sich ebenso gut wie die Männer benommen«, sagte ich, »wenn auch in anderer Weise.«

»Die europäischen Frauen«, sagte Mrs. Flat mit ironischer Betonung, »haben sich auch gegenüber den amerikanischen Soldaten sehr gut benommen, viel besser als die Männer, nicht wahr, Herr General?«

»Yes ... no ... I mean ...«, antwortete General Cork errötend.

»Es besteht keinerlei Unterschied«, sagte ich, »zwischen einer Frau, die sich einem Deutschen verkauft, und einer Frau, die sich einem Amerikaner verkauft.«

»What?« rief Mrs. Flat mit heiserer Stimme.

»Moralisch gesehen«, sagte ich, »besteht keinerlei Unterschied.«

»Es besteht ein sehr wesentlicher Unterschied«, sagte Mrs. Flat, während alle, rot geworden, schwiegen: »Die Deutschen sind Barbaren, und die amerikanischen Soldaten sind brave Jungen.«

»Ja«, sagte General Cork, »sie sind brave Jungen.«

»Oh, sure!« rief Colonel Eliot.

»Wenn ihr den Krieg verloren hättet«, sagte ich, »würde keine Frau in Europa euch eines Lächelns würdigen. Frauen geben immer den Siegern vor dem Besiegten den Vorzug.«

»Sie sind ein Mensch, der keine Moral anerkennt«, sprach Mrs. Flat mit kühler Stimme.

»Unsere Frauen«, sagte ich, »verkaufen sich nicht an euch, weil ihr schöne Männer seid und weil ihr brave Jungens seid, sondern weil ihr den Krieg gewonnen habt.«

»Do you think so, General?« fragte Mrs. Flat, brüsk ihr Gesicht General Cork zuwendend.

»I think . . . yes . . . I think . . .«, antwortete General Cork, mit den Augen zwinkernd.

»Ihr seid ein glückliches Volk«, sagte ich, »ihr könnt gewisse Dinge nicht verstehen.«

»Wir Amerikaner«, meinte Jack, und aus seinen Augen sprach tiefe Sympathie, »wir Amerikaner sind nicht glücklich, wir haben Glück. We are not happy, we are fortunate.«

»Ich möchte«, sagte Mrs. Flat langsam, »daß alle in Europa dasselbe Glück hätten wie wir. Weshalb versucht ihr nicht, Glück zu haben?«

»Es genügt uns, glücklich zu sein«, antwortete ich, »denn wir sind glücklich.«

»Glücklich?« rief Mrs. Flat und sah mit erstaunten Augen auf mich; »wie könnt ihr glücklich sein, wenn eure Kinder Hungers sterben und eure Frauen sich nicht schämen, sich für ein Päckchen Zigaretten zu prostituieren? Ihr seid nicht glücklich, ihr seid unmoralisch.«

»Mit einem Päckchen Zigaretten«, sagte ich leise, »kann man drei Kilo Brot kaufen.«

Mrs. Flat errötete, und ich sah es gerne, wie sie errötete.

»Unsere Frauen verdienen alle, daß man sie achtet«, sagte ich, »auch diejenigen, die sich für ein Päckchen Zigaretten verkaufen. Alle ehrbaren Frauen der ganzen Welt, auch die ehrbaren Frauen Amerikas, müßten von den armen Frauen Europas lernen, wie man sich mit Würde prostituieren kann, um seinen Hunger zu stillen. Wissen Sie, was Hunger ist, Mrs. Flat?«

»Nein, Gott sei Dank. Und Sie?« fragte Mrs. Flat. Ich beobachtete, daß ihre Hände zitterten.

»Ich habe tiefen Respekt vor allen denen, die sich aus Hunger prostituieren«, antwortete ich; »wenn ich Hunger hätte und mich nicht anders sättigen könnte, würde ich nicht einen Augenblick zögern, meinen Hunger für ein Stück Brot zu verkaufen, oder für ein Päckchen Zigaretten.«

»Der Hunger, der Hunger, immer derselbe Vorwand«, sagte Mrs. Flat.

»Wenn Sie nach Amerika zurückkehren«, sagte ich, »werden Sie wenigstens dieses Furchtbare und Erstaunliche gelernt haben: daß man in Europa Hunger kaufen kann, wie irgendeinen beliebigen Gegenstand.«

»Was wollen Sie damit sagen, den Hunger kaufen?« fragte mich General Cork.

»Ich will damit sagen: den Hunger kaufen«, antwortete ich; »die amerikanischen Soldaten glauben, eine Frau zu kaufen, und kaufen ihren Hunger. Sie glauben, die Liebe zu kaufen, und kaufen ein Stück Hunger. Wenn ich amerikanischer Soldat wäre, würde ich ein Stück Hunger kaufen und es mit nach Amerika nehmen, um es meiner Frau zum Geschenk zu machen, um ihr zu zeigen, was man in Europa mit einem Päckchen Zigaretten kaufen kann. Es ist ein schönes Geschenk, ein Stück Hunger.«

»Die Unglücklichen, die sich für ein Päckchen Zigaretten verkaufen, sehen nicht sehr verhungert aus. Sie sehen aus, als ginge es ihnen recht gut.«

»Sie machen Zimmergymnastik mit einem Bimsstein«, sagte ich.

»What?« rief Mrs. Flat, die Augen aufreißend.

»Als ich auf die Insel Lipari verbannt war«, sagte ich, »meldeten englische und französische Zeitungen, ich sei schwer erkrankt, und beschuldigten Mussolini der Grausamkeit gegen die politischen Gefangenen. Ich war tatsächlich sehr krank, und man befürchtete, daß ich schwindsüchtig sei. Mussolini gab der Polizei in Lipari Befehl, mich in einer sportlichen Haltung zu fotografieren und die Aufnahme nach Rom ans Innenministerium zu schicken, das sie in der Presse veröffentlichen werde, um zu zeigen, daß ich bei bester Gesundheit sei. So kam eines Morgens ein Polizeibeamter mit einem Fotografen zu mir und befahl mir, eine sportliche Haltung einzunehmen.

›Ich treibe keinen Sport in Lipari‹, erwiderte ich.

›Auch nicht etwas Gymnastik?‹ fragte der Polizeibeamte.

›Doch‹, entgegnete ich, ›ich mache etwas Gymnastik mit dem Bimsstein.‹

›Schön‹, sagte der Polizeibeamte, ›ich werde Sie fotografieren, während Sie Gymnastik mit dem Bimsstein machen.‹ Und er setzte hinzu, als wolle er mir einen gesundheitlichen Rat geben: ›Das ist keine sehr anstrengende Gymnastik. Sie sollten sich an etwas schwereren Gewichten üben, um die Brustmuskeln zu entwickeln. Sie könnten es brauchen.‹

›Man wird faul in Lipari‹, antwortete ich, ›und zudem, wenn man auf eine Insel deportiert ist, wozu braucht man da Muskeln?‹

›Muskeln‹, sagte der Polizeibeamte, ›sind nützlicher als das Gehirn. Wenn Sie etwas mehr Muskeln hätten, wären Sie nicht hier.‹

Lipari besitzt die größten Bimssteinlager, die es in Europa gibt. Der Bimsstein ist sehr leicht, so leicht, daß er auf dem Wasser schwimmt. Wir begaben uns nach Canneto, wo sich die Bimssteinbrüche befinden, und ich suchte mir einen riesigen Block dieses porösen leichten Gesteins, der wie ein Granitblock von über zehn Tonnen anzusehen war, in Wirklichkeit aber nur ein paar Kilo wog und den ich mit beiden Armen freundlich lächelnd über den Kopf stemmte. Der Fotograf drückte auf den Auslöser, und so wurde ich in dieser athletischen Haltung fotografiert. Die italienischen Zeitungen veröffentlichten die Aufnahme, und meine Mutter schrieb mir: ›Ich bin glücklich zu sehen, daß es dir gut geht und daß du stark wie ein Herkules geworden bist.‹

Sehen Sie, Mrs. Flat, für diese Unglücklichen, die sich für ein Päckchen Zigaretten prostituieren, bedeutet die Prostitution nur eine Art Bimsstein-Gymnastik.«

»Ah, ah, ah! Wonderful«, rief General Cork, während ein fröhliches Gelächter die Runde um die Tafel machte.

Mrs. Flat, verwundert, beinahe entsetzt, errötete und wandte sich an General Cork.

»Ich habe das nicht verstanden«, rief sie mit einer gewissen Verzweiflung in der Stimme.

»Das war nur ein Witz«, sagte General Cork lachend, »nothing but a joke, a marvellous joke!«, und er hüstelte, um zu verbergen, wie sehr ihm dieser Witz gefallen hatte.

»Ein sehr dummer Witz«, sagte Mrs. Flat streng, »ich staune, daß ein Italiener über gewisse Dinge lachen kann.«

»Sind Sie sicher, daß Malaparte darüber lacht?« fragte Jack. Ich bemerkte, daß er bewegt war. Er schaute mich lange an und lächelte mir voll Sympathie zu.

»Anyway, I don't like jokes«, sagte Mrs. Flat.

»Weshalb gefallen Ihnen Scherze nicht?« fragte ich. »Wenn all das, was um uns herum in Europa geschieht, kein Scherz wäre, meinen Sie, daß es uns zum Weinen brächte? Daß es genügen würde, darüber zu weinen?«

»Sie können gar nicht weinen«, sagte Mrs. Flat.

»Weshalb möchten Sie, daß ich weine? Etwa, weil ihr zu den Bällen, die eure WAC organisieren, um die amerikanischen Offiziere und Soldaten zu unterhalten, zwar unsere Frauen freundlich einladet, aber es ihren Gatten, ihren Verlobten, ihren Brüdern verbietet, sie zu begleiten? Möchten Sie vielleicht, daß ich weinen soll, weil es in Amerika nicht genügend Prostituierte gibt, die man nach Europa schicken kann, um eure Soldaten zu unterhalten? Oder sollte ich weinen, weil eure Einladung an unsere Frauen, sich ›allein‹ auf den Ball zu begeben, keine *invitation à la valse* ist, sondern eine Aufforderung zur Prostitution?«

»In Amerika«, antwortete Mrs. Flat mit einem erstaunten Blick, »findet niemand etwas dabei, zu einem Tanzfest eine Frau ohne ihren Gatten einzuladen.«

»Wenn die Japaner Amerika besetzt hätten«, sagte ich, »und sich mit euren Frauen so aufgeführt hätten, wie ihr euch mit den unseren aufführt, was würden Sie da sagen, Mrs. Flat?«

»Aber wir sind keine Japaner!« warf Oberst Brand ein.

»Die Japaner sind Farbige«, sagte Mrs. Flat.

»Für besiegteVölker«, sagte ich, »sind alle Sieger Farbige.« Verlegenes Schweigen folgte meinen Worten. Alle blickten verwundert und bekümmert auf mich: es waren schlichte, arglose Männer, es waren Amerikaner, die reinsten und gerechtesten unter den Menschen, und sie sahen mich mit stummer Sympathie an, verwundert und bekümmert, daß die Wahrheit in meinen Worten sie zum Erröten brachte. Mrs. Flat hatte die Augen niedergeschlagen und schwieg.

Nach einigen Augenblicken wandte sich General Cork mir zu: »Ich glaube, Sie haben recht«, sagte er.

»Do you really think Malaparte is right?« fragte Mrs. Flat leise.

»Ja, ich glaube, daß er recht hat«, antwortete General Cork bedächtig, »selbst unsere Soldaten sind empört, daß sie die Italiener, Männer wie Frauen, in einer Weise behandeln sollen, die sie selbst ... yes ... I mean ... als wenig korrekt empfinden. Aber das ist nicht meine Schuld. Die Haltung, die wir gegenüber den Italienern einnehmen müssen, ist uns von Washington aus vorgeschrieben.«

»Von Washington?« fragte Mrs. Flat.

»Ja, von Washington. Die Zeitung der Fünften Armee, ›Stars and Stripes‹, veröffentlicht tagtäglich viele Zuschriften von GIs, die zu diesem Thema fast die gleichen Worte wiederholen, die Malaparte gebraucht hat. Die GIs, Mrs. Flat, sind Bürger eines großen Landes, in dem die Frau Achtung genießt.«

»Thank God!« rief Mrs. Flat.

»Ich lese jeden Tag aufmerksam die Briefe, die unsere Soldaten an ›Stars and Stripes‹ schicken; und gerade letzten Sonntag habe ich angeordnet, daß zu unseren Bällen von nun an nicht nur die Frauen, sondern auch ihre Männer oder Brüder eingeladen werden. Ich denke, daß ich richtig gehandelt habe.«

»Ich denke auch, daß Sie richtig gehandelt haben«, sagte Mrs. Flat, »aber ich würde mich nicht wundern, wenn Washington Ihnen unrecht gäbe.«

»Washington hat meine Entscheidung gebilligt«, sagte General Cork mit ironischem Lächeln, »aber selbst ohne Washingtons Billigung würde ich glauben, richtig gehandelt zu haben, erst recht nach dem letzten Skandal.«

»Welchem Skandal?« fragte Mrs. Flat, ihren Kopf leicht zur Seite neigend.

»Das ist keine sehr lustige Geschichte«, sagte General Cork. Und er erzählte, daß vor einigen Tagen ein junger Mann von achtzehn Jahren mitten auf der belebten Via Chiaia seine Schwester mit der Pistole erschossen habe, weil sie trotz des Verbotes der Eltern auf einen Ball in einem amerikanischen Offiziersklub gegangen war. »Die Menge«, sagte General Cork, »hat dem Mörder applaudiert.«

»What?« rief Mrs. Flat.

»Die Menge hatte unrecht«, sagte General Cork, »jedoch . . .« Vor zwei Tagen waren einige Neapler Mädchen aus guter Familie unklugerweise der Einladung zu einer Tanzveranstaltung in einem amerikanischen Offiziersklub gefolgt; sie wurden von der Eingangshalle des Klubs aus in ein als Pro-Station eingerichtetes Zimmer geführt, wo man sie mit Gewalt zwang, sich einer ärztlichen Untersuchung zu unterwerfen. Ganz Neapel hatte aufgeschrien vor Empörung.

»Ich habe die Verantwortlichen dieser Schandtat dem Kriegsgericht gemeldet«, setzte General Cork hinzu.

»Sie haben Ihre Pflicht getan«, sagte Mrs. Flat errötend.

»Thank you«, antwortete General Cork.

»Die italienischen Mädchen«, sagte Major Morrison, »haben Anspruch auf unsere Achtung. Sie sind anständige Mädchen und unserer Achtung ebenso würdig wie unsere amerikanischen Mädchen.«

»I agree with you«, gab Mrs. Flat zu, »but I can't agree with Malaparte.«

»Warum nicht?« fragte General Cork, »Malaparte ist ein guter Italiener, er ist unser Freund, und wir mögen ihn sehr gern.«

Alle sahen mich lächelnd an, und Jack, der mir gegenübersaß, blinzelte mit den Augen.

Mrs. Flat wandte sich mir zu und betrachtete mich mit einem Blick, in dem Ironie, Mißachtung und Boshaftigkeit zu einem wohlwollenden Staunen zusammenflossen, und sie lächelte mir zu. »You are fishing for compliments, aren't you?« sagte sie.

In diesem Augenblick öffnete sich die Tür, und auf der Schwelle erschienen, hinter dem Haushofmeister, vier Diener in Livree; sie trugen, wie es früher Sitte gewesen, auf einer Art kleiner Tragbahre, die mit einem prachtvollen, das Wappen der Herzöge von Toledo zeigenden roten Brokat überdeckt war, einen enormen Fisch auf einer riesigen Platte aus massivem Silber. Ein »Oh!« der Freude und Bewunderung ertönte rings um die Tafel, und mit den Worten: »Das ist die Sirene!« wandte sich General Cork mit einer Verbeugung an Mrs. Flat.

Der Haushofmeister ließ die Bediensteten die Platte in der Mitte der Tafel vor General Cork und Mrs. Flat niedersetzen und trat einige Schritte zurück.

Wir blickten alle auf den Fisch und erschraken. Ein schwacher Schrei des Entsetzens entrang sich Mrs. Flats Lippen, und General Cork wurde bleich.

Ein Mädchen, etwas, was einem jungen Mädchen ähnlich sah, lag auf dem Rücken in der Mitte der Silberplatte ausgestreckt, auf einem Bett aus grünen Lattichblättern, innerhalb einer großen Girlande rosenroter Korallenzweige. Ihre Augen waren geöffnet, der Mund halb geschlossen: sie schaute mit einem verwunderten Blick auf den »Triumph der Venus«, den Luca Giordano an die Decke gemalt hatte. Sie war nackt; aber die dunkel glänzende Haut, von derselben violetten Farbe wie Mrs. Flats Kleid, modellierte, genau wie ein enganliegendes Kleid, ihre noch herben, aber schon harmonischen Formen, die weiche Rundung der Hüften, die leichte Erhebung des Bauches, die kleinen jungfräulichen Brüste, die breiten, vollen Schultern.

Sie mochte nicht älter als acht oder zehn Jahre sein, obgleich sie auf den ersten Blick wie fünfzehn wirkte, so voll entwickelt, so frauenhaft waren ihre Formen. Die Haut war da und dort eingerissen oder durch das Kochen zerfallen, vor allem an den Schultern und Hüften, und ließ durch die Spalten und Risse das zarte, hier silbrige und dort goldgelbe Fleisch erkennen, so daß sie violett und gelb gekleidet zu sein schien, genau wie Mrs. Flat. Und wie bei Mrs. Flat glich ihr Gesicht – das die Hitze des kochenden Wassers aus der Haut hatte herausspringen lassen wie eine überreife Frucht aus ihrer Schale – einer leuchtenden Figur aus altem Porzellan, und ebenso vorgewölbt waren ihre Lippen, ebenso hoch und schmal die Stirn, ebenso rund und grün die Augen. Ihre Arme waren kurz und hatten die breite Form in eine Art fingerloser Hände auslaufender Flossen. Ein Büschel Borsten sproß ihr

oben auf dem Kopf, sie sahen aus wie Haare, die spärlich zu
seiten des kleinen Gesichts herabflossen, das ganz verschlossen und zu einer Grimasse geronnen war, die wie ein Lächeln
um den Mund lag. Die langen schmalen Flanken endeten, genau wie Ovid es beschreibt, *in piscem*, in einem Fischschwanz.
So lag dieses Mädchen auf seiner silbernen Bahre und schien
zu schlafen. Aber durch ein unverzeihliches Versehen des
Kochs schlief sie, wie die Toten schlafen, denen niemand in
mitleidvoller Sorge die Augenlider geschlossen hat: sie schlief
mit offenen Augen. Und sie betrachtete Luca Giordanos Tri-
tonen, wie sie auf ihren Meeresmuscheln blasen, und die
Delphine, wie sie an Aphroditens Wagen geklammert über die
Wellen reiten, und die nackte Venus, in ihrem goldenen Wagen sitzend, und den weißen und rosaroten Festzug ihrer
Nymphen, und Neptun mit dem Dreizack in der Faust, wie er
das Meer durcheilt, gezogen vom Feuer seiner weißen Rosse,
die noch immer nach dem unschuldigen Blut des Hippolytos
lechzen. Sie sah das Deckengemälde des »Triumphes der Venus«, sah das blaugrüne Meer, die silbernen Fische, die grünen Meeresungeheuer, die weißen Wolken, wie sie im Hintergrund über dem Horizont schweben; und sie lächelte hingeris-
sen: dies war ihr Meer, dies war ihre verlorene Heimat, das
Land ihrer Träume, das glückliche Reich der Sirenen.

Es war das erstemal, daß ich ein zubereitetes, ein gesottenes
Mädchen sah; und ich schwieg, von einem heiligen Schrecken
gewürgt. Alle rings an der Tafel waren bleich vor Entsetzen.

General Cork blickte seinen Tischgenossen ins Gesicht und
rief mit bebender Stimme: »Aber das ist kein Fisch! . . . Das
ist ein Mädchen!«

»Nein«, sagte ich, »es ist ein Fisch.«

»Sind Sie sicher, daß es ein Fisch ist, ein richtiger Fisch?«
fragte General Cork, während er sich mit der Hand über die
in kaltem Schweiß gebadete Stirne strich.

»Es ist ein Fisch«, sagte ich, »es ist die berühmte Sirene aus
dem Aquarium.«

Nach der Befreiung Neapels hatten die Alliierten aus mili-
tärischen Gründen die Fischerei im Golf verboten: zwischen
Sorrent und Capri, zwischen Capri und Ischia war das Meer
von Minenfeldern abgeriegelt und mit Treibminen durchsetzt,
die eine große Gefahr für die Fischerei bildeten. Und die Al-

liierten, vor allem die Engländer, wollten aus Mißtrauen die Fischer nicht aufs offene Meer hinausfahren lassen, aus Sorge, diese könnten deutschen Unterseebooten Nachrichten übermitteln oder sie mit Brennstoff versorgen oder sonstwie die Hunderte und aber Hunderte von Kriegsschiffen, Truppentransportern, Liberty-Ships, die im Golfe vor Anker lagen, in Gefahr bringen. Wie kann man neapolitanischen Fischern mißtrauen, sie derartiger Verbrechen für fähig halten! Aber jedenfalls: die Fischerei war verboten.

In ganz Neapel war es unmöglich, nicht nur etwa einen Fisch, sondern auch nur eine Fischgräte aufzutreiben: keine Sardelle, keinen Hummer, keine Barbe, keinen Seepolypen, keine Muschel. Wenn also General Cork irgendeinem hohen alliierten Offizier ein Essen gab, wie Marschall Alexander oder General Juin oder General Anders, oder einem wichtigen Manne der Politik, wie Churchill, Wyschinskij, Bogomolow, oder auch einer Abordnung amerikanischer Senatoren, die im Flugzeug aus Washington ankamen, um Urteile der Soldaten der Fünften Armee über ihre Generale, um deren Meinungen und Ratschläge zu den schwierigsten Problemen des Krieges zu sammeln – bei solchen Gelegenheiten hatte General Cork sich daran gewöhnt, den Fisch für seine Tafel im Aquarium von Neapel angeln zu lassen; in diesem berühmten Aquarium, das nach dem von Monaco wohl das bedeutendste Europas ist.

Bei General Corks Einladungen war der Fisch daher stets hervorragend frisch und von seltener Art. Bei dem Essen, das er zu Ehren General Eisenhowers gab, hatten wir den berühmten »Riesenpolypen« verspeist, den der deutsche Kaiser Wilhelm II. dem Aquarium in Neapel geschenkt hatte. Die bekannten japanischen Fische, die sogenannten »Drachen«, Gaben des japanischen Kaisers Hirohito, waren auf dem Tisch General Corks zu Ehren einer Gruppe amerikanischer Senatoren geopfert worden. Das riesige Maul dieser Fischungeheuer, die gelben Kiemen, die schwarzen und dunkelroten Flossen, die den Flügeln von Fledermäusen glichen, der grüngoldene Schwanz, die stachelbewehrte, mit einem Raupenkamm wie der Helm des Achill geschmückte Stirn hatten einen tiefen Eindruck auf die Gemüter der Senatoren gemacht, die über den Gang des Krieges gegen Japan ihre Sorgen hatten. Doch General Cork, der militärische Tugenden mit den Eigenschaften eines vollendeten Diplomaten verbindet, hatte die Stimmung seiner Gäste wieder gehoben, indem er das allbekannte Lied der amerikanischen Pazifik-Flieger, »Johnny Got a Zero«, anstimmte, das alle im Chore mitsangen.

In der ersten Zeit hatte General Cork den Fisch für seine Tafel in den Gewässern des Lucriner Sees fangen lassen, die berühmt sind wegen der köstlichen, aber mordlustigen Muränen, welche Lukullus, der ein Landhaus in der Gegend von Lucrino hatte, mit dem Fleisch seiner Sklaven füttern ließ. Aber amerikanische Zeitungen, die keine Gelegenheit versäumten, schwere Vorwürfe gegen das Oberkommando der US-Army zu erheben, hatten General Cork der *mental cruelty* beschuldigt, weil er seine Gäste, »ehrenwerte amerikanische Bürger«, gezwungen habe, die Muränen des Lukullus zu essen. »Würde General Cork uns sagen«, hatten einige Zeitungen zu drucken gewagt, »mit was für Fleisch er seine Muränen füttert?«

Eben diese Anschuldigung hatte General Cork veranlaßt, in Zukunft den Fisch für seine Tafel im Aquarium von Neapel fangen zu lassen. So waren, einer nach dem anderen, die seltensten und berühmtesten Fische des Aquariums der *mental cruelty* General Corks geopfert worden; sogar der heroische Schwertfisch, ein Geschenk Mussolinis — man hatte ihn gesotten auf den Tisch gebracht, mit gekochten Kartoffeln garniert —, und der prächtige Thunfisch, ein Geschenk Seiner Majestät Victor Emanuels III., und die Hummern der Isle of Wight, ein huldvolles Geschenk Seiner Britischen Majestät, Georgs V.

Die kostbaren perlenbildenden Austern, die der Herzog von Aosta, Vizekönig von Äthiopien, dem Neapler Aquarium als Geschenk gesandt hatte — es waren Perlenaustern von der arabischen Wüste, gegenüber Massaua —, hatten das Festmahl bereichert, welches General Cork zu Ehren Wyschinskijs gab, des späteren sowjetischen Volkskommissars und damaligen russischen Vertreters in der Alliierten Kommission für Italien. Wyschinskij hatte sich sehr erstaunt gezeigt, in jeder seiner Austern eine rosa Perle von der Farbe des aufgehenden Mondes zu finden. Und er hatte die Augen vom Teller erhoben und General Cork mit dem gleichen Blick ins Gesicht gesehen, mit dem er den Emir von Bagdad bei einem Gelage aus »Tausendundeiner Nacht« angesehen hätte.

»Spucken Sie den Kern nicht aus«, hatte General Cork zu ihm gesagt, »er ist kostbar.«

»Aber das ist ja eine Perle!« hatte Wyschinskij ausgerufen.

»Of course, it is a pearl! Don't you like it?«

Wyschinskij hatte die Perle hinuntergeschluckt, wobei er auf russisch zwischen den Zähnen murmelte: »Diese verkommenen Kapitalisten!«

Und nicht weniger erstaunt schien Churchill gewesen zu sein, als er, Gast General Corks, auf seinem Teller einem merkwürdigen Fisch begegnete, rund und lang, von stählerner Farbe, von derselben Farbe wie die Wurfscheiben antiker Diskuswerfer.

»Was ist das?« fragte Churchill.

»Ein Fisch«, erwiderte General Cork.

»A fish?« zweifelte Churchill und betrachtete sich aufmerksam diesen seltsamen Fisch.

»Wie nennt man diesen Fisch?« fragte General Cork den Haushofmeister.

»Es ist eine Torpédine, ein Zitterrochen«, antwortete der Haushofmeister.

»What?« fragte Churchill.

»A torpedo«, sagte General Cork.

»A torpedo?« fragte Churchill.

»Yes, of course, a torpedo«, bestätigte General Cork, und an den Haushofmeister gewendet, fragte er diesen, was eine »Torpédine« sei.

»Ein elektrischer Fisch«, antwortete der Haushofmeister.

»Ah, yes, of course, ein elektrischer Fisch!« sagte General Cork zu Churchill, und beide sahen einander lächelnd an, ihre Fischbestecke in halber Höhe haltend, ohne zu wagen, den »Torpedo-Fisch« zu berühren.

»Sind Sie sicher, daß er nicht gefährlich ist?« fragte Churchill nach einigen Augenblicken des Schweigens.

General Cork wandte sich an den Haushofmeister: »Glauben Sie, daß es gefährlich ist, ihn zu berühren? Ist er mit Elektrizität geladen?«

»Die Elektrizität«, antwortete der Haushofmeister in seinem neapolitanisch gefärbten Englisch, »ist gefährlich, wenn sie roh ist: gekocht ist sie nicht schädlich.«

»Ah!« riefen wie aus einem Munde Churchill und General

Cork; und mit einem Seufzer der Erleichterung berührten sie den elektrischen Fisch mit der Spitze ihrer Gabel.

Aber eines schönen Tages war es mit den Fischen aus dem Aquarium zu Ende: es waren lediglich die berühmte Sirene – ein sehr seltenes Exemplar der Gattung der »Sirenoiden«, deren nahezu menschliche Gestalt die antike Sage von den Sirenen entstehen ließ – und einige prachtvolle Korallenzweige übriggeblieben.

General Cork, der die löbliche Gewohnheit hatte, sich persönlich um die kleinsten Dinge zu kümmern, hatte den Haushofmeister gefragt, welche Sorte Fisch man im Aquarium für das Essen zu Ehren von Mrs. Flat finden könne.

»Es ist nur wenig übriggeblieben«, hatte der Haushofmeister erwidert, »eine Sirene und ein paar Korallenzweige.«

»Ist das ein guter Fisch, die Sirene?«

»Ein ausgezeichneter Fisch!« hatte der Haushofmeister geantwortet, ohne mit der Wimper zu zucken.

»Und die Korallen?« hatte General Cork weiter gefragt, der besonders peinlich besorgt war, wenn es um eines seiner Dinners ging. »Kann man die essen?«

»Nein, Korallen nicht. Sie sind etwas schwer verdaulich.«

»Also dann keine Korallen.«

»Wir könnten sie als Garnierung geben«, hatte der Haushofmeister angeregt, unerschütterlich.

»That's fine!«

Und der Haushofmeister hatte auf die Menükarte geschrieben: »Sirene in Mayonnaise, mit Korallen garniert.«

Und jetzt saßen wir alle, stumm vor Überraschung und schreckensbleich, und starrten auf das arme, tote Mädchen, das da mit offenen Augen auf der silbernen Platte ausgestreckt lag, auf einem Bett aus grünen Salatblättern, inmitten einer Girlande rosenroter Korallenzweige.

Wenn man durch die ärmsten Gassen Neapels geht, begegnet es einem häufig, daß man in diesem oder jenem *basso* durch die offenstehende Tür hindurch einen Toten auf seinem Bette ausgestreckt liegen sieht, von einer Blumengirlande umkränzt. Und nicht selten erblickt man so auch ein totes Mädchen. Aber ich hatte noch nie ein totes Mädchen inmitten einer Girlande von Korallen daliegen sehen. Wie viele arme neapolitanische Mütter hätten sich für ihre kleinen Toten eine so prachtvolle Girlande aus Korallen gewünscht! Die Korallen gleichen den Zweigen blühender Pfirsichbäume, man betrachtet sie mit Freude, sie verleihen Kinderleichen etwas Heiteres, etwas Frühlingshaftes. Ich betrachtete dieses arme, gesottene Mädchen und fühlte, wie ich vor Mitleid und Stolz erschauerte. Welch ein wunderbares Land, dies Italien! dachte ich. Welch anderes Volk dieser Welt kann sich den Luxus erlauben und ein fremdes Heer, das sein Land zerstört und besetzt hat, mit einer Sirene bewirten, mit Sirene in Mayonnaise und Korallen-Beilage? Ach, es lohnte sich, den Krieg zu verlieren, nur um diese amerikanischen Offiziere zu sehen, diese stolze amerikanische Frau, wie sie bestürzt und bleich vor Entsetzen um die Leiche einer Sirene herumsaßen, einer Meeresgottheit, die tot auf einer silbernen Platte ausgestreckt dalag, auf der Tafel eines amerikanischen Generals!

»Disgusting!« rief Mrs. Flat und bedeckte sich die Augen mit den Händen.

»Yes ... I mean ... yes ...«, stotterte bleich und bebend General Cork.

»Bringt das weg, bringt dies gräßliche Ding weg!« rief Mrs. Flat.

»Weshalb?« fragte ich; »es ist ein ausgezeichneter Fisch.«

»Aber das muß ein Irrtum sein! I beg pardon ... but ... es muß ein Irrtum sein ... I beg pardon ...«, stammelte mit klagender Stimme der arme General Cork.

»Ich versichere Ihnen, daß es ein ausgezeichneter Fisch ist«, sagte ich.

»Aber wir können das nicht essen, that ... dieses Mädchen ... that poor girl!« meinte Colonel Eliot.

»Das ist kein Mädchen«, sagte ich, »es ist ein Fisch.«

»General«, sagte Mrs. Flat mit strenger Stimme, »ich hoffe, Sie werden mich nicht zwingen, das zu essen, that ... this ... that poor girl!«

»Aber es ist ein Fisch!« erwiderte General Cork, »es ist ein ausgezeichneter Fisch! Malaparte sagt, daß er ausgezeichnet ist. He knows ...«

»Ich bin nicht nach Europa gekommen, damit Ihr Freund Malaparte und Sie mich zwingen, Menschenfleisch zu essen«, sagte Mrs. Flat mit vor Empörung zitternder Stimme, »überlassen wir es diesem barbarous Italian people to eat children at dinner. I refuse. I am an honest American woman, I don't eat Italian children!«

»I'm sorry, I'm terribly sorry«, sagte General Cork und trocknete sich die schweißgebadete Stirn; »aber alle in Neapel essen diese Art Kinder ... yes ... I mean ... no ... I mean ... that sort of fish! ... Ist es nicht so, Malaparte, daß that sort of children ... of fish ... is excellent?«

»Es ist ein ausgezeichneter Fisch«, erwiderte ich; »was tut es schon, wenn er das Aussehen eines Mädchens hat? Es ist ein Fisch. In Europa sind Fische nicht verpflichtet, wie Fische auszusehen ...«

»Auch in Amerika nicht!« sagte General Cork, froh, endlich jemanden zu finden, der ihm zu Hilfe kam.

»What?« rief Mrs. Flat.

»In Europa«, sagte ich, »sind die Fische frei, wenigstens die Fische! Niemand verbietet es einem Fisch, auszusehen, was weiß ich, wie ein Mensch, wie ein Mädchen, wie eine Frau. Und das hier ist ein Fisch, selbst wenn ... Im übrigen«, setzte ich hinzu, »was glaubten Sie denn hier zu essen vorzufinden, in Italien? Die Leiche Mussolinis?«

»Ah! Ah! Ah! Funny!« rief General Cork, mit einem Lachen, das zu schrill war, um aufrichtig zu sein, »Ah! Ah! Ah!« Und alle anderen lachten mit ihm im Chor, ein Gelächter, in dem Bestürzung, Zweifel und Heiterkeit seltsam miteinander stritten. Nie habe ich die Amerikaner so geliebt, nie wieder werde ich sie so lieben wie an jenem Abend, an jener Tafel, vor diesem gräßlichen Fisch!

»Sie werden hoffentlich nicht verlangen«, sagte Mrs. Flat, bleich vor Zorn und Grauen, »Sie werden nicht von mir verlangen, daß ich dieses schreckliche Ding dort essen soll! Sie vergessen, daß ich Amerikanerin bin! Was würde man in Washington sagen, General, was würde man im War Department sagen, wenn man wüßte, daß bei Ihren Dinners gesottene Mädchen ... boiled girls, verspeist werden?«

»I mean ... yes ... of course ...«, stammelte General Cork und warf mir einen flehenden Blick zu.

»Boiled girls with mayonnaise!« wiederholte Mrs. Flat, mit eisiger Stimme.

»Sie vergessen die Korallen-Beilage«, sagte ich, als wollte ich mit diesen Worten General Cork rechtfertigen.

»I don't forget corals! Ich vergesse die Korallen nicht!« rief Mrs. Flat, deren Augen Blitze zu mir herüberschossen.

»Get out!« rief mit einem Male General Cork dem Haushofmeister zu und wies mit dem Finger auf die Sirene, »get out that thing!«

»General, wait a moment, please«, sagte Colonel Brown, der Kaplan des Hauptquartiers, »we must bury that . . . that poor fellow.«

»What?« rief Mrs. Flat.

»Wir müssen das begraben, dies . . . diesen . . . I mean . . .«, sagte der Kaplan.

»Do you mean . . .«, begann General Cork.

»Yes, I mean bury«, antwortete der Kaplan.

»But . . . it's a fish . . .«, sagte General Cork.

»Mag sein, daß es ein Fisch ist«, sagte der Kaplan, »aber es sieht viel eher aus wie ein Mädchen . . . Erlauben Sie, daß ich darauf bestehe: es ist unsere Pflicht, dieses Mädchen zu begraben . . . I mean, that fish. We are Christians. Sind wir etwa keine Christen?«

»Ich zweifle daran!« sagte Mrs. Flat; sie maß General Cork mit einem kalten, verächtlichen Blick.

»Yes, I suppose . . .«, erwiderte General Cork.

»We must bury it«, sagte Colonel Brand.

»All right«, sagte General Cork, »aber wo sollen wir es begraben? Ich meine, wir sollten es auf den Kehricht werfen, das scheint mir das einfachste zu sein.«

»Nein«, entgegnete der Kaplan, »man kann nie wissen. Es ist durchaus nicht sicher, daß es ein richtiger Fisch ist. Wir müssen ihm ein schicklicheres Begräbnis geben.«

»Aber in Neapel gibt es keine Friedhöfe für Fische!« sagte General Cork, zu mir gewandt.

»Ich glaube nicht, daß es welche gibt«, gab ich zur Antwort; »die Neapolitaner begraben die Fische nicht, sie essen sie.«

»Wir könnten es im Garten begraben«, sagte der Kaplan.

»Das ist ein guter Gedanke«, meinte General Cork, dessen Miene sich aufhellte, »wir können es im Garten begraben.« Und an den Haushofmeister gewandt fuhr er fort: »Bitte, gehen Sie und begraben Sie dieses Ding . . . diesen armen Fisch im Garten.«

»Si, signor Generale«, sagte der Haushofmeister, sich verneigend, während die Diener die leuchtende Platte aus massivem Silber aufhoben, auf der die arme, tote Sirene lag, und sie auf die Tragbahre stellten.

»Ich habe gesagt: begraben«, rief General Cork, »ich verbiete euch, in der Küche davon zu essen!«

»Si, signor Generale«, sagte der Haushofmeister, »aber es ist wirklich schade! Ein so guter Fisch!«

»Es ist nicht sicher, daß es wirklich ein Fisch ist«, sagte General Cork, »und ich verbiete, in der Küche davon zu essen!«

Der Haushofmeister verbeugte sich, die Diener bewegten sich auf die Tür zu, auf der Bahre die leuchtende Silberplatte mit sich tragend, und wir alle folgten diesem seltsamen Leichenzug mit traurigem Blick.

»Es wird gut sein«, meinte der Kaplan sich erhebend, »wenn ich mitgehe, um das Begräbnis zu überwachen. Ich möchte ein reines Gewissen haben.«

»Thank you, Father«, sagte General Cork, sich die Stirne trocknend, und blickte mit einem Seufzer der Erleichterung zaghaft auf Mrs. Flat.

»Oh, Lord!« rief Mrs. Flat mit zum Himmel erhobenen Augen.

Sie war bleich, und Tränen glänzten in ihren Augen. Es gefiel mir, daß sie bewegt war, ich war ihr tief dankbar für diese Tränen. Ich hatte Mrs. Flat nicht richtig beurteilt: Sie war eine Frau von Herz. Sie weinte um einen Fisch, sie würde sicher eines Tages dahin kommen, auch mit dem italienischen Volk Mitleid zu empfinden, auch über die Trauer und die Leiden meines armen Volkes zu weinen.

8 Triumph der Clorinda

»Das amerikanische Heer«, sagte der Fürst von Candia, »hat denselben weichen, lebenswarmen Geruch wie blonde Frauen.«

»Very kind of you«, dankte Colonel Jack Hamilton.

»Es ist ein prachtvolles Heer. Es ist uns eine Ehre und eine Freude, von einem solchen Heer besiegt worden zu sein.«

»Sie sind wirklich sehr liebenswürdig«, meinte Jack lächelnd.

»Eure Landung in Italien war von ausgesuchter Höflichkeit«, sagte der Marchese Antonio Nunziante; »bevor ihr unser Haus betratet, habt ihr an die Tür geklopft, wie es alle wohlerzogenen Menschen tun. Wenn ihr nicht geklopft hättet, hätten wir euch nicht geöffnet.«

»Die Wahrheit zu sagen, haben wir etwas zu heftig geklopft«, sagte Jack, »so heftig, daß das ganze Haus einstürzte.«

»Das ist nur eine unwesentliche Einzelheit«, sagte der Fürst von Candia, »wichtig ist allein, daß ihr geklopft habt. Ich hoffe, Sie können sich nicht über die Art und Weise beklagen, wie wir euch empfangen haben.«

»Wir hätten uns keine liebenswürdigeren Gastgeber wünschen können«, antwortete Jack; »es bleibt uns nur noch übrig, um Entschuldigung zu bitten, daß wir den Krieg gewonnen haben.«

»Ich bin sicher, daß ihr uns schließlich noch um Entschuldigung bitten werdet«, sagte der Principe di Candia mit der unschuldig ironischen Miene eines alten neapolitanischen Grandseigneurs.

»Wir sind nicht die einzigen, die euch um Entschuldigung bitten müssen«, sagte Jack, »auch die Engländer haben den Krieg gewonnen; aber die werden euch niemals um Entschuldigung bitten.«

»Wenn die Engländer«, meinte der Baron Romano Avezzana, der früher Botschafter in Paris und Washington gewesen und den großen Traditionen europäischer Diplomatie treu geblieben war, »wenn die Engländer erwarten, daß wir sie um Entschuldigung bitten, weil wir den Krieg verloren haben, so täuschen sie sich. Die italienische Politik beruht auf dem fundamentalen Grundsatz, daß stets irgendein anderer den Krieg für Italiens Rechnung verliert.«

»Ich wäre neugierig zu erfahren«, sagte Jack lachend, »wer diesmal den Krieg für eure Rechnung verloren hat.«

»Die Russen natürlich«, antwortete der Principe di Candia.

»Die Russen?« rief Jack höchst verwundert, »und weshalb?«

»Vor einigen Tagen«, antwortete der Fürst von Candia, »war ich beim Grafen Sforza zu Tisch. Auch der stellvertretende russische Volkskommissar für Auswärtige Angelegenheiten, Wyschinskij, war anwesend. Im Laufe des Gesprächs erzählte Wyschinskij, wie er einen neapolitanischen Gassenjungen gefragt habe, ob er wohl wisse, wer den Krieg gewinnen werde. ›Die Engländer und die Italiener‹, hatte der Junge geantwortet. ›Und warum?‹ – ›Weil die Engländer Vettern der Amerikaner sind, und die Italiener Vettern der Franzosen.‹ ›Und von den Russen, was denkst du von denen? Meinst du, daß die ebenfalls den Krieg gewinnen werden?‹ hatte Wyschinskij den Jungen weiter gefragt. ›O nein, die Russen werden ihn verlieren‹, hatte der Junge geantwortet. ›Und weshalb?‹ – ›Weil die Russen, die Ärmsten, Vettern der Deutschen sind.‹«

»Wonderful!« rief Jack, während alle um den Tisch herum lachten.

Groß, hager, das Gesicht von Sonne und Meeresluft tief gebräunt, war der Fürst von Candia die vollendete Verkörperung jenes neapolitanischen Adels, der, zu den ältesten und vornehmsten Geschlechtern Europas gehörend, mit glänzenden Lebensformen jenen freien Geist verbindet, in welchem die Ironie der französischen Grandseigneurs des 18. Jahrhunderts den selbstbewußten Stolz spanischen Blutes mildert. Er hatte weiße Haare, helle Augen, einen Mund mit schmalen Lippen. Sein kleiner Kopf, zierlich wie der einer Statue, und seine feinen Hände mit ihren langen, schmalen Fingern standen in auffallendem Gegensatz zu seinen breiten Athletenschultern, zu der männlichen Eleganz eines kräftigen, in gefährlichen Sportarten geübten Mannes.

Seine Mutter war Engländerin; und vom englischen Blut hatte er seinen kalten Blick, die nüchterne, sichere Langsamkeit seiner Bewegungen. In seiner Jugend hatte er mit dem Fürsten Jean Gerace gewetteifert, die Pariser und Londoner Mode nach Neapel zu bringen, oder besser, die Neapler Mode nach London und Paris; doch seit vielen Jahren hatte er allen mondänen Gelüsten abgesagt, um nicht gezwungen zu sein, mit jenem »Adel« von Emporkömmlingen Beziehungen zu pflegen, die Mussolini an die Rampe des politischen und gesellschaftlichen Lebens gestellt hatte. Lange Zeit hindurch hatte er nicht mehr von sich reden gemacht. Ganz unvermittelt war sein Name dann wieder in aller Mund gekommen, als er sich 1938, bei Hitlers Besuch in Neapel, geweigert hatte, an dem offiziellen Essen zu Ehren des Führers teilzunehmen. Verhaftet und einige Wochen in die Kerker von Poggioreale gesperrt, war er schließlich von Mussolini auf seine Güter nach Calabrien verbannt worden. Dies hatte ihm den Ruf eines anständigen Mannes und freien Italieners eingetragen, was in jener Zeit nicht zu verachtende, wenn auch gefährliche Titel waren.

Noch größere Ehre und Sympathie hatte es ihm eingebracht, daß er sich in den Tagen der Befreiung weigerte, zu der Gruppe neapolitanischer Honoratioren zu gehören, die bestimmt worden waren, General Clark die Schlüssel der Stadt zu überreichen. Diese Weigerung hatte er ohne alle Anmaßung mit den schlichten, höflichen Worten gerechtfertigt, daß es in seiner Familie nicht Sitte sei, den Eroberern Neapels die Stadtschlüssel zu überreichen, und daß er lediglich dem Beispiel seines Vorfahren Berardo di Candia folge, der es abgelehnt hatte, König Karl VIII. von Frankreich, dem Eroberer Neapels, zu huldigen, obwohl auch Karl VIII. zu seiner Zeit den Ruf eines Befreiers genoß. »Aber General Clark ist unser Befreier!« hatte Seine Exzellenz der Präfekt gerufen, der als erster die sonderbare Idee gehabt hatte, General Clark die Stadtschlüssel zu übergeben. »Ich ziehe das nicht in Zweifel«, hatte der Prinzipe di Candia schlicht und höflich geantwortet, »aber ich bin ein freier Mann, und nur Sklaven haben es nötig, sich befreien zu lassen.« Jedermann erwartete, daß General Clark, um den Stolz des Fürsten von Candia zu demütigen, ihn verhaften lassen werde, wie es in jenen Tagen der Befreiung Brauch war. Doch General Clark hatte ihn zu Tisch gebeten und ihn äußerst liebenswürdig empfangen, wobei er seiner Freude darüber Ausdruck gab, einen Italiener kennenzulernen, der Sinn für Würde habe.

»Auch die Russen«, sagte die Fürstin Consuelo Carácciolo, »sind sehr wohlerzogene Leute. Kürzlich überfuhr in der Via Toledo Wyschinskijs Wagen das Pekineser-Hündchen der alten Herzogin von Amalfi. Wyschinskij stieg aus seinem Wagen, hob selbst das arme Tierchen auf und bat die Herzogin, nachdem er ihr sein tiefes Bedauern ausgesprochen hatte, ihm zu erlauben, sie in seinem Wagen bis zum Palazzo d'Amalfi zu begleiten. ›Danke, ich möchte lieber zu Fuß nach Hause gehen‹, erwiderte ihm würdevoll die alte Herzogin, mit einem verächtlichen Blick auf den roten Wimpel mit Hammer und Sichel am Kühler. Wyschinskij verneigte sich schweigend, stieg wieder in den Wagen und fuhr schnell davon. Erst jetzt bemerkte die Herzogin, daß ihr armer toter Hund in Wyschinskijs Wagen geblieben war. Am Tage darauf schickte ihr Wyschinskij eine Dose Marmelade als Geschenk. Die Herzogin versuchte sie und sank mit einem Entsetzensschrei ohnmächtig zu Boden; die Marmelade hatte wie toter Hund geschmeckt. Ich habe sie selbst versucht, ich schwöre Ihnen, sie hatte genau den Geschmack von Hundemarmelade.«

»Wenn Russen eine gute Erziehung genossen haben, sind sie zu allem fähig«, sagte Maria Teresa Orilia.

»Sind Sie sicher, daß es Hundemarmelade war?« fragte Jack sehr erstaunt. »Vielleicht war es Kaviar.«

»Wahrscheinlich«, sagte der Fürst von Candia. »Wyschinskij wollte dem neapolitanischen Adel, dessen Familien zu den ältesten Europas gehören, huldigen. Sind wir etwa nicht würdig, Hundemarmelade als Geschenk zu erhalten?«

»Ihr seid sicher besserer Dinge würdig«, sagte Jack arglos.

»Jedenfalls«, meinte Consuelo, »esse ich lieber Hundemarmelade als euren *spam*.«

»Unser *spam*«, antwortete Jack, »ist nichts anderes als Schweinemarmelade.«

»Vor einigen Tagen«, sagte Antonino Nunziante, »fand ich, nach Hause kommend, einen Neger mit der Familie meines Portiers zu Tische sitzen. Ein prachtvoller Neger, ein sehr höflicher Mann. Er sagte mir, daß, wenn die amerikanischen Soldaten keinen *spam* äßen, sie zur Stunde bereits Berlin erobert haben würden.«

»Ich habe sehr viel Sympathie für die Neger«, sagte Consuelo, »sie haben wenigstens die Farbe ihrer Meinungen.«

»Ihre Meinungen sind sehr weiß«, entgegnete Jack. »Sie sind richtige Kinder.«

»Gibt es im amerikanischen Heer viele Neger?« fragte Maria Teresa.

»Es gibt überall Neger«, erwiderte Jack, »sogar in der amerikanischen Armee.«

»Ein englischer Offizier, der Captain Harari«, sagte Consuelo, „hat mir erzählt, daß es in England sehr viele schwarze amerikanische Soldaten gibt. Eines Abends, bei einem Essen in der Botschaft der Vereinigten Staaten in London, fragte der Botschafter Lady Windermere, wie ihr die amerikanischen Soldaten gefielen. ›Sie sind sehr sympathisch‹, antwortete Lady Windermere, ›aber ich begreife nicht, warum sie all diese bedauernswerten weißen Soldaten mitgebracht haben.‹«

»Das verstehe nicht einmal ich!« gab Jack lachend zu.

»Wenn sie nicht schwarz wären«, sagte Consuelo, »wäre es sehr schwierig, sie von den weißen zu unterscheiden. Die amerikanischen Soldaten tragen alle die gleiche Uniform.«

»Oui, naturellement«, sagte Jack, »und es braucht schon ein sehr geübtes Auge, um sie von den anderen zu unterscheiden.«

»Kürzlich«, begann Baron Romano Avezzana, »blieb ich auf der Piazza San Ferdinando neben einem Jungen stehen, der einem Negersoldaten hingebungsvoll die Stiefel putzte; und ich hörte, wie der Neger den Jungen fragte: ›Bist du Italiener, du?‹ Der kleine Neapolitaner antwortete: ›Ich? Nein, ich bin ein Neger.‹«

»Dieser Junge«, sagte Jack, »hatte ein feines politisches Empfinden.«

»Sie wollten sagen: er hatte ein feines historisches Empfinden«, verbesserte Baron Romano Avezzana.

»Ich frage mich«, sagte Jack, »weshalb das neapolitanische Volk die Neger liebt.«

»Die Neapolitaner sind gute Menschen«, antwortete Fürst Candia, »und sie lieben die Neger, weil auch die Neger gute Menschen sind.«

»Sicherlich sind sie besser als die Weißen, sie sind großzügiger, menschlicher«, meinte Maria Teresa. »Kinder täuschen sich nie, und die Kinder mögen die Neger lieber als die Weißen.«

»Auch Frauen täuschen sich nie«, sagte Baron Romano Avezzana und rief damit die Empörung Consuelos und Maria Teresas hervor.

»Ich verstehe nicht«, entgegnete Antonino Nunziante, »weshalb die Neger sich schämen, schwarz zu sein. Schämen wir uns vielleicht, daß wir weiß sind?«

»Die Negersoldaten«, sagte Consuelo, »erzählen den Neapolitaner Mädchen, um sie zu überreden, sich mit ihnen zu verloben, daß sie eigentlich weiß seien wie die anderen, aber daß sie in Amerika vor der Überfahrt nach Europa schwarz gefärbt wurden, damit sie nachts kämpfen könnten, ohne vom Feind gesehen zu werden. Wenn sie nach dem Kriege nach Amerika zurückkehren, werden sie sich die schwarze Farbe von der Haut radieren und wieder weiß sein.«

»Ah, que c'est amusant!« rief Jack, der so von Herzen lachte, daß ihm die Tränen in den Augen standen.

»Manchmal«, sagte Fürst Candia, »schäme ich mich, Weißer zu sein. Glücklicherweise bin ich nicht nur ein Weißer, sondern auch ein Christ.«

»Das Unverzeihliche an uns«, sagte Baron Romano Avezzana, »ist gerade, daß wir Christen sind.«

Ich schwieg und hörte zu, von einer dunklen Vorahnung bedrückt. Ich schwieg und ließ den Blick über die Wände gleiten, die mit roten Bildern in pompejanischem Stil geschmückt waren, über die schönen vergoldeten Möbel aus der Zeit König Murats, über die großen venezianischen Spiegel, über die Deckenfresken eines Künstlers, der im spanischen Geschmack des Hofes Karls III. von Bourbon erzogen sein mußte. Der Palazzo der Fürsten von Candia gehört nicht zu den ältesten Neapels; er stammt aus dem glänzenden und zugleich elenden Zeitalter des Höhepunktes der spanischen Herrschaft, als der Neapolitaner Adel seine alten finsteren anjouinischen und aragonischen Paläste um die Porta Capuana und längs des Decumano verließ und sich seine prunkvollen Schlösser am Monte di Dio erbaute.

Die Architektur des Palazzo der Fürsten von Candia gehört

jenem schweren hispanisierenden Barock an, das im Königreich Beider Sizilien die große Mode war, ehe Vanvitelli den schlichten Stil der Älteren zu neuen Ehren brachte; trotzdem zeigt das Innere den Einfluß der Grazie und der gefälligen Eingebungen jenes phantasiereichen Geistes, der sich in Neapel zu jener Zeit in Dingen der Kunst weniger von französischen Elegancen als von den Stukkaturen und der Enkaustik in Herculanum und Pompeji anregen ließ, die beide durch die Gelehrtenneugier der Bourbonen kurz zuvor wieder ans Tageslicht befördert worden waren. Von den Malereien und den ornamentalen Spielereien der beiden antiken Städte, die so viele Jahrhunderte hindurch in ihrem Grab aus Lava und Asche geschlummert hatten, stammen diese Amoretten-Reigen, die hier an die Wände gemalt sind, diese Triumphzüge der Venus, diese müden, auf korinthische Säulen gestützten Herkulesse, diese jagenden Dianen und diese »Vendeurs d'Amours«, welche später zum Lieblingsgegenstand einer bestimmten Richtung der bildenden Kunst in Frankreich wurden. In die Türen sind große, blau reflektierende Spiegel eingelassen, die über den roten Glanz pompejanischen Stucks auf das rosige Fleisch der Frauen, auf die schwarzen Haare und auf das weiße Leuchten der Gewänder meerblaue Schatten werfen.

Von der Decke regnete ein transparentes grünes Licht; und wenn die Gäste den Blick erhoben, so fiel er auf einen tiefen Wald, in dem durch das flirrende Laub ein blauer, mit weißen Wolken durchsetzter Himmel blitzte. An den Ufern eines Flusses gab es, bis an die Knie im Wasser stehend oder in Gras von einem dichten und leuchtenden Grün gebettet – es war nicht das Grün Poussins, das in gelbe und bläuliche Töne abgleitet, noch das lila Grün Claude Lorrains –, nackte Frauen, die nicht ahnten oder sich vielleicht nicht darum kümmerten, daß hinter dem Laub der Bäume Faune und Satyrn sie belauschten. Jenseits des Flusses erschienen in der Ferne zinnengekrönte Burgen auf dem Gipfel bewaldeter Höhen. Federgeschmückte Krieger in hellschimmernden Rüstungen galoppierten durch das Tal, andere schwangen die hoch erhobenen Schwerter und fochten miteinander, wieder andere, unter ihren gestürzten Pferden liegend, versuchten, die Ellbogen auf den Boden gestützt, sich zu erheben. Und Hundemeuten hetzten weiße Hirsche, denen von ferne die Reiter in blauen und scharlachroten Wämsern folgten.

Das grüne Licht von Gras und Laub, das von der Decke regnete, floß auf die Vergoldung der Möbel, auf das gelbe Atlasfutter der Sessel, auf das zarte Rosa und Hellblau des riesigen Aubusson-Teppichs, auf die weißen Sphinxe der Capodimonte-Kandelaber, die in der Mitte des Tisches auf einem herrlichen alten sizilianischen Spitzen-Tafeltuch in einer Reihe standen. Nichts erinnerte in diesem reichen Saal an die Angst, die Trümmer, die Trauer Neapels – nichts außer den bleichen, abgemagerten Gesichtern der Tischgenossen und den bescheidenen Speisen.

Während des ganzen Krieges hatte der Fürst von Candia, wie viele andere neapolitanische große Herren, die unglückliche Stadt nicht verlassen, die nunmehr ein Haufen von Trümmern und Kehricht geworden war. Nach den heftigen amerikanischen Luftangriffen im Winter 1942 waren nur das arme Volk und einige Familien des ältesten Adels in Neapel zurückgeblieben. Von den Reichen hatte ein Teil in Rom oder Florenz Zuflucht gesucht, die anderen auf ihren Gütern in Calabrien, Apulien und den Abruzzen. Das reiche Bürgertum hatte sich nach Sorrent oder an die Küste von Amalfi geflüchtet und das arme Kleinbürgertum sich in der Umgebung Neapels verstreut, vor allem in den kleinen Dörfern an den Hängen des Vesuvs, auf Grund der, wer weiß wo und wie, entstandenen allgemeinen Überzeugung, daß die alliierten Bombengeschwader es nicht wagen würden, den Zorn des Vulkans herauszufordern.

Vielleicht wurde diese Überzeugung aus dem alten Volksglauben geboren, daß der Vesuv die Schutzgottheit Neapels, das Totem der Stadt ist: ein grausamer und rächender Gott, der bisweilen fürchterlich die Erde erschüttert, Tempel, Paläste, Wohnstätten einstürzen läßt, in seinen Feuerströmen selbst seine Kinder verbrennt und ihre Häuser unter einer Decke glühender Asche begräbt – ein grausamer, aber gerechter Gott, der Neapel für seine Sünden bestraft und gleichzeitig über seine Geschicke wacht, über sein Elend, über seinen Hunger; Vater und Richter, Henker und Schutzengel seines Volkes.

Herrin der Stadt war die Plebs, das besitzlose Volk geblieben. Nichts in der Welt, weder Feuerregen noch Erdbeben, noch Pest, wird es je vermögen, die Plebs von Neapel aus ihren Wohnlöchern und schmutzigen Gassen herauszulocken. Die neapolitanische Plebs flieht den Tod nicht. Nie läßt sie ihre Häuser, ihre Kirchen, die Reliquien ihrer Heiligen, die Gebeine ihrer Toten im Stich, um ihr Heil zu suchen fern von ihren Altären und ihren Gräbern. Doch wenn die Gefahr am schwersten und drängendsten ist, wenn die Cholera die Häuser mit Wehklagen füllt, wenn Regen aus Feuer und Asche die Stadt zu begraben droht, dann pflegt die Plebs von Neapel, seit Jahrhunderten und Jahrhunderten, den Blick auf die Signori zu richten, aus den Gesichtern der »Herren« deren Gefühle, Gedanken, Absichten zu erforschen, an ihrem Betragen die Größe des Unheils zu ermessen, die Hoffnung auf Rettung zu erspähen, ihren Mut, ihr Mitleid, ihr Gottvertrauen sich als Beispiel zu nehmen.

Nach jedem dieser schweren Bombenangriffe sah das Volk des Pallonetto und der Torretta um die gewohnte Stunde aus den Toren der Palazzi des Monte di Dio und der Riviera di Chiaia, welche die Bomben zerspalten und der Brandrauch geschwärzt hatten, die wahren Herren Neapels heraustreten, jene, die nicht geflohen waren, die aus Stolz, wohl auch ein wenig aus Faulheit, sich nicht herabgelassen hatten, aus so geringem Anlaß die Ruhe zu verlieren, die, wie wenn nichts geschehen wäre und nichts geschähe, ihre Gepflogenheiten aus sicheren und glücklichen Zeiten beibehielten. Tadellos gekleidet, mit den unvermeidlichen Handschuhen, eine frische Blume im Knopfloch, trafen sie sich allmorgendlich zu leutseliger Begrüßung vor den Trümmern des Hotels Excelsior, zwischen den eingestürzten Mauern des Yachtklubs, auf der Mole des kleinen, mit gekenterten Booten verstopften Hafens von Santa Lucia, oder auf dem Gehsteig vor dem Café Caflish. Der fette Geruch der unter den Trümmern begrabenen Menschenkörper verpestete die Luft, doch nicht das leichteste Zittern glitt über die Züge dieser alten Gentlemen, die beim Brummen amerikanischer Bomber gelangweilt den Blick zum Himmel hoben und mit einem Lächeln kaum merklicher Entrüstung murmelten: »Da sind sie wieder, diese Flegel.«

Häufig konnte man, vor allem am frühen Morgen, durch

die öden Straßen, in denen aufgedunsene Leichen, Pferdeka-
daver, durch Explosionen umgeworfene Fahrzeuge unbeachtet
herumlagen, irgendeinen alten Tilbury fahren sehen, das
Prachtstück eines englischen Wagenbauers der St. James
Street, oder auch einen altertümlichen *char à bancs*, von ein
paar mageren Pferdchen gezogen, jenen wenigen, die nach
den letzten Beschlagnahmungen für das Heer noch in den
verschmutzten Ställen verblieben waren. Sie fuhren vorüber,
und in ihnen saßen die alten Herren der Generation des Fürsten Jean Gerace, in Begleitung junger Frauen mit bleichen lächelnden Gesichtern. In den schmutzigen Gassen am Toledo
und an der Via Chiaia drängte sich das arme Volk, in Lumpen
gekleidet, mit hohlen Gesichtern, vor Hunger und Schlaflosigkeit glänzenden Augen, Angstfurchen auf der Stirn, und es
grüßte lächelnd die Signori, die von der Höhe ihrer Kutschen
herab mit den Lazzaroni jene familiären Begrüßungsgesten
wechselten, jenes stumme Spiel der Gesichtszüge, jenes Zuneigung bezeugende Emporziehen der Brauen, die in Neapel soviel mehr als Worte zu bedeuten haben.

»Wir freuen uns, Sie bei guter Gesundheit zu sehen, Signo'«, besagten die Gesten familiärer Ehrerbietung der Lazzaroni. »Danke, Gennari, danke, Cuncetti«, erwiderten die herz-
lichen Gesten der Signori. »Nun ne potimmo chiú, signo', wir
können nicht mehr«, besagten Blicke und Verbeugungen der
armen Leute. »Geduld, Kinder, ancora nu poco'e pazienza!
Auch diese Belästigung wird vorübergehen«, erwiderten die
Herren durch Gesten des Kopfes und der Hand. Und die Lazzaroni hoben die Augen zum Himmel und schienen zu sagen:
»Hoffen wir, daß der Herr uns weiterhilft!«

Denn Fürsten und Lazzaroni, Herren und armes Volk, sie
kennen sich alle in Neapel, seit Jahrhunderten und aber Jahrhunderten, von Generation zu Generation, vom Vater auf den
Sohn. Sie kennen sich mit Namen, sie sind alle verwandt miteinander, dank jener verwandtschaftlichen Zuneigung, die seit
unvordenklichen Zeiten zwischen der Plebs und dem alten
Adel besteht, zwischen den Wohnhöhlen des Pallonetto und
den Palazzi des Monte di Dio. Seit unvordenklichen Zeiten leben Herren und Plebs zusammen; in denselben Straßen, in
denselben Palazzi, das kleine Volk in den Bassi, jenen dunklen, ebenerdig gelegenen Höhlen, die Signori in den reichen

goldstrotzenden Sälen der *bel étage*. Jahrhundertelang haben die großen Familien das in den Gassen um ihre Paläste zusammengedrängte ärmste Volk ernährt und beschützt, nicht aus einer feudalen Haltung heraus, nicht nur aus christlicher Nächstenliebe, sondern ich möchte sagen: aus verwandtschaftlicher Pflicht. Seit vielen Jahren, seit dem Sturz der Bourbonenmonarchie, sind auch die Signori arm geworden, und das kleine Volk scheint sich beinahe entschuldigen zu wollen, daß es ihnen nicht helfen kann. Plebs und Adel haben gemeinsam die rauschende Freude bei Hochzeiten und Geburten, die Angst vor Krankheiten, die Tränenströme bei Trauerfällen. Es gibt keinen Lazzarone, der nicht vom Signore seines Quartiers zum Friedhof geleitet würde, es gibt keinen Signore, dessen Leichenzug nicht eine jammernde Schar von Lazzaroni folgte. Ein altes volkstümliches Sprichwort in Neapel sagt, daß die Menschen nicht nur vor dem Tode gleich seien, sondern auch vor dem Leben.

Der neapolitanische Adel hat jedoch vor dem Tode eine andere Haltung, einen anderen Stil als das Volk: er empfängt ihn nicht mit Tränen, sondern mit Lächeln, fast mit Galanterie, wie man eine geliebte Frau, eine Jungvermählte begrüßt. In der neapolitanischen Malerei kehren Hochzeiten und Begräbnisse mit beängstigender Regelmäßigkeit immer wieder, wie in der spanischen Malerei. Es sind Szenen in düsterem und zugleich galantem Grundton, von unbekannten Malern ausgeführt, die noch heute die große Tradition El Grecos und Spagnolettos fortführen, jedoch zu namenloser und unbeschwerter Manier herabgesunken. Und es war eine alte, noch bis vor wenigen Jahren beachtete Sitte, daß die Frauen des Adels in ihre weißen Brautschleier gehüllt bestattet wurden.

Gerade mir gegenüber, im Rücken des Fürsten von Candia, hing an der Wand ein großes Gemälde, das den Tod des Fürsten Filippo di Candia, des Vaters unseres Gastgebers, darstellte. Beherrscht von der geizigen Trauer und Tücke grüner und bläulicher Farbtöne, von der müden Lässigkeit eines gewissen hinfälligen Gelb, von der Zudringlichkeit des rohen und kalten Weiß, bildete dieses Gemälde einen seltsamen Gegensatz zu der festlich reichen Tafel, auf der anjouinisches und aragonisches Silber und Capodimonte-Porzellan erstrahlte, die von einem riesigen Tischtuch mit alter sizilianinscher Spitzenstickerei bedeckt war, deren arabische und normannische Ornamentik sich mit den traditionellen Themen von Granat- und Lorbeerzweigen verschlang, die sich unter der Last der Blüten, Früchte, Vögel, unter einem an glitzernden Sternen überreichen Himmel bogen. Als der alte Fürst Filippo di Candia den Tod nahen fühlte, hatte er den Ballsaal festlich beleuchtet, seine Uniform als Großwürdenträger des Souveränen Ordens von Malta angelegt und, von seinen Dienern gestützt, feierlichen Einzug in den gewaltigen, leeren, lichterglänzenden Saal gehalten, mit steifer Hand einen Strauß Rosen umklammernd. Der unbekannte Maler, den man an der Art, wie er Weiß neben Weiß gesetzt hatte, als einen weitläufigen Nachahmer Thomas erkannte, hatte ihn aufrecht in der Mitte des Saales stehend dargestellt, in der leuchtenden Einsamkeit kostbaren Marmormosaiks, wie er mit einer Verbeugung der unsichtbaren Dame den Rosenstrauß darbot. Und aufrecht stehend war er gestorben, in den Armen seiner Diener, während das Volk aus der Gasse des Pallonetto, auf der Schwelle der weit offenstehenden Tür zusammengedrängt, schweigend in religiöser Scheu den Tod dieses neapolitanischen Grandseigneurs erlebte.

Etwas erregte mich an diesem Bild. Es war nicht die wachsbleiche Miene des Toten, noch die Blässe der Diener, noch der prunkende Reichtum des gewaltigen, von Spiegeln, Gold und Marmor glitzernden Saales; es war der Rosenstrauß in der fest geschlossenen Faust des Sterbenden. Diese Rosen, in einem lebhaften zarten Hellrot, schienen aus Fleisch zu sein, aus dem rosigen, körperwarmen Fleisch von Frauen. Eine unruhige Sinnlichkeit entströmte diesen Rosen und zugleich eine reine, liebevolle Süße; wie wenn die Gegenwart des Todes die lebendige, klare Zartheit der fleischernen Blumenblätter nicht trüben könne, sondern in ihnen das Triumphgefühl belebe, das der flüchtige, und ewige, Sinn der Rose ist.

Die gleichen Rosen, aus den gleichen Gewächshäusern stammend, blühten in duftenden Büschen aus den alten Vasen von schwarzem Silber, die in der Mitte der Tafel aufgestellt waren. Und mehr noch als das bescheidene, spärliche Mahl, das aus Eiern, gesottenen Kartoffeln und schwarzem Brot bestand, mehr noch als die hohlwangigen, blassen Gesichter der Tischgenossen gaben diese Rosen dem blendenden

Weiß des Leinens, selbst dem Prunk des Silbers, des Kristalls, des Porzellans einen trauernden Beiklang, beschworen die Anwesenheit von etwas Unsichtbarem, erweckten in mir eine schmerzliche Empfindung, eine Vorahnung, von der ich mich nicht frei machen konnte und die mich tief verwirrte.

»Das neapolitanische Volk«, sagte Fürst Candia, »ist das christlichste Volk Europas.« Und er erzählte, wie am 9. September 1943, als die Amerikaner in Salerno landeten, das neapolitanische Volk, obgleich es ohne Waffen war, gegen die Deutschen aufstand. Der blutige Kampf in den Straßen und Gassen Neapels dauerte drei Tage. Das Volk, das auf die Hilfe der Alliierten gerechnet hatte, kämpfte mit der Wut der Verzweiflung. Aber Generals Clarks Soldaten, die der aufständischen Stadt entscheidende Hilfe hätten leisten sollen, hatten sich an die Küste von Paestum geklammert, und die Deutschen traten ihnen mit den Absätzen ihrer schweren eisenbeschlagenen Stiefel auf die Hände, um sie zum Loslassen zu zwingen und sie ins Meer zurückzuwerfen. Das Volk glaubte sich im Stich gelassen und schrie Verrat; Männer, Frauen, Kinder kämpften weinend vor Schmerz und Erbitterung. Nach drei Tagen blutigen Kampfes kehrten die Deutschen, die sich bereits, von der Wut des Volkes vertrieben, auf der Straße nach Capua zurückzuziehen begonnen hatten, mit Verstärkung zurück, besetzten die Stadt aufs neue und ließen sich zu schrecklicher Vergeltung hinreißen.

Die deutschen Gefangenen, die dem Volk in die Hände gefallen waren, zählten nach Hunderten. Die heldenmütigen unglücklichen Neapolitaner wußten nicht, was sie mit ihnen anfangen sollten. Sie freilassen? Die Gefangenen würden diejenigen, die sie gefangen und wieder in Freiheit gesetzt hatten, niedermachen. Sie umbringen? Das Volk von Neapel ist christlich, es ist kein Volk von Mördern. So banden die Neapolitaner den Gefangenen Hände und Füße, knebelten sie und versteckten sie in der Tiefe ihrer Höhlen, in Erwartung der Ankunft der Alliierten. Aber inzwischen mußte man sie ernähren, und das Volk starb vor Hunger. Die Sorge, die Gefangenen zu bewachen, wurde den Frauen überlassen; und als sich Wut und Kampfrausch gelegt hatten und der Haß christlichem Erbarmen gewichen war, sparten sie am Munde ihrer Kinder von der armseligen spärlichen Nahrung, um die Gefangenen zu füttern, mit denen sie ihre Bohnen- und Linsen-suppe, ihren Tomatensalat, ihr weniges schlechtes Brot teilten. Und sie gaben sich nicht damit zufrieden, sie zu ernähren, sondern sie wuschen sie und besorgten sie wie Wickelkinder. Zweimal des Tages, ehe sie ihnen den Knebel aus dem Mund nahmen, um sie zu füttern, prügelten sie sie nach allen Regeln der Kunst, aus Furcht, daß sie, vom Knebel befreit, um Hilfe rufen möchten, um ihre Kameraden, die draußen auf der Straße vorübergingen, aufmerksam zu machen. Doch trotz aller Schläge und mageren Kost wurden die Gefangenen, die nichts anderes tun konnten als schlafen, fett wie Mastgeflügel im engen Käfig.

Endlich betraten in den ersten Oktobertagen, nach einem Monat angstvoller Erwartung, die Amerikaner die Stadt. Und am Tage darauf wurden in Neapel an allen Mauern große Plakate angeschlagen, in denen der amerikanische Gouverneur die Bevölkerung aufforderte, binnen vierundzwanzig Stunden die deutschen Gefangenen den alliierten Dienststellen zu übergeben, wofür eine Belohnung von fünfhundert Lire für jeden Gefangenen zugesichert wurde. Doch eine Abordnung des Volkes begab sich zum Gouverneur und legte ihm dar, daß bei den Preisen, welche Bohnen, Linsen, Tomaten, Öl und Brot inzwischen erreicht hätten, der Preis von fünfhundert Lire für den Gefangenen zu gering sei.

Versuchen Sie zu verstehen, Exzellenz! Für weniger als tausendfünfhundert Lire pro Kopf können wir Ihnen die Gefangenen nicht geben. Wir wollen gar nichts an ihnen verdienen, aber wir wollen auch nichts zusetzen!

Der amerikanische Gouverneur war unnachgiebig: Ich habe fünfhundert Lire gesagt – nicht einen Soldo mehr.

Gut, Exzellenz, dann behalten wir sie eben, sagten die Vertreter des Volkes und gingen.

Einige Tage später ließ der Gouverneur neue Plakate anschlagen, in denen er tausend Lire für jeden Gefangenen versprach. Die Abordnung des Volkes erschien abermals beim Gouverneur und erklärte, daß weitere Tage vergangen seien, daß die Gefangenen Appetit hätten und weiterhin äßen, daß inzwischen die Preise noch mehr gestiegen und daher tausend Lire pro Kopf zuwenig seien.

Versuchen Sie zu verstehen, Exzellenz! Mit jedem Tag, der

verstreicht, erhöht sich der Preis für die Gefangenen. Heute können wir sie Ihnen für weniger als zweitausend Lire pro Kopf nicht mehr geben. Wir wollen keine Spekulation mit ihnen treiben, wir wollen nur einfach unsere Auslagen zurückhaben. Für zweitausend Lire, Exzellenz, ist ein Gefangener glatt geschenkt!

Der Gouverneur wurde böse: Ich habe tausend Lire gesagt, und keinen Soldo mehr! Und wenn ihr innerhalb von vierundzwanzig Stunden die Gefangenen nicht ausliefert, lasse ich euch alle einsperren!

Lassen Sie uns ruhig einsperren, Exzellenz, lassen Sie uns erschießen, wenn Sie wollen, doch der Preis bleibt der gleiche, und wir können Ihnen die Gefangenen nicht für weniger als zweitausend Lire das Stück verkaufen. Wenn Sie sie nicht wollen, machen wir Seife daraus!

What? schrie der Gouverneur.

Wir machen Seife aus ihnen, wiederholten die Abgesandten in aller Ruhe und gingen.

»Und haben sie die Gefangenen wirklich gekocht, um Seife daraus zu machen?« fragte Jack erbleichend.

Wenn man in Amerika erfährt, dachte sich der Gouverneur, daß in Neapel durch meine Schuld aus deutschen Gefangenen Seife gemacht wird, so ist das mindeste, was mir geschehen kann, daß ich meinen Posten verliere. Und er bezahlte zweitausend Lire für jeden Gefangenen.

»Wonderful!« rief Jack, »Ah! Ah! Ah! Wonderful!« Jack lachte so von Herzen, daß wir anderen alle mitlachen mußten, wenn wir ihn nur ansahen.

»Aber er weint ja!«, rief Consuelo.

Nein, Jack weinte nicht. Die Tränen kollerten ihm übers Gesicht, aber er weinte nicht. Es war dies einfach seine kindliche und offenherzige Art zu lachen.

»Das ist eine wundervolle Geschichte«, sagte Jack, sich die Tränen trocknend, »aber glauben Sie, daß, wenn der Gouverneur sich geweigert hätte, die Gefangenen für zweitausend Lire das Stück zu kaufen, die Neapolitaner sie wirklich gekocht hätten, um Seife daraus zu machen?«

»Seife ist rar in Neapel«, antwortete der Fürst von Candia, »aber das neapolitanische Volk ist gutmütig.«

»Der Neapolitaner ist gutmütig, doch wegen eines Stücks

Seife ist er zu allem fähig«, meinte Consuelo, mit dem Finger den Rand eines Kelchglases aus böhmischem Kristall streichelnd. Consuelo Carácciolo ist Spanierin, von jener weichen, honiggelben Schönheit, die blonden Frauen eigentümlich ist, und sie hat jenes ironische Lächeln, jenes kalte Lächeln eines warmherzigen Gesichts, das ein so wesentlicher Teil der stolzen Anmut blonder Spanierinnen ist. Der gedehnte, reine, vibrierende Ton, den Consuelos Finger dem Kristallglas entlockte, füllte den Saal und wurde allmählich stärker, er nahm ein metallisches Timbre an, schien bis in den Himmel hinaufzudringen, fernhin im grünen Licht des Mondes zu schwingen wie das Summen eines Flugzeugpropellers.

»Hören Sie!« rief plötzlich Maria Teresa.

»Was ist denn?« fragte Marcello Orilia und hielt sich die Hand ans Ohr.

Marcello war lange Jahre hindurch *master* der Jagd in Neapel gewesen und trug jetzt seinen verblichenen *pink coat* als Schlafrock in seinem schönen, aufs Meer hinausblickenden Haus am Chiatamone. Das traurige Ende seiner Vollblüter, die zu Beginn des Krieges von der Armee beschlagnahmt worden und an Hunger und Kälte im russischen Feldzug zugrunde gegangen waren, die wehmütige Erinnerung an die Fuchsjagd-Meetings in den Astroni, das langsame, stolze Altern der Herzogin von Aosta, Hélène d'Orléans, der er seit vierzig Jahren die Treue hielt und die in ihrem Schloß Capodimonte immer hinfälliger wurde, hatten ihn alt und kraftlos gemacht – sein langer Kopf saß auf seinen langen Knochen wie eine Eule auf ihrem Baumstamm.

»Der Engel kommt«, flüsterte Consuelo, mit dem Finger nach oben deutend.

Während die Stimmen der Gäste erloschen und alle auf dieses Bienensummen lauschten, das über den Himmel am Posillipo glitt – einen Himmel wie grünes Wasser, an dem der bleiche Mond wie eine Meduse aus durchsichtiger Meerestiefe emporstieg –, betrachtete ich Consuelo, und ich mußte an die Frauen spanischer Maler denken, an die Frauen eines Jaime Ferrer, eines Alfonso Berruquette, eines Jacques Huguet, mit ihrem transparenten Haar von der Farbe eines Zikadenflügels, wie sie in den Lustspielen eines Fernando de Rojas und Gil Vicente stehend mit breiten gemessenen Gesten sprechen. An die Frauen der El Greco, Velázquez und Goya, mit ihrem Haar von der Farbe gefrorenen Honigs, wie sie in den Lustspielen des Lope de Vega, Calderón de la Barca, Ramón de la Cruz, auf den Fußspitzen gehend, mit schriller Stimme sprechen. An die Frauen Picassos, mit ihrem Haar von der Farbe des *scaferlati doux*, mit ihren schwarzen, wie Melonenkerne leuchtenden Augen, wie sie schräg zwischen Streifen von Zeitungspapier hindurchschauen, die ihnen über das Gesicht geklebt sind. Auch Consuelo blickte schräg, das Gesicht an die Schulter gelehnt; die schwarze Pupille ruhte dicht am Rande des Auges wie auf einem Fenstersims. Auch Consuelo hat die anmutigen Augen, *»los ojos graciosos«*, wie sie im Lied von Melibea und Lucrezia in der »Celestina« die lieblichen schattigen Bäume, *»los dulces arboles sombrosos«*, beschämen. Auch Consuelo ist groß, schlank, hat lange geschmeidige Arme, lange, durchsichtig feine Finger, wie gewisse Frauen bei El Greco, jene *vertes grenouilles mortes* mit ihren breitstehenden Beinen und gespreizten Fingern.

»La media noche es pasada, y no viene«, sang Consuelo vor sich hin, mit dem Finger das Kristallglas liebkosend.

»Er kommt, Consuelo, er kommt, dein Gelieber«, sagte Maria Teresa.

»O ja, er kommt, mein novio, mein Geliebter, er kommt«, rief Consuelo lachend.

Wir saßen reglos und schweigend um den Tisch, die Blicke auf die großen Fenster gerichtet. Das Brummen des Propellers kam näher, entfernte sich wieder, auf den langen Wellen des Nachtwindes hin und her getrieben. Es war zweifellos ein deutsches Flugzeug, das seine Bomben über dem von Hunderten amerikanischer Schiffe bevölkerten Hafen abzuladen kam. Wir lauschten alle, etwas blaß, dem gedehnten zitternden Klang des böhmischen Glases, dem Bienengesumm, das durch den grünen Schein des Mondes irrte.

»Weshalb schießt die Flak nicht?« fragte Antonino Nunziante mit leiser Stimme. »Die Amerikaner werden immer erst spät wach«, antwortete ebenso leise Baron Romano Avezzana, der während seines langen Aufenthaltes als italienischer Botschafter in Amerika zu der Überzeugung gekommen war, daß die Amerikaner des Morgens zwar zeitig aufstehen, aber erst spät aufwachen.

Plötzlich vernahmen wir aus der Ferne eine Stimme, eine Riesenstimme, und die Erde bebte.

Wir erhoben uns von Tisch, und die Fenster öffnend, lehnten wir uns über die tiefe Schlucht, die auf der dem Posillipo zugewandten Seite sich zu Füßen des steilabfallenden Monte di Dio auftat, auf dem sich das Palais der Fürsten von Candia befindet. Wie von der Höhe einer ihren Berg krönenden Burg der Blick die unten sich dehnende Ebene durchmißt und umfaßt, so überblickten unsere Augen das ganze mächtige Häusergewirr, das sich vom Hügel des Posillipo herab längs des Meeres bis zur Steilmauer des Monte di Dio erstreckt. Der Mond goß sein mildes Licht über Häuser und Gärten, die Fenstersimse und Terrassenränder übergoldend. Die Bäume zwischen dem Gemäuer der Obstgärten troffen von diesem schmiegsamen Leuchten wie von Honig. Und die Vögel im Geäst der Bäume, zwischen den Lavendelhecken und den leuchtenden Blättern des Lorbeers und der Magnolien, waren unter der fernen Riesenstimme erwacht und sangen.

Langsam kam die Stimme näher, erfüllte den Himmel gleich einer gewaltigen tönenden Wolke, und fast mit den Augen wahrnehmbar verdichtete und trübte sie den lichten Glanz des Mondes. Sie kam aus den unteren Stadtteilen längs des Meeres, breitete sich von Haus zu Haus, von Straße zu Straße aus, bis sie zu einem Lärmen, einem Schrei, einem lauten menschlichen Stöhnen wurde.

Wir traten vom Fenster zurück und begaben uns in den anstoßenden Saal, der nach dem Garten auf der anderen Seite des Monte di Dio hinausging, nach dem Hafen zu. Aus den weit offenstehenden Fenstern übersah man den dunkelblauen, übergoldeten Abgrund des Meeres, den rauchbedeckten Hafen und dort, uns gegenüber, bleich, aus dem goldschimmernden Nebel des Mondlichts hervortauchend, den Vesuv. Mitten am Himmel glänzte der Mond, auf die Schulter des Vesuvs gestützt wie ein Tonkrug auf die Schulter einer Wasserträgerin. Fern, am Rande des Horizonts, schwebte die Insel Capri in zartem Violett, und das von den Strömungen bald weiß, bald grün, bald purpurn gestreifte Meer brachte einen vollen silbernen Ton in diese verlassene, lebenswarme Landschaft. Wie auf einem alten vergilbten Druck, so hatten dieses Meer, diese Berge, diese Inseln, dieser

Himmel und der Vesuv mit seiner hohen, feuergekrönten Stirn in der heiteren Nacht einen pathetischen, weichen Ausdruck; sie hatten die Blässe, die der Schönheit der Natur eigen ist, wenn sie an die äußerste Grenze des Leidens gelangt: und es legte sich mir schmerzend aufs Herz, wie Liebesweh.

Consuelo saß neben mir, auf der Armlehne eines Stuhles, an einem der in die Nacht hinaus geöffneten Fenster. Ich sah sie im Profil: das blonde Gesicht, das goldene Haar, der schneeweiße Schimmer des Halses lösten sich im goldflutenden Mondlicht, so daß sie auf mich mit der bewegungslosen, schmerzenden Anmut kopfloser Statuen wirkte. Sie trug ein Kleid aus elfenbeingelber Seide, und diese lebensechte Farbe nahm im Widerschein des Mondes die dunkle Blässe alten Marmors an.

Ich empfand die Gegenwart der Gefahr wie eine mich nicht berührende Gegenwart, wie etwas außerhalb meiner selbst, wie etwas von mir tief Verschiedenes, wie einen Gegenstand, den ich anschauen und antasten könnte. Ich liebe es, von einer Gefahr losgelöst zu bleiben, mit geschlossenen Augen den Arm ausstrecken und die Gefahr berühren zu können, wie man mitunter im Dunkeln mit der Hand einen kalten Gegenstand streift. Und schon war ich im Begriff, den Arm auszustrecken, um mit meiner Hand die Hand Consuelos zu berühren, von keinem andern Gedanken bewegt als von dem, etwas außer mir Befindliches zu berühren, wie um aus der uns belauernden Gefahr und aus meiner eigenen Verwirrung einen Gegenstand zu bilden – als ein dröhnendes Krachen die heitere Nacht zerriß.

Die Bombe war in die Gasse des Pallonetto gefallen, hart jenseits der Mauer, die den Garten abschloß. Einige Augenblicke lang hörten wir nichts als das dumpfe Rollen einstürzenden Gemäuers, dann ein unterdrücktes Stöhnen, ein noch ungewisses vereinzeltes Rufen, nur einen Schrei und einen Jammerlaut, ein stürzendes Laufen schreckgepeinigter Menschen, ein wütendes Pochen am Haustor des Palazzo und die Stimmen der Dienerschaft, die ein wirres Durcheinanderlärmen zu beherrschen suchten, das nach und nach heraufstieg und näher kam, bis ein lauthallender Schrei in die neben uns liegende Bibliothek einbrach. Wir rissen die Tür auf und blieben auf der Schwelle stehen.

Aufrecht inmitten des Raumes, den ein von einem empörten und verängstigten Diener gehaltener Leuchter mit einem brandroten Licht erhellte, stand eine Schar zerzauster und zum Teil fast nackter Frauen, die dicht aneinander gedrängt heulten und wimmerten, bald mit hohen, tierischen Schreien, bald mit wildem, heiserem Knurren. Alle hielten das Gesicht der Tür zugewandt, durch die sie hereingekommen waren, wie von Angst gepackt, daß der Tod sie verfolge und durch die gleiche Tür hereintrete. Und sie wandten sich auch nicht um, als wir mit lauter Stimme versuchten, ihnen Mut zu machen und ihren Schrecken zu besänftigen.

Als sie sich endlich uns zukehrten, wichen wir entsetzt zurück. Es waren Gesichter wie von Tieren: hohl, blutleer, mit Krusten und Flecken bedeckt, die mir anfangs Blut zu sein schienen und die ich dann als Erde erkannte. Die Augen waren glanzlos und starr, der Mund schaumbedeckt. Auf den schweißgebadeten Stirnen standen die Haare wild empor und fielen auf Schultern und Brust in unordentlichen, stachligen Büscheln herab. Mehrere, im Schlaf überrascht, waren fast nackt und versuchten in wilder Scham ihre leeren Brüste und die knochigen Schultern mit dem Zipfel einer Decke oder hinter gekreuzten Armen zu verbergen. Lauernd inmitten dieser tierischen Weiberschar schauten die bleichen und verängstigten Gesichter von Kindern auf uns, mit einer merkwürdigen Heftigkeit im starren Blick.

Auf einem Tisch lag ein Berg Zeitungen, und der Fürst von Candia ließ sie von den herbeilaufenden Dienern an die unglücklichen Frauen verteilen, damit sie ihre nackte Haut bedecken konnten. Diese Frauen waren, wenn man so sagen kann, Nachbarinnen unseres Gastgebers, der sie bei Namen rief wie alte vertraute Bekannte. Ermutigt durch das warme Licht der Leuchter, welche die Diener inzwischen hier und dort auf den Sockeln der Bücherständer und auf dem Tisch niedergestellt hatten, ermutigt durch unsere Gegenwart oder mehr noch durch die des Fürsten von Candia, »'o signore«, wie sie ihn nannten, ermutigt wohl auch, weil sie sich in diesem reichen Saal mit seinen vom vergoldeten Widerschein der Bucheinbände und vom sanften Leuchten der Marmorbüsten längs der Schranksimse mattgetönten Wänden befanden, hatten sie sich allmählich beruhigt und schrien nicht mehr so hemmungslos, sondern stöhnten und beteten mit halblauter Stimme, die Madonna um Erbarmen anflehend; schließlich schwiegen sie, nur ab und an, beim plötzlichen Aufweinen eines Kindes, oder wenn sich ein Schrei fern in der Nacht erhob, brachen sie in dumpfes Knurren aus, das nicht mehr das eines wilden Tieres, sondern das eines verwundeten Hundes war.

Unser Gastgeber bat sie mit lauter, knapper Stimme, sich zu setzen. Er ließ Stühle, Sessel, Kissen herbeischaffen, und alle diese Unglücklichen kauerten sich still zusammen und schwiegen. Der Fürst ließ Wein verteilen und entschuldigte sich, daß er kein Brot geben könne, weil er keins habe, schließlich waren die Zeiten auch für die Signori schwierig; und er gab Auftrag, daß man für die Kinder Kaffee bereite.

Aber als die Diener den Wein ausgeschenkt, die Karaffen auf den Tisch gestellt hatten und sich in Erwartung der weiteren Befehle ihres Herrn in eine Ecke des Saales zurückzogen, sahen wir plötzlich zu unserer Überraschung aus dem Hintergrund der Bibliothek einen kleinen, zusammengekrümmten Mann auftauchen, an den Tisch herantreten, mit beiden Händen eine der noch vollen Karaffen ergreifen und, von einer der Frauen zur anderen gehend, deren Gläser füllen, bis die Karaffe leer war. Dann trat er auf den Hausherrn zu, verbeugte sich linkisch, sagte mit heiserer Stimme: »Mit gütiger Erlaubnis, Exzellenz«, und nachdem er sich aus einer anderen Karaffe ein Glas Wein eingeschenkt hatte, trank er es in einem Zuge aus.

Wir bemerkten jetzt, daß er bucklig war. Es war ein Mann um die Fünfzig, kahlköpfig, mit langem, hagerem Gesicht, bärtig, mit buschigen schwarzen Augen. Hier und dort im Saal lachte jemand, eine Stimme rief ihn bei Namen: »Gennariello!« Und beim Klang dieser Stimme, die ihm bekannt sein mußte, wandte sich der Bucklige um und lächelte einer nicht mehr jungen Frau zu, mit einem sehr mageren Gesicht, aber weichlich fettem Körper, die mit ausgestreckten Armen auf ihn zukam. Sofort drängten sich alle Frauen um ihn, einige hielten ihm ihr Glas hin, andere versuchten, ihm die Karaffe zu entwinden, andere schließlich, wie in verzückter Besessenheit, scheuerten unter unnatürlichem, kreischendem Lachen ihren schlaffen Busen an seinem Höcker: »Vi' vi', che fortuna, vi' che fortuna m'ha da veni'! Was für ein Glück werd ich haben!«

Unser Gastgeber hatte den Dienern ein Zeichen gemacht, sich nicht einzumischen, und beobachtete mit Staunen und Mißfallen diese Szene, die ihn zu einem anderen Zeitpunkt vielleicht lächeln machen oder gar ergötzt hätte. Ich stand neben Jack und sah ihn an; er beobachtete ebenfalls die Szene, doch mit ernstem Blick, in welchem Erstaunen und Entrüstung miteinander stritten. Consuelo und Maria Teresa hatten sich hinter uns versteckt, mehr aus Scham als aus Furcht. Indessen war der Bucklige, den alle kannten und der, wie wir später erfuhren, ein Straßenhändler in Bändern, Kämmen und falschen Haaren war und tagtäglich die Runde durch alle Wohnhöhlen des Pallonetto machte, in Hitze geraten, ich weiß nicht, ob durch den Wein oder aus sexueller Erregung, und hatte begonnen, eine Art Pantomime aufzuführen, deren Thema ein mythologischer Vorgang sein mußte, die irdischen Abenteuer irgendeines Gottes oder die Metamorphose eines schönen Jünglings. Ich hielt den Atem an und faßte Jack fest am Arm, um ihm zu bedeuten, daß er aufpassen solle, und um ihm etwas von dem außerordentlichen Vergnügen mitzuteilen, das diese ungewöhnliche Szene mir bereitete.

Der Bucklige hatte sich anfangs dem Hausherrn zugewandt, um sich zu verneigen und »mit gütiger Erlaubnis!« zu sagen, und nach einigen kleinen Luftsprüngen, die er mit Grimassen und kurzen, kehligen Ausrufen begleitete, war er in stärkere Erregung geraten; er lief kreuz und quer durch den Saal, schleuderte die Arme, schlug sich mit beiden gefalteten Händen vor die Brust und stieß schäumenden Mundes obszöne Laute, Geknurr und unverständliche Worte aus. Er reckte die Arme hoch in die Luft, wobei er die Hände öffnete und schloß, als wolle er etwas greifen, was in der Luft flog, einen Vogel, eine Wolke, einen Engel, eine Blume, die aus einem Fenster geworfen wurde, oder den Zipfel eines fliehenden Gewandes; und erst eine der Frauen, dann eine andere, dann weitere standen auf, die Zähne zusammengepreßt, mit weißem Gesicht, starrem Blick, und umringten ihn, keuchend, wie von unbezwinglicher Gemütsbewegung ergriffen. Und die eine stieß ihn mit der Hüfte, eine andere versuchte sein Gesicht zu streicheln, eine andere mit beiden Händen seinen mächtigen Höcker zu umfassen, während die übrigen Frauen, die Kinder und selbst die Dienerschaft, als wohnten sie einer vergnüglichen harmlosen Komödie bei, deren Gegenstand ihnen voll vertraut war und deren verborgenen Sinn sie voll erfaßten, lachten und händeklatschend, unter abgerissenen, krächzenden Worten und die Glieder verrenkend, die Komödianten anfeuerten.

Inzwischen waren weitere Frauen dem Beispiel der ersten gefolgt. Um den Buckligen drängte sich jetzt eine wütende weibliche Meute, alle redeten gleichzeitig, anfangs leise, dann mit immer lauterer und sich überstürzender Stimme, schließlich mit sinnlosem Geschrei, das sich wirr den schäumenden Mündern entrang; jetzt hielten sie den Buckligen drohend eingekreist und schlugen auf ihn ein, nicht anders, als es eine Menge wütend gewordener Weiber mit einem Satyr getan hätte, der die Ehre eines jungen Mädchens angetastet hatte.

Der Bucklige wehrte sich, schützte sich das Gesicht mit beiden Armen, warf sich mit gesenktem Haupt gegen den Kreis, der sich immer enger um ihn drängte, und rammte seinen Kopf bald der einen gegen den Bauch, bald der anderen gegen den Busen, ohne Unterlaß seine unverständlichen Worte schreiend, mit einer Besessenheit, einer Wut, einer Lust, die sich schließlich in einem langgezogenen, gellenden, verzweiflungsvollen Schrei entluden; bei diesem Geheul warf er sich plötzlich zu Boden und wälzte sich auf den entstellten Rükken, als versuche er, seinen Höcker vor der Raserei seiner Verfolgerinnen zu schützen. Diese warfen sich über ihn, rissen an seinen Kleidern, entblößten ihn mit Gewalt, bissen in sein nacktes Fleisch und suchten ihn auf den Bauch zu wälzen, ganz wie ein Fischer, der eine Schildkröte auf den Strand gezerrt hat und sich abmüht, sie auf den Rücken zu drehen. Plötzlich hörten wir ein fürchterliches Krachen, eine Staubwolke stob zu den Fenstern herein, und der heiße, beizende Luftschwall löschte die Kerzen.

In der unvermittelt eintretenden Stille hörte man nichts als das rauhe Keuchen der Menschen und das knatternde Rieseln einstürzenden Gemäuers. Dann erhob sich wirres Stimmengeheul im Saal, Stöhnen und dumpfes Ächzen, lautes, schneidendes Weinen, und beim Aufleuchten der Kerzen, welche die Diener eiligst wieder anzündeten, erblickten wir auf dem Fußboden ein wirres Durcheinander regloser, keuchender Frauen mit weit aufgerissenen Augen und in ihrer Mitte den völlig zerschundenen und zerkratzten Buckligen, der, kaum daß es hell wurde, sich erhob, über den verschlungenen Knäuel der Weiber hinwegstieg und durch die Tür entfloh.

»Habt keine Angst, rührt euch nicht!« schrie unser Gastgeber die Unglücklichen an, die ihre Kinder ergriffen, sie sich an die Brust drückten und in jagender Angst auf die Tür zustürzten; »wo wollt ihr denn hin? Bleibt hier, habt keine Angst!« rief er, während die Diener unter der Tür stehend die Arme hoben, um diese Schar vor Angst von Sinnen gekommener Weiber aufzuhalten und zurückzustoßen. Doch in diesem Augenblick hörte man lautes verworrenes Lärmen im Vorzimmer, und eine Gruppe von Männern, ein anscheinend ohnmächtiges Mädchen auf den Armen tragend, zeigte sich in der Tür.

Wie eine Wölfin in den Wäldern des Nordens, von Jägern und Hunden gehetzt, sich mit ihrem verwundeten Jungen tief in den Wald zurückzieht und, vom mütterlichen Instinkt getrieben, der stärker ist als alle Angst, in der Hütte des Waldhüters Zuflucht sucht, an seiner Tür kratzt und klagt und dem erschreckten Mann das blutende Junge zeigend Einlaß begehrt, um in der bergenden Wärme des Hauses Schutz und Rettung zu finden, so suchten diese Unglücklichen im Haus des »Signore« dem Tode zu entgehen, indem sie ihm auf der Türschwelle den blutüberströmten Körper des jungen Mädchens zeigten.

»Laßt sie herein, laßt sie herein«, rief der Fürst den Dienern zu, mit abwehrenden Händen die zeternden Frauen beiseite schiebend; und er öffnete einen Durchlaß für die Gruppe von Männern, denen er in den Saal voranging, während er sich überall umsah, einen Platz zu finden, wo man das arme Mädchen niederlegen könne.

»Legt sie hierher«, sagte er schließlich, mit dem Arm den Tisch freifegend, ohne auf Gläser und Karaffen zu achten, die zu Boden rollten.

Als das junge Mädchen auf dem Tische lag, schien kein Leben mehr in ihr zu sein. Sie lag reglos, den einen Arm seitlich ausgestreckt, den anderen leicht auf die linke Brust gelegt, die von der Wucht eines Balkens oder eines Mauerstücks zerschmettert war. Aber dieser schreckliche Tod hatte das Gesicht nicht entstellt, noch hatte er ihm jenen Ausdruck des Entsetzens und zugleich des Staunens aufgeprägt, den eben erst aus

Trümmern geborgene Tote zu haben pflegen. Ihre Augen waren sanft, die Stirn klar, ihre Lippen lächelten. Alles wirkte kalt und kraftlos an diesem leblosen Körper außer dem Blick und dem Lächeln, die warm und seltsam lebendig waren. Der auf dem Tisch ausgestreckte Leichnam gab der ganzen Szene einen klaren, friedlichen Ton, bildete aus Saal und Menschen eine Landschaft von stiller Gelassenheit, ganz beherrscht von der tiefen und schlichten Gleichgültigkeit der Natur.

Der Hausherr hatte den Puls des Mädchens gefaßt und schwieg. Aller Blicke hingen stumm am Gesicht des »Signore«, nicht so sehr in Erwartung seines Gutachtens als seiner Entscheidung; fast als müsse er allein über Leben und Tod des Mädchens entscheiden, als habe nur er die Macht dazu, als hinge nur von ihm das Schicksal dieser Unglücklichen ab: derartig stark ist im Volke Neapels das Vertrauen in die »Signori« und die jahrhundertealte Gewohnheit, im Leben und im Tode von ihnen abhängig zu sein.

»Gott hat sie zu sich genommen«, sagte endlich der Fürst. Bei diesen Worten begannen alle aufzuschreien, sich die Haare zu raufen, sich Gesicht und Brust mit geballten Fäusten zu schlagen, mit schriller Stimme flehend den Namen der Toten zu rufen: »Concettí, Concettí!«; zwei alte Bettelweiber warfen sich über das arme Mädchen, umarmten und küßten sie in wilder Raserei, schüttelten sie immer wieder, wie um sie aufzuwecken, und schrien: »Scètate, Concettí! Oh, wach auf, Concettí!« Dieser Schrei war so voll drohenden Vorwurfs, voll rasender Verzweiflung, daß ich nur zu sehen erwartete, wie die beiden Alten die Tote verprügeln würden.

»Bringt sie dort hinüber!« befahl der Fürst den Dienern, und diese zerrten mit Gewalt die beiden Alten von der Leiche der Unglücklichen fort und stießen die anderen Frauen mit einer Heftigkeit zurück, die mich empört hätte, wäre sie nicht von mitleidender Empfindung eingegeben worden: behutsam hoben sie die arme Tote auf und trugen sie mit zartester Sorgfalt in den Speisesaal, wo sie sie auf dem alten sizilianischen Spitzentuch, das den riesigen Tisch bedeckte, niederlegten.

Das Mädchen war nahezu nackt, wie es aus Trümmern eines Bombardements ausgegrabene Leichen gewöhnlich sind. Der Fürst schlug die Seiten des kostbaren Tafeltuchs empor und bedeckte damit die Blößen des Körpers. Doch Consuelo legte ihre Hand auf seinen Arm und sagte: »Gehen Sie, lassen Sie uns das tun, das ist Frauensache.« Wir verließen alle mit dem Hausherrn den Speisesaal, in dem nur Consuelo, Maria Teresa und ein paar der anderen Frauen zurückblieben, vielleicht Verwandte der armen Toten.

Wir saßen in dem Zimmer, das auf den Garten hinausging, im Dunkeln und betrachteten den Vesuv und die Silberfläche des Meeres, wo der Wind die goldenen Schuppen des Mondlichts aufwarf, die er blitzen ließ wie Schuppen von Fischen. Starker Meeresgeruch, mit dem sich der klare frische Hauch des Gartens, duftend vom taufeuchten Schlaf der Blumen und vom Zittern des nächtlichen Grases, vermischte, strömte durch die weit offenen Fenster herein. Es war ein roter und warmer Duft, mit dem Geschmack nach Algen und Krebsen, der in der kühlen, vom drängenden Schauer des nahen Frühlings durchwobenen Luft das Bild eines im Winde wehenden scharlachroten Vorhangs hervorrief. Eine Wolke von blassem Grün stieg dort drüben über den Bergen bei Agérola auf. Ich dachte an die unter der Vorahnung des Frühlings in den Gärten Sorrents schon überreif gewordenen Orangen, und ich glaubte das einsame Singen eines Fischers traurig über das Meer hin schweben zu hören.

Schon begann der Morgen zu dämmern. Die Luft war so durchsichtig, daß die grünen Adern des Himmels aus der blauenden Tiefe hervortraten und seltsame Arabesken zeichneten, ähnlich den Nervenfasern eines Blattes. Der ganze Himmel zitterte in der Morgenbrise wie Laub; und der Gesang der Vögel in den unter uns liegenden Gärten, das leise Rauschen, das der nahende Tag über die Bäume hinweht, gaben eine weiche, traurige Musik. Die Morgenröte stieg nicht aus dem Horizont empor, sondern eher aus der Tiefe des Meeres, wie ein riesenhafter hellroter Krebs, zwischen Wäldern purpurner Korallen, die den Geweihen eines Rudels über tiefe Meeresweiden schwebender Hirsche gleichen. Der Golf zwischen Sorrent und Ischia war wie eine rosige, offen liegende Muschel: Capri dort draußen, bleicher nackter Stein, sandte das tote Schimmern einer Perle aus.

Der rote Geruch des Meeres war voll von tausend leisen schwebenden Lauten, vom Locken der Vögel, von Flügelrauschen; ein Gras in herbem Grün wuchs auf den gläsernen

Wellen. Eine weiße Wolke hob sich aus dem Krater des Vesuvs und segelte wie ein großes Boot den Himmel empor. Die Stadt lag noch eingehüllt in den schwarzen Nebel der Nacht, aber schon sprangen hier und dort in der Tiefe der Gassen schwache Lichter auf. Es waren die Lichter der Heiligenbilder, die nachts der Fliegergefahr wegen gelöscht und bei Tagesanbruch von den Gläubigen an den Tabernakeln wieder angezündet wurden. Die Statuetten aus Wachs und buntem Papiermaché, welche die Seelen des Purgatoriums darstellen, in einen Flammenstrauß getaucht wie in einen Strauß hellroter Blumen, glühten unvermittelt zu Füßen der Jungfrau im blauen Gewand wieder auf. Der sinkende Mond breitete sein bleiches Schweigen über die Dächer, auf denen noch der Rauch der Explosionen hing. Aus der Gasse der Santa Maria Egiziaca, der Heiligen Maria in Ägypten, kam ein kleiner Zug weißverschleierter Mädchen, jede ihren Rosenkranz um das kleine Handgelenk, ein schwarzes Büchelchen zwischen weißbehandschuhten Händen. Aus dem Jeep vor einer Pro-Station blickten zwei Neger mit großen weißen Augen dem Zug der Kommunikanten nach. Die Jungfrau auf dem Hintergrund der Tabernakel leuchtete wie ein Tropfen blauen Himmels.

Ein Stern glitt über das Firmament und verlosch in den Wellen zwischen Capri und Ischia. Es war März, die liebliche Jahreszeit, wo die überreifen, bald faulenden Orangen mit leichtem dumpfem Schlag von den Zweigen fallen wie Sterne aus den hohen Gärten des Himmels. Ich betrachtete den Vesuv, er war ganz grün im Mondenschein; ein Grauen kam schleichend über mich. Nie hatte ich den Vesuv in so seltsamer Färbung gesehen, er war grün wie das verwesende Antlitz eines Toten. Und er schaute mich an.

»Gehen wir sehen, was Consuelo macht«, sagte unser Gastgeber nach langem Schweigen.

Wir öffneten die Tür, und ein nie gesehener Anblick bot sich unseren Augen. Das junge Mädchen lag völlig nackt da; Maria Teresa war damit beschäftigt, sie zu waschen und abzutrocknen, von einigen jener Frauen unterstützt, die ein Becken mit warmem Wasser hielten, eine Flasche Kölnischen Wassers, den Schwamm, die Handtücher, indessen Consuelo mit einer Hand den Kopf des Mädchens hob und mit der anderen die langen, schwarzen Haare kämmte. Wir betrachteten von der

Tür her diese stille, eindringliche Szene: das goldene Licht der Kandelaber, der blaue Widerschein der Spiegel, das zarte Schimmern des Porzellans und Kristalls und die grünen Landschaftsbilder an den Wänden, die fernen Schlösser, die Haine, der Fluß, die Wiesen, auf denen eisenbewehrte Ritter mit wehenden, langen, roten und blauen Federbüschen auf den Helmen gegeneinander galoppierten, die funkelnden Schwerter erhoben, wie die Helden und Heldinnen Tassos auf den Gemälden des Salvator Rosa – all dies gab der Szene vor uns die pathetische Atmosphäre einer Episode aus dem »Befreiten Jerusalem«. Die junge Tote, die da nackt auf dem Tische lag, war sicherlich Clorinda, und dies war Clorindas Leichenbegängnis.

Niemand sprach, man hörte nur das verhaltene Seufzen der zerlumpten und zerzausten Frauenschar an der Tür der Bibliothek und das Weinen eines Kindes, das wohl nicht aus Angst weinte, sondern vor Staunen, verwirrt durch diese sanfte, traurige Szene, das warme Kerzenlicht, die geheimnisvollen Bewegungen der beiden jungen, schönen, reich gekleideten Frauen, die sich über den weißen, nackten Leichnam beugten.

Plötzlich streifte Consuelo sich ihre kleinen Seidenschuhe ab, dann die Strümpfe und legte sie mit leichten, schnellen Bewegungen der Toten an. Dann zog sie ihre Atlasbluse aus, den Rock, das Unterkleid. Sie entkleidete sich langsam, ihr Gesicht war sehr bleich, die Augen leuchteten in einem eigentümlichen, starren Glanz. Die unter der Tür stehenden Frauen kamen eine nach der anderen herein, falteten die Hände und betrachteten, lachend und weinend, die Gesichter strahlend vor staunender Freude, das junge Mädchen, wie sie auf ihrem reichen Totenbett ausgestreckt lag, in ihrem prachtvollen Totenschmuck. Laute des Schmerzes und gleichzeitig der Freude erhoben sich ringsumher, »o bella! o bella!«, und neue Gesichter zeigten sich unter der Tür, Männer, Frauen, Kinder kamen herein, falteten die Hände, riefen »o bella! o bella!« Und viele knieten betend nieder, wie vor einem Heiligenbild oder irgendeiner wundertätigen Wachsmadonna.

»'O miracolo 'O miracolo! Ein Wunder, ein Wunder!« schrie plötzlich eine kreischende Stimme.

»'O miracolo! 'O miracolo!« riefen alle zurückweichend, als fürchteten sie, mit ihren elenden Lumpen das prächtige Atlaskleid der armen Concettina zu berühren, die der Tod so wunderbar zu einer Feenprinzessin, zu einer Madonnenstatue verklärt hatte. Binnen kurzem drängte sich alles Volk aus dem Vicolo del Pallonetto an der Tür, vom Gerücht des Wunders herbeigerufen, und Feststimmung erfüllte den Saal. Alte Frauen kamen, mit brennenden Wachskerzen und Rosenkränzen, Litaneien murmelnd, gefolgt von Frauen und Kindern, die Blumen herbeibrachten und jene Süßigkeiten, die nach uraltem Brauch in Neapel bei Totenwachen verzehrt werden. Einige brachten Wein, andere Zitronen und Obst, andere ihre Wickelkinder, ihre Gelähmten und Kranken, damit sie die *miracolata* berührten.

Eine Reihe sehr junger Frauen und Mädchen, in voller Pracht ihrer Augen und ihres Haares, mit bleichem, drohendem Gesicht, die nackten Schultern mit grellfarbigen Umhängen bedeckt, umringten den Tisch, auf dem Concettina lag, und stimmten jene uralten Trauergesänge an, mit denen das neapolitanische Volk seine Toten des Weges geleitet und trauernd der Güter des Lebens gedenkt, des einzigen Gutes, der Liebe, und die glücklichen Tage wachruft, die zärtlichen Nächte und die Küsse und Liebkosungen und Tränen der Liebe; und so nehmen sie Abschied von ihnen an der Schwelle des verbotenen Landes. Es waren Trauerlieder, und sie klangen wie Liebeslieder, so weich waren sie moduliert, so überströmend von heißer, trauriger, resignierender Sinnlichkeit.

Diese ganze, festlich weinende Menge bewegte sich im Saal wie auf dem Marktplatz eines dichtbewohnten Stadtviertels von Neapel an einem Fest- oder Trauertag; und niemand, nicht einmal die jugendlichen Sängerinnen, die doch Consuelo im Kreis umstanden und sie streiften, schien deren Anwesenheit zu bemerken; Consuelo stand, nahezu nackt, ganz weiß und zitternd, neben der Toten und sah ihr starr ins Gesicht, mit einem seltsamen Blick, sei es der Angst oder irgendeines geheimnisvollen Gefühls. Schließlich umfaßte Maria Teresa sie liebevoll mit den Armen und entzog sie der Menge.

Während die beiden mitleidvollen Frauen, einander umschlungen haltend, zitternd und unter Tränen langsam die Treppe hinabstiegen, zerbarst unter gräßlichem Aufbrüllen die Nacht, und ein gewaltiger blutroter Lichtschein erhellte den Himmel.

9 Der Feuerregen

Der Himmel klaffte im Osten in einer gewaltigen Wunde, er blutete, und das Blut färbte das Meer tiefrot. Der Horizont zerbröckelte und stürzte in einen feurigen Abgrund. Von tiefem Schluchzen geschüttelt, zitterte die Erde, die Häuser schwankten in ihren Fundamenten, und schon hörte man Ziegel und Mauerwerk sich von den Dächern und Terrasseneinfassungen lösen und mit dumpfem Poltern aufs Straßenpflaster hinabstürzen, warnende Vorboten allgemeinen Unheils. Ein unheimliches Knistern und Knacken fegte durch die Luft, wie von brechenden und zermalmten Knochen. Und über diesem Lärm, über dem Jammern und Angstgeschrei des Volkes, das schwankend, wie blind, kreuz und quer durch die Straßen lief, erhob sich, den Himmel zerspaltend, ein schauerliches Brüllen.

Der Vesuv heulte in die Nacht, Blut und Feuer speiend. Seit dem Tag, da Herculanum und Pompeji lebend in ihr Grab von Asche und vulkanischem Gestein versanken, hatte man niemals am Himmel eine so fürchterliche Stimme vernommen. Ein riesenhafter Feuerbaum entquoll himmelhoch dem Schlunde des Vulkans; es war eine riesige, staunenerregende Säule aus Rauch und Flammen, die zum Firmament emporklomm, bis sie an die bleichen Gestirne hinanreichte. Längs der Flanken des Vesuvs züngelten Lavaströme abwärts, auf die im Grün der Weingärten verstreuten Dörfer zu. Der blutige Schein der weißglühenden Lava war so strahlend, daß er in unermeßlichem Umkreis Berge und Ebene mit unvorstellbarer Strahlkraft packte. Bäume, Wasserläufe, Häuser, Wiesen, Äcker, Wege waren klar und scharf erkennbar, wie es bei Tage niemals vorkommt; die Erinnerung an die Sonne war fern und verblaßt.

Man sah die Berge bei Agérola und die Einschnitte bei Avellino sich plötzlich zerlegen und die Geheimnisse ihrer grünen Täler und Wälder enthüllen. Und obwohl die Entfernung zwischen Vesuv und Monte di Dio, von dessen Höhe wir stumm vor Entsetzen das gewaltige Schauspiel betrachteten, viele Meilen beträgt, erkannte unser Auge, forschend und prüfend auf die eben noch so mondstille Vesuvlandschaft gerichtet, wie Männer, Frauen, Tiere, als seien sie von einer starken Linse herangezogen und vergrößert, in die Weingärten, auf die Felder, in die Obstpflanzungen flüchteten oder zwischen den Häusern der Dörfer umherirrten, die die Flammen schon von allen Seiten beleckten. Und das Auge nahm nicht nur Stellungen und Bewegungen der Menschen wahr, sondern unterschied sogar die gesträubten Haare, die zerrauften Bärte, die starrenden Augen und weitaufgerissenen Münder. Ja, man hatte den Eindruck, als höre man das Ächzen und Stöhnen, das sich ihrer Brust entrang.

Der Anblick des Meeres war vielleicht noch grauenerregender als der der Erde. So weit der Blick reichte, sah man nichts als eine harte, fahle Kruste, übersät mit Löchern gleich den Narben einer ungeheuerlichen Blatternerkrankung; und unter dieser regungslosen Kruste ahnte man den Druck einer urweltlichen Kraft, eines mit Mühe gebändigten grimmigen Tobens, wie wenn das Meer drohe, sich aus der Tiefe zu heben, seinen harten Schildkrötenpanzer zu sprengen, um der Erde den Krieg anzusagen und ihren grausigen Aufruhr auszulöschen. Vor Portici, Torre del Greco, Torre Annunziata, Castellammare sah man Boote in Hast und Eile vom gefahrdrohenden Strand absetzen und verzweifelt allein mit den Rudern arbeiten, denn der Sturm, der über dem Lande heftig tobte, sackte auf dem Meere ab wie ein toter Vogel. Und andere Boote eilten von Sorrent, von Meta, von Capri herüber, um den unglücklichen Küstenorten, die von der Wut der Flammen bedrängt wurden, Hilfe zu bringen. Schlammströme wälzten sich träge die Hänge des Monte Somma hinab, wie schwarze Ottern sich ringelnd, und wo Schlammbäche mit Lavaflüssen zusammentrafen, erhoben sich hohe Wolken purpurnen Dampfes, und schreckliches Zischen wie das Sengen in Wasser getauchten glühenden Eisens drang bis zu uns herüber.

Eine gewaltige, schwarze Wolke, ähnlich dem Sack eines Tintenfisches – und wirklich heißen diese Wolken in Neapel »seppia«, wie der Tintenfisch –, aus Asche und glühenden Lapilli bestehend, riß sich mühsam vom Gipfel des Vesuvs los, und vom Wind getrieben, der zum unvorstellbaren Glück Neapels aus Nordwesten wehte, schleppte sie sich langsam über den Himmel in Richtung auf Castellammare di Stabia. Der dröhnende Lärm, mit dem diese schwarze lapilliträchtige Wolke am Himmel dahinrollte, glich dem Gepolter eines mit Steinen beladenen Wagens, der sich über eine holprige Straße vorwärts bewegt. Von Zeit zu Zeit ergoß sich aus einem Riß der Wolke eine Sturzflut von Lapilli über Land und Meer, fiel auf die Felder und die starre Kruste der Wellen mit eben dem Getöse eines Fahrzeugs, das seine Steinladung auskippt; und wenn die Lapilli auf den Erdboden und die harte Meereskruste aufschlugen, wirbelten sie Wolken rötlichen Staubes empor, der sich, die Sterne verdunkelnd, am Himmel ausbreitete. Der Vesuv brüllte fürchterlich in die rote Finsternis der angsterfüllten Nacht, und ein Schluchzen der Verzweiflung legte sich über die unglückliche Stadt.

Ich preßte Jacks Arm, ich fühlte, wie er zitterte. Bleich im Gesicht, betrachtete er das höllische Schauspiel, und Entsetzen, Furcht und Staunen mischten sich in seinen weit aufgerissenen Augen. »Gehen wir«, sagte ich zu ihm und zog ihn am Arme mit mir. Wir verließen das Haus, bogen in die Gasse Santa Maria Egiziaca ein und gingen in Richtung der Piazza Reale. Die Häusermauern dieser engen Gasse warfen ein so heftig grellrotes Licht zurück, daß wir nur wie erblindet schwankend vorwärts kamen. Aus allen Fenstern beugten sich lebhaft gestikulierende, nackte Menschen und riefen einander mit lauten Schreien und schrillen Klagelauten; und alle die anderen, die fliehend durch die Straßen rannten, hoben gleichfalls schreiend und weinend das Gesicht empor, ohne ihre hastende Flucht zu hemmen oder zu verlangsamen. Von allen Seiten liefen wild anzusehende Menschen herbei, manche mit Fetzen bekleidet, manche fast nackt, um den Madonnen und den Heiligen der Tabernakel Wachskerzen und Fackeln darzubringen, oder sie riefen auf dem Pflaster niederkniend die heilige Jungfrau und San Gennaro um Hilfe an, schlugen sich an die Brust und zerkratzten sich das Gesicht unter hemmungslosen Tränen.

Wie oft in verzweifelter, hoffnungsloser Lage ein Heiligenbild oder der schwache Schein der Kerze eines Tabernakels im Herzen die Erinnerung an einen seit langem vernachlässigten Glauben wachruft und Hoffnung, Furcht, Reue und ein seit langer Zeit vergessenes oder verleugnetes Vertrauen zu Gott neu entfacht und der Mensch, der Gott vergessen hatte, plötzlich einhält und verwundert und bewegt das heilige Bild betrachtet und das Herz von Liebe durchglüht pochen fühlt, so geschah es Jack. Unvermittelt blieb er vor einem Tabernakel stehen, bedeckte sich das Gesicht mit den Händen und rief: »Oh Lord! Oh my Lord!«

Diesem Ausruf antwortete aus dem Tabernakel heraus ein Laut wie das Piepsen eines Vögelchens. Wir vernahmen ein schwaches Flügelschlagen und Geraschel wie von einem Vogel in seinem Nest. Jack wich erschrocken zurück. »Keine Angst, Jack«, sagte ich, seinen Arm drückend, »das sind die Vögel der Madonna.« In jenen schrecklichen Jahren flüchteten sich, sobald die Alarmsirenen das Nahen feindlicher Bomber ankündigten, all die armen Vögel Neapels in diese Tabernakel. Es waren Spatzen, es waren Schwalben, mit ihren zerzausten Federn, mit ihren runden, leuchtenden Augen unter den weißen Lidern. Sie versteckten sich in einer Ecke der Tabernakel wie in einem Nest, eng aneinander gedrückt und zitternd, zwischen den Wachs- und Preßpapierstatuetten der Seelen im Purgatorium. »Glaubst du, daß ich sie erschreckt habe?« fragte Jack mich leise. Und wir entfernten uns auf den Zehenspitzen, um nicht die Vögel der Madonna zu ängstigen.

Fast nackte Greise mit klapperdürren, weißleuchtenden Beinen kamen schleichend, an die Mauern gestützt daher, die Stirn von weißem, wind- und angstzerrauftem Haar bedeckt und abgerissene Worte schreiend, die ich für lateinisch hielt und die vielleicht heidnische Zauberworte waren, Formeln der Verwünschung oder der Aufforderung, zu bereuen, öffentlich seine Sünden zu bekennen oder sich zu christlichem Tode vorzubereiten. Scharen von Frauen aus dem Volke, mit verstörten Mienen, liefen wie außer sich dahin, fast rennend, eng aneinandergepreßt wie Krieger beim Sturm auf eine Festung, und unter dem Laufen riefen sie den gestikulierenden und weinenden Menschen an den Fenstern unflätige Schmähungen und Drohungen zu, riefen sie zur Buße auf über die gemeinsame Verworfenheit, denn der Tag des Gerichts sei endlich gekommen, und die Züchtigung Gottes werde weder

Frauen noch Greise, noch Kinder verschonen. Auf diese Schmähungen und Drohungen antworteten die Menschen von den Fenstern her mit lautem Jammern, mit furchtbaren Verwünschungen und gottlosen Lästerungen, zu denen die Menge in den Straßen mit Stöhnen und Schreien das Echo abgab, die Fäuste zum Himmel ballend in maßloser Verzweiflung.

Von der Piazza Reale waren wir nach Santa Teresella degli Spagnoli hinaufgestiegen; und je weiter wir wieder zum Toledo hinabkamen, desto stärker schwoll der Tumult an, desto häufiger wurden die Szenen der Angst, der Empörung und des Mitleids, desto wilder und drohender das Gebaren des Volkes. In der Nähe der Piazza delle Carrette, vor einem wegen seines Negerzulaufs bekannten Bordell, heulte und tobte eine Menge wütender Weiber und versuchte die Tür einzuschlagen, welche die Freudenmädchen in aller Hast verrammelt hatten. Schließlich gelang es der Menge, ins Haus einzudringen, und sie schleppten an den Haaren nackte Huren und blutig geschlagene schwarze Soldaten heraus, die der Anblick des in Flammen stehenden Himmels, der über dem Meere schwebenden Lapilliwolken und des in sein grausiges Schweißtuch von Feuer gehüllten Vesuvs folgsam machte wie verängstigte Kinder.

Dem Sturm auf die Bordelle folgte der auf die Bäckereien und Metzgerläden. Das Volk mischte in seine blinde Wut wie stets seinen uralten Hunger. Doch der Grund dieser fanatischen Wut war nicht der Hunger; es war die Angst, die in soziale Empörung, in Rachedurst, in Haß gegen sich selbst und die anderen umschlug. Wie immer verlieh das Volk dieser vernichtenden Heimsuchung den Sinn einer Strafe des Himmels, erblickte im Wüten des Vesuvs den Groll der Jungfrau, der Heiligen, der Götter des christlichen Olymp, die wegen der Sünden, der Verderbnis, der Laster den Menschen zürnten. Und zugleich mit der Reue, mit dem schmerzlichen Wunsch nach Sühne, mit der gierigen Hoffnung, die Übeltäter bestraft zu sehen, mit dem arglosen Vertrauen auf die Gerechtigkeit einer so grausamen und rechtlosen Natur und zugleich mit der Scham über das eigene Elend, dessen das Volk sich selbst traurig bewußt ist, erwachte in der Masse, wie stets, das feige Empfinden der Straflosigkeit, Ursprung so vieler verwerflicher

Handlungen, und die schauerliche Überzeugung, daß inmitten eines so gewaltigen Unheils, eines so allgemeinen Aufruhrs alles recht und erlaubt sei. So daß man in jenen Tagen die abscheulichsten und die schönsten Taten begehen sah, in blinder Wut oder mit kalter Überlegung, fast wie in bewunderungswürdiger Verzweiflung: soviel vermögen in einfachen Gemütern die Angst und die Scham vor den eigenen Sünden.

Und dies war auch der Urgrund meiner Empfindungen und der Jacks vor so unmenschlicher Heimsuchung. Nicht nur in Freundschaft, in Zuneigung, in dem Mitleiden mit Besiegten und mit Siegern waren wir miteinander verbunden, sondern jetzt auch in dieser Angst, in dieser Scham. Jack war gedemütigt und eingeschüchtert gegenüber diesem schrecklichen Umsturz der Natur. Und wie er, so alle amerikanischen Soldaten, die vor kurzem noch so selbstsicher und hochgemut, so stolz auf ihre Eigenschaft als freie Menschen, jetzt kreuz und quer durch die rasende Menge rannten, sich mit Faustschlägen und Ellbogenstößen einen Weg bahnten und in der Regelwidrigkeit ihrer Uniformen wie ihres Tuns ihre Gemütsverwirrung zu erkennen gaben; die einen rannten stumm mit verstörter Miene, andere hielten sich die Hände vor die Augen und stöhnten, die einen in lärmenden Gruppen, die anderen vereinzelt; und alle sahen sich um wie gehetzte Hunde.

Im Labyrinth der auf den Toledo und die Via Chiaia hinabführenden Gassen wurde der Tumult mit jedem Schritt vorwärts massiger und wütender; denn bei Volkserregungen ist der Vorgang der gleiche wie im menschlichen Körper bei Erregungen des Blutes, das sich in ein und demselben Teil zusammenzuballen und sich bald aufs Herz und bald aufs Gehirn, bald auf dieses und bald auf ein anderes Organ zu werfen sucht. Aus den entferntesten Stadtvierteln strömte das Volk zu diesen Plätzen, die seit ältesten Zeiten als die geheiligten Stätten Neapels gelten: auf die Piazza Reale, um die Tribunali, am Maschio Angioino, am Dom, wo das wundertätige Blut des heiligen Gennaro aufbewahrt ist. Hier brandete der Tumult am heftigsten und nahm zeitweise die Formen eines richtigen Aufstandes an. Die amerikanischen Soldaten, die unter diese fürchterliche Menge geraten waren, welche sie in ihrer Kopflosigkeit kreuz und quer herumzerrte, sie hin und her stieß und verprügelte wie in einem Danteschen Höllensturm, selbst diese armen Amerikaner schienen von uralter Angst und Wut befallen zu sein. Ihre Gesichter waren verkrustet von Schweiß und Asche, die Uniformen in Fetzen. Auch sie waren jetzt gedemütigte Menschen, nicht mehr freie Männer, nicht mehr stolze Sieger, sondern elende Besiegte, Beute des blinden Wütens der Natur; zu Asche gebrannt auch sie, bis in die Tiefe ihrer Seele, von diesem Feuer, das Himmel und Erde verzehrte.

Von Zeit zu Zeit erschütterte ein dumpfes unterdrücktes Grollen, das sich im geheimnisvollen Innern der Erde ausbreitete, das Pflaster unter unseren Füßen, ließ die Häuser beben und schwanken. Eine heisere, tiefe Stimme drang gurgelnd aus Brunnen und Abflußlöchern. Die Fontänen spien Schwefeldämpfe aus oder warfen Klumpen kochenden Schlamms empor. Das unterirdische Grollen, die tiefe Stimme, der kochende Schlamm jagten aus den Eingeweiden der Erde das verelendete ärmste Volk hervor, das sich in diesen leidensvollen Jahren aus Furcht vor den erbarmungslosen Bombardements in die alten unterirdischen Winkel- und Irrgänge verkrochen hatte, die als anjouinische Wasserleitung bezeichnet werden und die nach der Meinung der Archäologen von den frühesten Bewohnern der Stadt, sei es von Griechen oder Phöniziern oder gar von den geheimnisvoll übers Meer gekommenen Pelasgern angelegt wurden. Von der anjouinischen Wasserleitung und ihren seltsamen Bewohnern berichtet schon Boccaccio in seiner Novelle über Andreuccio von Perugia. Jetzt quollen diese Unglücklichen aus ihrer stinkenden Hölle hervor, heraus aus ihren düsteren Höhlen, aus ihren Kaninchenbauten, aus den Brunnen, aus den Kanallöchern, ihren elenden Hausrat auf den Schultern schleppend, oder, wie weiland Aeneas, einen alten Vater, die jüngsten Kinder oder den *pecuriello*, das Osterlamm, das an den Ostertagen – wir befanden uns in der Karwoche – selbst das armseligste Haus Neapels ziert und allen heilig ist, denn es ist das Abbild Christi.

Diese »Auferstehung«, der das Zusammentreffen mit dem Osterfest einen grausamen Sinn verlieh, die Auferstehung der zerlumpten Scharen aus ihren Gräbern war das sichere Zeichen einer schweren, unmittelbar drohenden Gefahr. Denn was weder Hunger noch Cholera vermögen, noch das Erdbeben, das nach alteingewurzelter Überzeugung Paläste und

Hütten umwirft, aber die Höhlen und unterirdischen Gänge unter Neapel verschont, das vermochten die Ströme kochenden Schlammes, mit denen der grausame Vesuv in tückischer Freude diese Ärmsten wie Ratten und Mäuse aus ihren Kloaken ins Freie trieb.

Die Scharen schlammbedeckter Gespenster, die allerorten der Erde entquollen, die Menschenmasse, die wie ein hochgehender Strom in die untere Stadt hinabstürzte, das Raufen, Heulen, Jammern, Fluchen, das Singen, die Angst, die regellose Flucht, die wilden Kämpfe um ein Tabernakel, um eine Fontäne, um ein Kreuz, um eine Backstube verbreiteten quer durch die ganze Stadt einen aufstandähnlichen Tumult, der auf die Meeresküste mündete, auf die Via Parténope, auf die Via Carácciolo, auf die Riviera di Chiaia, auf die Straßen und Plätze, die zwischen den Granili und der Mergellina dem Meere zugewandt sind: als ob das Volk in seiner Verzweiflung nur vom Meere sich Rettung erwartete, als ob die Menschen hofften, daß die Wogen die Flammen löschen möchten, welche die Erde verzehrten, oder daß wunderwirkendes Erbarmen der Jungfrau und des heiligen Gennaro ihnen die Macht gäbe, über die Wasser zu wandeln und so zu entfliehen.

Die Massen erreichten das Meer dort, wo sich das schreckliche Schauspiel des lodernden Vesuvs, der sich über die Hänge des Vulkans hinabschlängelnden Lavaströme und der in Flammen stehenden Ortschaften den Blicken darbot – der Widerschein des Brandes erstreckte sich bis hin zu der am Horizont schwebenden Insel Capri, bis hin zu den schneeweißen, hohen Bergen des Cilento –; und die Menge sank in die Knie; beim Anblick des Meeres, ganz bedeckt mit einer grausigen, grün und gelb gefleckten Haut gleich der Haut eines ekelhaften Reptils, erflehte sie sich mit gellendem Jammern, mit bestialischem Geheul, mit wildem Fluchen den Beistand des Himmels. Und viele stürzten sich in die Fluten, in der Hoffnung, sie niedertreten zu können, und sanken elend unter, gejagt von den Schmährufen und blutrünstigen Lästerungen der von Sinnen gekommenen, eifernden Volksmassen.

Nach langem Umherirren wurden wir schließlich auf den gewaltigen Platz hinausgepreßt, der von der Zwingburg des Maschio Angioino beherrscht wird und bis zum Hafen hinabreicht. Und dort vor uns, ganz in seinen purpurroten Mantel gehüllt, zeigte sich uns der Vesuv. Dieser gespensterhafte Cäsar mit dem Hundekopf, auf seinem Thron von Lava und Asche sitzend, spaltete den Himmel mit flammengekrönter Stirn und bellte grauenhaft. Der Feuerbaum, der seinem Rachen entstieg, senkte sich tief ins Himmelsgewölbe und verschwand in den höchsten Schlüften. Ströme von Blut pulsten aus seinen weit aufgesperrten roten Fängen, und Erde, Himmel und Meer erbebten.

Die Menschenmenge, die den Platz füllte, hatte platte, leuchtende Gesichter, zersprungen unter den weißen und schwarzen Schatten, wie auf einer mit Blitzlicht aufgenommenen Fotografie. Etwas von dem, was der Fotografie an Reglosem, Kaltem, Grausamem eigen ist, lag in diesen aufgerissenen, starren Augen, in den gespannten Gesichtern, in den Fassaden der Häuser, in allen Gegenständen, ja selbst in den Gesten. Der Feuerschein schlug gegen die Mauern, entflammte Dachrinnen und Terrassengeländer; und von dem blutigen Himmel in seinem finsteren, auf Violett hinzielenden Ton hob sich das rote Zahnfleisch, das die Dächer begrenzte, in sinnestäuschender Kontrastwirkung ab. Dichte Menschenscharen strömten zum Meer hinab, aus den hundert Gassen, die von allen Seiten auf den Platz münden, hervorquellend, und sie liefen, das Gesicht nach oben gekehrt, zu den schwarzen Wolken glühender Lapilli, die sich am Himmel über dem Meere hinwälzten, zu den brennenden Steinen, welche wie Kometen die schmutzige Luft kreischend durchfurchten. Grausig hallendes Schreien stieg über die weite Piazza empor. Und von Zeit zu Zeit fiel über die Menge tiefste Stille, die nur da und dort von einem Stöhnen, einem Aufschluchzen, einem plötzlichen Schrei, einem einsamen Schrei unterbrochen wurde, der sofort ohne Echofranse erstarb, wie ein Schrei auf dem nackten Gipfel eines Berges.

Dort unten, am Ende des Platzes, versuchten Schwärme amerikanischer Soldaten die Gitter, die den Hafen absperren, zu sprengen, die dicken Eisenstangen zu brechen. Die Sirenen der Schiffe heulten mit heiseren, klagenden Schreien um Hilfe; auf den Verdecken, längs der Verschanzungen, nahmen in aller Hast Trupps bewaffneter Matrosen Aufstellung, wilde Handgemenge entwickelten sich auf den Hafenmolen und Landungsstegen zwischen Matrosen und angstgejagten Soldaten, die zum Sturm auf die Schiffe ansetzten, um sich vor dem Wüten des Vesuvs in Sicherheit zu bringen. Hier und dort unter der Menschenmenge verloren, irrten amerikanische, englische, polnische, französische, schwarze Soldaten umher, verängstigt und verschüchtert, manche hielten weinende Frauen in den Armen und suchten sich Platz im Gedränge zu schaffen, es sah aus, als hätten sie diese entführt, andere ließen sich von der Strömung mitschleppen, völlig geschlagen von der Neuartigkeit und Grausamkeit dieses unerbittlichen Unglücks. Neger, beinahe nackt, als wären sie inmitten der Menge in den Urwald ihrer Vorfahren zurückversetzt, kreisten in diesem Tumult mit geweiteten roten Nüstern, die runden, weißen Augen unter der schwarzen Stirn hervortretend, von ganzen Scharen von Huren umzingelt, die gleichfalls halb nackt oder in die heiligen Gewänder der Bordelle aus gelber, grüner, scharlachroter Seide gewickelt waren. Manche der Neger stimmten ihre Litaneien an, andere schrien mit hoher Stimme geheimnisvolle Worte, andere riefen flehend in Kadenzen den Namen Gottes, »Oh God! oh my God!«, mit den Armen über diesem Meer nach oben gewandter Köpfe und Gesichter herumfahrend, und hielten die Blicke starr auf den Himmel geheftet, als erspähten sie durch den Regen aus Asche und Feuer den majestätischen Flug eines mit dem Flammenschwert bewaffneten Engels.

Die Nacht versank bereits, und der Himmel dort hinten gegen Capri zu und über dem waldigen Rücken der Sorrentiner Berge erbleichte zart. Selbst der Vesuvbrand verlor irgendwie etwas von seinem schrecklichen Glanz, gewann grünliche Durchsichtigkeit, und die Flammen wurden rosig, wie mächtige Rosenblätter, die der Wind in der Luft schaukelt. Die Lavaflüsse schienen, in dem Maße wie der nächtliche Nebel dem unsicheren Licht der Morgendämmerung wich, zu erlöschen, sie wurden dunkel, verwandelten sich in schwarze Schlangen: wie glühendes Eisen, das, auf dem Amboß liegend, sich nach und nach mit schwarzen Schuppen überzieht, zwischen denen ersterbende blaue und grüne Funken aufblitzen.

In dieser Höllenlandschaft, die, noch ganz von roter Finsternis triefend, die Morgendämmerung langsam aus dem tiefen Schoß der flammendurchzuckten Nacht heraufhob wie einen Korallenstrauch vom Meeresgrund – das jungfräuliche

Tageslicht wusch das bleiche Grün der Weingärten, das alte Silber der Oliven, das dichte Blau der Zypressen und Pinien, das sinnliche Gold des Ginsters –, in dieser Höllenlandschaft glänzten die schwarzen Lavaflüsse in leichenhaftem Schimmer, in jenem brennenden Schwarz, wie es am Meeresstrand unter dem Aufprall der Sonne manche Schaltiere haben oder manche vom Regen belebten dunklen Steine. Nach und nach klomm dort drüben über Sorrent ein roter Fleck am Horizont herauf, zerlief langsam in der Luft, und der ganze Himmel, übersät mit gelben schwefligen Wolken, färbte sich in diesem transparenten Blut – bis mit einem Male die Sonne aus dem Gewirre der Wolken hervorbrach und hellweiß dastand, gleich dem Augenlid eines sterbenden Vogels.

Ein gellender Stimmenlärm erhob sich auf dem Platz. Die Menge reckte die Arme zur aufgehenden Sonne empor und schrie »'o sole! 'o sole! die Sonne! die Sonne!«, als wäre es das erste Mal, daß die Sonne über Neapel aufging. Und vielleicht war es wirklich das erste Mal, daß über Neapel die Sonne aus dem Abgrund des Chaos heraufkam, im Aufruhr der Schöpfung, herauf vom Grunde des noch nicht völlig erschaffenen Meeres. Und wie stets in Neapel wandelte nach Schrecken, nach Trauer und Tränen die Wiederkunft der Sonne nach so endloser, grausiger Nacht Entsetzen und Jammer in Freude und Jubel. Hier und dort regten sich die ersten Beifallslaute, die ersten freudigen Stimmen, das erste Singen und jene kurzen, kehligen Rufe, die auf den ältesten melodischen Motiven der ursprünglichen Angst, der Daseinslust, der Liebe modulieren und mit denen das Volk Neapels nach Art der Tiere, das heißt in wundervoll naiver, unschuldiger Weise, seine Freude, sein staunendes Entzücken und jenes furchtbeschwerte Glück ausdrückt, das stets bei Menschen wie bei Tieren die wiedergewonnene Freude und Verwunderung über das Leben begleitet.

Gruppenweise liefen Buben quer durch die Menschenmenge von einem Ende des Platzes zum anderen und schrien »è fornuta! è fornuta!«, und dieser Ruf »zu Ende! zu Ende«! sollte entweder das Ende des Schreckens oder des Krieges bedeuten. Die Menge echote »è fornuta! è fornuta!«, denn das Wiedererscheinen der Sonne verführt das Volk Neapels, gibt ihm die trügerische Hoffnung, daß sein Unglück und seine Leiden zu Ende seien. Ein mit einem Pferd bespannter Wagen bog aus der Via Medina ein, und dieses Pferd erregte das freudige Staunen der Menge, wie wenn es das erste Pferd der Schöpfung wäre. Alle schrien »'u bi! 'u bi! 'o cavallo! 'o cavallo!«. Und jetzt ertönten wie durch Zauberschlag von allen Seiten die Stimmen der Straßenhändler, welche Heiligenbilder und Rosenkränze feilboten, Amulette und Totengebein, Ansichtskarten von früheren Vesuvausbrüchen und Statuetten des heiligen Gennaro, wie er mit einer Handbewegung den Lavastrom an den Toren Neapels zum Stehen brachte.

Plötzlich vernahm man hoch am Himmel Motorengeräusch, und alles starrte nach oben.

Eine Gruppe amerikanischer Jagdflugzeuge war vom Flugplatz Capodichino aufgestiegen und stürzte sich gegen die riesige schwarze Wolke, die mit glühenden Lapilli gefüllte *seppia*, die der Wind langsam auf Castellammare zutrieb. Einige Augenblicke später hörte man das Knattern der Maschinengewehre, und die unheimliche Wolke schien ihren Flug zu hemmen und gegen die Angreifer Front zu machen. Die amerikanischen Jäger versuchten, die Wolke mit ihren Maschinengewehrsalven aufzureißen, die Lawine glühender Steine über dem Teil des Golfes zwischen Vesuv und Castellammare zum Absturz zu bringen, um die Stadt vor dem sicheren Untergang zu bewahren. Es war ein verzweifeltes Unternehmen, und die Menge hielt den Atem an. Tiefe Stille senkte sich über den Platz.

Aus den Rissen, welche die Geschoßgarben in die Flanken der schwarzen Wolke schossen, prasselten Sturzbäche flammender Lapilli ins Meer hinab und wirbelten hohe Fontänen roten Wassers auf, Bäume tiefgrünen Dampfes, Kometen glühender Asche und wundervolle Feuerrosen, die langsam in der Luft verloschen. »'U bi! 'u bi!« schrie die Menschenmenge, in die Hände klatschend. Doch die unheimliche Wolke, von dem aus Norden wehenden Wind weitergetrieben, näherte sich Castellammare immer mehr.

Plötzlich stürzte sich einer der amerikanischen Jäger wie ein silberner Falke blitzschnell gegen die *seppia*-Wolke, zerriß sie mit seinem Schnabel, drang tief in den Riß hinein und explodierte mit schrecklichem Krachen im Innern der Wolke; diese öffnete sich wie eine gewaltige schwarze Rose und stürzte hinab ins Meer.

Die Sonne stand bereits hoch. Die Luft wurde allmählich immer diesiger, ein grauer Aschenschleier verdunkelte den Himmel, und um die Stirn des Vesuvs ballte sich, von grünen Blitzen durchzuckt, ein blutigroter Streifen. Ferner Donner grollte hinter der schwarzen Mauer des Horizonts, den gelbe Pfeile zerspellten.

Auf den Straßen um das Große Alliierte Hauptquartier war das Gedränge derart, daß wir uns mit Gewalt einen Weg bahnen mußten. Die Menge hatte sich vor dem G. H. Q. verschanzt und wartete stumm auf ein Zeichen der Hoffnung. Doch die Nachrichten aus den heimgesuchten Gebieten lauteten von Stunde zu Stunde immer ernster. Die Häuser der Dörfer in der Umgebung von Salerno stürzten unter dem Lapilliregen zusammen. Ein Aschensturm wütete seit einigen Stunden auf der Insel Capri und drohte die Siedlungen zwischen Pompeji und Castellammare zu begraben.

Am Nachmittag bat General Cork Oberst Jack Hamilton, sich in das Gebiet von Pompeji zu begeben, wo die Gefahr am größten war. Das Band der Autostraße war mit einem dicken Aschenteppich bedeckt, auf dem sich die Räder unseres Jeeps mit dem sanften Rauschen von Seide drehten. Eine seltsame Stille war in der Luft, nur hin und wieder vom rollenden Donner des Vulkans unterbrochen. Mich überraschte der Kontrast zwischen dem Schreien, dem Hin und Her der Menschen und der stummen Reglosigkeit der Tiere, die, ohne sich unter dem Aschenregen zu rühren, mit erstaunten leidvollen Augen um sich blickten.

Immer wieder fuhren wir durch gelbe Wolken von Schwefeldampf. Kolonnen amerikanischer Fahrzeuge rollten langsam über die Autostraße, um den unglücklichen Vesuvanwohnern mit Lebensmitteln, Medikamenten und Kleidung Hilfe zu bringen. Grüne Finsternis umhüllte das totenstarre Land. Kaum hatten wir Herculanum passiert, peitschte ein heißer Schlammregen uns das Gesicht. Hoch über uns knurrte drohend der Vesuv, hohe Fontänen glühender Steine ausspeiend, die zischend zur Erde herabfielen. Kurz vor Torre del Greco überraschte uns ein plötzlicher Lapilliregen. Wir suchten Schutz hinter der Mauer eines Hauses an der Marina. Das Meer hatte einen wunderbar grünen Farbton und sah aus wie eine Schildkröte aus altem Kupfer. Ein Segelboot durch-

schnitt langsam die harte Meereskruste, auf die der Lapilliregen mit hallendem Knattern niederprasselte.

Dicht neben unserem Zufluchtsort lag im Rücken eines hohen Felsens windgeschützt eine schmale Wiese, mit Büschen
von Rosmarin und blühendem Ginster bestanden. Das Gras
leuchtete in einem sehr herben Grün, einem rohen Grün, von
einem so lebhaften, so unerwarteten, so neuartigen Glanz, als
sei es eben erst erschaffen worden: ein noch jungfräuliches
Grün, im Augenblick seiner Erschaffung überrascht, in den ersten Augenblicken der Schöpfung der Welt. Dieser Rasen
reichte ohne Übergang bis hart ans Meer hinab, das im Gegensatz dazu ein breites welkes Grün zeigte, wie wenn das Meer zu
einer schon alten, in ferner Vorzeit geschaffenen Welt gehörte.

Um uns war das Land unter Asche begraben, hier und da
verbrannt und aufgewühlt von den irren Naturgewalten, vom
wiedergekehrten Chaos. Gruppenweise gingen amerikanische
Soldaten, das Gesicht hinter Schutzmasken aus Gummi und
Kupfer ähnlich den Sturmhauben mittelalterlicher Krieger
verborgen, schwankend über die Felder und trugen Bahren,
sammelten Verletzte ein, führten Gruppen von Frauen und
Kindern zu einer auf der Autostraße haltenden Wagenkolonne.
Einige Tote lagen ausgestreckt am Straßenrand bei einem zerfallenen Haus; ihre Gesichter waren in eine Schale von harter,
weißer Asche eingemauert, so daß es aussah, als hätten sie ein
Ei anstelle des Kopfes. Es waren noch ungeformte Tote, noch
nicht ganz erschaffene, die ersten Toten der Schöpfung.

Das Stöhnen der Verwundeten drang zu uns aus einer Zone
jenseits der Liebe, jenseits des Mitleids, jenseits der Grenze
zwischen dem Chaos und der in göttlicher Schöpfungsord-
nung gestalteten Natur; es war der Ausdruck eines Gefühls,
das die Menschen noch nicht kennengelernt, eines Schmerzes,
den die doch schon erschaffenen, lebenden Wesen noch nicht
erlitten hatten, es war die Prophezeiung des Leidens, die zu
uns drang aus einer noch in der Geburt begriffenen, noch im
Chaos brodelnden Welt.

Und dort, auf dieser schmalen, grünen, eben dem Chaos
entstiegenen Graswelt, noch feucht vom Atem der Schöpfung,
noch jungfräulich unberührt, lagen einige dem Unheil entron-
nene Männer schlafend auf dem Rücken, das Gesicht dem
Himmel zugekehrt. Die Züge dieser Gesichter waren klar und

schön, die Haut nicht von Asche und Schlamm besudelt, sondern rein, wie im Licht gewaschen; es waren neue, eben modellierte Gesichter, mit hoher, edler Stirn, mit reinen Lippen. Sie lagen schlafend ausgestreckt auf diesem grünen Gras, wie Menschen, die der Sintflut auf den Gipfel des ersten aus den Wassern tauchenden Berges entkommen sind.

Unten auf dem sandigen Strand, dort, wo das grüne Gras in den Wellen starb, stand ein Mädchen und kämmte sich, den Blick aufs Meer gerichtet. Sie blickte aufs Meer, wie eine Frau in den Spiegel sieht. Von dem neuen, eben erschaffenen Gras aus betrachtete sie, die neu ins Leben Getretene, soeben Geborene, sich in dem alten Spiegel der Schöpfung mit einem Lächeln glücklichen Staunens, und der Reflex des alten Meeres färbte ihr langes, weiches Haar, ihre weiße, glatte Haut, ihre kleinen, kräftigen Hände zu einem müden Grün. Sie kämmte sich langsam, und ihre Geste war bereits eine Geste der Liebe. Eine rotgekleidete Frau saß unter einem Baum und stillte ihr Kind. Und der Busen, der aus dem roten Mieder hervorquoll, war schneeweiß, glänzte wie die erste Frucht eines kaum der Erde entsprossenen Baumes, wie der Busen der ersten Frau der Schöpfung. Ein neben den schlafenden Männern kauernder Hund folgte mit dem Blick den langsamen, gelassenen Bewegungen der Frau. Einige Schafe zupften Gras und hoben immer wieder den Kopf, um das grüne Meer anzuschauen. Sie waren lebendig, diese Männer, diese Frauen, diese Tiere, sie waren gerettet. Reingewaschen von ihren Sünden. Schon losgesprochen von der Niedertracht, vom Elend, vom Hunger, von den Lastern und Verbrechen der Menschen. Sie hatten den Tod bereits gesühnt, und die Niederfahrt zur Hölle, und die Auferstehung.

Auch wir, Jack und ich, waren dem Chaos entronnen, waren eben erschaffene, eben ins Leben gerufene, eben vom Tode auferstandene Menschen. Die Stimme des Vesuvs, dies tiefe, heisere Bellen, drang drohend bis zu uns aus der Wolke von Blut, welche die Stirn des Ungeheuers verhüllte. Sie kam bis zu uns durch die blutende Finsternis, durch den Feuerregen: eine mitleidlose, unversöhnliche Stimme. Es war die Stimme eben dieser aufgewühlten, tückischen Natur, es war die Stimme des Chaos selbst. Wir befanden uns auf der Grenze zwischen Chaos und Schöpfung, wir standen am

Rande der »Güte, dieses gewaltigen Kontinents«, auf dem ersten Zipfel der kaum erschaffenen Welt. Und die schreckliche Stimme, die durch den Feuerregen bis zu uns drang, dies tiefe, heisere Bellen, war die Stimme des Chaos, das sich gegen die göttlichen Gesetze der Schöpfung auflehnte, das sich in die Hand des Schöpfers verbiß.

Plötzlich schrie der Vesuv gräßlich auf. Jene Gruppe amerikanischer Soldaten, die auf der Straße bei den Wagen stand, sprang entsetzt zurück, zerstreute sich, und viele, von Angst gejagt, flüchteten hier oder dort dem Meere zu. Auch Jack wich ein paar Schritte zurück und wandte sich um. Ich faßte ihn am Arm. »Hab keine Angst«, sagte ich zu ihm, »sieh diese Männer dort an, Jack.« Er wandte den Kopf, betrachtete die schlafend ausgestreckten Männer, das Mädchen, das in den Spiegel des Meeres schaute und sich kämmte, die Frau, die ihr Kind stillte. Ich hätte zu ihm sagen mögen: »Gott hat sie eben erschaffen, und doch sind sie die ältesten menschlichen Wesen der Erde. Dies hier ist Adam, und das ist Eva, kaum aus dem Chaos geboren, eben aus dem Inferno emporgestiegen, eben aus dem Grabe auferstanden. Sieh sie dir an, sie sind eben geboren und haben schon alle Sünden der Welt durchlitten. Alle Menschen, in Neapel, in Italien, in Europa, sind wie diese Menschen dort. Sie sind unsterblich. Sie werden im Schmerz geboren, sie sterben im Schmerz, und sie auferstehen wieder in Reinheit. Sie sind die Lämmer Gottes, sie tragen auf ihren Schultern alle Sünden und allen Schmerz der Welt.«

Aber ich schwieg. Und Jack sah mich an und lächelte.

Wir kehrten unter Sturm und Feuerregen am Abend zurück. Gegen Portici begegneten wir wieder dem uralten Grün des Grases und Laubes, den uralten Knospen der Bäume, dem uralten Spiel des Lichts in den Glasscheiben der Fenster. Ich dachte an die gewinnende Hilfsbereitschaft dieser fremden Soldaten, wie sie sich über Verletzte und Tote beugten, an ihr geängstigtes Mitleid und Erbarmen. Ich dachte an jene am Ufer des Chaos schlafend ausgestreckten Männer, an ihre Ewigkeit. Jack war bleich und lächelte. Ich wandte mich um, den Vesuv anzusehen, dieses grausige Ungeheuer mit dem Hundekopf, das dort am Horizont bellte, unter Rauch und Flammen, und ich sagte leise: »Gnade, Gnade – Gnade auch für dich.«

10 Die Fahne

Im Rücken vom Zorn des Vesuvs bedroht, setzte sich das amerikanische Heer, das monatelang vor Cassino festgelegen hatte, in Bewegung; es stürzte vorwärts, durchbrach die Front von Cassino und, sich nach Latium hinein ergießend, näherte es sich Rom.

Wir lagen im Grase ausgestreckt, am Rande des alten erloschenen Kraters des Albaner Sees, der aussieht wie ein mit schwarzem Wasser gefülltes Kupferbecken, und wir betrachteten Rom, dort im Hintergrund der Ebene, in welcher der blonde Tiber, *flavus Tiber,* faul in der Sonne schlief. Vereinzelte Gewehrschüsse verhallten trocken in der leicht bewegten Luft. Die Kuppel von Sankt Peter schwankte am Horizont unter dem hochgetürmten Schloß weißer Wolken, das die Sonne mit ihren goldenen Pfeilen beschoß. Ich dachte errötend an Apoll und an seine goldenen Pfeile. In der Ferne ragte aus blauer Nebelschicht der schneeige Soracte. Der Vers des Horaz lag mir auf den Lippen, und ich errötete wieder. Ich sagte leise: »Roma, Roma cara.« Jack sah mich an und lächelte.

Wir hatten, Jack und ich, am Morgen General Corks Kolonne verlassen und auf den waldbestandenen Höhen über Castel Gandolfo die Marokkaner-Division des Generals Guillaume erreicht. Hier zeigte sich uns Rom, vom gleißenden Reflex der an den weißen Wolken sich brechenden Sonnenstrahlen getroffen, in einem blauvioletten Weiß wie Kreide leuchtend: wie jene Städte aus hellem Stein, die tief am Horizont in die Landschaften der Ilias hineinragen.

Die Kuppeln, die Kirchen, die Türme, die strenge Geometrie der neuen Wohnviertel, die sich von San Giovanni in Laterano ins grüne Tal der Nymphe Egeria, nach den Grabstätten der Barberini hin erstrecken, schienen aus einer harten weißen, mit blauen Schatten durchäderten Materie zu bestehen. Schwarze Raben erhoben sich von den roten Gräbern der Via Appia. Ich dachte an die Adler der Cäsaren und errötete.

Ich bemühte mich, nicht an die Göttin Roma auf dem Kapitol zu denken, nicht an die Säulen des Forums, nicht an den Purpur der Cäsaren. *The glory that was Rome,* sagte ich zu mir selbst, errötend. An diesem Tage, in diesem Augenblick, an diesem Ort, wollte ich nicht an das Ewige Rom denken. Es gefiel mir, an Rom zu denken als an eine sterbliche Stadt, die von sterblichen Menschen bewohnt wird.

Alles schien reglos und atemlos in diesem steilen, blendenden Licht. Die Sonne stand bereits hoch, es begann heiß zu werden, ein weißer, durchsichtiger Nebel verschleierte die endlose rote und gelbe Ebene Latiums, wo Tiber und Aniene sich wanden wie zwei Schlangen in einer Liebesgemeinschaft. Über die Wiesen längs der Via Appia sah man scheuende Pferde galoppieren, wie auf einem Gemälde Poussins oder Claude Lorrains, und fern am Horizont in kurzen Abständen das grüne Lid des Meeres aufblitzen.

Die *goumiers* des Generals Guillaume lagerten in dem Wald aschfarbener Ölbäume und dunkler Steineichen, der sich von den Hängen des Monte Cavo sanft hinabgleiten läßt, um in dem hellen Grün der Rebgärten und dem Gold der Kornfelder zu sterben. Die päpstliche Villa in Castel Gandolfo erhob sich unterhalb von uns am hohen abschüssigen Ufer des Albaner Sees. Im Schatten der Steineichen und Oliven sitzend, mit untergeschlagenen Beinen, das Gewehr quer über die Knie gelegt, so betrachteten sich die *goumiers* mit gierigen Augen die vielen Frauen, die unter den Bäumen im Park der päpstlichen Villa spazierengingen, zum großen Teil Nonnen und Bäuerinnen aus den kriegszerstörten Ortschaften der Castelli Romani, die der Papst unter seinen Schutz genommen hatte. Scharen von Vögeln sangen in den Zweigen der Ölbäume und Steineichen. Die Luft lag weich auf den Lippen, wie dieser Name, den ich immer wieder leise vor mich hinsagte: »Roma, Roma, Roma cara.«

Ein endloses, leichtes Lächeln lief wie ein Beben des Windes durch die Campagna Romana: es war das Lächeln des Apollo von Veji, das grausame, spöttische, geheimnisvolle Lächeln des etruskischen Apoll. Gern wäre ich nach Hause, nach Rom, nicht mit dem Mund voll klingender Worte zurückgekehrt, sondern mit diesem Lächeln auf den Lippen. Ich befürchtete, daß Roms Befreiung nicht ein Familienfest, ein intimes Fest sein werde, sondern einer der üblichen Vorwände für triumphale Aufmärsche, für Festreden und Siegeshymnen. Ich wollte mich zwingen, an Rom nicht zu denken wie an ein riesiges Massengrab, in dem die Gebeine der Götter und Menschen zwischen den Ruinen der Tempel und der Foren wirr durcheinanderliegen, sondern wie an eine Menschenstadt, an eine Stadt einfacher, sterblicher Menschen, in der alles menschlich ist, in der Elend und Erniedrigung der Götter nicht die Größe des Menschen demütigen und der menschlichen Freiheit nicht den Wert eines verratenen Erbes, eines angemaßten, erschlichenen, käuflichen Ruhmes geben.

Die letzte Erinnerung, die ich an Rom hatte, war die einer stinkenden Zelle im Gefängnis Regina Coeli. Jetzt rief mich die Rückkehr an einem Tage des Sieges – eines fremden Sieges, unter fremden Waffen, in einem von fremden Heeren verwüsteten Latium – zu schlichten Gedanken und klaren Empfindungen. Doch schon hörte ich im Ohre das Schmettern der Trompeten und die Pauken dröhnen, die feierlichen Reden Ciceros und die Triumphgesänge; ein Schauder überlief mich.

Mit solchen Gedanken lag ich im Grase ausgestreckt, auf das ferne Rom hinblickend, und seufzte. Jack, neben mir liegend, preßte sich ein hellgrünes Blatt an die Lippen und ahmte damit die Stimmen der Vögel nach, die im Geäst der Bäume sangen. Zarter Friede atmete in der Luft, im Gras, in den Blättern.

»Sei nicht traurig«, sagte Jack mit liebevollem Vorwurf, »die Vögel singen, und du weinst?«

Die Vögel sangen, und ich war traurig. Jacks menschliche Worte ließen mich erröten. Dieser Fremde neben mir, dieser Amerikaner von jenseits des Weltmeers, dieser warmherzige, großmütige, empfindsame Mann hatte in der Tiefe seines Herzens die richtigen Worte, die wahren Worte gefunden, die ich vergeblich in mir und außer mir suchte, die einzigen, die diesem Tage, diesem Augenblick, diesem Orte angemessen waren. Die Vögel sangen, und ich war traurig! Ich sah Rom tief hinten im durchscheinenden Spiegel des Lichtes flimmern, und ich weinte lächelnd: ich war glücklich.

Jetzt hörten wir fröhliche Stimmen aus dem Walde dringen und wandten uns um. Es war General Guillaume in Begleitung einer Gruppe französischer Offiziere. Sein Haar war grau von Staub, sein Gesicht sonnenverbrannt, mit sichtbaren Spuren der Anstrengungen, doch die Augen leuchteten, die Stimme war jugendlich frisch.

»Voilà Rome«, sagte er, das Haupt entblößend.

Ich hatte diese Geste schon einmal gesehen, ich hatte schon einmal einen französischen General im Walde von Castel Gandolfo vor Rom sein Haupt entblößen sehen: auf den vergilbten Daguerreotyp-Aufnahmen der Sammlung Primoli, die der alte Graf Primoli mir vorzeiten in seiner Bibliothek gezeigt hatte und auf denen Marschall Oudinot, umgeben von einer Gruppe französischer Offiziere in roten Hosen, Rom von demselben Oliven- und Steineichenwald aus grüßte, in welchem wir uns jetzt befanden.

»Ich würde lieber den Eiffelturm sehen an Stelle der Peterskuppel«, sagte Leutnant Lyautey.

General Guillaume drehte sich lachend um: »Sie sehen ihn nicht, weil er sich gerade hinter der Peterskuppel versteckt.«

»C'est drôle, je suis ému comme si je voyais Paris«, sagte Major Marchetti.

»Findet ihr nicht«, meinte Pierre Lyautey, »daß diese Landschaft etwas Französisches hat?«

»Ja, zweifellos«, sagte Jack, »es ist die französische Luft, die Poussin und Claude Lorrain hineingebracht haben.«

»Und Corot«, setzte General Guillaume hinzu.

»Auch Stendhal hat etwas Französisches in diese Landschaft gebracht«, sagte Major Marchetti.

»Heute verstehe ich zum erstenmal«, sagte Pierre Lyautey, »warum Corot, als er die Brücke bei Narni malte, die Schatten blau gemacht hat.«

»Ich habe die ›Promenades dans Rome‹ bei mir«, fuhr General Guillaume fort, während er ein Buch aus der Tasche seiner Feldbluse zog. »General Juin trägt Chateaubriand in der Tasche mit sich herum. Doch um Rom zu verstehen, meine Herren, rate ich Ihnen, sich nicht zu sehr auf Chateaubriand zu verlassen. Verlassen Sie sich lieber auf Stendhal. Er ist der einzige Franzose, der Rom und Italien begriffen hat. Wenn ich ihm etwas vorzuwerfen habe, so nur, daß er die Farben der

Landschaft nicht sieht. Er sagt kein Sterbenswörtchen über ihre blauen Schatten.«

»Wenn ich ihm einen Vorwurf zu machen hätte«, sagte Pierre Lyautey, »so den, daß er Rom mehr liebt als Paris.«

»Stendhal hat nie etwas Derartiges gesagt«, antwortete der General, die Brauen hochziehend.

»Jedenfalls liebte er Mailand mehr als Paris.«

»Das ist nichts weiter als die Verstimmung eines Liebenden«, sagte Major Marchetti, »Paris war für ihn eine Geliebte, die ihn wiederholt betrogen hatte.«

»Ich höre es nicht gern, meine Herren«, entgegnete der General, »wenn Sie so über Stendhal sprechen. Er ist einer meiner liebsten Freunde.«

»Wenn Stendhal noch französischer Konsul in Civitavecchia wäre«, sagte Major Marchetti, »so wäre er zweifellos in diesem Augenblick hier unter uns.«

»Stendhal würde einen prächtigen *goum*-Offizier abgegeben haben«, meinte General Guillaume; und sich mit einem Lächeln an Pierre Lyautey wendend, fügte er hinzu: »Er würde Ihnen alle die hübschen Frauen entführt haben, die heute abend in Rom auf Sie warten.«

»Die hübschen Frauen, die mich heute abend erwarten, sind die Enkelinnen derjenigen, die Stendhal erwartet hätten«, gab Pierre Lyautey zur Antwort, der viele Freundschaften unter der weiblichen Gesellschaft Roms hatte und damit rechnete, noch am selben Abend im Palazzo Colonna zu speisen.

Ich hörte mit Rührung diese französischen Stimmen, diese französischen Worte, die weich in der grünen Luft lagen, diesen raschen, leichten Tonfall, dieses feine, liebenswürdige Lachen, wie es die Franzosen haben. Ich empfand Scham und Verwirrung, als wäre es meine Schuld, daß die Kuppel der Peterskirche nicht der Eiffelturm war. Ich hätte mich gerne bei ihnen entschuldigt und versucht, sie zu überzeugen, daß es wirklich nicht meine Schuld war. Auch mir wäre es lieber gewesen, in diesem Augenblick − weil ich wußte, daß es sie glücklich gemacht hätte −, wenn diese Stadt dort hinten am Horizont nicht Rom, sondern Paris gewesen wäre. Und ich schwieg, während ich diesen französischen Stimmen lauschte, die sanft durch das Geäst der Bäume flatterten; ich tat, als bemerkte ich nicht, daß diese harten Kriegsmänner, diese kampferprobten Franzosen gerührt waren, als bemerkte ich nicht, daß ihre Augen feucht von Tränen waren und daß sie versuchten, ihre Rührung hinter diesem schnellen, lachenden Sprechen zu verbergen.

Wir standen lange schweigend und sahen die Kuppel von Sankt Peter dort hinten weich über die Ebene schweben.

»Sie haben Glück, mein Lieber!« meinte unvermittelt General Guillaume und schlug mir die Hand auf die Schulter; ich fühlte, daß er an Paris dachte.

»Es tut mir leid«, sagte Jack, »aber wir müssen Sie verlassen. Es ist bereits spät, und General Cork erwartet uns.«

»Die Fünfte Amerikanische Armee wird Rom auch ohne Sie erobern . . . auch ohne uns«, sagte General Guillaume mit einem Anflug schmerzlicher Ironie in der Stimme. Und den Ton wechselnd, fügte er mit einem trüben und zugleich spottenden Lächeln hinzu: »Sie werden mit uns zu Mittag essen, und dann werde ich Sie abfahren lassen. General Corks Kolonne wird sich, mit Erlaubnis des Heiligen Vaters, vor zwei oder drei Stunden nicht in Bewegung setzen. Auf, meine Herren, der *kuskus* wartet auf uns.«

In einer kleinen Lichtung waren im Schatten großer, vogelbevölkerter Steineichen einige Tische aufgestellt, welche die *goumiers* aus verlassenen Bauernhäusern geholt hatten. Wir setzten uns zu Tisch; General Guillaume wies mit dem Finger auf zwei schwarze Mönche, hager wie die Eidechsen, die unter den Marokkanern umherwandelten; er erzählte, wie auf das Gerücht hin, daß die *goumiers* kämen, alle Bauern der Umgegend flüchteten und das Kreuz schlugen, als spürten sie bereits Schwefelgeruch, und daß sofort eine ganze Schar von Mönchen aus den benachbarten Klöstern herbeigeeilt sei, um die *goumiers* zur Religion Christi zu bekehren. General Guillaume hatte durch einen Offizier die Mönche bitten lassen, seinen *goumiers* nicht auf die Nerven zu gehen, doch die Mönche hatten erwidert, sie hätten Auftrag, die Marokkaner zu taufen, denn der Papst wolle keine Türken in Rom. Der Heilige Vater hatte tatsächlich durch den Rundfunk eine Botschaft an das Alliierte Oberkommando gerichtet und den Wunsch geäußert, die Marokkaner-Division möge vor den Toren der Ewigen Stadt haltmachen.

»Der Papst hat unrecht«, setzte General Guillaume lachend

hinzu. »Wenn er sich von einem Heer von Protestanten befreien läßt, sehe ich keinen Grund, weshalb er nicht zulassen will, daß sich unter seinen Befreiern auch Muselmanen befinden.«

»Der Heilige Vater«, meinte Pierre Lyautey, »würde sich vielleicht weniger gestreng gegen die Muselmanen zeigen, wenn er wüßte, welche hohe Meinung die goumiers von seiner Macht haben.« Und er berichtete, daß die in die päpstliche Villa geflüchteten dreitausend Frauen einen ungeheuren Eindruck auf die Marokkaner gemacht hatten: »Dreitausend Gemahlinnen!« Zweifellos war der Papst der mächtigste Monarch der Welt.

»Ich war gezwungen«, erzählte General Guillaume, »die Parkmauer der päpstlichen Villa mit Wachtposten zu umstellen, um die *goumiers* davon abzuhalten, den Gemahlinnen des Papstes den Hof zu machen.«

»Jetzt verstehe ich«, sagte Jack, »weshalb der Papst keine Türken in Rom haben will.«

Wir lachten alle, und Pierre Lyautey sagte, daß in der Ewigen Stadt die Alliierten eine große Überraschung erwarte. Es hatte in der Tat den Anschein, daß Mussolini in Rom geblieben war, daß er für die Alliierten einen triumphalen Empfang vorbereitet habe und daß er seine Befreier auf dem Balkon des Palazzo Venezia erwarte, um sie mit einer seiner gewohnten prunkvollen Reden willkommen zu heißen.

»Es würde mich sehr wundern«, meinte General Guillaume, »wenn Mussolini sich eine solche Gelegenheit entgehen ließe.«

»Ich bin sicher, daß die Amerikaner ihm enthusiastisch Beifall klatschen werden«, sagte Pierre Lyautey.

»Sie haben ihm zwanzig Jahre lang applaudiert«, meinte ich, »und es besteht kein Grund, weshalb sie ihm nicht auch weiterhin applaudieren sollten.«

»Eines ist sicher«, sagte Major Marchetti, »wenn die Amerikaner es unterlassen hätten, ihm zwanzig Jahre lang Beifall zu spenden, so hätten sie sich nicht eines Tages gezwungen gesehen, in Italien zu landen.«

»Außer der Rede Mussolinis«, fügte Jack hinzu, »werden wir sicherlich auch den Segen des Heiligen Vaters von der Loggia der Peterskirche herab erteilt bekommen.«

»Der Papst ist ein höflicher Mann«, sagte ich, »und er wird euch bestimmt nicht ohne seinen heiligen Segen nach Amerika entlassen wollen.«

Während ein *goumier*, das Haupt mit einem Zipfel seines braunen Mantels bedeckt, wie ein antiker Priester bei der Opferhandlung sich unserm Tisch näherte und eine Platte brachte, auf der eine große Rosette von Schinkenscheiben blühend leuchtete, hörten wir einen dumpfen Knall unter den Bäumen und sahen mehrere *goumiers* durch den Wald hinter der Küche laufen.

»Wieder eine Mine!« rief General Guillaume, von Tisch aufstehend. »Bitte, meine Herren, mich zu entschuldigen; ich will eben nachsehen, was geschehen ist.« Und von einigen Offizieren gefolgt, entfernte er sich in der Richtung, wo die Explosion stattgefunden hatte.

»Das ist schon der dritte *goumier*, der hier seit heute morgen in die Luft fliegt«, sagte Major Marchetti.

Der Wald war mit deutschen Minen übersät, die bei den Amerikanern *booby traps* heißen; die Marokkaner, unter den Bäumen spazierend, traten unvorsichtig darauf und gingen hoch.

»Die *goumiers*«, sagte Pierre Lyautey, »sind unverbesserlich. Sie können sich nicht an die moderne Zivilisation gewöhnen. Auch *booby traps* sind ein Bestandteil der modernen Zivilisation.«

»In ganz Nordafrika«, entgegnete Jack, »haben sich die Eingeborenen sehr bald mit den amerikanischen Kulturerrungenschaften vertraut gemacht. Seit wir in Afrika gelandet sind, haben die Völkerschaften in Marokko, Algerien und Tunesien unleugbar große Fortschritte gemacht.«

»Was für Fortschritte?« fragte Pierre Lyautey verwundert.

»Vor der amerikanischen Landung«, sagte Jack, »pflegte der Araber zu reiten, und seine Frau folgte ihm zu Fuß, hinter dem Schwanz des Pferdes, mit dem Kind auf dem Rücken und ein großes Bündel auf dem Kopf balancierend. Seit die Amerikaner in Nordafrika gelandet sind, haben sich die Dinge grundlegend geändert. Der Araber sitzt zwar immer noch auf seinem Pferd, und seine Frau begleitet ihn immer noch zu Fuß wie früher, mit dem Kind auf dem Rücken und ihrem Bündel auf dem Kopf. Aber sie geht nicht mehr hinter dem Schwanz des Pferdes, sie geht jetzt vor dem Pferde her. Wegen der Minen.«

Lautes Gelächter folgte Jacks Worten, und als die im Wald verstreuten Marokkaner die Herren Offiziere lachen hörten, hoben sie den Kopf, zufrieden, daß ihre Offiziere guter Laune waren. In diesem Augenblick kam General Guillaume zurück; Schweißperlen standen ihm auf der Stirn, doch schien er eher zornig als bewegt zu sein.

»Halb so schlimm«, sagte er, seinen Platz am Tisch wieder einnehmend, »halb so schlimm; diesmal hat es wenigstens keinen Toten gegeben, nur einen Verwundeten. Aber was soll ich dagegen tun? Bin ich vielleicht schuld? Ich müßte sie an die Bäume binden, um zu verhindern, daß sie hingehen und die Minen mit der Fußspitze kitzeln. Ich kann doch diesen Unglücksraben nicht gut erschießen lassen, um ihm beizubringen, daß er nicht in die Luft zu fliegen hat.«

Diesmal war glücklicherweise der unvorsichtige *goumier* halbwegs glimpflich davon gekommen, die Mine hatte ihm nur eine Hand abgerissen, fein säuberlich abgetrennt.

»Man hat die Hand noch nicht wiederfinden können«, setzte General Guillaume hinzu, »wer weiß, wohin sie geflogen sein mag.«

Nach dem Schinken kamen Forellen aus dem Liris auf den Tisch, bläulich silberne Forellen mit zarten, grünen Reflexen. Dann war der *kuskus* an der Reihe, das berühmte arabische Gericht, der Ruhm Mauretaniens und des sarazenischen Siziliens, bestehend aus Hammelfleisch, das in einer Kruste aus feinstem Weizengrieß geschmort wird und leuchtet wie die goldenen Panzer der Heroinen Tassos.

Und der goldgelbe Wein der Castelli Romani, ein süffiger Frascati, edel und zart wie eine Horazische Ode, entflammte Antlitz und Rede der Tafelnden.

»Essen Sie den *kuskus* gerne?« fragte Pierre Lyautey, zu Jack gewendet.

»Ich finde ihn ausgezeichnet!« antwortete Jack.

»Malaparte«, sagte Pierre Lyautey mit ironischem Lächeln, »wird ihn sicher nicht gern mögen.«

»Und weshalb sollte er ihn nicht mögen?« fragte Jack sehr verwundert.

Ich schwieg lächelnd, ohne den Blick vom Teller zu erheben.

»Wenn man sein Buch ›Kaputt‹ liest«, antwortete Pierre Lyautey, »so möchte man meinen, Malaparte nähre sich nur von Nachtigallenherzen, auf Tellern aus altem Meißener oder Nymphenburger Porzellan serviert, an der Tafel von königlichen Hoheiten, Herzoginnen und Botschaftern.«

»Während der sieben Monate, die wir zusammen vor Cassino verbracht haben«, entgegnete Jack, »habe ich Malaparte nie mit königlichen Hoheiten oder Botschaftern Nachtigallenherzen essen sehen.«

»Malaparte hat ohne Zweifel eine sehr fruchtbare Phantasie«, sagte General Guillaume lachend, »und Sie werden sehen, daß in seinem nächsten Buch unser mehr oder minder frugales Frühstück zu einem fürstlichen Bankett werden wird, und ich selbst zu einer Art Sultan von Marokko.«

Alle lachten und sahen mich an. Ohne den Blick vom Teller zu erheben, schwieg ich weiter.

»Wollt ihr wissen«, sagte Pierre Lyautey, »was Malaparte in seinem nächsten Buch über unser Gabelfrühstück berichten wird?« Und er begann mit ungezwungener Heiterkeit den reichgedeckten Tisch, und zwar nicht in diesem Wald am Kesselrand des Albaner Sees, sondern in einem Saal der päpstlichen Villa in Castel Gandolfo, zu beschreiben. Er beschrieb mit scharfsinnigen Anachronismen das Porzellangeschirr Cesare Borgias, das Tafelsilber Sextus' des Fünften, Benvenuto Cellinis Werk, die goldenen Kelche Papst Julius' des Zweiten, die päpstlichen Kammerdiener, die uns bei Tisch bedienten, während ein Chor von Kastratenstimmen am Kopfende des Saales zu Ehren General Guillaumes und seiner tapferen Offiziere das »Super flumina Babyloniae« Palestrinas anstimmte. Nach Pierre Lyauteys Worten lachten alle liebenswürdig, nur ich lachte nicht; ohne vom Teller aufzublicken, schwieg ich lächelnd.

»Ich wüßte sehr gerne«, wandte sich Pierre Lyautey mit höflicher Ironie an mich, »was an alldem, was Sie in ›Kaputt‹ erzählen, Wahres ist.«

»Was hat das zu besagen«, warf Jack ein, »ob das, was Malaparte erzählt, wahr oder falsch ist. Die Frage, die man stellen muß, ist doch wohl eine andere: ob das, was er macht, Kunst ist oder nicht.«

»Ich möchte nicht unhöflich gegen Malaparte sein, der

mein Gast ist«, sagte General Guillaume, »aber ich meine, daß er in ›Kaputt‹ sich ein wenig über seine Leser lustig macht.«

»Auch ich möchte nicht unhöflich gegen Sie sein«, gab Jack lebhaft zurück, »aber ich denke, Sie haben unrecht.«

»Sie werden uns doch nicht glauben machen wollen«, sagte Pierre Lyautey, »daß Malaparte wirklich all das erlebt hat, was er in ›Kaputt‹ erzählt. Ist es denn möglich, daß er allein das alles erlebt? Ich erlebe nie etwas!«

»Sind Sie dessen ganz sicher?« fragte Jack, die Augen zusammenkneifend.

»Wollen Sie mir bitte verzeihen«, sagte ich schließlich, zu General Guillaume gewendet, »wenn ich gezwungen bin, Ihnen zu enthüllen, daß mir vorhin, hier an diesem Tisch, das wunderlichste Abenteuer meines Lebens begegnet ist. Sie haben das alle nicht bemerkt, denn ich bin ein wohlerzogener Gast, doch wenn Sie die Wahrheit dessen bezweifeln, was ich in meinen Büchern schildere, so erlauben Sie mir, daß ich Ihnen erzähle, was mir vorhin hier vor Ihnen zugestoßen ist.«

»Ich bin neugierig zu erfahren, was Ihnen so Erstaunliches begegnet sein mag«, antwortete lachend General Guillaume.

»Sie erinnern sich des köstlichen Schinkens, der unser Essen eingeleitet hat? Es war ein Schinken aus den Bergen bei Fondi. Sie haben in diesen Bergen gekämpft, die sich im Rücken von Gaeta erheben, zwischen Cassino und den Castelli Romani, und Sie werden daher wissen, daß in den Bergen von Fondi die besten Schweine ganz Latiums und des Ciociarenlandes gezüchtet werden. Es sind dieselben Schweine, von denen mit soviel Liebe der heilige Thomas von Aquin spricht, der ja aus den Bergen bei Fondi stammte. Es sind gesegnete Schweine, sie schnüffeln vor den Kirchen herum, in den kleinen Dörfern des Hochlandes der Ciociaria; ihr Fleisch hat einen leisen Anflug von Weihrauch, ihr Speck ist süß wie Jungfernwachs.«

»C'était en effet un sacré jambon«, bemerkte General Guillaume.

»Nach dem Schinken aus den Bergen von Fondi kamen die Liris-Forellen auf den Tisch. Ein schöner Fluß, der Liris. An seinen grünen Ufern haben viele Ihrer *goumiers* ins Gras beißen müssen, unter dem Feuer der deutschen Maschinengewehre. Erinnern Sie sich an die Forellen des Liris? Schlank, silbrig, mit einem leichten, grünen Reflex an den zarten Flossen aus dunklerem, älterem Silber. Sie ähneln, diese Forellen des Liris, den Forellen des Schwarzwalds: den Regenbogenforellen aus dem Neckar, dem Fluß der Dichter, dem Fluß Hölderlins, und denen des Titisees, und den Blaufelchen der Donau an ihren Quellen bei Donaueschingen. Dieser königliche Fluß entspringt im Park des Schlosses des Fürsten von Fürstenberg, in einem weißen Marmorbecken wie in einer Wiege, die mit klassizistischen Statuen geschmückt ist. An diese Marmorwiege, in der die schwarzen Schwäne sich schaukeln, die Schiller besang, kommen bei Sonnenuntergang Hirsche und Damwild zur Tränke. Doch die Liris-Forellen sind wohl noch heller, noch durchscheinender als die Forellen des Schwarzwalds. Und das silbrige Grün ihrer leichten Schuppen, ähnlich der alten Silbertönung der Leuchter in den Kirchen der Ciociaria, gibt dem blauen Silberglanz der Forellen aus Neckar und Donau, die das heimliche, blaue Leuchten weißen Nymphenburger Porzellans haben, nichts nach. Das Land, das der Liris bespült, ist ein altes und edles Land, eine der ältesten und edelsten Landschaften Italiens; und vorhin bewegte es mich sehr, als ich die Forellen des Liris sah, zur Form einer Krone zusammengebogen, den Schwanz im rosigen Maul, in der Art wie die Alten die Schlange darstellten, das Symbol der Ewigkeit, in Girlandenform, den Schwanz im Maule, auf den Säulen von Mykene und Paestum, von Selinunt und Delphi. Und erinnern Sie sich noch an den Geschmack der Liris-Forellen, zart und flüchtig wie die Stimme dieses edlen Flusses?«

»Elles étaient délicieuses!« sagte General Guillaume.

»Und schließlich wurde, auf einer mächtigen kupfernen Platte, der *kuskus* aufgetragen, mit seinem barbarischen und doch zarten Geschmack. Aber der Hammel, aus dem der *kuskus* bereitet wurde, war kein marokkanischer Hammel aus dem Atlasgebirge oder von den verdorrenden Weiden um Fez, Taroudant oder Marrakesch. Es ist ein Hammel aus den Bergen um Itri, oberhalb Fondis, wo Fra Diavolo herrschte. Auf den Bergen bei Itri, im Ciociarenlande, wächst ein Kraut ähnlich der wilden Minze, aber fetter, von einem Geschmack, der an Salbei erinnert und das die Bewohner dieser Berge mit einem griechischen Wort ›kallimeria‹ nennen; es ist ein Kraut, mit dem sich schwangere Frauen geburtsfördernde Getränke bereiten, ein der Venus heiliges Gewächs, nach dem die Hammel der Gegend von Itri sehr gierig sind. Es ist eben dies Kraut, die *kallimeria*, die den Itrier Hammeln diesen üppigen Schmer schwangerer Frauen gibt, diese weibliche Trägheit, die fette Stimme, den müden, schmachtenden Blick, wie ihn schwangere Frauen und Hermaphroditen haben. Man muß sehr genau auf seinen Teller schauen, wenn man *kuskus* ißt: das Elfenbein-Weiß des feinen Grießes, in dem der Hammel geschmort wurde, ist das nicht ebenso köstlich für die Augen wie der Geschmack für den Gaumen?«

»Ce kouskous, en effet, est excellent!« sagte der General.

»Ach, hätte ich doch die Augen geschlossen, als ich diesen *kuskus* aß! Denn vorhin spürte ich unter dem heißen, belebenden Geschmack des Hammelfleisches plötzlich einen süßlichen Geschmack und zwischen meinen Zähnen ein kühleres, weicheres Fleisch. Ich sah auf den Teller und schauderte zusammen. Zwischen dem Teig entdeckte ich erst einen Finger, dann zwei, dann fünf, schließlich eine ganze Hand mit bleichen Nägeln. Eine Menschenhand.«

»Taisez-vous!« rief General Guillaume mit erstickter Stimme.

»Es war die Hand eines Mannes. Sicherlich war es die Hand jenes unglücklichen *goumier,* die die Minenexplosion sauber abgetrennt und in den großen Kupferkessel geschleudert hatte, worin unser *kuskus* schmorte. Was sollte ich tun? Ich bin im Collegio Cicognini erzogen worden, das als das beste College Italiens gilt, und von Kindheit an hat man mich gelehrt, daß man niemals und aus keinem Grund die Freude anderer, einen Ball, eine Feier, ein gemeinsames Essen stören darf. Ich habe mir Zwang angetan, um nicht zu erbleichen, um nicht zu schreien, und ich habe mich in Ruhe darangemacht, die Hand zu verzehren. Das Fleisch war noch etwas roh, es hatte nicht Zeit zum Garwerden gehabt.«

»Seien Sie still, pour l'amour de Dieu!« rief General Guillaume mit heiserer Stimme, den Teller wegschiebend, den er vor sich hatte. Alle waren blaß und sahen mich mit großen Augen an.

»Ich bin ein wohlerzogener Gast«, sagte ich, »und es ist nicht meine Schuld, daß Sie – während ich in aller Stille an der Hand dieses armen *goumier* würgte, lächelnd, wie wenn nichts wäre, um ein so angenehmes Gabelfrühstück nicht zu stören – unterdessen die Unklugheit begingen, mich aufzuziehen. Man soll sich nie über einen Gast lustig machen, wenn er die Hand eines Menschen verzehrt.«

»Aber das ist nicht möglich! Ich kann nicht glauben, daß ...«, stotterte Pierre Lyautey, grün im Gesicht, die eine Hand gegen seine Magengrube gepreßt.

»Wenn Sie mir nicht glauben«, sagte ich, »schauen Sie hierher auf meinen Teller. Sehen Sie alle diese Knöchelchen? Das sind die Fingerglieder. Und diese hier, die am Rand des Tellers aufgereiht sind, das sind die fünf Nägel. Wollen Sie bitte entschuldigen, wenn ich trotz all meiner guten Erziehung nicht fähig war, auch die Nägel hinunterzuwürgen.«

»Mon Dieu!« rief General Guillaume und leerte in einem Zug ein Glas Wein.

»Ich denke, Sie werden nicht länger mehr in Zweifel ziehen«, sagte Jack lachend, »was Malaparte in seinen Büchern erzählt.«

In diesem Augenblick hörte man aus der Ebene herauf ein fernes Schießen, dann einen weiteren Schuß, und noch einen. Das Geschütz eines Sherman donnerte hell und kurz aus der Richtung Frattocchie.

»Ça y est!« rief General Guillaume, mit einem Ruck aufstehend.

Alle sprangen auf, und die Bänke umstoßend und über den Tisch setzend, liefen wir vor bis an den Waldrand, von wo das Auge die ganze römische Campagna von der Tibermündung bis zum Aniene überblickt.

Über der Via Appia, jenseits der Straßengabelung von Frattocchie, sahen wir eine blaue Wolke aufsteigen und hörten bis zu uns herüber das ferne Dröhnen von hundert, von tausend Motoren, und Jack und ich stießen einen Freudenschrei aus, als wir die endlose Kolonne der Fünften Amerikanischen Armee sich in Bewegung setzen und gegen Rom hin anrollen sahen.

»Au revoir, mon Général«, rief Jack und drückte General Guillaume die Hand.

Die französischen Offiziere neben uns blieben still.

»Au revoir«, erwiderte General Guillaume. Und er setzte

leise hinzu: »Nous ne pouvons pas vous suivre. Wir müssen hierbleiben.«

Tränen glänzten in seinen Augen. Ich drückte ihm schweigend die Hand. »Kommen Sie mich besuchen, wann Sie wollen«, sagte General Guillaume zu mir mit einem trüben Lächeln. »Sie werden immer einen Platz an meiner Tafel finden und meine Freundeshand.«

»Ihre Hand auch?«

»Allez au diable!« schrie General Guillaume.

Jack und ich liefen springend den Hang hinab, quer durch den Wald, nach dem Platze zu, wo wir unseren Jeep gelassen hatten.

»Ah! ah! gut gebrüllt, Malaparte! Un tour formidable!« rief Jack beim Laufen. »Sie werden lernen, das anzuzweifeln, was du in ›Kaputt‹ erzählst!«

»Hast du gesehen, was sie für Gesichter machten? Ich glaubte, sie würden sich alle übergeben!«

»Une sacrée farce, Malaparte! Ah, ah, ah!« rief Jack.

»Hast du gesehen, mit welcher Kunst und Sorgfalt ich die Hammelknöchelchen auf dem Teller zurechtgelegt hatte? Es sah richtig aus wie eine menschliche Hand!«

»Ah, ah, ah, merveilleux!« rief Jack weiterlaufend; »es war wirklich wie eine Hand, wie das Skelett einer Hand!«

So liefen wir lachend zwischen den Bäumen den Hang hinab. Wir erreichten unseren Jeep, sprangen in den Wagen, rasten in halsbrecherischer Fahrt die Straße nach Castel Gandolfo hinab, erreichten die Via Appia, fuhren in einem wahren Wirbel von Staub die Kolonne entlang, bis es uns glückte, unseren Jeep hinter den General Corks zu schieben, der hinter der Vorhut einiger Shermans die Kolonne der Fünften Armee zur Eroberung Roms anführte.

Vereinzelte Schüsse durchlöcherten hier und dort die staubige Luft. Ein Duft von Minze und Rosmarin kam uns mit dem Wind entgegen; wie ein Opfergeruch, wie der Geruch der tausend Kirchen Roms. Die Sonne war bereits im Sinken, der purpurne Himmel hing voller schwerer Wolken, die wie die Wolken auf barocken Gemälden drapiert waren, und das Dröhnen von vielen hundert Flugzeugen zerfetzte den Himmel zu mächtigen Strudeln, in die der Blutstrom der Abendsonne hinabschoß.

Vor uns her rollten langsam die Shermans im Klirren ihrer Eisenmassen, von Zeit zu Zeit einen Kanonenschuß abfeuernd. An einer Straßenbiegung zeigte sich unvermittelt tief hinten in der Ebene, zwischen den roten Bogen der Wasserleitungen, hinter den blutfarbenen Backsteingräbern, unter diesem barocken Himmel, das weißleuchtende Rom in einem Wirbel von Feuer und Qualm, wie wenn ein ungeheurer Brand es verschlänge.

Ein Schrei erhob sich, durchlief von einem Ende zum andern die Kolonne: »Rom! Rom!« Aus den Jeeps, aus den Panzern, aus den Trucks wandten sich Tausende und aber Tausende von Gesichtern, von weißen Staubmasken bedeckt, der fernen, in die Flammen der untergehenden Sonne getauchten Stadt zu; und ich spürte in meiner heiseren Stimme Haß, Groll und Furcht sich lösen, die ganze Trauer und das ganze Glück dieses so lange erwarteten und jetzt so schmerzlich gefürchteten Augenblicks. Jetzt, in diesem Augenblick, erschien mir Rom hart, grausam, verschlossen, wie eine feindliche Stadt. Und ein dunkles Gefühl von Angst und Scham beschlich mich, als beginge ich selbst jetzt eine frevelnde Tat.

Vor den rauchenden Trümmern des Flugplatzes Ciampino machte die Kolonne halt. Zwei umgestürzte deutsche »Tiger« versperrten die Straße. Ein paar verstreute Gewehrschüsse strichen pfeifend über unsere Köpfe. Die amerikanischen Soldaten, hoch auf ihren Panzern, auf ihren Lastwagen und Jeeps, lachten und schwatzten, fröhlich und sorglos, ihren Chewing-gum kauend.

»Diese Straße«, sagte ich zu Jack, »ist übersät mit Hindernissen. Weshalb schlägst du General Cork nicht vor, die neue Via Appia zu verlassen und die Via Appia Antica zu nehmen?«

In diesem Augenblick wandte General Cork sich um, und eine Landkarte schwenkend gab er Jack ein Zeichen mit dem Kopf. Jack sprang aus seinem Jeep, ging zum General hinüber und begann eindringlich mit ihm zu sprechen, wobei er mit dem Finger auf einen Punkt der Karte deutete.

»General Cork«, sagte Jack, zu mir zurückkehrend, »möchte wissen, ob es nicht eine kürzere und sicherere Straße gibt, um nach Rom zu gelangen.«

»Wenn ich General Cork wäre«, erwiderte ich, »würde ich

in diese Querstraße links einbiegen, die Via Appia Antica etwa eine Meile vor dem Grab der Horatier und Curiatier erreichen und an Capo di Bove vorbei über die Via dei Trionfi und die Via dell'Impero in Rom einrücken. Die Straße ist länger, aber schöner.«

Jack lief zu General Cork und kam nach einigen Augenblicken zurück.

»Der General«, sagte er, »fragt, ob du dich imstande fühlst, die Kolonne zu führen.«

»Weshalb nicht?«

»Kannst du garantieren, daß wir nicht in eine Falle gehen?«

»Ich kann gar nichts garantieren. Wir sind im Kriege, denke ich.«

Jack ging wieder, um mit General Cork zu sprechen, und nach einigen Augenblicken kam er und sagte, daß der General wissen wolle, ob die Via Appia Antiae »im allgemeinen« sicherer sei.

»Was soll ›im allgemeinen‹ bedeuten?« fragte ich Jack. »Will er sagen: für gewöhnlich? In Friedenszeiten ist es eine ganz sichere Straße. Jetzt weiß ich's nicht.«

»Im allgemeinen«, meinte Jack, »soll vielleicht heißen: im besonderen.«

»Ich weiß nicht, ob sie im besonderen sicherer ist, aber gewiß ist sie schöner. Es ist die vornehmste Straße der Welt, die Straße, die zu den Thermen des Caracalla, zum Colosseum, zum Kapitol führt.«

Jack lief, um das mit General Cork zu besprechen, kam bald darauf zurück und sagte mir, daß der General wissen wolle, welches die Straße sei, auf der die Cäsaren in Rom einzogen.

»Wenn sie aus dem Osten zurückkehrten, aus Griechenland, aus Ägypten, aus Afrika«, antwortete ich, »zogen die Cäsaren auf der alten Via Appia in Rom ein.«

Jack entfernte sich wieder und kam bald zurück, um mir zu sagen, daß General Cork aus Amerika komme und deshalb beschlossen habe, auf der Via Appia Antica in Rom einzuziehen.

»Ich hätte mich gewundert«, sagte ich, »wenn er eine andere Straße gewählt hätte.« Und ich setzte hinzu, daß über die Via Appia Antica Marius und Sulla gezogen seien, Caesar, Cicero, Pompejus, Antonius, Cleopatra, Augustus, Tiberius und alle anderen Kaiser, und daß folglich auch General Cork sie benützen könne.

Jack lief noch einmal zu General Cork, sprach leise mit ihm, und der General, sein lachendes Gesicht mir zuwendend, schrie: »Okay.«

»Los!« rief Jack, in den Wagen springend.

Wir überholten den Jeep General Corks, setzten uns an die Spitze der Kolonne, dicht hinter den Shermans, bogen auf die Seitenstraße ab, die von der neuen Via Appia gegenüber dem Flugplatz Ciampino zur Via Appia Antica hinüberführt, und erreichten in kurzer Zeit diese berühmte Straße, die vornehmste Straße der Welt, mit ihrem Pflaster aus großen Steinplatten, in denen noch heute die beiden von den Rädern römischer Karren ausgehöhlten Furchen sichtbar sind.

»What's that?« schrie General Cork zu mir herüber, auf die Grabmäler weisend, die im Schatten von Zypressen und Pinien die Via Appia säumen.

»Das sind die Grabstätten der vornehmsten Familien des alten Rom«, antwortete ich ihm.

»What?« schrie General Cork in dem schrecklichen Lärm, den die Panzer verursachten.

»The tombs of the noblest Roman families!« brüllte Jack.

»The noblest what?« schrie General Cork.

»The tombs of the four hundred of the Roman Mayflower!« rief Jack.

Das Gerücht flog von Wagen zu Wagen die ganze Kolonne entlang, und die amerikanischen Soldaten, auf ihren Panzern, in ihren Lastwagen und Jeeps stehend, schrien »gee!« und ließen ihre Kodaks schnappen.

In unserm Jeep, ebenfalls aufrecht stehend, streckte ich den Finger nach jedem der Gräber aus und rief, wie es der Zufall wollte: »Dies ist das Grab des Lucullus, the most famous drunkard of ancient Rome, dies ist das Grabmal Julius Cäsars, und dies ist das Grab Sullas, dieses das Grab Ciceros, dieses das Grabmal der Cleopatra . . .«

Der Name Cleopatra flog von Mund zu Mund, von Wagen zu Wagen, und General Cork rief mir zu: »A famous Signorina, wasn't she?«

Als wir das Grab des Schauspielers erreichten, bat ich Jack, einen Augenblick anzuhalten, und auf die marmornen Bühnenmasken weisend, die in die hohe Mauer aus roten Backsteinen eingelassen sind, welche sich wie eine Kulisse, eine Bühnenrückwand neben dem großen, runden Mausoleum erhebt, rief ich: »Dies ist das Grab des Cotta, des berühmtesten römischen Schauspielers!«

»Who's who?« rief General Cork.

»A most famous Roman actor!« rief Jack.

»I want an autograph!« schrie ein GI, und ganze Rudel amerikanischer Soldaten sprangen von den Fahrzeugen herab und stürzten sich auf die Mauer, die in wenigen Augenblicken mit Namenszügen bedeckt war.

»Go on, go on!« schrie General Cork.

Dabei blickte ich auf und sah auf den Stufen der unbehauenen Steintreppe, die zum Mausoleum hinaufführt, einen deutschen Soldaten sitzen. Er war fast noch ein Kind, blond, mit zerzausten Haaren, das Gesicht mit einer Staubmaske bedeckt, in der die hellen Augen sanft glänzten wie die erloschenen Augen eines Blinden. Er saß da, schlaff, wie abwesend, den Kopf zurückgebeugt, beide Hände auf die Steinstufe gestützt, wie losgelöst von allem, vom Krieg, von der Landschaft, von der Zeit. Er atmete tief und keuchend, wie ein eben ans Ufer gelangter Schiffbrüchiger. Niemand hatte ihn beachtet.

»Go on! go on!« schrie General Cork.

Die Kolonne setzte sich wieder in Marsch, und bald darauf, vor den beiden hohen grasbestandenen Grabhügeln gleich zwei von Zypressen und Pinien gekrönten Erdpyramiden, unter denen die Horatier und die Curiatier ruhen, bat ich Jack anzuhalten.

»Dies sind die Gräber der Horatier und Curiatier!« rief ich und erzählte mit lauter Stimme kurz die Geschichte der drei Horatier und der drei Curiatier, der Herausforderung, des Kampfes, der arglistigen Täuschung des letzten Horatiers, der Schwester, die der Sieger auf der Schwelle seines Hauses mit dem Schwert durchbohrte, um sie dafür zu bestrafen, daß sie einen der drei getöteten Curiatier geliebt hatte.

»What? What the hell with the sister?« rief General Cork.

»Where's the sister?« schrien einige Stimmen. Und alle GI's der Kolonne sprangen von ihren Wagen, erklommen die beiden hohen grasbewachsenen Pyramiden, denen die mächtigen

Schirme der Pinien und die schlanken Zypressen das romantische Aussehen eines Poussinschen oder Böcklinschen Bildes geben. Auch General Cork wollte den Gipfel eines der beiden Grabhügel ersteigen, und Jack und ich folgten ihm.

Von der Höhe des Grabhügels erschien Rom jetzt, da der Brand des Sonnenuntergangs erloschen war, düster und zugleich zärtlich vertraut in der grünen Durchsichtigkeit des Abends. Eine gewaltige, grüne Wolke lastete auf den Kuppeln, den Türmen, den von marmornen Statuen bevölkerten Dächern. Dies grüne Licht, das vom Himmel regnete, schien einer jener grünen Regengüsse zu sein, die bisweilen im Frühjahr über dem Meere niedergehen; es sah wirklich aus, als ob ein Regen frischen grünen Grases vom Himmel auf die Stadt herniederriesele, und die Häuser, die Dächer, die Kuppeln, die Marmorbilder erglänzten wie eine üppige Frühlingswiese.

Ein Schrei der Bewunderung entrang sich der Brust der auf den Grabhügeln sich drängenden Soldaten; und wie durch diesen Schrei aufgestört, erhob sich eine schwarze Wolke von Raben fern über der roten aurelianischen Mauer, die Rom zwischen der Porta Latina und dem Grabmal des Gaius Cestius abschließt. Auf den schwarzen Flügeln blitzten bald grüne, bald blutrote Lichtschimmer. Man übersah von dieser Höhe die Wiesen und Gärten der Via Appia und der Via Ardeatina, den Hain der Nymphe Egeria, die Schilfrohrfelder um die kleine Kirche der Ruhestätte der Barberini, die roten Bogen der Aquädukte und dort drüben, jenseits Capo di Bove, gegen die Porta San Sebastiano zu, den großen zinnengekrönten Turm des Grabmals der Caecilia Metella. Im Hintergrund der riesigen grünen Mulde, die, mit Pinien, Zypressen und Gräbern übersät, sich allmählich zu den Golfplätzen von Acquasanta hin senkt, erhoben sich unvermittelt die ersten Häuser Roms, diese hohen, weißen Mauern aus Zement, blitzend von Glas, vor denen der grüne und rote Atem der römischen Campagna erstarb wie in der Tiefe eines Schleiers.

In Gruppen rannten Menschen hier und dort über die Ebene, blieben alle Augenblicke unschlüssig stehen, blickten um sich, begannen wieder zögernd weiterzulaufen, wie von Hunden verfolgte Tiere; andere Gruppen von Menschen überholten sie bald auf dieser, bald auf jener Seite, kreisten sie ein, schnitten ihnen Flucht und Ausweg ab. Der Seewind trug das trockene Hämmern der Maschinengewehre bis zu uns herüber; unsere Lippen spürten leichten Salzgeschmack. Es waren die letzten Scharmützel zwischen den feindlichen Nachhuten und den Partisanenbanden; die aquarienhafte Durchsichtigkeit des Abends gab dieser Jagdszene einen pathetischen Ton, dessen Klang, dessen unbestimmte ferne Farbe ich in meinem Gedächtnis wiedererkannte. Es war ein milder, grüner Abend, ganz wie jener, an dem von der Höhe der Stadtmauer die Trojaner angstvoll die letzten Kämpfe des blutigen Tages verfolgten und Achilleus, »strahlenvoll wie der Stern«, dem Flusse entstieg und schon über die Niederung des Skamander auf Ilions Mauern zulief.

In diesem Augenblick sah ich den Mond hinter der waldigen Schulter der Berge Tivolis heraufsteigen, einen riesenhaften Mond, triefend von Blut, und ich sagte zu Jack: »Sieh dort hinüber: das ist nicht der Mond, das ist Achill.«

General Cork sah mich verwundert an: »Es ist der Mond«, sagte er.

»Nein, es ist Achill«, sagte Jack.

Und ich begann mit leiser Stimme auf griechisch die Verse der Ilias nachzusprechen, in denen Achilleus dem Skamander entsteigt, »wie das verderbliche Herbstgestirn, das Orion genannt wird«. Als ich schwieg, sprach Jack weiter, den Blick auf den Mond gerichtet, der über Latiums Bergen emporstieg, und Jack skandierte die homerischen Hexameter im singenden Tonfall seiner Virginia University.

»I must remember to you, gentlemen . . .«, sprach General Cork mit strenger Stimme; doch er brach ab, stieg langsam vom Grabhügel der Horatier hinab, setzte sich in seinen Wagen und gab mit zorniger Stimme den Befehl zur Weiterfahrt. »Go on! go on!« schrie er, und er schien nicht nur gereizt, sondern auch verstört zu sein.

Die Kolonne setzte sich wieder in Bewegung, aber bei Capo di Bove, wo das Grabmal des Athleten steht, mußten wir die Fahrt verlangsamen, um den GIs Zeit zu lassen, die Statue des Boxers mit Namenszügen zu bedecken. »Go on! go on!« schrie General Cork, aber im Ort Capo di Bove selbst, vor der berühmten Schenke »Qui non si muore mai«, drehte ich mich zu General Cork um und rief, auf das Wirtshausschild deutend: »Hier stirbt man nie!«

»What?« rief General Cork, der versuchte, mit der Stimme das Getöse der Raupenketten seiner Shermans und das fröhliche Lärmen der GIs zu übertönen.

»Here we never die«, rief Jack.

»What? we never dine?« brüllte General Cork.

»Never die!« wiederholte Jack.

»Why not?« schrie General Cork. »I will dine, I'm hungry! Go on, go on!«

Vor dem Grabmal der Caecilia Metella bat ich Jack, einen Augenblick anzuhalten, und mich zu General Cork zurückwendend, rief ich, daß dieses das Grab einer der vornehmsten Matronen des alten Rom sei, das Grab jener Caecilia Metella, die mit Sulla verschwägert war.

»Sulla? Who was this guy?« rief General Cork.

»Sulla, the Mussolini of the ancient Rome«, rief Jack. Und ich verlor mindestens zehn Minuten, um General Cork klarzumachen, daß Caecilia Metella »wasn't Mussolini's wife«, nicht Mussolinis Frau war.

Die Nachricht flog von Wagen zu Wagen, und in Massen stürmten die GIs das Grabmal der Caecilia Metella, the Mussolini's wife. Endlich setzten wir uns wieder in Marsch, fuhren hinab gegen San Sebastiano, wieder hinauf zum Eingang der Katakomben des heiligen Callistus, und als wir uns vor der kleinen Kirche »Domine quo vadis« befanden, rief ich General Cork zu, daß man hier anhalten müsse, selbst auf die Gefahr hin, Rom als letzte zu erobern, denn dies sei die Kirche »Quo vadis«.

»Quo what?« rief General Cork.

»The Quo vadis church!« schrie Jack.

»What? what means Quo vadis?« rief General Cork zurück.

»Where are you going?« antwortete ich.

»To Rome, of course!« schrie General Cork. »Wo denken Sie denn, daß ich hin will? Ich will nach Rom! I'm going to Rome!«

Im Jeep stehend, erzählte ich daraufhin mit lauter Stimme, daß eben hier an dieser Stelle der Straße, vor diesem Kirchlein, Sankt Peter Jesus begegnet sei. Die Nachricht lief die Kolonne entlang, und ein GI rief: »Which Jesus?«

»The Christ, of course!« brüllte General Cork mit donnernder Stimme.

Die ganze Kolonne wurde still, und die GIs drängten sich ehrfürchtig und schweigend vor der Tür der kleinen Kirche. Sie wollten hinein, aber die Tür war verschlossen. Manche versuchten, mit Gewalt die Türflügel einzudrücken, und stemmten sich mit den Schultern dagegen, andere bearbeiteten sie mit Fäusten und Fußtritten, und der Mechaniker eines Sherman wollte sie mit einer Eisenstange aus den Angeln heben. Da öffnete sich plötzlich das Fenster eines der schmutzigen Häuser gegenüber der kleinen Kirche, und eine Frau beugte sich heraus und schleuderte einen Stein gegen die GIs, spuckte nach ihnen und schrie:

»Svergognati! Tedeschi puzzoni! Ihr Schamlosen, ihr deutschen Stinkkerle! Figli de mignotta! Ihr Hurensöhne!«

»Sagen Sie dieser guten Frau, daß wir keine Deutschen sind – wir sind Amerikaner!« rief mir General Cork zu.

»Siamo americani!« schrie ich.

Auf diese Worte hin wurden plötzlich alle Fenster jener Häuser aufgerissen, hundert Köpfe streckten sich heraus, und ein jubelnder Chor schallte von allen Seiten: »Hoch die Amerikaner! Es lebe die Freiheit!« Eine tobende Menge von Frauen, Männern, Kindern, mit Knüppeln und Steinen bewaffnet, kam hinter Türen und Hecken hervor, warf ihre kümmerlichen Waffen fort und sprang auf die GIs los: »Die Amerikaner! Die Amerikaner!«

Während die GIs und die Volksmenge sich mit lautem Jubel umarmten und ein unbeschreibliches Getümmel verursachten, winkte mich General Cork, der bei diesem ganzen Durcheinander sich nicht aus seinem Jeep gerührt hatte, zu sich heran und fragte mich leise, ob es wahr sei, daß der heilige Petrus gerade hier an dieser Stelle Jesus Christus begegnet sei.

»Weshalb sollte das nicht wahr sein?« antwortete ich, »in Rom sind Wunder die natürlichste Sache der Welt.«

»Nuts!« entschied General Cork. Und nach kurzem Schweigen bat er mich, ihm in allen Einzelheiten zu berichten, wie sich das zugetragen habe. Ich erzählte ihm vom heiligen Petrus, von seiner Begegnung mit Jesus Christus, von der Frage des Petrus: »Quo vadis, domine?, wohin gehst du, Herr?«, und General Cork schien mir sehr angetan von dieser Erzählung, besonders von den Worten des heiligen Petrus.

»Sind Sie wirklich sicher«, fragte er mich, »daß Sankt Petrus den Herrn gefragt hat, wohin er gehe?«

»Was sollte er ihn sonst fragen? Was hätten Sie an Stelle des heiligen Petrus denn Jesus gefragt?«

»Natürlich«, antwortete General Cork, »ich hätte ihn auch gefragt, wohin er geht.« Und er schwieg. Dann, den Kopf schüttelnd, sagte er: »Das ist also Rom!« Und weiter sagte er nichts.

Bevor er der Kolonne Befehl zur Weiterfahrt gab, bat mich General Cork, der nicht einer gewissen vorsichtigen Klugheit entbehrte, irgend jemanden aus der kleinen, jubelnden Schar um uns herum zu fragen, wer sich in Rom befände.

Ich griff mir einen jungen Mann, der mir aufgeweckter als die anderen zu sein schien, und wiederholte ihm General Corks Frage.

»E chi ci ha da esse, a Roma? Wer soll denn in Rom sein?« gab der zurück, »ce so'li romani! Die Römer sind dort!«

Ich übersetzte die Antwort des jungen Mannes, und General Cork errötete leicht. »Of course«, rief er laut, »die Römer sind dort!«, und den Arm hebend, gab er den Befehl zur Weiterfahrt.

Die Kolonne schütterte, zog an, und bald darauf betraten wir Rom durch den Bogen der Porta San Sebastiano. Wir durchfuhren die enge Straße zwischen den hohen, roten, mit altem, grünem Moder bedeckten Mauern. Als wir am Grab der Scipionen vorüberkamen, wandte sich General Cork um und betrachtete lange die Ruhestätte des Besiegers Hannibals.

»That's Rome!« rief er mir zu und schien bewegt zu sein.

Dann kamen wir aus der engen Straße gegenüber den Thermen des Caracalla heraus, und die Riesenmasse dieser königlichen Trümmerstätte, die der Mond wunderbar zart betupfte, rief in der Kolonne ein begeistertes Pfeifkonzert hervor. Pinien, Zypressen, Lorbeer stellten leuchtende grüne, fast schwarze Schatten in diese Landschaft purpurroter Ruinen und hellen Grases.

Mit lautem Dröhnen der Raupenketten bogen wir vor dem Palatin ein, der sich unter den Trümmern des Caesarenpalastes duckt, und fuhren die Via dei Trionfi hinunter, als unvermittelt vor uns die Masse des Colosseums riesenhaft im stillen Mondlicht emporragte.

»What's that?« rief General Cork und versuchte das Pfeifkonzert, das von der Kolonne aufstieg, zu übertönen.

»Das Colosseum«, antwortete ich.

»What?«

»The Coliseum!« schrie Jack.

General Cork stand auf in seinem Jeep, betrachtete lange schweigend das gigantische Skelett des Colosseums, und zu mir gewandt, rief er mit einer Spur von Stolz in der Stimme: »Unsere Luftwaffe hat gut gearbeitet!« Dann, wie um sich zu entschuldigen, setzte er, die Arme ausbreitend, hinzu: »Don't worry, Malaparte; that's war! Das ist der Krieg!«

Jetzt bog die Kolonne in die Via dell'Impero ein; und während ich, zu General Cork gewandt, mit der ausgestreckten Hand auf das Forum und den kapitolinischen Hügel zeigte und brüllte: »Das ist das Kapitol!«, riß mir ein schrecklicher Stimmenlärm das Wort von den Lippen. Eine riesige Volksmenge lief uns heulend auf der Via dell'Impero entgegen. Es waren zum größten Teil Frauen, und es sah aus, als wollten sie unsere Kolonne im Sturmangriff nehmen. Sie kamen angerannt, mit aufgelösten Kleidern, zerzaustem Haar, irrem Blick, mit den Armen fuchtelnd, lachend, weinend, schreiend: im Nu waren wir umzingelt, erstürmt, überwältigt, und die Kolonne verschwand unter einem unentwirrbaren Geflecht von Beinen und Armen, unter einem Wald von schwarzen Haaren, unter einem zarten Gebirge schwellender Busen, üppiger Münder, weißer Schultern. – »Wie gewöhnlich«, sagte am Tage darauf in seiner Predigt der junge Pfarrer der Kirche Santa Caterina am Corso d'Italia, »wie gewöhnlich hatte die faschistische Propaganda gelogen, als sie verkündete, daß die amerikanische Armee, wenn sie in Rom einzöge, unsere Frauen stürmen werde: im Gegenteil, es waren unsere Frauen, die das amerikanische Heer angriffen und besiegten.« – Und das Rattern der Motoren und Panzerketten erstickte unter dem Geheul dieser vor Begeisterung wahnsinnig gewordenen Menge.

Aber als wir auf der Höhe von Tor di Nona waren, kam ein Mann der Kolonne entgegengelaufen, mit den Armen fuchtelnd und schreiend: »Viva l'America!«; dann glitt er aus, fiel und wurde von den Raupen eines Sherman erfaßt. Ein Schrei des Entsetzens erhob sich in der Menge. Ich sprang aus dem

Wagen, machte mir Platz und beugte mich über einen formlosen Leichnam.

Ein toter Mann ist ein toter Mann. Nichts als ein toter Mann. Er ist mehr, und vielleicht auch weniger, als ein toter Hund oder eine tote Katze. Es war mir schon mehrmals begegnet, auf den Straßen Serbiens, Bessarabiens, der Ukraine, einen toten Hund in den Schlamm der Straße gepreßt zu sehen, das Profil eines Hundes, mit rotem Stift auf die Schreibtafel der Straße gezeichnet. Einen Teppich aus Hundefell.

In Jampol am Dnjestr, in der Ukraine, war es mir im Juli 1941 begegnet, daß ich im Staub der Straße, genau in der Mitte des Dorfes, einen Teppich aus Menschenhaut liegen sah. Es war ein Mann, der von den Ketten eines Panzers zerquetscht worden war. Das Gesicht hatte quadratische Form bekommen, Brust und Bauch hatten sich ausgedehnt und quer gelegt in Gestalt eines Rhombus; die gespreizten Beine und die vom Rumpf etwas abstehenden Arme glichen den Hosenbeinen und Ärmeln eines frisch gebügelten Anzugs, der auf dem Bügelbrett ausgebreitet liegt. Es war ein toter Mensch, etwas mehr, oder weniger, als ein toter Hund oder eine tote Katze. Ich wüßte heute nicht zu sagen, was an diesem toten Mann mehr oder weniger daran war als an einem toten Hund oder an einer toten Katze ist. Doch damals, an jenem Abend, in dem Augenblick, als ich ihn in den Straßenstaub gepreßt sah, mitten im Dorfe Jampol, hätte ich vielleicht sagen können, was an ihm mehr oder weniger daran war als an einem toten Hund oder an einer toten Katze.

Gruppen von Juden in schwarzem Kaftan, mit Schaufeln und Hacken, sammelten hier und dort die von den Russen im Dorfe zurückgelassenen Toten ein. Auf der Schwelle eines zerfallenen Hauses sitzend, sah ich den Nebel leicht und durchsichtig aus dem sumpfigen Ufer des Dnjestr hochsteigen und fern am anderen Ufer, hinter der Flußbiegung, über den Häusern von Soroka, schwarze Rauchwolken sich langsam in die Luft schrauben. Wie ein rotes Rad rollte die Sonne in einem Wirbel von Staub dahin, dort hinten tief in der Ebene, wo die Umrisse von Lastwagen, Menschen, Pferden und Karren sich klar im staubverhangenen Leuchten des Sonnenuntergangs abhoben.

Inmitten der Straße, dort vor mir, lag der von den Panzer-raupen plattgedrückte Mensch. Einige Juden kamen und be-gannen das Profil dieses toten Mannes aus dem Staub heraus-zuschälen. Langsam, langsam lockerten sie mit den Schaufel-spitzen die Zipfel dieser Zeichnung, wie man die Ecken eines Teppichs anhebt. Es war ein Teppich aus Menschenhaut, und das Muster war ein feines Knochengerüst, ein Spinngewebe aus zerquetschten Knochen. Es sah aus wie ein gestärkter An-zug, wie eine gestärkte Menschenhaut. Das Bild war grausig und zugleich schwerelos, zart, entrückt. Die Juden redeten un-tereinander, und ihre Stimmen klangen fern, weich, gedämpft. Als der Teppich aus Menschenhaut ganz aus dem Straßen-staub gelöst war, gabelte ihn einer der Juden am Kopfende auf die Spitze seiner Schaufel und zog mit dieser Fahne ab.

Der Fahnenträger war ein junger Jude mit langem, auf die Schultern wallendem Haar, mit bleichem, magerem Gesicht, in dem die Augen in schmerzender Starre glänzten. Er ging mit hochgerecktem Kopf, und wie eine Fahne trug er auf der Spitze seiner Schaufel diese Menschenhaut, die genau wie eine Fahne im Winde schaukelte und schwankte.

Ich sagte zu Lino Pellegrini, der neben mir saß: »Das ist die Fahne Europas dort, das ist unsere Fahne.«

»Meine Fahne ist das nicht«, antwortete Pellegrini, »ein to-ter Mann ist nicht die Fahne eines lebenden Mannes.«

»Was steht auf dieser Fahne geschrieben?« fragte ich ihn.

»Es steht darauf geschrieben, daß ein toter Mann ein toter Mann ist.«

»Nein«, sagte ich, »lies richtig: es steht geschrieben, daß ein toter Mann keineswegs ein toter Mann ist.«

»Nein«, erwiderte Pellegrini, »ein toter Mann ist nichts wei-ter als ein toter Mann. Was willst du denn, daß ein toter Mann sein soll?«

»Ah, du weißt nicht, was ein toter Mann ist! Wenn du wüß-test, was ein toter Mann ist, würdest du nicht mehr schlafen.«

»Jetzt sehe ich«, sagte Pellegrini, »was auf dieser Fahne ge-schrieben steht. Es steht geschrieben: Die Toten müssen die Toten begraben.«

»Nein, es steht geschrieben, daß dies die Fahne unseres Va-terlandes ist, unseres wahren Vaterlandes. Eine Fahne aus Menschenhaut. Unser wahres Vaterland ist unsere Haut.«

Hinter dem Fahnenträger kam, die Schaufeln über der Schulter, der Zug der Totengräber, eng in ihre Kaftane gehüllt. Und der Wind ließ die Fahne wehen, bewegte die mit Staub und Blut verklebten Haare, die aus der breiten quadratischen Stirn hervorstachen wie der starre Haarkranz eines Heiligen auf einer Ikone.

»Wir wollen zusehen, wie man unsere Fahne begräbt«, sagte ich zu Pellegrini.

Sie gingen, um sie in der am Eingang des Dorfes nach dem Dnjestr hin ausgehobenen Sammelgrube zu begraben. Sie gingen, um sie auf den Abfallhaufen in diesem Massengrab zu werfen, das schon angefüllt war mit halbverkohlten Leichen, mit blut- und schlammverkrusteten Pferdekadavern.

»Das ist nicht meine Fahne«, sagte Pellegrini, »auf meiner Fahne steht geschrieben: Gott, Freiheit, Gerechtigkeit.«

Ich lachte und wandte den Blick hinüber aufs andere Ufer des Dnjestr. Ich betrachtete das andere Ufer des Flusses und dachte an Tarass Bulba. Gogol war Ukrainer: hier war er gewesen, in Jampol, er hatte in diesem Haus dort drüben geschlafen, am Ausgang des Ortes. Eben dort, von diesem steil abfallenden Ufer, hatten sich Tarass Bulbas treue Kosaken zu Pferd in den Dnjestr gestürzt. An den Hinrichtungspfahl gefesselt, spornte Tarass Bulba seine Kosaken an zu fliehen, sich in den Fluß zu werfen, sich in Sicherheit zu bringen. Eben dort, vor Jampol, ein wenig oberhalb von Soroka, sah Tarass Bulba seine treuen Kosaken fliehen, auf ihren dürren, zottigen Pferden, von den Polen verfolgt, und er sah, wie sie sich kopfüber hinabstürzten vom hohen Kamm des Dnjestr und wie die Polen ihnen nach in den Fluß sprangen und am Strande zerschellten, eben dort, vor mir. Über dem steilen Ufer erschienen und verschwanden in den Akazienwäldern die Pferde einer italienischen Feldbatterie, und dort drüben unter den wellblechbelegten Dächern der Kolchose von Jampol lagen Hunderte von Pferdekadavern, halbverkohlt, noch dampfend.

Der Fahnenträger, seine Fahne schwenkend, kam mit hochgerecktem Kopf daher, mit starren, auf ein fernes Ziel gerichteten Augen: mit demselben starren und leuchtenden Blick wie die Dulle Griet. Er ging genau wie die Dulle Griet, wie die tolle Grete des Pieter Brueghel, die, ihren Korb an den Arm gehängt, starr vor sich hin blickend, vom Markte kommt und den teuflischen Wirrwarr, der sie umgibt, nicht zu sehen und den Höllenlärm nicht zu hören scheint, heftig und starrköpfig, von ihrem Irrwahn geleitet wie von einem unsichtbaren Erzengel. Er ging aufrecht, eng in seinen schwarzen Kaftan gehüllt, und schien den Strom der Fahrzeuge, Menschen, Pferde, Karren und Artilleriegeräte, der brausend durch das Dorf toste, nicht zu bemerken.

»Gehen wir«, sagte ich, »laß uns zusehen, wie man die Fahne unseres Vaterlandes begräbt.«

Und wir reihten uns in den Zug der Totengräber, wir gingen hinter der Fahne her. Es war eine Fahne aus Menschenhaut, die Fahne unseres Vaterlandes, es war unser Vaterland selbst. Und so gingen wir, um zu sehen, wie man die Fahne unseres Vaterlandes, die Fahne des Vaterlandes aller Völker, aller Menschen, auf den Abfallhaufen eines Massengrabes warf.

Die Menge schrie, sie schien irr vor Entsetzen. Neben dem Teppich aus Menschenhaut kniend, der mitten auf die Via dell'Impero hingebreitet lag, heulte gellend eine Frau, raufte sich die Haare, reckte flehend die Arme und wußte nicht, was sie tun, wie sie den Toten umarmen sollte. Die Männer ballten die Faust gegen die Shermans und schrien: »Mörder!«, brutal zurückgestoßen von einigen M. P.-Soldaten, die, den Gummiknüppel schwingend, die Spitze der Kolonne von dieser entfesselten Menschenmenge frei zu machen suchten.

Ich trat zu General Cork heran und sagte zu ihm: »Er ist tot.«

»Of course, he's dead!« rief General Cork. Und mit gereizter Stimme setzte er hinzu: »Sie würden besser daran tun, wenn Sie zu erfahren suchten, wo die Witwe des Unglücklichen wohnt.«

Ich bahnte mir einen Weg durch die Menge, näherte mich der Frau, half ihr, sich aufzurichten, und fragte sie, wie der Tote heiße und wo er wohne. Sie hörte auf zu jammern, und ihr Schluchzen unterdrückend, starrte sie mich mit verängstigter Miene an, als ob sie nicht begriffe, was ich zu ihr sprach. Eine andere Frau drängte sich vor, sagte mir den Namen des Toten und den seiner Straße und die Hausnummer und setzte mit bösem Blick hinzu, daß die weinende Frau gar nicht die Ehefrau des Toten sei, nicht einmal eine Verwandte, sondern eine Nachbarin. Als die Ärmste diese Worte hörte, fing sie noch lauter an zu jammern und zu heulen und raufte sich die Haare mit einer rasenden Wut, die sehr viel tiefer und echter war als ihr Schmerz; bis General Corks donnernde Stimme den Tumult bändigte und die Kolonne sich wieder in Bewegung setzen konnte. Ein GI beugte sich im Vorbeifahren aus dem Jeep und warf eine Blume auf den formlosen Leichnam, ein anderer ahmte diese mitleidvolle Geste nach, und in kurzem bedeckte ein Blumenhügel die armseligen Überreste.

Auf der Piazza Venezia empfing uns eine ungeheure Menschenmenge mit lautem Geschrei, das sich steigernd in frenetischen Beifall überging, als ein GI des Signal Corps auf den berühmten Balkon hinaufgeklettert war und sich anschickte, der Menge in italienisch-amerikanischem Dialekt eine Rede zu halten: »Ihr habt wohl geglaubt, daß Mussolini herauskäme und zu euch spräche, wie, *you bastards?* Aber heute spreche ich, John Esposito, Soldat und freier Bürger der Vereinigten Staaten, und ich sage euch, daß ihr nie Amerikaner sein werdet, nie!« Die Menge brüllte »Nie! Nie!« und lachte und klatschte in die Hände. Das Dröhnen der Panzerketten deckte das endlose Schreien des Volkes zu.

Endlich bogen wir in den Corso ein, fuhren die Via del Tritone hinauf und machten vor dem Hotel Excelsior halt. Kurze Zeit später ließ General Cork mich rufen. Er saß in einem Sessel in der Mitte der Hotelhalle, den Stahlhelm auf den Knien, das Gesicht mit Staub und Schweiß bedeckt. In einem Sessel neben ihm saß Colonel Brown, der Kaplan des Hauptquartiers.

General Cork bat mich, den Kaplan zu begleiten, um der Familie des Verunglückten einen Beileidsbesuch zu machen und der Witwe und den Waisen eine von den GIs der Fünften Armee gesammelte Summe zu überbringen.

»Sagen Sie der armen Witwe und den kleinen Waisenkindern«, setzte er hinzu, »daß ... ich will sagen, daß ... ich auch eine Frau und zwei Kinder habe, in Amerika, und ... Nein! meine Frau und meine Kinder gehören nicht daher.«

Dann schwieg er und lächelte mir zu. Ich bemerkte, daß er sehr verstört war.

Während ich den Kaplan in seinem Jeep nach Tor di Nona begleitete, beobachtete ich traurig meine Umgebung. Die Straßen waren voll von betrunkenen amerikanischen Soldaten und einer tobenden Menschenmenge. Bäche von Urin flossen die Gehsteige entlang. Amerikanische und englische Fahnen hingen aus den Fenstern. Es waren Fahnen aus Tuch, nicht aus Menschenhaut. Wir erreichten Tor di Nona, bogen in eine Seitengasse ein, und kurz vor der Torre del Grillo machten wir vor einem armselig anzuschauenden Hause halt. Wir stiegen die Treppe hinauf, stießen eine angelehnte Tür auf und standen in einem Zimmer.

Der Raum war voller Menschen, die leise miteinander sprachen. Auf dem Bett sah ich das gräßliche Etwas. Eine Frau mit rotgeweinten Augen saß neben dem Kopfkissen. Ich wandte mich an sie und sagte, daß wir gekommen seien, um der Familie des Toten die Anteilnahme General Corks und der ganzen Fünften Amerikanischen Armee auszusprechen. Ich fügte hinzu, daß General Cork der Witwe und den Waisenkindern eine ansehnliche Summe zur Verfügung gestellt habe.

Die Frau antwortete, daß der Unglückliche weder Frau noch Kinder habe; er war ein Ausgebombter aus den Abruzzen, der sich nach Rom geflüchtet hatte, nachdem sein Dorf und sein Haus von amerikanischen Bombern zerstört worden waren; sie verbesserte sich sogleich: »Entschuldigen Sie, ich wollte sagen, von deutschen Bombern.« Der Verunglückte hieß Giuseppe Leonardi, er stammte aus einem kleinen Ort in der Nähe von Alfedena. Seine ganze Familie war bei dem Angriff umgekommen, er allein war übriggeblieben. »Und so«, sagte die Frau, »betätigte er sich ein bißchen auf dem schwarzen Markt. Aber nur ganz, ganz wenig.« Colonel Brown hielt der Frau einen großen Umschlag hin, den sie zögernd mit zwei Fingern ergriff und auf den Nachttisch legte. »Das wird für das Begräbnis verwendet«, sagte sie.

Nach dieser kurzen Zeremonie begannen alle laut miteinander zu reden, und die Frau fragte mich, ob Colonel Brown der General Cork sei. Ich antwortete, daß er der Kaplan sei, der Priester.

»Ein amerikanischer Priester!« rief die Frau; sie stand auf und bot ihm ihren Stuhl an, auf dem Colonel Brown mit rotem Gesicht verlegen Platz nahm; aber sogleich sprang er wieder auf, als habe ihn eine Nadel gestochen.

Alle blickten achtungsvoll auf den »amerikanischen Priester« und verbeugten sich immer wieder, ihm mit Sympathie zulächelnd.

»Und jetzt«, flüsterte Colonel Brown mir zu, »was muß ich jetzt tun?«

Und er fuhr fort: »I think ... yes ... I mean ... was würde an meiner Stelle ein katholischer Priester tun?«

»Tun Sie, was Sie wollen«, antwortete ich, »aber lassen Sie vor allen Dingen nicht merken, daß Sie ein protestantischer Pastor sind!«

»Thank you«, sagte der Kaplan, blaß werdend; er trat ans Bett heran, faltete die Hände und blieb so, im Gebet versunken.

Als Colonel Brown sich umwandte und vom Bett entfernte, fragte mich die Frau errötend, wie man es machen solle, den Toten herzurichten. Ich begriff nicht sogleich. Die Frau zeigte auf den Toten. Es war wirklich ein schrecklicher, erbarmungswürdiger Anblick. Er sah aus wie eines jener Papiermuster, wie sie Schneider verwenden, oder wie eine Pappfigur für den Schießstand. Was mich am meisten verwirrte, waren die Schuhe: plattgedrückt und hier und dort von etwas Weißem durchbohrt, vielleicht waren es kleine Knochen. Die beiden Hände, die über der Brust – oh, über der Brust! – zusammengelegt waren, sahen aus wie baumwollene Handschuhe.

»Was sollen wir tun?« fragte die Frau. »Wir können ihn doch nicht in diesem Zustand begraben.«

Ich antwortete, daß man vielleicht versuchen könne, ihn mit heißem Wasser zu besprengen; das Wasser würde ihn vielleicht aufschwemmen, ihm einen menschlicheren Anblick geben.

»Sie möchten ihn einweichen«, sagte die Frau, »wie man es mit Stockfisch macht ...«, und sie unterbrach sich errötend, wie wenn ein plötzliches Schamempfinden ihr das Wort im Munde abgeschnitten hätte.

»Genau so: einweichen«, sagte ich, rot werdend.

Jemand brachte ein kleines Becken voll Wasser und entschuldigte sich, daß es kalt sei; es gab seit vielen Tagen kein Gas mehr, und weder etwas Kohle noch Holz, um ein Feuer zu machen.

»Pazienza; wir werden es mit kaltem Wasser versuchen«, sagte die Frau, und von einer Nachbarin unterstützt, begann sie Wasser auf den Toten zu sprengen, der, mit Feuchtigkeit durchtränkt, etwas aufschwoll, doch nur wenig, nicht stärker als ein dicker Filz.

Fern her, von der Via dell'Impero, von der Piazza Venezia, vom Trajansforum, von der Suburra schallten die stolzen Klänge der Trompeten und das Triumphgeschrei der Sieger. Ich betrachtete das gräßliche Etwas, das hier auf dem Bette ausgebreitet lag, und lachte innerlich, wenn ich dachte, daß wir alle an diesem Abend uns als Brutus, als Cassius, als Aristogeiton fühlten und daß wir doch alle, Sieger und Besiegte, diesem schrecklichen Etwas glichen, das hier auf dem Bett ausgebreitet lag: einer in Menschengestalt zugeschnittenen Haut, einer armen Menschenhaut. Ich wandte mich zum offenen Fenster, und als ich hoch über den Dächern den Turm des Kapitols erblickte, lachte ich innerlich bei dem Gedanken, daß jene Fahne aus Menschenhaut unsere Fahne war, die wahre Fahne von uns allen, Siegern wie Besiegten, die einzige Fahne, die würdig war, an diesem Abend auf dem Turm des Kapitols zu wehen. Ich lachte innerlich, als ich an diese Fahne aus Menschenhaut dachte, die auf dem Turme des Kapitols wehte.

Ich machte Colonel Brown ein Zeichen, und wir gingen zur Tür. Auf der Schwelle wandten wir uns um und verneigten uns tief.

Als wir am Fuß der Treppe waren, in dem dunklen Gang, blieb Colonel Brown stehen: »Vielleicht, wenn sie ihn mit heißem Wasser eingeweicht hätten«, sagte er mit leiser Stimme, »wäre er noch stärker aufgeschwollen.«

11 Der Prozeß

Die jungen Leute, die auf den Stufen von Santa Maria Novella saßen, die kleine Schar Neugieriger, die um den Obelis-
ken herumstanden, der Partisanen-Offizier, der rittlings auf
einem Schemel am Aufgang der Kirchentreppe saß, die Ellbogen auf einen eisernen Tisch gestützt, den man aus einem der
Cafés der Piazza geholt hatte, die Gruppe jugendlicher Partisanen der kommunistischen Division »Potente«, die mit ihren
Maschinenpistolen auf dem Kirchenvorplatz in Reih und
Glied vor den neben- und übereinander liegenden Leichen
standen, sahen aus, als seien sie von Masaccio auf den Verputz der diesigen grauen Luft gemalt worden. Beleuchtet von
einem Licht, das wie schmutzige Kreide vom wolkigen Himmel fiel, schwiegen sie alle, regungslos, alle den Blick auf die
gleiche Stelle gerichtet. Ein schmaler Streifen Blut rann die
Marmorstufen herab.

Die auf den Stufen vor der Kirche sitzenden Faschisten waren Jugendliche im Alter von fünfzehn oder sechzehn Jahren,
mit unordentlich aus der hohen Stirn gestrichenen Haaren,
mit lebhaften schwarzen Augen im langen, bleichen Gesicht.
Der jüngste, mit einer schwarzen Bluse und einem Paar kurzen
Hosen bekleidet, die seine mageren Beine nackt ließen, war
fast noch ein Kind. Auch ein Mädchen war unter ihnen: sehr
jung, mit schwarzen Augen, das Haar aufgelöst auf die Schultern herabhängend, von jenem dunklen Blond, das man in der
Toscana bei Frauen aus dem Volke häufig findet, so saß sie
mit zurückgebeugtem Kopf und betrachtete die sommerlichen
Wolken über den regenblinkenden Dächern von Florenz, den
schweren, hier und dort gespaltenen kreidigen Himmel, der
dem Himmel auf den Fresken Masaccios in Santa Maria del
Carmine glich.

Als wir das Schießen hörten, befanden wir uns halbwegs auf
der Via della Scala, bei den Orti Oricellari. Als wir den Platz
erreicht hatten, machten wir unterhalb des Treppenvorplatzes

von Santa Maria Novella halt, hinter dem Partisanen-Offizier, der vor seinem eisernen Tischchen saß.

Beim Quietschen der Bremsen unserer beiden Jeeps rührte sich der Offizier nicht, noch drehte er sich um. Doch einen Augenblick später zeigte er mit dem Finger auf einen der Halbwüchsigen und sagte: »Du bist an der Reihe. Wie heißt du?«

»Heute bin ich an der Reihe«, sagte der Junge aufstehend, »aber eines schönen Tages werden Sie an der Reihe sein.«

»Wie heißt du?«

»Ich heiße, wie es mir Spaß macht«, antwortete der Junge.

»Weshalb gibst du ihm denn noch eine Antwort, diesem Hundemaul?« sagte einer der daneben sitzenden Kameraden zu ihm.

»Ich antworte, um ihm zu zeigen, was gute Erziehung ist, diesem wichtigen Mann«, erwiderte der Junge und wischte sich mit dem Handrücken die schweißgebadete Stirn. Er war bleich, seine Lippen zitterten. Aber er lachte herausfordernd und sah den Partisanen-Offizier fest an. Der Offizier senkte den Kopf und begann mit seinem Bleistift zu spielen.

Dann fingen die Jungens an, lachend miteinander zu reden. Sie sprachen in der charakteristischen Redeweise der Leute aus den Straßen und Gassen um San Frediano, um Santa Croce, um die Via Palazzolo.

»Und diese Faulenzer dort, was haben die zu gaffen? Oder haben die noch nie gesehen, wie ein Christenmensch umgelegt wird?«

»Die wollen halt auch mal ihr Vergnügen haben, diese Mamelucken.«

»Ich möchte sie gern an unserer Stelle sehen, wie sie sich anstellen würden, die Krautköpfe!«

»Ich wette, daß sie auf den Knien lägen!«

»Du würdest sie quietschen hören wie die Ferkel, die Ärmsten!«

Die Jungens lachten, totenbleich, und beobachteten die Hände des Partisanen-Offiziers.

»Schau, wie schmuck er ist mit seinem roten Schneuztuch um den Hals!«

»Was es wohl für einer sein mag?«

»Wer soll er denn schon sein? Garibaldi in Person!«

»Was mir nicht recht paßt«, sagte der Junge, der auf der

Stufe stand, »ist, ausgerechnet von diesen Maulwürfen umgelegt zu werden!«

»Laß dir nur nicht gar zuviel Zeit, du Rotzbube!« schrie einer aus der Zuschauermenge.

»Wenn's Ihnen zu langsam geht, dann kommen Sie doch herauf an meinen Platz hier«, gab der Junge zurück und stieß die Hände in die Taschen.

Der Partisanen-Offizier hob den Kopf und sagte: »Mach schnell, ich kann mit dir nicht soviel Zeit verlieren. Du bist dran!«

»Wenn ich Ihre kostbare Zeit sparen kann«, sagte der Junge mit höhnischer Stimme, »dann bin ich sofort zur Stelle.« Er stieg über seine Kameraden hinweg und stellte sich vor den Partisanen mit den Maschinenpistolen auf, neben dem Leichenhaufen, mitten in der Blutpfütze, die auf dem Marmorboden des Kirchenvorplatzes immer breiter wurde.

»Paß auf, daß du dir die Schuhe nicht schmutzig machst!« rief einer seiner Kameraden, und alle lachten.

Jack und ich sprangen aus dem Jeep.

»Stop!« brüllte Jack.

Doch im gleichen Augenblick schrie der Junge: »Viva Mussolini!« und fiel, von den Geschossen durchlöchert.

»Good gosh!« rief Jack, totenbleich.

Der Partisanen-Offizier hob das Gesicht und sah Jack von unten herauf an.

»Kanadischer Offizier?« fragte er.

»Nein, amerikanischer Oberst«, antwortete Jack, und auf die Jungen deutend, die auf den Kirchenstufen saßen, setzte er hinzu: »Schönes Handwerk, was, Kinder umzubringen!«

Der Partisanen-Offizier drehte sich langsam um, warf einen schiefen Blick auf die beiden Jeeps voll kanadischer Soldaten mit schußbereitem Maschinengewehr, dann heftete er die Augen auf mich, betrachtete meine Uniform, und während er seinen Bleistift auf den Tisch legte, sagte er mit versöhnlichem Lächeln:

»Weshalb antwortest du ihm nicht, deinem Amerikaner?«

Ich schaute ihm ins Gesicht und erkannte ihn wieder. Er war einer der Adjutanten Potentes, des jungen Kommandanten der Partisanen-Division, die die kanadischen Truppen bei der Belagerung und beim Angriff auf Florenz flankierend unterstützt hatte, und der vor einigen Tagen auf dem anderen Arno-Ufer neben Jack und mir gefallen war.

»Das Alliierte Oberkommando hat summarische Hinrichtungen verboten«, sagte ich. »Laß diese Jungens in Ruhe, wenn du keine Unannehmlichkeiten haben willst.«

»Du bist einer der Unseren und sprichst so?« fragte der Partisanen-Offizier.

»Ich bin einer der Euren, aber ich muß dafür sorgen, daß der Befehl des Alliierten Oberkommandos beachtet wird.«

»Ich hab dich schon anderswo gesehen«, sagte der Partisan, »warst du nicht mit dabei, als Potente starb?«

»Ja«, antwortete ich, »ich stand neben ihm. Und weiter?«

»Willst du die Kadaver? Ich wußte nicht, daß du jetzt Totengräber bist.«

»Ich will die Lebenden. Diese Jungens dort.«

»Nimm lieber die, die schon tot sind«, antwortete der Partisanen-Offizier, »ich geb sie dir billig. Hast du eine Zigarette?«

»Ich will die Lebenden«, sagte ich, während ich ihm das Zigaretten-Päckchen hinhielt, »diese Jungen werden von einem Kriegsgericht abgeurteilt werden.«

»Von einem Kriegsgericht?« fragte der Partisan. Er zündete sich eine Zigarette an. »Was für ein Luxus!«

»Du hast kein Recht, sie zu richten.«

»Ich richte sie gar nicht«, sagte der Partisan, »ich töte sie.«

»Weshalb tötest du sie? Mit welchem Recht?«

»Mit welchem Recht?«

»Warum wollen Sie diese Jungens umbringen?« fragte Jack.

»Ich bringe sie um, weil sie ›Hoch Mussolini‹ schreien.«

»Sie schreien ›Hoch Mussolini‹, weil du sie umbringst«, sagte ich.

»Aber was wollen denn die beiden dort?« rief eine Stimme.

»Wir wollen wissen, weshalb er sie umbringt«, sagte ich, zu den Zuschauern gewendet.

»Er bringt sie um, weil sie von den Dächern geschossen haben«, rief eine andere Stimme aus der Menge.

»Von den Dächern?« sagte lachend das Mädchen. »Vielleicht hat man uns mit Katzen verwechselt?«

»Lassen Sie sich nur nicht weich machen«, rief ein junger Mann, aus der Menge hervortretend, »ich kann es Ihnen sagen, sie waren auf den Dächern und haben geschossen!«

»Haben Sie es gesehen?«

»Ich nicht«, gab der junge Mann zur Antwort.

»Und warum sagen Sie dann, sie hätten von den Dächern geschossen?«

»Es müssen doch welche auf den Dächern gewesen sein, die geschossen haben«, sagte der junge Mann, »und es gibt noch mehr von der Sorte. Hören Sie nicht?«

Weiter zurück in der Via della Scala hörte man das trokkene Peitschen vereinzelter Gewehrschüsse und dazwischen das Rattern von Maschinenpistolen.

»Genausogut können Sie selbst von den Dächern geschossen haben«, behauptete ich.

»Passen Sie auf, was Sie reden«, sagte der andere in drohendem Ton und tat ein paar Schritte vorwärts.

Jack nahm mich am Arm und flüsterte mir ins Ohr: »Take it easy«, dann drehte er sich um, gab den kanadischen Soldaten einen Wink, worauf die von den Jeeps sprangen und sich hinter uns stellten, die Maschinenpistolen im Anschlag.

»Jetzt wachsen sie zusammen«, sagte das Mädchen.

»Und Sie, weshalb mischen Sie sich in unsere Angelegenheiten?« fragte einer der Jungen mit einem feindseligen Blick auf mich. »Oder was glauben Sie? Daß wir Angst haben?«

»Der hat mehr Angst als wir«, sagte das Mädchen, »siehst du nicht, wie blaß er ist? Gib ihm einen Magenbitter, dem Ärmsten!«

Alle begannen zu lachen; Jack sagte unterdessen zu dem Partisanen-Offizier: »Diese Jungens nehme ich in meine Obhut. Sie werden nach dem Gesetz abgeurteilt werden.«

»Was für ein Gesetz?« fragte der Partisanen-Offizier.

»Vor einem Kriegsgericht«, sagte Jack. »Ihr hättet sie sofort, an Ort und Stelle, umbringen müssen; jetzt ist es zu spät. Jetzt geht es nach dem Gesetz. Sie haben kein Recht, irgend jemanden zu richten.«

»Sind das Freunde von Ihnen?« fragte der Partisanen-Offizier Jack mit höhnischem Lächeln.

»Es sind Italiener«, sagte ich.

»Italiener? Die da?« fragte der Partisanen-Offizier.

»Hat er uns etwa für Türken gehalten?« rief das Mädchen. »Schau, schau, gerade als ob es ein Luxus wäre, Italiener zu sein!«

»Wenn es Italiener sind«, sagte der Partisanen-Offizier, »was haben dann die Alliierten damit zu schaffen? Unsere Angelegenheiten erledigen wir selbst, unter uns.«

»In der Familie«, sagte ich.

»Ja, in der Familie. Und du, weshalb nimmst du Partei für die Alliierten? Wenn du einer der Unseren bist, mußt du auf meiner Seite stehen.«

»Es sind Italiener«, sagte ich.

»Italiener muß das Volksgericht aburteilen«, rief eine Stimme aus der Menge.

»That's all«, sagte Jack.

Auf einen Wink von ihm umstellten die kanadischen Soldaten die Jungens und trieben sie von den Kirchenstufen herunter, zu den Jeeps hin.

Der Partisanen-Offizier starrte bleichen Gesichts auf Jack und ballte die Fäuste. Plötzlich streckte er die Hand aus und ergriff Jack am Arm.

»Hände weg!« schrie Jack.

»Nein«, sagte der andere, ohne sich zu bewegen.

Unterdessen war ein Mönch aus der Kirche herausgetreten. Für einen Mönch war es ein mächtiger Kerl, groß, kräftig, mit rundem, flammendrotem Gesicht. Er hatte einen Besen in der Hand und begann damit den Treppenvorplatz zu säubern. Dieser lag voller Papierfetzen, Stroh und Patronenhülsen. Als der Mönch den Leichenhaufen sah und das Blut, das über die Marmorstufen hinabrann, hielt er inne, stellte sich breitbeinig hin und rief: »Oh, was ist denn das?«, und sich an die Partisanen wendend, die mit ihren Maschinenpistolen im Anschlag vor den Leichen standen, schrie er: »Was ist denn das für eine Sitte, hierher vor meine Kirchentür zu kommen und die Leute umzubringen? Los, weg von hier, ihr Faulpelze! Macht solche Sachen vor eurer eigenen Haustür, hier nicht! Habt ihr verstanden?«

»Beruhigen Sie sich, Herr Kuttenbruder!« rief der Partisanen-Offizier, Jacks Arm loslassend. »Heute haben Sie keinen Dienst!«

»Aha, heute habe ich keinen Dienst?« schrie der Mönch. »Ich werde euch zeigen, ob ich heute Dienst habe!« Und er hob den Besen und begann damit dem Partisanen-Offizier auf den Kopf zu hämmern. Zuerst ganz kalt, mit einer wohlüberlegten Heftigkeit, dann geriet er nach und nach in Wut, während er seine Schläge zielte und schrie: »Was ist das für eine Art, hierherzukommen und die Stufen vor meiner Kirche zu besudeln? Geht was arbeiten, ihr Faulpelze, statt hierherzukommen und vor meinem Haus die Leute umzubringen!« Er machte es wie eine Bauersfrau, die die Hühner von einem Beet verscheucht, »gsch, gsch, gsch, wollt ihr wohl, ihr Biester! gsch, gsch, gsch!« und hieb dabei seinen Besen bald dem Offizier und bald dessen Leuten über den Kopf, indem er von einem zum anderen die Runde machte – so lange, bis er Herr des Schlachtfeldes war, sich ein paarmal umdrehte und unter heftigem Schimpfen und Fluchen auf diese »Faulpelze« und »Taugenichtse« in zorniger Hast die blutbesudelten Stufen zu fegen begann.

Die Zuschauermenge verlief sich schweigend. »Du kommst mir schon noch mal in die Quere, eines Tages!« rief der Partisanen-Offizier und sah mir dabei haßerfüllt in die Augen; dann entfernte er sich langsam, drehte sich aber alle Augenblicke nach mir um.

Ich sagte zu Jack: »Mich würde es auch freuen, ihm eines Tages wiederzubegegnen, dem armen Wicht.« Aber Jack trat dicht an mich heran, legte mir die Hand auf den Arm, traurig lächelnd, und ich spürte in diesem Augenblick, wie ich zitterte und mir die Tränen in den Augen standen.

»Danke, Vater«, sagte Jack zu dem Mönch.

Der stützte sich auf seinen Besenstiel und sagte: »Halten Sie das für richtig, meine Herren, daß man in einer Stadt wie Florenz Christenmenschen auf den Stufen der Kirche umbringen muß? Menschen hat man immer umgebracht, und ich habe nichts daran auszusetzen. Doch gerade hier, vor meiner Kirche, vor Santa Maria Novella! Weshalb gehen die nicht nach Santa Croce und bringen sie dort auf den Stufen um? Dort ist ein Prior, der sie gewähren ließe. Aber hier, nein! Hab ich nicht recht?«

»Weder hier noch dort«, sagte Jack.

»Hier nicht«, entgegnete der Bruder, »hier will ich das nicht! Haben Sie gesehen, wie man das macht? Ja, ja, wenn man einem im Guten kommt, dann erreicht man nichts. Den Besen braucht man, den Besen. Ich habe mit diesem Besen so oft den Deutschen auf den Kopf geklopft, weshalb sollte ich das nicht auch bei den Italienern tun? Und wohlgemerkt, wenn es den Amerikanern in den Sinn käme, hierherzukommen und die Stufen meiner Kirche mit Blut zu besudeln, würde ich auch die mit dem Besen davonjagen. Sind Sie Amerikaner?«

»Ja, ich bin Amerikaner«, antwortete Jack.

»In diesem Fall: nehmen Sie an, ich hätte nichts gesagt. Aber sie verstehen mich. Ich habe dafür auch meine guten Gründe. Hören Sie auf mich: schlagen Sie mit dem Besen zu.«

»Wir sind Soldaten«, sagte Jack, »wir können nicht mit Besen bewaffnet herumgehen.«

»Falsch. Den Krieg macht man nicht mit dem Gewehr«, sagte der Mönch, »man macht ihn mit dem Besen. Diesen Krieg, wollte ich sagen. Jene Faulpelze sind an sich brave Leute, sie haben vieles erduldet, und bis zu einem gewissen Grade verstehe ich sie; aber die Tatsache, daß sie gesiegt haben, richtet sie zugrunde. Sobald ein Christenmensch siegt, vergißt er, daß er ein Christ ist. Er wird zum Türken. Sobald ein Christ gesiegt hat, ist es aus mit Christus für ihn. Sind Sie ein Christ?«

»Ja«, sagte Jack, »noch bin ich Christ.«

»Um so besser«, meinte der Mönch, »besser Christ als Türke.«

»Besser Christ als Amerikaner«, sagte Jack lächelnd.

»Versteht sich. Besser Christ als Amerikaner. Und dann ... Auf Wiedersehen, meine Herren«, schloß der Mönch und ging brummend auf seine Kirchentür zu, den blutgetränkten Besen in der Hand.

Ich war es müde, zuzusehen, wie Menschen umgebracht wurden. Seit vier Jahren tat ich nichts anderes, als zuzusehen, wie Menschen umgebracht wurden. Menschen sterben zu sehen, ist eines, – zu sehen, wie sie umgebracht werden, ist ein anderes. Man kommt sich vor, als sei man selbst auf seiten derer, die töten, als sei man selbst einer von denen, die töten. Ich war es müde, ich konnte nicht mehr. Wenn ich jetzt eine Leiche erblickte, mußte ich mich übergeben, nicht nur vor Abscheu und Entsetzen, sondern vor Haß und ohnmächtiger Wut. Ich begann die Leichen zu hassen. Mit dem Mitleid war es aus, der

Haß begann. Haß auf Leichen! Um es zu verstehen, in welchen Abgrund der Verzweiflung ein Mensch stürzen kann, muß man verstehen, was das bedeutet: Leichen zu hassen.

In diesen vier Kriegsjahren hatte ich niemals auf einen Menschen geschossen, weder auf einen lebenden Menschen noch auf einen toten. Ich war ein Christenmensch geblieben. Christ bleiben, in diesen Jahren, das hieß verraten. Christ sein, das bedeutete ein Verräter sein, denn dieser schmutzige Krieg war kein Krieg gegen Menschen, sondern gegen Christus. Seit vier Jahren sah ich Scharen bewaffneter Männer auf der Suche nach Christus, so wie Jäger auf der Suche nach Wild. In Polen, in Serbien, in der Ukraine, in Rumänien, in Italien, in ganz Europa sah ich, seit vier Jahren, Scharen bleicher Männer in den Häusern suchen, in den Wäldern, im Gebüsch, auf den Bergen, in den Tälern umhersuchen, um Christus aufzuscheuchen, um ihn umzubringen wie einen toll gewordenen Hund. Doch ich war ein Christenmensch geblieben.

Und jetzt, seit zweieinhalb Monaten, seit wir, nach der Befreiung Roms Anfang Juni, auf der Verfolgung der Deutschen waren, längs der Via Cassia und der Via Aurelia – Jack und ich hatten die Verbindung zwischen den Franzosen des Generals Juin und den Amerikanern General Corks in den Bergen und Wäldern von Viterbo, von Tuscania, in den Maremmen von Grosseto, bei Siena und Volterra aufrechtzuerhalten – jetzt begann auch ich zu fühlen, wie die Lust zu töten in mir geboren wurde.

Fast jede Nacht hatte ich irgendeinen Traum, in dem ich schoß, in dem ich tötete. Schweißgebadet erwachte ich, den Kolben meiner Maschinenpistole umklammernd. Nie zuvor hatte ich ähnliche Träume gehabt. Ich hatte nie geträumt, bis zu dieser Zeit, daß ich einen Menschen tötete. Ich schoß und sah den Menschen weich und langsam zusammensacken. Aber ich hörte den Schuß nicht. Der getroffene Mensch sank langsam und weich in sich zusammen, inmitten eines heißen, schwülen Schweigens.

Eines Nachts hörte mich Jack im Traume schreien. Wir schliefen auf der Erde, hinter einem Sherman, unter dem lauen Juliregen, in einem Wald in der Nähe von Volterra, wo wir die »japanische« Division erreicht hatten, eine amerikanische Division, die aus Japanern Californiens und der Hawaii-

Inseln bestand und den Auftrag hatte, Livorno anzugreifen. Jack hörte, wie ich im Traume schrie, weinte und die Zähne fletschte. Es war genauso, wie wenn in mir ein Wolf sich Stück für Stück von den Fesseln meines Bewußtseins frei machte.

Diese Art menschenmörderischer Wut, dieser Durst nach Blut hatte zwischen Siena und Florenz in mir zu flackern begonnen, als wir feststellen mußten, daß sich unter den Deutschen, die auf uns schossen, auch Italiener befanden. In diesen Tagen begann der Befreiungskrieg gegen die Deutschen sich allmählich für uns Italiener in einen brudermordenden Krieg gegen andere Italiener zu wandeln.

»Don't worry«, sagte Jack zu mir, »das gleiche geschieht, leider, in allen Ländern Europas.«

Nicht nur in Italien, sondern in ganz Europa war ein blutiger Bürgerkrieg im Begriff anzuschwellen, wie ein Tumor innerhalb des großen Krieges, den die Alliierten gegen das hitlerische Deutschland kämpften. Um Europa vom deutschen Joch zu befreien, brachten Polen andere Polen um, Griechen andere Griechen, Franzosen andere Franzosen, Rumänen andere Rumänen, Jugoslawen andere Jugoslawen. In Italien schossen die Italiener, die für die Deutschen Partei ergriffen, nicht auf die alliierten Soldaten, sondern auf die Italiener, die für die Alliierten Partei genommen hatten; und gleicherweise schossen die Italiener, die für die Alliierten Partei ergriffen, nicht auf die deutschen Soldaten, sondern auf die Italiener, die für die Deutschen kämpften. Während die Alliierten sich töten ließen, um Italien von den Deutschen zu befreien, brachten wir uns untereinander um.

Es war das gewohnte italienische Erbübel, das in jedem von uns zu lodern begann. Es war der übliche, schmutzige Krieg zwischen Italienern, unter dem üblichen Vorwand, Italien von der Fremdherrschaft zu befreien. Doch am meisten ängstigte und entsetzte mich an diesem Erbübel, daß ich mich selbst von der Krankheit angesteckt fühlte. Ich spürte selbst in mir diesen Durst nach Bruderblut. In all den vier Jahren war es mir gelungen, Christ zu bleiben; und jetzt, mein Gott, jetzt war mein Herz von Haß zerfressen, jetzt ging auch ich mit der Maschinenpistole unter dem Arm herum, bleich wie ein Mörder, jetzt fühlte auch ich mich bis ins tiefste Innere verzehrt von diesem fürchterlichen Lechzen nach Mord und Blut.

Als wir Florenz angriffen und von der Porta Romana, von Bellos-guardo, vom Poggio Imperiale her in die Straßen des Stadtteils auf dem linken Arno-Ufer eindrangen, entlud ich meine Maschinenpistole, gab Jack die Munition und sagte zu ihm: »Hilf mir, Jack! Ich will kein Mörder werden.« Jack blickte mich lächelnd an; er war bleich, seine Lippen zitterten. Er nahm den Patronenstreifen, den ich ihm hinhielt, und steckte ihn in seine Tasche. Dann nahm ich die Munition aus meiner Mauser und gab sie ihm. Jack streckte die Hand aus, und immer lächelnd, mit seinem traurigen, verstehenden Lächeln, nahm er die Patronenstreifen an sich, die aus den Taschen meiner Jacke herausragten.

»Sie werden dich wie einen Hund erledigen«, meinte er.

»Das ist ein sehr schöner Tod, Jack. Ich träumte immer davon, eines Tages wie ein Hund umgebracht zu werden.«

Am Ende der Via di Porta Romana, dort, wo diese Straße schräg in die Via Maggio umbiegt, empfingen uns Freischärler mit einem wütenden Feuer von Dächern und Fenstern herab. Wir mußten aus den Jeeps springen und gebückt dicht an den Hausmauern entlang vorgehen, unter den Kugeln, die surrend am Straßenpflaster abprallten. Jack und die Kanadier, die mit uns waren, erwiderten das Feuer, und Major Bradley, der die kanadischen Soldaten führte, wandte sich alle Augenblicke um und sah mich verwundert an; schließlich schrie er mir zu: »Weshalb schießen Sie nicht? Sind Sie vielleicht ein conscientious *objector*?«

»Nein, er ist kein conscientious *objector*«, antwortete ihm Jack; »er ist Italiener, Florentiner. Er will keine Italiener, keine Florentiner umbringen.« Und er sah mich mit seinem traurigen Lächeln an.

»Sie werden das bereuen!« schrie mir der Major Bradley zu. »So eine Gelegenheit wird Ihnen in Ihrem Leben nicht wieder geboten werden.«

Die kanadischen Soldaten wandten sich ebenfalls um und sahen mich verwundert an, lachten und riefen mir auf französisch mit ihrem altertümlichen normannischen Tonfall zu: »Wollen Sie uns entschuldigen, mon Capitaine, aber wir sind nicht aus Florence!« Und sie schossen in die Fenster und lachten, doch durch ihre Worte und ihr Lachen hindurch spürte ich eine mitempfindende, etwas wehmütige Sympathie.

Vierzehn Tage dauerte der Kampf in den Straßen des linken Arno-Stadtteils, ehe es uns gelang, den Fluß zu überschreiten und ins Herz der Stadt vorzudringen. Wir hatten uns in der Pension Bartolini verschanzt, im obersten Stock eines alten Palazzo an der Uferstraße Lungarno Cuicciardini, und wir mußten gebückt durch die Zimmer schleichen, um nicht von den Geschossen der Deutschen getroffen zu werden, die sich hinter den Fenstern des Palazzo Ferroni eingenistet hatten, dort uns gegenüber auf der anderen Arno-Seite, vor dem Ponte Santa Trinità.

Wenn ich des Nachts an der Seite der kanadischen Soldaten und der Partisanen der kommunistischen Division »Potente« dalag, preßte ich die Stirn gegen den Steinfußboden und mußte mir Gewalt antun, um nicht aufzustehen, um nicht auf die Straße hinunterzusteigen, um nicht die Runde durch die Häuser zu machen und allen denen eine Kugel in den Bauch zu jagen, die dort in den Kellern verborgen saßen und zitternd auf den Augenblick warteten, wo sie nach beendeter Gefahr auf die Straße laufen konnten, die dreifarbige Kokarde an der Brust und ein rotes Tuch um den Hals, und schreien konnten: »Es lebe die Freiheit!« Ich schämte mich dieses Hasses, der mir im Herzen fraß, aber ich mußte mich am Fußboden festkrallen, um nicht in die Häuser zu gehen und alle diese falschen Helden umzubringen, die eines Tages, sobald die Deutschen die Stadt verlassen hatten, aus ihren Verstecken emportauchen würden, um zu schreien: »Es lebe die Freiheit!«, unter verächtlichen, mitleidigen, haßerfüllten Blicken auf unsere bärtigen Gesichter und zerfetzten Uniformen.

»Weshalb schläfst du nicht?« fragte Jack mich leise. »Denkst du an die Helden von morgen?«

»Ja, Jack, ich denke an die Helden von morgen.«

»Don't worry«, sagte Jack, »das gleiche wird in ganz Europa geschehen. Die Helden von morgen sind es, die die Freiheit Europas gerettet haben werden.«

»Weshalb seid ihr gekommen, uns zu befreien, Jack? Ihr hättet uns in unserer Sklaverei verkommen lassen sollen.«

»Ich würde alle Freiheit Europas drangeben für ein Glas eisgekühlten Biers«, sagte Jack.

»Ein Glas eisgekühltes Bier?« rief Major Bradley, der plötzlich wach war.

Eines Nachts, während wir gerade im Begriffe waren, uns zu einem Patrouillengang über die Dächer aufzumachen, kam ein Partisan der »Potente« und meldete mir, daß ein italienischer Artillerie-Offizier mich zu sprechen verlange. Es war Giacomo Lombroso. Wir umarmten uns schweigend, und ich zitterte, als ich sein blasses Gesicht ansah, seine großen Augen, in denen jenes eigenartige Leuchten glomm, das die Augen eines Juden haben, wenn der Tod sich wie eine unsichtbare Eule ihm auf die Schulter setzt. Wir machten einen langen Streifzug über die Dächer, um die Freischärler auszuheben, die sich hinter Schornsteinen und Dachfirsten eingenistet hatten, und nach der Rückkehr streckten wir uns auf dem Dach der Pension Bartolini im Schutze eines Kamins aus.

Wir lagen auf den noch sonnendurchwärmten Ziegeln, in der vom Blitzen eines fernen Gewitters durchzuckten Sommernacht, und unterhielten uns leise, während wir den bleichen Mond langsam am Himmel über den Olivenhainen von Settignano und Fiesole, über den Zypressenwäldern des Monte Morello, über dem nackten Rücken der Calvana am Himmel emporsteigen sahen. Dort drüben, weit in der Flußniederung, glaubte ich im Schein des Mondes die Dächer meiner Heimatstadt schimmern zu sehen.

Und ich sagte zu Jack: »Das ist Prato, Jack, das ist meine Heimatstadt. Das Haus meiner Mutter ist dort. Mein Geburtshaus steht neben dem Haus, wo Filippino Lippi geboren wurde. Denkst du noch an jene Nacht, Jack, wo wir uns in dem Zypressenhain auf den Hügeln um Prato versteckt hielten? Erinnerst du dich, wie wir zwischen den Olivenbäumen die Augen der Madonnen und Engel des Filippino Lippi funkeln sahen?«

»Es waren Leuchtkäfer«, gab Jack zur Antwort.

»Nein, es waren keine Leuchtkäfer; es waren die Augen der Madonnen und der Engel des Filippino Lippi.«

»Warum willst du mich foppen? Es waren Leuchtkäfer«, sagte Jack.

Wohl waren es Leuchtkäfer, aber die Ölbäume und die Zypressen sahen bei Vollmond genau so aus, als seien sie von Filippino Lippi gemalt.

Vor einigen Tagen hatten Jack und ich zusammen mit

einem kanadischen Offizier einen Spähtrupp hinter die deutschen Linien gemacht, um festzustellen, ob es, wie die Partisanen behauptet hatten, wahr sei, daß die Deutschen darauf verzichteten, Prato, den Zugang zum Bisenzio-Tal und der Straße, die von Prato nach Bologna führte, zu verteidigen, und daß sie die Stadt verlassen hätten. Ich machte als Ortskundiger den Führer, Jack und der kanadische Offizier sollten durch Funkspruch dem amerikanischen Luftwaffen-Kommando mitteilen, ob sie einen abermaligen und heftigeren Luftangriff auf Prato für notwendig erachteten. Der Untergang meiner Heimatstadt sollte von Jack entschieden werden, von dem kanadischen Offizier und von mir. Wir gingen auf Prato zu wie die Engel auf Sodom. Wir gingen, um Loth und Loths Familie vom Feuerregen zu erretten.

Wir hatten den Arno in einer Furt bei Lastre a Signa überquert und waren ein Stück weit dem Damm am Bisenzio gefolgt, dem Fluß meiner Kindheit, dem »glücklichen Bisenzio« Marsilio Ficinos und Agnolo Firenzuolas. Unterhalb Campi hatten wir den Fluß verlassen, um die Ortschaft zu umgehen, und hatten ihn nach einem weiten Umweg bei der Brücke von Capalle wieder erreicht. Von dort aus hatten wir uns, immer den Flußdamm entlang, bis auf Sichtweite an die Mauern von Prato vorgearbeitet; nachdem wir bei La Querce wieder den Abhang der Retaia erklommen und auf halber Höhe oberhalb des Kapuzinerklosters den Berg überquert hatten, waren wir nach Filettole zu hinabgestiegen, und dort, in einem Zypressenhain verborgen, hatten wir die Nacht verbracht und den bleichen Schimmer der Leuchtkäfer zwischen dem Laub der Olivenbäume beobachtet.

Ich sagte zu Jack: »Das sind die Augen der Madonnen und der Engel Filippino Lippis.«

»Weshalb willst du mir Angst machen«, entgegnete Jack, »es sind Leuchtkäfer.«

Und ich sagte wieder, lachend, zu ihm: »Dieser zarte Schimmer dort unten, bei dem Brunnen, der im Schatten singt, das ist ein Schimmer von den Schleiern der Salome des Filippo Lippi.«

»The hell with your Salome!« sagte Jack. »Weshalb willst du mich foppen? Es sind Leuchtkäfer.«

»Man muß in Prato geboren sein«, sagte ich zu ihm, »man

muß ein Landsmann Filippino Lippis sein, um verstehen zu können, daß es keine Leuchtkäfer sind, sondern die Augen der Engel und der Madonnen Filippinos.«

Und Jack sagte seufzend: »Ich bin leider nur ein armer Amerikaner.«

Dann schwiegen wir lange, und ich empfand tiefe Zuneigung und Dankbarkeit für Jack und für alle diejenigen, die leider nur arme Amerikaner waren und ihr Leben einsetzten für mich, für meine Heimatstadt, für die Madonnen und für die Engel des Filippino Lippi.

Der Mond ging unter, und die Morgendämmerung bleichte den Himmel über der Retaia. Ich erkannte die Häuser von Coiano und von Santa Lucia, dort unten, jenseits des Flusses, die Zypressen von Le Sacca, den windreichen Gipfel des Spazzavento, und ich sagte zu Jack: »Dort ist das Dorf meiner Kindheit. Dort sah ich den ersten toten Vogel, die erste tote Eidechse, den ersten toten Menschen. Dort sah ich den ersten grünen Baum, den ersten Grashalm, den ersten Hund.«

Und Jack sagte leise zu mir: »Der Junge, der dort unten läuft, am Fluß entlang, bist du das?«

»Ja, das bin ich«, antwortete ich, »und der weiße Hund dort, das ist mein armer Belledo. Er starb, als ich fünfzehn Jahre alt war. Aber er weiß, daß ich zurückgekommen bin, und nun sucht er mich.«

Auf der Straße von Coiano und Santa Lucia zogen Kolonnen deutscher Lastwagen, sie zogen nach Vaiano hinauf, nach Vernio, nach Bologna.

»Sie ziehen ab«, sagte Jack.

So weit wir auch mit unseren Gläsern die Hänge, die Täler, die Wälder absuchten, wir konnten keine Spur von Drahtverhauen, von Schützengräben, Artilleriestellungen oder Munitionslagern wahrnehmen, keine Panzer und keine Pak-Geschütze in Deckung erkennen. Die Stadt war wie verlassen, nicht nur von den Deutschen, sondern auch von ihren Bewohnern. Nicht ein Rauchfädchen stieg aus den Schornsteinen der Fabriken, aus den Kaminen der Häuser; Prato schien verödet, erloschen. Und doch saßen auch in Prato, wie in allen Städten Italiens, wie in allen Städten Europas, die angeblichen »Widerstandskämpfer«, die angeblichen Verteidiger der Freiheit, die Helden von morgen, bleich und zitternd in den

Kellern versteckt. Die Dummköpfe und die Irren waren in die Macchia gegangen, zu den Partisanenbanden, kämpften an der Seite der Alliierten und baumelten an den Laternenpfählen auf den Plätzen der Städte; doch die Klugen, die Vorsichtigen, alle diejenigen, die eines Tages nach überstandener Gefahr über uns lachen würden, über unsere von Schlamm und Blut besudelten Uniformen – die saßen dort, zusammengekauert in ihren sicheren Verstecken, und warteten darauf, sich auf die Straße stürzen und »Es lebe die Freiheit!« brüllen zu können.

Ich sagte lächelnd zu Jack: »Ich bin wirklich glücklich, daß der blonde Mann die braune Frau geheiratet hat.«

»Auch ich bin glücklich darüber«, erwiderte Jack. Und lächelnd begann er den Funkspruch mit der verschlüsselten Nachricht: »Der blonde Mann hat die braune Frau geheiratet« durchzugeben, was heißen sollte: »Die Deutschen haben Prato geräumt.« Ein Pferd weidete auf dem grünen Damm des Bisenzio, ein Hund lief bellend über den Kiesgrund, ein rotgekleidetes Mädchen stieg zum Dorfbrunnen in Filettole hinab und trug auf dem Kopfe ein Becken aus leuchtendem Kupfer; sie stützte es mit den Armen. Und ich lächelte und war glücklich. Die Bomben der Liberators würden die Madonnen und Engel Filippino Lippis nicht erblinden lassen, würden den Putten des Donatello, die an der Kanzel im Dome tanzen, nicht die Beine zerschmettern, würden weder die Madonna des Mercatale töten noch die Madonna des Olivo, noch den Bacchusknaben des Tacca, noch die Jungfrauen des Luca della Robbia, noch die Salome Filippo Lippis, noch den heiligen Johannes in Madonna delle Carceri. Sie würden auch meine Mutter nicht ermorden. Ich war glücklich, aber das Herz tat mir weh.

Und auch an diesem Abend, als ich neben Jack und Lombroso auf dem Dach der Pension Bartolini lag und den bleichen Mond langsam am Himmel emporsteigen sah, war ich glücklich; aber das Herz tat mir weh. Todesgeruch drang aus dem bläulichen Abgrund der Gassen des Stadtteils Olträrno herauf, aus der breiten silbernen Wunde des Flusses in der grünen Blässe dieser Sommernacht, und wenn ich mich über das Dach vorbeugte, sah ich dort unten, zwischen der Brücke Santa Trinità und der Einmündung der Via Maggio, auf das

Pflaster hingestreckt, den toten deutschen Soldaten mit dem
Gewehr in der Faust, die tote Frau mit dem Gesicht auf der
Einkaufstasche voller Tomaten und Zucchini, den toten Jungen mit der leeren Flasche im Arm, das tote Pferd zwischen
der Deichsel seines Wagens und den toten Kutscher, der auf
dem Bock saß, die Hände gegen den Leib gepreßt und den
Kopf auf die Knie gebeugt.

Diese Toten, ich haßte sie. Sie waren die Fremden, die einzigen, die wahren Fremden im gemeinsamen Vaterland aller
lebenden Menschen, im gemeinsamen Vaterland, dem Leben.
Die lebenden Amerikaner, die lebenden Franzosen, Polen und
Neger gehörten alle zu meiner Rasse, zur Rasse der Lebenden,
zu meinem eigenen Vaterland, dem Leben, sie sprachen mit
mir zusammen eine Sprache, eine warme, lebendige, klingende Sprache, sie bewegten sich, sie gingen, ihre Augen
leuchteten, ihre Lippen öffneten sich zum Atmen, zum Lächeln. Sie waren lebendig, es waren lebende Menschen. Doch
die Toten waren Fremde, sie gehörten zu einer anderen Rasse,
zur Rasse der toten Menschen, zu einem anderen Vaterland,
dem Tode. Sie waren unsere Feinde, die Feinde meines Vaterlandes, des gemeinsamen Vaterlandes, des Lebens. Sie hatten
Italien besetzt, Frankreich, ganz Europa, sie waren die einzigen, die wahren Ausländer im besiegten und gequälten, aber
lebenden Europa, die einzigen, die wahren Feinde unserer
Freiheit. Das Leben, unser wahres Vaterland, das Leben, wir
mußten es verteidigen, auch gegen sie, gegen die Toten.

Jetzt verstand ich den Grund dieses Hasses, dieses men-
schenmörderischen Triebes, der in mir fraß, der in den Eingeweiden aller Völker Europas brannte. Es war der Drang, etwas
Lebendes, etwas Warmes, etwas Menschliches zu hassen, etwas,
was unser war, was uns gleich war; etwas, was derselben Rasse
wie wir selbst angehörte, was dem gleichen Vaterland wie wir
selbst angehörte, dem Leben; nicht diese Fremden, die in Europa eingefallen waren, und reglos, kalt, fahl, mit leeren Augenhöhlen, seit fünf Jahren unser Vaterland, das Leben, bedrückten, unsere Freiheit, unsere Menschenwürde, die Liebe, die
Hoffnung, die Jugend unter dem Gewicht ihres eiskalten Fleisches erstickten. Das, was uns wie Wölfe gegen unsere Brüder
aufbrachte, was im Namen der Freiheit Franzosen gegen Franzosen, Italiener gegen Italiener, Polen gegen Polen, Rumänen

gegen Rumänen hetzte, das war das Bedürfnis, irgend etwas uns Gleiches zu hassen, irgend etwas, was unserer war, irgend etwas, darin wir uns wiedererkennen und hassen konnten.

»Hast du gesehen, wie bleich er war, der arme Tani?« sagte plötzlich Lombroso, das lange Schweigen brechend.

Auch er dachte an den Tod. Er wußte bereits, daß einige Tage später, am Morgen der Befreiung von Florenz, als er nach so langer, so schmerzvoller Abwesenheit nach Hause zurückkehrte und an seiner Haustür klopfte, ein im Keller des Nachbarhauses versteckter Mann von unten herauf nach ihm schießen, ihn mit einem tödlichen Bauchschuß treffen werde. Vielleicht wußte er schon, daß er allein sterben mußte, auf der Straße vor seinem Haus, wie ein kranker Hund, unter dem ängstlichen Schrei der ersten Schwalben in der Morgendämmerung. Er wußte es vielleicht schon, daß die Blässe des Todes seine Stirn umschleierte, daß sein Gesicht weiß war und leuchtend wie das Gesicht von Tani Masier.

Wir hatten an eben diesem Abend, bei der Rückkehr von unserem Patrouillengang über die Dächer des Oltrarno, in der schmalen Gasse Vicole di Santo Spirito hinter dem Lungarno Guicciardini, vor einem unvermuteten Überfall von Granatwerferfeuer in einem Hausgang Schutz suchen müssen. Und hier in dem dunklen Gang sahen wir einen weißen Schatten uns entgegenkommen, den weichen Schatten einer Frau, die unter Tränen lächelte. Es war Tity Masier, die, ohne mich zu erkennen, uns aufforderte, in einen Raum zu ebener Erde einzutreten, eine Art Keller, in welchem auf Strohbündeln mehrere menschliche Gestalten ausgestreckt lagen. Es waren menschliche Schatten, und ich spürte sofort den Geruch des Todes.

Einer dieser Schatten richtete sich auf den Ellbogen hoch und rief mich bei Namen. Es war ein sehr schönes Gespenst, es glich den jugendlichen Gespenstern, denen die Alten auf den staubigen Straßen der Phokis oder Argolis in der Mittagssonne begegneten oder die in Delphi am Ufer der kastalischen Quelle saßen oder im Schatten des unendlichen Olivenwaldes, der von Delphi bis Itea hinabreicht, der von Delphi wie ein Strom silbernen Laubes zum Meere hinabsteigt.

Ich erkannte ihn, das war Tani Masier; aber ich wußte nicht, ob er schon tot war oder ob er noch lebte und nur von der Schwelle der Nacht her sich wendend mich bei Namen rief. Ich spürte den Geruch des Todes, jenen Geruch, der ähnlich ist einer Stimme, die singt, ähnlich einer Stimme, die ruft.

»Armer Tani, er weiß nicht, daß er sterben muß«, sagte Giacomo Lombroso mit leiser Stimme. Und er wußte bereits, daß der Tod auch ihn erwartete, dort an sein Haus gelehnt, dort unter der Tür seines Hauses stehend.

Die Kuppel Brunelleschis schwankte hoch über den Dächern von Florenz, auf den weißen Campanile Giottos prallten die bleichen Blitzstrahlen des Mondes, und ich dachte an den kleinen Giorgio, an den Sohn meiner Schwester, an diesen dreizehnjährigen Jungen, wie er in einer breiten Blutlache schlief, hinter der Lorbeerhecke im Garten meiner Schwester, dort oben in Arcetri. Was wollten sie von mir, alle diese Toten, wie sie im Mondenschein auf dem Straßenpflaster lagen, auf den Ziegelplatten der Dächer, in den Gärten längs des Arno, was wollten sie von uns? Aus der Tiefe des Labyrinths der Oltrarno-Gassen stieg Todesgeruch herauf, ähnlich einer Stimme, die singt, einer Stimme, die ruft. Und dann, warum? Vielleicht verlangten sie, wir sollten glauben, es sei besser zu sterben?

Eines Morgens überquerten wir den Fluß und besetzten Florenz. Aus den Kloaken, aus den Kellern, von den Speichern, aus den Schränken, unter den Betten hervor, aus den Mauerspalten, wo sie seit einem Monat »illegal« gelebt, kamen wie die Ratten die Helden der letzten Stunde, die Tyrannen von morgen hervorgekrochen – diese heldischen Ratten der Freiheit, die eines Tages ganz Europa besetzen würden, um auf den Trümmern der fremden Unterdrückung ihr Reich der einheimischen Unterdrückung zu errichten.

Wir zogen schweigend durch Florenz, gesenkten Blicks, wie Eindringlinge und Störenfriede der Festesfreude, unter den verächtlichen Blicken der Clowns der Freiheit, die mit Kokarden, mit Armbinden, mit Rangabzeichen, mit Straußenfedern geschmückt waren, dieser Clowns mit dem Trikoloren-Gesicht; den Feind verfolgend, drangen wir in die Apennin-Täler ein, stiegen wir die Berge hinauf. Auf die noch warme Asche des Sommers fiel der kalte Regen des Herbstes, und lange Monate hindurch hörten wir vor der Gotenlinie das Klatschen des Regens auf die Eichen- und Kastanienwälder von Montepiano, auf die Tannen des Abetone, auf die weißen Marmorfelsen der Apuanischen Alpen.

Dann kam der Winter, und von Livorno aus, wo sich das Alliierte Oberkommando befand, fuhren wir alle drei Tage zu den Stellungen an der Front, im Abschnitt Versilia-Garfagnana. Manchmal suchten wir, von der Nacht überrascht, Zuflucht beim Stab der 92. Amerikanischen Schwarzen Division, in meinem Haus in Forte dei Marmi, das sich der deutsche Bildhauer Hildebrand, von seinem Freund, dem Maler Arnold Böcklin, unterstützt, um die Jahrhundertwende an diesem einsamen Strand zwischen dem Pinienhain und dem Meer erbaut hatte.

Wir verbrachten die Nacht vor dem Kamin in der großen Halle mit den Fresken von Hildebrand und Böcklin. Die Geschosse der deutschen Maschinengewehre an den Hängen des Cinquale schlugen gegen die Mauern des Hauses, der Wind rüttelte wild im Geäst der Pinien, das Meer heulte unter dem heiteren Himmel, über den Orion in schönem Schuhwerk mit funkelndem Bogen und blinkendem Schwert dahinlief.

Eines Nachts sagte Jack leise zu mir: »Schau dir Campbell an.«

Ich schaute Campbell an; er saß vor dem Kamin zwischen den Offizieren der 92. Schwarzen Division und lächelte. Ich begriff nicht sogleich. Aber in Jacks Blick, der starr auf Campbells Gesicht gerichtet war, las ich einen schüchternen Gruß, ein liebevolles Lebewohl, und auch Campbell hatte in seinen Blicken, als er das Gesicht wandte und Jack ansah, einen schüchternen Gruß, ein liebevolles Lebewohl. Ich sah, wie sie einander zulächelten, und ich empfand ein wehes Gefühl von Neid, eine zarte Eifersucht. In diesem Augenblick begriff ich, daß es zwischen Jack und Campbell ein Geheimnis gab, daß es zwischen Tani Masier, Giacomo Lombroso und meinem kleinen Giorgio, dem Sohn meiner Schwester, ein Geheimnis gab, das sie eifersüchtig hinter ihrem Lächeln verbargen.

Eines Morgens kam ein Partisan aus Camaiore und fragte mich, ob ich den Magi sehen wolle. Als wir vor einigen Monaten auf der Verfolgung des Feindes Forte dei Marmi erreicht hatten, war ich sofort, ohne Jack etwas davon zu sagen, hinübergegangen und hatte an Magis Tür geklopft. Das Haus war verlassen. Einige Partisanen berichteten mir, Magi sei am gleichen Tage geflüchtet, als unsere Vorhuten Viareggio besetzt hatten. Wenn ich ihn zu Hause angetroffen hätte, wenn er, als ich an seine Tür klopfte, sich am Fenster gezeigt hätte, würde ich vielleicht auf ihn geschossen haben. Nicht des Bösen wegen, das er mir angetan, nicht der Verfolgungen wegen, denen ich auf Grund seiner Denunziationen ausgesetzt war, sondern wegen all des Leides, das er anderen zugefügt hatte. Er war eine Art Fouché auf dem Dorfe. Groß, blaß, hager, mit verschleierten Augen. Sein Haus war dasselbe, das Böcklin viele Jahre hindurch bewohnt hatte, als er seine Centauren, seine Nymphen, seine berühmte Toteninsel malte. Ich klopfte an die Tür und schaute hinauf, in der Erwartung, daß Magi sich am Fenster zeige. Unterhalb des Fensters ist ein Gedenkstein eingemauert, der an Böcklins jahrelangen Aufenthalt in Forte dei Marmi erinnert. Ich las die Inschrift auf dem Gedenkstein und wartete, die Maschinenpistole im Anschlag, ob das Fenster sich öffne. Wenn er sich in diesem Augenblick gezeigt hätte, würde ich vielleicht auf ihn geschossen haben.

Ich ging mit dem Partisan aus Camaiore, um Magi zu sehen. Auf einer Wiese nahe dem Dorfe deutete der Partisan auf etwas, was aus der Erde herausragte. »Dort ist er, der Magi«, sagte er. Ich spürte den Geruch des Todes, und Jack sagte zu mir: »Komm, laß uns gehen.« Aber ich wollte aus der Nähe sehen, was dieses Etwas war, das da aus der Erde herausragte, und als ich nahe genug war, sah ich, daß es ein Fuß war, ein Fuß, der noch in einem Schuh stak. Ein kurzer Strumpf bedeckte ein wenig schwarzes Fleisch, und der modrige Schuh sah aus, als sei er über einen Stock gestülpt.

»Weshalb grabt ihr diesen Fuß nicht ein?« fragte ich den Partisan.

»Nein«, antwortete der Partisan, »gli ha a star così, er muß so bleiben. Seine Frau war hier, und dann seine Tochter. Sie wollten die Leiche. Nein, diese Leiche gehört uns. Dann sind sie mit einer Schaufel gekommen und wollten den Fuß eingraben. Nein, dieser Fuß gehört uns. E gli ha a star così, und er muß so bleiben.«

»Das ist widerlich«, sagte ich.

»Widerlich? Vorgestern saßen zwei Spatzen hier auf diesem Fuß und spielten Hochzeit. Es war drollig zu sehen, wie die beiden Spatzen Hochzeit spielten auf dem Fuß von Magi.«

»Geh und hol eine Schaufel«, befahl ich.

»Nein«, antwortete der Partisan starrköpfig, »gli ha a star così.«

Ich stellte mir Magi vor: hier war er in die Erde gerammt, und sein Fuß ragte heraus. Damit er sich nicht im Grabe zusammenkauern und schlafen könne. Es war, als ob er an diesem Fuß über einem Abgrund schwebend hinge. Damit er sich nicht kopfüber hinab in die Hölle stürzen konnte. Ein Fuß, der zwischen Himmel und Hölle ragte, in die Luft getaucht, in die Sonne, in den Regen, in den Wind, und die Vögel kamen und setzten sich auf diesen Fuß und flöteten.

»Geh und hol eine Schaufel«, sagte ich, »ich bitte dich darum. Er hat mir so viel Böses angetan, als er noch lebte – jetzt, da er tot ist, möchte ich ihm etwas Gutes antun. Er war auch ein Christ.«

»Nein«, antwortete der Partisan, »er war kein Christ. Wenn der Magi ein Christ war, was bin dann ich? Wir können nicht alle beiden Christen sein, der Magi und ich.«

»Man kann auf sehr viele Arten Christ sein«, entgegnete ich, »auch ein Lump kann ein Christ sein.«

»Nein«, antwortete der Partisan, »es gibt nur eine Art, Christ zu sein. Und dann, was heißt das schon, in dieser Zeit, ein Christ sein!«

»Wenn du mir etwas zuliebe tun willst«, sagte ich, »dann geh und hole eine Schaufel.«

»Eine Schaufel?« sagte der Partisan. »Wenn Sie wollen, gehe ich und hole eine Säge. Statt ihm das Bein einzugraben, säge ich es lieber ab und werfe es den Schweinen hin.«

An diesem Abend saßen wir schweigend vor dem Kamin in meinem Hause in Forte dei Marmi und lauschten dem Anprall der deutschen Infanteriegeschosse an die Außenmauer des Hauses und an die Pinienstämme. Ich dachte an Magi, wie er in die Erde gerammt war, mit dem herausragenden Fuß, und ich begann zu verstehen, was diese Toten von uns wollten, alle diese Toten, auf den Straßen, auf den Wiesen, in den Wäldern.

Jetzt begann ich zu begreifen, weshalb der Geruch des Todes ähnlich war einer Stimme, die singt, einer Stimme, die ruft. Ich begann zu begreifen, weshalb alle diese Toten uns riefen. Sie wollten etwas von uns, nur wir konnten ihnen geben, was sie verlangten. Nein, es war nicht Mitleid. Es war etwas anderes. Etwas Tieferes, etwas Geheimnisvolleres. Es war nicht der Friede, der Friede des Grabes, des Verzeihens, des

Gedenkens, des Jenseits von Haß und Liebe. Es war etwas, was weiter ab lag vom Menschen, weiter ab lag vom Leben.

Dann kam der Frühling, und als wir zum letzten Angriff ansetzten, wurde ich zur Japaner-Division geschickt, um bei der Besetzung von Massa als Führer zu dienen. Von Massa stießen wir auf Carrara vor, und von dort, quer über den Apennin, gelangten wir nach Modena hinunter.

Und dann, als ich den armen Campbell im Straßenstaub liegen sah, in einer breiten Blutlache, da begriff ich, was die Toten von uns wollten. Etwas, was dem Menschen fremd war, etwas, was dem Leben selbst fremd war. Zwei Tage später überschritten wir den Po, und die feindlichen Nachhuten zurückwerfend, näherten wir uns Mailand. Jetzt hörte der Krieg auf, und es begann das Massaker, das gräßliche Massaker der Italiener untereinander, in den Häusern, auf den Straßen, auf den Wiesen, in den Wäldern. Aber an jenem Tage, als ich Jack sterben sah, da verstand ich endlich, was um mich herum starb, was in mir erstarb. Jack lächelte, als er starb, und sah mich an. Als seine Augen erloschen, empfand ich zum erstenmal in meinem Leben, daß ein Menschenwesen für mich gestorben war.

Am Tage, als wir in Mailand einzogen, stießen wir auf eine tobende, schreiende Menschenmenge auf einem großen Platz. Ich stand auf in meinem Jeep, und ich sah Mussolini mit den Füßen an einem Haken aufgehängt. Er war aufgedunsen, weiß, unförmig groß. Ich mußte mich auf den Sitz meines Jeeps übergeben; der Krieg war zu Ende jetzt, und ich konnte nichts mehr für die anderen tun, nichts mehr für mein Land, nichts weiter als mich erbrechen.

Als ich das amerikanische Lazarett verließ, kehrte ich nach Rom zurück und verbrachte einige Zeit im Hause eines meiner Freunde, des Dr. Pietro Marziale, eines Gynäkologen, Via Lambro Nr. 9, in dem neuen, häßlichen und kalten Wohnviertel jenseits der Piazza Quadrata. Die Wohnung war klein, sie hatte gerade drei Zimmer, und ich mußte im Arbeitszimmer auf einem Diwan schlafen. Längs der Wände des Arbeitszimmers standen Regale, vollgestopft mit gynäkologischer Fachliteratur, und auf dem Vorsprung der Büchergestelle lagen ärztliche Instrumente für Geburtshilfe aufgereiht, Geburtszangen,

Löffel, Schnittgabeln, Messer, Sägen, Trennhaken, Specula, Schädelklemmen, Bohrer, Zangen und Pinzetten verschiedener Art. Und dort standen Glasbehälter voll einer gelblichen Flüssigkeit; in jedem dieser Gläser schwamm ein menschlicher Fötus.

Seit mehreren Tagen lebte ich mitten unter diesem Fötus-Volk, und mich grauste. Denn die Fötusse sind Leichen, aber von einer ungeheuerlichen Art: es sind Leichen, die nie geboren und nie gestorben sind. Wenn ich von dem Buch, in dem ich las, aufschaute, begegnete mein Blick den halbgeschlossenen Augen dieser kleinen Ungeheuer. Bisweilen, wenn ich mitten in der Nacht aufwachte, schien es mir, als ob diese gräßlichen Menschengebilde, die teils standen, teils auf dem Grunde des Glasbehälters saßen, teils mit abgewinkelten Knien wie zum Absprung bereit dahockten, langsam den Kopf höben und mich lächelnd anschauten.

Auf dem Nachttisch stand wie eine Blumenvase ein großes Glasgefäß, in dem der König dieses seltsamen Volkes schwamm, ein grausig charmanter Tricephalus, ein Fötus mit drei Köpfen, weiblichen Geschlechts. Klein, rund, wachsfarben, so verfolgten mich die drei Köpfe mit ihren Augen, lächelten mir mit traurigem, etwas schlaffem Lächeln zu, voll demütiger Schüchternheit. Wenn ich im Zimmer umherging, schwankte der hölzerne Fußboden leicht, und die drei Köpfe wackelten grauenhaft zierlich. Die anderen Fötusse waren melancholischer, zurückhaltender, boshafter.

Manche hatten den versonnenen Blick von Ertrunkenen, und wenn ich zufällig eines der Gläser anstieß, mit ihrer *flottaison blême et ravie*, sah ich den grübelnden Fötus langsam auf den Grund sinken. Sie hatten den Mund halb geöffnet, ihren breiten, froschmaulartigen Mund, ihre Ohren waren kurz, faltig, die Nase durchsichtig, die Stirn von Runzeln durchfurcht, den Runzeln des Alters, aber eines Alters, das noch überjung an Jahren, noch nicht vom Ablauf der Zeit gezeichnet war.

Andere übten sich lustig im Seilspringen mit dem langen weißen Band ihrer Nabelschnur. Noch andere saßen in sich zusammengekauert, in wachsamer, argwöhnischer Reglosigkeit, als erwarteten sie jeden Augenblick, ins Leben hinauszutreten. Manche schwebten in der gelblichen Flüssigkeit wie in der Luft und schienen langsam aus einem hohen, glasklaren

Himmel herabzugleiten. Der gleiche Himmel, dachte ich, der sich über dem Kapitol wölbt, über der Kuppel von Sankt Peter: der Himmel Roms. Welch seltsame Art von Engeln Italien hat, dachte ich, welch seltsame Art von Adlern! Einige schliefen zusammengerollt mit dem Ausdruck völliger Hingebung. Manche lachten, hatten ihr Froschmaul breit aufgesperrt, die Arme über der Brust gekreuzt, die Beine gegrätscht und die Augen unter den schweren Augenlidern von Amphibien versteckt. Andere spitzten die kleinen Ohren aus altem Elfenbein und lauschten geheimnisvollen fernen Stimmen. Noch andere schließlich folgten mit den Augen jeder meiner Bewegungen, dem langsamen Gleiten meiner Feder über das weiße Papier, meiner sinnenden Wanderung durch das Zimmer, meinem schläfrigen Dösen vor dem flackernden Kamin. Und sie hatten alle das uralte Aussehen von Menschen, die noch nicht geboren sind, die nie geboren sein werden. Sie standen vor dem verschlossenen Tore des Lebens, wie wir vor dem verschlossenen Tor des Todes stehen.

Einen gab es, der glich einem Cupido, welcher von einem unsichtbaren Bogen den Pfeil abzuschnellen im Begriffe ist, einem runzligen Cupido mit dem kahlen Haupt eines alten Mannes, mit zahnlosem Mund. Auf ihn hefteten sich meine Blicke, sooft ich melancholisch wurde, wenn ich weibliche Stimmen von der Straße heraufdringen hörte, wenn ich vernahm, wie sie von Fenster zu Fenster einander zuriefen und antworteten. In solchen Augenblicken war das echteste, das fröhlichste Abbild der Jugend, des Frühlings, der Liebe dieser grausige Cupido, dieses winzige mißgestalte Ungeheuer, das die Zange des Geburtshelfers einem Mutterleib gewaltsam entrissen hatte, ein kahlköpfiger zahnloser alter Mann, der im Schoß einer jungen Frau gewachsen war.

Aber einige gab es, die konnte ich nicht ohne heimliches Erschrecken ansehen. Da waren zwei Zyklopen-Fötusse, deren einer dem von Birnbaum beschriebenen glich, und der andere dem, den Sangalli beschrieben hat. Sie starrten mich mit ihrem einzigen runden Auge an, das erloschen und reglos in der großen Höhlung ruhte wie das Auge eines Fisches. Da waren einige Dicephali, deren beide Köpfe auf den dürren Schultern schwankten; da waren zwei grausige Diprosopen, Ungeheuer mit zwei Gesichtern, wie der Gott Janus; jung und glatt war das eine Gesicht, klein und faltig das andere, die boshafte Grimasse eines Greises.

Bisweilen, wenn ich im Halbschlummer vor dem Kamin saß, hörte ich, oder es schien mir so, wie sie miteinander sprachen; die Worte dieser geheimnisvollen, unverständlichen Sprache schwammen im Alkohol und lösten sich auf wie Luftblasen. Ich sagte zu mir selbst, wenn ich sie hörte: »Vielleicht ist das die Ursprache der Menschen, diejenige, welche die Menschen sprechen, ehe sie zum Leben geboren werden. Vielleicht ist das die geheimnisvolle Ursprache unseres Gewissens.« Und zuweilen, wenn ich sie betrachtete, sagte ich zu mir: »Das sind unsere Zeugen und Richter; jene, die von der Schwelle des Lebens aus uns andere leben sehen, jene, die im Schatten der Urhöhle verborgen uns andere jubeln und leiden und sterben sehen. Sie sind die Zeugen der Unsterblichkeit, die dem Leben vorausgeht, die Bürgen der Unsterblichkeit, die dem Tode folgt. Sie sind es, die die Toten richten.« Und schaudernd sprach ich zu mir selbst: »Die toten Menschen sind die Fötusse des Todes.«

Ich hatte das Lazarett im Zustand völliger Erschöpfung verlassen und verbrachte einen großen Teil meiner Tage auf dem Bette liegend. Eines Nachts bekam ich starkes Fieber. Es war mir, wie wenn dieses Fötus-Volk seine Glasgefäße verlassen habe, sich durch das Zimmer bewege, auf den Schreibtisch, auf die Stühle, die Fenstervorhänge hinaufklettere, sogar auf mein Bett. Nach und nach versammelten sich alle auf dem Fußboden, mitten im Zimmer, stellten sich im Halbkreis auf, wie eine Richterversammlung, und neigten die Köpfe bald nach rechts und bald nach links, um einander ins Ohr zu flüstern, während sie die runden, starren, erloschenen Augen auf mich gerichtet hielten. Ihre kahlen Köpfe leuchteten schaurig im Lichte des Mondes.

Der Tricephalus saß in der Mitte der Ratsversammlung, zur Seite hatte er rechts und links die beiden Diprosopen mit dem doppelten Antlitz. Um dem schneidenden Grauen zu entgehen, das mir der Anblick dieses Areopags von Ungeheuern einflößte, sah ich zum Fenster empor und schaute über die grünen Wiesen des Himmels, auf denen die kalten, ruhigen Silberstrahlen des Mondes wie Tau erglänzten.

Plötzlich ließ eine Stimme mich die Blicke senken. Es war

die Stimme des Tricephalus: »Führt den Angeklagten herein«, sagte er, zu einigen der besonders kleinen Ungeheuer gewendet, die in der Haltung von Schergen abseits standen.

Ich blickte in eine Ecke des Zimmers, wohin aller Augen gerichtet waren, und Grauen überlief mich.

Langsam näherte sich, zwischen zwei jener Schergen, ein enormer Fötus mit schlaff hängendem Bauch, die Beine mit weißlich leuchtenden Haaren bedeckt, gleich dem Flaum einer Distel. Er hatte die Arme vor die Brust gelegt, die Hände mit der Nabelschnur zusammengebunden. Er bewegte sich schwankend, die fetten Flanken im Rhythmus der langsamen, schweren, lautlosen Schritte wiegend, es war, als seien seine Füße aus einer feuchtweichen Materie gebildet. Der Kopf war weiß, aufgebläht, enorm, in ihm leuchteten zwei grundlose, gelbe, wässerige Augen, gleich den Augen eines blinden Hundes. Der Gesichtsausdruck war hochmütig und schüchtern zugleich; wie wenn ursprünglicher Stolz und eine neue Furcht vor außergewöhnlichen Dingen in ihm sich stritten und, ohne daß bald diese und bald jener das Übergewicht erhielt, sich miteinander vermengten, so daß ein Ausdruck entstand, der Feigheit und Heroismus zugleich umschloß.

Es war ein Gesicht aus Fleisch – das Fleisch eines Fötus und zugleich eines Greises, das Fleisch eines Greisenfötus –, ein Spiegel, in dem Größe, Elend, Übermut und Feigheit des menschlichen Fleisches in ihrer ganzen törichten Gloria erstrahlten. Was mir vor allem erstaunlich schien an diesem Gesicht, das war die Mischung von Ehrgeiz und Enttäuschung, von Anmaßung und Trauer, die dem Antlitz des Menschen eigen sind. Und zum erstenmal sah ich die Häßlichkeit des Menschengesichts, das Abstoßende der Materie, aus der wir geschaffen sind. Welch schmutzige Pracht, dachte ich, dieses Fleisch des Menschen! Welch jämmerlichen Triumph feiert das Fleisch des Menschen, selbst in der flüchtigen Jahreszeit der Jugend und der Liebe!

Jetzt blickte der enorme Fötus mich an, und seine blaugrauen Lippen, die wie Augenlider herabhingen, lächelten. Seine Miene, von diesem zaghaften Lächeln erhellt, veränderte sich allmählich; sie wirkte wie das Gesicht einer Frau, einer alten Frau, in welchem die Spuren der Schminke des verblichenen Glanzes die Runzeln der Jahre, der Enttäuschungen, der Treulosigkeiten unterstrichen. Ieh betrachtete seine fette Brust, den schlaffen, wie durch viele Geburten ausgehöhlten Bauch, die aufgedunsenen, schwammigen Flanken, und bei dem Gedanken, daß dieser einst so stolze, so prachtschimmernde Mann nunmehr nichts anderes als eine Art scheußlichen alten Weibes war, mußte ich lachen. Doch sofort schämte ich mich dieses meines Lachens; denn wenn es mir bisweilen in meiner Zelle in Regina Coeli oder an den einsamen Gestaden Liparis, in Augenblicken der Trauer und Verzweiflung, eine Freude gewesen war, den Mann zu verfluchen, ihn zu schmähen, ihn in meinen Augen zu demütigen, wie ein Liebender es mit der Frau tut, die ihn verriet, so mußte ich jetzt, wo er dort als ein nackter widerlicher Fötus vor mir stand, erröten, daß ich über ihn lachte.

Ich sah ihn an, und ich fühlte in meinem Herzen eine Art warmen Mitleids wach werden, wie ich es niemals für den Lebenden empfunden hatte, ein mir neues Gefühl, über das ich gleichermaßen bestürzt und erstaunt war. Ich versuchte, die Augen abzuwenden, seinem wässerigen Blick zu entgehen, vergebens. Was sein Gesicht bei Lebzeiten an Hochmütigem, Anmaßendem, Gemeinem an sich hatte, war in eine eigenartige Melancholie verwandelt. Ich fühlte mich zutiefst verwirrt, beinahe schuldbewußt, nicht so sehr, weil mein neues Empfinden ihn demütigen könnte, sondern weil auch ich viele Jahre lang, ehe ich mich gegen seine törichte Tyrannei aufgelehnt, wie alle anderen den Rücken unter der Gewalt seines triumphierenden Fleisches gebeugt hatte.

In diesem Augenblick vernahm ich die Stimme des Tricephalus, der meinen Namen rief und sprach: »Weshalb schweigst du denn? Hast du etwa Angst vor ihm? Sieh her: das ist die Materie, aus der seine ganze Großartigkeit bestand.«

»Was erwartet ihr von mir?« fragte ich aufblickend. »Daß ich über ihn lache? Daß ich ihn schmähe und beschimpfe? Glaubt ihr vielleicht, daß das Schauspiel seiner Jämmerlichkeit mich beleidige? Das, was einen Mann beleidigt, ist nicht das Schauspiel des zersetzten, von Würmern zernagten menschlichen Fleisches, sondern das Schauspiel des menschlichen Fleisches in seinem Triumph.«

»Bist du denn so stolz darauf, ein Mensch zu sein?« sagte der Tricephalus.

»Ein Mensch?« antwortete ich lachend. »Ein Mensch ist etwas noch Traurigeres, noch Abscheulicheres als diese Masse
zersetzten Fleisches. Ein Mensch ist Hochmut, Grausamkeit,
Verrat, Feigheit, Gewalttätigkeit. Zersetztes Fleisch ist Trauer,
Scham, Angst, Reue, Hoffnung. Ein Mensch, ein lebender
Mensch, stellt wenig vor, im Vergleich mit einem Haufen faulen Fleisches.«

Ein böses Lachen ertönte aus der gräßlichen Versammlung.

»Weshalb lacht ihr?« fragte der Tricephalus, seine drei kahlen, runzligen Häupter wiegend. »Der Mensch stellt wirklich
recht wenig vor.«

»Der Mensch ist ein unedles Ding«, sagte ich. »Es gibt kein
traurigeres, kein abstoßenderes Schauspiel als einen Menschen oder ein Volk in seinem Triumph. Doch ein Mensch
oder ein Volk, besiegt, gedemütigt, nichts mehr als ein Haufen
faulen Fleisches, was gibt es Schöneres, Edleres in der Welt?«

Während ich redete, hatten sich die Fötusse einer nach dem
anderen erhoben, und die großen, weißlichen Köpfe wiegend,
auf ihren gebrechlichen Beinen schwankend, hatten sie sich
alle in einer Ecke des Zimmers um den Tricephalus und die
beiden Diprosopen zusammengedrängt. Ich sah ihre Augen
im Halbdunkel leuchten, ich hörte sie untereinander lachen,
zischende Seufzer ausstoßen. Dann waren sie still.

Der enorme Fötus war vor mir stehengeblieben und sah
mich mit seinen blinden Hundeaugen an.

»Sieh her, was ich jetzt bin«, sagte er nach langem Schweigen, »niemand hat mehr Erbarmen mit mir.«

»Erbarmen, wozu würde dir das dienen, das Erbarmen?«

»Sie haben mich abgeschlachtet, sie haben mich mit den
Füßen an einem Haken aufgehängt, sie haben mich über und
über bespuckt«, sprach der Fötus mit sehr weicher Stimme.

»Ja, auch ich war am Piazzale Loreto«, sagte ich leise, »ich
habe dich gesehen, wie du mit den Füßen an einem Haken
hingst.«

»Du haßt mich auch?« fragte der Fötus.

»Ich bin nicht würdig zu hassen«, antwortete ich. »Nur ein
reines Wesen darf hassen. Das, was die Menschen Haß nennen,
ist nichts als Feigheit. Alles, was menschlich ist, das ist schmutzig und feige. Der Mensch ist etwas Abscheuerregendes.«

»Auch ich *war* etwas Abscheuerregendes«, sprach der Fötus.

»Es gibt nichts Widerwärtigeres auf der Welt als den Menschen in seinem Glanz«, sagte ich, »als das menschliche Fleisch, wenn es auf dem Kapitol sitzt.«

»Erst heute verstehe ich, wie widerwärtig ich damals war«, sprach der Fötus; dann schwieg er. »Wenn an dem Tag, als alle mich verließen, wenn an dem Tag, als sie mich allein den Händen meiner Mörder überließen, ich dich gebeten hätte, Erbarmen mit mir zu haben«, sprach er weiter, nachdem er mich lange angesehen hatte, »hättest du, auch du, mir da Böses angetan?«

»Schweig!« schrie ich.

»Warum antwortest du mir nicht?« fragte das Ungeheuer.

»Ich bin nicht würdig, einem anderen Menschen Böses zu tun«, antwortete ich mit leiser Stimme; »das Böse ist etwas Heiliges. Nur ein reines Wesen ist würdig, einem anderen Menschen Böses zu tun.«

»Weißt du, was ich gedacht habe«, sagte das Ungeheuer nach langem Schweigen, »als mein Mörder die Waffe gegen mich richtete? Daß das, was er mir zuzufügen im Begriffe stand, niederträchtig sei.«

»Alles, was der Mensch dem Menschen zufügt, ist niederträchtig«, sagte ich, »auch Liebe, auch Haß, Gutes, Böses – alles. Auch der Tod, den der Mensch dem Menschen gibt, ist niederträchtig.«

Das Ungeheuer senkte den Kopf und schwieg. Dann fragte es: »Auch die Verzeihung?«

»Auch die Verzeihung ist niederträchtig.«

In diesem Augenblick näherten sich zwei der Fötusse mit dem Aussehen von Schergen, und einer der beiden legte dem Ungeheuer die Hand auf die Schulter und sagte: »Los, gehen wir.«

Der enorme Fötus hob den Kopf; er sah mich an und begann still zu weinen.

»Lebe wohl«, sagte er.

Dann senkte er den Kopf und ging zwischen den beiden Schergen davon. Während er sich entfernte, wandte er sich um und lächelte mir zu.

12 Der tote Gott

Jeden Abend gingen Jimmy und ich zum Hafen hinab, um die Anschläge am Gitter des Hafenkommandos zu lesen, auf denen die Verladeordnung der amerikanischen Einheiten und die Abfahrten der Schiffe bekanntgegeben wurden, die von Neapel aus die Truppen der Fünften Armee nach Amerika zurückbrachten.

»Ich bin noch nicht an der Reihe«, sagte Jimmy und spuckte aus.

Wir setzten uns auf eine der Bänke unter den Bäumen des weiten Platzes, der sich vor dem Hafen öffnet und von der steilen Masse der Zitadelle des Maschio Angioino beherrscht wird.

Es war mein Wunsch gewesen, Jimmy bis Neapel zu begleiten, um bis zum letzten Augenblick mit ihm zusammen zu sein, um ihm am Fallreep des Dampfers, der ihn nach Amerika zurückbringen sollte, lebe wohl zu sagen. Von allen meinen amerikanischen Freunden, mit denen ich zwei Jahre hindurch die Gefahren des Krieges und die schmerzliche Freude der Befreiung geteilt hatte, war mir nurmehr Jimmy geblieben, Jimmy Wren, aus Cleveland, Ohio, Offizier im Signal Corps. Alle anderen waren über ganz Europa verstreut, befanden sich in Deutschland, in Frankreich, in Österreich, waren nach Hause zurückgekehrt, nach Amerika, oder waren gefallen, für mich, für uns, für mein Land, wie Jack, wie Campbell. Der Tag, an dem ich ihm am Fallreep des Dampfers lebe wohl sagen würde, für immer, dieser Tag würde für mich bedeuten, auch meinem armen Jack, dem armen Campbell lebe wohl zu sagen, für immer. Ich würde allein zurückbleiben, unter den Meinen, in meinem Lande. Zum erstenmal in meinem Leben würde ich allein bleiben, wirklich allein.

Kaum streiften die Schatten des Abends die Mauern, kaum löschte das große, schwarze Wehen des Meeres das grüne Laub der Bäume und die roten Fassaden der Häuser, da strömte eine finstere, schleppende, schweigende Menschenmenge aus den tausend Gassen des Toledo und überschwemmte den Platz. Es war die uralte, mythische, elende Volksmenge von Neapel; doch etwas in ihr war erloschen: die Freude des Hungers; sogar ihr Elend war trübe, bleich, erloschen. Der Abend stieg langsam aus dem Meer herauf, und die Menschenmenge hob den Blick, rot von Tränen, und sah, wie der Vesuv weiß, kalt, gespenstisch sich gegen den schwarzen Himmel reckte. Nicht der leiseste Atemzug von Rauch erhob sich aus dem Schlund des Kraters, nicht der blasseste Feuerschein rötete die hohe Stirn des Vulkans. Stumm verharrte die Menschenmenge, Stunde um Stunde, bis tief in die Nacht; dann zerstreute sie sich lautlos.

Wir waren allein geblieben auf dem weiten Platz vor dem schwarz gepflasterten Meer, Jimmy und ich; dann gingen wir und wandten uns immer wieder um, den großen, weißen Kadaver anzuschauen, der sich am Horizont in der Tiefe der Nacht langsam zersetzte.

Im April 1944 war der Vesuv erloschen, nachdem er tagelang die Erde geschüttelt und Sturzfluten von Feuer erbrochen hatte. Nicht nach und nach war er erloschen, sondern ganz plötzlich: die Stirn in ein Schweißtuch kalter Wolken gehüllt, hatte er unvermittelt einen gewaltigen Schrei ausgestoßen, dann hatte die Kälte des Todes seine Adern glühender Lava erstarren lassen. Der Gott Neapels, das Totem des neapolitanischen Volkes, war tot. Ein endloser Schleier aus schwarzem Flor hatte sich über die Stadt, über den Golf, den Höhenzug des Posillipo herabgesenkt. Die Menschen gingen auf Fußspitzen durch die Straßen, sprachen mit leiser Stimme, wie wenn in jedem Hause ein Toter läge.

Düsteres Schweigen lastete über der Stadt in Trauer; die Stimme Neapels, die uralte, heilige Stimme des Hungers, des Erbarmens, des Schmerzes, der Freude, der Liebe, die laute, heisere, klangvolle, fröhliche, triumphierende Stimme Neapels, sie war verstummt. Und wenn zuweilen das Feuer des Sonnenuntergangs, der silberne Widerschein des Mondes oder ein Strahl der aufgehenden Sonne das weiße Gespenst des Vulkans zu entflammen schienen, stieg ein Schrei, ein durchdringender Schrei wie der einer Frau in den Wehen, aus der Stadt empor. Alles lief an die Fenster, stürzte auf die

Straße, die Menschen umarmten einander, weinend vor Freude, jauchzend vor Hoffnung, daß durch ein Wunder das Leben in die erloschenen Adern des Vulkans zurückgekehrt sei, daß die blutrote Berührung der sinkenden Sonne, der Widerschein des Mondes, der zaghafte Glanz der Morgendämmerung die Auferstehung des Vesuvs ankündigte, des toten Gottes, der als ein riesenhafter, nackter Leichnam den trauernden Himmel Neapels füllte.

Doch rasch folgten auf solche Hoffnung Enttäuschung und Wut; die Augen wurden trocken, die Menge löste die in betender Geste gefalteten Hände, hob drohend die Fäuste oder machte dem Volkan das Zeichen der Hörner, mischte Flehen und Wehklagen mit Verwünschungen und Schmähungen: »Erbarmen mit uns, du Verfluchter! Sohn einer Hure, oh, habe Erbarmen mit uns!«

Dann kamen die Tage des neuen Mondes; und als der Mond langsam über der kälteglänzenden Schulter des Vulkans heraufstieg, legte sich eine drückende Beklemmung auf Neapel. Der heraufdämmernde Mondschein erhellte die leblose Wüste aus purpurner Asche und dunkelvioletten Felsen von kalter Lava, die schwarzen Eisstollen glichen. Jammer und Wehklagen stieg allerorten aus der Tiefe der finsteren Gassen, und längs der Ufer von Santa Lucia, der Mergellina und des Posillipo erwachten die unter den Kielen ihrer Boote auf dem lauen Sand schlafenden Fischer, stützten sich auf den Ellbogen hoch, wandten das Gesicht dem Gespenst des Vulkanes zu, lauschten zitternd dem Klagelied des Meeres, dem vereinzelten Schluchzen der Möwen. Die Muscheln leuchteten auf dem Sand, und dort drüben, am Gestade des von silbernen Schuppen bedeckten Himmels, verweste der Vesuv wie ein von den Wogen tot an den Strand gespülter Raubfisch.

Als wir eines Abends, es war im Monat August, aus Amalfi zurückkehrten, beobachteten wir an den Hängen des Vulkans eine lange Reihe rötlicher Flammen, die sich auf den Krater zu bewegten. Wir fragten einen Fischer, was das für Lichter seien. Es war eine Prozession, die hinaufzog, dem Vesuv Weihgaben darzubringen, um seinen Zorn zu besänftigen und ihn anzuflehen, sein Volk nicht zu verlassen. Nachdem sie den ganzen Tag über an der Wallfahrtsstätte des neuen Pompeji gebetet hatten, war ein langer Zug von Frauen, Kindern, Greisen aufgebrochen, und hinter einem Schwarm von Priestern im Messeornat, hinter den jungen Männern, welche die Banner und Standarten der Bruderschaften und große, schwarze Kruzifixe trugen, waren sie jammernd und betend die Fahrstraße hinaufgezogen, die von Boscotrecase zum Krater emporführt. Manche schwenkten Ölbaumzweige, Pinienäste, üppige Büschel von Weintrauben, andere trugen Krüge voll Wein, Körbe, gefüllt mit Ziegenkäse, mit Früchten und Brot, diese Kupferbecken voll Pizza und Quarklaiben, jene Lämmer, Hühner, Kaninchen und Bütten voll Fisch. Als die zerlumpte barfüßige Menge, Gesicht und Haar von Asche beschmiert, den Gipfel des Vesuvs erreicht hatte, war sie schweigend hinter den psalmodierenden Priestern in das weite Amphitheater des alten Kraters hinabgestiegen.

Der Mond hob sich rot aus den fernen Bergen des Cilento, die blau und silbern unter dem grünen Spiegel des Himmels lagen. Die Nacht war tief und warm. Hier und dort erhoben sich aus der Menge Klagen, unterdrücktes Stöhnen, kreischende Aufschreie, heisere Stimmen voll Angst und Schmerz. Alle Augenblicke kniete irgendeiner nieder, grub die Finger in die Risse der kalten Lavakruste wie in die Fugen der Marmorplatten eines Grabes, um zu lauschen, ob das Urfeuer noch in den Adern des Vulkans brenne; und die Hand zurückziehend, schrie er mit vor Abscheu und Bangigkeit brechender Stimme: »È muorto! è muorto!«

Solchen Worten folgte aus der Menge ein lautes Aufheulen, das dumpfe Tönen der gegen Brust und Bauch trommelnden Fäuste und das gellende Jammern der Gläubigen, die sich die Haut zerbissen und zerkratzten.

Der alte Krater hat die Form einer Mulde von fast einer Meile Breite mit scharfen lavaschwarzen und schwefelgelben Rändern. An manchen Stellen haben die Lavamassen beim Erkalten menschliche Form angenommen, das Aussehen von Giganten, die in lautlosem, schwarzem Handgemenge zusammengeballt sind. Es sind jene Statuen aus Lava, die die Bewohner der Vesuvdörfer »die Sklaven« nennen, vielleicht in Erinnerung an die Sklavenscharen, die einst dem Spartacus gefolgt waren und monatelang, das Signal zum Aufstand erwartend, in den Weinpflanzungen verborgen lebten, mit de nen vor dem plötzlichen Ausbruch, der Herculanum und Pompeji zerstörte, Hänge und Gipfel des friedfertigen Vesuvs bekleidet waren. Der Mond erweckte dieses Heer von Sklaven, die sich langsam aus dem Schlafe lösten, die Arme erhoben und sich quer durch den roten Nebel des Mondes der Menge der Gläubigen entgegenbewegten.

Inmitten des gewaltigen Amphitheaters, der ursprünglichen Kratermulde, erhebt sich der Kegel des jetzt stumm und kalt daliegenden neuen Kraters, der fast zwei Jahrtausende lang Flammen, Asche, Steine und Lavaströme ausgespien hatte. Die Menge war die steilen Flanken des Kegels hinaufgeklettert, stand dicht gedrängt rund um den Schlund des erloschenen Vulkans und schleuderte heulend und schreiend in den schwarzen Rachen des Ungeheuers ihre Weihegaben, Brot, Früchte und Käse, goß über die Lavatrümmer den Wein und das Blut der geschlachteten Lämmer, Hühner und Kaninchen, die sie dann, noch zuckend, in den Abgrund hinunterwarfen.

Jimmy und ich waren auf dem Vesuvgipfel gerade in dem Augenblick angekommen, als die Menge ihren uralten Beschwörungsritus beendet hatte, sich auf die Knie warf, die Haare raufend, Gesicht und Brust zerkratzend, und Litaneien mit Klagegeschrei mischte, Gebete an die wundertätige Jungfrau von Pompeji mit flehenden Beschwörungen des grausamen, unerbittlichen Vesuvs. Je höher der Mond gleich einem blutgetränkten Schwamm am Himmel emporstieg, desto höher schwoll der Ton der Klageschreie und Litaneien, die Stimmen wurden höher und gellender, bis schließlich die Menge, von ingrimmiger, wilder Verzweiflung gepackt, Verwünschungen und Schmähungen heulend, Lavabrocken und Aschenhaufen in den Schlund des Vulkans hinabschleuderte.

Inzwischen hatte sich ein starker Wind erhoben, und wetterleuchtend stieg aus dem Meer dichtes Scirocco-Gewölk heran, das in kurzem den Vesuvgipfel umhüllte. Inmitten dieser von Blitzen zerspaltenen Wolken erschienen die schwarzen Kruzifixe und Kirchenbanner, die in den Windböen flatterten, übernatürlich groß und die Menschen wie Giganten; Litaneien, Verwünschungen, Wehklagen schienen zwischen den Flammen und Rauchschwaden einer plötzlich aufgebrochenen Hölle hervorzuquellen. Endlich stürzten sich erst der

Schwarm der Priester, dann die Fahnenträger der Bruder-schaften, dann die Menge der Gläubigen flüchtend die Hänge des Kegels hinab, während der Regen bereits aus den Spalten der Wolken zischend herabfuhr, und alles zerfloß in der schwefelgelben Finsternis, die inzwischen in die gewaltige Mulde des alten Kraters eingebrochen war.

Jimmy und ich waren allein zurückgeblieben, und wir gingen jetzt langsam der Stelle zu, wo wir unseren Jeep zurückgelassen hatten. Es war mir, als liefe ich über die klirrende Kruste eines erkalteten Planeten. Wir waren vielleicht die beiden letzten Menschen der Schöpfung, die beiden einzigen menschlichen Wesen, die die Zerstörung der Welt überlebt hatten. Als wir an den Rand des Kraters gelangten, war der Sturm vorüber, und der Mond leuchtete fahl am tiefgrünen Himmel.

Wir setzten uns an die windgeschützte Seite eines Lavafel-sens, inmitten der wieder zu kalten, schwarzen Statuen gewor-denen Heerschar der »Sklaven«; wir blieben lange und be-trachteten das fahle Antlitz der Erde und des Meeres, die zu Füßen des toten Vulkans weitverstreuten Häuser, die fern am Horizont verschwimmenden Inseln, und Neapel, dort unten, ein Haufen toten Gesteins.

Wir waren lebende Menschen in einer toten Welt. Ich emp-fand keine Scham mehr darüber, ein Mensch zu sein. Was ging es mich an, ob die Menschen unschuldig oder schuldbe-laden waren? Es gab nur lebendige Menschen und tote Men-schen auf der Erde. Alles übrige war ohne Bedeutung. Alles übrige war nichts als Angst, Verzweiflung, Reue, Groll, Ver-zeihung, Hoffnung. Wir waren auf dem Gipfel eines erlosche-nen Vulkans. Das Feuer, das Tausende von Jahren in den Adern dieses Berges, dieser Erde, der ganzen Erde gelodert hatte, war plötzlich erloschen, und nach und nach erkaltete die Erde unter unseren Füßen. Diese Stadt dort unten, an der Küste dieses von einer leuchtenden Kruste bedeckten Meeres, unter diesem mit Sturmwolken überzogenen Himmel, war nicht mehr von Schuldigen und Schuldlosen, von Siegern und Besiegten bevölkert, sondern von lebendigen Menschen, die umherirrten auf der Suche nach Dingen, ihren Hunger zu stil-len, von toten Menschen, die unter den Trümmern der Häu-ser begraben lagen.

Dort unten, so weit mein Blick reichte, bedeckten Tausende

und aber Tausende von Leichen die Erde. Sie wären nichts als zerfallenes Fleisch gewesen, diese Toten, wenn nicht unter ihnen mancher sich befunden hätte, der sich für die anderen geopfert hatte, um die Welt zu retten, damit alle diejenigen, welche diese Jahre der Tränen und des Blutes überlebt hatten, Unschuldige und Schuldbeladene, Sieger und Besiegte, sich nicht schämen mußten, Menschen zu heißen. Unter diesen Tausenden und aber Tausenden toter Menschen gab es sicherlich auch den Leichnam eines Christus. Was wäre aus der Welt, aus uns allen geworden, wenn sich unter so vielen Toten nicht auch ein Christus befunden hätte?

»Wozu sollte es eines weiteren Christus bedürfen?« fragte Jimmy. »Christus hat bereits die Welt gerettet, ein für allemal.«

»Oh, Jimmy, weshalb willst du nicht verstehen, daß alle diese Toten nutzlos wären, wenn es nicht einen Christus unter ihnen gäbe? Weshalb willst du nicht verstehen, daß es sicherlich Tausende und aber Tausende von Christusmenschen unter allen diesen Toten gibt? Du weißt ja auch, daß es nicht wahr ist, daß Christus die Welt ein für allemal gerettet hat. Christus starb, um uns zu lehren, daß jeder von uns Christus werden kann, daß jeder einzelne Mensch die Welt durch das eigene Opfer retten kann. Auch Christus wäre vergeblich gestorben, wenn nicht jeder Mensch Christus werden und die Welt erretten könnte.«

»Ein Mensch ist immer nur ein Mensch«, sagte Jimmy.

»Oh, Jimmy, weshalb willst du nicht begreifen, daß es nicht notwendig ist, Gottes Sohn zu sein, am dritten Tage von den Toten aufzuerstehen, zur Rechten des Vaters zu sitzen, um Christus zu sein? Es sind diese Tausende und aber Tausende von Toten, Jimmy, die die Welt gerettet haben.«

»Du gibst den Toten zuviel Bedeutung«, entgegnete Jimmy, »ein Mensch zählt nur, solange er lebt. Ein toter Mensch ist nichts als ein toter Mensch.«

»Bei uns in Europa«, sagte ich, »zählen nur die Toten.«

»Ich bin es leid, unter den Toten zu leben«, sagte Jimmy, »ich bin froh, nach Hause zurückzukehren, nach Amerika, unter lebendige Menschen. Weshalb kommst du nicht auch mit nach Amerika? Du bist ein lebendiger Mensch. Amerika ist ein reiches und glückliches Land.«

»Ich weiß es, Jimmy, daß Amerika ein reiches und glückliches Land ist. Aber ich werde nicht mitkommen, ich muß hierbleiben. Ich bin kein Feigling, Jimmy. Und dann, auch das Elend, der Hunger, die Angst, die Hoffnung sind wunderbare Dinge. Mehr als Reichtum, mehr als Glück.«

»Europa ist ein Haufen Kehricht«, sagte Jimmy, »ein armes, besiegtes Land. Komm mit uns. Amerika ist ein freies Land.«

»Ich kann meine Toten nicht verlassen, Jimmy. Ihr, ihr nehmt eure Toten mit nach Amerika. Jeden Tag laufen Dampfer nach Amerika aus, die mit Toten beladen sind. Es sind reiche, glückliche, freie Tote. Aber meine Toten, die können die Überfahrt nach Amerika nicht bezahlen, sie sind zu arm. Sie werden nie wissen, was Reichtum ist, was Glück und Freiheit ist. Sie haben stets in der Sklaverei gelebt; sie haben immer Hunger und Angst gelitten. Sie werden immer Sklaven sein, werden immer Hunger und Angst erleiden, auch als Tote. Das ist ihr Schicksal, Jimmy. Wenn du wüßtest, daß Christus unter ihnen liegt, unter diesen armen Toten, würdest du ihn verlassen?«

»Du wirst mir nicht einreden wollen«, entgegnete Jimmy, »daß auch Christus den Krieg verloren hat.«

»Es ist eine Schande, im Kriege zu siegen«, sagte ich leise.

Inhalt